새미비평신서 ⑬

생태시와 넋의 언어

김경복
평론집

새미

　살아갈수록 삶이 버겁다는 생각이 드는 것은 비단 나만의 생각일까? 나이 사십을 넘기고서도 아직 삶이 안정되어 있지 못하고 뚜렷이 이룬 것 없다는 사실이 가슴을 친다. 삶은 이렇게 자신의 의지와는 상관없이 흘러가는 것일까? 한밤중 잠들지 못하고 거실로 나와 불을 켜면 좁은 책방에서 마루까지 흘러나와 있는 책들이 사방을 차지하고 있다. 그나마 자부할 수 있는 내 생활이지만, 그리고 어느 비평가가 저런 책들의 옹위를 '형이상학의 성채'라 그럴 듯하게 불렀지만 왠지 나에게는 옹색한 감옥 같아 씁쓸하기만 하다.

　이럴 때는 산책이 최고다. 밤늦은 시간 가로등 밑으로 걸어가 보면 지나가는 사람들의 얼굴이 낯설지 않다. 내가 오래 전에 한 번씩 지어봤던 얼굴 같다. 언제 그런 얼굴을 하고 있었을까 생각하고 있을 때면 어김없이 아버지의 얼굴이 떠오른다. 아버지는 이렇게 마음 젖은 채 저런 고민을 하지 않았을 거 같은 믿음. 농부의 아들로 태어나 농부의 삶으로 생애를 마친 나의 아버지는 이렇게 밤을 헤매다 집으로 들어가지는 않았을 것이다. 아마 밤나들이 할 때는 걸쭉한 막걸리 한 잔의 신명 아니었을까? 생활이 불안으로 접힌 나는 문득 아버지가, 아버지가 누렸던 그 생활이 그립다.

　돌이켜 보면 늘 내 생활의 주제는 근대의 메마른 풍경을 벗어나는 길에 대한 사색이다. 그 점이 나의 특색이고, 내가 시를 평하는 자리인 것 같다. 한때 나는 세련되고 전위적 의식의 결을 짓는 시를 좋아했다. 그러나 지금은 복잡하고 전위적인 시보다 저 가슴 밑바닥에서 절절이 우러나는 처연(悽

然)의 시가 좋다. 왜냐하면 자본과 불화(不和)할 수밖에 없는 시인은 자본주의 사회에서 가장 크게 패배하는 자로 생각하기 때문이다. 그래서 나는 큰 패배로 인해 시인이야말로 자본주의의 급소에 가장 가까이 가 있는 사람이라 생각한다. 정신을 원한과 분노로 무장한 채, 맑은 슬픔으로 물들인 채 삶의 비정에 맨 몸으로 부딪치면 거기 피흘려 대속(代贖)하는 자리, 쓰러져 꽃 피는 자리, 생살이 붉게 달아오르는 자리, 아아, 살아있음이 확연한 아픔으로 다시 쓰여지는 자리가 바로 시의 자리라 믿고 있는 것이다. 그리고 그 자리를 그만한 아픔으로 지켜보는 자리가 또한 비평의 자리라고 믿는다. 그 점에서 나는 비평도 작게는 내 생활의 아픔, 넓게는 동시대의 상처에 대한 기록이라고 생각한다. 시와 독자가 만나 의식의 결을 걸어 삶의 스산함을 해부해보고 다시 이를 봉합하는 풍경의 자리, 그것이 내가 생각하는 비평이다.

세 번째 평론집이다. 그 동안 썼던 것들이 대체로 하나의 주제로 수렴되는 모습이다. 생명, 여성, 신성, 자연 등으로 근대의 부정성을 뛰어넘는 사유와 미학들을 내 나름대로 세워보고자 했던 것 같다. 시도 그런 관점에서 보려고 노력했다. 그러나 다시 살펴보니 빈틈이 너무 많다. 그것은 충분히 공부하지 못한 나의 모습을 역력히 보여주는 것 같아 거북하다. 저 거북한 빈틈들이 바로 삶의 불안을 이겨내지 못하고 힘들어하는 나의 모습일 것이다. 그것에 대해 슬픔과 함께 부아에 휩싸여 있다는 사실만은 잊지 말자.

나의 글이 그래도 이렇게나마 번듯한 모습의 비평집으로 나올 수 있는 것은 오직 새미 출판사 덕분이다. 비평 신서에 나의 글을 내 줄 수 있도록 배려한 편집위원들과 이 책이 나오도록 애쓴 새미 출판사 관계자 분들께 감사드린다. 삶은 무상하고 공부는 갈수록 힘드는데, 그나마 내 분신들이 있어 위안이다. 이제 막 소녀 티를 띠는 내 딸 주연이와 밝고 맑은 내 아들 준현이에게 아버지라는 이름의 슬픔으로 이 책을 바친다.

2003. 3. 김경복

차례

제4부 서정과 노래의 형식

제1부

생명, 여성, 신성과 탈근대 시학

생태시의 의미와 그 세부 주제

1. 생태시의 의미

생태시의 의미는 인간과 자연의 유기적 전체를 지향하는 생태학적 세계관의 핵심에 있는 생명의 개념, 즉 생태계 중에서 생명들 사이의 관계에 대한 새로운 인식을 보여주는 시를 말한다. 따라서 생태시란 생명자체를 노래함으로써 생명의 본질과 가치를 추구하는 시이며, 동시에 다른 존재들과의 관계 속에서 생명의 가치와 위상, 생명고양의 조건을 살피어 그 중요성을 시적 상상력 속에 구체화하는 시를 가리킨다. 때문에 이를 달리 생명시라 불러도 무방하다. 생태시는 환경훼손적 측면을 강조할 때 칭하는 경향이 많으며, 생명시는 생태학적 이념을 강조하여 드러낼 때 부르는 경우로 볼 수 있다.

그런 점에서 생태시는 환경 파괴와 생태계 위기의 후기 자본주의 현실에서 발생하는 문학이다. 이런 생태시는 당시대의 현실적 상황에 대응하는 역사성을 지니고 있으면서 인간의 이상적 삶의 모습을 추구한다는 점에서 당위성을 지니는 복잡한 문학 운동이다. 때문에 생태시가 구현하는 내용들은 다양한 스펙트럼을 보이지만 생태시를 연구하는 논자들(대표적인 사람으로 신덕룡을 들 수 있는데 그는 생명이란 용어를 선호한다)은 크게 범주를 잡아 세 유형으로 분류한다. 첫째 유형은 손상된 환경의 실상에 대한 고발과 이런 결과를 초래한 인간의 욕망과 문명에 대한 비판의식을 노래하는 환경시나 문명비판시다. 시인으로는 이형기, 신경림, 이건청, 고형렬, 최승호 등이 여기에 속한다. 둘째 유형엔 생명 그 자체의 본질과 가치, 그리고 생명의식을 노래하는 시가 포함된다. 여기에는 문명 속에서 질식하고 있는 생명들에 대한 천착과 생명의 존엄성과 그 가치를 노래해 온 김지하, 정진규, 이시영, 조정권, 이하석, 고진하, 이은봉, 이문재, 이정록, 박용하 등이 있다. 셋째 유형으로는 생명 세계의 실상과 관계 속에서 가치 실현을 노래하는 시를 들 수 있다. 이런 시는 동양의 합일적 세계관에 근거를 두고 생명들 사이의 관계를 통해 생명의 존재의미에 대해 질문하는 편이다. 오규원, 이성선, 정현종, 고재종, 나희덕 등의 시편들이 여기에 속한다.

그러나 필자는 이를 생태학적 세계관과 관련된 주제적 측면에서 첫째 기술문명에 대한 반성, 둘째 근대적 주체의 반성과 서정주의, 셋째 여성성의 회복, 넷째 신성성의 회복과 생명의 성 등으로 나누어 살펴보고자 한다.

2. 기술문명에 대한 반성

생태학적 세계관이 나오게 된 배경은 근대 과학문명이 가져온 생명의 불구화 현상 때문이다. 근대과학과 기술의 발달은 인류에게 물질적 혜택을 준 것은 분명하나 생태계 파괴를 통해 인간의 정신적 고향을 잃어버리게 함은 물론 우주와 인간, 인간과 인간 사이의 유기적 삶의 관계를 더 이상 유지할 수 없게 했으며, 그 결과 삶은 소외되고 황폐해지고 무력해지게 되었다. 이러한 위기 의식에서 새로운 삶의 대안으로 생태학적 인식과 문학이 나오게 되고 생명에 대한 새로운 인식이 요청되고 있는 것이다.

그 점에서 생태학적 문학은 본질적으로 도구적 이성으로 계량과 균질화를 추구하여 합리적 효율성만 중시하는 획일적 기술문명과 기술적 사고에 대한 반성이 그 본질이 된다. 근대 문명은 과학과 기술의 보다 효과적 달성을 위해 강력한 중앙집권적 체제를 탄생시켰다. 때문에 기술문명을 바탕으로 하고 있는 기술주의적 사고방식은 본질적으로 타자를 자기의 의지 밑에 종속시키려는 지배와 권력의 의지가 내재된 형태라 할 수 있다. 따라서 이 시점에 생태학적 인식은 이러한 기술주의적 사고방식을 극복하는 차원에서 우선적으로 분권적 삶의 태도를 지향해야 한다. 그것은 소규모의 지역자치를 뜻하며 이는 생태학적 관점에서 볼 때는 바로 생물지역주의라 칭할 수 있다. 이는 문학의 본질인 다양성의 추구와 맞아떨어지기도 한다. 즉 문학은 인간의 총체성을 추구하는 데에 그 목적이 있다면 근대문명이 갖는 이러한 일면적 인간 이해에 대한 문제 제기를 통해 다양성의 회복을 꾀할 수 있다. 그 점에서 시에 나타난 생태학적 삶의 첫째 태도는 혁신과 생성의 생명적 리듬을 반영하는 것, 곧 과학과 자본으로 경직화되고 물화된 인간과 자연을 다시 생명적 존재로 되살아나게 하는 것이다.

우리 시대의 비는 계절과 무관하다.
시도 때도 없이
푸른 것은 모조리 갉아먹어 버리는
전천후 산성비.

그렇다 전천후로
비는 죽은 구근을 흔들어 깨워서
자꾸만 생산을 재촉하고 있다.
그래서 생산이 넘치고 넘치는
그래서 미처 다 소비도 하기 전에
쓰레기통만 가득 채우는 시대.

<중략>

사람들은 모두 우산을 쓰고 있다.
일회용 비닐우산이 되어 버린
절망을 쓰고 있다.

비극이 되기에는
너무나 흔해빠진 우리 시대의 비
대량생산의 장미를 쓰레기통에 가득 채우는
전천후 산성비 오늘도 내린다.

　　　　　　　　　　— 이형기, 「전천후 산성비」 부분

　이형기의 이 시는 바로 근대 기술문명이 가지는 생산과 발전이 결국 "쓰레기통만 가득 채우는" 절망적 행위임을 폭로하고 있다. 풍자적 어조로 과학 기술주의의 폐해를 '산성비'라는 상징으로 질타하고 있다. 이 시는 우리가 믿고 있던 생산과 소비의 발전과 충족이 결국 인간을 절망과 비극에 빠뜨리는 맹목임을 드러내는 생태시라 하겠다.

3. 근대적 주체의 반성과 서정주의

　생태계 위기의 근본적 원인은 이 지구상의 존재들 중에서 인간이 가장 고귀하다는 인간중심주의적 사고에 있다. 인간중심적 사고는 자연을 수단과 도구의 대상으로만 여기던 근대에 들어와 더욱 강화되었다. 때문에 생태학적 세계관은 자연과 인간의 상호 대등한 관계를 복원하는 동시 자연적 존재들을 수단과 도구의 대상적 존재에서 생명을 지닌 가치적 존재로 바라보는 인간적 사고의 전환에 있다.

이러한 전환의 가장 강력한 방법은 과학적 합리성과 도구적 이성에 묶인 우리 인간의 감성적 인식의 발굴이다. 그것은 바로 시적 세계관의 재발견이다. 시적 세계관은 자아와 세계의 동일성을 통해 물아일체의 조화, 공생, 평등의 사랑의 정신이다. 즉 생명공동체의식을 가장 잘 보여줄 수 있는 생태학적 사고라 할 수 있는 것이다.

그 점에서 시에 나타난 생태학적 삶의 모습은 근대적 주체로 사물에 높기만 하였던 인간 주체를 생물과 대등한 위치로 낮아지게 하는 것을 들 수 있다. 근대적 주체란 이성의 자명성 아래 자연을 비롯한 이 세계를 끝없이 쪼갤 수 있고 그 안에 잠재해 있는 원리를 발견해 '인간'을 위해 사용할 수 있다는 인식론적 자아를 가리킨다. 그 자아는 세계 위에 '우뚝' 솟아 과학과 합리성의 힘으로 이 세상을 좌우할 수 있다고 믿는다. 흔히 인간중심주의로 말해지는 이 근대 주체의 사상은 긍정적으로는 진보와 휴머니즘으로 나타났지만 그 사상의 내부적 모순에 의해 종국에는, 즉 현재에는 부정적인 현상으로 뒤바뀌어 자연 파괴와 이기주의의 양상으로 전면화되고 있다.

그러나 무엇보다 근대 주체의 문제점은 모든 사물들로 하여금 평등한 존재에서 서열화된 존재로 이분화된 상태에 놓이게 한다는 점이다. 즉 분석을 통해 대상에 대한 완전한 앎에 이를 수 있다는 근대 주체의 성격은 세계로 하여금 동일자와 타자로 구획되게 하면서 대부분의 존재를 '대상적 존재'로 밀려나게 하고 그럼으로써 타자화된 존재로 살아가게 한다. 근대성이 오늘날 우리들 삶에 끼친 영향은 바로 이 분할과 서열을 통한 위계화된 삶이다. 거기에 소외와 단절의 감성이 깃들 것은 자명한 사실이다. 특히 이러한 근대 주체의 위계가 갖는 문제점은 바로 자연에 대한 인간의 독선적 자리에 더 심각성이 들어 있다. 인간은 자연적 대상보다 우월한 존재라는 인식 아래 끝없이 자연을 욕망의 수단으로 개발하고 착취하여 그 결과 자연의 황폐화는 물론 인간 자신의 생명마저 위태롭게 하는 생태계 위기까지 초래하였다. 근대 주체가 이루어낸 이러한 역사적 근대성은 오늘날 흔히 물질적 풍요로 그 이득의 상당 부분을 우리가 누리고 있지만, 물질을 벗어난 정신과 생명의 부분에 대해서는 불구와 소외의 비인간화의 길을 면치 못한 셈이다.

서정은 바로 이 지점에 새로운 문학적 응전 방식으로 소환되는 바가 있다. 위계적 질서는 불평등과 억압을 전제한다. 근대가 세운 위계는 천부적 서열은 아니지만 후천적 특성에 따라 서열이 주어지는 것이다. 특히 기술과 자본의 결합에 따른 경제적 관계로서의 서열화는 근대 주체의 본질적 국면이다. 때문에 근대 주체는 그 본질적 요소로 대상에 대한 지배의 성격을 강하게 갖고 있는 것이다. 그러나 서정은 세계와 자아의 동일성을 지향하는 방식인 만큼 합일과 화해의 정신을 그 바탕에 깔고 있다. 따라서 근대적 주체가 불러온 지배와 부림의 삶의 방식에 전면적으로 반대한다. 서정시가, 서정적 비전이 근대적 삶에 끝없이 인간의 올바른 정체성을 확보하기 위한 대항적 성향으로 말미암아 모더니티의 폭압 아래 그 세력이 미미한 채 면면히 이어져 온 점도 이를 증명한다. 그 점에서 역사적 근대성의 삶의 방식에 침해를 받아온 오늘의 우리들로서 서정적 비전을 지닌 주체의 형성은 새로운 문제제기가 아닐 수 없다. 즉 타자를 복속시키고 도구화하는 자본주의적 주체에서 평등과 융화의 정신을 강조하는 주체로의 변화가 필연적으로 요청되지 않을 수 없는

것이다. 이러한 타자의 복권과 결합되는 상호주체의 전망을 서정이 보여
주는데(이를 서정적 주체라 부를 수 있을 것이다), 서정에서 이러한 주체
의 모습은 '낮아지는' 양상으로 표출된다는 것이다. 주체가 낮아져 겸손
해져야 대상과 화해하듯이 서정은 대상을 끌어올리고 자아를 낮춤으로
서 동일성을 획득하는 것이다.

> 푸른 숲으로 가면 숨어있는 것 많다.
> 졸참나무 가랑이나 망개넝쿨 허리께쯤
> 허리 한 풀 꺾어 겸허히
> 조심조심 발디디면 보인다.
>
> 보이지 않는 곳에도 사랑이 있구나.
> 꼬물꼬물 그들의 움직임, 노래소리
> 부드러운 살결 부비며
> 무리지어 가는 내 영혼의 가려움
> 날아다니고 기어다니기도 하며
> 수풀 발톱 끝에서도 행복한 그들처럼
> 내 갈길도 보인다
>
> 나도 낮게 가라앉는다.
> 너도밤나무 뿌리 밑에서
> 알을 슬고 내 방을 들여 앉혔다.
> 내 정직한 자식들은
> 겨울을 지나 봄으로 가며 그들처럼
> 희디흰 배추흰나비로 날아 갈 것이다.
> 숲의 무릎께를 날으며
> 내 영혼의 가려움 사이로 훨훨―

푸른 숲으로 가면 안다.
허리 한풀쯤 꺾어 보이지 않는 곳에도
배추흰나비나 18점 무당벌레 같은
사랑이 있다는 것
낮지만 깊은 사랑.

— 최원준, 「영혼의 가려움」 전문

　이 시는 바로 생태학적 삶으로서 새로운 삶의 내용이 무엇인지를 보여
주고 있다. 그것은 바로 우리가 하찮다고 여기는 모든 생명적 존재, 특히
산업자본주의 사회에 들면서 도구적 대상으로만 여겼던 자연적 생명들
에게 "허리 한 풀 꺾어 겸허히 / 조심조심 발디디"어 다가가는 일이다.
그럴 때 그곳에도 "보이지 않는 사랑이 있"음을 알게 되고 그럼으로써
내 영혼의 깨어남, 즉 "무리지어 가는 내 영혼의 가려움"을 보게 된다.
그것은 오만하고 물화된 근대적 주체에서 생명적 주체로 되살아나는 삶
의 변이 양상을 기록하는 것이다. 즉 "나도 낮게 가라앉는다"의 자발적
겸허의 자세를 통해 남과 하나되고 그것을 통해 세계와 하나가 되고자
하는 우주적이고 생명적인 원리를 실천하는 것이 된다. 따라서 이러한
인식을 가졌을 때 비로소 "낮지만 깊은 사랑"의 소중함과 아름다움을
체득할 수 있는 것이다. 그것은 놀라운 인식의 전환이다. 그것은 대승적
삶과 같다. 생태학이 전일성, 관계성, 공생성, 순환성을 의미한다 할 때
이러한 낮은 사랑의 발견은 바로 생태학적 삶의 자그마한 깨달음이자
실천이다.
　이러한 생태학적 인식은 근대적 삶의 모순과 지표를 일거에 뛰어넘는
다. 그것도 특히 식물적 이미지를 통해 제시되고 있는 것이 음미해볼
사항이다. 식물의 삶은 자발과 자족의 형태로 대상을 도구화, 수단화하지

는 않는다. 근대가 가져온 욕망의 작동 방식은 타자의 희생을 전제로 자신의 욕망을 충족시켰다. 그것은 동물적 삶의 방식이 극단화된 양상이다. 그러므로 이제 자본과 기술, 기계와 합리로 우리 인간의 삶을 도구화하고 물질화한 근대적 삶의 방식, 특히 동물적 욕망만 무성히 방목시켜왔던 주체중심적 삶의 방식에서 조용히 스스로 생명적 열기를 길러가며 타자와 조화롭게 사는 방식으로서 식물적 삶의 형태를 미래적 삶의 방식으로 정초할 필요가 있는 것이다.

그런 점에서 생태학적 주체가 세우고자 하는 것은 인간으로서 역시 본질적으로 가져야 할 이성적 주체 그 자체를 부정하는 것이 아니라, 이성적 주체가 행했던 지난 날의 오만과 독선의 편견을 반성하고 그것을 메꾸는 차원에서 감성적 주체의 복원을 꾀하는 것이라 볼 수 있다. 이것은 오늘날 자본주의적 삶이 전면화됨에 따라 물량화로 구획되고 재편되는 삶에 대한 항체 역할로서 시적 가치와 역할을 기대한다는 의미다. 따라서 그것은 물질을 넘어서 물질과 정신, 이성과 감성이 다 어우러져 존재하는 생명적 주체의 회복을 추구하는 것이라 하겠다.

4. 여성성의 회복

오늘날 여성성이 대안적 정체성이 되는 부분이 있다면 바로 여성성이 가지는 포용과 사랑의 정신이 부정적 근대성이 가져온 도구적 삶, 기계적 삶, 그로 인해 발생한 소외의 삶을 극복할 자세를 계시해 보여준다는 점이라 하겠다. 여성성은 바로 남성성이 쌓아올린 경쟁적이고 권위적인 근대적 삶의 결핍을 메꾸고 새로운 생명적 존재성을 복원하는 강력한 방법이 되고 있다.

남성성과 구별되는 여성성의 본질적 특성은 임신과 출산, 그리고 양육에 따른 체험일 것이다. 그것은 생명을 싸안는 포용과 사랑의 태도다. 이러한 사랑과 포용의 정신은 생태학적 정신이자 서정시의 정신이다. 서정시의 특성으로 곧잘 자아와 세계의 동일성을 일컫는데 이러한 동일성 지향의 인간적 형식이란 곧 사랑으로 나타난다. 그 점에서 서정성과 여성성, 그리고 생태학적 세계관은 근본적으로 관련된다. 즉 살아있는 생명을 돌보고, 보살피면서 어느 하나도 상처받지 않게 마음 쓰며 상처받은 것은 깊이 위무하고 품 속으로 거두어들이려는 태도로서 여성성(또는 모성성)은 바로 생명 가진 존재들 사이의 조화로운 관계로 나타나는 생태계의 정신이다.

이러한 점에서 여성성의 발로는 생명의 중요성과 연대의 중요성을 인식시키는 생태학적 모티브로, 그리고 서정성의 새로운 의미로 기능한다. 이와 같은 생태 여성시의 양상은 사실 많은 여성시에 두루 나타난다고 말해야 한다. 그러나 그 중에서 그것을 인식하고 그것의 성취를 일정하게 반영하고 있는 것은 역시 문정희의 시가 아닐까 한다.

> 2월의 산에 올라가 보면
> 아무것도 아닌 우리가
> 가만히 제자리에 서 있는 것 하나로도
> 얼마나 큰 힘을 가졌는가를 안다.
>
> 드문드문한 잡목 사이
> 바위 틈마다 메아리 숨쉬고
> 지난 추위에 까맣게 탄 화산재 같은
> 흙을 밀치고
> 파릇한 봄이 다시 살아나는

2월의 산에 올라가 보면

아무것도 아닌 존재로 우리가
가만히 제자리에 서 있는 것 하나로도
얼마나 무서운 힘을 가졌는가를 안다.
눈부신 신록의 주인임을 안다.

— 문정희, 「풀들의 길」 전문, 『남자를 위하여』(1996)에서

이미 여덟 번째 시집 『별이 뜨면 슬픔도 향기롭다』(1992)에서 일정한 생태의식을 보여주었던 문정희의 경우 여성적 자질로서 다산과 풍요의 관점이 근대적 삶을 극복할 사상으로 탐구된 바 있다. 그리고 이러한 다산과 풍요의 원천으로서 자연성이 노래되었다. 그런데 이후 시집에서 이러한 인식에서 더 나아가 자연적 삶의 체득이 바로 여성적 삶의 자세이자 근대적 삶의 불모성을 질러가는 길임을 보여주고 있다.

인용한 이 시도 그와 같은 것 중의 하나인데, 이 시의 시적 화자가 위치하는 곳이 바로 '풀들의 자리'로 나타나는 점에서 증명된다. 그 풀은 인간의 관점에서 볼 때 연약한 것으로 비치기도 하겠지만 생태계의 관점에서 볼 때 자연의 순환성과 유기성에서 "무서운 힘"을 가진 존재이며 세계의 주체로서 "눈부신 신록의 주인"이다. 이것은 생태적 세계 속에서 '타자'로서 여겨져 오던 자연물이 언제나 '대상적 존재'로서 의미만 가지던 여성적 자질과 다름 없음을 발견하는 것이며 이러한 발견 속에는 자연물과 여성성을 타자와 대상적 존재로만 인식해온 인간중심적, 남성중심적 인식의 허구를 전복시키는 힘을 갖고 있음을 보여준다. 거기서 더 나아가 진정한 자연성과 여성성은 동일자로 하여금 타자에 대한 의식을 통해 자기 정체성을 확립할 수 있도록 배경을, 터를, 자양분을 제공해 왔다는 인식의 획득이다. 그것은 자연성과 여성성이 결국은 생명적 존재

로 볼 때 가장 중요한 의미의 바탕을 이룬다는 사실의 확인이다. 그 점에서 문정희가 강조하는 "제자리"는 단순히 구획지어져 주어지는 근대성의 장소가 아니라 생명의 발현으로서 취할 수밖에 없는 의미와 자양분이 풍부한 자연으로서 '터'다. 그것은 동일자와 타자를 구분하지 아니하고 생명의 발현이면 모두 추동시키는 포용과 사랑의 정신으로 나아가는 것이기에 여성성의 표현이며 바로 인간이 지향해 가야할 화해와 공존의 길이기도 하다. 그 점에서 문정희의 여성생태주의시는 일정한 역사적 의의를 획득하고 있다.

5. 신성성의 회복과 생명의 성

생태학적 세계관에 있어서 가장 중요한 태도 중 하나는 이 우주는 살아 있는 생명체라는 인식이다. 즉 범신론적 관점이다. 신성은 생명공동체 의식에서 필수적이다. 그런 점에서 자연에 대한 인식을 전환하기 위해서는 자연적 존재들에 대한 관점을 갱신할 필요가 있다. 즉 물활론적 관점에 설 필요가 있는 것이다.

물활론적 세계관은 역사 속에서 원시인의 사고 방식에서 나타났다. 『원시주의』를 썼던 미카엘 벨은 원시적 감성, 혹은 신화적 상상력을 객관적 인식과 주관적 느낌의 분리가 없는 총체성으로 보고 있다. 의심할 바 없이 자신의 환경이 빈번히 적대적이라고 느끼면서도 원시인은 자신과 환경과의 관계가 근본적으로 초월적이거나 상충적인 것으로 여기기보다는 지속적인 것으로 여긴다는 것이다. 여기에서 자연은 동질적 관계 속에서 수평적 위치에 놓인다. 이것은 인간과 세계가 상호의존성을 띤다는 말이며 이 상호 의존성은 인간존재 규명에 있어서 종교와 철학의 핵심이 되고 오늘날 자연을 수직관계 속에 놓음으로 인해 황폐화된 산업사회의 현실을 극복하는 생태학적 세계관으로 귀착되는 사항이다.

이 점에서 원시인의 태도 또한 우주 섭리에 순응함으로써 죽음이나 욕망에 대해 담백한 반응을 보인다는 것을 기억할 필요가 있다. 그러나 무엇보다 이 물활론적 세계관은 신성의 구현에 있음이 중요하다. 신성은 생명의 현상에 대한 외경과 생명 본연의 모습에 대한 갈망을 전제하고 있다. 따라서 생명적인 것, 거룩한 것에 대한 규명으로부터 시작하여 인간존재의 발생론적 해명으로 나아가는 점은 생태학적 세계관의 본령이다.

> 우주의 숨쉬는 자궁
>
> 그 속에 당신의 정액이
> 별들로 희부옇게 뿌려져 있다
>
> 바가지 하나 가득
> 우물물을 뜬다.
>
> 사리빛 당신의 몸을 마신다.
>
> —이성선, 「우물」 전문

이 시의 시적 대상은 우물이지만 그것은 우주의 자궁으로서 신성한 생명체가 되고 있다. 그리고 시적 화자는 그 신성한 존재와 '마신다'는 합일의 의식을 가짐으로써 우주적 생명체에 동참하고 있다. 무기물로서 인식되는 '물'을 이러한 신성한 생명적 존재로 승화하여 인식하는 것이 바로 생태학적 관점에서 보는 신성성의 회복이다.

그런데 이시는 단순히 그것만을 보여주는 것은 아니다. 이러한 신성성의 회복과 관련하여 '성'이 갖는 의미를 보여주고 있다. 이 시는 바로 우주의 범성욕주의를 전형적으로 보여준다. 우주의 존재 자체가 생명적 성의 결과라고 인식하는 것은 성이 생태학적 질서와 원리가 된다는 것을 말함이다. 그리고 시적 화자 또한 이러한 성스러운 자연과 합일하려는 의도로 "사리빛 당신의 몸을 마신다" 하는 것은 생명의 교감을 통한 천상적 존재로 승화되고픈 성적 욕망을 드러낸다. 특히 생명의 근원인 '물'을 마심이 가지는 상징적 의미, 즉 물활론적 세계 속의 결합의 방식과 자연의 구상물들이 인간의 육체성, 즉 자궁이나 정액과 다름없다는 인식은 동양적 인생관에서 말하는 물아일체(物我一體)의 시적 형상화와 다름없다. 그것은 신성의 체험을 의미한다.

　이 점에서 '성'의 본질은 쾌락에 있는 것이 아니라 생명의 창조와 죽음에 맞닿아져 있는 신성성의 상징이다. 실제 성은 신성한 것이다. 그것은 생명의 창조와 종족의 보존을 담지하고 있다는 점에서 신성할 뿐 아니라 성스러움이 갖는 희생의 의미가 성행위 속에는 들어 있기 때문에 그러하다. 즉 성은 두 사람의 결합으로 하나의 새로운 개체가 태어난다 할 때 두 사람의 성행위는 바로 생명력의 이전이란 의식을 전제로 하고 있다. 생명의 나눠줌, 이것은 희생을 전제로 하지 않고는 이루어질 수 없는 것이다. 따라서 성의 생명적 현상의 궁극은 바로 이러한 희생제의적 성격에 있다.

둥글게 익어가는 시간
— 생태시의 시간 의미

　생태시가 이 시점에 왜 중요한 것인가는 이미 잘 알고 있을 것이다. 그 점에 대해 이미 상당한 논의가 이루어졌다고 본다.[1] 그러나 그 논의는 생태시에 대한 발생 배경으로서 필요성 및 이념, 그리고 생태시의 유형과 특징 등 주로 포괄적인 면에 집중되어 있어, 아직 생태시는 많은 논의를 기다리고 있다고 할 수 있다. 그 중에서 생태시에 나타난 공간의식과 시간의식에 대한 분석도 시급히 요청되는 사항인데 다행히 신덕룡이 지난 해 생태시에 나타난 공간 의미[2]를 다뤄 이 분야의 길도 열렸다고 하겠다. 나는 그 글과 호응하는 차원에서 생태시에 나타난 시간의식에 대해 살펴보고자 한다.

　시에서 시간의식의 중요성은 이미 여러 연구자에 의해 규명된 바 있다.

---

1) 신덕룡이 편집한 『초록 생명의 길』(시와 사람, 1997), 『초록 생명의 길 Ⅱ』(시와 사람, 2001)과 그 외 개인적인 생태문학에 대한 저서를 읽어보면 그 동안의 생태시에 대한 논의 내용과 정도를 알 수 있다.

2) 신덕룡, 「생명시의 공간인식과 관계양상」 ≪신생≫ 제8호 (2001년 가을호) 참조

다시 재론할 것은 아니지만 내 글의 전개를 위해 약간 말을 보태면 다음과 같다. 인간은 태어나면서부터 본능적으로 시간의 흐름을 느낀다. 성장하면서 인간은 오직 시간(공간도 포함되겠지만)에 의해서만 그 존재 양태를 드러낸다. 칸트의 말을 인용하면 "모든 현상 일반, 즉 감성의 모든 대상은 시간에 있어서 존재하고 필연적으로 시간에 관계한다."[3] 때문에 이러한 시간이 인간에 오면 하나의 의식을 형성하는 기초가 된다. 즉 시간 없이 모든 내적 심적 상태, 곧 사유, 감정, 욕구는 경험될 수 없다. 그런 점에서 의식을 형성하는 두 지표, 곧 공간은 선험적 직관의 외적 형식이고 시간은 선험적 직관의 내적 형식이라는 칸트의 말[4]은 인간 존재를 이해하는 데에 필수적인 사항이다.

이러한 관점으로 인간을 이해한다면 시인이 언표화해 놓은 시 역시 그 시인이 인식한 시간의식의 구체화일 것은 분명하다. 그렇지만 인간이 이해하는 시간의 의미는 인간이 이미 유한적이고 상대적인 존재이고 시간은 이러한 인간으로부터 초월하여 있기 때문에 완전하게 파악될 수 없다는 점을 상기할 필요가 있다. 그런 점에서 인간에 이해된 시간은 절대적 개념이기보다 때와 장소에 따른 어떤 상대적 의미일 것이다. 그럴 때 시간은 대체로 인간의 현존재에 대한 의미 구조라 할 수 있다.[5] 시간은 세계 내 존재로서 실존적 인간의 세계인식의 한 양상을 드러내 준다는 것이다. 때문에 시 속에 나타난 시간의식 역시 그 시인의 현존에 대한 실존의식이 될 것은 자명하다. 그 점에서 문학에서 이러한 시간 인식은 자연적 시간, 즉 물리적 시간을 대상으로 하는 것이 아니라 실존적 인간이 체험하는 경험적 시간, 즉 심리적 시간을 대상으로 한다. 바로 '인간적

---

3) W. O. 되링(김용정 역), 『칸트철학 이해의 길』(새밭, 1979), p.55

4) 한광구, 『木月詩의 시간과 공간』(시와 시학사, 1993), p.16

5) 이승훈, 『문학과 시간』(이우출판사, 1986), p.10

시간', 즉 경험의 막연한 배경의 일부가 되고 또 인간의 생활 구조 속에 포함되어 있는 시간의식이 미학적 구조로 표출되는 것이다.6)

이는 생태시를 쓰는 시인의 의식이 기존 모더니즘 시를 쓰는 시인의 의식과 달리 한다는 점에서 생태시 속에 나타나는 시간의식 역시 기존 시들과 차별성이 있을 것을 암시한다. 그것은 이미 현대시의 시간 분석에서 모더니즘 문학의 해체적 감각과 포스트 모더니즘의 과정으로서 글쓰기에 나타난 시간의식을 분석한 송기한의 글, 곧 과거와 미래를 상실한 채 현재에만 몰입한 현대시들의 분석을 보면 알 수 있다.7) 이들 시는 근대적 시간관이라 할 수 있는 직선적이고 계량적인 시간의식에 바탕을 둠으로써 시간은 파편화된다. 모더니즘 시에서 시간의식은 시간의 정지나 무화(無化), 혹은 분절과 파편화의 특징을 지님으로써 당대의 분열되고 소외된 자아를 형상화하는 데 기여한다. 그러나 이러한 시간의식은 부정적 근대성에 대한 하나의 미학적 도전과 비판의 의미를 띠고는 있지만 시적 내용이 형해화(形骸化)되어 부정적 근대성을 뛰어넘는 담론이 되지 못하고 독자들로부터도 외면 받는 현상을 빚고 만다. 그 점에서 광포한 근대성을 뛰어넘는 담론으로서 생태주의가 등장하고 그런 생태주의 미학에 입각한 시적 실천은 앞서 보였던 미적 근대성의 하나로 나타났던 모더니즘시의 부정성마저 극복하지 않으면 안 되었던 것이라 할 수 있다.8)

그것은 곧 생태시의 시간의식은 모더니즘시가 갖는 직선적이고도 계량적인 시간의식, 곧 단절과 파편화의 시간의식으로 말미암아 고립의

---

6) 한스 마이어홉(김준오 역), 『문학과 시간현상학』(심상사, 1979), p.32

7) 송기한, 「한국 현대시와 시간 의식」≪신생≫제11호(2002년 여름호), pp.166-170

8) 이러한 부정적 근대성을 뛰어넘는 생태시의 미학적 논리는 구모룡의 『제유의 시학』(좋은날, 2000)을 참조할 것.

심연에 갇혀 있는 데에서 생명 일반이 겪는 교감과 상호관련의 자연적 시간의식으로 나아가야 함을 뜻한다. 다시 말해 생태시의 시간의식은 모더니즘시가 보여주었던 시간의 분절과 파편화로 인한 소외와 고립의 반생명적 현상을 극복하고, 그것으로 생태계 위기의 이 시대적 요청에 대한 하나의 새로운 미학적 응전으로서 역사성을 띠어야 한다. 이것을 잘 보여주는 시 한 편을 감상하면서 논의를 시작해보자.

> 배추에게도 마음이 있나보다
> 씨앗뿌리고 농약 없이 키우려니
> 하도 자라지 않아
> 가을이 되어도 헛일일 것 같더니
> 여름내 밭둑 지나며 잊지 않았던 말
> ─나는 너희로 하여 기쁠 것 같아
> ─잘 자라 기쁠 것 같아
>
> 늦가을 배추포기 묶어주며 보니
> 그래도 튼실하게 자라 속이 꽤 찼다
> ─혹시 배추벌레 한 마리
> 이 속에 갇혀 나오지 못하면 어떡하지?
> 꼭 동여매지 못하는 사람 마음이나
> 배추벌레에게 반 넘어 먹히고도
> 속은 점점 순결한 잎으로 차오르는
> 배추의 마음이 뭐가 다를까
> 배추의 품물이 사람 소매에도 들었나 보다
>
> ── 나희덕, 「배추의 마음」 전문

생태시를 인간이 자연과 교감하면서 생명의 소중함을 체득하는 내용을 담은 시라고 정의한다면 나희덕의 이 시는 가장 전형적인 생태시라 할 수 있을 것이다. 생태주의문학이 갖는 특성인 자연과의 유기적 패러다임, 상호의존적 연관성, 우주의 역동성, 지속적인 변화과정 중시, 다양성 속의 통일성 등[9)]도 우리는 이 시에서 검출할 수 있다. 시적 화자는 배추의 씨앗을 뿌려 늦가을이 되기까지 배추와 대화하며 생명의 성장과 관련된(배추벌레에 이르기까지) 그 절실함과 고마움을 표현하고 있다. 이 가운데 배추와 시적 화자는 정성을 들이고 마음으로 대화를 나누고 있다는 점에서 유기적 패러다임과 상호의존적 연관성을 확인할 수 있으며 씨앗의 단계에서 포기를 묶는 시간에 이르기까지의 생명 성장을 지속적으로 표현하고 있다는 점에서 지속적인 변화과정 중시와 우주의 움직임 역시 드러나고 있고, 또 배추와 마음을 나눈다는 상징적 행위인 '소매에 풀물이 드는' 것을 통해 생명의 통합으로서 다양성 속의 통일성도 확인할 수 있다. 이러한 생태학적 세계관에 뒷받침되어 이 시는 생태시가 지향하는 자연과 생명의 소중함을 일깨우고 그 속에 인간의 자리가 어떠해야 함을 가르쳐준다.

그런데 이 시를 시간의식에 서서 살펴보면 더 많은 생태학적 세계관을 밝혀낼 수 있다. 이미 앞에서 이 시는 우주적 역동성으로서 시간의 변화과정을 담고 있다고 하였다. 시행에 나오지는 않았지만 아마 봄부터 시적 화자는 배추의 씨앗을 뿌리고 여름 내내 그 배추를 돌보며 가을이 되어 포기를 묶어주면서 배추의 마음을 깨닫는 것으로 되어 있다. 현재의 시점은 포기를 묶으며 '풀물이 드는' 순간인데 이 시는 과거를 통해 현재에 이르고 다시 어떤 미래가 펼쳐질지 짐작할 수 있게 구성되어 있다. 아마 멀지 않은 장래에 배추를 수확하여 그것으로 자연적 삶을 연장할 수 있게끔 인간의 먹거리를 장만할 테고, 그 배추의 힘을 받아 나날의 삶을 이어

---

9) 김욱동, 『문학생태학을 위하여』(민음사, 1998), pp.32-41

나가면서 다시 봄이 돌아오면 이런 일을 반복할 것이다. 그 점에서 일차적으로 이 시는 과거에서 현재에 이르기까지의 시간은 선형적(線形的) 구조를 띠고 있지만 다시 생명 현상의 자연적 질서에 따라 내년, 즉 미래에도 이번과 같은 일을 반복하리란 예견이 가능하다는 점에서 순환적 시간 구조를 띠고 있다. 이 시는 반복되는 자연 현상과 관련된 인간의 한 삶을 주요 정서로 표출한 것이다.

이 점에서 이 시는 앞에서 언급했던 모더니즘 시가 갖는 과거와 미래가 사라진 파편화된 시간 의식과 다르다. 이는 모더니즘 시와 달리 생태시의 유기적 생명에 대한 인식이 차이 남을 뜻한다. 생태시에서 유기적 생명은 오직 그것이 시간 속에서 진전하는 한에 있어서만 존재한다. 그것은 하나의 물건이 아니라, 하나의 과정이요, 절대로 정지함이 없는 연속적인 사건의 흐름이다. 그 점에서 유기체는 절대로 단일한 순간에 정착해 있지 않다. 생활에 있어서, 시간의 세 양식—과거, 현재, 미래—은 개별적인 요소로 분열될 수 없는 하나의 전체를 형성한다.[10] 이 시에서 시적 화자와 배추, 그리고 그 배추 안의 배추벌레는 모두 유기적 생명체로서 이러한 시간 속에 움직이고 있다. 정지된 현재는 어디에도 없는 것이다. 이 시는 현재의 시점에 과거와 미래가 통합되어 하나의 전체를 이루고 있다는 점에서 시간의 진공에 갇힌 듯한 느낌을 주지 않는다. 화자의 기억으로 시간은 과거로 열려 있고 화자의 의식(즉 기대)으로 미래는 개시(開示)되어 있다.

이 점에서 이 시는 E. 슈타이거가 말한 서정 양식의 장르적 특징을 잘 보여주는 사례이기도 하다. 슈타이거는 서정 양식의 특징으로 "현재의 것, 과거의 것, 심지어 미래의 것도 서정시 속에 회감된다."[11]고 말하

---

10) 에른스트 카시러(최명관 역), 『인간이란 무엇인가?』(전망사, 1979), p.74

였다. 포기를 묶으며 풀물이 드는 현재에 과거와 미래가 수렴되는 이때의 회감은 외연적 의미로 시제의 뜻을 지니나 자아와 세계의 상호 동화라는 내포적 의미도 지닌다.[12] 나희덕의 이 시는 슈타이거가 말한 시제적 측면에서나 자아와 세계의 동화 관계에서나 서정 양식의 특징이라 할 수 있는 '회감'의 전형적 예라 할 수 있다. 때문에 이 시는 바로 서정시가 갖는 '융화'의 특성, 즉 자아의 동일성의 회복을 잘 달성시켜준다. 이 점에서만 보자면 생태시는 전형적으로 서정시다.

그런데 이 시의 시간의식에서 핵심은 이와 같은 과거, 현재, 미래의 전체성에 있는 것이 아니라 진전하는 시간의 흐름에 따라 시적 화자가 보여주는 의식의 변화에 있다. 즉 배추가 늦가을이 되어 하나의 완전한 존재로 틀을 잡아가면서 갖게 되는 의미에 대한 시적 화자의 인식이다. 시행에 따르면 배추는 시간의 지남에 따라 여러 시련을 딛고, 배추벌레의 생명을 키우면서 "속은 점점 순결한 잎으로 차오르"고 있다. 그것은 하나의 존재의 완성을 뜻한다. 시간의 계기적 전개 속에서 유기적 생명체는 완성을 지향하고 있는 것이다.

그렇지만 이 시에서 유기적 생명체가 이러한 완성을 보일 수 있는 까닭은 순환적 시간에 그 바탕을 두고 있기 때문이라는 점을 잊어서는 안 된다. 만약 선형적 시간의식이 이 시의 바탕이 되었다면 직선적으로 지속되는 시간 전개에서 완성이라는 시점을 찍기가 곤란했을 것이다. 직선적 시간관에서 완성은 바로 종말을 뜻하기 때문이다.[13] 다시 돌아 원점으로 가는 순환적, 주기적 시간이 전제되었기 때문에 존재는 무르익고 씨앗이

---

11) E. 슈타이거(이유영 · 오현일 공역), 『시학의 근본개념』(삼중당, 1978), p.96

12) 김준오, 『시론』(제4판, 삼지원, 1997), p.36

13) 프랭크 커머드(조초희 역), 『종말의식과 인간적 시간』(문학과 지성사, 1993), pp.17 -45

라는 또 다른 개시성(開示性)을 지니게 되는 것이다. 그렇다면 순환적 시간에서 존재의 완성은 무엇일 텐가? 그것은 다시 시작일 것이다. 그러나 시작할 당시의 의식과는 다른 것으로 보아야 한다. 그것은 세계의 과정을 거침으로서 세계의 질서를 이해하고 내면화하였기 때문이다. 따라서 그것은 다시 세계와 자아가 하나된다는 의미를 뜻한다. 자연의 질서에 따라 신생, 성장, 완성 혹은 소멸의 과정을 거치는 것은 우주적 질서인 순환적 시간에 통합되어 가기 때문이다. 그 점에서 이 시에서 보이는 시간 의식은 우주적 시간에 합일되어 가는 의미를 띠고 있다. 그것은 생태시가 보이는 시간의식의 중요한 국면이다.

이 점에서 우주 전체는 시간에 따라 리듬을 가지고 움직이는 구조라고 생각하거나 14) 시계가 처음부터 둥근 모양으로 발명된 것은 어떤 합리적인 이유가 있기 때문이 아니라 순환적인 시간관과 관련된 원형적(原型的)인 직관에 의해서일 것15)이라는 견해는 생태시의 해석과 관련해 의미심장하다. 그것은 삶의 주기와 관련된 순환적 시간의 가치를 암시해 보여주기 때문이다. 이를 다른 시로 살펴보면서 해석해보자.

> 노란 꽃을 피우는 호박은 속살도 노랗게 익어 가고
> 하얀 꽃을 피우는 박은 속살도 하얗게 익어 간다
>
> 가을에 꽃을 피운 것들의 열매는
> 꽃 색깔대로 익어 가고
> 황금 들판을 빚은 은현리 사람들은 황금빛으로 익어 가고 있다
> 은현리 살며 산길 들길에 '詩'를 뿌려 놓은 내 농사는
> 이 가을 어떤 빛깔의 꽃을 피웠는지

---

14) 마리 루이 폰 프란쯔(윤원철 역), 『시간』(평단문화사, 1986), p.20
15) 같은 책, p.14

그 속살에 단단한 詩앗 하나 품었는지

내일은 그 꽃들 찾아 나서야겠다

— 정일근, 「은현리 가을에」 전문

이 시에도 존재들은 시간의 경과에 따라 '익어' 간다. 그것은 분명 하나의 완성을 보여주는 것이다. 그러나 전체적으로 볼 때 그것은 자연적 질서 속에서의 완성, 즉 우주적 시간이라 할 수 있는 순환적 시간 구조 속에서의 완성임을 우리는 알 수 있다. 이런 시간인식으로 말미암아 시적 화자는 가을을 맞아 존재의 숙성이라는 우주적 본질을 통찰하고, 자신의 생활 실천인 '詩作'마저 '어떤 빛깔의 꽃'으로 피어나는지, 그리고 그 결과로서 열매는 어떻게 영그는지, 즉 '그 속살에 단단한 詩앗 하나 품었는지'를 알아보고자 한다. 다시 말해 자신의 존재성에 대한 숙성을 꾀하는 것이다. 그 점에서 이 시에 나타난 시간은 '익음'을 가능케 하는 바탕이면서 익는 그 자체라 할 수 있다. 그것은 바로 둥글게 순환됨으로 인해 시간마저 세계의 존재들과 함께 차오르는, 즉 의미 있는 대상이 되기 때문이다.

이 점은 다음과 같은 말로도 해석된다. 시간의 본질이 순환적이라는 신념은 고대에 폭넓게 확산된다. 시간의 순환적 본질은 '위대한 해'(Great Year)라는 개념 속에서 신성시된다. 위대한 해란 태양, 달, 별들의 상호 관계 속에서 이들이 각각 스스로의 동일한 지위를 획득하기 위하여 요구된 기간을 의미한다. 그것은 형성→파괴→재생에 걸쳐 나타나는 세계의 기한, 세계의 주기이다. 거기서 순환적 시간은 천상적, 원형적(圓形的) 운동과 밀접히 관계된다. 그것은 통일적 운동의 완벽한 보기이다.[16) 정일

---

16) 이승훈, 앞의 책, p.29

근의 시에서 호박, 박, 벼, 그리고 은현리 농부와 시적 화자는 태양, 달, 별과 같이 서로 동일한 지위를 획득하기 위해 똑같은 시간을 쓰고 있다. 즉 순환적 시간을 공유함으로써 각자 원형적 운동을 하고 있고 그 결과 숙성을 통해 우주적 운동에 통합되어 간다. 다우어에 따르면 이러한 시간 구조는 유한한 삶 속에서 무한을 재현하는 가장 기초적인 방식이 된다.[17] 또는 베르자예프가 시간과 역사를 우주적 시간, 역사적 시간, 실존적 시간으로 나누었는데[18] 그 분류를 따른다면 역사적 시간이나 실존적 시간에서 우주적 시간으로 초월하는 것이다. 이는 무엇을 의미하는 것일까? 그것은 순환적 시간의식으로 모든 존재가 자신의 미숙한 존재성에서 성숙한 존재성으로 승화와 신성을 획득하는 것을 의미한다. 그것은 달리 영속성을 획득한다는 말과 다름없다.

따라서 이러한 존재의 인식은 분열되고 사물화되어 자아정체성을 상실한 현대와 모더니즘시의 시적 주체를 근원적으로 뛰어넘는다. 그것은 부정적 근대성을 경험한 우리들로서 더욱 단절과 소외를 부추긴 시간의식, 그리고 그 직선적 시간이 갖는 허무와 종말의식에서 벗어남을 뜻한다. 그것은 인간의 원초적 문제, 곧 죽음에 대한 초월 문제도 해결함을 의미한다. 때문에 순환적 인식은 유한 속에서 무한을 재현한다는 것으로, 신화적 상상력의 세계를 전개한다는 말이 된다. 따라서 이러한 시간적 구조는 일단 신화적 시간이라고 부를 수 있다. 신화적 시간은 과거의 성스러웠던 시간이 끊임없이 반복된다는 인식, 따라서 엘리아데에 의하면 그러한 반복 속에서 우리의 삶이 끊임없이 신성한 시간을 체험하며, 그러한 삶이야말로 소위 재생의 삶이 된다는 것이다.[19] 그 점에서 생태시

---

17) 이승훈, 앞의 책, p.188에서 재인용.

18) 베르자예프(이신 역), 『노예냐 자유냐』(인간, 1979), pp.323-331

19) 이승훈, 앞의 책, pp.188-189

가 근대가 부정해버린 생명의 소중함에 대한 새로운 인식을 통해 신생의
삶을 예비하는 의식이 될 수 있다.

그런데 생태시에서 이러한 우주적 시간으로의 초월은 또 하나의 방식
으로 이루진다. 그것은 세계와 자아의 동시적 질서를 인식하는 선에서
기억이 갖는 심대한 기능에 의해서다.

> 짧은 해 빨리 지는 겨울산에서
> 분분하게 나무를 떠나는 잎들이
> 바람 속에서 은근히 몸 바꾸며
> 새떼로 환생하는 풍경을 보았지요
> 숨길 수 없는 황홀감에 마음
> 한구석을 밀어 빈자리를 만들었지요
> 마음붙일 데 없는 새 한 마리
> 바람부는 내 마음밭에 와
> 마음마저 쪼아먹거든
> 나도 그놈의 부리 속에서
> 갈 길을 아는 새로 환생하고 싶었지요
>
> ─박세현, 「11월」 전문

박세현의 이 시 역시 나무, 나뭇잎, 그 나뭇잎이 새떼로 환생하는 것,
그 새를 자신의 마음에 담음으로써 다시 자신 역시 새로 환생하고 싶다는
점에서 생명체들에 대한 소중한 의식과 함께 유기적이고 상호의존적인
생태시의 특성을 내보이고 있다. 그런데 이 시의 시간의식은 현재 과거의
어느 일정한 시점의 강렬한 풍경을 회상하고 있다는 점이 특색이다. 그때
느꼈던 감정이 현재에까지 잊혀지지 않고 지속되어 와 현재적 관점에서
그 당시의 풍경과 감정을 구체화하지 않으면 안 되겠다는, 혹은 안 되었
다는 느낌을 주고 있다. 그 점에서 이 시의 가장 문제적 특징은 바로

'기억'으로 불러질 수 있는 과거에 대한 현재의 시간의식이다. 기억은 이 시의 정조와 주제의식을 결정하고 있다.

그렇다면 기억은 어떠한 점에서 문제적인가? 기억은 바로 시간적 흐름을 거스르는 행위라는 점에서 문제적이다. 시간은 공간과 달리 비가역적(非可逆的) 방향성을 갖고 있다. 즉 과거에서 미래로 흐르는 선형적 성격을 취하고 있는 것이다. 그러한 선형적 방향 끝에 죽음이 자리잡고 있다. 인간은 이러한 시간의 흐름 속에 위치지워짐으로써 죽음에 처단된 존재로 놓이게 된다. 죽음은 주체의 입장에서는 늘 미래적인 의미를 지니며 또한 그것은 주관적인 시간의 정지를 의미한다. 즉 파악할 수 없음과 종결이라는 속성을 지님으로써 방향성마저도 무화(無化)하는 형태로 나타난다[20]는 것이다. 따라서 인간은 이러한 죽음에의 공포를 이겨내기 위한 의식적 행위를 하게 되는데, 여기에 기억이 그러한 역할을 하며 죽음에 대한 저항적 의미를 발생케 한다.

최초로 기억이론을 체계적으로 전개한 오거스틴에 있어서 기억은 자아를 발견하고 사물에게 의미를 부여할 뿐만 아니라 신에게 접근할 수 있는 자기초월적 계기가 되는 힘이었다.[21] 그러나 이러한 의미보다 기억의 보편적 의미는 시간의 변화에도 지속되는 자아의 정체성을 확인하는 요소로 이야기된다. 자아는 바로 그 개인의 특수한 기억구조라는 것이 흄의 생각이다.[22] 때문에 기억은 바로 개인의 자기 정체성을 확인시켜 줄 수 있는 표지이자 원동력이다. 그 점에서 한스 마이홉이 기억을 두고 자아의 적극적, 조정적 기능을 상징하는 것[23]이란 말은 의미심장한 말이다.

---

20) 김규영, 『시간론』(서강대 출판부, 1987), pp.274-295

21) 김준오, 앞의 책, p.376에서 재인용

22) 한스 마이홉, 앞의 책, p.66

23) 위의 책, p.79

그 점에서 박세현에게 기억, 또는 회상의 의미는 중요한 시적 장치다. 앞에서 슈타이거의 서정 양식의 특징을 살펴보았는데, 이러한 회상의 형식은 바로 서정 양식이 갖는 '회감'의 특성을 바로 발휘하는 것에 해당한다. 그리고 회상과 기억이 가지는 가치는 이미 베르그송이 밝힌 바 있듯이 과거의 보존을 통한 현재의 창조다. 즉 회상의 현실화다.[24] 그의 시가 과거를 회상함으로 현재적 삶의 결핍성을 순화(純化) 내지 승화시키는 것은 바로 온전한 생명적 존재에 대한 갈망 때문이다.

이로 볼 때 기억하는 행위는 바로 변화되는 시간성 속에서 자아의 동일성을 확보하기 위한 수단이자 불가역적 시간이 갖는 죽음의 공포를 기억이 갖는 무시간성으로 극복하기 위한 노력으로 볼 수 있다. 기억된 경험은 그 경험이 일어난 날짜와는 관계가 없는 것처럼 보여, '영원한 정수(精髓)'라는 성질을 획득한다.[25] 이는 앞서 모더니즘 시에 보이던 진공적 현재에 대한 극복의 의미를 지니는 것이다. 그 점에서 기억은 세계와의 교감을 이루었던 과거의 시간을 현재의 시간에 되살려 의미를 충만케 한다는 점에서 시간을 숙성케 하는 것이라 하겠다. 그것 역시 시간을 둥글게 익게 한다고 말해도 지나치지 않다.

전체적으로 순환론적 시간의식이 갖는 우주적 질서와의 합일이나 기억을 통한 시간 숙성 등은 영혼불멸(靈魂不滅) 내지 영원주의를 표방한다 할 것이다. 문제는 오늘날 생태시에서 이러한 영혼의 불멸론이나 영원주의가 단순히 고대인들처럼 바로 죽음에 대한 공포를 이겨내기 위한 원시적이고 종교적 사고에서 유래한 것이 아니라는 점이다. 생태시에 보이는 순환론적 시간의식이나 기억이 갖는 가치는 부정적 근대성이 자행한 자

---

24) H. 베르그송(홍경실 역), 『물질과 기억』(교보문고, 1991), pp.87-147

25) 위의 책, p.91

아정체성의 상실이나 생태계 파괴에 대한 저지이자 회복의 의미를 띤다는 것이다. 시간의 주기화는 바로 그러한 영성과 생명성의 회복의 뜻이 들어있다. 즉 과거 사실의 순환으로서 시간이 갖는 의미는 정신적 분열성과 단절성을 극복해주고, 존재의 사물화로 발생하는 무화(無化)에 저항하는 이 시대의 미학적 웅전인 것이다.

생태 아나키즘 문학의 흐름

1. 아나키즘과 생태주의

아나키즘 사상의 뿌리는 자연이다. 이러한 자연개념은 아나키즘의 모든 교의, 즉 권위의 거부, 정부 및 국가에 대한 혐오, 상호부조, 소박성, 분산화, 정치에의 직접참여 등의 원천이자 기초가 되고 있다. 실제 자연에 있어서 일반적인 법칙은 공정 형태의 발전을 이끌고 구조적으로 최대의 효력을 발휘시키려고 하는 균형과 조화의 원리일 것이다. 이러한 자연의 원리는 국가가 강제로 만든 법보다 우수한 정의의 원리, 즉 우주의 자연적인 질서에 본래부터 갖추어져 있는 평등과 공명의 원리가 실재하고 있다는 믿음을 반영한 것이다.[1] 따라서 아나키스트에게 자연은 최초에 물리적 세계에 있어서, 다음으로 도덕적 세계에 있어서 균형이 잡힌 질서를 의미한다.

그런 점에서 아나키스트 고드윈이 자연을 염두에 두고 사회구성을 말

---

1) 손진은, 「열린 체계로서의 미학」《시와 반시》통권 5호(1993, 가을호), pp.100-101

하는 것은 시사하는 바가 크다. 고드윈은 어느 사회이건 인간의 행복과 양립할 수 있는 사회는 생동하는 자연적 성장체이어야 하며, 이에 대립하는 사회가 이른바 <합리적인> 개념화에 의해 시도된 <국가>라는 것이고 이러한 국가를 형성한 합리적인 논리가 자연법과 그 한계를 인지하지 못하고 적용되는 경우 오직 인간의 정신이나 마음을 노예화하고 말 것이라는 점을 강조하고 있다.[2] 그것은 자연적 구성이 가장 정의롭고 바람직한 사회라는 것을 의미한다.

아나키즘 사상의 이론적 정립을 꾀했던 크로포트킨 역시 자연적 법칙에 따른 사회구성이 가장 이상적인 사회로서 아나키즘 사회가 됨을 밝히고 있다. 크로포트킨이 지향하는 사회는 "자연의 생활 자체에 보여지는 바와 같은" 것으로서 자연에서 이루어지는 진화와 같은 "끊임없는 전진"만 있을 뿐이다.[3] 그것은 자연에 대한 도저한 이해와 믿음을 전제로 하지 않고서는 나올 수 없는 말이다. 크로포트킨은 더 나아가 이러한 자연적 법칙의 인간화에 대한 믿음까지도 보여준다.

> 개개인이 아무리 비도덕적인 행위를 한다 할지라도, 인류가 멸망기에 들어가지 않는 이상, 인간성 속에는 도덕적 원리가 본능으로서 반드시 포함되어 있으리라는 것, 이 인간성에서 나오는 도덕적 감정에 위배되는 행위는 불가피하게 타인 속에 반감을 일으키리라는 것, 그것은 흡사 물리적 세계에 있어서 역학적 반동이 일어나는 것이나 다름 없다는 것 등이다. 개개인의 반사회적 행위에 대한 이와 같은 반응의 능력 속에, 인간사회에 있어서의 도덕적 감정과 사회성의 습관을 필연적으로 버티어 주는 자연적인 힘이 뿌리박고 있으므

---

2) 방영준, 「아나키즘의 정의론에 관한 연구」(서울대 대학원, 박사, 1990), p.51에서 재인용
3) 크로포트킨(하기락 역), 『근대과학과 아나키즘』(도서출판 신명, 1993), p.67

로 그것은 동물 사회에 있어서 그것을 전혀 밖으로부터 개입시킴이
없이 지탱하고 있는 것과 똑같은 것이고, 더욱이 이 힘은 어떤 종교
나 입법자의 명령보다도 무한히 강력하리라는 것을 꿈뜨는 이해하
지 못했던 것이다.4)

　이 글은 자연 상태가 가장 최고의 원리를 구현하고 있다는 믿음을 표현
해주고 있다. 즉 자연 속에 도덕적 원리가 본능으로서 있어 인간 사회를
가장 자유스럽고 평화롭게 유지시킨다고 보는 것이다. 크로포트킨은 인
간이 본질적으로 사회적인 존재라는 점과 권위가 파괴되는 경우 이를
충분히 감당해낼 수 있을 뿐만 아니라, 자유롭고 자연적이고 본질적인
인간의 우애적 결속에 의해 사회를 유지할 수 있는 인간의 강력한 윤리 ·
도덕적 충동을 믿고 있는 것이다. 결국 이러한 관점은 자연법에 의거해
사회가 조직되어야 함을 보여준다. 그 점에서 아나키스트들은 이러한
자연론적 사회관을 바탕으로 하여 인간이 자유와 사회적 조화 속에서
살 수 있기 위한 모든 성질을 타고나면서부터 자기 속에 갖고 있다는
주장을 인정한다.
　이러한 자연론적 사회관은 동양적 도가사상에서 주장하는 무위자연
(無爲自然)과 상당히 유사성을 지닌다는 점이 특색이다. 즉 노자에 있어
서 자연은 도의 모습이며 모든 만물이 그 스스로 존재하며 변화해가는
과정전체의 모습을 가리키는 개념이라 할 때, 곧 도의 움직임은 곧 만물
의 자발적 운동과 변화이며 그러한 모습이 곧 자연이라는 등식이 성립할
때 아나키즘에서 주장하는 자연론적 사회구성은 동양적 도가사상에서
주장하는 맥락과 같아진다. 도가사상에서 말하는 "도는 본원이요 자연은
도의 성질"5)이라면 아나키즘에서 자연은 바로 정의로운 사회의 본원이

---

4) 위의 책, pp.38-39

요 자연을 이념으로 한 아나키즘 사회는 자연의 한 성질이 되는 셈이다.

따라서 아나키즘 사상에서 추구하는 자연론적 사회관은 동양적 사유와 통하면서 최근 부상하고 있는 우주 공동체로서의 생태주의 세계관의 바탕이 된다. 즉 이러한 자연적 사회구성의 바람은 자연주의적 세계관, 나아가 자연과 인간이 조화를 이루며 살아가게끔 하는 생태학적 세계관으로 발전한다는 뜻이다. 그 점에서 미국에서 1930년대 이후로 무정부주의 운동을 주도하던 머레이 북친의 사회 생태론 주장은 바로 아나키즘 사상이 추구하는 자연론적 사회관의 현대적 적용이다.

그는 아나키즘에서 주장하는 자연론적 사회구성의 올바름을 확신하는 듯 현대 자본주의사회가 갖는 한계를 지적한 뒤 사회 공동체는 생태학적 차원에서 논의돼야 함을 역설하고 있다.

> 사회 생태론의 힘은 사회와 생태계 간 연합을 구축하려는 시도에, 사회적인 것을 적어도 자연 속에 잠재화된 자유의 완성으로 이해하려는 점에, 그리고 생태적인 것이 사회 발전의 주요 조직 원리라고 생각하는 점에 놓여 있다.6)

이것은 사회 공동체의 완성은 생태 공동체 속에 위치할 때만 가능하다는 것을 말한다. 때문에 생태적인 것이 가지는 가치와 원리는 곧바로 사회공동체의 가치와 원리가 된다. 여기서 생태적 가치와 원리는 크로포트킨이 제기한 상호부조의 원리가 가미된 진보의 형태, 곧 공동체적 질서의 완성으로서 도덕적 진보를 의미한다. 따라서 생태학적 세계관은 우주는 하나의 유기체로서 가장 자연스러운 질서에 따라 움직이고 진화해

---

5) 羅光, 『중국철학사상사』(臺北:學生書房, 1982), p.204
6) 머레이 북친(문순홍 역), 『사회 생태론의 철학』(솔 출판사, 1997), p.126

간다는 자연론적 정의관을 보여주는 것에 다름없다. 그것의 지향과 놓인 모습을 볼 때 사회의 완성은 자연의 완성이다. 이것은 유기론적 사회관의 최고도로 발현된 형태다.

그러나 북친이 볼 때 현대 사회는 생태적 원리나 가치에 의해 움직이는 사회가 아니다. 자본주의 사회가 가져오는 모순, 즉 분열과 파편, 소외와 대립이 깊은 심연으로 자리잡고 있다. 그에게 이러한 사회를 극복할 수 있는 방법은 사회 생태론적 입장, 즉 생태 아나키즘적 세계관에 서는 것 뿐이다. 사회 생태론적 입장에 설 때 공유와 협력의 건강한 인간 연합을 촉진시킬 수 있다는 앎, 인간과 자연 간의 창조적인 '신진대사'를 여는 기술 분야의 개발, 그리고 우리 문명 내에 자연이 현존하고 있음에 대한 새로운 통찰력 등을 획득할 수 있고, 그 결과 우리의 곁에 자연이 여전히 함께 하고 있음을 결코 부인하지 못하도록 만든다는 것이다. 사실 이러한 것들은 우리가 그 동안 이윤을 목적으로 해서 <자연 자원>을 남용하고 생물권을 마음 없는 존재로 단순화하는 것에 이데올로기적으로 도전하는 것이기 때문에 정신적 물리적 변화를 가져오게 한다. 그 점에서 북친은 "우리의 사회 공동체를 생태 공동체 내로 위치짓고, 우리의 사회 관계와 제도들을 이에 맞추어 재단하지 않는다면, 우리들은 <새로운> 사회 또는 <합리적인> 사회를 의미있게 이야기할 수 없다"면서 "합리적인 미래 사회가 무엇이든지 간에, 우리는 혁신과 기술, 발전, 지력을 인간 외적인 자연세계와 결합시키는 생태 사회에 기반하여야 하는데, 그 이유는 이 자연 세계에 우리 문명과 인간의 복지가 의존하고 있기 때문이다"[7]라고 말하고 있다.

이렇게 볼 때 아나키즘 세계관과 생태학적 세계관은 그 근저에서 관련

---

7) 위의 책, pp.128-129

되는 사고방식이며 두 세계관이 결합된 생태 아나키즘 세계관은 인간과
인간의 사회구성이 자연을 배제한 상태에서 이루어질 수 없음을 확인하
는 것이며, 자연의 중요성을 깨우칠 때 인간 사회공동체도 바로 세울
수 있음을 보여주는 것이라 하겠다.

2. 국권상실기의 생태 아나키즘 문학의 모습

기술주의와 자본주의가 결합해 생태계를 파괴한 것으로 나타났던 부
정적 근대성의 극복은 보다 한 단계 높은 이상사회를 지향한다. 그것은
기술문명의 발달을 염두에 두면서도 자연과 조화하는 생태학적 유토피
아를 지칭한다. 흔히 에코토피아(ecotopia)로 불리는 이 이상사회는 90년
대 들어와 생태시, 생명시가 논의되면서 나온 용어다. 21세기를 맞이하여
기술적 유토피아, 즉 테크노피아(technopia)가 가지는 한계를 인식하면서
생태학적 사고를 바탕으로 자연과 인간의 황금 고리를 끊지 않고 이 양자
를 통합하는 일원적 사고체계를 확립하고자 할 때 생태학적 유토피아는
절대적인 미래 사회로 요청된다.[8]

그러나 이러한 에코토피아도 사회제도적 차원의 비판이 전제되지 않
을 때 하나의 관념적 세계로 후퇴한다. 흔히 말하는 <자연 중심>, <생
명 중심>, 또는 <동양 정신>을 강조하는 생태주의적 사고방식은 실제
생태계를 망치게 한 현실적 모순을 희석시키고 추상적인 차원에서 <인
간> 또는 <인류> 일반에 책임을 전가함으로써 반동적이고 수구적인
경향으로 나아가게 하는 가능성이 농후하다. 즉 근본 생태주의라 칭해지

---

8) 최동호, 「21세기를 향한 에코토피아의 시학」『하나의 道에 이르는 詩學』(고려대 출
판부, 1997), p.223

는 이와 같은 태도는 도구적 이성이 가져온 부정적 근대성을 극복하기 위한 심층적 대안의 성격은 조금 갖고 있겠으나, 현실적 개혁의 측면에서 볼 때 다분히 추상적 관념의 세계로 나아감으로써 구체적 사상이 되지 못하고 있다. 그렇게 볼 때 <사회적> 비판과 <사회적> 변혁에 확고하게 뿌리를 내린 생태주의만이, 자연 <그리고> 인류에게 유익한 방식으로 사회를 변혁하는 수단을 제공할 수 있다.[9] 이러한 생태주의는 바로 자본주의의 모순을 비판하고 모든 권위주의적 사회 제도를 거부하는 아나키즘 사상에 바탕을 둔 생태주의, 즉 사회 생태론, 혹은 생태 아나키즘을 일컫는다. 이 생태 아나키즘만이 진정한 생태계 파괴의 현실을 극복해 갈 수 있는 구체적 대안 사상이 될 수 있다.

이러한 생태 아나키즘적 세계관을 가지고 20세기 한국 아나키즘시를 살펴볼 때 국권상실기부터 이러한 세계관을 가진 다수의 시가 발견된다. 이것은 아나키즘 사상 자체가 자연론적 사회관을 바탕으로 한 만큼 아나키즘시는 은연중 자연 속의 삶을 예찬하게 되기 마련이고 그러면서 당시 사회의 제도에 대한 비판을 행할 수밖에 없음을 말해주는 부분이다.

이를 가장 먼저 보여준 시는 아나키스트 흑성(黑星) 권구현의 시이다. 1926년에 발간된 『흑방(黑房)의 선물』에 실린 권구현의 시에서는 이러한 <자연>, 혹은 <자연스런 삶>에 대한 갈망이 대다수를 이룬다. 그것은 곧 현실 속의 삶이 자연스럽지 못했음을 보여주는 반증이라 할 수 있다.

동모여
들으라 들으라
저 奏樂을
無限한 生命力의

---

9) 머레이 북친(박홍규 역), 『사회생태주의란 무엇인가』(민음사, 1998), p.16

行進曲을 아뢰는
저 壯嚴한
大自然의 奏樂을

오 동모여
저 奏樂의調子를따라
춤추며 노래하자
生의 光榮을—
서로서로 붓들고
춤추며 노래하자

                              — 권구현, 「奏樂」 전문

도라를가자
도라를가자
누덕이의 옷을벗고
마음의 누덕이의 옷을벗고
福스럽고도 귀여운
알몸이되야

도라를가자
도라를가자
無限의靜肅으로
永遠의平和를 말하는
저 거룩한 싸의어머니의
慈愛로운 품으로—

                         —권구현, 「도라를 가자」 전문

위 두 시에 나타난 자연의 모습은 아나키즘 사상의 모태가 되고 있는
<자연>이다. 즉 아나키즘 사상이 지향하는 자발과 조화, 균형의 개념,

곧 정의로운 사회 규범을 가리키는 기틀로써 자연이다. 또는 인간이 추구하는 유일성, 화합성, 무위성, 자율성 등의 이념으로서 자연이다.[10] 권구현이 말하는 "大自然의 奏樂"이 "無限한 生命力"을 고양하는 것임을 의미할 때, 이는 곧 자연의 삶, 다시 말해 자연적 삶이 인간의 완전성을 보장한다는 아나키즘 사상이 배여있는 것이다. 그래서 그에게 "짜(땅)"는 "永遠의 平和를 말하는" "어머니의/慈愛로운 품"에 비유될 수 있는 것이다.

　이러한 인식 위에 서 있기 때문에 권구현은 자연의 완전성을 두고 <낙원>이라는 생태 아나키즘적 유토피아성을 부여하고 있다 ("짜위에 萬物이 생겨날째에/太陽은 짯듯한 키쓰를주엇나니/萬物은 福스럽게도 자라나도다"―「樂園」에서). 그래서 아나키즘 사상을 달성 지향한다는 의식의 차원에서 권구현은 자연의 세계, 전원의 세계로 가기를 권고한다.

　　가자
　　가자
　　田園으로 가자
　　우리의먹을 것은
　　그곳에서 엇나니
　　푸른풀욱어진
　　田園으로 가자
　　심으고 매려
　　그곳으로 가자

　　毒魔의 巢窟을 써나
　　餓鬼의 싸움터를버리고

---

10) 방영준, 앞의 논문, p.54

都市를 버리고
田園으로 가자
健全한 알몸이되야
自然의惠源을차저
가자
가자

— 권구현, 「田園으로」 전문

　이 시에서 보아야 할 것은 도시와 자연의 이원적 대비다. 도시는 "독마
(毒魔)의 소굴(巢窟)", "아귀(餓鬼)의 싸움터"로서 허식과 악마적 공간이
고, 이에 비해 전원(田園), 즉 자연은 '건전'함과 '혜원(惠源)'이 깃든 진실
과 안락의 공간이다. 이러한 대비의 이면에는 당시 도시적 현실에 대한
강한 부정이 존재하는데 이는 곧 근대화, 문명화를 명분으로 일본에 의해
식민지화된 조국 현실을 마귀의 소굴, 도시로 인식하고 그에 대한 저항을
시적으로 형상화한 것이다. 즉 머레이 북친의 견해로 보자면 올바른 사회
를 구성하지 못한 사회 제도를 비판함으로써 생태적 바른 삶을 추구하는
것에 해당한다.
　그 점에서 위의 시에서 주목해야 할 것은 "健全한 알몸"이라는 표현과
"自然의 惠源"이란 개념이다. 이 때 건전한 알몸은 인위와 제도에 오염되
지 않은 순수한 인간 본연의 상태를 지향하는 의미며, 그런 의미에서
그의 시에 나오는 야성과 원시의 생명의식은 바로 복고적인 역사의식과
는 거리가 먼, 오히려 역사의 체험 끝에 우리 인간이 찾아야 할 미래지향
적 인간 정체성이라 할 것이다. 또 자연의 혜원(惠源)이란 개념도 인류의
원초적 꿈이었다 할 수 있는 황금시대에서의 총체성처럼 인류의 미래에
회복되어야 할 유토피아의 한 전형으로 제시되고 있는 것이다. 때문에
그의 자연주의에 입각한 아나키즘적 유토피아 사회상은 당대의 비인간

적 현실을 비판하여 극복하고자 하는 인간의 원초적 열망과 관련하여 해석되어야 할 사항이다.

이러한 아나키즘 속성은 부정적 근대성, 즉 자연이나 타자를 사물화(事物化)나 수단으로 치닫게 하는 <기술적 근대성>에 저항하는 요소로 등장한다. 아나키즘 사상은 분명 타자를 자기의 보존을 위한 도구로 사용하는 관점이나 행동에 대해 반대한다. 아나키즘은 모든 사람이 이성과 양식에 따라 자발과 평등의 호혜로운 원칙 위에서 사회를 구성할 것이라고 믿는다. 그 점은 앞에서 보았던 자연론적 사회관의 반영이다. 그것은 지배자의 특권에만 봉사하는 과학과 자본주의의 발달을 부정하는 측면에서 도덕적 특성을 강조하는 전근대적 사고라 할 만하다. 그러나 여기서 전근대성은 복고주의적 차원에서 말해질 것은 아니다. 이 때의 전근대적 사고 방식은 근대적 방식이 갖는 어떤 한계를 드러내거나 교정한다.

근대성을 비판하는 개념으로서 전근대성은 바로 기술적 근대성이 갖는 도구성에 대한 반감의 표현이다. 이때 아나키즘 사상에서 내세우는 반감의 구체적 실례들은 중세적 질서로 대표되는 공동체주의다. 공동체주의의 사고는 근대성이 갖는 개인주의적이고 분열적인 현상에 대하여 전체적인 시각과 소외없는 이념으로서 동질성을 환기시킨다. 이는 마치 역사 속의 낭만주의 운동이 각 나라마다 정도의 차이는 있지만 프랑스 대혁명 이후 영국에서 시작된 산업화가 구미 각국에 확산되면서 전대미문의 급격화를 겪은 산업자본의 사회에서, 여러 형태의 <소외>를 경험한 지식인들이 부르주아 산업문명에 보여준 적의에 찬 반응과 자본주의 이전의 과거 사회로 되돌아가고자 하는 동경, 즉 낭만주의적 반자본주의의 세계관을 드러낸 것[11]과 같은 이치다.

---

11) 임철규, 『왜 유토피아인가』(민음사, 1994), p.359

이러한 생태주의적 관점에서 인위적이고 부정적인 근대성에 대해 비판의 인식은 민족주의에서 무정부주의로 사상적 전화를 보인 단재 신채호의 작품에서도 볼 수 있다.

3.
일시적 순간적인 너의 몸을 바치어
동포 국가 사회 인류 모든것을 위하라는
너희의 가진 윤리 싸움질을 못 금한다.
싸움 없는 매암의 사회 윤리를 어데 쓰랴
온 세계의 모든 겨레 한 소리로 화답하자 매암매암

4.
수천 여년 기업으로
문학 미술 정치 풍속 모든 것을 창조해 온
너희의 가진 역사 종 되는 화를 못 구한다.
자유 자재 매암이 나라 역사를 어디 쓰랴
자연으로 만든 풍류 또 한 마디 아뢰어라 매암매암

5.
여름은 우리 시대 綠樹는 우리 家鄉
이슬은 우리 양식 생활이 평등이다.
좋을씨고 매암이 생활 매암매암 매암매암
아비가 매암이면 아들도 매암
사내가 매암이면 아내도 매암
이름도 차별없다
좋을시고 매암이 이름 매암매암 매암매암

　　　　　　　　　　　　　　　—신채호, 「매암의 노래」에서

신채호가 무정부주의에 빠져들면서 썼다고 추정되는 이 시는 자본주의적 삶을 부정하고 공동생산, 공동분배를 통해 소유욕 자체를 없애버리는 무정부 공산주의, 즉 유기적 공동체주의의 한 양상을 잘 보여준다. 특히 인간의 인위적이고 강제적인 사회 제도를 비판하고 있다는 점에서 전형적인 생태 아나키즘적 세계관을 보여주고 있다.

이 시는 총 6연으로 된 장시인데 1연과 2연에서 주체성과 도덕성을 노래한 뒤 3연에 가서 매미 입장, 즉 생태 아나키즘적 입장에서 인간을 준열하게 꾸짖는다. 곧 3연에서 인간의 윤리로는 싸움을 그칠 수 없다라고 말한 뒤 "싸움없는 매암의 사회 윤리"를 제시하는데 이 윤리는 자연적 자발적 합의에 의해 도출된 윤리이기 때문에 아나키즘 사상에서 말하는 윤리, 곧 크로포트킨의 <상호부조>의 정신을 일컫는다. 이런 상호부조의 정신 속에서 드디어 유기적 공동체 사회로서 아나키즘적 이상 사회상을 5연에서 제시한다. 매미 생활로 비유하여 보여주고 있는 이 사회상은 우선 "여름은 우리 시대 綠樹는 우리 家鄕"이라는 표현에서 볼 수 있듯 자연과 조화되는 삶을 의미한다. 이는 아나키즘 사상이 자연의 원리를 그 바탕으로 하고 있음을 염두에 둔 표현이다. 즉 호혜적(互惠的)인 자연성이 모든 윤리적 가치 기준을 결정하고 그것이 정의로운 사회임을 뜻한다는 푸르동이나 크로포트킨의 사상을 지지해주고 있는 것이다. 쾌적한 자연적 삶의 양상은 이후 아나키스트들이 가장 염원하는 이상적 세계의 상징이다. 그리고 "이슬은 우리 양식 생활이 평등이다"와 "이름도 차별 없다"에서 신채호가 바라는 이상적 사회상의 성격을 간취할 수 있다. 즉 지상의 모든 물적 재산에 대하여 공동 소유임을 인정하는 차원에서 그는 양식과 생활의 평등이 전제되지 않은 삶이란 자유와 행복이 없음을 인식하고 있다. 철저히 동등하면서 그 개별성과 주체성이 보장된 사회, 바로 아비와 아들, 사내와 아내가 함께 평등히 꾸며가는 유기적 공동체 사회로의 지향이 이 5연의 주된 의미가 되는 것이다. 이것은 바로 신채호가 당시 역사적 현실에서 발생하는 궁핍과 억압에 대한 이상적 전망을 떠올린 생태 아나키즘적 유토피아 상인 것이다.

이 지점에서 또한 일제 치하 아나키즘 사상을 그 창작의 바탕으로 삼은 유치환의 강렬한 생명성과 원시주의도 생태 아나키즘의 해석 선상에서 살펴볼 수 있다.

> 나의 지식이 독한 회의를 구하지 못하고
> 내 또한 삶의 애증(愛憎)을 다 짐지지 못하여
> 병든 나무처럼 생명이 부대낄 때
> 저 머나먼 아라비아(亞剌比亞)의 사막으로 가자
>
> 거기는 한 번 뜬 백일이 불사신같이 작열하고
> 일체가 모래 속에 사멸한 영겁의 허적(虛寂)에
> 오직 아라—의 신만이
> 밤마다 고민하고 방황하는 열사(熱沙)의 끝
>
> 그 열렬한 고독 가운데
> 옷자락을 나부끼고 호올로 서면
> 운명처럼 반드시 '나'와 대면케 될지니
> 하여 '나'란 나의 생명이란
> 그 원시의 본연한 자태를 다시 배우지 못하거든
> 차라리 나는 어느 사구(沙丘)에 회한 없는 백골을 쪼이리라
>
> —유치환, 「生命의 書(1章)」전문

이 시의 서정적 자아가 거처하는 곳은, "나의 지식이 독한 회의를 구하지 못하고/내 또한 삶의 애증(愛憎)을 다 짐지지 못하여/병든 나무처럼 생명이 부대낄 때"로 두고 볼 때, 부정적 근대성이 표출된 사회 속임을

알 수 있다. 따라서 그러한 자아에게는 도구적 상태에서의 탈출이 필요한데 유치환은 이를 절대의 사막 '아리비아 사막'으로 형상해 놓고 있다. 그런데 이러한 절대의 사막이란 나에게 "생명이란/그 원시의 본연한 자태를 다시 배우"게 하는 도량의 의미를 가진다. 이것은 도구적 근대성을 극복할 하나의 비전으로서 원시주의, 또는 생명주의가 된다. 즉 부정적 근대성에 대립한 이미지로서 야성적 생명 공간인 생태주의적 성격을 지닌다.

유치환 시에서 이러한 원시성과 야성적 생명 공간이 가지는 의미는 물론 명백할 것이다. 그것은 당시 일본 제국주의에 의해 자행되는 독점 자본주의의 포악성에 저항하는 면역체의 의미를 가지는 것이다. 그에게 아라비아 사막으로 대변되는, 지금 이곳의 파편적 근대성을 넘어서는 원시적 공간은 일제에 의해 사물화되는 자아를 지켜내기 위한 의식적 투쟁 장소였다. 그 점에서 원시주의로 대표되는 생명성은 바로 생태 아나키즘적 사유를 바탕으로 자아의 파편화와 인식의 해체로 특징지워지는 근대에 있어서 그것을 통합하는 유용한 방법 가운데 하나로, 현실적으로 해결할 길이 없는 모순에 대한 상상적 해결을 발견하는 데에 그 기능이 있다.[12] 유치환은 이러한 상상력을 통한 자기 해소로 일제의 파쇼화되어 가는 악랄한 상황에서 그들의 논리에 수렴되지 않고, 즉 도구화의 길을 걷지 않고 살아남을 수 있는 힘을 얻게 된 것으로 보인다. 그것은 바로 그가 생태 아나키즘의 인식을 통해 당대 현실을 바라보고 있었다는 사실의 확인인 셈이다.

---

12) 김형효, 『구조주의의 사유체계와 사상』(인간사랑, 1989), p.201

3. 해방 후의 생태 아나키즘 문학의 양상

이러한 생태 아나키즘적 관점에서 아나키스트들의 시는 해방 후에도 계속된다. 신동엽이 해방 후 대표적 아나키스트라 할 수 있는데, 그의 이러한 생태 아나키즘적 인식의 구체적 표현으로서 유기적 공동체의 모습은 하나의 이상사회의 모습을 띠고 있다.

스칸디나비아라든가 뭐라고 하는 고장에서는 아름다운 석양 대통령이라고 하는 직업을 가진 아저씨가 꽃리본 단 딸아이의 손 이끌고 백화점 거리 칫솔 사러 나오신단다. 탄광 퇴근하는 鑛夫들의 작업복 뒷주머니마다엔 기름묻은 책 하이덱거 럿셀 헤밍웨이 莊子 휴가여행 떠나는 국무총리 서울역 삼등대합실 매표구 앞을 뙤약볕 흡쓰며 줄지어 서 있을 때 그걸 본 서울역장 기쁘시겠오라는 인사 한 마디 남길 뿐 평화스러이 자기 사무실문 열고 들어가더란다. 남해에서 북강까지 넘실대는 물결 동해에서 서해까지 팔랑대는 꽃밭 땅에서 하늘로 치솟는 무지개빛 분수 이름은 잊었지만 뭐라군가 불리우는 그 중립국에선 하나에서 백까지가 다 대학 나온 농민들 추럭을 두대씩이나 가지고 대리석 별장에서 산다지만 대통령 이름은 잘 몰라도 새이름 꽃이름 지휘자이름 극작가이름은 훤하더란다 애당초 어느쪽 패거리에도 총쏘는 야만엔 가담치 않기로 작정한 그 知性 그래서 어린이들은 사람 죽이는 시늉을 아니하고도 아름다운 놀이 꽃동산처럼 풍요로운 나라, 억만금을 준대도 싫었다 자기네 포도밭은 사람 상처내는 미사일기지도 탱크기지도 들어올 수 없소 끝끝내 사나이 나라 배짱 지킨 국민들, 반도의 달밤 무너진 성터가의 입맞춤이며 푸짐한 타작소리 춤 思索뿐 하늘로 가는 길가엔 황토빛 노을 물든 석양 大統領이라고 하는 직함을 가진 신사가 자전거 꽁무니에 막걸리병을 싣고 삼십리 시골길 시인의 집을 놀러 가더란다.

— 신동엽, 「散文詩 <1>」 전문

이 시는 전형적인 미래의식의 선취로서 에코토피아적 사회상을 드러내고 있다. 당시 60년대 분단의 모순 속에 얽매여 있는 지식인에게 대통령도 자전거를 타고 시인의 집으로 놀러가는 낭만적 비전은 앞으로 우리 사회가 지향해야 될 무계급사회의 한 유토피아적 꿈일 뿐 아니라 생태주의적 세계관의 표출에 해당한다. 특히 이 시에서 대통령, 즉 시인의 집에 놀러가는 대통령은 인위적 제도를 부정했던 동양 자연론자 장자(莊子)가 꿈꾸는 이상사회 지덕지세(至德之世)의 "민여야록 상여표지(民如野鹿 上如標枝)"의 <표지>와 같은 의미다. 다시말해 제왕은 한 그루 나무 끝에 달린 가지처럼 그 지위는 매우 높지만 자연에 따르고 작위하는 것이 없는 존재[13]로서 대표성만 지닌다는 것이다. 때문에 착취와 압박의 상징으로서 대통령의 의미는 아니다. 그리고 제국주의적 폭력으로부터 포도밭을 지키는 농민들의 상(像)으로 반외세 및 자주적 세계의 확립뿐만 아니라 그가 다른 시에도 강조하는 <전경인(全耕人)>의 사상, 즉 농본주의적 상상력을 통해 부정적 근대성을 극복하는 모습은 바로 생태주의 세계관과 아나키즘 세계관의 한 절묘한 결합 양상이라 할 수 있다. 그리고 중립에 대한 의미부여도 인위적 제도에 대한 거부로서 자연적 질서를 택하겠다는 의지로 보여지며, 무엇보다 대통령의 이름도 모른다에서 보듯 인위적 정치질서에 대한 부정의식으로 읽혀진다.

이것은 모두 생태 아나키즘 입장에서 제도적 비판을 통한 이상사회 건설의 꿈을 드러낸 것에 해당한다. 즉 이 시는 생태주의적 세계관에 바탕을 둔 전형적인 동양적 유토피아 상, 즉 노자의 소국과민(小國寡民)과 장자의 지덕지세(至德之世)의 금욕적이고 정적인 유토피아 상에 충실한 모습임을 말해준다.[14] 즉 그 말은 노자의 정신을 하나의 사표로 삼고

---

13) 진정염·임기담(이성규 역), 『중국의 유토피아 사상』(지식산업사, 1993), p.93

있는 그에게 노자의 정신과 그 맥을 같이 한 아나키즘 사상을 접했을 때, 자연스럽게 두 사상은 융합 발전돼 제도적 비판의 생태 아나키즘 문학으로 발전하게 되었다는 뜻이다.

이러한 생태 아나키즘 인식은 신동엽에게 바로 상호조응과 식물적 이미지로 세계를 포용하는 단계로 나아가게 한다. 이 때 시인은 바로 이상사회로서 무정부 마을을 건설하는 대지의 아들이면서 화합과 조화의 전인적 인간으로 선다. 이러한 시인의 모습을 신동엽은 <둥구나무>에서 찾고 있다.

뿌리 늘인
나는 둥구나무.

南쪽 山 北쪽 고을
빨아들여서
좌정한
힘겨운 나는 둥구나무
다리뻗은 밑으로
흰 길이 나고
東쪽 마을 西쪽 都市
등 갈린 戰地

바위고 무쇠고
투구고 憎惡고

---

14) 그것은 신동엽이 산문에서 "<治大國 若烹小鮮> 老子 五千言 속에 있는 말이다. '大國을 다스림은 흡사 조그만 생선을 지짐과 같아야 한다.' …<중략>… 나도 내 인생만은 조용히 다스려 보고 싶다. 큰소리 떠든다고 세상 정치가 잘 되는 것이 아니듯이 바삐 서둔다고 내 인생에 큰 떡이 돌아오진 않을 것이다."라고 말한 데서 알수 있다. 신동엽,「서둘고 싶지 않다」『신동엽전집』(창작과 비평사, 1992), p.344 참조

빨아들여 한 솥밥
樹液 만드는
나는 둥구나무

— 신동엽, 「둥구나무」 전문

이 시에서 그가 인식하는 둥구나무는 바로 분단 조국이라는 역사적 현실에서 참된 인간적 삶을 지향하는 존재로서 상호부조와 생명의 원리를 바탕에 깔고 있는 존재자다. 그가 서 있는 역사적 벼랑은 "힘겨운" 상태지만 언제고 남쪽, 북쪽, 동쪽, 서쪽 등으로 갈라진 싸움터를 "한 솥밥"으로 만들고야 말겠다는 역사적 소명의식과 의지로 가득 차 있다. 그의 이러한 조화의 원리, 혹은 융화의 원리로서 살아 있는 나무의 이미지는 바로 자유와 평화를 사랑하는 사람이면 누구나 느낄 수 있는 것이지만 그러한 실천의지와 사상의 깊이가 도저한 경지에까지 이르지 못한 사람에게는 나타날 수 없는 이미지다. 따라서 신동엽 시인이 자신을 인식하는 세계 속의 둥구나무, 다시 말해 무정부 마을에 서 있는 둥구 나무는 바로 생명의 나무요, 지혜의 나무로서 아나키즘 사상이 갖는 생태주의적 세계관의 의미를 갖는다. 그가 가닿는 아나키즘 사상의 궁극적 이미지는 비로소 조용히 생명의 열로 타오르는 평화스러운 식물 이미지인 것이다. 유토피아 이미지가 사랑, 평화, 협동을 강조하는 여성적 이미지로 나타남을 그 역시 잘 구현하고 있는 셈이다.[15]

해방 후 또 이러한 생태주의적 삶의 유토피아성을 가장 잘 형상화하고 있는 시는 아나키즘 운동을 역사 현실에서 실천한 바 있는 아나키스트 박노석의 작품에 잘 나타난다.

---

15) 임철규, 「역사의 바보들」, 앞의 책, p.42

다시 돌아온 癸丑年 나의 돌해에
이런 저런 世間이 겨워
山으로 들어 餘生을 산다.

여기는 언젠가는 돌아가야 할
永遠한 우리의 本鄕!
나의 寢室 온돌방과 咫尺인
뜨락엔 數百으로 櫛比한 墓碑
고된 삶의 나래 접고
平安히 누운 魂靈들—

이 慈悲로운 고요와 永樂의 世界에
東天의 햇빛 玲瓏히 떠오르면
울울창창 湧天山 溪谷엔
구슬을 굴리는 맑은 물소리
거기 와서 지저귀는 山새소리
그 소리들에 어울려
나는 冷水浴을 즐긴다.

西山에 해가 걸리는 저녁나절
곱게도 노을이 물들면
땔나무를 하다가도 일손을 멈추고
저 白雲山 기슭에 피었다
스러지는 구름떼를 하염없이
건너다 보기도 한다.

또한 대낮의 無聊함을 달래서일까
짙푸른 하늘 半空中을 旋回하는
솔개라도 뜨는 날이면
그 雄渾하게 펼쳐진 날개를 우러러

壯快한 律動에 흠뻑 취해도 본다.
밤이 오면 버려진 地域 같지만
北斗七星 三台星 北極星 등
綺羅星들이 제자리에 나와 앉고
휘영청 달이라도 밝아 오면
이 靜寂의 天地는 왼통
나로 하여 神韻속에 잠기려 하느니

때로는 컬컬히 막걸리라도 한사발
젊은이와 어울려 주욱 들이키면서
날품팔이 人夫들과
弄談도 싱그러이 걸어도 본다.

나의 人生과 眞實은 조촐하지만
그러나 淸明할손 이렇게
한편의 詩를 가꾸며 余生을 산다.

　　　—박노석, 「山으로 들어 餘生을 —白雲墓苑에서」전문

　서정적 낭만주의시의 전형이라 할 만한 이 시는 아나키즘 사상적 측면
에서 볼 때 상당한 의의가 있다. 박노석이 이 시에서 표현하고자 하는
것은 바로 자연과 조응하고 자연에서 삶의 의미를 찾아내는 자세인데
중요한 것은 그러한 삶을 실제로 살았다는 점이다. 그런 점을 그는 산문
집에서 「돌아간 봄 다시 오는데」라는 글을 통해 "일찍이 장자(莊子)가
말한 <여천위도>의 경지, 자연과 동화되어 하나가 되는 데에 삶의 참뜻
과 기쁨을 얻으려 함인지도 모른다."[16]라고 말함으로써 동양적 유토피아
상으로서 자연 속의 삶을 말하고 있다. 그러나 위 시의 본질은 역시 아나

---

16) 박노석, 『行雲流水 —奴石 박영환 팔순 기념문집』(빛남, 1994), p.221

키즘 입장에서 문명이 갖는 인간의 소외현상을 자연론적 사회관의 투사로써 비판하는 차원에 그 의미가 크다. 박노석도 그의 이런 자연적 삶이 무엇을 의미하는지 「가진 것 없는 억만장자란다」라는 글에서 다음과 같이 말하고 있다.

> 내 손수 일군 여남은 평 되는 채전밭에 올라서 거기에 자라고 있는 온갖 채소를 어린아이 돌보듯 조심스레 돌본다. 그러한 작물들은 모두가 주인의 발자국소리에 큰다는 재미스런 말이 있다. …<중략>… 인간생활을 유익하고 편리하게 하기 위하여 인간자신이 온갖 연구와 노력으로 이룩한 과학적 물질문명은 오늘날에 와서는 도리어 그로 인한 문제들로하여 인류의 앞길에 큰 불안을 안겨주고 있다. 어떻게 해서라도 우리는 이러한 불안에서 벗어나야 할 절박한 시간에 와 있는데 그 같은 자연을 보호하고 그 자연의 품 속에서 살아가는 소박한 인간자세로 돌아가야 모든 인간이 영육간에 건강을 얻을 것이다.17)

이 글의 내용을 두고 볼 때 자연에 손수 노동하고 그 노동의 대가로 얻는 작물을 먹을 때, 정신과 육체의 분리 없이 건강하고 행복하게 살아갈 수 있다는 전언이다. 즉 그가 이러한 자연을 "여기는 언젠가는 돌아가야 할/永遠한 우리의 本鄕!"이라 말할 때, 거기는 이상적 삶의 사회상이 투사되어 있다. 이는 미국 아나키스트 D. 소로가 월든 호숫가에 집을 짓고 채소와 농작물을 직접 길러 먹으면서 당시 문명에 의해 오염된 도회적 삶을 부정하고 자연적 삶을 추구한 경우와 유사하다 할 것이다.18)
또한 그러한 삶이 "淸明할손 이렇게/한편의 詩를 가꾸며 余生을 산다."

---

17) 위의 책, pp.210-211
18) 헨리 데이빗 소로우(강승영 역), 『월든』(도서출판 이레, 1993), 참조

처럼 예술적 삶이라 할 때 생태 아나키즘 사상의 가장 고도한 발현인 셈이다. 박노석의 자연주의적 삶은 아나키즘 사상이 추구하는 사유재산 부정으로서 무소유와 상호부조의 자연적 질서 속에 살기를 몸소 실천해 보여주고 있는 것이라 하겠다.

4. 생태 아나키즘 문학의 가치와 가능성

이상으로 볼 때 한국 생태 아나키즘 시는 일정한 역사 사회 현실에 대응하는 시적 인식을 표출해 왔다 할 수 있다. 특히 사회적 현실의 모순과 제도적 왜곡에 대한 비판을 통해 자연적 삶과 이상적 사회상을 추구하고 있다는 점에서 추상적 생태주의에 빠지지 않았다는 점이 지적되어야 할 것 같다. 도구적 근대성이 갖는 물화와 수단화에 저항하여 자연적 삶이 갖는 가치와 아름다움을 서정의 결로 표현해 내고 있음은 한국 생태 아나키즘 시의 그 미학적 역사적 가치를 엿보게 한다.

이러한 생태 아나키즘시는 사실 21세기를 맞는 이 시점에서 더 활발히 전개되고 있다고 말해야 옳으리라. 이윤택을 비롯한 김지하, 송재학, 서림의 일부 시에 보이는 제도적 차원의 근대성 비판과 자연 중심의 삶 추구는 사회 생태론적 입장에서 해석될 여지를 주고 있다. 그들이 비록 아나키스트라 자처하지는 않더라도 그들의 시적 세계가 앞서 살펴보았던 생태 아나키즘의 인식을 드러내고 있다고 보여지는 대목이 많으므로, 21세기를 맞는 이 시점에서 자유와 자발과 자치의 생태 아나키즘 사상의 실천 가능성으로 우리에게 다가온다고 말할 수 있을 것이다. 그리고 이들의 역사성으로 보아 앞으로 여러 시인들이 자유와 평등에 대한 인식 속에서 자연적 삶의 본질에 바탕을 둔 이상적 사회상을 탐구하게 될 것을 예측하게 될 때 생태 아나키즘 시의 전망은 밝다 하겠다.

유토피아 인식이 당대 현실의 모순에 대한 보다 철저한 비판 위에 서 있음을 전제할 때, 아나키즘에 기반한 에코토피아의 전망은 현재 우리들의 결핍된 삶을 메꿔주고 풍요로운 미래적 삶을 준비한다는 점에서 역사의 절대적 요청이다. 때문에 인간의 삶의 조건이 되는 자연과 그 연장선상의 사회의 원리를 형상화하고 있는 생태 아나키즘 시를 지속적으로 관찰해 보는 것은 동시대적 삶의 지형도를 그려보고 그것의 지향점을 확인해 보는 것으로서 의의있는 일일 것이다.

동일성에서 물화(物化)의 시학으로
—탈근대 시학 정립을 위한 시론(試論)

1. 시에 대한 정의는 시대에 따라 다르다.

시에 대한 정의의 역사는 오류의 역사다라고 엘리어트가 말한 바 있듯이 시에 대한 확정적 개념 규정은 어불성설일 것이다. 하지만 최근 우리 학계에서 시를 하나의 굳어진 개념으로 정의하려는 경향이 있다. 무엇이냐 하면 "시는 시인 자신의 감정을 표현하는 것"으로 규정하는 것을 말한다. 여기서 주목할 만한 사실은 시의 본질적 특성으로 '자기(자아)'와 그에 관련된 '감정', 그리고 이러한 자아의 감정을 내부에서 외부로 드러내는 방식으로서 '표현'의 강조다. 이러한 정의에 따르면 시는 자아의 감정적 문제를 밖으로 표출하는 하나의 예술적 행위다.

하지만 이러한 시적 인식은 역사의 처음부터 지속된 개념은 아니다. 우리가 배우고 가르치고 있는 시의 이런 특성은 서구 근대 사회가 들어서면서 발생한 낭만주의 시관(詩觀)에서 유래한 것이다. 서구와 동양을 막론하고 역사의 초기에는 오히려 이러한 개인적 감정의 표현보다는 우주적 질서—그것이 이데아이든 하늘의 도(道)이든—를 본받고 그것의 실천으로서 시적 행위를 강조했다. 즉 모방과 효용을 강조한 시적 인식이 주류를 이루었다. 이를 고전주의라 한다면 그것의 시관은 보편과 이성, 그리고 모방의 중시다. 그런데 그것이 자아(주체), 그리고 자아의 감정과 표현을 강조하는 낭만주의적 개념으로 바뀌는 데에는 근대라는 역사적 큰 단절이 자리하고 있기 때문이다.

우리가 살고 있는 이 현대는 역사적 근대를 바탕으로 서 있기 때문에 낭만주의에서 비롯된 시에 대한 인식이 지금까지 우리의 의식을 지배하고 있는 것에 대해 전혀 이상하게 생각하지 못하고 있다. 그것은 어쩌면 자연스럽고 당연한 일로 여겨질지도 모른다. 그러나 오늘날의 우리 현실은 근대가 준 혜택보다 그것의 부정적 결과에 대한 극복의 문제가 심각한 과제로 대두되고 있다. 그런 점에서 근대적 인식을 그대로 유지할 경우 근대가 보여주었던 부정적 특성들에 대한 근본적 반성이나 전환의 계기를 만들 수 없다는 사실이 문제가 된다.

여기서 필자는 후기 산업사회가 정점을 향해 치달아가고 전지구적으로 자본주의가 기승을 부림으로써 자연은 황폐화되고 인간은 물질에 대한 끝없는 욕망의 노예가 되어 우리들의 미래가 암담해지고 있는 이 현실, 다시 말해 전세계적으로 근대가 가져온 정신적 생태적 위기를 맞고 있는 이 현실에서 그나마 우리들의 정신적 끈을 붙잡아 주고 있는 시적 인식에 대해 점검의 필요성을 느낀다. 정말 그것이 오늘날 우리 현실에 대해 적합성을 갖고 대응하고 있나 아니냐 하는 여부를 갖고 말이다. 만약 그것이 앞서 말한 것처럼 근대적 인식의 연장 선상에 그대로 놓여 있다면 근대 극복의 과제를 지금과 같은 시적 인식으로 달성하기는 어려울 것이기 때문이다. 따라서 시를 자기 감정의 표현으로만 보아서 오늘날 우리에게 주어진 이 역사적 현실의 문제를 극복할 수 없는 사실에 봉착한다면 우리는 새로운 시적 인식, 특히 생태적 정신적 위기의 문제를 근본적으로 해결할 수 있는 시적 인식의 창조 혹은 이를 대신할 전통 시학의 발굴을 절실한 과제로 삼게 되지 않을 수 없는 것이다.

2. 시에 대한 몇 가지 개념의 검토; 자기표현, 동일성

다시 말해 보자. 오늘날 우리에게 닥쳐오는 정신적 생태적 위기에 대한 대응은 분명 예술적 인식으로서 시가 맡는 부분이 꽤 크다 할 수 있다. 시가 갖는 서정성이 대립과 분열의 문화에 대해, 그리고 자연의 도구화와 비생명화에 대해 그 경계(警戒)는 물론 조화와 융합의 실마리를 제공하는 단서가 된다는 점에서 어느 예술적 장르보다 이 시대의 미적 인식으로 요청되고 있다. 그런데 그만큼 중요한 시적 인식의 문제에 있어서 과연 그러한 내용들 중 대부분이 이 시대적 문제에 적실성을 갖고 대응하고 있나 하는 문제에 대해서는 아직 본격적인 검토가 이루어지지 않고 있다. 다만 서정의 필요성과 근대를 극복하기 위한 새로운 수사학의 필요 차원에서 문제를 제기하는 사람이 몇 있을 뿐이다.[1] 따라서 근대극복의 중요한 과제를 안고 있는 우리들로서 탈근대성의 담론으로 제기되고 있는 시적 인식의 여러 요소들을 그 심층의 차원에서 검토해볼 필요성이 있다.

---

1) 대표적인 사람이 구모룡이다. 구모룡은 「포위된 혁명: 시적 근대성 비판」에서 근대 시학 내부에 존재하는 몇 가지 잘못된 개념, 즉 시를 "1)자아중심주의 : 시는 세계의 자아화다, 2)동일성 : 시는 동일성이다, 3)은유 : 시는 은유다"라고 보는 관점의 잘못을 지적하고 있다. 이 글에서 구모룡은 이러한 잘못된 관점은 낭만주의 이래로 모더니즘에 의해 계승, 확대재생산 된 관행일 뿐이라고 밝히고 있다. 자세한 것은 『제유의 수사학』(좋은날, 2000) pp.41-44 참조. 필자의 이 글도 구모룡의 논지에 힘입은 바 크다.

2-1. 시는 자기표현일 뿐인가

시학자 중에는 극단적으로 시적 장르의 특징을 '표현'에 두고 있다. 일찍이 헤겔은 그의 시학에서 서정시의 장르적 특징을 '자기표현'이라고 말하였다.

> 서정시의 내용은 주관적이고 내적인 세계이며 관조하고 감동하는 마음이어서, 이것은 행위로 나타나 전개되는 것이 아니라 내면성에 머무른다. 따라서 **주체의 자기 표현을 유일한 형식이자 목표로 삼을 수 있다.** 그러므로 여기에서는 하나의 실체적인 총체가 외부사건으로서 펼쳐지는 것이 아니라, 자기 안으로 향하는 각 개인의 직관, 감정, 성찰이 가장 실체적이고 물질적인 것을 내포하는 것으로서, 그 자체의 열정이나 기분, 반성으로서, 그리고 이것들에게서 직접 생긴 결과로서 전달된다.[2](인용문 안의 고딕체는 필자가 강조하기 위한 표시.)

헤겔의 이 정의는 독일 낭만주의 서정시 이론으로 정립되면서 '시'하면 '자기 표현'이라는 등식을 확립했다. 헤겔의 영향을 받은 것으로 보이는 후대 학자 히르트는 『서사 · 극 · 서정문학의 형식원리』(1939)에서 장르 구분의 원리로 '표현과 보고'를 들면서 주체는 스스로를 표현하고, 객체에 대해서 우리는 보고를 획득한다는 전제 아래 "극과 서정시는 오로지 표현만으로 즉 극적 인물이나 시인의 자기표현으로만 이루어진다"[3]고 밝히고 있다. 그도 시적 장르의 본질적 특징을 '표현'으로 한정한다. 그러나 히르트의 장르 구분을 설명하고 있는 헤르나디는 그의 이러한 분류, 즉 두 개념(표현과 보고)은 "독일낭만주의 철학가에게 흔한 자아와 세계

---

2) G.W.F. 헤겔(최동호 역), 『헤겔시학』(열음사, 1987), p.87
3) 폴 헤르나디(김준오 역), 『장르론』(문장, 1983), p.26에서 재인용

의 구분에 상응한다"고 지적하고 있다.[4] 이는 히르트의 장르 구분 생성의 원천이 어디에서 비롯되고 있는 것인지를 가르쳐주는 말이 된다. 낭만주의적 세계인식을 바탕으로 시를 규정하고 있다는 것이다. 낭만주의 시인인 위즈워드는 "시란 강력한 감정의 자발적 흘러넘침이다"라고 정의하여 이러한 표현론적 시관을 단적으로 보여주고 있다.

우리 국내 시학자들도 이러한 견해와 크게 다를 것은 없다. 홍문표는 "예술작품이란 근본적으로 내면세계의 구현이다. 그리고 이러한 창조과정은 시인의 지각이나 사상, 감정 등이 결합하여 구체화된다."[5]고 하여 표현론의 시관을 '근본'에서부터 인정하고 있다. 그는 더 나아가 "표현론의 관점에서 볼 때 시는 거울이 아니라 스스로 빛을 발하는 등불이 된다. 여기서 내면 세계란 시인의 고유한 정신적 행동이며 시인의 감정과 욕망을 내포하는 충동의 세계다."[6]라고 하여 시에서 표현의 의미를 분명하게 하고 있다. 그가 말하고 있는 '등불'이란 M.H.에이브럼즈의 『거울과 등불』의 의미를 차용한 것이다. 에이브럼즈도 이 책에서 낭만주의를 연구하고 그것의 가치를 드러내기 위해 모방으로서 '거울' 미학에서 표현으로서 '등불' 미학으로 나아갈 필요성과 정당성을 강조하고 있다. 홍문표는 이를 따라 시는 근본적으로 내면세계의 구현, 즉 표현이라는 점을 인정하고 이때의 내면세계란 시인의 감정과 욕망을 내포하는 충동의 세계라고 부연하고 있는 것이다.

그렇다면 과연 시를 이렇게만 봐야 하는가? 물론 이 문제제기가 그렇다고 에이브럼즈가 시에 대한 개념 규정으로서 분류한 방식, 즉 표현론, 모방론, 효용론, 존재론 등의 차원에서 각각 정의될 수 있음을 부인하거

---

4) 같은 책, 같은 면

5) 홍문표, 『현대시학』(양문각, 1987), p.41

6) 같은 책, 같은 면

나 망각하고 있는 것은 아니다. 문제는 오늘날 우리가 인식하고 있는 시라는 장르와 관련지어 볼 때 유독 표현론적 관점이 강세를 띠며 표현론적 입장이 시의 중요한 내용적 자질을 결정하기 때문이다.[7] 그 점에서 시를 표현론적 입장에서 주로 바라보아야 할 것인가 하는 문제가 대두되는 것이다. 그럴 때, 즉 시를 이렇게 자기표현으로만 보게 될 때 근대성의 극복의 과제가 대두되고 있는 오늘의 현실에서 심각한 문제가 발생할 수도 있다는 점이 이제 논의의 초점이 될 수 있는 것이다. 필자는 그 점을 말해보고 싶은 것이다.

낭만주의 시대에서 표현을 강조하게 된 것은 중세와 고전주의로부터 내려온 보편과 일반화의 원리에 대한 반동의 필요성으로 주체의 강조와 그에 따른 표현의 중요성을 인식했기 때문이다. 이미 구모룡이 이를 "시가 자기 표현이라는 자아중심주의는 낭만주의 이래로 모더니즘에 의해 계승될 뿐만 아니라 오히려 확대재생산 된다"[8]고 우리가 시에 대해 잘못 알고 있는 개념으로 지적하고 있듯이 이것은 역사적 어느 시대에 대응한 시적 인식일 뿐인 것이다. 낭만주의는 근대적 주체들이 개인의 자유와 평등을 추구하기 위한 차원에서 특별히 자아의 절대성을 강조하고 있다. 김주연이 이를 잘 지적하고 있는데 그는 낭만주의를 설명하는 글에서 "낭만주의에 대한 개념 규정을 할 때 나타나는 또 다른 개념이 이른바 '창조적 자아'라는 문제다. …<중략>… 자아의 중요성이 절대성으로, 절대성이 창조성으로 발전된 것인데, '창조'란 기독교 안에서 오직 신의 속성과 능력일 뿐이다. 그러므로 창조적 자아란 인간이 신의 자리에 앉겠

---

7) 현재 시중에 나와 있는 여러 시론책을 읽어볼 때, 표현론적 입장에서 도출될 수 있는 시의 특성을 시 일반적 특성으로 확대 해석하여 언급하고 있는 것을 볼 때 그렇게 생각할 수 있다.

8) 구모룡, 같은 책, 같은 면

다는 것을 의미하며 신에 대한 도전을 의미한다."[9]고 하여 그 자아의 의미를 밝히고 있다. 러브죠이도 낭만주의의 특징으로 절대적 자아의 특성을 쉴러의 견해를 분석하면서 이렇게 말한다. "(쉴러는) '모든 가능한 것을 현실화시킬 수 있는 능력의 절대적 표명, 그 표명의 절대적 통일성, 그리고 현실화된 모든 것의 절대적 필연성 등 ─가장 명백한 신의 속성을 무한한 프로그램으로 하고 있는 경향에는 신적이라는 이름을 붙여야 한다.' 쉴러는 이렇게 하여 플라톤의 두 개의 신─불변하며 자족적인 <완벽>과 모든 가능한 것을 시간 속에 한없이 실현시키려는 <창조적 충동>─을 논한다. 이 두 가지 신의 본성은 인간도 가지고 있다. 그러므로 인간에게는 영원히 갈등하는 두 가지 경향, 즉 이성적인 동시에 감동적인 존재의 <두 가지 기본 법칙>이 있다."[10] 이 내용도 인간을 신의 위치에까지 올려놓는 자아의 절대성을 강조하고 있다. 그렇게 본다면 자아의 강조와 이와 관련한 표현의 문제는 결코 낭만주의 시대에서 문제가 될 것은 하나도 없다. 오히려 그것은 근대라는 역사적 현실로 볼 때 요청되어야 할 성질의 것이다. 문예사조적 입장에서 보자면 예술이 일정하게 대상에 속박되고 그에 규정되고 있는 것도 사실이지만 예술가의 자발성에 의해 창조적으로 구성되는 것으로 인식하는 것이 낭만주의 작가들의 사상이기 때문이다.[11]

  그 점에서 근대성에서 강조되는 것이 주체라는 점을 상기할 필요가 있다. 주체성의 확립은 근대성의 달성과 밀접한 상관성을 갖는데 왜냐하

---

 9) 김주연, 「독일 낭만주의의 본질」, 오생근·이성원·홍정선 엮음, 『문예사조의 새로운 이해』(문학과지성사, 1996), pp.46-47

10) A.O.러브죠이, 「로만주의와 충만의 원리」, 최상규 편역, 『로만주의의 재조명』(한밭출판사, 1983), p.133

11) 최유찬, 『문예사조의 이해』(실천문학사, 1995), pp.115-116

면 근대성이 추구하는 자유와 평등의 정신은 주체의 개별적 위상 확립이 전제되지 않고는 불가능하기 때문이다. 그런 점에서 대다수 학자들은 "근대성은 합리화와 동시에 주체화를 의미한다. 주체화는 근대성의 근본적인 목적이고 합리화는 주체화를 실현하기 위한 수단이다."[12]는 점에 동의하고 있다. 주체철학으로 불려지는 근대철학은 바로 데카르트의 "나는 생각한다. 고로 존재한다"는 코키토 이후 대상에 비해 선험적으로 주어져 있는 주체의 중요성을 강조해왔다. 이 주체, 즉 자아의 강조가 가져온 긍정적 측면에 대해서는 우리가 익히 알고 있다. 긍정적 근대성이라 할 수 있는 해방의 인식과 개성이라 부를 수 있는 내면성의 확장을 가져온 것이다.

그러나 오늘날 근대성의 결과가 파탄의 징후를 드러내고 있는 이 시점에서 낭만주의적 시적 인식을 유지한다는 것은 문제가 된다. 즉 부정적 근대성으로 우리에게 남겨진 주체중심주의, 이성중심주의, 인간중심주의는 바로 다른 대상들을 타자로 만들어 소외시키고 있다는 점에서 오늘의 우리 현실에선 극복되어야 할 대상들이 되고 있다. 다시 말해 "근대의 출발점에서 오직 이성만이 세상을 이해할 수 있고 통제할 수 있으며 인간의 행동의 방향을 제시할 수 있다고 믿었다. 이에 따라 사회를 발전시키는 힘이라고 믿었던 역사법칙도 이성의 법칙이었다. 이러한 이성과 결부된 주체는 오랫동안 오만했다."[13]는 점을 알아야하는 것이다. 이 근대적 주체는 자신의 절대성으로 인해 타자를 복속하고 왜곡하며 은폐시켰던 것이다. 세계의 경시를 통해 타자의 소외를 불러온 셈이다.

이미 낭만주의 내부에 그러한 자아중심주의가 갖는 폐해는 내포돼 있

---

12) 기세춘 편저, 『주체철학 노트』(세훈, 1997), p.44
13) 같은 책, p.30

다고 해야할 것이다. 낭만주의의 자아의 절대화는 예술가의 '천재론'으로 발전해간다. 예술가는 신적인 영감, 순간적인 인상과 직관에 의해서 일상에서는 이해할 수 없는 실재의 깊이에 도달하는 일과 연관된다.[14] 그것은 극단적으로 이상화된 인격적 존재의 표현이다. 그것은 결국 예술의 엘리트화 즉 비민주화를 불러오고, 그 결과 예술이 현실로부터 유리되는 성격을 내포하게 된 점을 가리킨다. 또 다른 극단적인 낭만주의의 폐해는 그로테스크의 출현이다.[15] 그로테스크는 그것의 미학적 긍정성을 떠나 자연에 대한 예술의 최대한의 도전을 가리킨다. 때문에 반자연적 성격을 지니면서 세계와의 소통을 거부한다. 그것 자체로 신비하고 기괴한 모습으로 존재하면서 타자와 소통을 스스로 단절하는 내면적 폐쇄가 되는 것이다.

그런 점에서 주체와 자아를 강조하고 이것을 표현한다는 낭만주의적 시적 인식은 일정 부분 지양되어야 한다. 특히 표현을 두고 말한다면 예술에서 자기 표현적 요소가 없다는 것을 말하고자 하는 것이 아니라 이 시대적 측면에서 볼 때 자기 내부의 감정과 욕망을 충동적으로 표출하는 것은 오늘의 분열과 파편, 대립의 현실을 치유하는 미학적 태도로 작용할 수 없다는 것을 말하고자 하는 것이다. 따라서 오늘의 시적 표현은 자기 표현이 아니라 세계와 감응하고 조화하는 것으로 바뀌어야 한다. 표현 속에 대상의 가치성을 인정하는, 즉 우주적 질서를 본받으려 하는 모방적이고도 재현적인 요소가 결합되어야 한다. 이것은 표현이 곧 세계와의 대화라는 형식으로 전화해 가야함을 의미한다. 이때 표현주체는 자신의 감정과 충동에만 얽매인 존재가 아니라 세계, 곧 타자의 현상과

---

14) 최유찬, 앞의 책, p.123

15) 최유찬, 앞의 책, p.151

　　홍문표, 앞의 책, p.49

가치에 밀접히 관련되고 거기에 민감히 자극받는 수평적이고도 대화적 존재가 되지 않으면 안 된다.

이러한 표현의 개념은 주광잠의 표현론에서 찾을 수 있다. 그는 서양적 표현은 표현의 내용을 정감과 의상(意象)으로만 한정함으로써 표현과 전달을 두 단계로 분리해 생각한다고 한다. 그에 따라 표현과 전달은 각기 다른 층위의 의미를 내포한다. 그에 비해, 동양적 표현의 내용은 정감, 의상, 언어성이 결합돼 나타남으로써 표현이 전달이고, 전달이 곧 표현인 것으로 같은 단계의 문제로 생각한다[16]고 밝히고 있다. 그가 말하고 있는 언어성의 의미가 서구, 동양을 가를만한 명확한 기준이 되는가 의심되어 보이기도 하지만 동양적 표현이 결코 자기 내부의 문제만으로 한정되지 않는다는 점을 주목한 것이 돋보인다. 이는 외부에 의해 촉발된 이미지가 언어적 인식에 의해 다시 그 외부에 드러난다는 의미일 것이다. 우리가 보통 생각하는 표현이 "언어로써 이미 이루어진 정감과 사상을 전달하는 것이다"는 것을 가리키는데 이는 오해라는 것이다. 주광잠은 언어성과 문자성을 구별해 봄으로써 언어의 실질이 곧 정감과 사상의 형식이며, 정감사상과 언어는 본래 평행일치하는 것으로 선후내외의 관계는 결코 없다고 말함으로써 표현과 전달의 일치성을 강조하고 있는 것이다.[17] 이는 표현이 곧 세계와의 감응의 형식임을 보여주고자 한 것으로 풀이된다. 그런 점에서 서구 낭만주의 표현, 즉 자기 중심에 매몰된 감정의 문제를 드러내는 형식으로서 표현은 이제 세계(곧 타자)와의 감응 또는 조화의 성격을 지닌 형식으로 변화되어서 우리에게 인식되어야 할 것이다.

---

16) 주광잠(정상홍 역), 『시론』(동문선, 1991), pp.128-139
17) 같은 책, pp.139-142

2-2. 시는 동일성의 표현인가?

시가 자기 표현이라는 점과 관련해 우리가 또 하나 잘못 알고 있는 것이 동일성 개념이다. 동일성은 그 의미가 복잡하기 때문에 한 마디로 재단할 성질의 것은 아니지만 앞서 낭만주의적 관점에 선 개념으로서 동일성 개념은 자기표현의 경우와 마찬가지로 이제 수정되고 비판받아야 할 것이다.

김준오는 그의 시론에서 "시정신은 단적으로 말해서 자아와 세계의 동일성에 있다. 여기서의 동일성이란 자아와 세계의 일체감이다"[18]라고 밝히고 있다. 분명 김준오의 시론에서 영향받았을 것 같은데 그것을 구체적으로 표현하고 있지 않은 홍문표도 "시정신이란 객관적인 세계를 자아의 욕망과 의식의 지향에 따라 가정하고 창조하는 그리하여 세계를 자아화한 동일성의 세계로 만들어 주체와 객체가 하나로 통일되는 세계다."[19]라고 하여 동일성의 확인 혹은 획득이 시정신이라 밝히고 있다. 김준오는 동일성을 자아와 세계의 일체감이라 했지만 홍문표는 조동일의 개념, '세계의 자아화'[20]를 가져와 동일성을 설명하고 있다.

이 두 사람의 동일성 설명은 많은 차이가 있다. 우선 홍문표는 세계의 자아화를 동일성 개념의 중요 속성으로 보고 있다는 사실이다. 이는 앞 항에서 분석 비판했던 낭만주의의 자아중심, 주체중심주의의 폐단을 암시하고 있다는 점에서 올바른 의미의 동일성 획득이 아니다. 홍문표 스스로 정의하고 있듯이 이는 "객관적인 세계를 자아의 욕망과 의식의 지향

---

18) 김준오, 『시론』(문장, 1982), p.22

19) 홍문표, 앞의 책, p.77

20) 조동일, 「자아와 세계의 소설적 대결에 관한 시론」『한국소설의 이론』(지식산업사, 1977), p.103

에 따라 가정하고 창조하는", 즉 자아에 의한 세계의 폭력적 재편이다. 달리 말하면 '나' 중심으로 세계를 전체주의화하는 의식이다. 이는 서구 문화의 큰 문제 거리인 주체중심주의, 동일자중심주의 이데올로기가 이 동일성의 개념 속에도 내포되어 있다고 할 수 있다. 이 점에서 독일 문예학자 슈타이거의 서정 양식의 특징의 개념, 즉 "시인의 영혼이 유동적 정조를 타고 내면으로 향하는 회감의 작용에 의해 과거, 현재, 미래를 그 시혼의 고유한 본성으로 동화시킨다"[21]는 것이나 볼프강 카이저의 "심령적인 것이 대상성에 깊이 파고 들어서 그 대상성은 내면화되는 것이다. 정조의 순간적인 고조를 띤 대상성의 내면화는 서정성의 본질인 것이다"[22]는 정의도 대상의 내면화 혹은 주체로의 동화 등의 용어로 볼때 자아중심주의인 낭만주의적 이데올로기의 혐의를 떨칠 수 없다.(물론이들의 서정성 해명은 서정성이 갖는 융화의 좋은 사례로 들만 하나 그들의 이론적 전개가 서구 낭만주의적 사상의 토대 위에서 이루어지고 있는만큼 일정 부분 의심의 눈길을 던지지 않을 수 없는 것이다.)

이들에 비해 김준오는 자아와 세계의 관계를 대등한 것으로 처리함으로써 위 동일성의 표현이 갖는 이데올로기적 혐의를 상당 부분 피해 가고 있다.[23] 그 점이 김준오의 고심과 독창성을 보장해주는 부분일 것이다. 그러나 그의 동일성도 엄밀하게 보면 낭만주의적 시 인식에 바탕을 두고 있음을 볼 수 있다. 우선 자아와 세계의 이원론적 구분은 낭만주의적 발상이다. 그 역시『시론』책에서 <체험의 이원성 ―자아와 세계>[24]를

---

21) E.슈타이거(이유영・오현일 공역),『시학의 근본개념』(삼중당, 1978), pp.17-127

22) 볼프강 카이저(김윤섭 역),『언어예술작품론』(시인사, 1988), p.521

23) 이는 서정 시학에 관심 있는 최승호(필명 서림)가 김준오의 이런 이념적 고심의 흔적을 발견하면서 동일성의 시학을 그의 독창적인 것으로 인정하고 있는 데서 잘 지적되고 있다. 서림,『말의 혀』(새미, 2000), p.11 참조.

서정시의 가장 중요한 특징으로 내세운 점은 서구적 인식의 발로다. 그리고 더 나아가 동일성을 획득하는 방식으로 내세우고 있는 동화와 투사에서 결정적으로 자아중심적인 낭만주의적 인식을 드러낸다. 그는 "시인이 의식적으로 자아와 세계의 동일성을 추구하는 데는 두 가지 방법이 있다. 동화assimilation와 투사projection가 그것이다. 동화란 시인이 세계를 자신의 내부로 끌어들여서 그것을 내적 인격화하는, 소위 세계의 자아화다. 다시 말하면 실제로는 자아와 갈등 관계에 있는 세계를 자아의 욕망, 가치관, 감정에 적합한 것으로 만들어 동일성을 이룩하는 작용이다. … <중략>… 투사에 의한 동일성의 획득은 자신을 상상적으로 세계에 투사하는 것, 곧 감정이입에 의해서 자아와 세계가 일체감을 이루도록 하는 것이다."25)라고 말하고 있다. 그가 내세운 동화와 투사는 그의 책을 보면 칼더우드 등의 서구 이론가로부터 인용하고 있지만 여기서 주목할 사실은 누가 그것을 말했냐를 떠나 그것을 동일성 획득의 방법으로 사용하고 있다는 점이다. 즉 동화와 투사로 동일성을 달성할 때 이는 낭만주의적 발상에서 보이는 자아중심으로 세계를 재편하는 사실과 별 다름이 없다는 것이다. 김준오도 동일성을 기존의 논자들과 다르게 표현함으로써 근대성이 갖는 문제를 피해보려 했으나 결국 그가 동일성 이론을 획득하게 되는 배경이 서구 이론이라는 점에서 이러한 한계를 벗어나지 못했던 것으로 보인다.

동일성에 대한 이러한 오해는 철학에서 비롯되지 않았나 싶다. 즉 독일 낭만주의에 지대한 영향을 끼친 독일 관념주의 철학자 셸링의 '동일철학'이 바로 이러한 오해의 발단이 아닌가 한다는 것이다. 김준오도 이

---

24) 김준오, 앞의 책, p.19
25) 같은 책, p.28

동일성 이론의 발상에 대한 힌트를 상당 부분 셸링의 동일철학에서 가져오지 않았나 추측된다. 그것은 그가 "동일성은 철학에서 묵은 숙제가되어 왔지만 현대문학에서 신화가 채용됨으로써 인간 생활에 의의를 띤가치개념으로 더 한층 의식하게 되었다"[26]에서 조금 엿볼 수 있는 것이다. 물론 김준오는 철학보다 신화라는 말을 씀으로써 N.프라이의 신화이론에 기댄 동일성 개념을 더 많이 염두에 두었다고 볼 수 있다. 프라이는이미 "상상력의 세계에서는, 우리의 의식을 최대한으로 하여, 상실된 근원적 감각, 환경과 자기는 동일성이라고 하는 감각을 회복한다."[27]라거나 "동일성의 상실과 회복을 말하는 이야기는 모든 문학의 기본적 구상이 된다고 생각한다."[28]라고 하여 문학을 신화적 세계와 관련지어 설명하고 있다. 김준오는 프라이의 이런 동일성 상실과 재획득의 내용을 서정시의 동일성 문제로 분명 참조하고 있음이 틀림없다.[29]

　그런데 여기서 짚고 넘어가야 할 것은 프라이의 동일성 개념과 김준오의 동일성 개념은 같지 않다는 점이다. 김준오는 동일성을 자아와 세계의일체감, 그것도 자아중심으로 세계를 재편하는 선에서의 동일성을 말한다. 이에 비해 프라이는 신화의 현대적 계승과 변용의 입장에 서서 자아가 근원적인 상태에 합치해 가는 것을 동일성의 획득으로 설명한다. 이것은 대상과 자아가 서로 일체화되는 것은 같지만 일체화되는 과정과 방식은 상당한 차이가 있음을 보여주는 것이다. 그 점에서 김준오의 동일성개념은 낭만주의자 셸링의 동일철학에서 나오는 동일성 개념에 가깝다.

---

26) 같은 책, p.19

27) N.프라이(김상일 역), 『신화문학론』(을유문화사, 1971), p.27

28) 프라이, 같은 책, p.59

29) 김준오는 프라이의 이런 동일성 개념을 소개하면서 자신의 동일성 이론을 전개하고 있음을 볼 수 있다. 『시론』(문장, 1982), p.29, p.37 참조.

셸링의 동일철학은 기존의 철학에서 가졌던 실체와 주관, 자연과 정신, 필연과 자유라는 상반성의 문제를 해결하는 가운데 창안된 것이다. 즉 동일철학은 자연철학에서 객관적인 힘의 절대적인 통합이 그리고 선험적 관념론에서 주관적인 것의 통합이 달성되었다는 사실을 전제로 한다. 이제 객관과 주관을 절대적 동일성으로 통일하는 것이 문제가 된다. 30) 상반성의 통일과 극복은 셸링에 의하면 단 하나의 가능한 해결방식을 갖고 있다. 즉 절대적 동일성 속에서 상반성이 화해하고 구분이 지양되는 방식이다. 이는 자연과 자아의 문제에서 단적으로 나타나고 있다. 셸링은 피히테가 자연과 분리시킨 자아를 자연이라는 근원으로 되돌림으로써 자연과 자아가 결코 다르지 않다는 것, 즉 동일하다는 결론에 이르게 하고 있는 것이다. 그에 따르면 인간의 인식도 자연과 구분되는 특수한 인식능력의 도움으로 인식하는 것이 아니다. 오히려 자연이 인간 속에서 스스로를 인식하는 것이며 스스로의 숨겨진 근원을 찾아내고 스스로에 복귀하는 것이다. 자연은 인간의 눈으로 스스로를 바라보며 인간의 귀로 스스로를 경청하는 것처럼 사유한다. '스스로에의 끊임없는 복귀', 그것이 자연의 근본적 특성이다.31) 셸링에게 있어서는 자연과 정신은 동질이기 때문에 그 자연 속에는 정신 속에서 움직이고 있는 것과 동일한 힘이 움직이고 있다고 생각하였다.32) 따라서 자의식과 자연 혹은 주관적인 것과 객관적인 것이 근본적으로 동일하다고 본 것이다.33)

이렇게 보면 셸링의 동일철학은 일원론적 입장에서 자연과 자아의 동일성을 논하고 있는 것처럼 보이지만 이때의 자아는 자연적 정신이 극대

---

30) 강대석, 『독일관념철학과 변증법』(한길사, 1988), pp.163-168
31) 같은 책, pp.147-148
32) 같은 책, p.131
33) 같은 책, p.151

화된 것인 만큼 절대화된 이성적 존재를 전제하고 있어 결국 절대적 자아를 강조하고 있는 셈이다. 때문에 자연과 자아의 동일성은 이성의 절대적 확장을 전제한 자아의 확장이다. 그것은 곧 자아중심주의의 전형적 사유다.

그런 점에서 셸링의 동일철학은 결국 자아중심의 전체주의적 사고를 보여주는 이데올로기를 담고 있다. 동일철학을 비판하고 있는 포이어바흐는 "철학이 이제 아름답고 시적이고 아늑하고 낭만적이 되었다. 그러나 이에 대한 대가로 선험적이고 미신적이며 절대적으로 무비판적이 되었다. 모든 비판의 근본조건이 주관과 객관 사이의 구분이 사라졌다"고 말하고 있다. 그것은 동일성을 절대화시킴으로써 셸링의 많은 공적이 제거되었으며 역사적으로 진보적인 의미가 상실되었다는 것을 의미한다. 계속하여 포이어바흐는 셸링에게서 나타나는 사유와 존재의 일치가 주관적이며 예술적인 원리로 머물 때 타당성을 얻지만 보편적인 원리로 절대화될 때 그것은 정치적인 독재의 원리, 종교적인 미신의 원리, 사변적인 본질의 원리에 빠진다는 사실을 지적하고 있는 것이다.[34]

이러한 포이어바흐의 동일 철학 비판은 일정 부분 예술의 동일성 개념에도 적용될 수 있다. 그것은 앞에서 말한 바와 같이 극단적인 동일자 중심의 세계 인식과 동질화를 의미하기 때문이다. 김준오가 제기한 동일성 개념에도 그런 것이 있다면 이제 동일자 중심주의의 근대적 인식의 폐해를 극복해야할 이 시점에서 그러한 동일성 개념은 비판 지양되어야 할 것이다.[35] 이는 동양적 관점에서 동일성을 바라보고 있는 김영석의

---

34) 강대석, 같은 책, p.166

35) 김준오가 구성한 동일성 개념의 한 축으로 에릭슨이 강조한 '아이덴티티(Identity)' 도 생각해볼 수 있다. 김준오는 동일성 시학을 주장하게 된 배경을 설명하는 자리에서 "동일성의 탐구와 주장은 바로 동일성 혼란이라는 위기감의 표현으로 볼 수 있다"(『시론』, p.18)고 밝히고 있는데 이것은 심리학자 에릭슨이 자기 정체성

비판에서도 암시되는 바다. 그는 동일성과 비슷한 개념으로 '전일성'을 내세우며 서양적 인식 아래 형성된 동일성 개념을 비판한다.

> 인간은 현실의 분열된 상대적 가치와 대립물들이 하나로 통합되어 있는, 그리고 자아와 세계가 순일하게 완전한 전체를 이루었던 태초의 시간, 즉 태극의 전일성을 회복하고자 하는 근원적 갈망을 선험적으로 지니게 된다. …<중략>… 전일성을 지향하는 이와 같은 인류의 보편적이고 근원적인 갈망에 뿌리박은 언어가 바로 상상적 언어요, 그 상상적 언어 형식을 대표하는 것이 시임은 더 말할 필요가 없다.[36]

시적 자아가 객관 세계 속에서 자기 일체성을 발견하거나 혹은 경험하는 현상을 지금까지는 서양의 시학적 개념에 따라서 세계의 자아화, 즉 동화로 설명하거나 또는 투사와 감정이입 등으로 설명해 왔다. 그러나 이러한 용어가 가리키는 개념은 모두 <나>와 <세계> 혹은 주체와 객체가 엄격히 이원적 대립 구조임을 전제한 것이다. 즉 <나>의 밖에 있는 <세계>를 <나>의 내부로 끌어들여 동화하거나, 반대로 <나>를 <세계>에 투사하여 보거나 그 구조가

(identity)의 혼란을 겪는 사람들을 임상 관찰한 결과 동일성의 필요성을 제기한 것과 묘하게 일치하고 있기 때문이다. 즉 "우리는 아이덴티티(identity)의 위기를 청춘화(adolescing)의 심리적 국면이라 할 수 있다. 이 단계는 또한 아이덴티티가 후의 인생을 결정적으로 결정하는 형태를 발견하지 않고는 통과될 수 없다."(에릭슨, 조대경 역, 『아이덴티티』, 삼성출판사, 1982, p.272)는 표현에서 위기와 정체성 회복의 필요성, 즉 동일성 회복의 강조는 김준오의 이론적 전개와 많이 닮아 있다. 만약 그렇게 볼 수 있다면 에릭슨의 동일성이 결국 세계에 적응하지 못하는 자아 정체성의 혼란을 의미하는 만큼 이때의 동일성도 자아의 문제로 귀착되고 만다. 그런 점에서 김준오가 통시적 동일성으로 말하고 있는 '자기 동일성'은 바로 이 자아의 연속성을 가리킨다는 점에서 자아중심주의적 관점을 내포하고 있다는 해석도 가능하다.
36) 김영석, 『도의 시학』(민음사, 1999), p.127

대립적이고 이원적임은 마찬가지다. 이원적 대립구조임을 전제하
고 있는 한 이것은 <진실>이 아니라 하나의 감상적 왜곡이다.
이런 점에서 러스킨이 이것을 감상적 오류pathetic fallacy라고 지적
한 것은 매우 적절한 것이라고 볼 수 있다.[37]

김영석이 제시하고 있는 전일성 개념은 태극이라는 근원적 시공간에
합치해 가려는 성격임을 보여주는 만큼 프라이의 경우와 흡사하다.
그런 점에서 전일성은 동일성 개념과 유사하면서도 다름을 알 수 있다.
그는 이러한 전일성 개념에서 동화와 투사가 갖는 문제점을 비판한다.
이원적 대립 구조를 전제로 한 동일성 획득은 진실이 아니라는 것, 즉
이 부분에서 그가 말하고 있는 '감상적 오류'의 적용이 적절하나 안 하나
하는 것은 차치하고 서양 시학적 동일성 획득의 방법이 '감상적 왜곡'이
라고 분명히 지적하는 대목을 주목하자. 그것은 결국 주체 중심의 일방적
대상의 동질화, 곧 왜곡을 가리키고 있는 것이 틀림없기 때문이다.

따라서 서구 낭만주의적 시적 인식에서 비롯된 동일성 개념은 바로
주체중심주의와 표현론을 그 요소로 하여 형성된 개념임이 분명하다.
때문에 이러한 서양적 사유 방식에 익숙한 사람들은 이러한 동일성 획득
이야말로 진정한 서정시의 모습이라 착각할 수 있는 것이다. 이는 앞서
서정시 개념을 정의했던 헤겔의 언급에서 잘 나타난다.

그러므로 서정시인이 갖추어야 할 가장 중요한 조건은 실재의 내
용을 자신 속으로 완전히 끌어들여 시인 자신의 것으로 만드는 것이
다. 진정한 서정시인은 자신 속에 살면서 자기의 시적 개성에 따라
대상을 다루며, 그리하여 그의 내면이 그가 직면하고 있는 세계라든
가 상황, 갈등, 운명 등과 아무리 복잡하게 융합되어 있다하더라도,

---

37) 김영석, 앞의 책, p.213

시인이 이런 소재를 표현함에 있어서 주장하는 것은 오직 그의 감정과 성찰이 가지는 그의 고유하고 독립적 생명성일 뿐이다.[38]

　동양의 서정시가 서양의 서정시에 대해 갖는 본질적인 차이점으로, 동양의 서정시는 일반적인 원리에 따라 주체의 개인적 독립과 자유를 획득하는 데 이르지 못했을 뿐더러 무한성을 가지고 낭만적 심정의 깊이를 형성하는 내용의 내면적 심화에도 이르지 못했다는 것을 들 수 있다. …<중략>… 이런 점에서 동양의 서정시는 특히 낭만적 서정시와 달리 흔히 객관적인 어조를 띤다. 여기에서는 시작의 주체가 사물이나 상황을 주관에 존재하는 방식으로 표현하는 것이 아니라 그것들 자체로 표현하는데, 이때 시작의 주체는 흔히 이 사물이나 상황에 독립적이며 싱싱한 생명을 불어넣는다.[39]

　위 두 부분의 언급은 시는 자기표현이라는 관점, 그리고 대상의 자아화에 따른 동일성 획득이라는 관점을 고수한 채 시인의 자격과 동양 서정시의 문제점을 지적하고 있는 글이다. 헤겔의 입장, 즉 서구 낭만주의적 입장에서 보았을 때 자연적 질서를 중시하고 거기에서 삶의 도리를 찾고자 했던 동양 서정시는 주체성과 내면성에 대한 인식이 없다는 점에서 열등(비록 열등이라는 말은 쓰고 있지 않지만 '～데 이르지 못했다'는 표현을 두고 볼 때 열등을 가리키는 것이 틀림없다)한 작품이 되고 만다는 내용이다. 이것은 근대적 주체성의 발달의 필요성을 전제할 때 틀린 말은 아니나 동양적 문화의 전통을 서구적 문화의 전통과 안목으로 재단하고 있는, 전형적인 동일자 중심주의의 평가다. 헤겔의 언급은 주체성의 필요성을 절감하고 있지 않은 문화 속에, 다시 말해 자연과 인간의 조화를 비롯한 공동체적 질서를 더 존중하는 문화 속에 왜 주체성이 나타나지

---

38) 헤겔, 앞의 책, p.168
39) 같은 책, pp.198-199

않느냐 하는 억지와 다름없기 때문이다. 동양적 서정시에 주체성과 내면성이 발현되지 않고 있다면 왜 그러한지를 밝히는 것이 순서지 그 문화의 이면을 외면하고 현재의 자신의 기준, 즉 낭만주의적 자기표현의 관점으로 동양시를 등질화해 보려는 발상은 아주 위험한 해석인 것이다.

헤겔이 동양시를 그렇게 본 내용은 동양에선 시를 '자기 표현'으로 보고 있지 않다는 반증이기도 하다. 즉 주체성과 내면성의 강조보다는 대상과 자아의 일치로서 모방의 관점이 훨씬 강하다는 점을 암시한다. 헤겔 스스로 말하고 있듯이 "동양의 서정시는 특히 낭만적 서정시와 달리 흔히 객관적인 어조를 띠"게 됨으로써 보편성과 일체성을 중시하고 있는 것이다. 따라서 동일성과 관련해 주체중심의 대상의 자기화는 오늘의 시점에서 우리가 고수하고 유지해야 할 시학의 특성이 못되는 것은 분명하다.

이러한 동일성과 관련한 수사학적 차원의 오해도 언급하고 넘어가자. 흔히 동일성 획득의 수사적 장치로 은유가 제기된다. 이때 은유는 보조관념의 속성과 원관념의 속성을 일치시킨다는 점에서 이와 관련된다. 그러나 동일성이 문제가 되듯이 이러한 동일성을 획득하는 방식으로 은유에도 문제가 있다. 이는 특히 근대적 사유방식으로 문제가 되는 동일자 중심주의의 논리가 은유의 사유방식과 관련된다는 점에서 그렇다. 역사 초기부터 논의되는 은유의 의미가 다 그러한 것은 아니지만 근대적 사유방식에 수렴된 은유의 의미는 그런 점에서 충분히 검토되어 지금의 수사학적 의미에서 역시 지양되어야 할 것이다.

헤겔도 서정시의 고유한 표현 형식으로는 은유를 들고 있다. 그는 "내면성이 자신을 드러내는 이 은유, 형상적 비유, 직유는 실제적인 감정이나 사상이 아니라 시인에 의해 순전히 주관적으로 만들어진 표현이다."[40]하여 동일성 획득의 방식으로 이러한 은유적 방식을 언급하고 있는 것이다. 그러나 이때의 은유는 이미 앞에서 보아왔듯 자기 표현과 동일성의 문제점을 고스란히 내포한 것으로서 문제가 되는 수사법이다. 즉 주체의 대상에 대한 일방적 동질화의 논리를 은유가 작동해 보여주고 있는 것이다. 이는 대상이 갖는 특성, 즉 차이나 다양성을 무화(無化)시켜버리는 폭력적 전체주의적 결합을 뜻한다.41) 이러한 특징을 후대 학자 오르테가 이 가제트가 설명하고 있다.

> 무엇에 도달하기 위해서보다도 그것을 회피하려는 충동에서, 하나를 딴 것으로 대치하는 심적 활동을 계속하는 인간은 참 묘한 존재다. 은유는 한 대상을 그 밖의 다른 것으로 가장함으로써 그것을 처치해버리는 수법이다. 이러한 과정은 만일 우리가 그 밑에서 명확한 현실을 회피하고자 하는 본능을 알아채지 못하였다고 하면 무의미한 것일 것이다. 최근에 한 심리학자는 은유의 기원을 탐구하던 중 놀랍게도 그 근원의 하나가 타부의 정신에 있다는 사실을 발견하였다.42)

예술의 비인간화 경향을 설명하는 가운데 현대은유의 속성이 비인간화의 한 특징을 지니고 있다는 사실을 설명하고 있는 부분이다. 여기서 은유의 속성은 가장과 회피의 속성을 띤다. 즉 주체의 대상에 대한 왜곡의 수법으로 은유가 사용된다는 것이다. 이 점은 은유 내에 항상 유사성만을 목표로 하여 주체와 대상의 일치를 강조한 전례에 비해 주체가 대상의 어느 부분만을 유사하다고 부각시키고 나머지 부분은 은폐시켜버리

---

40) 헤겔, 앞의 책, pp.199-200
41) 이점은 앞의 구모룡의 글에서도 잘 언급되어 있을 뿐 아니라 이성희, 「노장시학을 위한 시론」, 최승호 편, 『21세기 문학의 유기론적 대안』(새미, 2000), p.95에도 잘 설명돼 있다.
42) 호세 오르테가 이 가세트(박상규 역), 『예술의 비인간화』(미진사, 1988), p.77

는 발상이라는 것을 설명해주는 것이다. 이는 Lakoff가 은유를 바라보는 해석에도 잘 나타나 있다. 즉 은유적 조직성은 두 대상 간에 있어서 어떤 면은 드러내고 어떤 면은 감추게 하는 것이다.[43] 그런 점에서 대상의 수평적 동질성을 확보하는 방법으로 근대적 사유방식이 작동하고 있는 은유는 조금 경계해야 할 수사학이 된다.[44]

3. 대안 시학으로서 물화(物化)의 시학

그렇다면 서정시가 갖는 시적 인식이 오늘의 부정적 근대성을 극복하는 미적 태도로, 더 나아가 그러한 변화의 구체적 계기로 작용한다는 말을 오늘의 서정주의들이 말하고 있을 때 지금까지 필자가 말하고 있는 것은 그들의 말에 재를 끼얹는 것이 될 텐가? 그렇지 않음은 나의 논조를 보아서도 알 것이다. 나 또한 서정의 미학과 이데올로기가 우리 시대의 상처와 모순을 질러갈 수 있는 정신적 방법이 된다고 믿고 있다. 문제는 어떠한 인식의 배를 타고 시대적 질곡의 강을 건너느냐 하는 것이다. 이러한 인식의 필요성을 김종철이 잘 말해주고 있다.

---

43) 정원용, 『은유와 환유』(신지서원, 1996), p.98

44) 그 점에서 구모룡은 줄곧 이러한 은유적 폐해를 넘어서는 사유방식의 표현으로 제유법을 들고 있다. 그에 따르면 제유법은 은유법의 폭력성을 넘어서고 환유법의 혼란성과 허무함을 넘어서는 기법인데, 자아와 세계가 부분과 전체로 내적 연속성을 가진 채 유기적으로 얽혀 있는 모습을 보여준다는 것이다. 그런 점에서 그는 근대의 부정성을 극복하는 대안적 사유방식으로 탈근대적(특히 생태주의적) 인식을 담아내는 수사학으로 제유법이 적절하다고 평한다. 은유의 부정적 함의를 씻고 그것의 긍정적 의미를 담아내며 한 단계 더 깊숙한 유기적 질서의 표현으로서 제유의 방식은 분명 이 시대적 필요성에 부응한 수사학이라 생각된다. 자세한 것은 구모룡, 『제유의 수사학』(좋은 날, 2000)의 여러 글을 참조할 것.

문제는 만물이 하나이고 형제라는 생각이 있어야 하고 나아가 생각보다는 감수성으로 이를 받아들여야 할 것입니다. 인간 공동체나 사회 공동체라는 것으로 어림도 없는 그러한 상황이 되었다는 자각이 필요하고, 감수성의 대전환이랄까, 하여튼 이제는 생명체 전체를 하나로 보는 생명 공동체의 개념이 절실하다 하겠습니다. …＜중략＞… 시라는 것은 우리 시대에 아까 본 것과 같은 인디언 식의 사고방식이나 감수성을 그 편린이나마 간직하고 있지 않으면 불가능한 세계이거든요. 어떤 점에서 산업문화의 압도적인 지배 밑에서 우리가 시라는 형식을 유지하고 그것을 통해서 우리 자신의 인간으로서의 근원적인 감수성을 습관적으로 확인하고 있다는 것은 하나의 구원인지도 모릅니다. 오늘날 전대미문의 엄청난 위기를 헤쳐 나감에 있어서, 정말 필요한 나침반은 은유적 사고를 본질적인 생명으로 하는 시적 사고, 시적 감수성이라고 해도 되겠지요.[45]

김종철이 말하는 은유적 사고란 근대 주체중심주의에 물들지 않은 동일성 획득의 방법으로 이해하자. 그럴 때 시는 바로 오늘의 위기를 헤쳐 나갈 수 있는 '나침반'과 같은 중요한 방편임은 이 녹색 철학자도 알고 있는 것이다. 그렇기 때문에 우리 시학 내부에 잠재해있는 근대적 요소와 그러한 요소가 탈근대를 방해할 수 있는 것이 있다면 무엇인지 한 번 살펴보는 것은 아주 적절하고 중요한 일이라 할 수 있다.

그런 관점에서 이제 다시 동일성을 보자. 동일성의 시학이 근대적 인식으로서 주체중심주의라는 부정적 이데올로기에 약간의 훼손을 입었다면 그것의 불명예를 씻어내거나 아니면 다른 대안을 찾아야 할 것이다.[46]

---

45) 김종철,「시의 마음과 생명 공동체」,『시적 인간과 생태적 인간』(삼인, 1999), pp.59-65
46) 이 점에서 김준오의 제자로서 구모룡이 '김준오론'을 쓸 때 김준오의 동일성이 갖는 근대성을 지적하면서 그것의 극복으로서 '화(和)의 시학'을 제창한 점은 의미심장하다. 구모룡은 김준오의 시학이 "동일성-탈-해체-전이의 경로에서도 나타나듯이 선생은 근대를 경험하면서 그것을 비판하고 마침내 그것을 넘어설 시론을 모색하

즉 동일성을 여전히 우리 시대의 시적 인식과 미학으로 요청된다면 종전의 주체중심적 차원이 아니라 자아와 세계가 감응하여 우주적 질서를 따르는 방식으로서 동일성을 찾아야 할 것이다. 그러한 동일성의 한 개념으로, 특히 오늘날 탈근대적 방편으로 요청되는 생태주의 사유에 합당하는 시학으로 필자는 장자의 '물화(物化)' 개념을 검토하고자 한다.

장자는 「제물론(齊物論)」에서 물화 개념을 다음과 같이 밝히고 있다.

> 언젠가 장주(莊周)가 꿈에 나비가 되어 즐거이 날아다녔네. 스스로 흡족하게 날아다니다 보니 자신이 인간 장주인지도 몰랐지 그러다가 문득 잠에서 깨어나 보니 분명히 누워있는 게 바로 장주였다네. 그가 꿈에 나비가 된 것인지 나비가 꿈에 그가 된 것인지 몰랐다네. 장주와 나비는 틀림없이 다른 존재일 것이므로 이를 물화라고 일컫는다네.(昔者莊周 夢爲蝴蝶 栩栩然蝴蝶也 自喩適志與 不知周也 俄然覺則 蘧蘧然周也 不知周之夢爲蝴蝶歟 蝴蝶之夢爲周歟 周與蝴蝶 則必有分矣 此之謂物化)[47]

우리가 익히 알고 있는 장주의 '나비의 꿈' 가운데 나오는 이 물화는 바로 사물의 경계없음을 말하고 있는 것이다. 자아와 세계 간에 분별이 사라진 상태를 가리킨다. 진고응은 장주의 이러한 물화를 비롯한 「제물

였다고 보아진다. 그것은 선생의 시학이 '궁극의 화(和)'를 추구하고 있다는 사실에서 찾아질 것이다."고 하여 일찍 작고한 스승의 죽음과 그로 인해 선생의 시학이 확장되지 못하고 끝나고 있음을 못내 안타까워하고 있다. 좀더 생존했다면 김준오 선생 스스로 동일성 안에 잠재한 문제점을 극복하고 탈근대적 관점에서 화의 시학으로 발전했으리라 보는 구모룡의 시선 안엔 스승에 대한 학자적 경쟁심과 함께 그러한 학문적 인도자(또는 동반자)가 사라진 데에 대한 깊은 아픔이 언표화되어 있다. 구모룡, 「궁극적 화(和)」《다층》1999년 여름호 참조
47) 감산(오진탁 역), 『감산의 장자 풀이』(서광사, 1990), pp.106-107

론」편 정신을 '만물의 평등과 자아 중심의 타파'라고 못박고 있다.[48] 즉 제물론 첫 머리의 '오상아(吾喪我)'의 해석을 통해 내가 나를 잊어버림은 바로 자아 중심으로 벗어나 타자와 동등해지는 의식, '만물과 나는 일체가 된다(萬物與我爲一)'는 구절의 해석에서 사물과 내가 하나가 되는 가장 높은 경지, 달리 말해 '경계가 없는(未始有封)' 경지와 같아진다고 설명하고 있다. 그 결과 물화로서 주객합일의 경지에 이를 수 있다는 것이다. 여기서 진고응은 장자는 나비로 변하는 이야기를 통해 주체와 객체가 상호 교감하여 융합되는 경지를 상징적으로 서술하고 있다고 말하면서 이와 같은 경지는 실로 최고의 예술정신의 투영이라 할 것이다[49]고 결론 맺고 있다. 그런 점에서 물화란 궁극적으로 세계와의 심미적 화해와 융합을 의미한다. 이러한 융합을 장자는 지미(至美) 혹은 대미(大美)라고 하였으며 이러한 미에는 즐거움이 따른다.[50]

이러한 물화는 장자의 다른 개념으로 곧장 설명될 수 있다. 곧 덕의 구체적 표상으로 '화(和)'다. 장자는 "그러므로 그는 남이 존경해도 기뻐하지 않고, 남이 모욕을 해도 노하지 않는데, 이는 오직 천지자연의 대도와 조화된 자만이 그럴 수 있다(故敬之而不喜 侮之而不怒者, 唯同乎天和者爲然.<庚桑楚>)"라고 말함으로써 화(和)를 도의 본질로 삼고 있다. 그리고 이 화가 천지자연의 본질이라고 할 때 이러한 천지자연의 도로부터 분화된 덕도 화라 할 수 있다고 한다. 왜냐하면 덕은 인간의 생명 속에 구체화된 마음이므로 당연히 화가 될 수밖에 없다는 것이다. 여기에서 우리는 장자가 파악하고 있는 천지자연과 인간의 본질은 모두 예술의 성격을 띤다고 규정할 수 있다. 즉 화는 이질적인 것들을 동화시키고

48) 진고응(최진석 역), 『노장신론(老莊新論)』(소나무, 1997), pp.229-259

49) 같은 책, p.259

50) 이성희, 「장자의 심미적 실재관」(부산대 대학원 철학박사, 2001) 참조.

모순들을 통일시키는 역량으로 이러한 화가 없다면 예술적 통일도 없을 것이며 예술도 존재하지 않을 것이다. 그러므로 화는 예술의 기본성격이라 할 것이다.[51] 따라서 장자가 말하고 있는 물화나 화는 바로 부정적 근대성이 오늘의 우리 삶에 끼친 주체중심주의의 소외나 생태적 위기의 현상을 극복할 수 있는 미학적 인식이 된다.

장자의 이런 미학적 인식은 후대의 문장가인 사진과 왕부지의 '정경융합설'로 발전됨을 볼 수 있다. 사진은 『사명시화(四溟詩話)』에서 "시를 짓는 것은 감정과 경물에 근본을 두면서, 감정과 경물 중 어느 한 쪽만으로 이루어지는 것이 아니요, 감정과 경물이 서로 위배되는 것도 아니다. …<중략>… 경물은 바로 시의 매개체이고 감정은 그 모체이니, 이 두 요소가 어우러져 시가 된다.(作詩本乎情景 孤不自成 兩不相背 …… 景乃詩之媒 情乃詩之胚 合而爲詩)"[52]고 말한다. 왕부지도 "정(情)과 경(景)은 이름은 둘이나 실제로는 분리될 수 없다. 시에 있어서 입신의 경지에 이른 자는 우주와 합치되며, 솜씨 있는 자는 정 속에 경이 있는 것이 있고 또한 경 속에 정이 있게 된다"(情景名爲二, 而實不可離, 神於詩者, 妙合無垠, 巧者則有情中景, 景中情)[53]고 하면서 "정과 경이 비록 한 가지는 마음에 있고, 한 가지는 사물에 있다는 차이가 있기는 하나, 실제로 그것들은 서로 생겨나는 것이다.(情・景雖有在心・在物之分, 而景生情, 情生景)"[54]라고 하여 자아와 대상의 본질적 일치, 즉 일원론적 관점에서 예술의 발생을 주장하고 있는 것이다. 이것들은 자아와 세계의 근원적 일치성을 강조하고 있다는 점에서 동일성의 측면으로 해석해 볼 수 있는

---

51) 서복관(권덕주 역), 『중국예술정신』(동문선, 1990), p.101
52) 이병한 편저, 『중국 고전 시학의 이해』(문학과지성사, 1992), pp.104-105에서 재인용
53) 같은 책, p.109에서 재인용
54) 유약우(이장우 역), 『중국시학』(명문당, 1994), p.150에서 재인용

데, 다만 이것은 앞서 서구 시학에서 보았던 주체중심적 동일성과 다르다는 점에서 중요한 미학적 특징을 드러내고 있다. 유약우는 왕부지의 이러한 정경설을 시의 직관적 관점(관조)의 측면이라고 보고 있다.[55]

장자의 물화 개념이 예술의 구체적 표상으로 정경설로 구현됨은 동양적 사유 속에 자기표현이라는 요소보다 대상과 자아가 일치성을 찾는 재현적 요소가 강함을 보여준다 하겠다. 이는 앞서 헤겔이 지적했던 '객관적 어조'의 특성을 가르킴이기도 하겠는데 이것이 오늘의 우리 시점에서는 새로운 시학의 바탕이 되어야 할 것이 아닌가 하는 것이다. 그런 점에서 자기표현과 동일성에 집중된 시학의 틀을 조금 해체하고 부정적 근대성을 뛰어넘을 수 있는 탈근대적 시학의 한 방편으로써 물화의 시학은 새로운 조명을 기다리고 있다고 해야할 것이다.

---

55) 같은 책, pp.147-155

'어두운 끝방'에서 터져 나오는 '뿔들'의 몸짓

— 부산 여성시의 의미

　결론부터 먼저 말한다면, 부산 여성시의 전망은 밝다. 아직 본격적 궤도에 들어서지는 않았지만 막 힘을 뿜어내며 돌진하려 꿈틀대는 출발선상의 기차와 같게 느껴진다. 그 응집되는 힘, 새로운 가능성에로의 열림, 서로 탄력 받아 상승되는 격발, 이런저런 구절이 이번 특집에 보내온 부산 여성 시인들의 작품을 읽고 떠오른 생각이다. 아직 충분히 여성주의에 대한 자의식을 갖춘 작품들은 부족하지만 자신의 생활 저변에서 소용돌이치는 여성적 힘에 대한 분출은 볼 만하다. 그것들은 간혹 미친 듯한 분노로, 또는 여린 슬픔으로, 또 때론 갈무리된 관조의 모습으로 터져 나오고 있는데, 모두 삶을 바라보는 자세가 진지하다 못해 치열한 바가 많다는 점에서 부산시단의 미래는, 더 나아가 한국시단의 미래는 밝고 풍성하다.

　왜 이 시기에 여성시인가 하는 점에 대해서는 크게 거론할 바는 아니라고 생각된다. 그렇지만 여기서 다시 간단히 말한다면 남성중심주의의 근대성이 가져온 폐해를 극복하는 하나의 대안적 인간성으로 '여성성'을 우리는 주목하지 않을 수 없다는 사실이다. 이때의 여성성은 비록 여성이라는 존재를 바탕으로 해서 추출되는 성질이지만 남성에게는 없는 특성이라고 말할 수는 없다. 무엇보다 부정적 근대성을 극복하는 의미로서 생명에 대한 존중과 포용 정신, 사랑, 화해, 정감, 친자연적 태도, 관계지향적 태도 등 이러한 일체의 여성적 특징은 경쟁적이고 주체 중심적인, 그래서 자연 파괴와 생명 경시, 인간성 상실의 메마른 현대문명을 불러온 남성성에 대한 하나의 반성이자 대안이 되고 있다는 점에서 이 시기의 쟁점이 된다고 할 수 있다.

그랬을 때, 한국 중앙문단이라는 서울 중심의 여성주의 문학에 대해서는 기왕에 많은 논의가 있었던 게 사실이다. 그러나 실제 구체적 현실 속의 여성, 즉 남성에 비해 주변부인 여성이, 문단 상황에서도 중심부가 아닌 주변부 부산 지역에서 살면서 어떻게 여성성을 인식하고 실천해나가고 있느냐 하는 점은 매우 궁금한 사항이자 중요한 사항이라 하지 않을 수 없다. 이에 우리들은 우리 지역적 삶에 충실한 여성 시인들 중 '여성성에 대한 자각'이 그나마 뚜렷한 시인들을 선별하여 살펴보기로 한 것이다. 이로 인해 중요한 작품성을 지닌 몇몇 여성시인들의 작품이 여기에 대상으로 오르지 못한 경우가 있다. 가령 박정애, 윤정숙, 송유미, 그리고 신인으로서 송진 시인 등의 작품은 부산 여성시의 작품을 논하는 자리에 반드시 포함되어야 한다고 생각하나, 우리가 생각하는 여성성의 자각에 대한 내용이 조금 다르다고 보았기 때문에 이번에 빼기로 한 것이니 양해 바란다. 이 특집에 동참하지 못한 여성시인들의 작품은 다른 기획을 통해 조명해보기로 하고 이제 여기에 실린 부산 여성시인들의 작품을 크게 3가지 유형으로 분류하여 살펴보고자 한다.

1. 대타의식과 여성적 존재성의 탐구 ; 노혜경, 권애숙, 강미정, 조말선

여성주의시를 말할 때 남성적 가부장제 사회에 대한 대타의식을 가지면서, 사회적 존재로서 억압과 차별로 굴절된 여성적 자아에 대한 인식을 가질 때 진정한 여성주의 작품이 된다고들 말한다. 따라서 올바른 자기 정체성을 찾기 위한 몸부림과 갈등이 이러한 작품들에는 교직(交織)되기 마련인데 부산 여성시인들 작품 속에서도 이러한 내용이 수준 높게 제시되고 있어 다행이다.

이러한 시적 세계를 부산에서 가장 먼저 시도하고 본격적 수준에까지 끌어올려 진행하고 있는 시인이 노혜경이다. 그녀는 두 번째 시집『뜯어먹기 좋은 빵』(1999)에 실린 작품들부터, 그러니까 90년대 중반부터 이미 그러한 경향을 일정하게 내보이고 있다. 근대의 남성적 부정성을 극복하기 위해 새로운 여성적 주체를 탐색하고 그것에 새로운 영성과 신성을 부여한 것이 대체의 작품 내용이다. 그것은 당대의 남성 중심사회에 대한 분명한 대타의식 위에서의 새로운 인간 탐구다. 이번 근작 시 역시 이런 시적 여정에서 크게 달라져 있지는 않아 보인다. 가령 근작시에 보이는 다음과 같은 구절은 그러한 대타의식 속에 진정한 자아를 찾기 위한 몸부림일 것이다.

커다란 손이 나를 절개하고 양쪽으로 갈라
내 심장을 꺼내 나무 위에 널어놓았네
하늘의 파이프 오르간이 노래를 하네
아파라 아파라

심장은 툭 떨어졌네 나뭇잎,
가지를 한사코 움켜쥔 손아귀 굳센 힘이 풀리네

조심스레 누울 자리를 찾는 탐색의 눈이 감기네

　　　　　—「어두운 그림자의 방으로 1 —심장」 부분

　이 시에서 '커다란 손'은 나를 절개하고 나의 심장(곧 존재성)을 꺼내 넣어놓음으로써 억압하고 소외시킨다. 시적 화자는 "아파라 아파라"하며 존재의 고통을 호소하나 굳센 힘이 풀리고 누울 자리를 찾는 탐색의 눈마저 쉬이 감기는 상황에 처해 있다. 이것은 무엇을 말함인가. 바로 가부장적 남성의 횡포에 여성적 존재성이 침탈 당해 소외를 경험하는 내용이다. 그것의 상징이 바로 제목으로 나타난 "어두운 그림자의 방"이자 죽어버린 생명으로서 '심장'인 것이다. 여성적 존재성은 어두운 그림자의 방에 유폐된다. 이런 반복은 노혜경의 시에 자주 변주된다. 가령 이번 시 중 "굳고 녹슨 푸른 구리 거울과 부서진 손잡이와 물컹거리는 죽은 사자의 내장이 걸려 있는 제일 작은 골방"(「사라지는 것들의 습관 1 —입구」) 속의 자아를 노래하고 있는 것이 그 같은 경우다.

　그런데 이번 시에서 놀라운 것은 여성적 존재가 제 의지에 따라 유폐를 깨고 스스로 밝은 세계로 나올 수 있다고 노래하고 있는 사실에 있다. 당위적 차원의 필요성을 개진하는 것이 아니라 제 자신의 실천의지로 빛의 세계로 나올 수 있음을 노래하는 것은 구체적 생활 속의 경험을 간직하고 있는 것으로 보여지는데, 다만 이러한 존재성은 여전히 두 번째 시집에서 보였던 신성과 결합돼 나타남이 특징이다.

　　　　　짚을 섞어 반죽한 흙벽돌로 그 집을 지은 것은
　　　　　기억할 수도 없는 옛날.
　　　　　정교한 사자머리 장식의 문고리쇠를 달아
　　　　　계단 아래, 에메랄드 눈동자의 나무 상자를 놓아두었지.

집,
당신은 상상해야 해,
안개낀 중세의 숲을
두려움에 가득찬 당신의 촉수가 헐떡이면서 헤쳐가면
어둠 속에서 홀현히 떠오르는 유령같은 집.

두려운가요? 그 집은
당신의 두려움을 먹고 깊어져서
한없이 깊어져서 지하실의 계단으로 변하지요.
머리를 세차게 흔들어봐요, 아니야 라고 외쳐요,
기억은 공포에 잠식되지 않는다고 말해요,
짚의 맛을,
느껴요.

집 하나가 떠오르죠
계단 위의 집
창문마다 눈부신 황금술잔이 놓인
아홉개의 에메랄드 창문이 있는.
그 깊은 기억속의 방으로 되돌아갈 수만 있다면.
　　—「어두운 그림자의 방으로 5 —술잔이 있는 아홉 개의 창문」
　　　　　　　　　　　　　　　　　　　　　　　　전문

　이 시는 존재의 토대에 대한 사색을 함축하고 있다. 이 시에 나오는
'집'은 바로 존재의 상징인데, 그 집은 '짚을 썰어 지은 것'으로서 생체험
에 입각해 건설된 것임을 말해주고 있다. 그런데 2, 3연에서 시적 화자는
두 개의 존재 양태를 보여준다. 즉 공포에 잠식당할 때 존재는 제 속으로
깊은 "지하실의 계단"으로 변한다. 그것은 바로 외압적 힘에 굴복하는
존재성을 암시한다. 그럴 때 그것을 구원할 수 있는 것은 앞서 존재성을

구축했던 "짚의 맛을,/느끼"는 일밖에 없다. 짚의 맛은 존재의 근원, 다시 말해 어떠한 관념에 물들지 않은 '날것'의 감각을 뜻한다. 그것은 시행 속의 "아니야"로 표현된 부정 정신과도 상통한다. 날것의 감각은 원래적 존재의 모습을 보장하기 때문에 이것을 회복(시에서는 기억 속의 방으로 되돌아가기만 하는 것)한다면 존재는 "계단 위로 떠오르는 집", 게다가 "창문마다 눈부신 황금술잔이 놓인/아홉 개의 에메랄드 창문이 있는." 아름다운 존재의 집을 지니게 될 것이다. 이것은 노혜경이 이제 의지적 차원에서 '황금술잔'과 '아홉'이라는 신비롭고 풍요로운 세계 내 존재로의 전화를 기획하고 있음을 뜻한다. 그녀의 시적 기획은 보다 인간적인 존재성을 탐색하고 있다는 점에서 계속 기대해도 좋을 것 같다.

권애숙의 시적 실천도 이와 크게 다르지 않다. 그녀의 초기 시는 생의 고통을 운명적 차원에서 노래하다가 두 번째 시집 『카툰 세상』(2000)에 와서 사회적 존재로서 여성에 대한 자각과 그런 여성적 삶이 어떻게 고통스러운지를 형상화하고 있다는 점에서 분명하게 여성주의 시적 경향을 보이고 있다. 특히 권애숙의 시는 생활 속의 여성적 홀대와 차별이 어떻게 여성적 존재들을 왜곡시켜 가는지에 관심을 두고 이러한 여성적 핍박의 부정적 사회현상에 대한 풍자와 비판을 통해 저항의식의 필요성을 강하게 환기시키고 있다. 또 이러한 저항 속에서도 여성적 자질이 갖는 생명과 사랑에 대한 모성적 인식을 통해 생태적이고 생명적인 관계형성에도 시적 주제를 집중한다.

이번 근작시도 기존의 시적 궤적과 다르지 않아 보인다. 가령 다음과 같은 시는 억압과 차별이 없이 완전히 주어진 생명성을 다 발현하고자 하는 존재의 갈망을 잘 보여준다.

무거운 나 바람벽에 기대어 고요히

들여다보면 내 몸은 온통 달동네다
초하루에서 그믐까지
달이란 달 다 떠올라
방방이 잉잉거리는 벌떼들

뜨거운 설레임으로 똑똑똑
좁은 방문을 두드리면
분봉을 꿈꾸는 연두빛 날개
날아올라 세상 밖으로 뻗은
나뭇가지에 매달려
아득하게 달집으로 타오른다

독침을 가진 이여
나는 구혈을 찔려
그만, 찌르르 퍼지는 독이 되리니
이 봄 충충이 나를 사르고
바람 속으로 푸르게 흐르고 싶단 말이다

—「충충나무 비밀」부분

　시적 화자는 충충나무에 방방이 매달려 생명의 충만한 활동을 벌이고
있는 '벌떼'들의 생명력을 보면서 자신 또한 '독'에 중독되어서라도 독기
를 가져 강렬하게 "이 봄 충충이 나를 사르고" 싶은 욕망, "바람 속으로
푸르게 흐르고 싶"은 욕망을 보이고 있다. 그것은 사회적 존재로서 자아
의 위축과 소외를 타개하고 싶은 간절한 갈망일 것이다. 권애숙은 이미
위축된 자아를 "푸릇푸릇 저온의 창가에서/이빨자국 하나 없이/딱딱하게
굳어가는 밀떡 하나/부패되지 않는 겨드랑이만/벅벅 긁어대고 있었네"
(「밀떡」)에서 굳어버린 '밀떡'으로 형상화하기도 했다. 그것은 생명력의

상실을 상징하며 그렇기 때문에 '벅벅 긁어' 상처만 입는 병든 자아다. 그 점에서 「충충나무 비밀」이 시는 그런 밀떡의 경직성과 비생명성에서 벗어나 여성적 자질이 완전히 발현되는 생명성에 대한 염원을 표현한 작품이라 할 수 있다.

　때문에 이러한 꿈이 좌절되었을 때 권애숙의 시는 간절함을 지나 온몸의 열정과 에너지가 미친 듯이 불거져 나오는 저항의식 그 자체가 됨은 당연하다. 다음 시는 권애숙의 시에서 가장 강렬한 메시지와 힘을 느끼게 해주는 시일 것이다.

> 달리는 길에서만 뿔이 솟구치는구나, 소여
> 들이 받친 내 몸에 뿔이 돋는다
> 내 어디에고 이렇게 많은 뿔들이 숨어 있었다
> 개화하듯 활짝 솟구치는 뿔들을 내밀고
> 나는 객석에서 뛰쳐나간다
> 눈알을 부라리며 경계를 넘어
> 전 속력 질주하는 라경덕씨네 소를 따라 뛴다
> 비탈길을 돌아 언덕 위까지
> 쿵, 산 하나를 무너뜨리며
> 씩씩거리는 라경덕씨네 소를 밀치고
> 자막을 타고 빠르게 올라간다
> 배역 속, 미친 나는
>
> ─「라경덕씨네 소」 부분

　시적 화자는 미친 소를 보고 자신 또한 그렇게 미치지 않고서는 현실적 장벽을 무너뜨리지 못할 것임을 느끼고 있다. 전 속력으로 질주하여 쿵 산을 무너뜨리는 소는 바로 현실적 억압 속에서 남성적 논리로 장벽을 쌓은 폭압적인 현실에 도전하는 여성을 상징한다. 그 소는 당연히 보통의 힘으로 장벽을 무너뜨리지 못하겠다 여기는 여성의 분노로 무장된 의지적 주체다. '뿔'로 상징화되는 분노는 그러므로 여성적 주체성의 추구이자 확립인 것이다. 이 뿔은 "더운 피의 길을 따라 또 얼마나 들썩거렸던가/날개보다 더 뜨거웠던 내 안의 길들이여"(「철사새」)에서 보듯 삶의 깊은 고뇌와 열망에서 터져나오는 진정한 삶에의 충동이다. 따라서 여성적 저항의 실체로 제시되는 뿔은 가부장제 남성사회에 대응한 여성의 심리적 자아를 상징한 것으로 의미심장하다 할 것이다.

이와 같은 선상에 서서 좀더 여성적 삶의 고통을 구체화하고 있는 시인이 강미정이다. 이번에 나온 두 번째 시집 『상처가 스민다는 것』(2003)은 일상적 삶에서 여성이 겪는 구체적 고통의 기록이자 고백이다. 생활 속에 배인 도저한 고통의 근원을 현실적 상처에 대한 섬세한 묘사를 통해 직시하고 있는 것은 상당히 적극적이고 긍정적인 자세로 보여진다. 강미정의 시는 두 번째 시집에 와서 비약적으로 발전하고 있는데 그 이유는 자신의 산 체험에서 우러난 고통의 깊이와 함께 이를 객관화할 수 있는 시선을 가졌다는 데에 있는 것으로 보인다. 그 시집에도 실려 있고 이번 근작시로도 보내온 「끝방」이란 시는 우리 현실 속의 여성적 삶의 고통을 잘 드러내고 있다고 하여도 과언이 아니다.

> 너, 아니? 가슴에도 끝방이 있다는 것 말이야
> 불꺼진 방 모서리를 지나 어두운 계단을 딛고 올라서서
> 다시 수많은 어두운 방을 돌고 돌아가 끝방,
> 막다른 골목 같은 방
> 어둠을 담았던 쓰레기통을 씻어 말리고
> 어두운 방을 닦았을 걸레가 겹쳐 널려 있는
> 그 옆, 고독하고 긴 복도를 닦은
> 밀대걸레가 세워져 조용히 말라가는 그런 방,

난 그 방 앞에서
똑똑, 문을 두드리려고 손을 들었다간 가만히 내려
무슨 소린가 끊임없이 들리다가도 귀를 갖다대면 고요해지지
문을 열면 환하게 텅빈 방이 되어버리지
너 아니? 가슴에도 끝방이 있다는 것 말이야
여러 개의 어둔 방 모서리를 돌고 돌아가면
맨 끝에야 다다르는 막다른 골목같은 방
수많은 빈 방 지키며 부르는 노래 간혹간혹 들리는
그 끝방, 가장 많이 아픈 아픔이
가장 많이 기다린 기다림이 산다는 방,
난 그 방을 들여다 볼 수가 없어 너무 화안해서
눈을 감고 말아, 눈을 감고 말아

—「끝방」 전문

　힘 없고 소외된 존재가 거처하는 곳은 이 시에서 말하는 '끝방'일 것이
다. 그 끝방은 "가장 많이 아픈 아픔이/가장 많이 기다린 기다림이 산다는
방"으로써 보통 사람은 경험해보지 못함으로써 들여다 볼 수 없는 방이
다. 그런데 이 시적 화자는 그 끝방을 알고 있다. 그는 이 방에 대해
너무 화안해서, 다시 말해 너무 잘 알고 있어 "눈을 감고 마"는 것이다.
그것은 고통의 끝에서 고통을 삭이는 것이자 고통으로부터 초월하는 행
위다. 그것이 아름답고 섬뜩한 이유는 보통 사람들로서는 고통을 이만큼
데리고 놀지 못하기 때문이다. 그런데 이 시에서 끝방을 간직한 사람들은
시적 정보로 보아 여성일 가능성이 높다. 그런 점에서 이 시는 표면적
차원에서는 남성적 존재에 대한 대타의식을 갖고 있지 않으나 끝방이
갖는 상징적 차원에서 볼 때는 유폐된 여성적 자아를 가리킨다.
　그런 점에서 다음과 같은 강미정의 시도 여성적 삶에서의 진정한 존재
성을 찾으려는 노력으로 읽혀진다.

계속된 침묵을 떠나보내지 않으려고
삭풍을 잡은 퍼런 울음을 단단히 묶어 두려고
제 몸 속에 파문을 새겨 넣은 나무처럼
떨림은 둥근 무늬를 지니고 있다
쉼 없는 파문을 움켜쥐고 있다
어깨를 떨며 울었던 상처의 옹이마다
아픈 몸을 누인 슬픔이
둥근 눈물로 쏟아지는 것도
몸 속으로 새겨 넣은 물무늬 때문이다
삶은 떨림의 한 가운데를 움켜쥐고
둥근 파문으로 기억될 것들을 키우는 곳,
      <중략>
오랜 여운으로 깊고 둥글어지는 떨림,
파문을 잡아낸 인생만이 둥글어진다

─「주름」 부분

　그녀에게 삶은 '상처의 옹이'거나 '멍("서로를 너무 세게 껴안았으므로
/푸른 멍이 피어나는 것이다."「멍」)과 같은 것이다. 이 시가 아름다운
이유는 '떨림'으로 표현된 삶의 고통이 "둥근 파문"이란 이미지를 획득한
데에 있다. 몸 속에 새겨넣은 물무늬로서 '둥근 파문'은 바로 고통의 흔적
이다. 그런데 그 무늬는 고통의 자국이건만 아름답다. 따라서 시적 논리
에 따른다면 고통을 받아들이고 그것을 둥근 파문으로 단련 내지 승화하
지 않은 사람은 삶의 진정한 국면을 만난 인간이라 할 수 없다. 왜냐하면
"파문을 잡아낸 인생만이 둥글어진다"라고 노래하고 있을 때 이것은 권
위적 세계에 대한 소외된 계층이나, 같이 소외된 존재로서 여성이 이들
세계에 대해 어떻게 고통을 내면화하고 승화하는지를 보여주는, 즉 상처
에 대해 어떻게 미학적으로 응전을 하는지를 보여주기 때문이다. 그것은

소외된 존재의 삶의 근거다. 이 점 계속 강미정의 시를 보게 만든다.

조말선의 시는 여성적 존재로서 자의식보다는 그의 시적 주제를 표출하는 방법에서 여성주의적 경향이 더 농후하다. 작년에 낸『매우 가벼운 담론』이란 시집에서 조말선은 언어 해체를 통해 기존 사회의식의 해체를 보여주었다. 언어의 해체는 세계와의 소통을 상실한 경우의 시다. 세계를 상실했음으로 소통의 과정에서는 자아만 남는다. 깊은 자의식의 세계에 갇혀 세계를 부정하는 이런 시는 따라서 위반의 시다. 세계가 설정한 금기에 대해 도전하고 그것에 대해 적극적 거부를 통해 현대사회의 문제를 직접 구체화하여 보여주고 있다는 점에서 모더니즘시의 대표적 형태인 것이다. 거기서 기존 언어적 질서를 비틀어 보는 것, 그것이 바로 기존 사회를 지배하고 있는 남성적 질서에 대한 도전이자 저항의 의미를 띠고 있는 것이다. 그것이 비록 남성과 여성의 직접적 대립체계로 드러나지 않더라도 기존 가치 체계에 대한 거부와 일탈을 의미하므로 남성중심의 가치 체계에 대한 저항의 문맥으로 정립된다. 가령 등대란 시가 이 경우에 해당한다.

나선형계단을 올라가고 있다 층계참이 없어서 빙글빙글 돌고 있다 나는 나를 깊숙이 파고들고 있다 창 밖으로 바깥이 갇히고 있다 그것은 창이라고 하기보다는 환기구 같은 것이다 환기구 속에서 어둠이 파랗게 다그치고 있다 올라가, 올라가 어서 나는 빙글빙글 돌고 있다 내다 보이는 방위는 어지러웠으므로 나는 나에게 집중하고 있다 내다보이는 명령은 답답했으므로 나는 나에게 집중하고 있다 내다보이는 위험은 사각이었으므로 나는 나에게 집중하고 있다 불안은 보이지 않았으므로 불안해 보인다 보다 내성적이기 위해 창은 작을수록 효과적이다 몰입하기 좋다 나는 나에게 몰입하고 있다 나는 알맞게 말을 더듬으며 내성적으로 변하고 있다 나는 빙글

빙글 돌고 있다 그리고 끝내 헐떡거리며 꿈뻑거리며 불안을 불안하
게 발성하고 있다

─「등대」 전문

  '등대' 안의 시적 화자는 현실적 장벽에, 혹은 미로에 갇혀버린 자아다.
현실적 권위와 힘은 "내다보이는 명령"으로 시적 화자를 옭아매 더욱더
답답하게 하고 불안하게 한다. 자신에게 '집중'한다는 것은 그러므로 자
신의 내부에 유폐되는 것을 뜻한다. 환기구로 보일 만큼 협소한 틈만
보이는 창은 화자와 세계와의 소통을 "파랗게 다그치고 있다"는 점에서
세계의 폭압을 구체화할 뿐이다. 곧 갇힌 화자는 빙글빙글 돌고 돌아
미쳐가는 것이다. 그것은 바로 남성적 이데올로기에 갇혀 병들어가는
여성적 자아를 상징하는 것이다. 그 갇힌 여성적 자아를 직접적이고 구체
적 형상으로 이렇게 드러내고 있다는 점에서 이 시는 문제적이다. 특히
이 시에서 자폐적 자의식을 드러내기 위한 반복과 요설은 그녀의 시적
주제를 드러내기 위한 효과적 문체가 된다.

  그것은 다른 시에서 남성적 시선에 의해 자기 자신이 규정되는 것에
대한 거부의식을 확실히 보여주는 것에서도 나타난다.

  나는 거울을 안 보려고 눈알을 팠어요 한 해가 지나고 나는 거울을
안보려는 마음이 열 배로 자라 나는 열 배나 거울을 안 보려고 눈알
을 팠어요 내가 조장한 눈알들을 까마귀들이 조장해 주었어요 나는
우물을 안 보려고 눈알을 팠어요 또 한 해가 지나고 나는 우물을
안 보려는 마음이 백 배나 자라 나는 백 배나 우물을 안 보려고
눈알을 팠어요 내가 빠뜨린 눈알들을 두레박이 다 건져올렸어요
나는 눈알을 파내고 파낸 눈알들의 자식들을 떠맡으려고 눈알을
팠어요 또 한 해가 지나고 나는 주렁주렁 연 눈알들의 눈총이 천

배로 자라 나는 천 배나 구멍이 뚫리려고 눈알을 팠어요 사과는
사과만한 눈구멍을 후벼팠어요 포도는 포도만한 눈구멍을 후벼팠
어요 버찌는 버찌만한 눈구멍을 후벼팠어요 사실 나는 나를 보려는
마음이 아득해서 눈알을 팠어요

        —「내가 파버린 내 눈알이 열리는 오이디푸스나무」 전문

　이 시에서 자신의 눈알을 파는 까닭은 어디 있는가? 일차적 정보는
"거울을 안 보려고" 팠다고 되어 있다. 표면적 논리를 우선 따른다면
거울에 비친 자신의 모습이 싫어서 자신의 눈을 해쳤다는 것이다. 그렇다
면 거울에 비친 모습은 자기가 보고 싶지 않은, 다시 말해 진정한 자기
모습이라고 여길 수 없는, 흉측한 모습의 얼굴이라 상상할 수 있다. 그것
에 대한 충격 때문에 자신의 눈알을 파버렸다는 것은 충분히 설득력 있
다. 게다가 제목으로 쓴 '오이디푸스나무' 이야기가 자신이 아버지를 죽
이고 어머니와 통정했다는 흉측한 진실을 알고 자신을 저주하며 눈알을
팠던 신화라는 점에서 시적 화자의 저와 같은 행위를 암시하는 데에 충분
한 것으로 여겨진다.

　그러나 이 시는 이면적으로 읽어야 한다. 이 시에서 거울은 자신을
확인하는 피동적 대상이 아니라 거울 스스로 능동적으로 시적 화자를
지켜보는 시선을 암시한다. 즉 남성중심적 사회에서 동일자의 시선에
해당하는 것이다. 시 속에서 그것은 "나는 주렁주렁 연 눈알들의 눈총이
천 배로 자라 나는 천 배나 구멍이 뚫리려고 눈알을 팠어요"에서 암시된
다. 거울은 자신에게 타자인 여자로서 어떤 형상으로 살 것을 명령하는
'눈총'이다. 그 명령을 거부하기 위해 스스로를 자해하는 것이 이 시의
논리다. 즉 자해를 통해 대상에 대한 공격을 하고 있는 것이다. 이는 다른
시 "나는 고정적인 시선을 버리고 싶다/나는 분산적인 시선을 모으고

싶다"(「분산적인 시선을 보는 고정적인 시선」)에서 확인할 수 있는 것처럼 권위적 통제의 시선으로 고정적 시선을 부정하고 해체적이고 수평적인 의미를 띠는 '분산적 시선'을 갖고 싶어하는 데서 알 수 있다. 때문에 조말선이 추구하고 있는 시적 진실은 해체를 통한 수평적 존재의 복원이다. 대타의식에서 벗어나 온전한 주체로 서기를 갈망하는 여성적 존재성의 추구다.

이상의 남성적 존재에 대한 대타의식으로 여성적 존재성의 추구를 보여주는 부산 여성시의 시적 수준은 그러므로 상당한 깊이를 가지고 있다고 볼 수 있다.

2. 생명의식과 서정적 삶의 노래 ; 진경옥, 이선형, 진명주, 권정일, 안효희

부산 여성시인의 중요한 한 유형은 서정적 경향과 함께 생명인식의 심화를 보여주는 것들이다. 대체의 여성시가 이런 경향을 띤다고 보는데 종전에는 이와 비슷한 시들을 전통서정시의 경향으로 분류하기도 했지만 무엇보다 여기에 언급되는 시인들은 생활 속의 반성과 함께 생명의 소중함을 인식함으로써 서정시의 탈근대적 의미에 일정한 기여를 한다는 점에서 단순히 전통서정시라 말할 수 없다. 즉 전통서정시와 생명을 노래하는 서정시는 그 의도와 비전에서 차이성을 지니고 있다. 특히 오늘의 여성성이 생태주의 사상과 어울려 생명의식의 발현으로 확장되어 가는 점을 고려한다면 이러한 경향의 여성시야말로 이 시대사적 맥락에서, 즉 근대극복이라는 또 다른 문맥에서 중요한 의미를 띤다.

진경옥 시인의 시가 우선 이런 유형에 적합한 경우가 아닐까 한다. 진경옥 시인은 이미 여러 시집에서 '길'이라는 소재를 통해 삶에 깊은 성찰을 보여준 바 있다. 최근 『길을 묻는다』(2000)에서도 여러 지역을 여행하면서 자신의 정체성에 대한 깊은 사유를 보이고 있다. 이번 근작시도 그것은 마찬가지다. 그러나 종전 길을 노래하는 시들이 생활 속의 그리움, 반성 등을 주조로 했다면 이번 근작시는 자기 정체성에 대한 탐문과 함께 생명의 근원적 문제를 중심 화제로 삼고 있다는 점이 특색이다. 다음과 같은 시가 그것이 아닐까.

> 방대교 지나 진동계곡
> 기암괴석 앉고 서고 모래자갈 조약돌하며
> 돌이란 돌 죄다 굴러와
> 우르르 우르르 쓸려 가는 길
> 앞서거니 뒤서거니 겨운 시름 함께 가며
> 물굽이 휘돌 때마다 물소리 깊어진다
> 부실한 아랫도리
> 냇바닥까지 닿지 못한 뿌리나 탓하면서
> 돌 자갈 없는 길 어디 있으리
> 물굽이 없는 길 어디 있으리
> 돌 자갈 훑으며 소용돌이치며
> 쩡쩡 울음 우는 백 리 물길 내린천 간다.

—「물길」 부분

이 시는 모든 돌들이 쓸려가는 혼탕한 물길, 삶의 갈래갈래의 모습을 보여주는 '백 리 물길 내린천'을 지나면서 삶의 의미를 묻고 제 스스로 답하고 있는 작품이다. 자연을 통해 인간의 삶의 의미를 터득하는 것이다. 그에 따르면 물길에 당연히 "돌 자갈 없는 길 어디 있으리/물굽이 없는 길 어디 있으리"하는 사실의 발견처럼 인간의 삶 역시 다양한 고난과 역경이 존재함을 깨우치는 것이다. 그것은 자연을 통한 배움이자 자연과의 정신적 교감이다. 그 점에서 이 시는 자아와 세계의 동일성을 추구하는 서정시의 정신에 잘 들어맞고 있다.

　진경옥의 시인의 이번 근작시는 여기에서 한 걸음 더 나아가 자연의 신비를 통찰함으로써 사물의 존재성이 얼마나 성스러운 생명성인지를 체득하고 있다.

> 숲은 조용한 임종을 끌어안는 순간에도
> 가지 끝 은밀한 손톱 밑에서는
> 자줏빛 새눈이 움츠리고 있다
> 간절한 때에 고개 수그린 숲의 묵상
> 8백 여 개 대리석 원주들이 받쳐든
> 코르도바 대 성당의 장관처럼
> 아니 그 회랑보다 많은 기둥들이 늘어선
> 숲의 이름을 어떤 성전으로 불러야 할지
> 하늘을 받쳐든 열주列柱 사이로
> 아침해가 들면서 온통 황금빛이다
> 부글부글 동해가 끓어오를 때마다
> 황금 궁전을 이루는 초당 숲.

―「초당 숲에서」 부분

　숲의 장관을 노래한 시는 많을 것이다. 그러나 숲의 생명성을 신성의 공간으로 표현한 경우는 많지 않을 것이다. 이 시는 초당숲을 지나면서 나무의 물관이라든지 새눈을 통해 숲의 생명성을 발견하고, 거기에 더 나아가 그 생명적 존재들이 어떻게 순환하고 있는지를 명상하고, 그로써 이 생명의 순환과 질서가 사실은 우주의 가장 성스러운 일임을, 즉 나무로서 생명을 영위하는 것이 하늘을 받쳐든 열주와 같이 가장 고귀한 성전을 이뤄내는 일임을 자각하는 것으로 되어 있다. 이 자각에 따른 묘사는 길 위의 사색 끝에 얻어지는 것은 틀림없지만 생명과 신성에 대한 지속적인 묵상 없이는 얻어질 수 없는 이미지다. 그런 점에서 이 시는 생명의 소중함을 잘 망각하는 근대적 삶에 대한 좋은 반성의 계기를 제공해 주고 그럼으로써 생명시의 중요한 전범이 되고 있다. 진경옥 시인의 '길'의 시는 생명의 진실과 근원을 찾아가는 묵상인 셈이다.

이선형의 시도 비슷한 속성을 가진다. 첫 번째 시집 『밤과 고양이와 벚나무』(2000)에서 삶의 대한 깊은 상념을 통해 존재의 진실을 추구하는 모습을 보임으로써 서정시의 한 아름다움을 보인 바 있다. 대체로 자아에 대한 성찰을 시적 주제로 제시하고 있는데 갈수록 이미지의 구성과 아름다움이 더 정치해짐으로써 구체성을 획득하는 것 같다. 이번 근작시는 그것을 잘 보여주는 사례다.

> 간더룽 가는 길이 맞느냐고
> 모퉁이를 돌 때마다
> 굽어진 길에게 조심스레 나는 말을 거는데
> 발 앞에 제 등을 내어준다고 해도
> 길은 안심할 수 없는 밖이다
> 간더룽 가는 길이 맞느냐? 맞느냐고?
> 요리조리 앞서가며 놀려먹던 햇빛이
> 산그늘 졌던 비탈에 저의 가장 밝은 목청을 던지고 난 뒤
> 남루한 내 안의 집에도 불이 켜지고
> 하루치 일을 마치고 맑은 방울을 흔들며
> 돌길을 밟아 내려가는 당나귀
> 부려놓은 짐만큼 들어올려진 발장단이
> 메아리로 남아 울린다
>
> ―「간더룽 메아리」 부분

진경옥 시인의 경우와 마찬가지로 여행을 통해 삶의 의미를 찾는 시다.

그때 이런 시가 지녀야 할 미덕은 얼마나 겸허하게 세상과 만나는가 하는 점과 그것을 통해 시적 자아는 어떤 생의 진실을 얻고 있는가 하는 점을 보이는 것이다. 이 시는 아마 인도 여행 체험에서 얻게 된 생의 진실을 노래한다는 점에서 그 점은 잘 살아나고 있다. 낯선 세계 앞에서 존재는 정처 없음을 느끼게 마련이다. 때문에 "길은 안심할 수 없는 밖이다"란 경구는 바로 존재의 정처 없음을 녹록치 않은 수준에서 깨닫는 모습인데 이것은 삶의 진실에 대해 상당한 의미를 전해준다는 점에서 수긍되는 부분이다. 그 깨달음을 지님으로 해서 시적 화자는 존재의 슬픔 가운데 "남루한 내 안의 집에도 불이 켜지"는, 또 달리 당나귀의 힘겨운 발장단이 시적 화자의 마음에 "메아리로 남아 울리"는 그런 성숙과 영혼의 교감을 얻게 되는 것이다. 그것은 존재의 고양(高揚)이다. 이 점 이선형 시의 장점이다. 그의 다른 시도 보다 이 점을 확실히 보여준다.

해 높이 떠오를수록 그림자 더욱 선명해져 어떤 때는 땅에 또렷한 그림자가 해가 되기도 합니다. 낙타를 타고 열사의 낮을 건너갈 때 사위에는 바람도 없고 내 그림자와 낙타 그림자만 포개져 한 마리 괴상한 짐승처럼 터덕터덕 걷고 있습니다. 어제 밤 사막의 머리맡에 찬이슬과 함께 찾아온 꿈이 그림자 해 속에서 일렁거립니다. 쉴새없이 쪼아대던 시간이 품을 내 준 모래구릉 아래 누워 두 개의 꿈을 꾸었습니다. 무엇을 잘못하여 돌이킬 수 없는 상황의 꿈, 관계가 밀어부치는 요구 속에서 부대끼는 꿈. 잠에서 깨어난 사막에는 아무 것도 없습니다. 앞도 뒤도, 부대끼던 일상도. 낙타 그림자와 낙타를 탄 내 그림자가 하나의 몸이 되어 뜨거운 해가 되어 사막을 건너가고 있습니다.

—「두 개의 꿈」 전문

존재에 대한 성찰은 그것이 얼마나 치열하게 삶의 진실을 끌어안고 응시하느냐에 달려 있다. 보통 사람의 경우는 무서워서, 또는 싱거워서 사색을 중단하거나 외면해버린다. 그러나 시인은, 특히 좋은 시인은 그것을 선승처럼 물고 늘어져 거기서 진실을 발견하는 것이다. 이선형의 이 시가 바로 그런 경우가 아닐까. 생의 진실은 사실 우리가 '열사의 낮'을 터벅터벅 걷고 있는 것이라거나, 다른 그 무엇으로 말해도 좋을지 모른다. 문제는 그 삭막한 생을 지나는 데에 있어서 거기에 대응하는 자신의 태도나 인식을 갖추었는가 하는 점이다. 이 시에서 그것은 모래구릉 아래서 무상함을 견뎌내는 '꿈', 다시 말해 무엇보다 세상의 무의미함에 자아의 존재성을 지키고자 타오르는 "뜨거운 해"를 얻게 되면서 생의 무상함과 무의미에 하나의 의미 있는 풍경을 직조해 내는 데에 있다. 이는 무상한 현실에 대응하는 존재의 필연성을 제 나름대로 찾아낸 것일 게다. 때문에 "납작하게 눌려진 네 등은/젖은 모래에게 자장가를 불러주고 있는/한참 밤인 게야"(「당나귀 울음」)라는 시구에서 볼 수 있는 것처럼 존재의 본질을 암시하는 놀라운 이미지, '한참 밤'의 통찰도 자연스레 나올 수 있는 것이다. '뜨거운 해'와 '한참 밤'의 이미지는 삶의 막막함에 대한 존재의 치열한 대응이라는 점에서 그 의미는 같다. 그 점에서 이선형은 어쩌면 생의 진실과 맞닥뜨려 그 뜨거움에 깨어있는, 더 나아가 그것을 궁글려 맛보는 몇 안 되는 시인인 줄 모른다.

이 점은 진명주의 시도 마찬가지다. 조금 생활의 감상에 기우는 경향이 없지 않지만 첫 시집 『소리없이 새는 것이 있다』(2000) 이후 생의 진실을 깊이 있게 탐구하고, 거기서 존재의 의미를 찾고 있는 점이 장점으로 나타나고 있다. 특히 여리고 소중한 작은 것들에 대한 관심과 그 속에서 자아와 삶의 의미를 발견하는 것은 진명주 시가 단순한 일상적 서정시에서 그치는 것이 아니라 존재론적 사색의 시로 승화되어 가는 것을 뜻한다

할 것이다. 그것은 이제 시인이 세계를 보는 눈이 새롭게 열리고 있다는 것을 의미하는데 앞으로 어떻게 그 세계가 확대되고 심화될지 그의 역량이 자못 기대되는 시점이다. 이번 근작시에 나온 시들은 그 전망이 밝다. 가령 다음과 같은 시는 만만치 않은 시인의 세계인식을 보여준다.

> 혼자 떠나는 여행은 늘 서해에서 끝난다
> 곳곳 드러난 갯벌
> 단단한 곳을 디딘 차가 나오려니 앞바퀴가 겉돈다
> 누군가에게 아무 도움이 되지 못할 때
> 가만히 진동없이 있는 것이 때로는 더 좋을 수 있다는 것을
> 나는 어느 사이 깨달은 것일까
> 멀리 수평선을 바라보며
> 500년 된 동백이 제 무게를 견디지 못하고
> 가지를 처억 척 늘어뜨려 땅에 닿아있는 마량리 동백정
> 시간의 경계를 본 것도 같다

> ― 「마량리 동백정, 시간의 경계에 서다」 부분

이 시는 진명주의 시적 인식이 이미 상당한 경지에 올랐음을 단적으로 보여준다. "가만히 진동없이 있는 것이 때로는 더 좋을 수 있다"는 깨달음은 어디에서 오는가? 그것은 삶의 어떤 중요한 국면을 진정으로 맞닥뜨려 본 사람만이 가질 수 있는 생각이다. 그것은 어떤 생의 진실을 수긍하는 것이자 수용하는 것을 말한다. 그렇기에 "500년 된 동백이 제 무게를 견디지 못하고/가지를 처억 척 늘어뜨려 땅에 닿아있는" '수긍'의 자세가 남다르게 다가오며 거기서 삶의 진실이자 존재의 진실인 '시간의 경계'를 훔쳐보아 버리는 것이다. '시간의 경계'는 수긍의 자세가 가 닿는 궁극을 암시한다. 그 진실이 구체적으로 어떠한 것이냐고 물을 필요는

없다. 사람에게 생의 진실은 다양한 국면이며 문제는 얼마나 절실하게 그것이 자기에게 의미를 갖느냐 하는 점일 것이다. 이 시는 마량리 동백정이라는 곳에 가서 그것을 알았다기보다 자신의 삶에서 터져나오는 진실을 그곳에 가서 확인했다는 의미가 강하다. 때문에 이 시의 시적 화자는 늘 깨어 삶의 진실을 찾고 있다고 해야 할 것이다. 그 점은 다음 시에서도 확인된다.

> 가던 발길을 멈추고 골목을 바라본다
> 내 몸 속에 여러 갈래의 길들이 생겨나
> 굵은 허리를 세우고
> 망설이며 서 있기만 하는 날이 있다
> 담장 아래 소복하게 쌓아둔 소금 한 덩이
> 수수꽃다리 꽃 피었다
> 간밤 꿈이 서늘했던 한 사람의
> 불안한 하루가 이렇게 꽃으로 피어났을까
> 골목 어디서든 꽃 터지는 소리
> 질탕한 봄의 향기가 초면은 아닌 듯한데
> 내 안의 슬픔을 두근대며 밀어올리는 이것이
> 골목이었는지 저 수수꽃다리였는지
> 생각의 주변을 툭,툭,툭 건드리고 싶은 날이 있다
>
> ―「수수꽃다리로 서다」전문

이 시의 시적 화자도 "내 몸 속에 여러 갈래의 길들이 생겨나/굵은 허리를 세우고/망설이며 서 있기만" 한다는 점에서 삶의 자세는 여전하다는 것을 보여준다. 다만 이 시는 본격적으로 그를 가만히 서 있게만 만드는 실체를, 그것이 슬픔으로 표현되든지, 불안, 운명으로 표현되든지, 하여간 그 무엇이든 간에 그 실체를 직시해보려는 자세가 도드라지고 있다는 점이 특색이다. 그것은 한 단계 삶의 진실에 더 접근하려는 자세다. 곧 삶의 구체성에 더 육박해간다는 의미가 깃들어 있다. 그랬을 때 "불안한 하루가 이렇게 꽃으로 피어났을까"하고 묻고 그것에 제 나름의 대답으로써 '수수꽃다리'의 삶을 제시하는 것은 이 세계를 바라보는 시인의 시적 인식이 좀더 정밀해지고 그윽해졌음을 뜻한다 하겠다. 그것은 이제 시인이 생명, 존재, 자연, 사랑 등 삶의 진실에 대한 국면을 보다 치밀하게 노래하게 되리란 전망을 갖게 한다. 절실성과 구체성의 확보는 진명주의 시를 한 차원 비약시킨 요소가 아닌가 한다.

신예시인인 권정일의 시도 크게 보아 서정적 경향의 시로 보아진다. 아직 일상적 서정에 머물고 있는 점이 많지만 가끔 그의 시에 나오는 직관적 통찰은 그녀의 시적 성취가 앞으로 남다를 것임을 예고한다. 가령 다음과 같은 시가 그렇다.

> 그 곳에는 모든 것이 속달로 온다
> 빗소리도 한 발 앞서 온다
> 아침해도 맨 먼저 그 곳에서 깨어난다
> 실핏줄로 얽힌 골목으로만 이루어진
> 산동네
>
> 막다른 골목, 봄 뒤돌아본다 모든 골목을 부른다
>
> 날 선,
>
> 봉인된,
>
> 아프다 아프다 내지르는,
>
> ─ 「봄」 부분

봄을 소재로 시를 쓰는 일은 흔하다. 그러나 그 봄을 내면화하여 하나의 의미로 만드는 일은 쉽지 않다. 이 시에서는 그것이 어느 정도 이루어지고 있어 시적 재능을 짐작케 한다. 특히 이 시에서 봄이 "모든 골목을 부른다"란 상큼한 전제 아래 모든 살아있는 존재가 '날 선' 감각, 다시 말해 "아프다 아프다 내지르는" 생명의 감각으로 화답하는 내용을 구성하는 것은 예사롭지 않다. 세계를 내적 세계의 연관 밑에서 새롭게 보려하는 의지를 엿볼 수 있다. 이 점은 「다시, 연못을 본다」에서 "연 못을 내 몸에 들였다//내가 연못에 들앉았다//나는 출타중이고 까치소리 들린다//까치는 노래하는데 나는 울음으로만 듣는다"란 자못 심상치 않은 표현 속에서 발견되고, 더 나아가 "헝클어지는 매듭의 허물"이란 삶의 진실을 본능적으로 깨닫게 되는 데서는 놀라운 통찰력도 엿보인다. 이런 점이 이 시인의 시를 신뢰하게 하고 기대하게 한다.

그러나 전체적으로 볼 때 아직 시적 구성에 있어 긴장도가 떨어지고 있는 점, 시적 발상도 어떤 것은 너무 단순한 차원에 머무르고 있는 점, 요령부득의 이미지 전개가 간혹 눈에 보이는 점 등은 앞으로 극복해 나갈 문제로 보여진다. 아직 시작 경력이 얼마 되지 않아 그런 아쉬운 부분을 지니고 있을 것이라 생각한다. 우리가 신인으로서 권정일의 시를 부산 여성시의 특집에 포함한 것은 그 시적 가능성에 무게를 둔 만큼 생활에 대한 반성과 함께 생명의 본질적 속성에 대한 치열한 인식으로 놀라운 발전을 거듭해주기를 바란다.

안효희 시인의 경우도 결론부터 먼저 말하자면 권정일 시인과 같다. 특히 대상에 대해 따뜻한 시선을 가지는 것은 좋으나 대상(혹은 현실)의 본질적 국면을 먼저 발견하고 그것을 다시 자기 삶의 의미와 관련시키는 과정을 가져야 할 것이다. 가령 「익어가는 시간」은 아이들의 발랄함과 생명성을 중심으로 하여 '익어가는 시간'이란 따뜻한 전개를 보이나, 시를 감상하는 입장에서 고아원의 방문을 통해 그러한 발상을 가진다는 것이 너무 대상을 자의적 내지 피상적으로만 보는 것이 아닌가 하는 혐의를 갖게 한다. 그것은 자칫 주관적 낭만에 빠질 위험성을 내포한다. 따라서 대상과 삶에 대한 치열한 탐색 끝에 진실을 찾는 반성적 인식이 필요하다. 그러한 내용이 어느 정도 형상화된 것이 있어 권정일 시인과 똑같이 기대를 갖게 한다.

> 하얀 석고상 같은, 허리 구부정한 그가 일어선다 오후의 느린 햇살을 따라 은행잎 깔린 노란 길을 걷는다 바람에 잎 질 때마다 내리는 소리, 허리는 더 낮게 구부러진다
>
> 느린 두 손, 비닐의 공기 방울을 누른다 뭉쳐진 적막 속에서 툭툭 터지는 살아있음을 확인한다 빠져드는 짧은 낮잠 속에서 그래! 그래! 세상을 향해 몇 번 고개 끄덕이다 어김없이 지지직거리는 텔레비전과 마주앉는다
>
> 은행나무 아래 떨어진 새벽 별 쓰윽 문지르자 누른 냄새, 코를 찌르며 터진다 살이 썩어야 목숨이 되는 씨앗, 처음 걸어 왔던 길로 돌아가길 바란다 날아가는 바람에게도 웃을 수 있는 씁쓸한 미소, 종말은 언제나 처음과 나란히 걷는다
>
> ―「느린 햇살」 전문

이 시는 안효희의 시적 미래를 밝게 해주는 작품이다. 일상적 삶의 현실을 드러내는 방식에서 '느린 햇살'이란 놀라운 통찰과 함께 "낮게 구부러지"는 허리, "느린 두 손", "누른 냄새", "살이 썩어야 목숨이 된"다는 진실, 그리고 "종말은 언제나 처음과 나란히 걷는다"는 표현 등의 표현을 통해 삶의 한없이 비천하고 누추한 일상이 갖는 의미를 제대로

드러내고 있다. 그러한 삶의 진실을 구체적 이미지인 '느린 햇살'로 포착하여 형상화한 데다 시적 전개도 무리 없이 구성돼 시적 능력이 남다름을 보여주는 것이다. 그러한 통찰과 구성이 부산 여성시의 새로운 한 방향성이 될 것이라 믿는다.

3. 풍자의식과 세속도시의 거부 ; 한미성, 정진경, 전명숙

근대화된 사회는 시인들에게 삶의 진정성을 보장하지 않는다는 점에서 고뇌의 대상이다. 현실적 속악함이 자신의 실존의 터를 구성하고 있다는 자의식은 때로 격렬한 분노 내지 환멸을 가져다준다. 이때 타락한 현실을 대하는 시적 태도는 시니컬한 풍자로 흐르기 마련이다. 그것은 타락한 현실에 타락한 방법으로 응전하는 부정 정신의 소산이다. 현대 사회를 살아가는 시인에겐 어쩌면 이러한 복잡하면서도 이중적인 삶의 방식이 본질인지도 모르겠다. 그런 점에서 부산 여성시에서도 이러한 풍자적이고 비판적인 시적 태도는 당연히 존재할 것이다. 이들의 시야말로 욕망과 물질로 타락한 시대 현실을 보다 분명하게 보고 거기에 적극적으로 대응한다.

한미성 시인의 시가 바로 그런 경우다. 이미『중세기로 간 친구』(2000)란 첫 시집에서부터 이 문제를 끌어안고 씨름하고 있음을 발견할 수 있다. 현실적 삶의 무의미함과 지루함이 세상을 부정적으로 바라보게 한다. 친구가 중세기로 떠날 수밖에 없는 것은 오늘의 우리 사회가 "말과 행동의 가면 뒤로" 숨어 극단적인 자유만 즐기는 소통 불능의 상태에 빠졌기 때문임을 발견하고 이를 승인할 때, 시적 화자는 당대의 현실에 대해 분노하는 것을 넘어 깊은 무력감과 환멸로 우울 상태에 빠져든다. 이번 근작시도 세계의 폭력에 이런 환멸감에 빠져있는 시적 화자는 변함없다.

    대낮부터 낯뜨겁게 신앙고백을 하다니, 나는 단호하게 염씨에게
말했다
    신과나 사이에 어떤 것도 끼어들 순 없어요
    누군가가 날 위해 기도한다는 것은 정말이지 화가 치밀어
    그건 일종의 간음이야
    그 은밀함 속에 감히....,   쾌락의 열쇠를 따고 들어와선 나신을
보다니
    염씨는 손때묻은 성경책을 쓰다듬으며 신중하게 말했다
    네, 최상의 쾌락은 신과의 관계에서만 있지요 이 책의 요지는 그겁
니다
    그는 쾌락의 열쇠라는 책을 읽고 있다
    세속도시를 읽어보셨나요 성(聖)과 속(俗)이라는 책은,,,
    나는 지적 위세로 믿음을 내세우듯 다그쳐 물었다
    염선생님은 네비게이터죠 금욕주의, 아아 물론 금욕생활에 거부
반응은 없어요
    속된 나로서는, 믿음이란 실천에 있다고 테레사 수녀도 그렇지만
오드리햅번 그 배우 대단하죠 성은 세속도시에서 실천되어야만,,,
아아 인카네이숀(incarnation), 예수님께서 미쳤다고 인간 세상에 내
려왔겠어요 지금 소유하고있는 물질과 욕망을 한순간 버리고 가난
한 이웃들을 위해 살 수 있으세요 도저히 불가능한... 내가 믿음이
있다고 자부할 수 있나요 실천이 없으면 믿음이란... 순간 말을 멈췄
다 이런 말이 무슨 소용일까

                 —「노매드(nomad) 인생」 부분

  이 시에서 보이는 시적 화자 역시 가면을 쓰고 있다. 즉 대상에 대해
위선적 모습을 넘어 위악적(僞惡的)이기조차 하는 모습으로 진정한 의사

소통이 사라진 타락한 현실을 비웃고 있다. 제목조차도 이중적이다. 기본적으로 방랑하는 인생이란 뜻을 가져 정착할 수 없는 이 시대의 특징을 담아내기도 하지만 그것보다 '미치지 않은(no-mad)' 혹은 '미쳐버릴 수 없는' 인생이란 뜻으로 읽혀 더욱 참담한 느낌을 준다. 즉 세상은 미쳐버릴 만큼 타락한 현실인데 인간만이 이 세상을 미치지 않고 살아간다는 것이 너무나 이상하다는 것이다. 그래서 이 시는 지금 세상의 본질을 바로 볼 줄 모르고 살아가는 '진지한' 사람들, 즉 미치지 않고 사는 사람들에게 이 타락한 현실에서 어떻게 미치지 않고 살 수 있느냐 하는 항변이다. 깊은 환멸과 절망이 교차되는 이 시는 그러므로 우울한 우리 시대의 묵시록이다. 이는 다음과 같은 시에서 보다 구체화되고 강화된다.

세상 곳곳에 일어나는 테러 악의 축
소음 속에서도 위장된 평화가 있었다
아프가니스탄 난민 수용소 어린아이가
마른풀을 뜯어먹으면서 퀭한 눈빛으로 쳐다본다
나는 화면 앞에서 솥을 끌어안은 채 겨울 내내 흰밥을 퍼먹어댔다
세상이 변할까를 생각하면서
저 수많은 굶주림이 허기를 채울까를 생각하면서
비곗살을 빼기 위해 헬스를 했지만
후미진 상처는 안쪽으로만 뿌리를 뻗어
경계를 넘지 못하고 연소되지 못한 나무토막처럼
연기만 자욱했다 병이든 것이었다
헤프게 웃고 말하고 이책 저책
먹어도 보지만 지식은 우리를 더 허기지게 했을 뿐
모두 소용없는 짓거리였다

—「내가 할 수 있는 것들」 부분

이 시는 끔찍하다. 지독한 자학이다. 아프가니스탄 난민 수용소 어린이의 퀭한 눈빛을 쳐다보며 "솥을 끌어안은 채 겨울 내내 흰밥을 퍼먹어대"는 것은 도저히 이 현실을 넘어설 수 있거나 바로잡을 수 없다는 무력감에서 오는 자해다. '허기'로 표상되는 진정성에의 갈망은 결코 경계를 넘어서지 못하리라 단정하고 있다. 그렇기 때문에 시적 화자는 깊이 '병' 들어 간다. 자기가 할 수 있는 것은 아무 것도 없다는 인식은 자신을 절망과 환멸에 빠뜨려 악마적 삶을 살아가길 유도할 뿐이다. 무엇으로 이 악마적 공간을 빠져나갈 수 있는가? 이 시의 시적 논리론 도저히 찾아지지 않는다. 이 시는 다만 그러한 현실에 분노와 저항과, 그리고 그러한 것들이 아무 소용없다는 확신이 들 때는 절망과 환멸로 '자기를 해쳐 세상을 해칠' 뿐이다. 우리는 이것도 세상의 본질과 오늘의 인간 존재를 바로 보는 치열한 인식으로 보고 가치 있다 여긴다. 다만 그 길이 너무 고통스럽고 끔찍하기에 낭만적 타협이 아닌 차원에서 타개책을 찾기를 간절히 바랄 뿐이다.

신예시인인 정진경도 약간 이런 경향으로 나아가고 있는 것처럼 보인다. 그의 시 역시 부정적 현실에 대한 비판적 시각으로 시적 주제를 구축하고 있다. 대체로 비생명적 현실에 대한 비판과 불구적 삶에 대한 연민에 기초해 있다. 그것은 어떻게 보면 신예시인으로 쉽게 다가서기 어려운 주제를 붙들고 싸우는 것처럼 보여 위태해 보이기도 하지만 세계를 보는 시인의 분명한 시각을 확인할 수 있다는 점에서 시원한 느낌을 받기도 한다. 다음과 같은 시가 그런 경우다.

'사라진 종족'이라는
입간판 아래서
놀면서 죽어가는 나무들

의식의 실오라기 물어뜯는 새떼들이
공원을 휙 쓸고 지나간다
빈 자루로 출렁이는 사람들, 동공을 투망질한다
가파른 계단을 기어올라가는
느린 비상의 새떼들
이소한 새들이 남긴 둥지에 노인들이 몰려든다

교통 사고 장애 판정을 받은
절음발이 새들도
종족 품에 안겨 일렬횡대가 된다
보류 상태로 남긴 우리들 노인성 지체 장애를
온몸으로 포란 하고 있는
공원은 거대한 둥지가 되어 있다

비틀어진 나무 옹이마다 걸려 있는
회춘의 알약들
깃털 그물 공원을 덮을 때마다
노화된 세포들이 떨어진다

— 「공원은 포란 중이다」 부분

　이 시 속을 가득 채우고 있는 것들은 죽어가고, 물어뜯기는, 빈 자루의
사람들, 절름발이 새와 노인성 지체 장애 판정의 사람들, 노화된 세포들,
그리고 이러한 것들을 안고 둥지가 되는 공원 이미지 등 비틀리고 죽어가
는 비정상적 이미지들이다. 세계는 불구의 것들로 가득 차 있는데 더욱
잔인한 것은 그러한 불구의 것들을 공원이 품고 새로운 생명체를 낳을
것으로 변죽을 울리고 있다는 사실이다. 죽은 생명을 품어봐야 생명은
탄생되지 않는다. 시인은 이것을 현대문명 사회의 생리로 보고 있다. 따
라서 이 시인에게 시는 악마적이고도 타락한 현실을 관찰하고 풍자하는

부정정신의 기록의 의미를 띤다. 그것은 산업자본주의 현실에 대한 동시대성에 대한 깊은 인식을 전제한 것으로 제 삶의 밑자락을 파헤쳐 보려는 치열한 의식의 실천이다. 그 점이 신예시인으로 나선 정진경의 시에 호감을 갖게 만든다.

그러나 이러한 비판정신은 세상의 타락에 대한 자기 염결성이 충분한 내적 논리를 갖추고 대응되어야 긴장과 역동성을 얻는다. 자칫 관념의 전달로 시가 떨어질 때 설익은 과즙을 맛보는 것처럼 오히려 독자에게 냉소의 대상이 됨을 잊어서는 안 된다. 그것은 가령 "문명으로 비대해진 땅은 쿵! 내 앞에 쓰러지고 산란하는 기계 소음들은 늪의 입이 되어 왔다 늪이 되어 가는 세상에서, 늪에 사는 작은 벌레로 꼬물대던 나도 또한 불임하는 생물이었다"(「불임의 땅 —우포 늪에서」)는 표현에 조금 비쳐 보이는 것인데, 이 시처럼 관념이 전경화되면서 의도가 너무 전면에 드러나면 시는 긴장을 잃고 사변적 진술이 되고 마는 것이다. 이 점 특히 경계하기 바란다.

같은 신예시인 전명숙의 시도 세상에 대한 비판적 시각을 곧추 세운 시에서 힘을 얻고 있다. 특히 물질적 가치에 포로가 되어 진정한 가치마저 망각한 현실적 삶에 대한 반성과 함께 불안과 삭막함으로 조여오는 자본주의 문명에 비판의 날을 세운다. 속도에 쓸려들어 자연성과 생명성을 상실한 채 낙오해가는 삶에 대한 묘사(「러닝머신」)도 그 점에서 이 시대적 의미를 획득하고 있다. 그러나 기계적 삶의 비인간성을 풍자하는 다음 시가 그의 시중 가장 압권이다.

뻐꾸기가 죽었다

바쁘게 출근하고 귀가하고 밥 해먹기도 바빴기에 새가 죽었는지

도 몰랐다 죽은 지 얼마나 되었을까 추깃물도 말랐다 우리는 뻐꾸기
를 살려보기로 했다 드릴과 드라이버와 강력 본드와 나사못, 묵직한
배터리 세 개를 준비하고 둥지를 헤쳤다 뻐꾸기의 상한 내장이 피복
에 싸여있었다 내장은 꼬들꼬들 말라 있었다 결국
　　새들은 굶어서 죽은 것이다 세 마리 중 한 마리는 입을 벌리고,
또 한 마리는 날개가 꺾여, 좀 큰 한 마리는 발목이 부러져 있었다
　　굶어와

　　죽다
　　의 사이, 공포가 피딱지로 말라붙어 있었다
　　배고파 배고파 배고파의 ㅏ 모음에서 숨이 끊어진 한 마리와
　　태엽을 끊고 벌레를 찾아 날아가고 싶어 날아가고 싶어의 ㅓ 모음
의 모습으로 날개가 꺾인 한 마리와
　　새끼들의 몸부림을 부러진 다리로 지켜봤을 어미의 비통함이 박
제된 뻐꾸기 둥지

　　　　　　　　　　　　　─「뻐꾸기는 둥지를 짓지 않는다」 부분

　산업자본주의적 삶의 방식이 불러오는 속도와 탐욕으로 우리는 주변
생명들의 고통을 모르고 있다. 아니 외면을 정당화하고 있다. 모든 생명
은 연쇄되어 있거늘 이기적 생의 관점으로 주변을 단지 내 욕망의 수단으
로만 여긴다. 어느 날 주변이 조용하여 둘러보았을 때 나의 생명의 터전
을 이루던 존재들이 형해화(形骸化)되어 있는 것을 발견하는 것은 충격이
다. 이 시는 바로 그러한 놀라운 자기 충격의 고백서다. 비록 벽시계 속의
뻐꾸기로 이야기를 시작하였으나 그것은 우리들 삶을 구성하는 존재들
이 여러 공포와 피딱지로 말라붙어 있을 수 있음을 경고하고 있는 것이
다. 그 점에서 이 시는 현대우리 사회의 부정적 단면을 예리하게 상징화
낸 문제적 작품이다.

그러나 전명숙의 작품 중에는 아직 주제의식을 충분히 숙성시키지 않은 채 표현의 기교로 작품의 완성도를 달성하려는 작위성이 남아있다는 점은 그의 시의 한계가 됨을 지적해두어야겠다. 「거문고가 자라는 숲」과 같은 시가 그런 경우인데, 도대체 전달하고자 하는 메시지로 잡히는 것이 없다. 이것저것 대상에 대한 난삽에 가까운 표현 기교로 무엇인가 있을 것 같은 환상만 심어줄 뿐이다. 시적 형상화에 있어 대상에 대한 구체적 문제의식을 갖는 것이 무엇보다 중요함을 인식해야 할 것 같다.

　이상으로 12명의 부산 여성시의 유형과 경향, 그리고 그들 각자의 시적 특징과 수준을 살펴보았다. 대체로 존재에 대한 깊은 사색과 함께 동시대적 현실에 치열히 대응함으로써 날카로운 삶의 진실을 찾고 있음을 살펴볼 수 있었다. 그런 점에서 그들의 시와 시작 경향은 독자의 찬사를 받아 마땅하다고 생각한다. 부디 부지런히 정진하여 부산시단과 한국시단에 많은 기여를 하기 기대한다.

제2부─────────

생태시의 넓이와 깊이

천지의 마음을 노래하는 시
— 이성선 시의 지향점

 장엄한 비가 내리고 있다. 도회지의 한 끝이 비로 인해 너른 들판으로 변한 듯 고적하다. 산으로 불어가는 비의 모습이 시원해 보인다. 무엇인가 그 동안 눈을 가물거리게 했던 콩깍지가 씻겨가는 것 같다. 땅 바닥에 서서 하늘을 쳐다보면 까마득한 거리에서 비는 춤추며 소리치며 자유로운 모습 그 자체로 달려온다. 그 신명을 받아 땅은 오랜 갈증을 달래듯 제 몸의 구멍이란 구멍은 다 열어놓고 하늘의 목숨들을 받아들인다. 참으로 오랫만에 보는 자연의 합주(合奏). 도시가, 거리가, 집들이 모두 맑아지며, 하늘과 땅의 노래소리에 조용히 귀기울인다. 애절하면서도 기쁜, 그러나 선량하기 짝이 없는 감정이 내 몸과 마음을 가득 채우고 저 대기 끝으로 흘러간다. 그 황홀함과 장엄함, 그런 감정들을 말로 어찌 다 표현하랴.
 이성선 시인의 시를 읽으며 느낀 감정은 이것이다. 아니 그의 시를 읽어 근래 그런 경험을 갖게 되었는지 모른다. 시가 하나의 주술이 되면서 세계를 새롭게 보게 한다. 영감에 싸여 걸으면 삭막한 도회지의 길도 아름다운 들길이 된다. 이성선의 시는 우리들의 마음에 덮여있는 묵은 켜를 벗겨내고 잊어버린 아름다움을 찾아내게 해주는 신비한 부적같다. 그것은 시의 힘! 시인은 우리의 무자각 증세로 마비된 의식의 세계를 일깨우고 우리들 굳어버린 감수성을 살아나게 한다. 살아있는 것이란 부단히 이렇게 깨어나는 일, 깨닫는 일이란 것을 알려준다.

그것을 이번에 시인은 보다 한 차원 높은 지점에서 우리에게 이야기한다. 다음과 같은 표현이 그것이다.

> 맑게 웃어주는 저 남루한 아이의
> 이슬 같은 눈동자 속에 살짝 숨어들어가 목욕하고 나온다
> 비로소 이 먼지의 땅이 연꽃 속이다
> 이제 나무 바라보는 법으로 사람을 바라본다
>
> ―「연꽃잎 속 이슬」 부분

이번 이성선의 시를 보며 놀란 것은 바로 저 표현이다. "이제 나무 바라보는 법으로 사람을 바라본다." 이 표현은 궁극에까지 이른 그의 시정신을 말해주는 것일까. 그는 자신의 삶과 시를 이제 궁극에까지 밀어올려 '사람도 그야말로 꽃'이라는 깨달음의 경지에 이른 것일까. 만물에 대한 차별이 사라진 마음의 한 상태를 이 구절은 분명 보여주고 있다. 그렇지만 그것은 종전의 자연시라 칭하는 표현방식과 많이 다르다. 그것은 색다른 느낌을 불러일으킨다.

이러한 느낌의 발생은 이 시 구절의 표출 방식에 있다. 우리는 종종 자연과 인간의 교감에 의한 서정시 차원의 표현을 염두에 두면 이 표현은 "이제 사람 바라보는 법으로 나무를 바라본다"의 표현 방식으로 나와야 옳다. 그렇게 표현되어야 그 동안 생태시, 혹은 생명시를 논의하는 입장의 주된 방향틀과 맞아 떨어진다. 나무를 사람과 같은 차원에서 존엄하고 영성을 가진 생명체로 본다는 뜻이다. '의인화'의 기법으로 대변되는 생

명시의 특성을 이 시는 분명 가진 듯하면서 그 차원을 비껴서 있다. 굳이 말하자면 이 시는 인간을 '나무화', 다시 말해 '사물화'하고 있다.

그것은 종전 자연서정시에서 흔히 말하는 물아일체(物我一體)의 내용은 같다 하더라도 그것이 환기하는 느낌은 천양지차다. 그 점에서 느낌이 다르다면 발상의 자리도 같지는 않다고 보는 것이 옳다. 도출되는 형식적 결과만 같다고 해서 그것이 같은 입각점을 가졌다고 볼 수는 없는 것이다. 이성선은 그 점에서 요즈음 논의되는 생태시, 생명시를 쓰는 사람들과도 그 차이성을 갖는다. 즉 생태시에도 격이 있다.

그 점을 밝혀보기 위해 우리는 얼마간 그의 시 세계를 헤매여 볼 필요가 있다. 나무와 인간에 대한 그의 인식이 어떻게 구축되고 변해오는지 살펴볼 필요가 있는 것이다. 오래 전부터 이성선 시인에게 자연으로서 나무는 가장 아름답고 성스러운 존재로 구현되었다.

> 나무는 몰랐다
> 자신이 나무인 줄을
> 더욱 자기가
> 하늘의 우주의
> 아름다운 악기라는 것을
>
> ―「나무」 부분

> 내 귀를 네게 묻는다.
> 듣는 사람아
> 하늘을 듣는 사람아
> 그대 시인이여.
>
> ―「나무에게」 부분

이들 시에서 나무는 하늘을 듣거나 하늘의 소리를 내는 존재로 그려지고 있다. 그것이 '아름다운 악기'로, 혹은 '시인'으로 나타나든 관계없이 나무는 이 우주의 섭리를 가장 깊이 듣고 가장 널리 세상에 전달하는 존재임에 틀림없다. 그 점에서 나무는 이성선이 지향하는 생명의 실체다. 나무가 이러한 상징적 표상이 된 까닭은 나무의 형상적 특징이 작용하는 바가 많으나(땅에 붙박혀 하늘에 머리를 두고 있는 이중적 자태. 이것은 인류학적 의미에서 현실에 발딛고 있으면서 현실적 삶을 초월하고자 하는 인간의 꿈을 드러내는 원형적 이미지로 표출된다.) 나무에 대한 그의 심리적 지향성과 더 많이 결부되었기 때문이다. 즉 그의 심리적 측면에서 나무는 지상과 천상을 매개하는 통로로서 천상의 소리, 즉 우주의 섭리를 구현하는 실체로 작용한다는 것이다. 이는 그가 초기 시부터 하늘에 대한 관심, 가령 「하늘문을 두드리며」로 대표되는 연작시에서 나타나는 천상 지향적 심성과 결부되었다는 뜻이다. 그 점에서 나무는 이성선이 지향하는 현실초월적 세계의 주제적 심상이 된다.

　그 점은 이번 시에서도 나무가 지상과 천상의 통로 역할을 하는 데서도 나타난다.

　　　　나무가 동쪽 하늘로
　　　　팔을 길게 벋은 것은
　　　　그쪽으로부터 걸어오는
　　　　가장 아름다운 사람
　　　　보다 그분이 오시기 전
　　　　더 아름다운 한참의 하늘빛
　　　　그것 때문입니다
　　　　　　<중략>
　　　　나무는 달이 하늘로 걸어 오르는 길

　　　　　　　　　　　　　　　　—「하늘 길」 부분

나무는 하늘의 빛, 하늘의 소리를 받아들이려 팔을 길게 뻗고 있다. <중략> 부분에서는 하늘과 달을 위해 팔을 치켜들고 있다. 그것은 영원한 존재로서 '달'이 나무를 통해 하늘로 오를 수 있도록 하기 위함이다. 이 시행을 두고 볼 때 나무는 그 자체로 하늘의 뜻을 실현하는 자, 지상적 존재가 우주적 존재로 승화해 갈 수 있는 대표적 존재성을 띤 자로 정의해 볼 수 있다. 때문에 그에게 나무는 하늘의 섭리 그 자체로서 무한한 긍정의 대상이다.

나무에 대한 그런 대긍정의 시선에 비해 인간에 대한 시선은 곱지가 않다. 이성선이 인간에 대한 불신과 혐오는 아마 욕망의 문제에 기인하는 것 같다. 이전 시에서 이미 인간의 마을을 벗어나고자 하는 여러 시편을 보였는데 이번 특집시에 소개된 한 편의 시는 그러한 점을 더욱 부각시키고 있다.

> 사람은 거기서 쫓겨나고
>
> 외로운 동물과 희귀식물이
> 사람들에 쫓겨와 숨어 산다
>
> 인간이 인간을 쫓아내고 만든
> 지상에서 유일하게 사는 냄새가 나는 곳
>
> 사람이 떠날 때
> 땅은 아름다워진다
>
> ―「비무장 지대」 전문

비무장지대로 대표되는 곳은 인간에 의해 오염되지 않은 공간이다.

"외로운 동물과 희귀식물이/사람들에 쫓겨와 숨어 산다"로 표현된 부분에서 인간의 욕망에 의해 소비대상으로 재편된 자연의 비애를 알 수 있다. 인간의 욕망은 가히 공룡과 같아서 스스로 멸망의 구렁텅이로 굴러떨어지는 것을 모른다. 그것을 부추키는 것이 근대적 삶으로 표상되는 과학과 기술, 그리고 거기에 안존해 버린 우리의 반이성적 이성(도구적이거나 형식적인 이성). 이것들은 자신이 만든 올가미가 자신을 점점 조여오는 것을 아직 제대로 인식하지 못하고 있다. 그것은 역설일까? 시인도 이를 눈치챘음인지 "인간이 인간을 쫓아내고 만든" 곳이 "지상에서 유일하게 사는 냄새가 나는 곳"이라는 역설을 써 인간 욕망의 추악성을 고발하고 있다.

　사실 우리들 근대적 삶이란 것은 어떻게 하면 욕망을 가장 많이 충족시킬 수 있을까 하는 것을 추구한 문명이다. 때문에 근대사회가 형성되면서 인간의 욕망을 충족시키기 위해 자연은 무차별적으로 재료가 되고 도구가 되어 그 가치성과 생명성을 잃어버렸다. 인간에 의한 이러한 파괴의 추세가 오늘날 생태계 위기라는 사태를 불러오게 되었는데 이 시는 바로 그 점에서 인간이 없는 세상이 가치있다는, 그의 표현대로 하자면 "사람이 떠날 때/땅은 아름다워진다"는 역설적 표현의 의미를 만들고 있다. 또 그러한 관점에서 바라볼 때 이 표현은 인간의 욕망을 경계하는 하나의 경구로 정당한 의미를 획득한다. 거기에는 인간의 자기중심적 사고에 대한 깊은 반성이 함축되어 있는 것이다.

　그렇게 본다면 이성선에게 인간은 질타해마지 않을 대상이다. 그런데 서두의 시에서 소개할 때 "이제 나무 바라보는 법으로 사람을 바라본다"고 했을 때 이는 무슨 소리인가. 인간의 격상인가, 나무의 가치 하락인가. 나무에 대한 그의 시적 진전을 두고 볼 때, 그리고 이 시 자체의 문맥을 두고 볼 때 이 표현은 인간에 대한 애정의 표출로서 인간의 가치 상승인 것만은 틀림없다. 물론 이 시의 문맥으로 볼 때 그때의 인간은 참으로 기계문명에 물들지 않은 순수한 아이들을 가리키고 있는 것 또한 해석의 차원에서 배제할 수 없다. 이성선이 그토록 가치있는 존재로서 나무와 같은 차원에 놓고 있는 인간이란 인도에서 체험한 내용 그대로 청렴하고 순수한 이미지가 깃든 존재들을 가리킨다는 사실은 의심할 여지가 없는 것이다.

　그러나 이 문제적 구절은 단순히 그러한 해석에만 그치게 하지 않는다. 이 표현이 갖는 힘은 비록 발상의 시작이 인도의 순수한 아이들로 인한 것이지만 그것을 계기로 인간 전체에 대한 새로운 인식의 싹을 보여준다는 데에 있다. 즉 인간도 나무와 같이 가장 맑고 자연스러운 모습으로 이 대지 위에 서 있을 수 있다는 사실의 확인이다. 그것은 이때까지 인간을 자연을 해치는 자, 하늘의 이법에 눈먼 자로 인식하던 태도에서 조그마한 격절이 생겼음을 보여주는 부분이다. 이 격절은 물론 그의 깨달음의 실체를 가리키는 것으로 인간과 자연의 합일, 서정시의 본질적 특성으로 흔히 말해지는 '세계와 자아의 동일성'이 진정한 의미에서 이루어지는 순간임을 의미한다. 왜냐하면 주관적 서정시의 차원에서 논의되던 '세계의 자아화'가 바로 의인화의 주된 내용을 가리킴으로써 여전히 인간 위주의 사유방식을 내포하고 있다면 '인간의 사물화'로 명명될 수 있는 이성선의 이번 시각은 인간의 시점에서 벗어나 진정한 의미에서 우주적 관점을 내포하기 때문이다. 즉 우주적 차원에서 나무와 인간은 다를 바가 없다는 것을 가리킨다는 뜻이다.

　그것은 인간중심적 입장에서 자연의 의미를 새롭게 발굴해 내려는 관점과는 아주 많이 다른 태도를 포함하고 있다. 그것은 자연중심적 생명관이라 불러 마땅한 어떤 다른 품격을 지니고 있는 것이다. 그것을 나는 천지의 마음으로 부르고 싶다. 인간이 상상해 가닿을 수 있는 극점으로서 천지의 마음을 노래하는 것, 그것이 이성선 시인이 추구하고자 하는 궁극이 아닐까 싶은 것이다. 그 점에서 이성선의 시를 두고 우리 문단에 90년대부터 논의되던 생태시의 관점에서 그의 시를 해석하기보다 생태시를 논의하기 훨씬 이전인 70년대부터 이러한 시를 쓰게 된 근본적 동인을 밝혀보는 것이 보다 중요한 일이라고 생각된다.

이 제언에 대한 해답은 이번 시들에 이르기까지 나타났던 사물과 인간에 대한 그의 시적 태도에서 찾아볼 수 있지 않을까 한다. 즉 그가 이번 시들에 와서 궁극에 다달은 내용으로 보여주는 '어여쁜' 마음의 실체 그것이다. 우리말 어여쁘다는 중세 때에는 '불쌍히 여기다'란 뜻을 지녔다. 그것이 현재에는 아름답다는 뜻을 지닌 말로 바뀌었지만 생각컨대 아직까지 어여쁘다란 말 속에는 대상에 대해 불쌍히 여기는 마음이 들어있다고 보아진다. 왜냐하면 아름다움은 대상에 대한 애정 없이는 생겨나지 않는 감정이기 때문이다. 그런 점에서 어여쁜 감정의 표출은 대상에 대한 연민과 함께 그 연민에 바탕한 그 대상의 아름다움을 긍정적으로 바라보는 것을 말한다. 이성선의 이번 시들은 바로 이 어여삐 여기는 마음을 시적 주제로 삼고 있다.

그런데 문제는 누가 이러한 '어여쁜 마음'을 갖는가 하는 것이다. 놀랍게도 이성선의 시에서는 바로 천지, 즉 우주가 각각의 사물들에 대해 이러한 감정을 갖는 것으로 표출되고 있다. 우주가 왜 이러한 어여쁨의 감정을 갖는가 하는 점은 이성선이 우주를 대하는 인식을 보여줌인데 그것은 우주가 바로 이 우주 안의 모든 생명체를 '기르는 존재'로 본다는 것을 의미한다. 기르는 자는 대상에 대해 불쌍히 여기면서 기름에 따른 아름다움을 맛보지 않을 수 없다. 그 점에서 이성선은 우주를 우리를 기르는 모성적 존재로 본다. 때문에 우주적 인식을 내포한 이성선의 시들은 다른 생명시가 갖는 품격과 다른 모습을 지니게 되는 것이다.

달 속으로 나귀가 걸어간다

비루 먹은 아기 업은
르완다 소년처럼

—「달」 전문

　이성선 시에 나타나는 달은 하늘의 표상이다. 하늘의 신성함과 영원함을 상징하며 인간의 유한함을 그 풍요로운 이미지로 채워주는 이미지다. 이미 그는 "둘이서 완성하는/하늘의/마음꽃 한 송이"(「반달」)라고 말하여 달이 갖는 심상의 국면을 짐작할 수 있게 한 바 있다. 그런데 「달」이라는 이번 시에서는 기존의 이미지에다 새로운 의미를 덧보태고 있다. 즉 '어여쁜' 마음의 표출이다. '나귀'로 표현되는 생명체는 이 지상의 모든 생명체들이라 해도 좋다. 더욱이 2연의 "비루 먹은 아기 업은/르완다 소년처럼"의 표현에 따르면 그 존재는 고단하며 누추하기 짝이 없는 생명이다. 그 존재가 하늘의 징표로서 떠 있는 '달'에게 걸어가고 있다. 그때 달은 고단함이 끝나는 지점, 삶의 여러 곡절을 풀어내고 보상받을 수 있는 지점으로 기능한다. 따라서 달과 나귀의 만남은 처연한 풍경이면서 간절한 그리움의 완성으로서 풍성한 느낌을 주고 있다. 그 느낌은 앞에서 언급했던 '어여쁜 마음'의 구체화다.

　그런데 이 시에서 주목해야 할 것은 달과 나귀로 대표되는 존재의 이러한 합일을 바라보고 있는 시점이다. 즉 시인이 이를 보고 있는 것은 틀림없지만 시인을 매개로 우주가 이를 쳐다보고 있다는 느낌을 주고 있다. 그 시점은 이들의 합일이 우주적 사실로서 애절한 아름다움 그 자체라는 모성적 우주인식을 보여준다는 뜻이다. 즉 시인의 직감으로 이 우주 속의 생명체는 언젠가는 고단한 삶을 마감하고 누추한 존재로 돌아가 영원한 존재와 하나가 되는, 아름다우면서도 슬프기 짝이 없는 종국을 갖지 않을 수 없다는 생각의 일단을 피력한 것이라는 점이다.

때문에 우주적 관점에서 어여쁨의 인식은 자연과 시인 사이에 분리가 없게 만든다. 모두가 어여쁘면서 불쌍한, 그 점에서 평등하기 짝이 없는 존재들이 되어 만나는 것이다.

　　일을 하고 돌아와
　　마당에서
　　세숫대야 속에 발을 넣고 씻는다

　　저녁 달이
　　발가락 사이에서 솟아오른다

　　물을 버리려고
　　어둠 속에
　　섰는데

　　울타리 호박꽃이 화안하다

　　둘이는 마주보고
　　한참 그렇게 있다

— 「대화」 전문

울타리 호박꽃과 시적 화자는 이 시에서 대등하게 서로 바라보고 있다. "둘이는 마주보고/한참 그렇게 있다"에서 '둘이'로 표현된 상호주체가 바로 이를 입증한다. 이 문장 구성으로 볼 때도 시인의 입장에서 호박꽃을 바라보는 것이 아니라 우주의 입장에서 시인과 호박꽃을 바라보고 있음을 알 수 있다. 또 "저녁 달이/발가락 사이에서 솟아오른다"는 표현도 앞에서 해석한 차원에서 볼 때 '발가락'으로 표상된 곤고한 존재 속에 '달'이라는 신성한 존재가 깃든다는 의미로 볼 수 있다. 이것은 발가락에 대한 어여쁨의 인식이 달이라는 신성하고 아름다운 실체를 불러들이게 되었다고 생각해 볼 수 있는 것이다. 그 사이에는 물론 신성과 누추가 따로 없다는 우주적 생각이 들어 있다. 그는 누추가 오히려 아름답고 신성한 것이 된다는 생각을 가진다. 그것은 우주적 관점인 '어여쁨'의 인식 하에 있을 때 가지는 자연스러운 발상이다.

이러한 모성적 우주인식의 근원은 동양 전래의 노장 사상과 접맥되어 있다고 보아진다. 노자는 『도덕경』 15장에서 "혼돈 속에서 이루어지는 것이 있으니 하늘과 땅보다 먼저 생겼다. 적적하여 소리도 없고 희미하여 모양도 없으나 어느 것에나 기대지 않고 어느 것으로도 변하지 않는다. 두루 행하되 잠시도 쉬지 않으니 천하의 어머니라고 할 만하다. 내 그 이름을 모르나 도(道)라고나 하자"고 하여 우주적 차원의 섭리인 도를 '어머니'에 비유하고 있다. 또 제6장에서 특히 "곡신(谷神)은 죽지 않으니 이를 현빈(玄牝)이라 이른다"라고 하면서 골짜기의 신, 즉 도의 다른 표상을 소의 암컷(현빈)에 비유하고 있다. 이것은 사물의 생육(生育), 즉 낳고 기름을 우주의 기본 섭리로 보고 이를 모성과 관련지어 설명하고자 하는 사상을 말한다. 이성선도 바로 이와 같은 동양적 전통 사상을 바로 그의 시적 주제로 육화시켜 구체화하고 있는 셈이다.

때문에 이러한 우주적 인식은 죽음의 문제에 대해서도 같은 생각을 갖게 한다. 즉 생명의 길고 짧음은 우주의 한 순환 원리의 구현이라는 인식이다.

어느 것은 일찍 지고 어느 것은 늦게 진다

<중략>

그러나, 아아
무엇이 차이랴

여기 떨어지고 저기 앉는 것
먼저 지고 오래 남는 것

그분 피리의 연주가
이 구멍은 먼저 닫히고 저 구멍은 늦게 닫히는
어떤 음은 길게 다른 음은 짧게 작곡된

생명 모두는 우주 큰 연주 속의 한 가락들

—「하늘 악보」 부분

이 시에 보이는 깨우침의 탄식은 인간이라는 유한성을 벗어나고자 하
는 이성선의 심리적 지향점을 보여준다. 그 결과 이성선은 "우주 큰 연주
속의 한 가락들"로 자신의 자리를 찾을 수 있다. 즉 모성적 우주와 일체화
됨으로써 인간적 유한성을 벗어나 진정한 의미의 실체를 발견한다. 이는
『장자』의 「대종사」 편에서 "아이고오, 상호여! 아이고오, 상호여! 네 놈
은 이미 참된 세계로 돌아가고 우리는 아직도 인간 세상에 빌붙어 있구
나!"하는 인식과 겹쳐 풀이된다. 장자는 이 글에서 죽은 자를 진여의 세계
로 돌아간 자라 하여 역설적으로 부러워하고 있다. 즉 죽음은 하나의
표면적 현상의 변환이란 인식을 전제하고 있는 것인데 그 점에서 그에게
죽은 것이나 산 것이나 다름 없고, 앞서고 뒤지고 하는 것도 아무 차이가
없다는 뜻이다.(이는 장자의 '나비의 꿈'이 더 이러한 사실을 잘 뒷받침한
다) 큰 차원에서 보자면 둥근 공 위에 어느 지점에 놓여 있느냐 하는

정도의 문제로, 이성선의 표현대로 하자면 하나의 음률 속의 높낮이나 길이 차이일 뿐 그 본질은 다르지 않다는 인식인 것이다. 이성선도 이러한 인식의 일단을 우주의 가락이란 비유로 죽음의 문제를 처리하고 있는 것이다. 그것은 죽음에 대한 담백한 자세를 갖게 한다는 측면에서 근대적 인간이 갖는 욕망적 인간형으로부터 벗어나 있다.

따라서 우주적 차원의 미분리성, 또는 성과 속의 일치성은 이성선 시의 주된 구성 원리가 된다. 생명의 현상을 가진 모든 이 우주적 존재는 우주가 갖는 이 어여쁨의 인식 하에 동등하다.

> 그분은 밤에 몰래
> 땅에 글씨를 쓰신다
>
> 풀잎에 동그랗게 뚫린 벌레 입자리가
> 그분 글씨다
>
> 세상보다 아름다운
> 그 속에 하느님이 계시다
>
> ─「하늘의 글씨」 부분

> 툇마루에 세상 구경
> 처음 나온 젊은 두 스님
> 단정히 앉아 담소한다
> 누구도 훔쳐보지 못한
> 이 세상 나오기 전에
> 내가 거기 두고 온
> 머리 둥근 두 마리 새
>
> ─「머리 둥근 새」 부분

이 두 시에서 볼 수 있듯 그에게 지상의 가장 작은 "풀잎에 동그랗게 뚫린 벌레 입자리가" "그분 글씨", 즉 우주의 절대적 존재의 형상으로 보여지는 것은 전혀 이상한 일이 아니다. 우주의 섭리는 바람 한 올에도 그냥 흘려지나가는 법이 없다. 「머리 둥근 새」에서도 "젊은 두 스님"과 "머리 둥근 두 마리 새"는 동떨어지지 않다. 시의 내용을 가만히 보면 스님을 두 마리 새에 빗댄 것 같이 보이나 머리 둥근 새를 스님으로 빗댔다고 해석하여도 전혀 어색함이 없다. 사람이 새가 되고 새가 사람이 되는 이 완전한 물질적 세계의 일치성, 순환성, 평등성. 그것은 자유자재한 인식을 바탕으로 하면서 이 세계에 대한 무한한 애정을 깔고 있는 것이다. 그것은 이 세계 위의 모든 사물을 낳아 기르는 어머니의 마음으로서 천지의 모습 그 자체를 노래하고 있는 것이다.

그렇게 볼 때 이성선의 시적 진전은 꽤 멀리 나아가 있다. 요즈음 생태시라 이름 붙여진 시들보다 이성선의 시는 자연과 인간의 형상을 빌어 삶과 죽음의 문제를 해결하고자 하는 구도적 자세를 갖추고 있기 때문이다. 그 점에서 이성선에게 시는 단순한 자연 찬미가 아니라 도의 닦음이다. 속세의 탁한 기에 짓눌리고, 과학적 관점이 합리라는 명목으로 가두리를 친 현실에 갇혀 천지의 마음을 모르는 우리들에게 이성선의 시는 신선한 마음의 창이다. 이성선의 이러한 시적 지향을 어떤 평자는 현실적 삶의 문제를 도외시한 작품으로 여겨 하나의 낭만적 환상이라고 폄하할지 모르겠다. 앞서 내가 이성선의 시를 주술과 영감, 부적에 빗대 그의 시적 힘을 말한 바 있어 더욱 그런 생각이 들지도 모른다. 그러나 시는 우리 의식의 교정이다. 그것을 동의한다면 그런 생각은 지나친 것이다. 생명이 부단히 주어진 환경에 적응하기 위해 내부적 대응방식을 쇄신하듯 시도 우리 삶의 진정한 의미를 찾기 위해 부단히 탐색의 더듬이를 뻗어야 할 것이다.

그런 점에서 이성선의 시는 인간이 도구화되고 상품화로 전락하여 그 고유성과 존엄성을 상실한 오늘날 우리의 삶에 촉기를 불어주고 인간이 앞으로 나아가야할 삶의 전망을 선취하여 그려주는 것으로서 그 더듬이적 역할을 다하고 있다. 그의 그림은 현실적 삶을 반추시키면서 인류의 미래를 추동하는 하나의 희망의 원리가 된다는 측면에서 인간의 고귀한 뜻을 품은 것이다. 그 이상이 오늘날 기계적 리듬에 생명의 리듬이 포박당해 버려 마비된 우리들 세포의 활성을 흔들어 깨울 것이다. 힘은 내부의 각성과 서원에서 비롯되는 것은 만고의 진리다. 시인의 건필을 빈다.

욕망을 덜고 작은 떡잎으로 돌아가기
—이가철 시의 의미

　죽음을 예감할 만큼 살아버린 사람들의 마음은 도대체 어떤 무늬일까. 삶의 무게에 짓눌려 무디어지고 닳아져 삭막한 사막의 풍경? 아니면 아름다웠던 지난날의 꿈들을 되새기기 바빠 마음 안타깝기 짝이 없는 노을빛 그 처연함? 아니면 삶의 무게 그 자체를 덜어버리고 표표하게 하늘로 불어가는 바람의 빛깔? 그 나이까지 살아보지 못한 자가 어찌 그런 마음을 짐작해 볼 수 있으랴. 그렇게 생각해본다는 것 자체가 사실은 무모한 일인 것 같다. 그러나 죽음은 선후가 없고 나이도 없다. 누구에게나 죽음은 그의 삶 전방에 어슬렁거릴 테지만 그것을 감지하는 사람은 많지 않다. 다만 죽음 앞에 연륜이 많은 사람이 조금 겸손히 기다리고 있을 것이란 짐작만 간다. 따라서 내가 저렇게 생각해보는 것은 죽음에 대해 평소 내 깜냥에 따라 품어본 쓸쓸한 마음의 풍경일 따름이다.

　그러나 다시 생각해보면 삭막한 사막과 노을빛 처연함, 그리고 표표하게 불어가는 바람은 각기 다른 무늬지만 함께 어울려 나타난다면 진짜 삶의 풍경이 될 거라는 느낌이 든다. 쓸쓸함과 안타까움, 그리고 초월적 심사로 대표되는 이 풍경들은 삶의 그 어질머리 한 꼭지씩을 붙잡고 배어나는 색채인 것, 그래서 그것들이 어울렸을 때 삶의 그 무상한 사연을 보다 더 강렬한 색채와 울림으로 드러낼 수 있으리라 생각되기 때문이다. 시인 이기철의 신작시를 보며 이러한 복합적인 색채들로 버무려진 풍경화를 떠올린다. 그의 시에는 죽음을 의식하는 한 사람의 무상하고 복잡하기 짝이 없는 삶의 무게가 그에 걸맞은 풍경의 무늬로 곡진하게 들어앉아 있다. 이제 60세를 바라보는 나이가 빚는 삶의 무상함이 저러한 무늬와 무게로 비쳐오는 것인가.

그가 쓴 한 편의 시가 가슴을 친다. 간명하게 세계를 스케치하는 듯한 시인의 언급이지만 그 점묘 밑에는 그 풍경에 몸과 마음을 뺏길 수밖에 없는 시인의 본능적 고백이 들어있다. 그것은 운명, 시인은 자기도 어찌할 수 없는 필연을 마주하고 우울한 고백성사를 시작하는 것이다. 삶의 끝을, 끝자락을 예감하고 있는 자의 안타까움은 저런 풍경으로 나타나는 것일까? 운명을 마주보는 사람의 마음도 슬픈 법이지만 그것을 쳐다보는 사람의 마음도 애달프기 그지없다.

> 낙엽이 데모대처럼 우우우 몰려온다
> 손목에서 초침이 기차바퀴같이 덜컹덜컹 달려간다
> 어둡기 전에
> 별들이 가을 운동회의 아이들처럼 재재거리고
> 먼 데 켜 둔 촛불이 통증처럼
> 가슴속에 들어와 쿵쿵거린다
> 아직 애숭이인 겨울이 이빨을 갈며
> 혼자 낯붉힌 가을을 물어 뜯는다
> 물어뜯긴 산이 피 흘리고
> 우두커니 서있는 탑이 추운지 몸을 옴츠린다

텅 빈 회색의 시간
우리의 손이 시리기 전에 집들의 발이 꽁꽁 얼 것이다
그들이 파수하던 새파란 하늘도 함께

—「십일월」 전문

　죽음에 굴러 떨어져가는 듯한 슬픔과 두려움을 "손목에서 초침이 기차 바퀴같이 덜컹덜컹 달려간다"고 저렇게 실감나게 표현할 수 있을까. 우리는 때때로 가슴이 '덜컹덜컹' 무너질 때가 있다. 그 저미는 것 같은 두려운 무너짐, 중력의 법칙을 따라 저 혼돈의 나락으로 휩쓸려 들어갈 것 같은 무서움을 "덜컹덜컹"의 부사어는 얼마나 잘 드러내는가. 이기철은 그 공포를 이제 직접 느끼는 지점에 선 모양이다. 그 공포에 질린 자에게 잠시 운동회의 재재거림을 통해 즐거움으로 도피해보고자 하지만 시간은 "이빨을 갈며" "물어 뜯"으며 '어두어' 오기에 구원으로 비치는 작은 별빛과 촛불마저 간절한 그리움의 '통증'이 되면서 가슴 "쿵쿵거리"게 한다. 공포감을 조성하는 저 의성어의 어둑한 울림은 이 시에서 얼마나 몸서리치게 하는 소리가 되는가.

　그러나 이 시가 주는 공포는 이러한 음성적 배경에만 그치는 것은 아니다. "텅 빈 회색의 시간", 그것은 공포 영화에서 화면이 하얗게 탈색되면서 멈추어버린 장면 같다. 이 표현은 여러 물상들의 몸체가 표백되면서 정지된 상태, 즉 '텅 빈 회색'으로 멈춰버림을 의미하는데 이것은 마치 뼈다귀만 투사해내는 레이져 사진 같이 삶 너머의 풍경을 붙잡은 모습이다. 이때 삶 너머의 죽음이 하나의 포자로 삶에 숨어있다는 섬뜩한 발견은 바로 시각적 공포를 대변한다. 그런데 문제는 여기서 그 공포가 그치지 않고 더 나아감으로써 시인은 전율한다. "우리의 손이 시리기 전에 집들의 발이 꽁꽁 얼 것이다". 죽음의 시간은 우리들의 발을 '꽁꽁 얼게'

할 것이다. 그의 감각은 촉각으로 넘어가면서 전 방위로 다가오는 죽음의 가위눌림을 예감한다. 이때의 시적 화자는 얼마나 두려움 그 자체가 되랴. 이것을 지켜보는 우리들 또한 아 얼마나 갑갑함이랴. 죽음은 이렇게 '십일월'을 거쳐 한 해의 끝인 '십이월'과 함께 곧 다가올지니 피할 수 없다. 피할 수 없기에 길 위에서 "낙엽이 데모대처럼 우우우 몰려오는" 것을 손놓고 바라볼 뿐이다.

그 점에서 이번 이기철의 시들은 삶의 길 위에서 떨고 있는 존재를 그리고 있다. 운명이란 이름에 의해 발생하는 유한적 존재의 신열 속에서 시인은 침음하고 몸을 비튼다. 이 무상하고 슬픈 현실을 벗어나는 방법은 무엇? 이 길의 괴로움을 잠시 덜 곳은 어디? 고통과 번민이 깊은 자일수록 물음도 깊고 헤매는 반경도 크다. 그래서 잊기 위해, 아니 그 소멸의 공포로부터 살기 위해 고민하는 존재들은 길을 나선다. 길을 나섬은 곧 현재를 벗어나는 것. 그것은 그만큼 자기의 삶의 무게를 줄여 죽음의 공포를 줄이는 일이다.

> 인월 지나 노고단 오르는 길은
> 저물기 전에 저물을 끌고 오는 여우비
> 달궁 넘는 오르막 길이 내내 창자처럼 구불텅거리지만, 그 길
> 어디 내 마음만큼이야 구부러졌겠느냐
>   <중략>
> 세월은 너럭바위도 흙으로 부서뜨리지만
> 긴 세월 속에서도 녹슬지 않는 바람의 지혜는 무엇인가
>
>   —「세상을 끌고 노고단을 오르다」 부분

> 내 몸은 끼니마다 들판의 양식에 걸식했다
> 오늘 칠포 지나 청하 가며

손톱풀들이 먹고 남은 햇빛으로 또 허기 면한다
물 맑아 청하인데 이곳 지나도
마음이 맑아지지 않는 것은
묵언의 들판에 사죄할 일 많기 때문이다
              <중략>
아무리 되질해도 쓸어 담을 수 없는 날들을
명아주 꽃대가 작은 몸짓으로 되질해 준다
내 아는 이들 이름 부르기에도 송구한 세월을
나는 이제 물같이 흐른다고 앙탈하지 않으리라
그리운 것이 어찌 사람뿐이랴
흘러간 물 불어간 바람 스쳐온 들과 산이 모두 그리움이니
오늘 불의 마음 너도밤나무 잎으로 서늘히 부치며
그래도 육신이 내리는 명령 어길 수 없어
또 들판의 양식을 수저로 축낸다
삶은 누구에게라도 욕망의 저탄더미 아니겠는가
오늘은 내 읽은 경전의 행간에
펄럭이는 마음 한 장 개켜 넣는다

                          —「청하를 지나갔다」 부분

   이 두 편의 시는 이번 신작시가 갖는 대체의 주제를 대부분 함축하고 있는 작품들이다. 둘 다 진리를 찾아 헤매는 도보 수행승처럼 '오르고' '지나면서' 자신의 삶을 반추한다. 그의 다른 시 「저물어 면앙정에 오르다」나 「청도 지나며」도 마찬가지다. 이러한 반추의 계기는 앞 시에서 보았던 죽음의 공포 때문이다. 시인은 죽음이 오기 전 자신의 살았음에 대한 존재 증명, 즉 무상한 현실적 삶을 이겨낼 수 있는 지혜를 더 넓은 세상에서 찾고자 한다. 다시 말해 '저무는' 시간대에 서서 저물어갈 수밖에 없는 세상의 이치를 받아들이고자 하는 것이다.

이러한 발견과 수용은 삶과 죽음을 둘러싼 존재의 고통에서부터 비롯된다. 먼저 「세상을 끌고 노고단을 오르다」에서 "달궁 넘는 오르막 길이 내내 창자처럼 구불텅거리지만, 그 길/어디 내 마음만큼이야 구부러졌겠느냐"는 언명은 죽음에 의해 발생하는 삶의 무상함에 대한 고통의 질적 의미를 상징한다. '구부러짐'은 오래 고통받는 자의 표상이다. 여기서 시인은 고통 속에서, 고통으로 인해 비로소 하나 깨우침을 얻는다. "세월은 너럭바위도 흙으로 부서뜨리지만/긴 세월 속에서도 녹슬지 않는 바람의 지혜는 무엇인가". 이 지상에도 변함없는 존재는 있는 것이다. '바람'은 긴 세월 속에서도 녹슬지 않는, 즉 구부러지지도 않고 변하지 않는 영원 그 자체. 시인은 이를 '바람의 지혜'라 표현하고 있다. 이는 삶의 무상 그것, 즉 죽음에 대한 공포의 극복을 암시하는 것이다. 그러나 인간은 바람이 될 수는 없는 것, 이 시 말미에 "내 발은 (경상. 전라의) 경계를 넘어섰지만/발 밑에는 아직 세상의 자락이 벗어놓은 옷소매처럼/가랑잎 소리로 따라오고 있다"고 존재 구속적 측면을 못내 고백하고 만다. 이는 인간적인 모습이기에 더욱 안쓰럽다.

이 시에 비해 「청하를 지나갔다」는 좀더 구체적인 형상을 갖는다. 그가 볼 때 "삶은 누구에게라도 욕망의 저탄더미"다. 욕망은 언제나 '불의 마음'으로 번민과 고통을 낳아 "마음 맑아지지 않"게 하며 더 나아가 "묵언의 들판에 사죄할 일 많"게 한다. 이러한 언명은 삶의 무상함을 발생하는 요소에 대한 철저한 반성이다. 이 반성 끝에 "나는 이제 물같이 흐른다고 앙탈하지 않으리라"하고 한 깨우침을 노래하고 있는데, 이것 역시 '바람의 지혜'처럼 막연해질 공산이 크다. 그런데 이 시에서 놀라운 발견이 하나 있는데 그것은 바로 "아무리 되질해도 쓸어 담을 수 없는 날들을/명아주 꽃대가 작은 몸짓으로 되질해 준다"는 표현이다. '명아주 꽃대'는 '작은 몸짓'을 가진 존재로 욕망의 저탄더미인 내가 쓸어 담을 수 없는 시간들을 '되질해 준다'. 즉 삶의 의미를 되새겨준다. 그렇게 할 수 있는 것은 명아주 꽃대는 작아 욕망으로부터 초연해질 수 있고 그럼으로써 죽음의 공포로부터 벗어날 수 있기 때문이다. 그리고 거기에 더하여 매년 다시 피어남으로써 전생의 삶의 길을 되새겨볼 수 있는 순환적 세계를 살기 때문이다. 즉 생명적 존재로서 시적 화자는 명아주 꽃대를 생명적 존재의 지향 모델로 본다는 뜻이다.

이것은 무슨 말인가. 시인이 말하고자 하는 바는 무엇인가. 아니 해설자로서 나는 무엇을 주목하고자 하는가. 이 시의 문제의 초점은 명아주 꽃대가 갖는 '작은 몸짓'에 있다. 이기철 시인만큼 '작은 것'의 의미와 아름다움을 잘 설파한 시인이 있을까? 나는 아직 기억하고 있다, 그가 작은 것에 취하는 본능적 집착을.

> 굴뚝새들은 조그맣게 산다.
> 강아지풀 속이나 탱자나무 숲 속에 살면서도 그들은 즐겁고
> 물여뀌 잎새 위에서도 그들은 깃을 묻고 잠들 줄 안다.
> 작은 빗방울 일부러 피하지 않고
> 숯더미 같은 것도 부리로 쪼으며 발톱으로 어루만진다.
> 인가에서 울려 오는 차임벨 소리에 놀란 눈을 뜨고
> 질주하는 자동차 소리에 가슴은 떨리지만
> 밤과 느릅나무 잎새와 어둠 속의 별빛을 바라보며
> 그들은 조용한 화해와 순응의 하룻밤을 새우고
> 짧은 꿈속에 저들의 생애의 몇 토막 이야기를 묻는다.
>
> ─「작은 것을 위하여」부분

이 시는 1985년 발간된 시집 『전쟁과 평화』(문학지성사)에 실려 있는 작품이다. 지금으로부터 15년 전쯤의 작품인데 이번 신작시들과 어울려

놓고 보아도 전혀 어색한 느낌이 들지 않는다. 그만큼 그의 작품이 지향하는 세계가 뚜렷하며 지속적인 것을 의미한다. 물론 「청하를 지나갔다」가 이 작품과 같을 수는 없다. 전자는 앞에서 보았던 것처럼 삶의 무상감과 죽음에 대한 공포에 노출된 시적 화자가 그것을 극복하기 위한 한 방편으로 작은 것에의 아름다움을 추구하고 있는 것이라면, 후자는 이러한 배경 없이 인간적 삶의 타락에 비추어 순수한 삶의 한 방식을 그리워함일 따름이다. 그러나 삶의 무상함에 대한 극복이나 타락한 삶을 대신하는 순수한 삶의 표상으로서 '조그마한 굴뚝새'의 삶은 "오리나무 뿌리 뻗는 황토 기슭에/그들의 꿈과 노래를 보석처럼 묻어 둔다"(「작은 것을 위하여」)는 점에서 공히 미래지향적이다. 이러한 특성은 이기철 시인의 마음속에 깊이 각인돼 있다. 즉 작은 것이야말로 순수하고 그래서 영원할 수 있다는 생각으로 말이다.

이번 신작시는 바로 이점을 명확히 해준다. 그는 작은 것에의 이끌림을 그렇게 아름답게 표현할 수가 없는 것이다.

　　　더 가야할 길 놓아두고 이쯤서 쉬기로 한다
　　　아무도 부르지 않는데 세월을 피해 예까지 왔다
　　　쓸쓸함이 꽃피어 불꽃이 될 때
　　　점등한 저 먼 곳 고깃배들의 가물거리는 삶이 눈물겹다
　　　생의 반은 욕망이라지만
　　　언제 나는 이 끓는 마음 재울 수 있을까
　　　어떻게 들으면 음악이고 어떻게 들으면 저주인 저 파도소리
　　　몸도 밀어내고 마음만 더불고 동경 140도의 물결 밖으로 떠날
　　수 있을까
　　　날새들이 전하는 말은 인간의 언어로 번역할 수 없어
　　　그들 날개에 묻은 그리움만 번역한다
　　　내 지나온 채소밭의 엽록이 내 몸을 푸르게 물들인다

익혀온 수첩 속의 이름들 지워지고 나면
내 삶의 낟가리는 줄어든다
앞 사람이 간 길, 그것이 삶이거니
발의 나태 꾸짖으며 나도 따라간다
내 아직 푸른 나뭇잎의 시간을 쌓아 집을 짓는다면
그 집은 떡잎같이 조그마할 것이다
휘파람처럼 짧을 것이다
눈물처럼 반짝일 것이다

—「화진」 전문

이 시만큼 삶의 쓸쓸함과 그 쓸쓸함이 못내 마음의 청정함을 불러오는
아름다운 궤적을 보여주는 시가 있을까. "쓸쓸함이 꽃피어 불꽃이 될
때/점등한 저 먼 곳 고깃배들의 가물거리는 삶이 눈물겹다"는 시인의
언명은 분명 욕망에 붙잡힌 자의 모습은 아니다. 비록 "언제 나는 이
끓는 마음 재울 수 있을까"로 노심초사하지만 그것은 이제 어느 정도
삶을 달관한 자의 목소리를 내고 있다. 욕망을 덜어내고 참된 존재의
실상을 찾아, 혹은 살아있음의 진실을 찾기 위해 방황하는 선지자의 한
간절한 목소리를 연상시킨다. 그래서 그는 이 시에서도 떠나는가. '화진'
이란 지명은 그의 삶의 과정에서 만나는 깨우침의 도량이다. 그는 떠나면
서, 오르면서, 지나면서 "내 삶의 낟가리(를) 줄"인다. 그것은 덩치만 큰
욕망으로부터 점차 자유로와짐을 의미한다. 그것은 점차 죽음에 대한
담백한 삶의 태도를 지니게 됨을 뜻한다.

그렇지만 이 시의 아름다움은 바로 말미에 있다. 시인은 이제 다른
각도에서 미래를 노래한다. 그것은 앞서 죽음의 공포에 붙잡힌 자가 내뱉
는 가위눌림의 신음소리가 아니다. 그것은 비록 존재가 갖는 유한성에
의해 발생하는 슬픔을 본질로 삼고 있지만 그 슬픔을 넘어 참된 삶의

실체로서 살아갈 수 있는 기쁨을 노래하는 것이다. "내 아직 푸른 나뭇잎의 시간을 쌓아 집을 짓는다면/그 집은 떡잎같이 조그마할 것이다/휘파람처럼 짧을 것이다/눈물처럼 반짝일 것이다" 자연적 존재로 돌아가 삶의 무상함과 순환됨을 받아들인다면 푸른 나뭇잎이 '조그마한 떡잎'으로 돌아가는 것을 이상하게 생각하지는 않을 것이다. 존재의 집으로 상징화되는 '작은 떡잎'은 바로 이생에 푸르렀던 나뭇잎의 삶의 흔적을 모두 내포한 채 세월이 가하는 소멸의 공포를 이겨낼 수 있는 영원성의 표지다. 그 작은 것이 비록 '휘파람처럼 짧'고 '눈물처럼 반짝'이더라도 이때의 그것은 삶의 한갓진 슬픔 그 자체라기보다 그 유한성에 의해 발생하는 아름다움의 속성을 암시한다. 즉 슬퍼 아름다운 존재의 표지다.

이것은 역설이다. 이미 이기철도 삶의 진실은 바로 이러한 역설에 있음을 예감하고 있는지 "그러고 보면 사랑도 별것 아니다/겨울 아침 논둑에서 피어오르는 추운 김처럼 세상의 어디에 싹트는 것이 있다는/것은 가난의 힘이다//이 말은 사십 년이 지난 뒤 내가 추운 나무에게 귓속말로 전하고 싶은 것이다"(「가난」)라고 말하면서 가난이야말로 인간적 삶을 완성으로 이끄는 사랑의 바탕임을 표현한다든지, "나무들은 경사에서도 평화롭다"(「청도 지나며」)고 하여 고통과 기쁨이 관련되고 순환된다는 사실을 표현함으로써 역설의 진실성을 인정하고 있다. 더 나아가 이러한 역설적 순환성은 자연적 삶 자체가 모두 전일적이고 유기적인 관계로 맺어져 있다는 것을 「바람새들」에서 보여줌으로써 삶 그 자체가 역설이 아닌가 하는 우주적 관점을 드러내 보이기도 한다.

그런 점에서 이기철의 시는 어쩌면 깨달음을 노래하는 경구에 가까워진다. 즉 작은 것이 갖는 미학적 의미를 완성하기 위해 그는 다음과 같이 직관한다.

가을도 다 갔는데 아직 못다 핀 여뀌꽃 하나가 핏방울 같은 꽃
한 송이를 달고 있는 걸 보면
　　사람도 제 심장 하나를 이 세상 마지막 숨자리 위에 내려놓고
여뀌꽃처럼 살다갔으면 얼마나 좋을까, 생각한다

　　아름다운 것은 모두 정밀하다. 제 자취 숨기려다 들켜버린 아름다
움, 저 가엾은 것들의 끝없는 고요

—「어떤 아름다움」 부분

　　"아름다운 것은 모두 정밀하다." 이 말은 이번 신작시에서 이기철이
도달한 시적 진실의 내용이다. 이 시의 작은 여뀌꽃이 이러한 시적 진실
에 충실하다면 미래의 한 생애가 함축된 '작은 떡잎'도 정밀한 아름다움
그 자체로 시적 진실의 표상일 것이다. 그 점에서 이기철은 욕망의 저탄
더미에서 작고 여린 떡잎의 세계로 돌아가고자 하는 강렬한 충동을 내내
그려냈다고 할 수 있다. 이러한 귀환은 삶의 무의미로부터 의미의 발견으
로, 근대적 삶이 가지는 기계적, 소모적 삶의 파탄으로부터 생명적 삶의
활기로 돌아가고자 함이다. 그런 점에서 이기철이 그려 보여주는 정신적
전이의 궤적은 한 사람만의 문제가 아니다. 그것은 삶의 불모성과 비인간
성에 억눌려 살아가는 동시대인의 간절한 원망을 미세한 생명의 길로
그려보여준 것이다. 그 길은 많은 사람들이 주목하지 않기에 아직 가엾는
존재들로서 '끝없는 고요'를 간직하고 있지만 언젠가 우리 모두 그 고요
를 우리 삶의 자양분으로 육화하지 않을 수 없음을 암시하고 있다.
　　그 점에서 이기철은 삶과 죽음의 문제로 시작하여 생명의 비의(秘意)를
노래한 셈이다. 그 비의를 아는 사람은 많지 않을지라도 이러한 시적
진실에 이르러야 진정한 삶의 의미를 발견할 수 있다는 또 다른 측면의
필연성으로부터 아무도 자유롭지는 못한다. 간절한 서원(誓願)은 가장

구체적이고도 강렬한 형상을 낳는 것. 그 형상에 나의 삶의 한 갈피도 얼룩지는가. 시인이 걸어가는 미세한 길이 문득 사무친다.

고독과 침묵의 사원에서 퍼지는 성결한 언어들

— 고진하와 고운기의 시적 의미

1. 우주와의 따뜻한 교감과 영원한 삶에 대한 명상 - 고진하의 시

　자본주의 사회에서 성스럽고 순결한 삶을 산다는 것은 얼마나 지난(至難)한 것일까? 끝없는 생산과 소비의 순환 속에서 우리는 허위 욕망만 닭벼슬처럼 치켜세우고, '내'가 나 같지 않은 씁쓸함 속에서 순수는 먼 남의 나라 일로만 치부해 넘어간다. 덧없고 거품 같은 삶, 그래서 갈수록 회한만 쌓이고 성결한 삶은 꿈에 꿈 같은 일로 삼고 만다. 때문에 현실 속에서 우리는 더욱 타락을 합리화하여 좇고, 타락한 끝의 누런 얼굴들을 사정없이 드러내고 있다. 내 배를 채우는 일이라면 신(神)도 잡아먹는 일이 다반사인 이 소돔의 도시, 끔찍한 산업자본주의 사회. 그런 가운데 누추한 현실적 삶에 대한 반성과 그 반성 끝에 서리는 희망이 그나마 우리를 이 진창의 수면에 간댕간댕거리게 하고 있는 것이 다행이라면 다행일까? 반성과 희망만이 우리를 저 진창의 삶에서 밀어 올리게 하는 힘임을 안다면, 우리는 이제 허위의 벼슬을 접고 반성과 희망을 품안에 품고 궁궁궁 알을 품는 암탉의 자세로 돌아가지 않을 수 없는 것이다.

고진하의 『얼음수도원』 시집은 바로 그런 자세에 대한 한 가능성을 보여주고 있어 주목된다. 일찍부터 그의 시는 우주와 생명의 신비에 대한 경외감을 보여주고 일상적 삶이 가지는 욕망의 덧없음과 도로(徒勞)를 잘 드러내 보여주었다. 이번 시집에서도 그는 우선적으로 자신의 욕망을 덜고 낮추어 타자를 배려하는 자세를 보여준다. 그것도 특히 근대와 자본주의가 시작되면서 인간의 욕망을 위한 도구나 자료가 되어버린 자연에 대해 한없는 애정의 시선을 보냄으로써 인간 욕망의 타락이 얼마나 누추한 것인지를 반증해 보여준다.

> 한껏 몸을 낮추는 새들, 그들
> 틈에 나도 끼여 그 극진한 공양을 받으며
> 발그레 취기(醉氣)에 젖어들었지.
>
> ──「신성한 숲」 부분

> 고로쇠나무의 눈물 같은 수액을 받아먹던 날을 떠올리면
> 내 목숨이 그곳의 나무들과
> 구름과 바위와 물소리에 이어져 있음을
> 섬뜩하니 깨닫곤 한다 그곳에는
> 제 스스로 택한 가난이 있고 생명의 진액이 있다
>
> ──「대관령 수도원」 부분

이 두 편의 시는 자본주의 체제로 인해 타락하기 쉬운 현대인들에게 하나의 대안적 삶의 태도를 보여준다. 몸을 한껏 낮추는 새들과 그 틈에 끼여 노을과 신성한 숲의 향기로 '공양' 받는 시적 자아는 물질적 욕망과 독선에서 벗어나 있다. 생명이 있는 것(새, 나무)과 없는 것(노을)이 서로

분별되지 않고 상호 공양의 주고받음을 보여주는 세계, 그리고 그 세계에 하나의 일원으로 동참하는 시적 자아의 모습은 단절과 소외로 얼룩진 근대적 삶의 풍경을 넘어서 있는 것이다. 운명 공동체로 자유와 평등을 함께 누리는 평화로운 세계의 모습, 그런 점에서 그곳을 「신성한 숲」이라 이름 붙여 마땅하다. 「대관령 수도원」은 이를 더 잘 보여준다. "내 목숨이 그곳의 나무들과/구름과 바위와 물소리에 이어져 있음을/섬뜩하니 깨닫곤 한다"는 통찰은 이기적 욕망을 얼마나 버린 후에 갖게 될 직관인가. 현실적 삶에 대한 반성은 그렇다, '섬뜩하니' 와야 비로소 그 힘을 발휘한다. 어설픈 각성은 어리석은 자아도취일 따름임을 우리는 얼마나 많이 겪어 보았는가. 그런 점에서 도시적 삶에서 추구하는 것과는 정반대로 "제 스스로 가난"을 택하고 그 가난한 삶에서 진정으로 "생명의 진액"을 솟게 하고 맛보는 삶은 우리가 살고 있는 삶의 궤적과는 다른 궤적을 그리는 자세일 것이다. 거기에 참된 기쁨이 있음을 물질적 욕망에 눈 먼 우리들이라 하여도 능히 짐작할 수 있는 일이다. 그것이 바로 근대 자본주의적 삶의 맹점을 질러가는 한 대안적 삶이 될 것이란 확신은 비단 시인만의 생각은 아닐 것이다.

그런 관점에서 고진하 시의 자연은 "천지를 그윽하게 물들이는/(너의) 공양"(「라일락」)이자 시인의 삶의 지침이 된다. 가령 "아침마다 산을 오르내리는 나의/산책은,/산이라는 책을 읽는 일이다."(「꽃뱀 화석」)에서처럼 자연의 책을 읽어 "색다른 독서경험"(「꽃뱀 화석」)을 얻는다. 그것은 바로 깨달음을 통해 제 자신의 무지몽매를 벗어나고자 하는 일일 것이다. 그 깨달음의 한 자락을 그는 이번 시집에서 "두렵고 고마운 일이다./자족(自足)하는 존재들은 제 집에 너그러운 어머니를 모시고/있음을 느낀다." (「범종소리」)라고 범신론적 존재에 대한 경배의식을 드러내 보이고 있다. 기독교 목사로서 제 종교를 넘어 우주와 생명에 대한 경외와 신비를 가르쳐주는 말씀이라면 다 진리로 받아들이겠다는 태도를 이번 시집에서도 역력히 보여주고 있는데 이 시 역시 그것을 잘 보여준다. 범종소리에 두려움과 고마움을 동시에 느끼는 마음은 경건하면서도 진지하게 삶과 생명의 문제를 궁극에까지 추구해 본 사람만이 가질 수 있는 것이다.

생각해보면 우리 시대의 문제는 사람들이 두려움과 고마움을 모른다는 것으로 요약해볼 수 있다. 자신을, 자신만을 최고로 귀하고 아까운 존재로 생각하는 것은 자기중심주의의 망상이다. 이를 고진하는 냉철히 꿰뚫고 있다. 그런 점에서 자신을 낮추고 대상을 섬기는 자세야말로 이 시대적 요청이다. 그가 시집에서 "오 혼돈의 삶을 섬겨 바다가 될 수 있다면!"(「바다는 발이 썩는 나를 연인으로 품어줄까」) 하고 탄식하는 것도 바로 이러한 인식의 연장선상에서 나온 행위로 볼 수 있는 것이다. 그렇다면 이런 '섬김의 자세'는 어디에서 비롯하는가? 바로 고독과 침묵의 고행에서 싹튼다고 말하지 않을 수 없다. 물질적 욕망의 삶에서 벗어나 대상을 섬기고 궁극에는 대상과 하나가 되기 위해서는 고독과 침묵의 관문을 통과하지 않을 수 없는 것이다. 이를 고진하는 몸소 실천하는 모습으로 잘 보여준다. 이번 시집의 주된 정조와 주제가 바로 이 점에 집중되어 있다.

사라져 버린 얼음수도원을 묵상했다.

무념무상의 설원(雪原)에 들 수 있었다.

—「얼음수도원 1」 부분

저 신(神)의 침묵을
견디는 힘은 대체 어디서 나올까.

숨쉬는 무릎에서 나올까.

　　　　<중략>

닳고닳은 무릎은 힘이 세다.
우주의 모든 경계가 허물어지고 마루짱이
움푹 패였다.
기도는 힘이 세다.

　　　　　　　—「낙타무릎의 사랑 2 —피정 일기」 부분

　이 시들은 침묵만이 신의 섭리를 알 수 있게 하는 길임을 말해주고
있다. 그것도 오랜 침묵의 명상이야말로 "우주의 모든 경계"를 허물게
하여 "무념무상의 설원(雪原)에 들 수 있"게 한다. 그런 점에서 고진하의
시는 간단없이 인간의 욕망을 자극하고 부풀려 끝없는 도로의 삶을 살게
하는 자본주의적 삶의 덧없음을 그 뿌리에서부터 반성하여 인간의 원초
적 꿈이랄 수 있는 "영원한 현재"(「하늘빛 고요」)를 마음 속에 획득하고
자 하는 기획임을 보여준다. 그렇다, 그것은 분명 하나의 기획인 것이다.
그것도 인간의 고귀한 꿈을 실천하는 성결한 '역사(役事)'인 것이다. 그렇
게 됐을 때 "내가/읽을 새 경전(經典)은 바로 나다."(「범종소리」)라는 놀
라운 역설을 발견하게 되는 것이다. 그 점에서 이번 고진하의 시 세계는
아주 도저한 경지에까지 이른 경우다.

2. 근원에 대한 그리움과 일상적 삶에 대한 쓸쓸한 회한 - 고운기의 시

　고진하가 종교적 차원에서 고독과 침묵의 고행을 수행한다면 고운기

는 여느 평범한 속세인의 한 사람으로서 "무릇 사람 노릇이란 무엇일까"
(「사람 노릇이라는 명상」)하는 점을 고민한다. 그 대답을 찾기란 쉽지
않을 것임은 뻔한데 중요한 점은 그 역시 깊은 고독과 침묵 속에서 진정
한 삶을 의미를 그 근원에까지 이르도록 심문하고 탐색한다는 점에서
예사롭지 않아 보인다. 그에게도 삶의 고독과 침묵이 시적 표현의 원동력
이 되고 있는 것이다. 그것을 잘 보여주는 시가 다음 작품들이다.

> 가을 해는 두레박 떨어뜨리듯 지고
> 빈 편지함을 뒤지는 日常
>
> ──「까마귀와 놀다 2 ─東京詩篇」 부분

> 가을이 오고 맑은 날이 잦아지면서
> 저물 무렵 산책이 습관처럼 밴다
> 거리에 나서서 지는 해를 따라 서쪽으로 간다
> 그곳은 내 고향
> 떠나온 자는 하루가 바쁘지만
> 한주일이 더디고 한달은 가지 않고
> 돌아가마 약속한 날짜는 오지 않을 것 같다
>
> ──「서쪽으로의 산보」 부분

이 시들은 1999년부터 현재까지 고운기가 일본 케이오대학 문학부 방
문연구원으로 가 있으면서 쓴 것들이다. 고국을 떠나 맞닥뜨리는 것은
바로 일상적 삶과 질적으로 달라진 '고적함'이다. 그 고적함은 "빈 편지
함을 뒤지는 日常"과 "저물 무렵 (산책이) 습관처럼" "거리에 나서서 지
는 해를 따라 서쪽으로 간다"는 표현에 잘 드러난다. 서울에서 갖는 일상
적 삶에서도 고적함이 없었을 리 없겠지만 낯선 이국땅에서 갖는 고독과,

그리고 언어적 소통의 어려움으로 인해 발생하는 침묵은 보다 본질적으로 삶에 대한 성찰을 활성화한다. 그 활성화의 언표들이 이번 시집의 풍경인 셈인데, 그것이 바로 그리움과 회한으로 점철돼 있어 놀라운 느낌을 준다.

그렇지 않겠는가. 그는 이미 "살아온 날 이제 한번 돌아볼 만한 때"(「구름의 이동 속도」)가 되었으나 "어느덧 쓸모 없는 인간이 되어 있었다"(「오줌」)는 자괴감 섞인 회한으로 자신의 삶을 확인하는 경우가 많아지는 나이에 이르게 된 것이다. 그 회한의 끝에서 시는 자신의 현실적 삶에 대한 반성을 뼈대로 삼고 행복했던 유년 시절에 대한 그리움을 살로 삼아 자신의 몸집을 짓는다. 우선 반성의 시부터 보자면 다음과 같은 것이 적절할 것이다.

그러나 이율배반이다
나는 무리의 자식일 뿐이었다
학교라는 조직에 들어 넥타이 매고 출근하고, 학회에 가입하고, 문단에 나가고, 동인을 만들고 게다가 없던 모임마저 새로 만드는 데 동참하고, 나는 거기서 먹이를 얻고 정체성을 확인한다 그러면서도 귀찮다니, 혼자인 게 좋다니, 떠드는 건 아무래도 얄팍한 뒤집기다

<중략>

계단을 오르며
이미 구수하지 않은 밥 냄새를 뒤로 하며
나는 반성한다,
졸 때 혼자인 것처럼
죽을 때 혼자인 것처럼
혼자서

혼자서.

— 「무소의 뿔처럼 혼자서 졸아라」 부분

    일상적 삶의 허위를 「무소의 뿔처럼 혼자서 졸아라」처럼 이렇게 가슴
아프게 반성하기란 쉬운 일이 아니다. "이율배반"적이고 "얄팍한 뒤집
기"인 행동들을 우리는 일상 생활에서 얼마나 쉬이 저지르고, 이를 또
쉬이 눈감아 버리는가. 처절한 반성은 이 시처럼 쉬이 눈감아 죽어버리는
것을 막는 일이다. 애써 타락의 수렁에 굴러 떨어지는 것을 막는 몸부림
인 것이다. 그런 점에서 자신의 현실적 삶에 대해 "밥 먹으며 눈치/술
마시며 눈치/고민하면서도 눈치/사랑하며 눈치"(「눈치 Ⅱ장」)라고 자조
적인 목소리를 내는 것이 절대 자학으로 끝날 수 없음은 명백하다. 그것
은 삶의 진실을 붙잡기 위한 가열찬 의식의 불꽃이기에 오히려 진정한
삶에 대한 뜨거운 갈구라고 보아야 할 것이다. 때문에 그가 "죽음마저
눈치?"라고 말미에 표현한 지독한 독설은 이제 어떻게 살아야 하겠다는
하나의 답을 발견한 것으로 보이기에 침묵의 끝에서 참으로 놀라운 경구
하나를 그가 얻었다고 치사해도 무방할 것 같다. 그런 점에서 반성은
고운기에게 삶을 저 진정성의 세계로 밀어 올려주는 가열찬 에너지인
셈이다.

    이에 비해 유년의 삶과 그 유년의 삶을 물들이는 어머니에 대한 그리움
과 회한은 그의 시에 또 다른 지향점과 가치가 있음을 암시한다는 점에서
중요하다.

> 부엉이 눈 밝히는 저녁 어스름
> 찾아갈 길이 어두웠다
> 여러 밤 걸려 행상을 도는 엄마는 멀리 있고

낯선 동네 저수지 긴 언덕
구렁이 한마리 재빨리 숨는데
가서 먼저 내 소식 전할까 두려워
뱀보다 빨리 뛰었다
손에 들린 편지 한 장
엄마에게 가는 소식은 불행이 반을 넘었지만
나는 계보도 모르는 먼 친척집 뒷방에서
늦은 밥상을 받고 자꾸 눈물이 나왔다
잎 떨어진 나뭇가지에 걸린
밤하늘이 붉어져
등 돌리고 피우는 엄마의 담배연기는
미처 담장을 넘지 못하고.

— 「편지」 전문

이 시가 간직하고 있는 본질적 의미는 존재 자신의 '근원'에 대한 향수
다. 즉 자본주의적 삶의 덧없음과 황폐함 속에서 변치 않는 정체성을
간직하고자 할 때 이를 어머니로 대표되는 순수 세계를 복원하는 것으로
대신하고자 하는 태도인 것이다. 그것은 어찌 보면 과거에로의 복귀를
뜻한다. 이 「편지」로 대표되는 이번 회상과 추억의 시들은 그런 점에서
일정 부분 과거지향적이라는 혐의를 벗지 못한다. 예를 들어 그의 고향에
놓여 있는 다리를 추억하며 "다리를 건너가면 나는 어린 아이다"(「다리」)
라는 표현은 그런 느낌을 준다.

그러나 이 '다리'도 그 시를 엄밀히 읽어보면 소년에서 청년으로 나아
가는 통과제의를 뜻하기도 하고 다리를 건너 대처로 나간다는 점에서
넓은 세상으로 통하는 출구이자 경계의 뜻을 갖고 있다. 즉 미래지향적
의미를 내포하고 있는 것이다. 그런 점에서 볼 때 그가 회상의 대상을
지금의 현실에서 추억하는 것은 단순히 과거로 복귀하고자 하는 뜻에서

가 아니라 현실적 삶에 결핍된 그 무엇을 과거의 그런 사실들로 채워넣고자 하는 적극적 행위임을 의미한다. 때문에 시인들이 과거를 그리는 것은 과거의 삶으로 돌아가고자 하는 의미에서가 아니라 과거 속에 들어있던 풍요로운 상들을 새로운 미래의 모습으로 새기고자 하는 데 있음을 알아야한다.

　그런 관점에서 본다면 「편지」에 나타난 어머니에 대한 애잔한 추억은 아름답기 짝이 없다. 이렇게 자신의 유년의 삶을 격정적이면서도 아픈 기억으로 직조한 시는 좀처럼 찾기 어렵다. 대가성 없는 사랑의 상징체인 어머니를 추억하는 것 자체가 바로 사람과 사람이 행해야할 진정한 삶의 모습임을 이 시는 환기하고 있는 것이다. 그 점에서 이번 시집에 자주 나오는 「말 이야기」를 비롯한 「모국어」「저녁 비 내리는 교정」「구름의 이동 속도」 등에 나타난 가족과 그 가족들끼리의 사랑에 대한 물기 어린 표현은 오늘의 삭막한 현실적 삶과 대비되어 깊은 울림을 준다. 따라서 고운기의 표현대로 따른다면 우리는 다음과 같은 진리를 얻지 않을까? "추억을 곱씹으며 입는 한 옷은 더 이상 옷이 아니다."(「겨울 옷」) 왜냐하면 그 추억으로 말미암아 삭막하고 쓸쓸한 현실적 삶의 자리에 "색깔이 바랜 자리에 그리움이 들어서 있고/실밥이 풀어진 자리에 슬픔이 대신 매여 있"(「겨울 옷」)기 때문이다.

시간을 거슬러오는 아픈 풍경
— 서림 시의 의미

　과거의 진정한 상(像)은 휙 스쳐 지나가 버린다. 다만 우리는, 그것
이 인식되어지는 찰나에 영원히 되돌아올 수 없이 다시 사라져버리
는, 마치 섬광처럼 스쳐지나가는 상으로서만 과거를 붙잡을 수 있을
뿐이다.(발터 벤야민, 「역사철학 테제」 『발터벤야민의 문예이론』,
민음사, 1983)

　기억의 갈피는 얼마나 여리게 마음 속에 놓여 있을까? 섬광처럼 지나감
으로써 더욱 아픈 순간들, 그래서 더욱 되살아 보고 싶은 순간들을 그렇
게 강렬하게 인화해 보관하고 있으니. 풍경은 우리들 마음에 문득 살아나
면서 시간의 흐름을 잠깐 끊어놓는다. 그 찰나의 순간에 우리는 영원을
사는 것일까. 삶도 이 우주의 시간으로 보자면 찰나일 것, 그 점에서 찰나
의 이 운명적 존재가 영원의 삶을 누릴 수 있는 것은 풍경의 화첩을 기억
속에 펼쳐드는 일인지도 모른다. 풍경이 선명할수록 우리들 삶도 강렬히
살아나는 것은 불문가지일 것이다.

서림의 세 번째 시집 『세상의 가시를 더듬다』를 읽으며 풍경이 갖는 강렬성을 생각한다. 그의 시는 발터 벤야민이 고민했던 역사적 삶의 기록, 혹은 삶의 역사적 기록의 문제를 시적 '풍경'으로 풀어내고 있다. 그것은 철학적 사색을 내포하고 있기 때문에 쉬이 이해될 수 있는 성질의 것은 아니다. 어쩌면 그것은 삶의 무상함과 관련해 서글픔의 감정일지도 모른다. 발터 벤야민이 역사철학 테제를 쓰면서 우수를 품었듯 서림도 시집 전체로 볼 때 삶의 비애를 전면에 깔고 있다. 그 점에서 이제 서림은 시란 것이 아픈 기억들의 편린들을 고통스럽게 새겨놓는 작업이란 걸 깨달은 것일까.

그러나 역사적 기록이나 언어적 새김은 그것이 한 세계의 풍경이 됨으로써 무상함에서만 그치는 것은 아닌 것 같다. 어느새 그 안에 찬란한 아름다움이 들어차 있게 되는 것이다. 마치 깜깜한 하늘에 별이 뜨고, 삭막한 지상에 눈이 내려 천지가 만들어진 비의(秘意)를 은연중 드러내는 것처럼 말이다. 그 점에서 서림에게 풍경은 단순한 배경이 아니다. 그에게 풍경은 삶의 존재 이유를 확인시켜주는 바탕이 되고 그의 삶에 생기는 단절을 메워주는 살이 된다.

> 차양도 없이, 바람 속에
> 녹슬고 있었다.
> 콩나물 시루처럼 금이 간
> 콩나물 시루만한 어머니,
> 한여름 내내 한천을 팔고 있었다.
> 나는 애써 그 콩나물 시루 빛깔 풍경 속으로 들어가지 않았다.
> 단 한 번도 한천 다라이를 옮겨다 주지 않았다.
> 한천과 콩나물, 아이스케키를 파는 어머니,
> 내 어린 무대 뒤켠에서 늘

쭈글쭈글하게 숨어 있어야 했다.

—「박수근 3」부분

이번 시집에서 이 시만큼 가슴 아픈 풍경이 있을까. 기억 속의 감광지는 그의 회한어린 시선에 금방 불타오른다. "차양도 없이, 바람 속에/녹슬고 있었다."는 말은 얼마나 이중적인가. 과거 그 언젠가의 어머니의 모습이 애처롭게 보였다는 고백이기도 하지만 정작은 그날의 기억이 이제 나에게 그만큼 바래져 가고 있다는, 즉 기억의 풍화를 두려워하는 자신의 처지에 대한 고백이기도 하는 것이다. 그것은 그 다음의 시적 표현에서도 알 수 있다. 그 밑의 "콩나물 시루처럼 금이 간/콩나물 시루만한 어머니"는 과거적 시점의 논평이 아니다. 시적 화자에게 그 옛날의 누추하고 초라한 어머니의 모습이 문제가 아니라 지금 기억 속의 풍경에 어머니의 모습이 자꾸 '작아져 가는' 사실이 문제인 것이다. 즉 기억의 퇴색이 사실은 두려운 것이다.

때문에 풍경은 삶의 회한을 구성하는 요소가 된다. 억눌려둔 기억들은 어떻게든 살아 현재의 삶에 아픈 그늘을 드리운다. "한천과 콩나물, 아이스케키를 파는 어머니,/내 어린 무대 뒤켠에서 늘/쭈글쭈글하게 숨어 있어야 했다."는 언명은 얼마나 가슴 아픈 되새김인가. 이 시적 전언은 어머니가 어린 시절 그의 무대 뒤켠에서 숨어있어야 했다는 뜻을 전하기보다는 그의 철없던 행동이 얼마나 어머니의 가슴을 아프게 했을까 하는 시적 화자의 안타까움이 이때까지의 그의 삶 뒤켠에 숨어있던 아픈 풍경임을 드러내 보여주고 있다. 시인은 풍경 속에 그의 내면의식을 교묘하게 숨겨 놓고 있지만 그 아픈 감정이 저렇게 절절하게 배여 나올지는 알아채지 못했던 것이다.

그 점에서 풍경은 무의식적 고백이다. 자신도 의식하지 못한 사이에 자신의 내면 세계를 드러내는 의식의 거울인 것이다.

　　　　햇살이 쫓기듯 꼬리를 감추고 있다.
　　　　서리에 데쳐진 배춧잎 얼굴, 노파는
　　　　버썩 마른 빵 부스러기를
　　　　쪼듯 뜯어먹고 있다.
　　　　시래기, 호박나물, 다 팔아도
　　　　만원어치도 안 될 것들을 벌여놓고
　　　　이리 흘끔 저리 흘끔, 거리고 있다.
　　　　아내도 나도 결단코 돌아갈 수 없는
　　　　헐벗은 풍경,
　　　　낯선 정물로만 앉아 있는 노파.
　　　　붕어빵 한 봉지를 건네며 아내가
　　　　풍경 안 쪽을 안쓰럽게 들여다보고 있다.
　　　　한 편의 詩를 건지기 위해, 나는
　　　　노파 주위를 눈치껏 맴돈다.
　　　　낯설은 풍경을 만들어내며
　　　　쓸쓸히 뒷걸음질칠 뿐인

　　　　　　　　　　　　　　　　—「박수근 1」전문

　　이번 시집에서 나로 하여금 가장 생각을 많이 하게 한 시다. 화가 박수
근의 풍경화를 시적 테마로 삼아 자신의 삶의 한 갈피를 시적 풍경으로
구성하고 있는 이 시는 서림의 '풍경'에 대한 인식과 '시'에 대한 인식마
저도 엿볼 수 있게 한다. 시장 구석에 "낯선 정물로만 앉아 있는 노파."의
가난한 모습에서 시적 화자는 "아내도 나도 결단코 돌아갈 수 없는/헐벗
은 풍경"을 본다. 그런데 놀랍게도 그러한 풍경 안을 "붕어빵 한 봉지를
건네며 아내가/풍경 안 쪽을 안쓰럽게 들여다보고 있다." 이 표현은 사실

은 아내라기보다는 그의 의식을 대리하는 존재로서 아내가 기억 속의 풍경 안 쪽을 들여다보고 있는 것이라 해석하는 것이 옳다. 여기서 문제는 결단코 돌아갈 수 없는 풍경 속을 왜 다시 들여다보는, 즉 뒤돌아보는 것이냐 하는 점이다. 그것은 감정상의 문제다. 즉 "안쓰럽게"로 부사적 형태로 표현되어 있지만 그것은 그의 지난 삶에 대해 가지는 '안쓰러움'의 명사적 감정에 의해 발생하는 것이다. 안타까움, 혹은 애달픔이라 불러도 좋을 이 감정에게 중요한 단 하나의 요소는 잊혀지지 않는 그리움이 내재해 있다는 사실이다. 달리 말해 그것은 감정적 충동이라 부를 수 있는 기억 속의 울혈이다. 이 점에서 풍경은 바로 기억 속에 울혈이 맺힌 바로 그 부분, 잊으려해도 도저히 잊을 수 없어 언제나 충동에 의해 강렬하게 떠오르는 상 그 자체를 가리킨다. 서림은 이번 시집에서 '녹슨 풍경', '잿빛 풍경' 등 여러 풍경을 말하면서 이를 분명히 인식하고 있음을 보여주고 있다.

따라서 풍경에 대한 상념은 많은 에너지를 방출한다. 가슴 아픈 기억의 상기는 가슴 속에 맺힌 울혈을 터뜨리는 것이니 만큼 쉬이 이루어질 수 없는 일인 것이다. 그래서 서림은 이 끌림과 아픔에 균형 잡기 위해 이 시에서 저렇게 절묘한 형태를 취하고 있나니 얼마나 놀라운 발상인가. "한 편의 詩를 건지기 위해, 나는/노파 주위를 눈치껏 맴돈다./낯선 풍경을 만들어내며/쓸쓸히 뒷걸음질칠 뿐인" 그의 눈은 이 아픈 광경을 뚫어지게 바라다보고 있다. 그러나 그의 발길은 쓸쓸히 뒷걸음질칠 뿐이다.(여기서 뒷걸음질치는 것을 노파로 보아도 같은 결과다. 그것은 결국 두 존재의 멀어짐을 뜻하기 때문이다) 여기서 끌림과 뒷걸음질의 이중적 긴장이야말로 낯선 풍경이 되면서 비로소 그에게 가 한 편의 시가 된다. 서림은 이러한 극도의 감정적 긴장을 겪은 뒤에야 비로소 그의 말대로 '한 편의 시를 건질' 수 있게 되는 것이다. 그 점에서 이 시는 그의 시적 자세와 앞으로 추구할 내용을 잘 알려주는 길잡이와 같은 작품이다. 이 시를 통해 우리는 이번 그의 시적 내용을 짐작해 볼 수 있다.

그러나 이 시는 아직 무엇인가 더 해석해 볼 필요가 있다는 메시지를 끊임없이 보내고 있다. 아니 해석의 미진함이 나의 시선을 붙잡고 있다고 말해야 옳을 것이다. 그것은 무엇인가? 여기서 나는 다시 발테 벤야민의 말을 떠올린다. 저 '뒷걸음질'과 관련한 아주 섬세하고 기묘한 해석을.

> 클레가 그린 새로운 천사라고 불리우는 그림이 하나 있다. 이 그림의 천사는 마치 그가 응시하고 있는 어떤 것으로부터 금방이라도 멀어지려 하고 있는 것처럼 보이도록 묘사되어 있다. 그 천사는 눈을 크게 뜨고 있고, 그의 입은 열려 있으며 또 그의 날개는 펼쳐져 있다. 역사의 천사도 바로 이렇게 보일 것임에 틀림없다. 우리들 앞에서 일련의 사건들이 그 모습을 드러내고 있는 바로 그곳에서 그는, 잔해 위에 또 잔해를 쉬임없이 쌓이게 하고 또 이 잔해를 우리들 발 앞에 내팽개치는 단 하나의 파국을 바라보고 있다. 천사는 머물러 있고 싶어하고 있고 죽은 자들을 불러 일깨우고 또 산산히 부서진 것을 모아서는 이를 다시 결합시키고 싶어한다. 그러나 천국으로부터는 폭풍이 불어오고 있고, 또 그 폭풍은 그의 날개를 꼼짝달싹 못하게 할 정도로 세차게 불어오기 때문에 천사는 그의 날개를 더 이상 접을 수도 없다. 이 폭풍은 그가 등을 돌리고 있는 미래 쪽을 향하여 간단없이 그를 떠밀고 있으며, 반면 그의 앞에 쌓이는 잔해의 더미는 하늘까지 치솟고 있다. 우리가 진보라고 일컫는 것은 바로 이러한 폭풍을 두고 하는 말이다.(발터 벤야민, 「역사철학 테제」『발터벤야민의 문예이론』, 민음사, 1983)

벤야민은 역사의 천사에 대한 생각을 클레의 그림에 비추어 전개시켜 나가고 있다. 문제는 이 역사의 천사가 인류에 대한 애정을 가지고 머물러 있고 싶어하지만 시간의 폭풍에 의하여 미래 쪽으로 간단없이 밀려가고 있다는 사실이다. 때문에 이 천사의 마음은 그야말로 찢어지는 아픔, 즉 눈앞에 벌어지는 인류의 잔해더미를 쓰다듬어 일으켜 세워주고 싶으나 신이 정한 섭리에 따라 미래 쪽으로 불려가지 않을 수 없는 마음의 아픔 속에 놓여 있다. 발터 벤야민이 역사의 천사를 이렇게 묘사하게 된 것은 당시 나치를 비롯한 파시즘적 역사의 현실이 인류의 기대를 배신하고 있던 사실에 대한 논평에서 비롯된 것이지만 역사의 천사를 이렇게 안타까운 마음을 가진 존재로 보려는 의도라는 것을 우리는 알 수 있다.

그 점에서 이 역사의 천사는 바로 서림 시의 시적 화자와 일치한다. 이 역사의 천사와 서림 시의 뒷걸음질치는 시적 화자 사이에는 약간의 차이는 있지만, 운명에 붙잡힌 존재들로서 대상에 대한 애정을 직접적으로 표현할 길이 막혀버린 상태의 찢겨지는 마음을 드러내고 있는 것이다. 때문에 뒷걸음질치는 것 또한 운명에 붙잡혀 불려가는 존재의 초상이다.

나는 그 점에서 서림 시의 참뜻이 여기에 깃들어 있지 않나 하는 생각이다. 즉 대상과 동일성을 이루고 싶어하나 이미 이룰 수 없는 운명적 상황 속에 놓이게 됨으로써 우리 인간은 안타까운 존재라는 것, 그리고 이 안타까움으로 인해 우리가 끊임없이 살아있고 살아갈 수 있는 추동력이 생긴다는 것, 거기서 시는 바로 이 안타까움이라는 동력에 의해 만들어지는 생의 편린들이라는 것. 이러한 해석은 그리 대단한 발견은 아니다. 흔히 서정시를 두고 동일성의 상실과 그에 따른 동일성 회복의 간절한 마음의 표출로 해석하는 것을 염두에 둘 때 서림 시를 이러한 틀로 해석한다는 것 자체가 전혀 새로울 것이 없기 때문이다. 그러나 삶을 하나의 풍경으로 인식하고 그에 대한 자기 나름의 구체적 이미지를 획득함은 물론 그에 대한 일관된 의미망을 형성하고 있는 서림 시는 동일성의 시학에서 보자면 탁월한 성취가 엿보이는 것은 분명하다.

이러한 안타까운 마음의 일단이 이번 시집의 대부분의 시들에 담겨 있다. 그 하나하나 서정시의 진의와 구체적 상의 획득으로서 일정한 시적 성취를 보인다. 굳이 하나 서정적 인식을 드러내고 있는 시 한 편을 예로 들자면 다음과 같은 작품이 그런 것일 것이다.

> 내 말의 손가락이
> 너의 차가운 가시를
> 그 근방이라도 더듬을 수 있다면,
> 내 말의 입술이
> 너의 굳은 입술에
> 그 그림자라도 부빌 수 있다면,
> 내 말의 혀가
> 너의 쪼글쪼글한 꿈에
> 그 가장자리라도 핥을 수 있다면,
> 내 말의 꿈이
> 너의 독한 꿈에
> 그 철책 울타리에라도
> 어른거릴 수 있다면,

—「말의 혀 2」부분

이 때의 말은 서정적 인식의 구체화로서 바로 삶의 의미를 확인하고 지상의 온갖 생명들에게 그들의 잃어버린 생기를 불어 넣어주는 전지전능한 대상이거나 힘일 것이다. 그러나 그것들은 모두 '있다면'이라는 가정으로 끝나고 있다. 삶의 표피를 더듬어 내부의 충실함을 가져올 수 있다면 그리 하겠다는 시적 화자의 결연한 의지로 서정적 화자의 어조는 나타나지만 실제는 그러한 실천적 행위보다 그러지 못하는 현실과 운명적 상황에 대한 안타까움에 물들여 있다. 그 점에서 이 시는 안타까움의 절실함을 간절하게 내보이고 있으며, 이는 서정적 인식의 본질이 대상에 완전히 다가서지 못하는 안타까움에 비롯한다는 사실을 증명하는 하나의 사례라 하겠다.

그런데 이러한 안타까움은 외부로만 작용하는 것은 아니다. 이 안타까움은 자신에게 와서는 언제나 자신의 내부가 각질화되어 가는 것을 막는 요소가 되기도 한다.

> 내 몸 속에 감춰두고 있는
> 따뜻한 말 한마디 건네보지 못했다.
> 아줌마도 언제나처럼, 몸 속에서 기르고 있는
> 말의 숲 가장자리까지 걸어나왔다가는
> 조심스럽게 얼른 숨어버린곤 한다.
> 피가 돌고 있는, 물컹물컹한 말의 숲이란
> 딱딱한 언어의 껍질 속에서 숨쉬고 있는 것
>
> ──「박수근 2」 부분

피가 돌고 물컹물컹한 말이란 바로 대상과 합일될 수 있는 서정적 말일 것이다. 그런데 이 말은 딱딱한 언어의 껍질 속에서 숨쉬고 있는 것을 주목해야 한다. 따라서 이 말은 언어적 표현을 넘어선 내용일 가능성이 많다. 즉 언어화되기 전의 충실한 감정, 앞의 시들의 정보에 따르면 안쓰러움이나 안타까움의 감정 그 자체인 것이다. 사랑이라는 감정이 언어로 나타날 때 비로소 말의 숲이 형성된다. 서정은 바로 이러한 사랑과 합일의 정신을 구체화한 말이라는 요지의 내용이다.

따라서 이러한 안타까움의 해소는 대상에 대한 진정한 이해와 자신의 내부에 대한 열림을 바탕으로 해야만 이루어질 수 있음을 서림은 암시하고 있다. 대상에 대한 간절한 마음 못지 않게 그의 시에 자주 보이는 사심 없음의 상태, 곧 무념무상의 텅 빈 상태라는 것이 진정한 삶을 위한 첩경임을 주지시키고 있는 것이다. 가령 "10월은 이 서울에서도/깊고 푸른 하늘에서 새털구름만 볼 수 있어도/한 계절 살아낼 것 같습니다./마포 구석진 집에 돌아와/옆집 벽들로 가리워진,/숨구멍처럼 트여진 창틀 사이로/한 덩어리 성운 같은 새털구름을/넋 놓고 바라봅니다."(「서쪽으로 난 창 — 이 세상의 방 한 칸」)란 시는 바로 아무런 사심 없이 대상을 바라보고 있는 시적 화자의 모습을 보여주는 데, 그 결과 시 말미에 가서 "역시/나는 기계도 짐승도 아니었다는 생각이 듭니다.//아름다울 수도 있는 남자란 사실에/가만히 시큰해져옵니다."란 소중한 깨달음의 내용을 획득하고 있음을 보여준다. 이것은 내적 세계의 열림이 외적 세계와 교감하여 보다 높은 차원의 삶의 의미를 획득함을 말해준다.

따라서 서림이 도달하고자 하는 시적 세계는 자신의 욕망으로부터 초연하고 대상과 진정한 열림의 감정을 공유할 수 있는 상태를 뜻한다. 그것은 에른스트 블로흐가 강조해마지 않았던 '동일성의 고향' 획득 그것이다. 그것은 우리로 하여금 안타까운 풍경 속에 살면서 단 하나 추구해야할 전망을 제시해주는 요소다.

> 이상도 해라
> 겨울숲이 더 가득 차 있다니,
> 앙상한 가지에
> 더 많은 것들이 달려 있다니,
> 바위 같은 내 마음에
> 파고 들어와
> 드디어는 뿌리내려버린
> 저 뜨거운 핏줄의 겨울나무,
> 빈 가지 벌려
> 텅 빈 마음 열어

바람 소리 새소리 서리까지
차곡차곡 쟁이는구나,
눈보라에 살 에이며
수액(樹液)으로 삭여내는구나,
아무런 수식도 기교도 없이
詩로 도로 내뱉고 있구나,
원피스 투피스 팬티까지 다 벗어버린
알몸의 불덩이,
농익은 저 여자 겨울산,
맨얼굴의 화장술이
보다 더 전략적이구나,
더 고혹적이구나, 내 삶은
내 詩는 언제쯤 훌훌
옷 다 벗어버릴 수 있을까

　　　　　　　　　　　　—「겨울숲」전문

　이 시의 백미는 겨울 숲의 역설적 충만함에 있기보다 그러한 텅 빔이
오히려 나의 내면과 교류할 수 있음으로 인해 생기는 교감의 충만에 놓여
있다. 즉 "바위 같은 내 마음에/파고 들어와/드디어는 뿌리내려버린/저
뜨거운 핏줄의 겨울나무,"의 동일성의 획득이 우리들 마음에 평화와 성
숙의 감정을 불러일으키게 하고 있는 것이다. 그에게 "빈 가지 벌려/텅
빈 마음 열어/바람 소리 새소리 서리까지/차곡차곡 쟁이는구나,"의 시적
역설은 바로 세계의 새로운 이해방식이다. 즉 막혀있는 대상과의 진정한
소통의 가능성을 발견한 것이다. 그는 보다 폭넓은 시야에서 텅 빔이
사실은 가득 참이라는 놀라운 인식을 가짐으로써 동일성의 획득을 달성
하고 있다. 이것은 세계에 대한 발상의 전환이 있을 때 가능한 것이다.
　그 점에서 이제 서림 시의 비밀을 말해야 할 때가 왔다. 텅 빔이 사실은

가득 참이란 그의 시적 역설을 우리가 수용할 때, 그 점에 비추어 우리는 이미 앞에서 보아왔던 풍경의 의미에 대해서도 수정을 할 필요가 있다. 즉 대상과의 합일을 원하나 운명적 상황으로 떨어질 수밖에 없는 안타까움의 인식은 사실 고통이지만 그것이 고통에서 그치는 것이 아니라 그 기억에 대한 '다시 삶'으로 인한 행복의 순간이라는 것, 이는 더 나아가 그 순간적인 풍경을 영원 속에 끌어올림으로써 하늘의 별처럼 아름다움을 부여하고 있다는 것, 그래서 풍경은 시가 되면서 삶 자체의 의미가 되고 있다는 것이다. 어쩌면 이러한 말로 서림 시의 풍경을 다 설명해 낼 수 없을 것이다. 그러나 왜 서림이 그의 기억 속의 풍경에 집착하는가 하는 데에 대해서는 이러한 말을 통해 우리는 짐작할 수 있다. 다만 우리가 그의 풍경을 어떤 식으로 이해하든 그의 시를 진정하게 이해하는 길은 한 시인이 만드는 삶의 풍경을 따라가며 그것을 나의 풍경으로 되살아보는 것이란 사실만 기억하자.

두꺼운 죽음과 물컹거리는 부활

―이재무 시의 의미

한 편의 시가 이재무 시인의 최근 심경을 내뿜고 있다. 그것은 참회와 맹세가 뒤섞인, 그러면서 신비와 간절함이 그 내부로부터 흘러나와 독자로 하여금 눈을 뗄 수 없게 한다. 그 시는 이렇다.

> 산 속으로 들수록 더욱 숨이 찬 것은
> 딱딱하고 두꺼워지는 공기 때문만은 아니다
> 산 속으로 들수록 내가 읽어야 할
> 저 벅찬 운문의 깊이
> 나뭇가지 하나 하나가 회초리 되어
> 내 부패한 살(肉)이 아프다
>
> ―「부활을 꿈꾸며」 부분(계간 시 전문지 『신생』 2001년 겨울호)

일상을 벗어나 산으로 든다는 행위는 현실적 삶이 갖는 황폐함이나 무기력을 벗어나고 싶다는 의미일 것이다. 그 점에서 숨이 차 오르고 가빠져 오는 것은 그 스스로 말하고 있듯 산의 경사나 메마른 공기에서 오는 물리적 현상이라기보다는 현실과 초월의 경계, 달리 말해 죽음과 재생의 경계에 선 자의 심리적 긴장을 표현한 것이기에 전혀 이상한 일은 아니다. 오히려 놀라운 것은 산에 들수록 '읽어야 할' 대상으로 발견하는 자연의 진실, 곧 "저 벅찬 운문의 깊이"로 표현된 자연의 상형문자 앞에서 그가 보이는 반응이다. 자연의 경전이 내린 참회의 '회초리'에 "내 부패한 살이 아프다"고 다시 감각의 부활, 생명의 부활을 노래하고 있다는 사실이다. 썩어버린 살은 아플 리 없다. 그런데 시적 화자가 산에 들어 이 죽어버린 살이 아프다고 노래할 때에는 그만한 재생의 강렬함이 그의 무기력한 생애를 관통했다는 의미일 것이다. 그 점에서 '부활을 꿈꾸며'란 제목도 의미심장하다. 번민과 참회의 긴 터널을 지나 열망과 모색의 등성이를 거쳐서 비로소 그가 여기에 이름을 알 수 있기 때문이다. 절실히 원하지 않는 자에겐 신의 축복이 내리지 않듯이 자신의 현실적 무기력을 박차고 나가고자 애쓰지 않는 자에게 자연 정화가 이러한 새 생명의 감각을 내릴 리 없다.

그 점에서 이재무 시인의 최근 시를 가로지르는 이미지는 두 가지라 할 수 있다. 하나는 현실적 황폐함이나 무기력을 상징하는 것으로서 병(病)이나 죽음의 메마른 이미지, 다른 하나는 이와 대립되는 이미지로서 생명의 부활, 혹은 부활의 터전으로서 나타나는 물컹거림의 이미지, 곧 점액질의 이미지가 그것이다. 이재무 시에 이 두 이미지는 서로 죽음의 현실과 신생의 꿈을 대변하면서 시적 구성에 팽팽한 긴장을 불어넣고 있다.

시적 논리를 따라 이번 근작시에서 먼저 메마른 이미지 계열을 살펴본다. 시적 진실은 현실 인식과 그것에 대한 대안, 즉 죽음에서 재생으로 우리 시선을 인도하기 때문이다.

추회의 얼굴 녹슨 시간을 사는
아, 쓸쓸한 노후여
흔히들 욕망 비우라지만 비우는
순간이 죽음인 삶도 있구나
섧게 울어도 그 울음
풀숲에 갇혀
낮은 블록담 넘지 못한다

—「깡통을 위하여」 부분

집에서 쫓겨온, 생이
무거운 사람들 공장 대신 공원으로
출근을 하면 다 낡은 시간 끌고 걸으며
어둠이 오기를 아, 한없이 길고 지루한
생이 어서 저물어주기를 간절히 원하는 녹슬어
검붉은 얼굴들의 두꺼운 권태를 만날 수 있다

—「보라매공원」 부분

이 두 편은 생명을 상실했거나 생명의 활력을 잃어가는 것을 보여주는
시다. 풀밭에 버려진 깡통은 제 존재의 의미를 상실한 채 "추회의 얼굴
녹슨 시간을 사는" 죽음의 존재다. 보라매공원에 모여 생산적인 일은
하지 않고 그저 하루를 무위도식하는 실업자, 늙은이 등은 "한없이 길고
지루한 / 생이 어서 저물어주기를 간절히 원하는 녹슬어 / 검붉은 얼굴들
의 두꺼운 권태"들이다. 현실적 무기력과 황폐함으로 나날을 잇고 있는
그들의 존재는 검붉게 '녹슬어' 있다. 바삭바삭 삭아가는 소멸의 질료성
에다 한없이 늘어진 시간의 처단을 받는 의미로 시인에게 포착된 '녹슬
다'란 이미지는 현실적 무기력을 자주 실감하는 현대인에게 얼마나 섬뜩
한가. 메마른 이미지는 우리 내부에 생명의 물기가 없어지고 천천히 지루

하게 녹슬어 죽어갈 수 있음을 둔중한 통증으로 환기시킨다.

　그런데 또 하나 놀라운 것은 이렇게 소멸의 시간 속에 꼼짝없이 처단돼 끌려가는 대상이다. 그것들은 놀랍게 이재무 시인에게 있어선 '사내'로 나타난다. 「깡통을 위하여」란 시에서는 생략된 부분에 깡통을 두고 "아무도 몰래 몰매 맞는 사내"로 형상화되고 있고 「보라매공원」에서는 서서히 죽음으로 끌려가는 존재들이 전부 사내들로 그려지고 있다. 그것은 시인의 의식 속에 지금의 현실적 황폐함과 무기력을 가져온 역사적 책임자가 '남성'임을 은연중, 혹은 의식적으로 지적하고자 함이 아닐까.

　생각해보면 황지우가 말하고 있는 '끔직한 모더니티'는 바로 남성과 가부장으로 대표되는 투쟁의 문명에서 발생한 것이다. 합리성이란 이름으로 속도와 효율을 강조하여 생명의 여림과 개별성을 죽여버린 사회, 자본주의 제도로 사용가치가 교환가치로 대체되면서 진정이 숨어버린 사회, 그 안에서는 무한 투쟁만 있고 그 투쟁에 패배하거나 따라가지 못한 사람들은 현실적 삶의 의의를 찾지 못하고 밖으로 밖으로 내몰려 '녹슨 시간'의 날들만 지루히 채우는 사회. 이재무는 이런 사회 속에서 소외되어 가는 사람들이 안타까워 제목에서도 「깡통을 위하여」란 마음의 한 끝을 드러냈을 것이다.

　그러나 이 시들에서 중요한 것은 그런 사회를 조장한 역사적 주체로서 '남성'의 책임을 묻는, 즉 생명과 진정이 사라진 죽임의 문명에 대한 비판의 칼날이다. 이재무의 의식은 소외되는 존재들에 대한 동정보다 그렇게 생명을 죽이며 한없이 현실적 황폐함과 무기력을 중층적으로 만들어내는 바로 비정한 이 사회와 제도에 대한 겨눔일 것이다. 그것은 생명의 처절한 아픔을 대신하는 경고다. 그 점에서 자연의 황폐함을 노래하는 것 또한 생명에 대한 안타까움이자 산업사회의 비정함을 폭로하는 또 다른 대응이다.

풍요로운 다산의 세월은 가고
일급 장애, 불임의 여윈 몸으로
뱉을수록 더욱 깊게 고이는 가래
강 안으로 힘겹게 토하며 걷는
너의 부르튼 발 따라가면
아아, 마침내 불행한 나라
적조의 바다 서해 아니냐

—「봄강」 부분

　생명의 소잔과 그에 따른 안타까움은 비단 사람뿐만 아니라 사람과 이 지구상의 생명을 먹여 살리는 땅과 강에게도 적용된다. 시인에게 강은 '풍요로운 다산'의 심상이었다. 그러나 지금은 "일급 장애, 불임의 여윈 몸으로 / 뱉을수록 더욱 깊게 고이는 가래"로 병들어 있다. 적조로 물들어있는 서해 바다도 마찬가지 죽음의 지대다. 이렇게 된 것은 물론 산업문명이 가져온 생태계 파괴 덕일 것이다. 인간은, 아니 이재무의 시적 인식에서 볼 때 근대 문명을 만든 남성은 자신의 욕망과 권위를 위해 제 생명의 터전인 자연, 그리고 그것의 연장인 여성을 짓밟았다. "그들이 그녀의 몸 다 채울 때가 / 언젠가 오긴 올 것이다"(「늪」)에서 볼 수 있는 것처럼 남성으로서 '그들'이 욕망의 충족을 위해 생명의 터전인 '늪', 또는 여성으로서 '그녀'를 끝없이 공략함을 보여준다. 죽임의 문화로 황폐해져 가는 생명의 거처들, 이재무 시인의 안타까움과 슬픔은 바로 여기에 놓여있다. 최근 그의 시가 애조를 더하는 것은 이러한 생명의 파괴 현실이 더욱 신랄하고 깊숙이 진행됨에도 불구하고, 생명과 생명의 실체인 진정을 지켜내야 할 시인으로 그것을 무력하게 '바라보아야만' 할 처지에 따른 절망감 때문일 것이다. 그 점에서 그의 시를 읽는 독자들 역시 아프고 숨가쁠 것은 당연하다.
　그러나 생명은 강인한 것! 이재무도 언제나 이 점을 시적 진실로 놓기에 주저함이 없다. 죽음은 언제나 재생을 위한 것, 더구나 부당한 죽음은 반드시 바른 삶으로 다시 살아나야 하는 것이 자연의 이치임을 잊지 않고 있는 것이다. 그것은 "종가집도 없이 떼지어 살면서도 유랑을 사는 / 가이아의 적자"(「도꼬마리」)로 "운명의 눈부신 집요함"(「도꼬마리」)을 아는 생명의 가장 최하층의 존재들에서 나타난다.

> 무엇이든 한번 움켜쥐면 절대 놓지 않는다
> 그녀의 끈적한 생의 집착, 돌이켜 생각하니
> 마땅히 두 손 들어올려 경배해야 할
> 거룩한 삶이었구나 고리똥바지며 새의 깃털
> 털 부숭한 짐승의 아랫도리
> 다 그녀의 가난하나 당당한 생의 기차이고
> 버스이고 여객선이었구나 그렇게 악착같이
> 생을 모종하고 마침내
> 먼 이역 낯선 풍토에 풍요의 일가 이루신 이여
>
> ─「도꼬마리」 부분

가장 여린 생명체로서 '도꼬마리'는 그러나 "무엇이든 한번 움켜쥐면 절대 놓지 않는" 강인한 생명력을 가진 존재다. 그러기에 "가난하나 당당한 생"으로서 죽음의 현실에 패배해 뒷방살이하는 우리 인간들에게 "마땅히 두 손 들어올려 경배해야 할 / 거룩한 삶"으로 정립된다. 참으로 '가이아의 적자'로 자처할 만한 생명의 충만함과 강인함을 보여준다.

그런데 이 시에서 바로 이러한 생명의 충일함을 보여주는 것으로 이재무는 두 가지 이미지를 쓰고 있다. 바로 '끈적한'으로 대변되는 점착성과 그런 생명의 점착성을 띤 존재들에 '그녀'로 표현되는 여성성의 부여다. 즉 생명의 실체와 진실은 바로 물질성의 근원인 '물'과 '흙'의 결합으로서 점액질의 이미지, 그리고 인간의 입장에서 볼 때 그것의 연장인 '모성/여성' 이미지의 발견이다. 이것을 더 잘 보여주는 작품이 다음과 같은 것들이다.

> 그녀는 지금, 한층 얇아진 물
> 흩어진 지푸라기 으스러지게 끌어앉고
> 반짝반짝, 울고 있다
> 밤이면 그녀의 몸은 더 크게 열린다
> 오래 머물다 가는 것들, 부엉이
> 울음과 늦게 뜬 별과 하현이 있다
>
> ─「늪」 부분

> 나이가 들면서부터 부쩍 찾게 되는 곳 서해
> 그녀가 베풀어준 그 깊고 긴 뻘의 뭉클한 젖무덤
> 속 한 마리 키 작은 염낭게 되어 들고난다
> 밀물 때, 그녀 점액의 길고 긴 혀 갯벌 물고
> 뺄을 때마다 어디선가 신열에 들뜬 신음소리
> 배어 나온다 썰물 때, 그녀가 아쉬운 듯 입맛
> 다시며 그 긴 혀 거두어 가면 갯벌은, 새로 밴
> 생명의 새 씨앗들 싹 틔우느라 비탈
> 기어오르는 뱀의 등허리처럼 높고 낮게 꿈틀거린다
>
> ─「서해 갯벌」 부분(『신생』 2001년 겨울호)

이재무에게 늪은 바로 '그녀'다. 그리고 이 늪은 비록 현재 죽임의 문화로 "한층 얇아진 물"로 "울고 있"지만 "밤이면 그녀의 몸은 더 크게 열린다"에서 볼 수 있는 것처럼 자연 치유력으로 소생의 활력을 가진 존재다. 그뿐만 아니라 늪은 그 안에 "부엉이 울음과 늦게 뜬 별과 하현이 있다"

에서 보는 것처럼 우리가 찾아야 할 가치로 제시되는 생명의 실체를 기르는 생명의 터다. 그 아래 시 「서해 갯벌」도 마찬가지다. 바다 늪으로서 갯벌은 그녀에 등가되며 "그 깊고 긴 뻘의 뭉클한 젖무덤"으로 '키 작은 염낭게' 등을 키우고 "새로 밴 / 생명의 새 씨앗들 싹 틔우느라 비탈 / 기어오르는 뱀의 등허리처럼 높고 낮게 꿈틀거린다". 모두 생명을 기르고 생명 그 자체가 되면서 여성화되고 있다.

그런데 이 시들에서 놀라운 점은 생명의 실체로서 혹은 생명의 실체를 이루는 바탕으로서 제시되는 이미지가 바로 '뭉클함'의 질료, 즉 점착성이란 사실이다. 그의 시는 꿈틀대고 물컹거리며 점액질로 쩍쩍 달라붙는다. 이러한 이미지는 물질적 이미지에서 바로 생명체들의 이미지다. 그리고 이 이미지는 물과 대지의 결합으로서 늪의 이미지가 되고 반죽의 이미지가 된다. 반죽은 상상력의 미학자 바슐라르에 따르면 행복한 '창조의 감각'을 돌려주는 물체다. 그 점에서 부엌으로 대변되는 요리도 죽, 엿, 고는 것, 반죽하는 것으로서 생명을 기르고 창조하는 기쁨의 행위다. 그렇게 볼 때 늪(갯벌)은 대지와 물이 결합하여, 아니 결혼하여 이 지상의 생명을 낳고 기르는 우주의 부엌인 것이다.

따라서 이재무에게 있어 생명의 거처로 존재하는 늪과 갯벌이 생명의 원초적 질료로 선택되고 여성화되는 것은 그의 생명의식의 진전으로 볼 때 자연스럽다. 늪과 여성은 투쟁과 대립을 지양하여 화합과 생명의 창조에 몰두하기 때문이다. 그것은 부정적 근대성을 극복하기 위한 강력한 비유라 할 수 있다. 이 점에서 바슐라르가 "반죽은 적을 갖지 않는다"고 말한 것은 여기에 와서 의미심장한 경구가 된다. 점착성은 모든 것을 섞어 하나가 되게 하는 융화의 이미지다. 그야말로 서정시의 이념인 자아와 세계의 동일성을 그 근본에서부터 보여주는 이미지인 것이다.

그것을 이재무는 그의 시적 도정에서 자연스럽게, 그리고 본능적으로 펼쳐보이고 있다. 그것은 그의 상상력이 저 생명과 인간의 시원적(始源的) 의미에 가 닿아 있다는 증명일 것이다. 그것은 다시 그가 얼마나 이 시대적 삶의 한계를 뛰어넘기 위해 애쓰고 있다는 반증이기도 할 것이다. 그런 점에서 이재무의 시는 '원형적'이다. 이때 원형적이라 해서 그것이 단순화되거나 획일화된다는 의미에서 말하는 것은 아니다. 오히려 보편화된다는 의미에서 가장 본질적이고 그러면서 동시대의 역사적 모순에 기반하여 전개되는 상상력인 만큼 역사적 구체성을 담아내는 '전형성' 개념에 가까운 것이라 할까. 원형이미지를 강조한 칼 융도 우리의 상상력이 원형적 이미지에 다가갔을 때 그 이미지는 장차 인간의 문제를 심원한 안목으로 풀어내는 것이라고 말하지 않았던가.

　그런 시적 인식을 가지고 시대의 진실을 밀고 온 시인으로서 다음과 같은 아름다운 한 편의 시를 쓸 수 있는 것은 자연스럽다 못해 당연하다 할 것이다.

　　　　　다 늙은 山의 살갗에 달려들어
　　　　　눈꽃은 더운 입술을 꼭꼭 문질러대고 있었다
　　　　　山은 끙, 하고 돌아누웠다
　　　　　그때마다 자지러지게 가지가
　　　　　몸을 흔들어 소복이 쌓인 소녀의 웃음
　　　　　깔깔깔 날려대었다 그렇게
　　　　　하루 한나절 천상의 소녀들이 한바탕
　　　　　소란하게 소풍 마치고 가면
　　　　　山의 살결은 나이도 잊은 채
　　　　　떡고물처럼 찰지고 부드러워지는 거였다
　　　　　우리의, 흥분한 땀방울이 두꺼운 살을
　　　　　벗어나 소용돌이치며 급하게 빠져나갔다

　　　　　　　　　　　　　　　　　—「산 속의 눈꽃」 전문

이 시는 흙과 물의 결합, 늙음과 젊음의 결합을 통해 부활하는 생명의 기쁨을 노래하고 있다. 생명의 강렬한 본능으로서 소녀들의 깔깔깔 거리는 웃음(이재무 시에 나타난 소리의 생명적 의미에 대해서는 허 정 평론가의 이재무에 대한 작품론, 「시의 좌절, 시의 미망」을 참조해 볼 것. 거기에 죽어가는 소리와 살아나는 소리가 어떻게 분류되고 의미되는지 잘 기술해 보이고 있다. 『신생』 2001년 겨울호 참조)은 늙고 쇠락한 산의 입술을, 마음을 열어 앞에서 본 생명의 실체로서 "山의 살결은 나이도 잊은 채 / 떡고물처럼 찰지고 부드러워지는" 물컹거림을 갖게 되는 것이다. 저 내면에서부터 생의 충만함을 얻게 됨으로써 우리의 생명의 실체와 진정을 가두는 외피로서 "두꺼운 살", 두꺼운 죽음을 일거에 빠져나갈 수 있는 신명을 얻게 하는 것이다. 그 신명이 역사적 죽음의 자리에 서 있는 우리에게 와서 절창이 되는 것은 말해 무엇하랴.

이런 신명은 그의 다른 시 「사월이 오면」에서도 비록 4·19라는 역사적 함의를 담고 있지만, 그래서 더욱 역사적 구체성을 담보하고 있는 것이기도 하지만 "몸이 아프다, 4월이 오면 / 하늘 향해 봉긋 솟아오른, 우유빛 젖통 / 흔들어대는 저 도화살 도진 봄꽃들 / 방자한 웃음이며 홍조 환한 얼굴 보며"(「사월이 오면」)에서 보는 것처럼 생명의 거칠 것 없는 속성으로서 신명에의 접신을 노래한다는 점에서 위의 시와 다름없다. 생명은 활기며 부드러움이며, 그래서 융화의 물질이다. 두껍고 딱딱하고, 그래서 닳아가고 녹슬어 가는 것들은 분리와 소멸의 형식만 줄 뿐이다. 그것은 마음의 큰 상처이자 죽음이다. 그런 상처를 딛고, 그런 상처를 통해 구원의 형식으로서 생명의 물질성을 발견한 이재무의 시는 그러므로 죽음을 뚫고 이 시대적 가치를 올올히 내뿜고 있다.

불모의 땅에서 생명의 바다로
―김보한 시의 의미

1. 실천의 의미

김보한의 시를 읽으면 김지하의 시가 떠오른다. 투쟁의식에서 생명의 식의 강조로 그 변화를 보이는 김지하의 시적 세계가 김보한의 시에도 나타나기 때문이다. 특히 대립적 세계관에서 생명적(상생적) 세계관으로의 전이의 모습은 김지하의 시적 세계를 설명하는 주요틀인데 이것 역시 김보한의 시를 가장 잘 설명할 수 있는 문제틀로 보인다는 점에서 김지하의 시가 하나의 겹으로 김보한의 시와 마주 서 있다는 느낌이다.

우선 이러한 생각은 김보한의 시를 읽은 평자로서 나만의 느낌일지 모른다는 것을 전제하고 시작하자. 그러한 까닭은 김지하를 사랑하는 어떤 평론가나 독자가 이러한 대비는 당치도 않은 것이라고 생각할지 모르겠기 때문이다. 이는 똑같은 차원에서 김보한의 시를 지지하는 사람들의 입장에서도 마찬가지다. 특히 김지하의 시에 경도된 사람들은 아마 한국문단에서 김지하가 차지하고 있는 위치, 즉 시사적 가치나 역사 현실에 대한 영향력, 그리고 시적 완성도 등을 들어 김보한이라는 시인의 시와 비교한다는 것 자체가 어불성설이라고 말할 수도 있을 것이다. 그럴지 모른다. 그러나 문학은 당대의 명성도 중요한 요소이긴 하지만 작품 자체의 구조적 특성이나 그 작가가 위치한 특수한 입장에서 밀고 나간 의식으로도 바라볼 수 있고 바라보아야 한다고 생각한다. 그럴 때 김보한의 시는 이미 80년대부터 우리 문단에 던져진 의미체로서 그 구조적 특성상 김지하의 시와 많은 동질성을 공유하고 있고 그 의식적 측면에서도 상관성을 볼 수 있다면 이는 어디에서 연유하고 있는가 하는 점을 한 작가에 대한 애정의 차원에서, 그리고 동시대적 질서의 파악 측면에서 살펴봐야 한다고 볼 수 있는 것이다.

때문에 김보한 시의 파악에 있어 이러한 겹의 인식이 전혀 부당하거나 무용하다고는 말할 수 없다. 왜냐하면 문학은 당대든 전대든 흔히 영향이라는 말로 표현될 수 있듯 상호텍스트성에 의한 대화적 관계를 형성하기 때문이다. 김보한의 시는 김지하라는 시적 틀을 매개로 그의 시사적 자리나 가치가 매겨질 수도 있는 것이다. 그렇다고 하여 김지하라는 시적 특징이나 수준에 의해 김보한 시의 모든 것이 다 평가되어야 한다는 것은 아니다. 대화적 관계라는 말 속에는 서로 공유되는 속성이 있기 마련이듯 각 주체로서 독자성 역시 중요한 요소로 존재하기 마련이라는 점을 잊지 말아야 한다. 두 겹의 문학적 사유에 있어서도 겹의 구조성 못지 않게 각자의 다양성 해명도 중요한 것이다.

그런 점에서 김보한은 김지하와 닮은 듯하면서 이질적 측면을 많이 간직하여 작품의 독자성을 갖고 있다. 실제 투쟁의식을 가리키는 대립적 세계관의 표출에 있어 김지하는 6, 70년대 민중문학의 주테마인 군부독재와 싸움을 그 시적 주제로 삼았다면 김보한은 80년대 민중문학에서 보다 한 단계 진전한 것으로 보는 노동문학의 입장에 서서 노사간의 갈등을 주된 테마로 삼았다. 이는 투쟁에서의 대상의 차이점을 드러낼 뿐 아니라 역사인식에서도 중요한 차이를 드러내준다. 즉 김지하는 이미 70년대를 지나 80년대에 들어서면서 역사적 현실문제에서 벗어나 생명 사상의 문제로 경도되어 감을 보여주는 데에 반해 같은 80년대라는 당시 를 김보한은 시적 출발기로 삼으면서 당대의 역사현실을 모순적 공간으 로 인식하고 투쟁의 기치를 높이 세웠던 것이다. 이는 역사적 공간을 바라보는 투쟁의식의 형상화에 있어서도 그 미세한 결의 차이가 있을 것임을 보여주는 것으로서 김보한의 시가 갖는 독자성의 중요한 한 국면 이 된다. 따라서 투쟁의식의 동질성은 김보한과 김지하의 겹의 시적 세계 를 해명하는 데에 있어서 주요 틀로 작용한다 하나 그 차이점이 각자 독자적 작품 세계를 구축하는 요소로 보다 중요하게 분석되어야 할 사항 이다.

그리고 또 중요한 요소는 생명적 세계관으로의 전이에 있어 김지하는 70년대 수형 생활 6년 끝에 생명의 존엄성을 감옥에서 깨닫고 출감 후에 바로 사상적 전화과정을 보여줌에 비해 김보한은 사회와의 이러한 직접 적 격리 체험은 없지만 그 역시 80년대 노동 현실에서 두 번의 노조결성 과 관련해 해직된 경험을 갖고 있고 그러한 연장 선상에서 도회적 삶에 가진 반생명적 반인간적 현실에 대한 좌절 끝에 생명적 세계로의 전화과 정을 보여주고 있다. 그런데 여기서 빠뜨릴 수 없는 문제는 김지하는 비록 수형 생활이 그의 사상적 변화의 중요 근거로 작용했다 하지만 이후 생명사상의 활동과 고취는 다분히 학술적 차원에서 전개시키고 있다는 점이다. 이에 비해 김보한은 실제 생명의 현장인 바다라는 공간에 돌아가 한 사람의 어부가 됨으로써 실천적 생명의식을 노래하고 있다. 이는 생명 의식을 둘 다 노래하고 있으나 서로 다른 무늬로 표출될 수밖에 없음을 보여주는 요소다. 80년대 민중문학의 높은 성취로 실제 노동자, 농민의 창작을 손꼽아 평가한다면 김보한의 88년 어촌 귀환과 어부로서 자신의 삶을 노동과 생명의 연장 선상에서 노래하고 있는 점은 또다른 차원에서 진정한 민중문학의 성취로, 그것도 90년대에 들어와 민중문학의 쇄잔을 이야기하는 시점에서 획득되어진 민중문학의 성취의 한 사례로 볼 수 있을 것이다. 거기에 더 나아가 생명의 소중함을 실제 가두리 양식이란 삶에서 체험하고 있다는 측면에서 볼 때 가장 생명문학의 실제성을 획득한 문학으로 기록되어야 할 것이다.

따라서 나는 여기서 시와 실천의 문제를 생각해보지 않을 수 없는 상황이다. 이는 김보한의 시를 말하기 위하여 김지하의 경우를 평면적으로 비교하고자 함이 아니다. 7, 80년대 민중문학론자들 내부에서 이미 실천의 문제를 민중지향적 지식인의 글쓰기도 민중운동의 중요한 실천 행위로 규정하였듯 김지하의 학술적 경향의 생명사상도 생태적 삶을 강조하는 이 시대의 중요한 화두이자 운동으로서 분명한 실천의 한 경우다. 거기에다 김지하가 이룩한 생명사상의 사회적 영향력과 그의 생명사상을 담은 시적 성취 역시 중요한 이 시대의 문학적 업적으로 평가될 수 있는 것이다. 다만 투쟁의 측면에서 삶의 실제에서의 실천이 문제가 되었듯 생명의식의 고취와 전개도 현실적 삶의 실천과 관련돼 평가되어야 함이 중요한 점이란 것을 강조하고자 함이다. 김보한은 이미 시적 초기부터 그 싹을 보여주고 있었지만 그의 고향 통영에 어부로서 삶의 터전을 잡음으로써 보다 확실하고 수준 높은 생명적 세계관을 보여주고 있다. 이는 삶의 실천이 담보되고 삶의 실제 현실이 추동될 때 시는 한단계 상승하여 시적 성취를 획득하게 된다는 점을 김보한의 경우 보여준다는 뜻이다. 김보한의 시 경우만을 두고 볼 때 실천되는 삶이 시적 완성도를 높인다는 하나의 평범하면서도 중요한 사실을 발견하게 해준다. 그런 점에서 현재 생명문학, 생태문학으로 문단의 주요 이슈가 되고 있는 문학적 현상에 대해 우리는 보다 올바른 시각에서의 접근이 필요하며 이 연장선상에서 김보한의 시는, 그리고 그의 시적 성취는 새로운 조명이 필요할 것이란 생각은 당연하다.

그렇다고 실천이 전부라는 생각은 아니다. 특히 농촌이나 어촌에 산다는 이유 하나로 가장 생명적인 시를 쓴다는 말은 분명 잘못된 말이다. 그러나 오늘날 우리의 도시적 삶이 가지는 반생명적 사태를 염두에 둘 때 그래도 원초적 공동체를 유지하고 있는 농어촌은 근대적 삶이 가지는 도구성, 기계성, 속도성 등의 반생명적 특성들을 가장 잘 극복할 수 있는 대안적 형태를 지닌 곳으로 보여진다. 거기에 이러한 농어촌의 삶을 자신의 객관적 의식 아래 의지적으로 선택하였다면 이는 시적 세계의 구축에 있어 벌써 중요한 점을 말해준다. 즉 근대적 삶의 극복으로서 생명적 삶, 다시 말해 시적 삶의 선택이다. 내가 알고 있기에, 그리고 김보한의 시적 도정을 따라 읽을 때 김보한은 이러한 의식적 전화를 분명 시도했다. 그리고 그것이 현실과 작품에 모두 성공적으로 이루어졌다. 그 점에서 우리는 시와 실천의 문제가 단순히 수사나 관념의 차원의 것이 아니라 삶의 존재방식에 관련돼 이루어질 때 진정성의 가치를 획득하게 됨을 알 수 있는 것이다.

김보한의 시를 읽으면서 느끼는 바로 단 하나의 감정은 바로 이 시적 진정성이다. 김보한은 그렇다면 그의 시적 진정성을 획득하기 위해 얼마만한 선까지 그의 삶을 밀고 나갔는가? 아니 나가고 있는가? 이를 보다 자세히 알려면 그의 시적 세계의 변화를 어느 정도 따라가 보아야 할 것이다. 이 글은 김보한 시적 세계의 변모를 추적하여 그가 가닿은 시적 진정성의 의미를 밝히는 데에 초점이 있다.

2. 대상의 미적 형상화와 자의식의 표출

현재까지 전개된 김보한 시인의 시작품을 두고 살펴볼 때 그의 시 시세계는 대략 3기로 나뉘어진다고 볼 수 있다. 1985년 첫시집 『인간도 꽃이 되던가』를 상재한 이후 총 다섯 권의 시집을 발간한 그의 시는 내용적 측면에서 살펴보면 먼저 첫째 시집과 둘째 시집 『벙어리 매미는 울지 못한다』(1986) 일부에 걸쳐 대상의 미적 대상화의 추구와 자의식의 표출이 강하게 나타나고 있다. 그리고 두 번째 시 세계로 둘째 시집부터 셋째 시집 『툰드라를 떠나는 영혼』(1988), 넷째 시집 『아름다운 섬』(1991)일부에 걸쳐 나타나는 타락한 현실에 대한 분노와 그것을 추동하고 있는 대립적 세계관을 들 수 있다. 마지막으로 넷째 시집에서부터 다섯째 시집 『섬과 섬 사이』(1997)을 포함, 최근의 여러 잡지에 발표된 작품에서는 원초적 공동체로의 귀환 이미지와 그러한 이미지를 발생시키는 원동력으로서 생명의식을 들 수 있다.

이러한 주제의식의 변천은 한 시인의 삶이 그만큼 시대적 삶의 문제에 곧장 대응해 있음을 보여주는 징표일 뿐 아니라 시인의 의식이 세계의 변화에 맞서 그만큼 성장하고 있다는 것을 알려주는 표지다. 그런데 더욱 놀라운 사실은 김보한 시의 경우는 이러한 변화 과정을 보이면서도 그 시적 변화의 심저에는 내적 지속성이라 부를 수 있는 한 특징적 요소가 고집스럽게 간직되고 있다는 점이다. 그것은 바로 그의 시적 도정의 마지막 부분으로 나아가게 할 수밖에 없었던 동인으로서 생명의식, 다시말해 목숨의식이다. 이는 그의 세 권의 시집을 해설한 구모룡도 이미 언급한 사실로서 김보한 시의 본질적 특징이 된다. 이 생명의식의 발아와 성장, 그리고 숙성은 따라서 김보한 시의 전모를 이야기하는 주제틀이 된다.

그렇다면 김보한의 첫 번째 시적 대상들에서 이러한 그의 시적 진실

이 어떻게 구현되나 살펴보자. 이미 그는 그의 시작 출발 선상에서 의미
심장한 시 한 편으로 이를 잘 보여주고 있다.

> 北風이 휘몰아치는 동토
> 이방인의 추위를 아는가.
> 공존하는 죽음이 넝쿨처럼 감싸고
> 체험하지 않은 아픔을 잉태하는 마음 아는가.
> 四肢가 떨리는 가슴속 불씨가 탄다.
> 침묵은 항시 순금빛으로
> 찔긴 목숨
> 지치고 주린 날의 기다림이다.
>
> 가녀린 가지끝 항시 노래하는 새가 있어
> 잉태한 생명이 터지는 소리
> 잡초들이 一齊히 손드는 群像의 소리
> 말씀은 봄의 뜨락에 있다.

―「序詩」 전문

이 시는 첫 시집 맨 처음에 실려 있는 작품이다. 「序詩」로 제목이 붙여
진 이 시를 보면 그의 현실적 삶의 거처는 "北風이 휘몰아치는 동토"로
제시되고 있다. 그 불모의 땅에서 사는 삶은 자연 '추위'와 '죽음', '아픔'
으로 인해 "지치고 주린 날"들로 채워지는 것은 당연하다. 문제는 시인은
이러한 현실로 말미암아 발생하는 삶의 진실에 대해 "항시 순금빛으로/
찔긴 목숨"이 "봄의 뜨락"을 기다리며 "생명이 터지는 소리"를 내지른다
하고 표현하고 있는 점이다. 김보한은 이미 그의 시적 현실로서 주어진
당대의 삶을 한 마디로 '동토'로 규정짓고 그 동토(冬土)에 사는 우리들
모두는 '찔긴 목숨'으로 봄의 뜨락을 맞이하기 위해 "가녀린 가지끝 항시

노래하는 새"가 되지 않으면 안 된다는 것을 말해주고 있다.

　이러한 시적 전개의 바탕에는 두 가지 중요한 정보가 들어있음을 알수 있다. 첫째, 시인은 마주하고 있는 역사현실을 부정적인 공간으로 인식하고 있다는 점이다. 둘째, 이와 관련하여 시적 지향점을 이러한 부정적이고도 삭막한 공간으로부터의 벗어남에 두고 있다는 점이다. 이 벗어남의 자리는 물론 생명의 만개와 충일이 보장된 곳을 가리킨다. 이는특히 자기 시의 비전을 제시하는 '서시'의 자리에서 이러한 내용을 내포함으로써 자기 시의 운명을 스스로 규정하고 있다는 점을 눈여겨 보게끔한다. 이러한 자기 규정으로 말미암아 그의 시는 부정과 초월의 두 중요한 요소를 동력으로 삼아 시적 주제가 전개될 수밖에 없음을 보여준다.즉 부정과 초월이 생명의 자기 보존과 활성화의 방법이라면 김보한의시적 진전은 바로 생명의식의 점진적 활성화의 방향으로 전개되지 않으면 안되는 운명적 초상을 보여준다는 것이다.

　그런데 그의 시적 도정에서 첫 번째에 해당하는 이 시기의 작품들은이러한 동력을 바탕으로 삼고 있으면서 아직 현실 인식의 적실성을 확보하지 못함으로 인해 상당수의 작품이 낭만적 경향을 띤다는 점이 특색이다. 즉 대상의 미적 형상화가 주조를 이루면서 이러한 대상의 미화에따른 시인의 자의식이 어느 정도 강조되어 보인다는 것이다.

> 인간도 꽃이 되던가.
> 백주대낮에도 인간도 어찌 꽃이 되던가.
> 꿈결에 스친듯 살포시 멀어져도
> 굽이굽이 쇠북소리로 밀려 오던가.
>
> 　　　　　　　　　—「인간도 꽃이 되던가」 부분

향기 자욱한 뜰, 까마득 멀어진 빛도
고운 꿈결모양 다가온다.
帳幕처럼 덮어버린 不安스런 나의 밤
회오리바람 한끝에도 드러눕는 나의 불꽃
먼동이 트이는 동해의 미명 속에
毛髮을 흩날리듯 차츰 밝아올까.
잎잎이 열리는 모양, 숨쉬는 소리일까.

—「아침」 부분

　이 두 편의 시는 첫 시집을 대표하는 작품이라 해도 무방하다. 먼저
표제시이기도 한 「인간도 꽃이 되던가」를 살펴본다면 앞의 「序詩」에서
본 것처럼 부정적 현실을 이겨내기 위한 참된 존재로서 '인간'이 서 있는
만큼 그 아름다운 가치와 모습을 시인은 '꽃'으로 보지 않을 수 없었을
것이다. 이 시는 시인이 인간에 대한 신뢰와 애정을 얼마나 깊고 따뜻하
게 간직하고 있는가를 단적으로 보여주는 사례다. 그 점에서 이 시는
이미지의 섬세함보다 시인의 대상에 대한 관점의 선명성을 눈여겨볼 필
요가 있다. 그에 비해 「아침」 시는 대상에 대한 의식의 선명성 뿐만 아니
라 그 대상의 형상화도 아주 섬세하게 표출되고 있다. '아침'이란 소재는
「서시」의 관점에서 볼 때 부정적 현실을 벗어나고자 하는 힘의 상징일
것이다. 이 주제의 전개에 있어서 이 시의 묘미는 아주 미세한 의식의
결을 잡아 그것의 구체성을 보여주고 있다는 점이다. 즉 '불안'으로 대표
되는 밤을 벗어나기 위해 "회오리바람 한끝에도 드러눕는 나의 불꽃"은
바로 섬세하고 다감한 시인의 내적 의식을 드러낸다. 이 의식이 다시
"毛髮을 흩날리듯", "잎잎이 열리는 모양"으로 변주되어 확산될 때 아침
이란 대상이 얼마나 실감나게 그려지고 있는가를 볼 수 있을 뿐 아니라
그것을 인식하는 의식의 결도 실은 얼마나 촘촘하고 아름다운지를 볼

수 있는 것이다.

　그 점에서 김보한의 초기시는 바로 이 대상의 아름다움과 그것을 바라
보는 시적 인식의 섬세함에 초점이 가 있다. 그것은 가령 "神의 음률로서
젖은 안개비에 가지런한 봄날, 남은 한 술 어둠을 깨며 붉은 情炎 속잎으
로 받들고 있다."(「동백꽃」)라는 표현에서 '동백꽃'을 '남은 한 술 어둠을
깨'는 생명체로 형상화하는, 참으로 놀랄 만한 글귀에서도 알 수 있다.
동백꽃을 소재로 할 때 '붉은 情炎 속잎으로 받들고 있다'라는 표현은
그렇게 참신한 표현이라고 할 수 없을 것이다. 하지만 '남은 한 술(이)
어둠을 깨(ㄴ 다)'는 놀라운 표현으로 말미암아 이 구절도 생생하게 살아
나게 됨으로써, 앞서 김보한의 시적 특성으로 해명한 부정과 초월의 두
동인이 없는 시적 세계에서는 도저히 생각할 수 없는 시적 주제를 구현하
고 있는 것이다. 이는 대상의 미적 자의식화의 구체적 표출로 성공한
작품이다. 그런 점에서 흔히 서정의 특성을 '세계의 자아화'란 말로 정의
할 때 김보한의 초기시는 얼마나 서정시의 특성에 맞게 전개되었는지를
알 수 있다.

　이러한 주제의식을 바탕으로 대상의 아름다운 형상화에 따른 자의식
의 표출은 두 번째 시집에 들어가서도 지속된다.

　　질기게도 목숨을 연명한 나무가 있다. 세찬 비바람에도 등 한번
　굽지 않고 견뎌낸 나무. 삽목한 줄기로부터 淸楚한 잎사귀 피어 오
　르고 四季의 뜨락에 진한 꽃향기 풍겨낸다. 용케도 살아남아, 아침
　을 이고 지고 온 꿈나무가 있다. 제 몸을 살라 향기를 품고 봄오는
　길목에 서서 잃어버린 종소리를 찾는 모가지여.

　　　　　　　　　　　　　　　　　　　　　　　　　—「사색」 부분

이 시에서 표현된 '나무'는 "淸楚한 잎사귀"를 지니고 "四季의 뜨락에 진한 꽃향기 풍겨내"는 존재로 형상화되고 있다. 물론 그러한 존재가 거처하는 곳은 "세찬 비바람"이 부는 부정적 현실이다. 불모의 땅에서 이 나무는 고귀하고 아름다운 생명체의 형상을 간직하고 있기 때문에 더욱 시인에게 아름답게 보이는지 모른다. 즉 '사색'이라는 제목 속에 암시되고 있듯 이 아름다운 나무는 시인의 의식이 대상에 투사되어 대상의 속성과 행복하게 만난 구체적 상이다. 의식은 자신의 구체화를 위한 상을 찾아 흐르는데 그 접점으로 이 나무가 채택되었다는 의미다.

그런데 이 시에서 이러한 의식과 대상의 일치가 가능한 것은 바로 앞에서 보았듯 부정과 초월로 요약된 생명의식 때문이다. 두 번째 시집을 해설한 구모룡도 이 점을 익히 알고 「사색」의 시적 지향을 '식물적 생명의 성장, 증식, 개화의 의미'라고 밝히면서 목숨의식을 강조하고 있다. 이 점은 김보한 시를 바라보는 데 중요한 특성이다. 이 당시만 해도 김보한은 구체적 역사현실에 대한 눈뜸이 약했기 때문에 생명의 실상에 대한 낙관적 믿음으로 "용케도 살아남아, 아침을 이고 지고 온 꿈나무"로 모든 세계를 파악한다. 이는 보편적 차원에서 바라보는 생명의식의 발현이다. 그리고 그 생명의식은 우리들 생명체에 대한 본질적 신뢰와 애정을 바탕으로 하였기 때문에 아름다운 존재로 표현될 수밖에 없다.

이러한 점은 초기시의 주된 특징으로 휴머니즘 차원에서 아름다운 시의 결을 보이지만 그의 시적 진실로 볼 때 지양되지 않으면 안될 성격을 갖고 있다. 즉 추상적 관념 속에서 생명의 실체와 진실을 찾은 것은 구체적 역사 현실을 보다 정확히 객관적으로 인식하고 부딪칠 때 한 단계 다른 특성으로 전화해 가지 않을 수 없었던 요소로 작용한 것이다. 그의 시는 이 시점에서 변화의 궤적을 그린다.

3. 타락한 현실에 대한 분노와 대립적 세계관

사실 첫 번째 시기의 작품은 그의 습작 생활과 관련돼 있다고 보는 것이 옳다. 문학 청년기에 대상의 미적 형상화가 주를 이루지 않는 사람은 드물다. 그러나 자신의 삶을 이루고 있는 역사 현실을 인식하게 되면서 보다 구체적 진실을 형상화하고자 할 때는 그것이 미학적 용기이든 삶의 실천적 용기이든 용기가 필요한 법이다. 그것은 결단에 가까운 용기인 것이다. 김보한은 이 점에서 바로 정직하게 세상을 바라보았고 그 변하는 세상에 자기 시적 진실을 구체화하는 용기를 보여주었다. 그것은 그의 작품을 더욱 신뢰하게끔 하는 중요한 계기다.

두 번째 시기의 작품적 특징은 바로 구체적 역사 현실의 전면화와 그 역사 현실에 억압받고 있는 노동자의 의식이다. 이를 김보한은 다양한 층위에서 그려보여줌으로써 당대의 부정적 현실의 폭압상을 드러내준다.

> 고갈산 밑 판자로 얽어놓은 몇 평 남짓한 잠자리를 털면 한 잔의 막소주에 의식은 깨어지고 입에 풀칠하기 위해서도 우리들은 노동의 신성함을 배우러 간다.
> 몇단짜리 기사에는 관심없고 귀순 특보에 잠깐 눈돌린 현실, 갈가리 찢긴 날들, 배고픈 것들, 깡그리 잊혀지지 않는다.
> 새벽 공사판엔 우리들의 기침소리. 화톳불이 벌겋게 달아 있을 즈음 술깨인 사내들의 모습이 보인다.
>
> —「노동」 부분

이 시의 주된 표정은 "갈가리 찢긴 날들" 속에서도 "노동의 신성함을 배우러" 가는 순박한 노동자의 삶을 그려내는 데에 있을 것이다. 그들의 의식을 지배하는 것은 "입에 풀칠하기 위"한 삶 그 자체의 절박함 뿐이다. 그 점에서 생계의 수단으로 전락한 오늘날 노동의 의미를 시인은 잘 포착해 보여주고 있다. 그러나 이 시에서 우리가 주목해야 할 것은 오늘날의 노동자들이 그들의 열악한 노동 현실을 극복하기 위해 갖는 몸짓의 표현 부분이다. 이 시에서 그것은 모순적 현실에 반응하는 존재로서 보이는 '기침소리'와 그 연장 선상에 놓여있는 분노의 상징으로서 '벌겋게 달아 있는 화톳불', 그리고 의식의 각성을 가리키는 암시적 표현으로서 '술깨인 사내들'로 나타난다. 이것들은 노동 현장의 모순을 어렴풋하게나마 자각하고 그것의 극복을 위한 어떠한 구체적 행동이 필요하다는 의식의 싹틈을 보여준다.

그 점에서 김보한의 두 번째 시기의 작품들은 바로 이러한 80년대 노동 현실의 문제에 관심을 집중하고 있다. 그의 시를 살펴보면 그 역시 노동자의 한 사람으로서 시대적 모순에 벗어날 수 없다는 인식 아래 당대의 부조리한 현실에 저항하고 있다. 그것은 앞선 시기에 보였던 부정적 현실에 대한 비판의식이 역사적 구체화를 얻은 것으로서, 생명을 억압하는 불모성의 실체가 무엇인지를 사실적으로 탐색하는 실천적 치열성의 결과다. 이러한 내용은 다음 같은 작품에 잘 드러나고 있다.

> 벙어리 매미는 울지 못한다.
> 답답하여 불끈 성이 날 때도
> 은폐물에 숨어 숨을 죽이고
> 목표물을 응시하기도 한다.
> 살점이 떨어지는 고통 속에서도
> 아픔에 대한 표현은 서툴다.
> 눈앞이 캄캄한 상태가 지속되면
> 참담한 얼굴을 하고서

몸으로 저항하거나
義憤에 불타기도 한다.
우리들은 때때로 발버둥치는
매미의 암컷이다.

—「벙어리 매미」전문

나는 패잔병이다.
최저 임금을 보상받기 위해
날뛰던 지난 날을 생각하면 그렇다.
10년이란 세월은 강산을 변하게 했건만
내가 얻은 것은 그 무엇일까.
삭풍이 휘몰아치던 겨울
부르튼 손을 비비며
이 지상에서 가장 따뜻한 곳은
직업 소개소라 생각했다.
        <중략>
순순히 복종하지 않고
저항의 진구렁에 빠져 허우적거리다
이렇게 잠 못 이루는 밤이면
베일에 가린 사연을 스스럼없이 적던 기억이 난다.
빛바랜 낙서장을 뒤적이다
태우면 남는 것은 재 뿐인 것을 안다.

—「공단생활 10년에」부분

　　이 두 시는 두 번째 시집과 세 번째 시집에 실려있는 것을 뽑은 것이다. 「벙어리 매미」는 "살점이 떨어지는 고통 속에서" "몸으로 저항하거나/義憤에 불타기도 하"지만 현실을 개혁하지 못하고 "발버둥(만)치는" '벙어리 매미'같은 불구적 존재로 당대의 노동 현실에 살아갈 뿐이라는 자조

섞인 탄식을 보여주고 있는 작품이다. 그것은 타락한 세상에 대한 분노를 꽤 강렬한 톤으로 함축하고 있다. 「공단생활 10년에」의 시는 위 시보다 한층 더 노골적이다. 그만큼 분노의 수위가 높아진 까닭일 것이다. "나는 패잔병이다"란 표현 속에 함축된 정서와 사정은 더 이상 말해 무엇할까? 열악한 노동현실을 고발하면서 그러한 현실의 개혁 속에 몸담은 현장마저도 "저항의 진구렁에 빠져 허우적거린다"로 표현되는 것을 볼 때 이중의 어려움에 처해있음을 짐작해 볼 수 있게 한다.

이 시들의 의미는 결국 정의와 불의가 생사존망을 걸고 한 판 싸움에 들어섰음을 드러내 주고 있는 것이다. 김보한은 이 타락한 세상에 대한 분노를 가지면서 분노 끝에 새로운 세상이 올 것이냐, 아니면 「공단생활 10년에」에서 볼 수 있듯 아무리 노력해도 "태우면 남는 것은 재 뿐"이냐 하는 문제로 갈등했었던 것 같다. 희망과 환멸 사이에서 첫 번째 시기에 보였던 인간에 대한 낙관적 신뢰와 애정은 이 시점에 와선 상당 부분 퇴색해 있다고 말할 수 있다. 이 무렵에 와서는 불의에 대한 분노로 투쟁의식이 강화되며 민중적 전망에 선 사람들에게만 연대의식과 애정을 유지하게 되었다고 볼 수 있다. 예를 들어 다음과 같은 두 편의 시는 바로 이 시기의 시들을 대표하는 상징성과 분노의 실체를 잘 드러내 준다.

> 깎아지른 듯한 벼랑길을 따라
> 끊임없이 함성을 지른다.
> 너희들은 狂奔하는 존재이다.
> 늪지대로 몰려와 모의 끝에 초총초롱한 의식을 간직하고
> 투쟁의 이름자를 새기고
> 단단하게 뭉쳐서 지극히도 부르던 최후의 노래가
> 빛나지 않을지라도 신경을 쓰지 않는다.
> <중략>

굳게 닫힌 門도 열리고
瀑布水는 대리석보다 더 단단한 바리케이드를 부순다.

—「瀑布水」 부분

뼈 빠지도록 일한 보수를
이리저리 요리하는 일
몇푼어치의 임금인상으로 생색을 내던
그대를 차마 잊을 수 없구나.

—「우리들의 상무」 부분

이 두 편의 시는 바로 열악한 노동 현실에 대한 고발과 저항을 하나는 상징적으로, 하나는 직서적으로 표출하고 있는 작품이다. 모두 정의와 불의의 대립을 보여주면서 정의로운 세계가 승리할 수밖에 없음을 암시하고 있지만 현실적 패배의 쓰라림도 드러내놓고 있다. 문제의 핵심은 '광분'의 '폭포수'를 역사적 실체로서 민중의 힘으로 파악하고 이 힘이 '적'으로 대표되는 '바리케이드'를 부순다고 표현해낼 때 그는 민중의 힘에 대한 믿음을 근본적으로 가지고 있다라고 보는 데에 있다. 그런 점에서 이 시기의 시들은 정의와 불의의 긴 싸움을 알리는 대립적 세계관의 형상화가 주된 초점임을 알 수 있다. 그 가운데 승리를 확신하거나 민중의 분열과 악의 세계의 강고함에 의한 좌절 등의 다양한 심리도 민중운동의 구체적 사실로 드러내 보이고 있다. 이 때의 시 몇 편을 살펴보면 "입에서 단내가 날 때/체머리 흔들다/뻗어져 잠자자. 이 점심시간/쇳조각이 널린 시멘트 바닥 위에서/북받쳐 올라온 울분을 억누르며/모든 것도 잊고"(「체머리 흔들며」) 등 노조 결성의 정당성을 알리는 「1988년, 어느 소견발표 1, 2」, 사용자의 노회한 전략을 폭로하는 「사장님 전상서」, 그리고 무엇보다 "퇴직금을 꼴 좋게도 3개월 어음으로 받던 날, 추방당한 우리들의 가난한 육신은 그대들의 뜻같이 소금기 묻은 바람처럼 흩날렸다."고 뼈아프게 자성하는 노동자들의 눈물어린 참회인「그대들은, 그날의 그 아픔을 알 수가 없다」의 작품은 대립적 세계관의 구체적 형상화로 손꼽을 만한 작품들이다.

이러한 것들은 모두 생명의 진정한 활동이 억압된 불모의 현실이라는 점을 강조한다는 점에서 초기시의 발전적 계승이다. 그는 이 시기에 들어와서도 여전히 "삭풍이 황폐한 대지를 쓸고 어루만지고 있다."(「언 땅에 서서」)거나 "남녀노소 할 것 없이/끝도 없이 로보트춤을 추기 시작한다." (「툰드라를 떠나는 영혼을 위하여」)라고 하여 그 부정적 현실의 상을 고집하고 있다. 즉 '동토'의 이미지는 여전히 '언 땅'이나 '툰드라'로 변주되고 있을 뿐인 것이다. 다만 그 불모의 땅이 역사적 실체로서 구체성을 획득했다는 점이 큰 변화의 내용이다. 그 점에서 김보한의 초기, 중기시를 꿰뚫는 사항은 바로 불모의 현실에 대한 고통스러운 확인이다. 그 확인이 깊으면 깊을수록 생명의 세계, 활성의 세계, 그의 표현대로 하자면 "가슴으로 미어지는 것"(「그리움」)으로서 그리움의 세계를 간절히 바라지 않을 수 없는 것이다. 그 바램이 부정적 현실로부터 벗어나고자 하는 초월의 충동을 강하게 밀어올릴 터이지만 다음과 같은 감동적인 시 한 편을 통해 투쟁을 넘어 왜 생명의 세계로 승화해 가야 하는지를 잘 보여주고 있다.

윤기가 나도록 작업대를 문지르며
나직나직 하루해가 떨어짐을
우리들은 느낍니다. 매일같이
가라앉을 황혼의 끄트머리에서

날이 선 바람이 일어날 즈음
훈훈한 불길보다도 더 정감이 넘치는
맨 손으로 일구어 놓은 지난 날을 생각합니다.
겨울나무는 눈부신 봄볕이 마냥 그리워지듯
우리들의 차거운 가슴에도
아득히 잠재워진 불씨가 일어나
시퍼런 슬픔을 다독거릴 그런 날이 있겠지요.
예나 다름없이 오늘도
이 작업대를 닦으며
반들반들한 삶을 꿈꿉니다.
우리들은 항상

—「작업대를 문지르며」 전문

　　고단한 삶의 현장이 오히려 우리를 생명의 공간으로 나아갈 필요성을 환기시켜주는 것은 틀림없다. 그 점에서 「작업대를 문지르며」의 시는 투쟁의식이 승화됨으로써 아주 서정화되어 있는 경우다. 이러한 자세를 투쟁의식의 약화라고 보아서는 안 된다. 그것은 삶의 고통이 너무 오래 지속되고 삶의 변화에 계기가 주어지지 않을 때 과거로서 미래를 꿈꾸듯이 "훈훈한 불길보다도 더 정감이 넘치는/맨 손으로 일구어 놓은 지난 날을 생각"함으로써 "반들반들한 삶", "윤기 나는" 삶을 꿈꿀 수밖에 없음을 고백하고 있는 것이다. 김보한은 바로 이 점에 닿아서야 진정한 민중문학의 한 자리를 차지했다고 할 수 있을 것이다.

　　그러나 김보한 시의 가치는 이 점에 그치지 않는다. 그의 시는 생명이 있는 공간으로 시적 주제를 옮겨가되, 직접 실천하는 삶을 역사적 삶과 관련하여 마련함으로써 시적 진실이라 할 수 있는 진정성의 실체를 추구하고 그 원상에 육박해 들어간 점이 높이 평가되는 것이다.

4. 원초적 공동체로의 귀환과 생명의식

김보한은 제4시집에 들어가서 "정리하고 돌아선 몇군데의 산업일터에서 썼던 것과, 도깨비도 흉내 못낸다는 바다 막일에 겁없이 뛰어들어 몸으로 체험하고 느꼈던 것을 시로 꾸몄다."(『아름다운 섬』)고 자서에서 밝히고 있다. 즉 제4시집이 1991년 11월에 발간되었으니 80년대 말 그의 시적 도정이 한 번 다시 바뀌게 되었음을 고백하고 있는 셈이다.(정확히는 1988년 부산에서의 직장을 때려치우고 고향 통영에 내려가 가두리 양식을 삶의 토대로 바꾼 것에 의한 변화를 가리킨다.)

김보한에게 대립적 삶은 곧 임계점에 도달하여 새로운 삶의 내용으로 전화를 가져오지 않을 수 없었다. 대립은 명분과 용기로 실천적 삶의 구체적 표상이지만 문제의 핵심은 그 대립이 그가 본질적으로 지니고 있던 생명의식의 내용에 정합성을 띠지 않고 있었다는 점이다. 따라서 생명의식의 본성을 추구하고자 하는 그의 기질적 특성으로 인하여 도회적 삶과 대립적 세계관은 번민과 회의를 낳고 결국 또다른 차원에서 삶의 결단을 내리게끔 작용한다. 바다라는 공간으로 삶의 토대를 옮겨가게 되는 것은 일상적 삶의 측면에서 보자면 또 하나의 강한 실천적 용기를 내포하고 있는 것이지만 그의 문학적 맥락에서 보자면 내적 동력의 움직임이 자연스럽게 전개된 양상이다. 그가 생명 공간으로서 바다로의 이주를 택한 것을 두고 어느 관점에서 해석해도 크게 이 생명의식의 솟아오름의 의미를 제한하지는 않을 것이다. 이때의 그의 심정과 삶의 의미를 보여주는 시가 다음의 경우다.

> 빌먹을 흙 한줌도 없이 살은 깎여지고 뼈는 부수어져 버린 이
> 모난 돌섬. 서슬 푸른 목숨만 간직한 채 빙싯 가볍게 웃는 모양,

절개가 깨끗하여 한톨의 흠도 거들떠 보지 못할 그러한 자태 위
이렇게 눈부시도록 전신이 눈빛같은 새들이 앉으면 순백색 꽃이
잎도 채 남이 없이 벙근 듯 하이. 그 자태에 혼이 잠깐 잠길 듯,
이제 겨우 숨을 돌이켜 본 적 시간 보내기가 멋없던 그런 곳이 아닌
진정 가쁘게 숨 몰아쉬는 돌섬.

—「돌섬」 전문

생명의 공간으로서 바다에 왔다 하여도 도회지에서 가졌던 투쟁과 대
립의식이 금방 사라지지는 않았을 것이다. 투쟁과 대립의식은 이 시에서
"살은 깎여지고 뼈는 부수어져 버린 이 모난 돌섬"의 이미지에 녹아있다.
그러나 이 시의 핵심은 "이제 겨우 숨을 돌이켜 본 적 시간 보내기가
멋없던 그런 곳이 아닌 진정 가쁘게 숨 몰아쉬는 돌섬."의 표현 부분이다.
'이제'라는 시간 부사가 가리키는 의미는 바로 아직까지 생명의식이 미
약한 채로 놓여있긴 하나 근본적으로 "절개가 깨끗하여 한톨의 흠도 거
들떠 보지 못할 그러한 자태"를 지닌 '돌섬'의 생명성을 시인이 본받겠다
는 의지의 표현에 있다. '숨을 돌이켜' 살아있음의 진정한 의미를 깨치는
것, 그것은 대립적 세계관에서 상생적 세계관으로의 희미한 변화과정을
보여주는 궤적이다.

김보한에게 '섬'은 바다라는 생명 공간을 드러내는 표지다. 그는 바다
의 삶이 가지는 풍요와 생명의 싱싱함을 섬이라는 표지로 나타내고 있다.
그는 바다 생활에 정착해 가면서 오늘날 우리들 삶이 추구해야 할 가치로
서 자연적 생명성의 원리를 노래한다.

어찌 잊으리
위태롭게 꽃사태 지는 이 절정을
섬마다 쌍쌍이 내려앉는 저 물새떼를

꽃물 홍건히 젖어 기쁠
내 가슴에 어우러져 어쩔 줄 몰라
이렇게 절로 어깨를 들썩일
홍에 겨운 눈 앞의 이 전경을
나만 두고 볼 것인가. 이 아름다움을

—「이 아름다움을」전문

섬을 둘러싸고 벌여지는 이 홍겨움을 시인은 진정어린 마음으로 노래하고 있다. 생명의 원리는 이 시를 통해 볼 때 '신명'이자 '교감'이다. 꽃사태와 물새떼의 춤이 시적 화자의 가슴을 홍건히 기쁨으로 적셔 홍에 들떠 있다. 무엇보다 "내 가슴에 어우러져 어쩔 줄 몰라"하는 시인의 마음은 바로 동양적 전통으로서 물아일체(物我一體)의 삶이다. 자연과 단절이 없는, 그래서 생명의 순환과 출렁임을 그대로 느끼는 삶은 말 그대로 세계와 동일성을 획득한 시적 삶이다. 이 삶은 오늘날 우리들 도회지의 삶이 갖는 기계성, 사물성, 도구성 등의 비인간화, 비생명화의 상황을 극명하게 대조시켜준다.

따라서 그가 생명의 바다로 나아가 발견한 저러한 교감과 기쁨은 현재의 삶을 치유하고 극복할 대안적 삶의 자세로 받아들여진다. 요즈음 이야기하고 있는 생태주의적 삶의 자세가 바로 이와 같을 것이다. 그 점에서 김보한 역시 이를 잘 인식하고 바다와 섬을 둘러싼 생명의 공간을 우리들 미래의 삶의 한 형상으로 그려내고 있다.

나부죽하게 생긴, 꿈에 본 저 섬에 가면
인자하신 당신은 계신다.
안개꽃 안개꽃이 핀다는 그 곳엔
참으로 그리운 임이 사신다.

밭 갈고 고기 잡아 마음으로 사는 사람들이 있는 그 곳에 가면
사무치게 뵙고 싶었던 얼굴
잘나고 못난 이 하나도 없는
오늘도 죽은 듯이 고요한 그 곳에 가면
정녕, 우리들 가슴에 심어 놓고 떠나신 당신은
환한 모습 하고 계신다.

　　　　　　　　　　　　　　　　　　　—「저 섬에 가면」 전문

　이 시에서 그려지는 섬은 생태적 유토피아의 모습을 담고 있다. 흔히
근대가 기획한 기술적 유토피아가 오늘날 파경을 맞았다고 하면서 그
대안으로 에코토피아(ecotopia)를 운운한다면 김보한의 이 시는 바로 오
늘의 우리들 삶을 반성하고 새로운 삶의 원리로 받아들이고자 하는 생명
적이고 생태적 인식을 잘 보여주고 있다. 이것이 단순한 하나의 상이
아님은 "밭 갈고 고기 잡아 마음으로 사는 사람들이 있는 그 곳"으로
그의 이상향을 표현할 때 이는 그가 다른 시, 즉 "비경 그치지 않는 곳/바
위 틈새 어족의 떼/혼탁한 정국 속, 놀랜 가슴없이 그대들 꼬리치고 있
다."(「무정부주의」)의 '무정부주의'라는 이념을 획득하고 있는 것에 해당
한다. 때문에 이러한 표현은 단순히 현실도피적 자연주의가 아님은 분명
하다. 알다시피 무정부주의는 민중의 자발적이고 평등한 연대에 의한
사회 연합을 가리킨다. 오늘날 우리를 옥죄는 국가주의나 자본주의적
삶의 방식을 부정하고 진정한 자유와 평등을 바탕으로 가장 자연의 이법
에 맞게 생활하고자 하는 이념이 무정부주의라 할 때 김보한이 그리고
있는 '섬'의 이미지는 근대적 삶의 경험을 내면화하면서 그것의 모순을
극복하여 질러가는 심원한 상을 간직하고 있는 것이다.
　그 점에서 제5시집 이후 바다의 삶을 그리고자 하는 그의 의식 속엔
이 시대적 모순을 넘어서는 '길'이 있다. 그가 이를 직감적으로 알았는지

다음과 같이 표현하고 있다.

> 길이 있다. 고독에 젖은 음율이 이따금씩 그 곳을 빠져 나간다. 외로움은 어디쯤서 머물고 있나. 그리움이 현실로 돌아와 개화되는 그 날은 언제. 스스럼없는 모습은 이곳을 지나갔을까. 한적한 곳, 항상 공허함 뒤에 숨어 있는 무언가가 있다. 전혀 손댐없이 특수한 방법으로 아픔을 치유할 수 있는 것은 없는 것인가. 상처입은 것을 원상복귀시키길 기대하는 마음 간절하다. 끈끈하게 당겨주는 섬과 섬 사이의 마력. 너만의 비밀을 간직한 이 곳에 오면, 텅 빈 마음을 채울 힘이 솟는다. 가야만 할 길이 빤히 보인다.
>
> ──「섬과 섬 사이」 전문

이 시가 말하고자 하는 바는 시적 내용을 두고 볼 때 분명하다. 그것은 "상처입은 것을 원상복귀시키길 기대하는 마음"이다. 이는 반생명의 현실을 생명적 현실로 돌이키는 의식적 행위다. 그 행위의 가능성을 말해보고 있는 것이 시인의 전언이고 그것이 가능한 것은 "끈끈하게 당겨주는 섬과 섬 사이의 마력"이 있기 때문이라는 것, 즉 자연적 삶의 가능성이 우리 시대에도 존재하기 때문이라는 것이다. 그 자연적 삶의 내용으로 시인에게 '길이 보인다'. 시인은 이 시에서 그것을 우리에게 차분한 어조로, 그만큼 많은 격정과 욕망을 덜어버린 자세로 알려주고 있다. 때문에 이 시를 두고 볼 때 생명의 원리를 추구하는 시인의 자세가 단순히 그의 삶의 반경에서 그치는 것이 아니라 우리 모두의 문제임을 자각하고 그 가능성을 찾으려 한다고 볼 수 있다. 나는 이 점에 이르러 김보한의 시는 진실을 얻었다라고 말할 수 있을 것 같다. 시는 인간의 진정어린 마음을 하늘에 고하고 하늘의 뜻을 묻는 것이라고도 본다면 우리의 약함과 갈 길을 부단히 탐색하여 가장 자연의 이법에 맞게 살아가는 것이 무엇인지를 '간절하게' 고하고 그리는 김보한의 이 시는 서정시의 원형에 닿아있는 것이다.

그러나 무엇보다 앞으로 김보한 시의 백미는 생명의 현장을 생명의 힘으로 파악하고 그것의 리듬을 곡진하게 잡아내는 생명활동 그 자체일 것이다. 제5시집 이후 최근 잡지에 실린 시 한 편은 요즈음 말들 많이 하는 생명시의 실체가 무엇인지를 정확하게 그려보여줌으로써 우리들 가슴을 시원하게 한다.

> 쫄랑 쫄랑 갈치 배타러 갔다. 힘한 세상 뒤로 제치고 날이 선 파도 밭에 갔다. 밤새 서툰 솜씨로 외줄 낚시 어구 챙기고 통대나무 심줄 매어 갈치 잡으러 술도 끊고 죽기 아니면 살기로 갔다. 배 이물 멀찌 감치 물 속에 풍을 달고 물살 따라 떠밀리며, 여름 뙤약볕 보다 더한, 심히 내리쬐는 백열등 아래 밤바다에서 얼굴 그슬리며 갈치를 잡았다. 2～3m 풍파에 몸은 시달려 엉망이고, 그 한여름 밤 떼 메밀잠자리와 고추잠자리는 지천으로 깔려. 바람은 궂고, 파도는 이물을 내내 갈겨댔다. 선원들 이런 파도밭에서만 갈치가 잘 잡힌단다.
> <중략>
> 갈치 꿈을 꾸면서, 심한 파도 속에서도 은백색으로 빛나는 갈치 꿈을 꾸다가 웅크리고 앉은 채 갈치를 잡는다
> 시커멓게 그슬리며 그 밤바다에서 갈치 꿈을 꾸면서.
>
> ―「갈치꿈을 꾸면서」 부분

부산 민족작가회의가 발행하는 ≪작가사회≫(1999년 하반기, 통권 7호)에 실려있는 작품이다. 이 시를 볼 것 같으면 인간 생명의 원형을 보는 것 같다. 거대한 바다와 싸우면서 생명의 보존과 활성화를 위해 갈치를 잡는 행위는 자연과 싸우지만 가장 자연의 이법에 맞게 사는 삶의 모습을 보여준다. 이 시에서 시적 화자는 바다나 그 바다의 생명을 상징

하는 갈치로부터 소외되거나 단절됨이 없다. 생명의 순수한 힘들의 얽힘과 풀려남이 파도처럼 밀려왔다 밀려가는 리듬감을 느끼게 한다. 그 자연스런 율동 속에서 인간으로서 욕망이 과하지 않는, 생명의 보존과 활성화를 위한 최소한 양으로 '갈치 꿈'을 꾸는 것은 생명의 자가 증식으로서 심원 본질의 드러남이다.

그 점에서 앞으로의 김보한의 시적 진전은 더욱 심원해지고 존재의 근원적 의미를 밝혀줄 것으로 전망된다. 그것은 시적 형상화가 갈수록 쉽지 않을 것이란 점을 암시한다. 그러나 그가 생명의 바다에서 생명의 문제를 더욱 깊고 진실하게 천착한다면 우리가 예상할 수 없는 지점까지 시의 지평을 밀고 가리란 점도 생각해볼 수 있다. 그의 시적 지평이 어디까지 이르게 될지는 나의 역량으로 도저히 가늠해 볼 수는 없는 일이다. 비평가가 아무리 공들여 시를 해석하고 의미를 재구성하여도 시는 비평의 잣대를 벗어나 있는 것은 당연하지 않은가. 다만 김보한의 시적 도정을 따라 오며 그 의미의 재구성을 통해 나의 생명적 기운과 생명의식이 한층 충일해졌음을 고백하는 것으로 이 평을 마치자. 시인의 지속적인 기운생동을 빈다.

맑은 슬픔
—정대구 시의 의미

사람은 도대체 언제까지 배우고, 언제까지 자신의 삶을 반성하며 살아야 할까 하는 어리석은 질문을 던질 때가 있다. 우리들 속 좁은 생각으로는 아마 나이가 환갑쯤 지나면 이제 삶을 정리하고 배움과 반성이 멈추지 않을까 하는 답을 내놓기 십상이다. 그러나 배우고 반성하는 삶에 그 기한이 있을 수 있을까? 의식적 존재로서 인간이 조금 나이 들었다고 인간됨을 부여하는 자의식적 행위를 중단할 수 있을까? 살아있는 동안 인간이란 존재는 언제나 오늘의 삶을 반성하고 보다 나은 내일을 위해 준비를 해야 하는 것이 마땅한 일일 것이다. 때문에 죽음이 오기까지 배움과 반성은 끝이 없다.

그렇지만 현실이 어디 그렇는가. 나이 지긋한 분들 중에는 종종 늙어가는 것을 이제 소임을 다한 것으로 여겨 나머지 삶을 말 그대로 소진하거나, 체면에 구애받지 않는다 하여 필요 이상의 욕망으로 추레함을 보이는 경우가 있다. 이들의 삶은 배움과 반성이 결여돼 있어, 결과적으로 주위의 빈축을 사게 됨으로써 안타까움을 줄 때가 많다. 어른으로 차마 보지 못할 일이다. 어른은 자신의 생애에서 얻은 지혜와 교훈을 후대에 전수할 권리와 의무를 지님으로써 광휘를 지니는 것이다. 젊은 날의 맹목에 가까운 열정을 다했다고 생의 책무를 다한 것은 아니다. 그런 점에서 노인은 정말 이제 새로운 만남을 위한 배움과 자신의 삶에 대한 깊은 반성이 필요한 것이다.

정대구 시인의 시가 바로 나이 들면서 어떠한 삶을 살아야할지를 가장 잘 보여주는 본보기가 아닐까 생각해본다. 이제 시인의 나이도 예순을 훌쩍 넘은 처지이지만 시적 내용은 그와 다르게 견결한 시적 긴장을 품고 있다. 곧 50대를 거쳐 최근 60대에 이르기까지 자신의 생애를 통찰하면서 쓴 이번 시는 젊은 시인 못지 않게 자신의 삶에 대해 냉철한 반성과 정진을 기하고 있어 팽팽한 느낌을 주고 있는 것이다. 그것은 시인으로서뿐만 아니라 한 인간의 삶의 도정으로 볼 때 주목되는 일이다. 시를 통해 나이 들수록 삶을 빛나게 하는 것은 얼마나 놀라운 것인가. 그렇다고 정대구 시인의 삶과 시가 나이 듦을 벗어나 무슨 신비한 것으로 차 있다고 말하고자 하는 것은 아니다. 그 역시 평범한 사람처럼 늙음의 현상과 서러움을 읊조리고 있다. 그러나 그의 시에는 이러한 생의 황혼이라 할 수 있는 시기의 삶에 어울리지 않는 냉엄한 빛과 기운이 서려 있다는 점 또한 사실이다.

그것은 무엇일까? 정대구 시인의 이번 시집을 제대로 읽어보는 길은 아마 이 물음에 대한 해답을 찾는 것에서부터 시작되지 않을까 하고 생각한다. 필자는 그것을 밝혀내기 위해 그의 시를 몇 가지 측면에서 살펴보고자 한다. 우선 정대구 시인의 이번 시집 전체를 관통하는 정서를 살펴보면 그것은 연민임을 알 수 있다. 그 연민의 대상은 바로 초라하게 늙어가는 자신의 삶이거나 자신과 똑같이 힘없고 물질 없는, 곧 소외 받는 존재들의 삶이다.

지렁이도 밟으면 꿈틀한다는데
멸시와 모욕을 당하고
까닭 없이 왼 뺨을 맞고
바른 뺨을 내밀 자, 누가 있겠는가
그가 웃는 지금의 저 웃음은
바보의 웃음
비겁한 웃음이 아닐까
더구나 공자의 세상도 아니고
예수의 시대도 아닌
20세기말의 이 어수룩한 웃음이
누구에게 인정받을 것이냐
허·허 허군자로군

　　　　　—「人不知而不慍不亦君子乎 —신논어초 3」부분

20대 초에 결혼도 하고
취직도 했다 이래저래
문단엔 30대에 나왔다
20대에 문단 진출부터 하고
30대 전후에 결혼하고 취직하는 사람과는
정반대의 길을 걸었다
하지만 어쩔 수 없었다
노모슬하에
외아들인 그에겐
종족보존·안정된 가정이
현실적으로
우선 과제였으니까
한 몸에 두 짐 질
재주는 없었으니까

　　　　　—「三十而立 —신논어초 5」전문

이 두 편의 시는 현재에서 자신의 지난 삶을 돌이켜보면서 자신의 지난 했던 삶을 수긍하는 한편, 현재의 무력하고 나약하기 만한 자신의 삶을 연민어린 눈으로 바라보고 있다. 이 시들이 갖는 의미는 현재 자신의 삶에 대한 만족 불만족을 떠나서 어떠한 생이었든지 자신의 생에 대한 의미를 탐색해 봐야겠다는 자세를 보이고 있는 점과, 현재의 상황에서는 어떻게 살아야 올바로 사는지를 아프게 되물어보는 데에 있다. "한 몸에 두 짐 질/재주는 없"는 '그'가 비록 불만족스러운 모습이지만 '삼십이립 (三十而立)'의 공자님 가르침대로 생의 과정을 다했다는 안도 내지 회한 은 보는 사람으로 하여금 그의 곤궁을 짐작케 함으로써 애잔한 마음을 들게 한다. 그것은 가령 다음과 같은 시, "중심권으로의 진입의 욕망을 비우고/실패한 변죽만을 울리는 나는 지금/노년의 빛 바랜 엑스트라"(「엑스트라」)와 같이 약간 자조적 어조를 띠기도 하지만 어렵더라도 한 세상 최선을 다한 삶에 대한 긍정의 정신을 갖게 한다. 그의 시에서 연민에 기초한 긍정은 생을 한층 성숙된 입장에서 바라보게끔 하는 기능을 가진 다. 정대구 시인의 시가 미덕을 갖는 점은 바로 이 점이 아닐까. 대체의 시들이 바로 이와 같은 생의 긍정과 관조를 보임으로써 삶의 원숙미를 드러내고 있다.

그러나 그것이 시인의 시적 긴장의 내용 전부라고 할 수는 없을 것이 다. 이미 첫 번째 시에서 볼 수 있듯이 현재적 삶에 대한 가열찬 자기 반성이 또한 중요한 시적 내용이기 때문이다. '그'로 지칭되는 자신의 무기력하고 비겁한 삶을 '되묻고', "허 · 허 허군자로군"하고 자조하는 모습은 삶의 수긍 이전에 끊임없이 올바른 삶이 무엇인가 하는 점을 따지 고 찾고 있다는 점에서 부정 정신의 구체화인 셈이다. 부정 정신은 올바 른 것이 아니란 확신이 들면 가차없이 대상을 비꼬고 개탄함으로써 올바 른 것을 찾아 나선다. 그의 시에 자신을 '그'라는 3인칭으로 객관화하고 대상화함으로써 보다 객관 정신을 드러내고자 한 것도 바로 이 부정 정신의 구체화인 것으로 보여진다. 그런 점에서 이번 시집의 표제시에 나타난, 자신의 대한 가혹한 풍자는 시인의 자신의 삶에 대한 염결성이 얼마나 깊고 뚜렷한지를 알 수 있게 한다.

> 멀어야 한 100년 안쪽에
> 무슨 일이 날 것 같다
> 내가 갇히어 거세된
> 사이버 공간에 떠오른
> 슬픈 우리의 미래
> 동물원 우리 속에 갇히어
> 동물원에 나들이 나온 아이들에게
> 한갓 구경거리가 된
> 슬픈 나의 전생

—「동물원에 갇힌 나를 본다 —호선생」 부분

자신의 삶을 '갇힌' 것으로 인식하거나, 보다 중요한 그 무엇이 '거세'된 것으로 인식할 때 현실적 삶에서 인간은 자신에 대해 깊은 모멸감에 빠지거나 그렇게 만드는 세상에 대해 부정 정신을 갖지 않을 수 없다. 즉 타락한 세계에 힘없이 굴복하는 자신을 질책하거나, 아니면 타락한 현실에 대해 어떻게 저항할 것인가 하는 점을 찾지 않을 수 없는 것이다. 정대구 시인의 경우는 우선적으로 자신의 처지를 자조적으로 그리고 있다는 점에서 모멸감이 전경화되고 있다. 그러나 깊이 읽으면 "동물원에 갇힌 나를 본다"의 표현에서 알 수 있듯 자신의 나약함에 대한 객관적 인식과 함께 그것을 극복하기 위한 방법의 탐색에 초점이 맞추어져 있음을 알 수 있다. 즉 풍자와 비판 정신이 그 바탕을 이루고 있는 것이다.

이 점은 자기풍자로 당대의 타락한 현실과 맞서 싸운 김수영의 시풍과 닮아있다. 이는 이미 두 번째 시집『겨울 祈禱』의 "된소리로 된 시"(「박문답·5」)를 말하는 자리에서 김수영을 거론하고 있는 데서도 확인된다. 된소리로 된 시는 바로 수치를 알고 거기에 적극 벗어나고자 하는 정의로운 정신 아닌가. 부정은 바로 맹자가 말한 바 있는 수치를 통해 의를 아는 정신이다.

　그 점에서 정대구 시인의 이번 시집은 긍정과 부정의 변증법적 정신이 어울려 짜여있다. 긍정의 정신이 주조를 이룰 때는 연민과 애정이 그 바탕을 이룬다. 대상을 부정적으로 볼 때는 수치와 비판정신이 완연하면서도 타락한 세상에 휩쓸려 살아가는 존재에 대한 연민이 또 그 밑바탕을 이루고 있다. 연민은 긍정과 부정을 떠나 지상에 존재한 모든 가여운 대상에 대해 시인이 갖는 사랑이다.

　　　오늘 아내가 시장 가서
　　　사온 건 여느 날과 달랐다

　　　아내는 아이스크림 살 돈으로
　　　돈을 사왔다

　　　만 원짜리를 단돈 오백원에 샀다면서
　　　만 원짜리보다 네 배나 큰
　　　만 원짜리를 흔들면서

　　　생전에 큰 돈 한 번 만져본다면서
　　　희희낙락 흡족해 했다

　　　나는 즐거워하는 아내의 얼굴을 마주보면서

왠지 눈물이 글썽해졌다

　　　　　　　　　　　　　　　—「큰 돈」 전문

우리들의 구선생은 공처가
학교에선 물을 만난 물고기
꼬릴 치고 힘차게 휘젓지만
집에서 도마 위에 오른 생선
기가 팍 죽어 숨도 못 쉬고
사모님과 자식들 앞에 무방비
맘대로 요리하시오

뭐 잘난 남편이라고
뭐 잘난 아빠라고
큰소리 칠 수 있나
자식 과외공부 한 번 못 시키고
가족 거느리고 버젓한 외식 한 번 못하는
이 땅의 구선생은 무능한 가장

　　　　　　　　　　　　　　—「구선생은 0.34」 부분

　이 두 편의 시는 바로 힘없고 물질 없는, 소외된 존재들에 대한 시인의
가없는 사랑을 보여준다. 두 편의 시에 배여있는 정서는 아이러닉한 슬픔
이다. 그런데 그 슬픔은 하늘이 무너진 듯 자신을 해치기까지 하는 무거
운 슬픔은 아니다. 존재의 진실을 알고 난 뒤에 갖는 안타까운 공감에
가깝다. 큰 돈에 한 맺힌 아내가 장에 가 종이 '큰 돈'을 사들고 들어와
희희낙락한 모습에 "왠지 눈물이 글썽해지"는 것이나, 큰소리 한 번 치지
못하는 무능한 가장 '구선생'에 대해 '0.34'라는 슬픈 평가를 내리는 진술
은 모두 존재의 왜소함과 나약함에 대한 공감에 기초해 있다. 그것은

삶의 지난한 과정을 겪어 가는 힘없는 존재들의 한없는 슬픔에 대한 동참이다. 이들 시에서 아이러닉한 느낌을 갖는 것은 그 슬픔의 자세가 깊은 슬픔을 겪고 난 뒤에 오는 달관적 슬픔이기 때문이다. 때문에 자신의 슬픔에서 출발하여 타인의 슬픔까지 보듬어 싸안는 이런 연민을 우리는 '맑은 슬픔'이라 불러도 좋을 것이다. 아니 자신의 운명적 슬픔을 생의 긍정과 부정의 변증법적 세례로 정화시킴으로써 '맑은 사랑의 정신'으로 승화시킨 것이라 불러도 좋을 것이다.

그렇다면 그것이 바로 정대구 시인의 시적 정신의 핵심이 아닐까? 아마 그럴 것이다. 그리고 그것은 시인의 서문에서도 볼 수 있듯 바로 유가적 사랑의 정신을 뜻할 것이다. 그의 시는 분명 도가적 풍류 정신에 서 있기보다 유가적 현실 원리에 관심을 두고 있고 그래서 현실적 삶의 가치와 곤궁에 깊은 탐색을 보이고 있다. 때문에 그의 이런 현실적 삶에 대한 관심은 보다 이상적인 사회상에 대한 관심과 일반 민중들의 비원을 대리해주는 선지자적 소명의식에 서게끔 할 것은 분명하다. 그의 시에 지속적으로 나타나는 소외된 존재들의 갈망을 노래하는 시편들은 바로 이와 같은 그의 시적 도정에 나타나는 필연적 결과물이다.

> 지상을 박차고
> 허공을 박차고
> 이 땅으로부터의 탈출
> 그런 도피적 방법으로
> 나의 실존을 확인하는
>
> 어지러움 · 어려움
> 억눌림 · 억울함
> 왜 자꾸 억 · 억자로만 몰리는지

억억 토해 내자
꿈을 깨자

매사 맘에 들지 않는 날은
탕탕 발을 구르며
그네를 타자
둥둥둥 북을 치듯
하늘을 치며

                     —「그네를 타며」 부분

얼마나 삭막한가 이 사막
모래바람 날리는 벼랑 끝
웬 벌레들 오물오물 온몸으로 기고 있다
오늘의 어둡고 긴
활자와 활자의 깊은 고랑을 건너서
저들이 머리 둔 방향은
어디인지 종잡을 수는 없지만
무작위적으로 밟히고 밟혀서 더러는
사정 없이 터질지라도
한 점 원망 없이 지침 없이
맑고 순한 그러나 천형으로 슬픈 몸뚱아리
푸른 풀밭 달콤한 꽃향기의 흐름을 따라
날고 날아 오르는
저들의 처절한 통과제의
날자 날자 날개를 달자
나비
나방이
나나니벌
물 비치듯

확실한 환생을 믿는 저들의 환한 눈망울
지침 없고 수월한 순한 눈망울
오늘의 사회면이 아무리 참담할지라도

—「벌레들의 꿈」 전문

　이들 시는 부정과 긍정의 정신이 결합되어 민중들의 염원을 대변하고
있는 작품이다. 작품의 내용은 비록 단순성을 띠고 있지만 청유형 어미로
구체화된 비상(飛翔)의 제의는 일반 민초들의 단순하고, 단순해서 그만큼
절실한 현실 초월의 꿈을 상징하고 있다. 억울함과 사막으로 형상화되는
현실 세계의 불모성(不毛性)을 충분히 실감케 하면서 시인의 소외된 민중
에 대한 깊은 사랑과 믿음을 보여주는 것이다. 그것은 역사적 삶에 대한
시인의 확고한 인생관을 보여주는 것과 다름없다.
　그 점에서 시인은 여전히 '된소리'로 이루어지는 시, 즉 곧고 굳은 정신
을 생의 지표로 삼고 있다. 가령 "1991년 신년 초/늦게나마 늘 뵙고 싶던/
다산선생과 만났다/팔당호의 물이 꽝꽝 얼어붙는/매운 겨울날 아침//경기
도 남양주군 와부면 능내리/다산 묘소는 발목이 파묻히는/하얀 눈에 덮여
있었다/선생의 맵고 깨끗한 생애/눈끝에서 뼈끝까지 저려 왔다"(「다산
묘소를 찾아서」)는 시는 시인의 정신적 연령과 그가 무엇을 생의 사표로
삼고 있는지를 알 수 있게끔 해준다. 자신의 현실적 삶의 나약함과 비겁
함을 다산 선생의 "맵고 깨끗한 생애"를 통해 "눈끝에서 뼈끝까지 저리"
게 반성하는 것은 언제나 제 자신의 삶을 역동적으로 꾸려나가는 사람만
의 태도라 할 것이다. 어디에 나이 든 모습이 보이는가. 그것은 청년정신
이다. 탐구정신이다. 정대구 시인이 지금까지 학문을 하고 역사의 현실에
서서 자신과 민중의 삶의 방향을 생각하고 그것에 연민과 분노를 더하는
것은 우리 현실에 대한 사랑이 식지 않았기 때문이다. 특히 4부에 집중적

으로 모아놓은 민족과 민중에 대한 사랑은 시인의 정신적 자세가 역사현
실적 전망 위에 서 있음을 짐작케 한다.

그런 관점에서 정대구 시인의 시 속에서 자주 목격하게 되는 동양정신
과 고전의 향취도 바로 이런 현실적 삶의 절도와 올바른 가치를 바르게
찾아가는 하나의 인식론적 실천의 차원에서 이해되어야 할 일이다. 다음
과 같은 시가 가장 그와 같은 해석을 내리기에 전형적이다.

> 키보드를 두드리는 소리
> 자동차가 홍수를 일으키는 소리
> 악다구니 치며 살아가는
> 삶의 한가운데서 일어나는
> 닳아빠진 소리들 틈에서 돌아와
> 목을 곧추 세우고 고전을 읽는
> 서늘한 그의 목소리
> 소나기 지나가는 소리
> 뜬 소리와 먼지들이 가라앉고
> 축 늘어진 이파리들이
> 우쭐우쭐 춤을 추고
> 공기 속에 서늘한 물결로 퍼져 나가는
> 둥글고 푸른 그의 목소리
> 푸드득 새가 날아 오르고
> 거기서 책장도 넘기고
> 별이 뜨고 구름이 잠기는
> 맑고 서늘한 작은 호수
> 오늘도 그는 돌아와
> 도시 속의 샘 같은
> 곧고 푸른 고전을 읽는다
>
> ─「호수, 서늘한 그의 목소리」 전문

자연 세계로 상징되는 호수의 의미는 시인에게 "곧고 푸른 고전"이 되어 '읽히는 대상'이 된다. 즉 자연 세계는 자신의 삶의 태도를 바로 잡게 하는 수양서인 셈이다. 때문에 그것은 풍류의 자연이 아니다. 현실적 삶의 절도와 완성을 위한 정성어린 배움인 것이다. 나이가 든다는 것은 바로 이것이 아니겠는가. 젊어서 보지 못한 자연의 의미를 이제 세속적 관심으로부터 조금 멀어졌을 때 삶의 양상과 관련지어 체득하는 것. 자연의 이법을 통해 삶의 의미를 배우고 관조하는 것 말이다. 이러한 경지는 쉽지가 않을 것이다. 정대구 시인의 시가 앞에서 남다른 빛을 내고 있다 하였을 때 그것은 바로 이와 같은 자기 도야의 자세와 해석이 세상과 자연 모두에 두루 일관되게 연결되고 정성스러운 데에 연유한다.

그런 점에 섰을 때 정대구 시인의 시에서 역사적 현실과 자연은 하나의 의미망으로 수렴되는 것은 당연하다. 정대구 시인의 의식 속에 자연은 인간의 현실을 암시하고 가르쳐주는, 하늘의 이법이 담겨있는 책이 된다. 때문에 좀더 반성적이고 배움을 추구하는 존재라면, 다시 말해 현실적 삶의 모순과 누추함을 벗어나고자 하는 사람이라면 자연을 통해 현실적 삶의 지표를 읽어낼 수 있어야 한다. 정대구 시인은 이것을 아주 자연스럽고 정확하게 찾아내고 있다. 그것이 아름답게 펼쳐진 다음과 같은 시를 우리는 만날 수 있게 된 것은 행운이다.

눈 오는 날은
서울의 빌딩들이 낮아지네

올 들어 나는
두 번째 교회에 나가면서
그것을 보았네

앙상한 팔 벌려
하느님의 말씀 듣는
나무들의 야윈 손끝까지
발끝까지
하느님의 축복 소복소복

높은 빌딩은 낮아지고
낮은 집은 높아지고
내가 선 자리에서도
하느님의 손이 보이네

얼결에 내 이마를
스쳐 지나가기도 하고
내 손바닥에 닿아 녹기도 하지만

어느새 하느님은
시린 나무들의 손 끝에
솜같이 따뜻한 흰 장갑 끼워 주시네

―「눈 오는 날은」 전문

　　마음의 순결과 세상의 평화, 그리고 평등의 정신이 이 시 속에 녹아
있다. "앙상한 팔 벌린 나무들의 야윈 손끝"을 보는 시인의 시선 속에
민중들에 대한 한없는 애정을 엿볼 수 있고, "높은 빌딩은 낮아지고/낮은
집은 높아지"는 하나님의 역사(役事)에서 민중에 기반한 시인의 역사적
전망과 세계관을 확인할 수 있는 것이다. 그러면서 모든 대상을 순수의
하얀 색으로 동질화하면서 "따뜻한 흰 장갑 끼워 주"는 동화적 세계의
평화로운 분위기는 이 시가 갖는, 아니 정대구 시인의 시가 갖는 저력일
것이다. 자연의 아름다움을 그대로 살리면서 거기에 자신의 의식과 가치

관을 오롯이 담아낸 이 작품은 시인의 염결성이 자연스럽게 우러난 것이라 해도 과언이 아니다. 맑은 슬픔이 극치에 이르러 세상의 따뜻함과 만나는 느낌이다. 그런 점에서 여기에 이번 시집의 참된 정신이 깃들어 있다고 보여진다.

　이제 시인은 더욱 나이를 먹을 것이다. 그러나 그가 자연 현상 속에서도 저와 같은 아름답고 복된 메시지를 읽어내고 있다면 우리 소외되고 힘없는 사람들의 고통과 희망을 앞으로도 더욱 잘 담아내지 않을까 생각한다. 정신만은 나이를 초월할 수 있다. 역동적인 정신과 삶만이 우리를 구원할 수 있다. 계속 "둥글고 푸른 목소리"로 생의 슬픔과 갈망을 맑게 노래하시기 바란다.

대지로 돌아오는 푸른 생명의 노래
—<푸른시 2001> 동인의 시 세계

생명의 토대에 대한 깊은 발견 : 차영호

이번 동인지에서 보이는 차영호 시인의 특징은 '낮은' 것이 갖는 의미
와 가치의 발견이다. 그는 낮아진다는 것이 어떻게 이 시대적 삶의 황폐
함에 대응하는지를 직관적으로 알고 있다. 즉 낮아짐이 산업문명에 의해
타락한 이 세계를 질러가는 하나의 대안적 삶의 방식이 될 수 있음을
체득하고 있는 것이다. 그것을 그는 다음과 같이 노래한다.

무에 그리 푸달진 높이라고 아득바득 직립에 목을 매야하나?
눕자, 눕자, 누운 만큼 넓어지는 하늘

—「누운향나무」 전문

짧은 경구와 같은 형식으로 제시된 이 시는 그만큼 삶의 지혜를 압축적
으로 보여주고 있다. 이 시는 두 가지의 대립된 이미지 계열로 그 의미를

생성한다. 즉 직립과 누움, 높이와 넓이의 대립 체계가 그것이다. 여기서
시인은 전자를 부정하고 후자를 지향한다. 그런데 근대 산업문명을 살아
온 사람에게 이러한 삶의 태도는 일상적 가치관으로 볼 때 매우 역설적인
것이기 때문에 큰 의지적 결단을 필요로 한다. 즉 경쟁과 출세로 높이에
강박된 문화, 전문과 심화로 고립(직립)을 당연시하는 근대문화는 누움과
넓이를 인정하지 않는다. 때문에 이를 근저에서 전복하고자 하는 목소리
는 매우 센 저항에 부딪히지 않을 수 없다. 그래서 목소리와 표현자체에
힘이 들어가지 않을 수 없는데, '무에', '푸달진', '아득바득', '매야하나?'
등의 사투리와 구어체의 목소리, 그리고 높이를 포기했을 때 또 다른
가치로 넓이를 확보할 수 있다는 역설적 표현은 이러한 관습적 저항에
대응하는 의지적 결단을 반영한다. 그 점에서 이 시는 의지의 강력함을
짧은 시행으로 응축해 냄으로써 깊이 있는 울림을 가진다.

　이러한 인식 선상에 섰을 때 낮은 존재들이 얼마나 소중하고 생명력이
가득 차 있는가를 알게 된다. 차영호는 그러한 의미를 '난쟁이'의 이미지
로 드러낸다.

　　　그 날 칠포 바닷가 모래밭에 수천 수만의 가시내들이 깔깔거리며
　　　모래 틈새로 스며들더니 넋 나간 멀커니처럼 냉수대가 밀려온 오늘
　　　아침 불현듯 진저리 치며 뛰쳐나와 손나발을 불어대는 연분홍

　　　난쟁이들

　　　　　　　　　　　　　　　　　　　　　—「갯메꽃」전문

　차영호에게 '갯메꽃'은 칠포 바닷가 모래밭에 "진저리를 치며 뛰쳐나
와 손나발을 불어대는 연분홍/ 난쟁이들"로 인식된다. 척박하기 짝이 없

는 모래밭에서 강렬한 삶의 욕망으로 터져나오는 존재들은 이렇게 강인한 생명력의 '난쟁이들'로 묘사된다. 낮은 것들이 원래 강인한 생명력을 갖고 있음을 알고 있을 터이지만 여기에서 한 걸음 더 나아가 이러한 낮은 생명들이 모든 '높은' 존재들의 생존의 터전이 됨을 함축하고 있는 것이 이 시의 장점이다. 그 점에서 차영호의 시에서는 낮고 작은 것이 아름답다. 때문에 그가 "큰 나무 그늘에 큰 나무 종자가 숨어 있어 / 소광리는 모반처럼 늘 푸르다"(「소광리에서」)고 노래한다고 하여 이 표현을 높이를 지향하는 것으로 보아서는 안 된다. 이 시에서도 높이가 아름다울 수 있다면 그것은 그 안에 '종자'라는 작고 낮은 개체가 숨어 있기 때문임을 말하고 있다. 즉 언제나 높이를 '모반'하는, 다시 말해 전복할 수 있는 반성적 인식의 싹으로서 종자가 있기 때문에 소광리 큰 나무는 푸르고 아름다울 수 있는 것이다.

그 점에서 작은 개체를 이 우주적 차원에까지 확대하여 상상하는 차영호의 발상은 놀라운 바가 있으며 이는 근대산업문명을 질러갈 수 있는 생명적 사고로서 주목되는 바가 있다. 다음과 같은 구절은 바로 그러한 사고가 사실은 얼마나 아름답고 절실한지를 잘 보여주는 하나의 사례다.

> 아, 자미나무 한 그루 활활
> 손가락이란 손가락마다 불을 지펴
> 눅눅한 하늘을 말리고 있구나
> 소지공양(燒指供養)!
>
> ―「송광사 일몰」 부분

자미나무 꽃과 노을의 상호 조응, 이를 소지공양이라는 불교적 의미망으로 포착한 것은 만물을 살려내겠다는 대자대비의 생명의 발상인 것.

그것은 아름답고 풍요로운 세계 구축이다. 이러한 상호 조응과 세계를 위한 자아 멸각의 태도야말로 분열과 고립, 그리고 이기주의와 비생명적인 근대문명을 넘어서는 삶의 태도가 될 것이다.

자연과 자아의 동화를 통한 열린 길의 획득 : 김만수

김만수의 시도 차영호의 시와 그리 멀리 떨어져 있는 것은 아니다. 다만 김만수는 자연의 소리를 더욱 내면화하여 자신의 삶의 방식을 자연적 질서에 합치되도록 애쓴다. 그것은 물질문명에 상처 입은 인간의 황폐한 삶을 극복하는 일일 터인데, 자연적 생명이 시키는 일에 충실함으로써 진정한 인간적 삶을 모색하는 것에 해당한다. 다음과 같은 시는 바로 그러한 진정한 삶의 길을 찾아 나서고자 하는 시인의 의식을 잘 보여주는 것들이다.

> 갈비가 비처럼 내리는 길
> 망촛대 툭툭 건드리며 오르다 보면
> 내 속으로 튀어 들어오는 낯선 풀씨들
> 나도 죄 많아 후쳐 내 보낸다
> 고 고운 것들
> 부화해 낼 온기가 없으므로
> 꽃 피는 시절 내 속으로 흘러든
> 먹물들 비린 소스들 다 긁어내 버리고
> 빈 몸으로 얼쩡얼쩡
> 남은 숲길 그곳으로 가 눕고 싶다
>
> —「학생부군」 부분

그 울음소리
횡격막 높이로 차오르는 아침
한 나절쯤 걸어 너의 빈 산으로 돌아가고 싶다
찔레 순 따라 도지는 설움의 녹물
오랜 결박을 풀고
내 낡은 거푸집 다
벗어버리고

—「구만리」 부분

　내 안의 타락한 것들이 자연적 질서로 살아갈 수 있는 진정한 삶을
가로막고 있다. "내 속으로 흘러든 / 먹물들 비린 소스들", 곧 '죄'가 되는
그것들은 내 삶의 "오랜 결박"으로서 "낡은 거푸집"이다. 반자연적, 반생
명적 삶이 어느 한계상황, 곧 "횡격막 높이"쯤 차오르는 절박한 현실에
당도하여 시인은 이제 타락의 실체들을 "긁어내 버리고", 또는 "다 벗어
버리고" 자연의 상태로 돌아가고자 한다. 그것은 곧 물질적 문명에서
가졌던 욕망을 다 던져버리고 "빈 몸"으로 "빈 산"인 자연에 "돌아가"
"눕고" 싶은 것이다. 그것은 현실적 삶의 초월이자 극복이다. 여기서 문
제는 이러한 생각을 하게 되고 할 수 있게끔 하는 힘의 정체다. 그것은
바로 "내 속으로 튀어 들어오는 낯선 풀씨들" 때문이다. 즉 자연과 자아
의 동화를 통한 눈뜸이다. 이는 다음과 같은 시에서도 여실히 드러난다.

군의관은 내 정관을 묶으려 들었다
　　　<중략>
몸 속으로 흘러드는 그 나무의 소릴 듣는다

하늘 향해 생육하고 번성하게 살다가라고
목 잘린 나무들이 줄지어

아스팔트 위를
우우 소리치며
뛰어 다니는 것 좀 보라고

　　　　　　　　　—「그 나무」 부분

　"몸 속으로 홀러드는 그 나무의 소리"에 시적 화자는 얼마나 반생명적
이고 반자연적으로 자신의 현실적 삶이 이루어지고 놓여 있는가를 깨닫
는다. "정관을 묶"는 것은 제도적 문명이 만드는 폭력적 횡포다. 나무들
이 목 잘린 채 아스팔트 위를 뛰어다니는 것도 똑같은 상징적 의미다.
바로 생명의 힘을 억압당하고 분노와 고통에 절규하는 근대 문명의 강압
적이고도 비참한 상황을 암시하는 것이다. 이러한 반성적 인식을 시인은
자연과의 교감에서 얻는다. 그것은 곧 자연과의 동화를 통한 삶의 열린
길을 찾고자 하는 태도다.
　그 점에서 인간과 교감할 수 없이 황폐해진 자연은 인간의 절망을 암시
하는 공간이 된다.

난장을 치고 있었다 칠포
거멓게 부러진 물결이 툭툭 불거져 나와
햇살에 마르고 있었다

　　　　　<중략>

한 장
끝내 벗어서는 안 될
푸른 속옷을 벗어 줘 버리고
능욕 당하고
칠포 바다와 함께 칠포는

불꽃이 열어주는 곳으로 다시는
돌아오지 못 올 길 가버렸다

—「칠포」 부분

그에게 칠포는 악마적 공간이다. "한 장 / 끝내 벗어서는 안 될 / 푸른 속옷을 벗어 줘 버"렸기에 이미 삶의 진실은 능욕 당하고 없다. 때문에 시 속에서 "불탄 주머니", "검은 노을"(「칠포」)로 표상되는 비극적 세계상은 자연의 타락이지만 인간에 의해 황폐화된 현실이자 자연이 우리 인간에게 되돌려 주는 잔인한 복수를 뜻하게 된다. 그 복수의 내용들은 다른 시에서도 "흐르지 않는 저녁 바다"(「박이한」)로 제시된 뒤 "개찰되지 않는 너의 꿈/갈탄 타는 연기로 흩어져 내려앉는 너의 별"(「박이한」)로 귀결됨을 볼 때 악마적 죽임의 세계다. 이 세계에 대한 공포와 그러한 공포를 벗어나 자연과의 교감을 통해 삶의 열린 길을 찾아 나서고자 하는 희망 속에서 실존적 목마름을 겪고 있는 것이 김만수의 시 세계인 셈이다.

신생을 위한 참회의 눈물 : 조혜전

조혜전의 시는 생명에 대한 인식을 보다 첨예한 경지로 밀고 간다. 현실적 삶이 얼마나 비정하고 획일화로 무미건조한지를 발견한다. 그러한 세계와 그 세계 속에 안주해 살고 있는 자아를 인식하는 순간 그의 시는 자성적이다 못해 참회로 가득 찬 격정과 깨달음의 장이 된다. 그것은 무엇을 말함일까? 바로 오늘의 모든 사람들이 가져야 할 태도가 아닐까? 동시대의 심리적 상황을 구체화하면서 그것에 내적 결절을 만드는 조혜전의 시는 시대 진단과 그것의 처방에 대해 탁월한 직관을 보여준다.

우선 그의 시는 이 시대적 병적 징후를 짧지만 짧아 더욱 섬뜩한 이미지로 이렇게 제시한다.

> 얼굴
> 얼굴들
> 사이에는
> 몸서리나게
> 바람 한 점 없다
>
> 눈도
> 귀도
> 코도
> 닳아빠진 얼굴
> 맨도롬한 벽이다
>
> 사람이 벽이다
> 아주 나긋나긋한 벽이다
>
> ──「도시의 벽」 전문

산업문명 사회의 모순과 비인간화를 이렇게 구체적이면서도 집약적으로 표현한 시가 있을까? 단절과 고립, 비생명성과 획일화, 형식과 익명이 판치는 오늘의 우리 현실을 핵심적 형상으로 잘 표현해내고 있다. 거기에 아주 놀라운 익살과 역설은 바로 우리의 이 현실이 자칫 의식 없이 살다 보면 "맨도롬한", 혹은 "나긋나긋한" 것으로 착각하기 쉽다는 것을 포착한 사실이다. 그것은 이 사회를 긍정과 부정의 양면적 시각으로 바라본 다음에 얻을 수 있는 통찰인데, 이 시어의 문맥적 활용으로 보아 조혜전은 자본주의 현실의 허위에 대해 깊은 절망과 함께 그것에 대응할 무기를 갖추었다고 볼 수 있다. 즉 반어적 표현을 통해 이 현실에 대한 뒤집어 보기의 필요성을 환기시키고 있는 점은 이번 시의 공과라 할 것이다.

그 점에서 다음과 같은 참회의 '늙은 눈물' 또한 이러한 깊은 통찰 끝에 얻어지는 것이기에 더욱 아프고 절실한 감정으로 다가온다.

> 하얀,
> 그 아무말도 없는 침묵 위로
> 폭설은 사람의 길을 막네요
> 두려워진
> 사람은 햇살 고운 언덕 위에 있을
> 흙집을 문득 생각해 냅니다.
> 그 속에는
> 존재의 투명함과 향그러운
> 난꽃이 빚어내는 언어가 흐르기를
> 기도합니다.
>
> 푸르게,
> 살아날 가슴 위로 길들이 열렸다고
> 귀띔 받고 싶어 부지런히
> 흐려지는 사물들을 올곧게 세우다
> 발바닥이 아렸지요.
> 아.
> 발바닥이 있었구나
> 내려다 본 순간
> 낯설은 발등으로 꽂히는 늙은 눈물
> 그 속으로 뚫리는 폭설의 길이 보였지요.
>
> ─「늙은 눈물」 전문

우리의 현실적 삶이란 자기 근본을 잊고 보다 나은 세계를 추구한다는 환상에 사로잡혀 눈이 멀어있을 때가 얼마나 많은가! 그런 명분과 환상에 갇혀있을 때 우리는 "폭설"같은 것이 "사람의 길을 막"는다고 자주 생각한다. 그러나 폭설은 우리의 허위 욕망이 만드는 감옥일 뿐 세계는 언제나 열려 있다. 따라서 허위욕망을 깨뜨리는 일이 무엇보다 시급한 일인데 그것은 깊은 자기성찰이 따르지 않으면 안 될 일이다. 다행히 조혜전은 이를 "흐려지는 사물들을 올곧게 세우다" 발견한 '아픔', 즉 그 동안 자기 생명의 근본으로서 "발바닥이 있었구나" 하는 깨달음과 이를 참회하는 태도로서 "늙은 눈물"을 "낯설은 발등으로 꽂히"게 하는 데서 얻게 된다. 즉 깨달음을 통한 참회의 눈물 속에서 비로소 생명의 진실로서 "폭설의 길"이 "뚫리는" 것을 보게 되는 것이다. 이는 앞의 여러 시인들의 시에서 보았던 문명자본주의 사회의 현실을 질러가기 위한 삶의 자세로서 '낮음'(조혜전의 경우 '발바닥')의 의미를 조혜전도 깊이 있게 느끼고 있음을 말해준다. 하나 덧보태 언급할 점은 조혜전은 이 발바닥과 연결된 이미지로서 낮음의 구체적 지향 형식으로서 '흙집'을 의미화하고 있다는 점이다. 흙집은 분명 오늘의 차갑고 비정한 기계문명이나 콘크리트 집과는 다른 온기를 품고 있는 것으로 보여 그의 시에 생명의 활기를 불어넣는 표상으로 작용한다.

그 점에서 다음과 같은 시는 그가 추구해온 시적 주제와 관련하여 생명적 세계에 대한 미학적 탐색이다.

> 검고 둥근 무쇠고리 벗기자
> 푸른 새벽의 문으로
> 밀려드는 물나울 같은 달
>
> ─「그믐달」 부분

푸른, 새벽, 물나울, 달의 이미지들은 풍요롭고 활기찬 생명의 표상들이다. 거기에 대해 검은, 무쇠고리 이미지는 이러한 생명의 표상들을 침해하고 억압하는 것들이다. 문제는 생명의 본질은 이러한 억압적이고 권위적인 장벽들을 몰아내고('벗기고') 그 안에 잠재된 강렬한 생명의 힘으로 터져나온다는 데에 있다. 그 힘의 분출과 터져나오는 형상들은 이 우주의 아름다운 모습이다. 그 점에서 조혜전은 세계의 진실은 생명의 자유로운 활동이며 그것이야말로 아름다움 그 자체란 것을 잘 체득해 보여주고 있다.

생명의 성(性)을 통한 우주와의 교감 : 하재영

하재영의 시는 조혜전과 달리 성을 좀더 생명적인 진실로 밀고 올라간 자리에 서 있다. 성이란 무엇인가? 세계와 자아의 동일성을 가장 궁극에까지 추구하는 행위 아닌가? 그런 점에서 성이 하나의 권력 창출 수단의 왜곡된 대상, 즉 상품화나 포르노그라피로 사용되지 않는다면 그것은 우주의 가장 자연스런 율동과 생명의 진실을 추동하는 형식이 될 것이다. 하재영은 이를 직관적으로 알고 있다. 아니 불구적인 오늘의 우리 생명에 활기와 신명을 불어넣는 에너지로 성의 위대함을 노래한다.

까치가 부리로 흙을 쫀다

길 한쪽
깎아버린 붉은 손톱 같은
진달래 꽃눈

봄비 그친 후
　　첫애 난 젊은 엄마의 젖꼭지 같이
　　푸른 흙
　　퉁퉁 부어 있네

—「봄비 그친 후」 부분

　계절의 순환과 맞물린 봄의 생명성을 이보다 더 생동감 있게 표현한
시는 많지 않을 것이다. 봄비 내린 흙을 보고 "퉁퉁 부어 있"는 "엄마의
젖꼭지"를 연상하는 것은 이 우주의 생명성을 깊이 생각하고 있지 않으
면 이루어질 수 없는 일이다. 까치가 부리로 흙을 쪼고 그 자리에 손톱
같은 진달래 꽃눈이 터져나오는 이 우주적 현상은 생각해보면 모두 성적
이다. 생명의 순환을 본질로 하고 있는 우주는 언제 어디서나 인간이
부끄러워하는 성적인 일을 하고 있다. 그 점에서 인간의 도덕적 관점을
약간이라도 벗어나면 즉 자연의 일부로 돌아가면 성은 생명의 가장 충일
한 활동이다.

　그런데 근대산업사회는 인간에게 성을 부끄러운 것으로 인식시켜 억
압했다. 노동을 신성시하기 위해 성을 일상적 현실에서 추방시켜 버렸고
성을 어두운 사적 영역에 은폐시켜버렸다. 그 점에서 근대문명사회에서
인간은 이러한 성의 억압으로 생명적 존재로서 가져야 할 생동성, 즉
자유를 스스로 제약하게 됐다. 이제 성의 해방은 생명의 자유를 추구하는
시대적 요청으로 부상할 수밖에 없게 되었고 성에 대해 새로운 해석을
내놓지 않을 수 없게 되었다. 이때 하재영의 이와 같은 시는 시대적 구속
을 거슬러 오르는 하나의 대안적 실천적 인식으로 주목된다. 다음과 같은
시가 바로 그러한 인식을 가장 아름답고 절실하게 표현해낸 절창이 아니
겠는가.

아무도 눈치채지 못하게
아픔으로
꽃순 올리고
초경을 맞는 갸느린 떨림으로
공기와 공기 사이
틈을 내어
꽃봉오리 터뜨린다
아, 삶도 그렇게
머문 곳에서
누구도 모르게
조금씩 조금씩 위로 올리는 아픔을 가져야

　　　　　　　　　　　　　　　　―「연꽃」 부분

　생명의 탄생은 새로운 진실의 탄생이다. 그러한 생명의 탄생은 이 우주
적 질서로 보자면 바로 "초경을 맞는 갸느린 떨림"과도 같은 성적인 것이
다. 그 떨림은 신비롭되 아픔을 동반하고 그리하여 생명의 아름다운 정점
으로 "꽃봉오리(를) 터뜨린다." 이것을 우리의 '삶'으로 받아들여 "누구도
모르게 / 조금씩 조금씩 위로 올리는" 사람은 우주와의 교감을 통해 생명적
진실을 실천하려고 하는 자일 것이다. 그것이 방종이 아님은 분명하다. 그것
은 우리에게 죽어있는 삶의 활기와 신명을 깨우는 일인 것이다.
　그런 생명의 신명에 깨어난 사람일 경우 근대문명 사회가 가졌던 높이
에 대한 환상을 버리고 푸른시 동인의 일체화된 마음 형식으로서 '낮음'
을 하나의 생명적 진실로 수용할 수 있는 것이다. 하재영도 그와 같은
마음의 연장 선상에 서 있다.

　　마음의 울타리 밑에서
　　낮게낮게 가지 뻗어

오솔길 한참 걷다가 되돌아보면
뒷모습 숨기듯
제 모습 낮추는 눈향나무

—「눈향나무」 부분

마음 자리도 "낮게낮게 가지 뻗"을 때 아름다운 것이다. 그것은 낮은
것 위로 모든 서 있는 존재들을 포용할 수 있기 때문이다. 그 점에서
제 모습 낮추는 '눈향나무'는 바로 이 우주와 교감을 통해 생명의 진실을
체득한 사람만이 가질 수 있는 구체적 표지다. 그러한 낮은 곳에는 "민들
레 꽃씨도 / 아이들이 찾지 못한 보물쪽지도 / 꼭꼭 숨겨"(「눈향나무」)
있기 마련이어서 높이와 고립의 문화를 질러가는 대안적 삶의 자세가
될 수 있기 때문이다.

세계상실감과 막다른 길의 인식 : 김성찬

이야기는 다시 높이와 고립의 문화에 갇힌 사람의 경우로 돌아간다.
그에게 세계는 닫혀 있다. 닫혀 있기에 내부로만 의식은 열리고, 그 결과
갇힌 자의 고통과 번민이 주조를 이룬다. 자의식이 깊어지는 불면의 시,
그것은 산업문명에 상처 입은 현대인의 심리적 초상화라 할 수 있는 것인
데, 김성찬의 시는 바로 이런 시의 전형이다. 처절한 내면의 아픔을 고백
하는 문체에다 생의 한계상황이 시적 주제로 제시되고 있어 보는 사람으
로 하여금 처연함과 긴장감을 갖게 한다. 그러한 고통과 아픔이 정당한
것일까 하는 의문을 품으면서도 어느새 우리 역시 생의 막다른 골목에
밀려 떨고 있음을 그의 시는 환기시켜준다. 그 점에서 그의 시는 생의

고통의 깊이를 독자에게도 '날 것(생체험)'으로 겪게 하는 점이 특색이다.

먼저 그의 시는 자신의 삶의 현실을 '유폐의 땅'으로 인식하고 있는 데서부터 출발한다.

> 여기는
> 이승과 저승의 어름
> 애증이 그리움을 물들이는 생의 경계
> 바람도 지나다 이름자를 떨구는
> 신화도 폭설에 사나흘 갇히는 유형의 땅
>
> —「섣달, 상옥에서」 부분

이 시의 지배적 정조는 '위기의식'이다. "어름", "경계", "떨굼", "폭설", "갇힘", "유형", 그리고 시간적 극한으로서 "섣달"의 시어들은 이 위기의식을 드러내는 것들이다. 무엇으로 인해 시적 화자는 이와 같은 극한적 상황에 내몰리게 되었는가? 그것은 '상옥'이라는 자신의 터에 대한 인식 때문이다. '여기'로 지목되는 "상옥은 포항이면서도 포항에서 멀다"(「섣달, 상옥에서」)고 시적 화자에게 제시된다. 자신의 현실적 거주처인 상옥은 역설적 대상으로 표현되리만큼 포항에 있지만 '포항'으로서 가져야 할 역사적 정신적 가치를 상실해버린 이상한 곳이다. 다시 말해 삭막한 땅으로 변해버렸다. 그것이 무엇을 가리키는가는 짐작이 가는 일이다. 포항에 제철공장이 들어서면서 원래의 포항이 가지는 아름다움과 생명성이 다 죽어버렸음을 의미하는 것일 터이다. 그런 점에서 한때 세계와 따뜻한 교류를 하였던 시적 화자는 원하지 않은 상태에서 '이 땅'에 갇혀버린 존재가 되었음을 뇌까리게 된다. 세계의 절대적 힘에 대응하지 못하는 존재는 내면으로 기어들어가 혼자 조용히 자신의 슬픔과 분노를 '뇌까리는' 자폐적 존재가 된다.

이런 유폐와 유형의 중얼거림은 그의 여러 시에 변주되어 나타난다.

막다른 골목까지 나를 붙잡아 두고 옭죄던 길따라
계절이 가고
다시 계절이 떠나가네
텅 빈 길가에 지난 시절의 슬픔들
발목을 붙잡네
내 앞으로 쏟아지는 많은 아픔들
길게 길을 열고
나를 가두어 버렸네

—「길의 인연」 부분

참으로 먼 길이었네
더는 남루할 것 없는 생(生)의 손금만 문지르다
혼자서 터벅이며 찾아든
저문 길이었네

—「먼 길」 부분

고백체의 문장은 아름답다는 느낌도 주지만 감상적 처연함을 더 강하게 환기시킨다. "길"에 갇힌 자의 우울한 고백은 "슬픔"과 "아픔"으로 범벅되어 있다. 좀더 상상을 진전시키면 '운명'이라는 덫에 사로잡힌 자의 슬픈 고백일 것이다. 이 처연한 고백이 감상으로 떨어지지 않는 까닭은 "더는 남루할 것 없는 생의 손금"이라는 구체적 이미지와 "저문 길"이라는 심리적 구체성 때문이다. 운명은 그로 하여금 세계를 상실케 하고 혼자 길 속에 갇혀 남루한 생을 살게끔 못박았다. 고립의 문화에 포박당한 자의 운명적 정조다.

여기서 김성찬은 하나의 문제적 시를 써낸다. 고립의 문화가 얼마나 비인간적이고 반생명적인지를 현실적이고 구체적인 사실로, 즉 세계상실로 인해 남겨진 내면이 얼마나 추운 공간인지를 섬세한 의식의 결로 제시한다.

> 내 안에서 웅크리고 있는
> 나는 춥다
> 내 안에는 비워버린 화덕
> 군불이 없다
>
> 푸른 가로등만 안개 자욱
> 시간의 길을 만들고 있을 뿐
> 길 위에
> 희고 야윈 눈송이만
> 내리고
> 쌓여
>
> 오늘밤 내 안의 빈 마당엔
> 쩡쩡 얼음이 언다
> 달빛도 순은(純銀)으로 부서지는 대지에
> 은사시나무 한 그루
> 긴 그림자 지우며
> 서성일 뿐

―「내 안에서」 전문

의식의 분열이 아닌 시로 이렇게 내면의 아픔과 슬픔을 아름답게 표현한 시가 있을까? 세계상실의 끝에 선 시적 화자 역시 고립과 불모의 상황에 처해 있다. "비워버린 화덕"으로 표현된 시적 자아의 내면은 건강한 생명적 교류가 단절되어 있고 생명적 힘을 내뿜을 '군불'도 없는 만큼 춥고 어둡다. 그래서 그의 안을 가득 채우는 것은 '안개'와 '야윈 눈송이', '얼음', '은사시나무 긴 그림자' 등 비생명적 대상일 뿐이다. 다만 이 시가 아름다운 것은 그의 내면이 생명적 힘을 잃고 있지만 우주의 생명적 진실에 대한 의식의 염결성으로 그 순백의 이미지를 보존하고 있다는 점이다. '은빛'으로 집중된 그의 내면 세계는 타락한 현실에 대응하여 자신을 지켜나가는 마지막 순수의 보루다. 그것이 아름답긴 하나 이 자본주의적 현실의 압력으로 볼 때 참으로 봄눈 같이 덧없는 것이다. 이 시가 문제적인 것은 그러한 순수의 보루로서 갖는 의미보다 세계상실의 인간들이 사실은 얼마나 고독하고 처연한 내면 세계를 갖게 되는지를 곡진하게 그려내었다는 점에서일 것이다. 그 점에서 이 시는 산업문명 사회 속에서 소외된 존재로서 부르는 비가(悲歌)인 셈이다.

'꽃살무늬 미로'에 사로잡힌 영혼의 운명 : 이종암

어떤 시인은 보다 운명에 예민할 수도 있다. 그의 촉수가 남보다 섬세한 감도를 지녔다면 세계의 어떤 형상이나 그 힘에 즉각적으로 반응할 것이다. 긴 촉수에 각인되며 드리워지는 운명의 힘은 그의 의식에 원초적 무늬를 새기며 이 생의 삶 내내 그 무늬가 만드는 동심원 안으로 내몰 것이다. 이종암이 바로 그런 시인이다. 그는 어떤 한 곳에서 삶의 운명으로서 '꽃살무늬 미로'를 발견하고 거기에 벗어날 수 없는 본능적 인력을 느낀다. 세계의 아름다움이 그에게 와서는 함몰의 덫이 되면서 시인으로 하여금 이 벗어날 길 없는 아름다움의 포로로 떠돌게 한다. 운명에 붙잡혔거나 버림받았거나 생의 덧없는 미로 속에 갇혀 떠도는 자의 슬픔을 노래하는 존재는 무엇인가? 바로 시인이 아닐런가! 그 점에서 이종암은 운명의 순간성에 붙잡힌 생의 강렬성과 그 강렬성이 지나간 뒤의 한없는 덧없음을 노래하는 천상 시인일 수밖에 없는 사람이다.

그는 그것을 다음과 같이 노래한다.

곰소항 너머로 스러지며 토해내는
빗금의 여린 햇살 꼭꼭 빨아들이는
내소사 대웅보전 앞 門
꽃살紋 속으로 걸어 들어가는데
그냥 꽃무늬가 아니야
사방연속무늬 꽃 속의 길은 미로
그대 생각으로 다시 길 잃고
나는 또 떠돌이

몸 속 오래 묶여 있던
부치지 못해 빛 바랜 편지들
속의 글자들 자꾸 풀려나와서
길바닥에 떨어져 헤매이는 깊은
그늘의 흔적 나는 지울 수 없는 꽃살
무늬에 얽매인 저 캄캄함

—「無明」 부분

이 시에서 '꽃살무늬'는 그에게 "지울 수 없는" 화인과 같음을 고백하고 있다. 문제는 그 꽃살무늬에 사로잡혀 있는 동안 나는 그 아름다움의 정체에 '얽매여' '캄캄한' 무명(無明)의 존재라는 사실이다. 깨우침을 얻지 못한 무명의 존재는 운명의 빛에 눈멀었기 때문에 "사방연속무늬 꽃 속에서 길을 잃고" "떠돌이"가 되는 것은 당연하다. 따라서 '그대'로 지칭

되는 운명의 그 아름다운 충격을 떨칠 수 없어 이 시의 시적 화자는 스스로 언제나 "꽃살紋 속으로 걸어들어가는" 본능적 끌림에 노출돼 있다. 아니 조금 더 생각해보면 되려 길을 잃기 위해 그 꽃살무늬 미로 속으로 걸어 들어가는 시적 자아를 상상할 수가 있다. 그것은 "몸 속 오래 묶여있던 / 부치지 못해 빛 바랜 편지들"이 사실은 그 운명적 만남의 강렬성에 대한 기억이라는 것, 또는 그것에 대한 그리움이라는 것을 암시하는 데서 알 수 있는 것이다. 그런 점에서 이 시는 젊은 날 그의 삶을 결정지었던 그 어떤 운명의 강렬함을 가슴 속에 품고 내내 잊지 않고 살아왔었음을 고백하고 있는 것이다.

그것을 그는 "다시 꽃살紋으로 편지를" 쓰는 행위로 입증하고 있다.

여기까지 왔다 내소사
몸 뜨거운 백제 후손 소목의 손목을 타고
당신 몸에 머물러 일렁이던 열꽃들
여기 이렇게 자릴 잡았을까
격포 바닷가로 떠나가는 저녁빛 알갱이들
소복이 머물러 환하다
푸른빛 쿵쿵 찍어대던 전나무 숲
들어오는 길 열어주던 마음 알겠네

변산 바닷가로 난 길 나선다
저녁빛 지워지자 하늘에 별 총총
여기서 나는 또 편지를 써야만 하나
몸 속으로 탁본되어 지울 수도 없는

내소사 대웅보전 앞문의 꽃살 무늬로
여태 지고 온

처음 만났던 그 봄날의 시간과 표정들
다 담고 다시 편지를 써 보낸다
네게로 가는 바람의 어깨 위에

　　　　　　—「다시 꽃살紋으로 편지를」 전문

"몸 속으로 탁본되어 지울 수도 없는" "꽃살무늬"는 바로 운명이다. 운명의 그 어질머리를 시인은 풀지 못해 저렇게 내소사, 격포, 변산 바닷가 등을 돌며 "당신 몸에 머물러 일렁이던 열꽃들"을 자신의 것으로 삼아 앓고 있다. 즉 운명적 만남으로 강렬하게 고양되었던 "그 봄날의 시간과 표정"을 복원하기 위해 천지사방을 헤매는 것이다. 그런 점에서 이종암의 이번 시는 운명의 강렬성이 지나간 뒤의 결핍과 상실의 스산한 감정의 세목들을 보여준다. 그 결핍의 의식이 저렇게 간절한 한때에 대한 목마른 갈구로 이어져 처연함과 아름다움도 환기시켜주는 것이다.

　이와 같은 주제의 격정성은 다음과 같은 '고향'을 소재로 다룬 시에서도 나타난다.

　　아궁이에 장작불 활활 타오르며 아궁이 입이 따뜻해지자 아, 빈 고향
　　집을 지키고 서 있던 식솔들 그제야 굳어있던 얼굴들 펴고 내게로 온다.
　　　　　　　　　<중략>
　　마당까지 내려 온 어둠도 따뜻하게 데워져 내 옆에 있다 푹신하다
　　손에 만져진다.
　　　　　　　　　<중략>
　　누운 차가운 내 몸과 불의 기운이 합체가 되고 나는 깊은 잠에 든다.
　　　　　　　　　　　　　　　—「빈집2」 부분

　생명의 표지로서, 그리고 그리움의 상징으로서 "아궁이에 불"을 때자

빈 고향집을 지키고 섰던 식솔들이 얼굴들 펴고 다가온다. 불은 그에게 내부에서 끓는 그리움의 질료다. 그 생명의 활기로서 불이 활활 타올랐을 때 "어둠도 따뜻하"고 "깊은 잠에" 들 수도 있다. 그 점에서 이종암은 운명의 강렬함을 되살기 위해 언제나 내부에 타는 불꽃을 간직하고 사는 사람이다. 그것은 그가 이 쓸쓸한 삶과 타락한 현실에 생명의 불길을 피우기 위해 제 몸 안에 열꽃을 담고 사는 형벌을 달게 운명으로 받아들이고 있다는 뜻이기도 하다. 그것이 '꽃살무늬 미로'에 사로잡힌 영혼의 운명 아니겠는가.

직관적 통찰로 빚어내는 미의 연금술사 : 권선희

세계에 대한 뜨거운 열정은 권선희의 시도 마찬가지다. 다만 권선희는 세계의 본질을 직관적으로 통찰하여 그 아름다움의 절정을 추출한다는 점이 다르다. 마치 세계가 보유한 미의 엑기스를 뽑아 우리들 영혼에 세례를 주는 미의 사제같다고나 할까? 때문에 그의 시는 극도로 압축된 증류수다. 조금만 흐트러져도 미의 내용들이 증발할 것만 같은 인상을 준다. 그것은 구체적 현실성에 기대있지 못하다는 약점을 본질적으로 내포하고 있지만 역사적 현실을 떠나 생명의 본질에 육박하기 위한 영혼의 연금술과 같은 것이다. 거르고 걸러낸 맑은 질료들로 문득 환한 절대적 아름다움을 빚어내는 것, 이것 또한 현실적 삶의 무거움과 누추함으로부터 벗어나기 위한 의식의 비상(飛翔) 아닐까.

권선희는 세계를 이렇게 제련한다.

　　내가 내알을 깨려고 망치들 때 밀려드는

도적같은 주춤임. 나른한 봄 언덕 향해
힘찬 페달질 한다. 피는 제비꽃 지나 저무는
바다를 건너 별의 속삭임 뚫으며 몇 광년
흐른다. 흐르다 흐르다 스스로 껍질을 깨고 드러낸
말간 얼굴과 문득 마주칠 때

정전, 그 몽롱한 정점, 뜨거운 꽃잎.

—「상사화(相思花)」 전문

　이 시를 볼 때 아름다움은 항상 널려 있는 것은 아니다. 어느 한 순간,
한 정점에서 불현듯 터져나오는 스파크와 같은 것이다. 그것을 잡기 위해
시인에게 "나른한 봄 언덕 향해 / 힘찬 페달질"이라는 능동적 참여가
필요하다. 그 참여의 끝에 미(美)는 "스스로 껍질을 깨고 드러"나는 것이
다. 아니 시인의 참여 아래 '마주쳐' "몽롱한 정점", 순간적 "정전"이라는
전율 형식으로 피어나는 것이다. 그런 점에서 세계에 깃들어 있는 미
역시 시인의 능동적 부름에 능동적으로 화답하는 실체인 것이다. 그것이
바로 다음과 같은 '숲'의 경우 아니겠는가.

세력을 넓히려는 건 인간뿐이 아닌가봐
저 서슬 퍼런 칼날의 숲을 좀 봐
옮겨 다닐 줄 아는 모든 것들이
쩔고 까불고 돌아갈 때
힘겹게 끌어올린 맥박
조금씩 뻗는
저 날선 혓바닥
무서운 의욕이 천지에 휘날리고 있잖아

—「숲」 전문

숲은 세계를 자신의 세력 하에 두려는 열정에 싸여 있다. 시인은 그것을 읽고 숲의 열정을 제련한다. 즉 "저 서슬 퍼런 칼날의 숲"의 힘을 "조금씩 뻗는 / 저 날선 헛바닥"으로 응축하여 그 힘의 강도를 "무서운 의욕이 천지에 휘날리고 있잖아"로 증폭시킨다. 숲의 힘이 시인의 참여로 아주 탄력적 힘을 가진 실체로 변모한다. 그것은 하나의 미적 승화다. 권선희는 바로 이 점에서 세계에 잠들어 있는 미를 발굴하고 그것에 힘을 넣어주는 연금술사인 것이다. 때문에 가령 다음과 같이 자연의 미를 위해 다소 격앙된 목소리로 우리의 무디어진 감수성을 때리는 행위 역시 그 정당성을 확보하고 있다.

> 구룡포의 밤으로 누구든지 오라
> 와서 보고 가슴이 뜨겁거든
> 불을 질러라
> 불을
> 질러라
>
> —「초대장 —구룡포 22」 부분

가슴에 불을 지를 수 있는 사람은 이미 나름대로 이 세계의 아름다움을 정련하고 있는 사람들일 것이다. 구룡포로 우리를 초대하는 권선희의 목소리는 여기에 삶의 참됨이, 생명의 진실이 깃들어 있음을 가르친다. 그러나 그것은 단순한 차원의 계몽으로 전달될 수 있는 성질의 것이 아니기에 영혼의 감수성이 깨어있는 사람들에게만 전달될 비밀주(秘密呪)와 같은 것이다. 이 주문을 자기의 삶의 지표로 삼을 수 있을 때 우리 모두 세계의 미에 동참하고 있다는 것을 알게 될 것이지만 그것은 지난하고 지난한 일이라 안타깝기 짝이 없다. 오직 시인만이라도 그 길을 끝까지

가보길 기대할 수밖에.

청결(淸潔)의 이미지로 구축한 수직의 미학 : 김종현

김종현의 시는 이번 동인지에서 가장 염결한 이미지를 통해 엄정한 자아의 모습을 보여주고 있다. 자본주의 삶이 과도하게 욕망을 부추기고 욕망에 맥없이 꺾이는 인간 존재의 모습을 보여준다면 이러한 욕망에 차가운 견결성(堅決性)의 이미지를 갖고 그것에 대응하는 의식은 분명 놀랍고 준엄한 바가 있는 것이다. 오늘날 우리 삶의 문제는 지나친 물질적 안락에 절어 있는 것이다. 삶의 좌표를 잃고 욕망에 표류하는 존재로 전락할 때 욕망에 초연하거나 욕망에 대응하여 이를 견제하는 심상의 발견은 서늘한 전율을 일으킨다. 그런 점에서 볼 때 김종현의 시는 자연의 심상 속에서 우리의 욕망을 순화시키거나 단련시킬 차고 단단한 이미지를 발견함으로서 우리의 안일한 정신을 일깨운다. 그것은 이 시대적 삶의 지향점을 우리의 흐린 삶 위에 세우는 새로운 수직의 미학이다.

이 염결성의 이미지로 그는 먼저 '겨울'을 주목한다.

눈 내리면
솔, 잎, 소름 돋으리

면도칼로 깎은 바람
쩌렁쩌렁 불어오면
쨍, 쨍, 산정의 결빙

가지 끝

마지막 한 눈송이의
칼같은 최후

우듬지에 걸린
대한(大寒)오는 그믐달

　　　　　　　　　　　　　　　　—「겨울」전문

겨울 저수지로 갔습니다
한 며칠 세수를 안 한 듯한 날씨 속에서
짱짱하게 긴장하고 있는 낯을 보고 있었지요

　　　　　　<중략>

그러나 한 복판은 얼지 않고 그냥 있었습니다
파르르 떨며 완강하게 버티고 있었지요
추위도 가장 깊은 물의 마음까지는
어떻게 할 수 없었던 모양입니다
　　　　　　<중략>
얼지 않는 겨울 저수지의 마음
한 바가지 퍼담아 왔지요

　　　　　　　　　　　　　—「겨울 저수지」부분

　두 편의 '겨울' 시는 말 그대로 차고 엄정한 정신을 보여준다. "면도칼"
로 구체화된 날카로운 정신, "산정의 결빙"으로 응축되는 냉혹한 의지,
"마지막 한 눈송이의 / 칼같은 최후"에서 보여지는 대담한 결단 등 겨울
의 이미지를 통해 인간이 가질 수 있는 고매한 정신을 한없이 고양시킨
다. 「겨울 저수지」도 마찬가지다. "완강하게 버티고 있"는 "저수지의 마

음"은 바로 현실적 삶에 "짱짱하게 긴장하고 있는 낯"을 간직하려는 사람의 마음일 것이다. 물질적 욕망에 의지 박약이 문제가 되고 있는 오늘의 현실에서 이러한 엄정하고 냉혹한 정신을 유지한다는 것은 참으로 놀라운 삶의 자세라 할 수 있다. 그것은 시대적 타락을 초월하고자 하는 의지적 겨눔이기에 높은 의의를 지니는 것이다.

그렇기에 같은 겨울의 소재로서 '눈'을 두고 "저리 정갈한 손길로 세상을 감싸 안다니"나 "어둠을 어둠이 아닌 것으로 만들 줄 아는구나" 하는 감탄과 "남 모르게 쌓여가는 결백의 전언(傳言)"(「눈이 내린다」)의 의미 발견은 이 시인만의 깊은 정신적 단련 속에서 발견되는 의미이자 가치일 것이다. 이런 점에서 그에게 세계는 정신적 치열성을 연마하는 도장이다. 그 도장에서 끊임없는 자기 정련을 하는 경우 우리는 다음과 같은 놀라운 '수직'의 아름다움을 보게 된다.

> 절벽 만나거든
> 생의 고삐 바싹 죄어
> 한 번쯤 보란 듯이 떨어져 보는 게다
>
> <중략>
>
> 허공에 수직으로 서서
> 매달리지도 않고
> 죽어도 보는 게다
>
> ―「폭포」부분

느슨한 "생의 고삐 바싹" 죌 수 있는 사람들은 '절벽'과 같은 극단과 절정의 삶을 살고 있는 사람들이다. 그런 사람들은 수직의 준엄함으로 자신의 삶의 가치를 고양시킨다. 이 때의 수직의 정신은 산업문명에서 보이는 우월과 고립의 상징물이 아님은 두 말할 필요가 없다. 시인 김수영이 이미 '폭포'를 두고 고매한 정신의 상징물로 쓴 바 있지만 김종현이야말로 21세기를 여는 이 시점에 진정으로 물질적 욕망에 초연한 높이의 미학이 필요함을 역설하고 있다. 그가 말하고자 하는 높이는 사실 가장 완벽하게 '떨어지는 삶'이라는 점에서 의연한 자기 희생을 뜻한다. 이는 다수를 위한 자기 멸각이라는 점에서 앞에서 보아왔던 포용과 넓이의 정신과도 통한다. 다만 그 치열성의 이미지는 정신적 완성도를 높이고자 하는 '수직'의 이미지로 제시된다는 점에서 이번 동인지에서 이채를 띠는 부분인 셈이다.

생명의 언어, 언어의 생명에 대한 미세한 포착 : 손창기

손창기의 시는 권선희의 시와 유사하다. 섬세한 응시를 통해 자연의 미세한 결들을 그려낸다. 그것은 시인으로서 가져야할 덕목이 아닌가 싶다. 그러한 섬세한 통찰은 대상에 대한 존중의 사상과 통하기 때문이다. 대상을 일반화하고 수량화하는 것은 생명의 다양성과 고유성을 없애버리는 일이다. 그런 점에서 시인은 대상의 낱낱을, 그리고 그들의 미세한 결들을 드러내야 한다. 이 경우 그 낱낱의 대상을 바로 붙잡기 위해 그것을 포착하는 언어에도 민감해야 한다. 언어의 미묘한 부림이야말로 생명의 참된 모습을 붙잡을 수 있다. 손창기의 시는 이 점을 생각게 하고 보여준다. 그의 시는 언어와 사물의 교감에서 오는 미묘한 울림에서부터 대상에 대한 그의 탐미적 의식이 짙게 깔려 있다.

다음과 같은 시가 그러한 의식을 잘 보여주는 시일 것이다.

작은 몇 單語들이 주인인양 바람에 떠들어댔다 바람이 햇살을
밀어 부치고 있었다 뒤란을 지키는 장독대 옆 이별초에 어둠이 짙어
졌다 침묵은 햇살에 감잎 뒤집히는 소리로 떨리고 있었지 감나무는
지저분한 말을 끈으로 묶어 잘라 버렸다 부끄러운 말들 까맣게 이울
고 말았다 몸 깨끗이 씻은 語節들이 하나 둘 장독대 옆에 부풀어
오르고 있었다

—「뒤안, 고요하고 환한」 부분

　　자연의 어떤 상황들과 순간들은 인간의 '단어'가 되고 '어절'이 되나
그렇게도 될 수 없을 경우 '침묵'이 된다. 시인은 자연의 터에서 인간의
말들과 사물들이 뒤섞어 돌아가는 현상을 본다. 그것은 매우 직관적인데
인간의 말이 갖는 의미심장함을 드러내기 위함이다. 그러나 무엇보다
이 시에서 인간의 말이 자연의 질료들과 어울려 공존하고 상호 순환하는
현상이 생명적이라는 사실, 그리고 시인이 이를 따뜻한 시선으로 부조하
고 있다는 사실에 주목할 필요가 있다. 그것은 바로 앞에서 말한 것처럼
언어와 자연의 공존과 순환이 바로 생명의 진실이라는 인식의 구체화이
기 때문이다. 시인은 자연화된 인간의 말, 즉 "하나 둘 장독대 옆에 부풀
어 오르고 있"는 "몸 깨끗이 씻은 語節"들은 생명의 언어들로 자연 그
자체임을 말하고자 하는 것이다.

　　그 점에 비추어 생명의 언어로 언어의 생명성을 살리기 위한 것이 손창
기의 시적 태도다. 다음의 시는 그와 같은 의식의 연장 선상에 쓰여진
백미다.

　　　　하늘에 있는 화덕에서 부는
　　　　풀무 바람의 머리칼 밑에, 동백은
　　　　꽉 쥔 빛의 다발 아닌가

귀청 찢는 듯한 천둥으로 가득 채우고는
대지의 철침 위에 뚝 떨어진다.

떨어지는 한 조각의 빛이
당목에 번지는 불똥처럼
목련 이마 위에 튀기고 있다.
더러운 것 싫어하며 햇빛 쪽을 향해
빨리 굳는 상처받은 이마들,
내 손 속에 생생하게 되돌아오는 것 같다.

타닥타닥 타는 소리는
내 머리 속에서 불티를 두들기면서
거친 산등성이를 흔들고
끝내 모든 봄을 꿈의 도가니로 만든다.

—「번짐 2」 전문

　뜨거운 생명의 기운을 '동백'의 꽉 쥔 빛의 다발에서 발견하고 이를
다시 목련 이마 위에서, 그리고 끝내 '내 손 속'에서 번지는 것으로 표현
해 들어가는 것은 바로 자연 생명의 순환적 진실성을 생명의 언어로 포착
한 것이다. 특히 불과 빛의 언어와 관련하여 '봄'의 생명성을 "꿈의 도가
니"로 명명하는 것은 '봄'의 본질적 측면을 정확히 끄집어 낸 것에 해당
한다. '도가니'는 그 안에 모든 것의 뒤섞여 있음과 뜨거운 불의 기운을
같이 공유하고 있음을 단적으로 드러내 주는 시어이기 때문이다. 그렇기
에 이 시는 언어의 생명성을 놀라운 차원으로 끌어올려 질서화한 것이라
할까.
　그런 점에서 다음과 같은 시도 언어의 섬세한 결이 자연 생명의 섬세한
부분까지 어떻게 잘 살려내고 있는지를 잘 보여주는 하나의 사례다.

들녘의 진흙과
꿈의 지푸라기로 잘 버무려진,
제비의 따뜻한 침이 테두리를 이루는 그 집을.

<중략>

빈 산 가득히 몰려와
후둑둑 흙벽을 하나 찢어 놓으며
보푸라기의 길을 열어 보입니다.
열매 열지 않는 육십 년 묵은 감나무가
어둠을 몰아내는, 깃털의 오솔길들.

—「둥지」

　집이나 들녘에서 흔히 만날 수 있는 제비집의 생생함과 안온함이 잘 전달되고 있다. 그것은 시인의 대상에 대한 섬세한 관찰과 이를 미세한 언어로 포착한 결과 나타나는 현상일 것이다. 이번 시에는 "보푸라기의 길"로 명명된 생명 언어에 바로 '둥지'라는 생존의 터를 가진 존재에 대한 애정과 존중의 마음이 잘 함축돼 나타나고 있다. 그 점에서 손창기의 시는 언어의 미감을 잘 살려 생명의 본질을 탐구하려는 탐미적 생명시다.

기억의 화첩이 갖는 생명의 아름다움 : 최영미

　어떤 시인에겐 기억이 삶의 원동력이 되는 경우가 있다. 기억은 단순히 과거의 사실을 담고 있는 인화지가 아니라 현재의 삶에 무늬를 더하고 더 나아가 내일의 삶이 펼쳐질 화면의 기본 바탕색이 된다. 그런 점에서 기억은 자기 존재의 동일성을 유지하는 중요한 요소이자 세계를 일관성 있게 이해하는 틀이다. 최영미에게 기억은 바로 그와 같은 작용을 한다. 그 점만으로도 우리는 최영미의 시를 심도 있게 바라볼 수 있을 것이다. 그러나 최영미에게 기억은 바로 이 시대적 현실과 관련하여 또 하나의 의미를 갖는다. 그것은 인간이라는 생명의 본질로서 드러나는 아름다움의 표지다.

다음의 시가 바로 그런 것들이 아닐까.

> 희안한 꽃밭 있었네
> 반 백년을 시들지 않고 향기 무성한,
> 어머니의 흐뭇한 미래와 어제가 된 나의 미래가 그 안에서
> 이파리 하나도 바래지 않고
> 향기 변함없지만 문을 찾지 못하네
>
> ─「오래된 이불」 부분

> 밤보다 먼저 깬 산그늘이
> 남은 햇살을 솎아내면
> 어머니는 환한 밤을
> 마루 위에 부린 채
> 별 묻어오는 소리를 마중하고 있었다
>
> ─「어머니, 기다리는」 부분

두 편의 시는 모두 어머니와 관련한 기억들을 형상화한 것이다. 이들 시에서 우리는 최영미가 어머니에 대해 갖는 남다른 애정의 정도를 읽어도 좋을 것이다. 그러나 그것보다 우리는 그 기억이 갖는, 즉 추억의 아름다운 결을 음미해야 한다. 「오래된 이불」에서 우리는 놀라운 이미지를

발견한다. "희한한 꽃밭"이 그것이다. 어머니와 연결된 '오래된 이불' 위에 생의 아름다운 한때로서 "꽃밭"이 펼쳐지고 거기에 "어머니의 흐뭇한 미래와 어제가 된 나의 미래가 그 안에서" 융합되는 것을 시인은 느낀다. 「어머니, 기다리는」에서도 마찬가지다. 어머니를 둘러싸고 있는 "환한 밤"은 결코 잊혀질 수 없는 기억의 각인이다. 그것은 현재의 나의 삶에 언제나 섞여 들어와 나의 생활을 물결치게 한다. 즉 현재 내 삶의 영위에 아름다움의 본질을 되새겨 준다.

여기서 최영미 시의 독특한 의미 자질을 고려해볼 수가 있는 것이다. 현대 산업사회는 추억을 만들지 않는다. 과거와 현재를 융합하려 하지 않는다. 그 점에서 미래도 항시 모호하여 없다. 모든 것이 '새 것'을 추구하는 욕망으로 변화와 속도만이 최고의 가치로 전면화 되면서 자신의 근본을 잊어버린다. 변화와 속도의 관성 속에 현대인은 끊임없이 흩어지는 자신의 정체성을 느낀다. 즉 '나'의 존재성을 구성하지 못함으로써 나를 실감하지 못하는 것이다. 비극이다. 그런 점에서 현대의 우리에게 필요한 것은 과거의 '나'를 복원하는 것이다. 그런 차원에서 최영미의 시가 의미심장하게 읽혀지는 것이다. 기억의 소중함이 동물과 구별되는 인간의 특징으로서뿐만 아니라 자신의 존재성에 대한 확인과 현재의 산업문명에 대한 생명적 대응방식으로 더 중요한 것이다. 때문에 의식적으로 '기억'의 재생을 위한 시도를 우리는 할 필요가 있다. 그것이 다음과 같은 시가 아니겠는가.

기억의 계단을 내려가면 비적거리는 걸음새가 낯설은 한 사내 있었네 <중략> 그를 잊지 못했네 사람을 떠나야 할 사람과 그의 눈에서 넘쳐 흐르던 하얀 눈물을 보고 말았네
<중략>

그때 그 눈처럼 하얗게 내린 머리카락 아래로
겨울 햇살처럼 소박한 웃음 웃고 있는
그를

―「기억의 계단을 내려가면」 부분

　사람마다 "기억의 계단을 내려가면" 저 자신에게 저렇게 강렬했던 삶의 한때가 있었나 하고 놀랄 정도의 풍경들이 있을 것이다. 그런데 이러한 의미 있는 풍경을 산업문명이 차단해버렸다. 그런 점에서 본다면 이제 자유롭고 풍요로운 삶을 위하여 제 존재의 토대를 소생해야 한다. 저마다 끊어진 기억의 계단을 내려가 심층에 묻혀있는 "그때 그 눈처럼 하얗게 내린 머리카락 아래로 / 겨울 햇살처럼 소박한 웃음 웃고 있는 / 그를" 불러와야 할 것이다. 그것만이 우리가 기계인간으로 현대를 살아가는 것이 아니라 생명을 지닌 존재로 살아가는 것임을 증명하는 길이 될 터이니 말이다. 묻혀버린 시간을 생명의 포자로 발굴하여 나선형으로 모두 싸안고 살아갈 때 고립과 소외의 문명은 극복될 것이다.

제3부 ──────────

저항과 부정의 정신

힘의 시, 생명의 노래, 역사의 기록
—조태일 시의 의미

시인은 그 시대의 증인이요, 그 민족의 증인으로서 어느 누구보다
도 감수성이 예민하고 어느 누구보다도 생명력이 강해서 그 시대의
핵심을 노래하고 그 민족을 한없이 노래해도 싫증나지 않는 법이다.
민족은 시인의 근원이기에 그 민족이나 국가가 안팎으로 위기에
처했을 때 시인은 그 민족 그 국가를 구하기 위해 지체없이 뛰어든
다. 이름하여 저항운동이고 독립운동인 것이다.

—조태일, 「시인의 삶과 민족」
『고여있는 시와 움직이는 시』(전예원, 1980)

조태일은 어떤 시인일까? 독재로 가파르던 7, 80년대 민중문학이나
리얼리즘 문학을 말할 때 빠지지 않는 시인? 역사와 민족을 말할 때 빠뜨
릴 수 없는 시인? 생명이 갖는 존엄성과 따뜻함을 온몸으로 역설하고
실천한 시인? 그의 말년의 작품을 통해 볼 때 자연과의 따뜻한 합일을
간절히 원했던 시인? 우리는 조태일을 어떻게 정리해야할까? 생각은 무
성하나 핵심은 잡히지 않는다. 한 시인이 일생을 걸쳐 썼던 시 세계를

몇 줄의 언어로 줄이고자 하는 것은 역시 무리라는 생각만 거듭 든다. 조태일이 그리고 있는 큰 세계에 정처 없이 헤매는 한 마리 잠자리쯤이나 될까? 이런 자조감은 과장이 아니다. 그는 큰 산과 같고 바다와 같고 어쩌면 하늘과 같은 모습을 보여주고 있다. 그러니 어찌 쉬이 말할 수 있으리.

그러나 조태일이 살았고 남겼고 새겨넣은 시 세계를 다시 살기 위해 우리는 하나의 구조물을 그의 대지 위에 짓지 않을 수 없다. 그의 말을 표지 삼아 사방을 구획하고 하나의 풍경이 되는 의미의 건축물을 세워야 만 하는 것이다. 그것이 그를 독자로 사랑하며 그가 떠나고 없는 이 세상에 그를 되살아나게 하는 일이 될 테니까 말이다. 그런 점에서 작품은 끝없이 다시 쓰는 질료다. 그가 사용했던 내용을 그대로 우리가 다시 쓰기도 하고 가공하여 새로운 의미망으로 직조해볼 수도 있는 것이다. 저자와 독자가 만나 새롭게 짜는 의미의 무늬가 독서라면 제 나름의 융단들은 그의 세계 속에서 펄럭여야 한다. 그것이야말로 그의 글을 풍성하게 하고 더욱 생생하게 하는 일이 될 것이니 말이다. 그 점에서 이 글은 잠자리와 같이 그의 세계를 정처 없이 날다 볼록렌즈와 같은 눈으로 조태일의 시적 의미를 모아본 것에 지나지 않는다. 그것은 성글 것이나 그래도 한 생명체가 질러간 생생함이나마 배여 있을 것이라는 점이 위안이다.

1. 진보에의 열망과 펄럭이는 '기(旗)'

조태일은 1964년 경향신문 신춘문예에 「아침 船舶」이 당선되어 문단에 나왔다. 그가 등단할 무렵은 4·19 혁명의 열망이 5·16 군사 쿠데타에 의해 무참히 깨어져 민주화의 열기가 냉각될 때였다. 그때의 청년

대학생으로서 조태일은 현실적 장벽에 대한 체념과 그 장벽을 넘어서야 한다는 의지의 이중적 갈등 속에 놓여 있었다. 그의 처녀 시집『아침 船舶』(1965)은 바로 이런 감정과 시대적 분위기 속에서 나왔다.

> 獲得의 눈이 내리고 있다.
> 學童들의 꿈길에서 얻어진
> 멀고 먼 나라의, 가까운 恩惠가 흩날리고 있다.
>
> 아침 인사를 받으면서 물러앉은 山.
> 아침 인사를 받으면서 午後가 되더라도 피로하지 않을
> 하이얗게 움직이는 船舶이 있다.
>
> 우리의 젊은, 우울한 船長에겐 무엇을 바칠까?
> 우리의 母國語를, 우리의 손으로 만들어진 나침반을,
> 우리의 눈에 맞는 색갈의, 저 地平을 향해
> 펄럭일
> 旗를 바쳐야 한다.
>
> ―「아침 船舶」부분

이 시가 알려주는 정보는 대충 두 가지다. 하나는 아침, 선박, 기(旗)로 대표되는 출발의 의미다. 이 출발, 혹은 전진의 의미는 시 속에서 나침반, 지평 등의 방계 이미지를 거느린다. 다른 하나는 현재의 선박, 즉 어떤 '운명 공동체'는 아직 어둠 속을 완전하게 벗어나지 못하여 방향성을 잃고 있다는 사실이다. 이는 '우리 손으로 만들어진 나침반'이 필요하고 '우울한 선장'의 현실태를 고려해볼 때 확인되는 점이다. 조태일은 이 시를 통해 전진을 멈춘 배, 더 나아가 어쩌면 표류하는 배에 정확한 항로와 기수를 부여해 나아가기를 염원하고 있는 것이다. 그것은 출항, 출발,

떠남 등으로 변주되는 진보에의 희망이다.   그런데 문제는 이 시에서 벌써 조태일의 전 생애를 틀지워 줄 이미지의 출현이다. 바로 '旗'를 가리 키는데 이 시에서도 기는 전진, 선봉, 투쟁 등의 의미를 어렴풋하게 함축 하고 있다. 아직 대립적 차원에서의 격렬한 의미는 구체화되지는 않았지 만 본능적으로 조태일은 역사의 전진에는 필연적으로 선봉과 그 선봉의 투쟁의지가 깃발처럼 펼쳐져야 함을 알고 있었던 것이다.

그렇지만 이 당시까지만 해도 조태일은 당대의 역사현실에 대해서 아 직 관념적 차원의 대응에 머무른다. 즉 추상적 현실 인식에다 나약한 자아가 엿보이는 것이다. 그 대표적인 예가 '난로', '방'으로 표상되는 '갇힌 세계'의 이미지다.

우리들의 房은 音樂이었다.
기어드는 音程으로 펄럭이는 커틴.
音樂의 골짜기마다 아로새겨진,
발가벗은 道德과
괴로워하는 肉體의 革命은
다시 일어나고 있다.

—「煖爐會(Ⅱ)」 부분

나는 내 房을 슬프게 장악하는 兵丁.
내 時間이 흔들리면, 처량하게 흔들리면,
季節의 밑둥이에 앉아 있는 우울.

—「演習(Ⅰ)」 부분

이 두 편의 시는 당대의 현실에 시적 자아가 어떻게 반응하는지를 잘 보여주는 것들이다. 두 편 모두 '방'이라는 닫힌 공간 속에서 주관적인 행위로 파악될 수밖에 없는 "괴로워하는 肉體의 革命"이나 생각하거나 "우울"에 빠져 있는 자아를 보여준다. 닫힌 세계를 열고 나오는 실천 방법, 즉 현실에 대한 구체적 대응 방법을 알지 못하는 감상적 자아의 모습이다. 이러한 것들은 시적 자아가 당대의 현실을 아직 구체적으로 인식하지 못한 데서 발생한다. 즉 이때의 시적 자아가 당대를 "너와 나의 營養이 脫營한 연대"(「다시 鋪道에서」) 또는 "지치지 않고 妥協도 멀리, 피를 쏟으며/가는 時間 위에 우리를 눕혀/房을 살아라 한다."(「우울한 房」) 정도의 관념적 수준으로 파악하는 데에 원인이 있는 것이다. 때문에 시적 자아는 "지금 나의 靈魂은 피로하다."(「연습 Ⅲ」)거나 "친친 감겨오는 時間, 움직일 수 없는 肉體의 고요에서/그지없이 뜨거운 場所에서 벗어나라./벗어나라, 황홀한 爭鬪여."(「煖爐會(Ⅰ)」) 라고 말함으로써 자조적 비애나 탐미적 토로에 빠져들고 만다. 이는 조태일 시에 대한 주제적 접근에서 볼 때 일정한 한계를 보이는 부분이다.

그러나 이러한 관념적 현실 인식과 낭만적 시적 자아의 모습은 두 번째 시집 『식칼론』(1970)에 오게 되면 사정은 달라지게 된다. 현실은 보다 구체화되고 자아는 객관화된다.

2. 힘의 미학과 민중의식, 역사의식

『식칼론』을 낼 무렵의 조태일은 월간 시 전문지 ≪詩人≫(1969)을 발간 주재하면서 김지하, 양성우, 김준태 등의 민중시인을 발굴하고 시로 역사적 현실에 대응하는 모습을 보여준다. 즉 박정희 군부 독재가 어떻게 당대의 민중을 억압하고 역사를 왜곡하는지를 지적하고 폭로하는 역사적 구체성을 얻고 있었던 것이다. 다음과 같은 시가 이 경우 대표적일 것이다.

> 내 가슴 속의 어린 어둠 앞에서도
> 한 번 꼿꼿이 서더니 퍼런 빛을 사방에 쏟으면서
> 그 어린 어둠을 한 칼에 비집고 나와서
> 정정당당하게 어디고 누구나 보이게 운다.
> 자유가 끝나는 저쪽에도 능히 보이게,
> 목소리가 못 닿는 저쪽에도 능히 들리게
> 한 번 번뜩이고 한 번 울고
> 번개다! 빨리 여러 번 번뜩이고
> 천둥이다! 크게 한 번 울고
> 낮과 밤을 동시에 동등하게 울고
> 과거와 현재와 까마득한 미래까지를
> 단 한 번에 울고 칼끝이 뛴다.
> 만나지 않는 내 가슴과 너희들의
> 벼랑을 건너 뛰는 이 無敵의 칼빛은
> 나와 너희들의 가슴과 정신을
> 단 한 번에 꿰뚫어 한 줄로 꿰서 쓰려뜨렸다가
> 다시 일으키고, 쓰러뜨리고, 다시 일으키고
> 메마른 땅 위에 누운 나와 너희들의 國家 위에서
> 아직 오지 않은 미래를 끌어다 놓고
> 더욱 퍼런 빛을 사방에 쏟으면서
> 천둥보다 번개보다 더 신나게 운다
> 독재보다도 더 매웁게 운다.

—「식칼론 4」전문

'칼'과 '운다'로 짜여진 이 시는 바로 군부 독재에 대한 저항의 의미를 구체화한다. 이 저항에의 힘, 저항의 구체적 대상, 저항에의 동참을 호소

하는 민중에 대한 의식의 발현 등은 관념적 현실인식과 낭만적 자아의 모습을 한 번에 쓸어내고 있다. 그 점에서 「식칼론」은 조태일의 시사(詩史)에서 아주 중요한 전기가 된다.

이 시가 작품 내외재적 측면에서 고루 주목되는 것은 이후 조태일 뿐만 아니라 민중문학에서 즐겨 쓰는 저항의 심상들과 밀접히 관련되기 때문이다. 이 시에서도 '식칼'과 '운다'의 이미지는 의미심장하기 그지없다. '칼'은 예로부터 저항의 구체적 상징물로 써왔다. 불의와 독재에 대항하는 정신과 행동의 상징으로 칼은 동학가사나 의병가, 그리고 일제에 대한 저항시에 주로 나타났다. 그런데 조태일은 이런 '칼'의 의미를 계승할 뿐 아니라 그것을 당대적 현실로 재구성하여 보여줌으로써 독자적 의미까지 획득한다. 즉 '식칼'이라는 언어는 저항의 이미지로서 '칼'이 갖는 날카로움과 함께 일반 가정에 쓰이는 '민중적' 정서와 힘을 담고 있는 것이다. 이는 민중의식의 구체화이기도 하다는 점에서 전통적 '칼' 이미지와 차별된다.

그리고 칼의 날카로움은 역사적 현실에 대해 늘 깨어있는 정신을 뜻한다는 점에서 역사의식의 구체화이기도 하다. 시인과 지식인에게 "늘 뜬 눈으로 있다/그 날카로움으로 있다."(「식칼론 2 ─허약한 詩人의 턱 밑에다가」)고 말하고 있는 것은 역사의 진보가 어떻게 하여 이루어짐을 알고 있다는 말일 것이다. 더 나아가 "내 가슴 속의 뜬 눈의 그 날카로움의 칼빛은,/어진 피로 날을 갈고 갈더니만/드디어 내 가슴살을 뚫고 나와서"(「식칼론 3」)라고 표현하는 것은 칼의 날카로움은 오직 '피'로 갈려지고 갈려질 수밖에 없음을 알고 있다는 뜻인 것이다. 자유를 획득하기 위한 역사의 진보는 민중의 희생 없이는 불가능하다는 것을 조태일은 일찍부터 알아버려 이를 치열하게 밀고 가는 것이다.

그 점에서 '운다'의 의미 역시 마찬가지다. 이 우는 것은 조태일에게 세 번째 시집『국토』(1975) 연작시에서 "아우성"(땅 위에 길게 꽂힌 깃발이 되고/참 오랜만에 듣는 소문이 된다./믿어 의심치 못할 아우성이 된다. 「소나기의 魂 —국토·38」)으로 전화돼 가면서 바로 민중의 구체적 저항 행동을 가리키는 말이 된다. 가령 "날카로운 깨우침을 이마에 동여매고/제 몸이 뜨거워 향기로워/내 몸을 어르면서/불씨들이 엉엉 운다."(「대창」)거나 "누우런 주먹들이 운다."(「참외」)고 표현할 때 이것들은 바로 압제자의 억압에 그대로 순종하기만 하지 않고 그 억압에 적극적으로 대응하고 저항하는 민중의 이미지가 되는 것이다.

때문에 힘의 저항을 통한 올바른 민중성과 역사성의 획득은 조태일 시의 핵심 주제가 된다. 다시 말해 시적 형상화에 있어서 역사적 민중의식을 바탕으로 한 저항의 내용이 조태일 시의 특권적 이미지가 되면서 시적 사물들 또한 일정하게 저항의 상징성을 띠는 매체로 착색된다. 이는 조태일의 시적 도정으로 볼 때 필연적 진전이다.

이 땅위엔 反逆만 파릇파릇 자란다.
국민학교 교과서 속의 평화와 자유만 용케도 잘 자란다.

털이여, 그대 부드러운 모습도
칼날로 선다.

—「털」 부분

눈을 감으면 어지럽게 쏟아지는
쌀은 펄펄 살아 있다.
쌀 속의 모든 사연은 살아 있다.

<중략>

펄펄 살아서 쌀은
내가 밤마다 훔치는 한국어를 노래한다.
뱀의 혀보다도 더 빨리 노래하며
내 온몸에 살아 있다.

　　　　　　　　　　　　　　　　—「쌀」부분

　가장 부드러운 '털'도 "칼날로 서"거나 "깃발"(내가 기른 머리털이 네
몸에 닿으면/네 몸은 원없이 나부끼는 깃발이 되더라.「깃발이 되더라
—국토·14」)이 되어 "反逆"의 정신을 드러낸다. 봄이 갖는 새로움은
"반란이다, 저건 반란이다, 반란이다./어허 저건 숨결이다, 숨결이다."(「
젊은 아지랑이」)로 표출된다. '쌀'은 어떠한가. 민중의 땀과 얼로 얼룩진
것이니 만큼 더욱 "펄펄 살아있다". 살아 깨어 있는 존재가 쌀이자 민중
인 것이다. 이는 "건방지고 대창처럼 꼿꼿하던"(「보리밥」) 보리에서도
마찬가지고,「된장」,「요강」「풀잎」등 토속적이고 민중적, 민족적 대상
에서 다 마찬가지로 나타난다. 이러한 시적 경향은 조태일이 앞서 스스로
말한 것처럼 시인은 바로 민족적이고 민중적인 문제를 다루는 사람이란
시관에서 비롯되었다고 볼 수 있다.
　그렇다면 이러한 시관은 어디에서 유래되는가? 일차적으로 볼 때는
대학을 졸업하고 구체적 역사 현실의 자장(磁場)에 뛰어들어 생활함으로
써 얻어진 것일 것이다. 그러나 그것으로 그의 시적 경향의 근원을 설명
하기에는 어려운 점이 있다. 여기에 대해서는 김화영의 말은 하나의 암시
가 될 수 있다. 김화영은 "엄청나게 큰 돌을 집어들고 밤나무 둥치를
후려치면 잘 익은 알밤이 떨어지며 머리와 어깨와 등을 두드리던 그 산골
시절의 경험이 그에게 제공한 것은 잔잔하고 어여쁜 서정시의 소도구(小
道具)들이 아니라 그 뿌리에 잠겨있는 힘과 격렬함, 무엇보다도 대담한

열정과 원초적인 고집인 것 같다."(「식칼과 눈물의 시학 —조태일의 인간과 시」)고 하여 '힘과 격렬함, 그리고 대담한 열정과 원초적인 고집'으로 나타나는 산골시절의 경험을 주목하고 있다. 이는 산골 시절의 원초적이고 생명적인 경험이 바로 생명의 자유를 위한 저항의 뚝심을 불러일으키는 바탕이 되었다는 해석일 것이다. 그 점에서 힘의 미학을 추구하고 그 연장 선상에서 민중의식과 역사의식을 지향하는 조태일의 시적 세계관은 바로 이 산골 체험이 갖는 원초적 생명력에 그 바탕이 있다고 보는 것이 좋겠다. 그런 바탕 위에서 끈기와 격렬함이 퍼져나갔을 것이다.

3. 투쟁의 세계관 확립과 타오르는 '불'

독재와 불의로 타락한 현실에 대한 저항은 세 번째 시집 『국토』(1975)에 오면 더 한층 가열차다 할 수 있다. 이때는 유신독재의 시절로 양심을 가진 지식인치고 독재자의 탄압 받지 않을 수 없었기 때문이다. 조태일 또한 마찬가지였다. 유신독재로부터 옥고를 치렀고 『국토』 시집은 판매 금지 처분을 받았다. 따라서 이 때의 시 세계는 완강한 대립과 투쟁의 세계관을 담고 있다고 보아 틀림없다. 그리고 이러한 내용은 네 번째 시집 『가거도』(1983), 전두환 정권이 들어선 5공화국에 맞서 있는 다섯 번째 시집 『자유가 시인더러』(1987)까지 이어진다. 소위 말하는 '현실참여'의 시적 주제로 일관된 것이다.

그런 출발점으로 「國土」 연작시는 아주 중요한 의미를 지닌다.

> 발바닥이 다 닳아 새 살이 돋도록 우리는
> 우리의 땅을 밟을 수밖에 없는 일이다.

숨결이 다 타올라 새 숨결이 열리도록 우리는
우리의 하늘 밑을 서성일 수밖에 없는 일이다.

야윈 팔다리일망정 한껏 휘저어
슬픔도 기쁨도 한껏 가슴으로 맞대며 우리는
우리의 가락 속을 거닐 수밖에 없는 일이다.

버려진 땅에 돋아난 풀잎 하나에서부터
조용히 발버둥치는 돌멩이 하나에까지
이름도 없이 빈 벌판 빈 하늘에 뿌려진
저 혼에까지 저 숨결에까지 닿도록

우리는 우리의 삶을 불지필 일이다.
우리는 우리의 숨결을 보탤 일이다.

일렁이는 피와 다 닳아진 살결과
허연 뼈까지를 통째로 보탤 일이다.

―「國土序詩」 전문

　이 시가 보여주는 의미는 우선 '우리'라는 집단의식과 삶의 터전으로서
'국토', 그 연장 선상에서 민족의 삶의 문제, 곧 분단의 문제점을 인식하
고 있다는 점이다. 이는 단순히 독재 세력에의 저항에서 그치는 것이
아니라 민중적, 민족적 차원에서 '우리'의 살 길을 찾아나서는 적극적
의미를 띠고 있다는 점이다. 분단을 지배 이데올로기로 활용하는 반민족
적, 반민중적, 곧 반역사적인 지배층의 허위를 자각하면서 실천적 차원의
민족 발견과 민중적 삶의 발견을 모색하고 있다는 점이 놀라운 점으로
볼 수 있는 것이다.

그리하여 그 결과 확연하게 민중적 입장에 선 세계관을 확립한다. 지배
와 피지배의 계급적 대립을 기초한 투쟁의식의 고취로 나아가는 것이다.
이는 억압과 기만과 차별로 얼룩진 지배계급을 쓸어내지 않고서는 진정
한 민중의 삶, 민족의 삶은 오지 않겠다는 자각 위에 내려진 결단과 같은
것이다. 이를 잘 형상화한 시가 다음 시다.

　　　　해를 삼키려고 한다.
　　　　저 우악스런 山이 아가리를 벌리고
　　　　날짐승들을 하나하나 삼키더니
　　　　세상에 하나뿐인 해를
　　　　마악 삼키려고 한다.

　　　　노을도 화가 치밀었는지
　　　　붉게 붉게 타오르고
　　　　길 잃은 갈가마귀떼들
　　　　힘겨운 나래를 퍼덕여 불길을 건너고

　　　　마침내 내 그림자는
　　　　나무토막처럼 길게 쓰러진다.

　　　　석양이다
　　　　어디서 뒤쫓아 온 도끼인가, 쇠스랑인가
　　　　자빠진 그림자를 찍어 파넘기고……
　　　　그림자는 아프다고 서럽다고
　　　　온몸을 뒤척이며 일그러진다.

　　　　어디서 뒤쫓아 온 가위인가, 작두인가,
　　　　자빠진 그림자를 자르고 자르고

피도 안튀는 그림자는 아프다고 서럽다고
온몸을 뒤척이며 일그러진다.

머리털이 잘리우고 귀가 잘리우고
모가지가, 맙소사 모가지가 잘리우고
모든 것이 잘리우고
마침내 나는 긴긴 어둠으로 누웠네.

　　　　　　　　　—「夕陽 —國土·19」 전문

　이 시는 우주적인 차원에서 투쟁의 드라마를 장대하게 읊고 있다. '해'
와 '산'으로 상징화된 두 개체는 맹렬히 싸운다. 도끼, 쇠스랑, 가위, 작두
로 표현되는 지배자의 권력에 민중은 "머리털이 잘리우고 귀가 잘리우고
/모가지가, 맙소사 모가지가 잘리우고/모든 것이 잘리우고" 마침내는 "긴
긴 어둠으로" 눕게 되는 처절함의 극치를 보여준다. 시 속의 내용으로
볼 때는 민중의 해방은 요원하기만 하다. 그러나 이렇게 처절히 패배하는
데서 김지하가 「풍자냐 자살이냐」에서 말하고 있는 것처럼 민중의 한이
응어리지고 분노의 폭발력이 생성된다. 때문에 민중의 처절한 패배를
노래하는 이 시는 역설적으로 극도의 긴장감을 자아냄으로써 민중의 승
리를 예견하는 시가 된다. 그런 점에서 지배자는 오히려 이런 시를 두려
워하는 것이다.
　조태일은 이런 시를 쓸 수밖에 없음을 다음과 같이 말하고 있다.

　　문학인은 현실 속의 모든 비리나 허위의식 같은 것을 없애고 보다
　나은 미래를 창조하려는 의지의 창조인이고 권력은 될 수만 있으면
　모든 의식을 잠재우고 있는 현실을 그대로 감추어 유지해나가려는
　속성을 가지고 있기 때문입니다. 문학이 있는 한 양심이 있는 한

현실적 권력과 참 삶을 살려는 문학인 사이에 이런 마찰은 없어지지 않을 것입니다. 시인이나 지식이나 혹은 평범한 사람들이나 간에 깨어있는 사람이라면 시대를 아파하고 괴로와 하면서 그 암흑 속에서 진실을 캐내려고 할 것이고 그 권력은 그 캐어냄을 한사코 저지하려 할 것입니다.

　　　　―「오늘의 나의 문학을 말한다」,『고여있는 시와 움직이는 시』

　권력과의 어찌할 수 없는 마찰과 투쟁의 필요성을 갈파하는 이 글은 문학인의 사명을 분명하게 말하고 있다. 시대의 암흑 속에서 깨어 진실을 캐내려고 하는 사람이야말로 시인이 아니면 안 된다는 조태일의 말은 바로 그에게 돌아가야 할 헌사다.

　이 점에서 그는 이후 대립적 세계관에 바탕을 두고 당대의 부조리와 비리를 직설적으로 우회적으로 비판하거나 풍자한다. 직설적 어조와 풍자는 그리 먼 거리가 아니다.

　　　아무리 아무리 아니라 해도
　　　신문은 곧 휴지일진댄
　　　알알이 태연히 잘못 박힌 活字야
　　　썩은 피래미 눈깔아, 차라리 뒤집혀서
　　　시커먼 覆字로 눈멀어 버려라
　　　시커먼 覆字로 눈멀어 버려라

　　　　　　　　　　　―「버려라 타령 ―국토·30」부분

　　　녹음과 꽃송들이 바뀌어 피어올랐읍니다.
　　　열매와 꽃송들이 바뀌어 피어올랐읍니다.
　　　잠자리에 누워서도 눈을 뜨고 자고
　　　길을 걸으면서 눈을 감습니다.

여름이온데 눈이 내립니다.
눈보라가 칩니다.
미친 세월에 덕지덕지 붙어서
우리들이 사는 것은 모두 풍자입니다.

—「이상한 계절」 부분

위 두 편의 시는 차례로 박정희 유신 독재 시대와 전두환이 집권했던 5공화국 군부독재 시대를 형상화한 것이다. 「버려라 타령」에서는 현실적 모순에 눈감은 당시 언론과 지식인의 양심을 직설적으로 비판하였고 「이상한 계절」에서는 모든 것이 뒤바뀌어 버린 현실, 즉 도무지 상식과 합리적 이성으로는 이해가 될 수 없는 정치현실을 우회적으로 풍자한 것이다. 이러한 모순적 현실은 조태일의 시에서도 '밤'(캄캄한 밤은 혈압이 높다. 「한 마리 짐승 —국토·26」)이나 '겨울'(모두 얼어붙은 겨울이었지, 「해빙」), 먹구름(어쩐 일로 검은 먹구름은/한 세대를 저리 어둡게 할꼬? 「타는 가슴으로」) 등의 이미지로 나타난다.

이러한 현실에 가치 있는 존재는 바로 현실적 모순을 적시하며 깨부수며 민중의 전망을 실천하는 삶이다. 바로 권력자와 지배자의 기득권을 무너뜨리며 그들의 허위의식을 한 점 '불꽃'으로 사르면서 민중해방을 위한 불씨가 되는 것이다.

뜨거움이 아닌 것은
빛이 아닌 것은
불이 아니다. 불이 아니다.

오직 속 깊이 타는 불꽃을 품고
캄캄한 산길을 올라본 사람이면 알리라.

그 길이 결코 어두운 길이 아님을.

밤이슬도 덩달아 반짝이는 빛이 되고
발끝에 채이는 어느 돌멩이 하나라도
불덩이 아닌 것이 없어
발걸음이 그리 신나 있던 것을.

그 자리에 그만 쓰러져도
그 자리가 바로 정상이고
그 모습이 바로
불덩이던 것을.

—「불의 노래」 전문

타는 가슴으로
눈을 뜨면
밤하늘은 온통 불바다.

타는 가슴으로
눈을 감으면
몸은 들끓는 불항아리.

—「타는 가슴으로」 부분

　이 시들에 나오는 불꽃은 제 존재의 신념을 연료 삼아 무엇으로도 꺼질 수 없는 강인하고 완고한 생명체를 상징한다. 그런 점에서 첫 시집에 잠깐 '난로' 속에 갇혀 타던 불의 모습과는 질적으로 차이가 있다. 한 송이의 불꽃이 된다는 것은 자기의 신념을 가장 투철하고 지고한 단계로 끌어올린 상태에 해당한다. "오직 속 깊이 타는 불꽃을 품"거나 "타는 가슴"의 격정을 지닌 사람이라면 "그 자리에 그만 쓰러져도/그 자리가 바로 정상이고/그 모습이 바로/불덩이던 것을" 알고 이를 실현해 보일 수 있는 사람이다. 그것은 다수를 위해 거룩하게 희생하는 산화의식(散華意識)의 발로인 것이다. 조태일은 일찍부터 이 가치 있는 삶의 실천에 골몰하였다. 그래서 그는 "사람아 사람아/모든 맹렬한 싸움은 끝났지만/최후로 이길 수 있는 싸움이 남아 있다.//아아! 그것은 죽는 일인데/죽어서 다시 깨어나는 일인데"(「내가 뿌리는 씨앗은 ―國土·42」)라고 하면서 선구자적 희생의 중요성을 자기를 비롯한 민중들에게 주지시켰던 것이다. 어떻게 보면 이것은 하나의 혁명적 열정을 품고 투쟁 전선에 그의 생명을 바칠 것을 종용하는 하나의 선전 선동으로 비칠지 모르겠다. 그러나 하나의 불덩이로 표현된 구체적 이미지는 1980년에 묘사되면서 80년에 일어났던 5·18광주 민주화 투쟁의 의미나 80년대 노동운동의 격렬한 상징체인 전태일의 분신을 선취해 보인 이미지라는 데에서 역사적 의의를 담고 있다 하겠다.

그런 점에서 조태일에게 "영혼도 움직이는 영혼이라야 영혼이고/움직임도 움직이는 것이라야 움직임"(「눈보라」)이라는 비교적 단호하고 확고한 테제가 적용된다. 그리고 그는 이러한 삶의 철학을 제 자신의 시와 삶에 힘닿는 데까지 밀고 간다. 그가 가끔 시인의 한 사람으로 "도대체 시가 무엇이길래/목숨 걸고 자기를 주장하는가/속으로 차오르는 말을 풀어놓는가//시보다 더 자유로운 세계를 찾아서/나는 시를 썼던가. 쓸 것인가."(「詩를 생각하며」)하며 회의하는 것도 보다 치열한 삶의 방법을 찾기 위한 모색의 과정으로서지 진정한 것에의 추구를 포기하기 위한 어물쩡거림은 아니다. 그리하여 이때의 그의 삶과 시를 지배하는 이미지는 힘과 격렬함을 그대로 보여주는 '피뢰침', '화살', '깃발', '함성' 등이 된다.

아내야 흐린 날은 서러운 살결이나

축축하게 부비다가
전류가 잘 통하는 피뢰침을
당나귀 귀처럼 머리 위에 꽂고
의좋은 꼭둑각시처럼 춤을 추자
높은 데 아니면 벌판이라도 좋다
피뢰침을 꽂고 춤을 추자.

—「흐린 날은 —國土·20」

저 붉게 붉게 다투어 터지는
동백꽃망울로
뜨거운 소리 만들고
저 부끄럼 없이 하늘로 솟는
시누대로
화살을 만들자.

—「오동도」 부분

'피뢰침'은 온 몸을 감전시키는 것이다. 바로 혁명에의 열정에 순간적
으로 붙잡히는 것을 상징한다. '화살'도 마찬가지다. "뜨거운 소리"와
나란히 병렬되는 화살은 바로 머뭇거림 없이 적을 향해 날아가 박히고자
하는 적의다. 앞에서 잠깐씩 보았던 '깃발'과 '함성(아우성)'도 똑 같다.
그 점에서 이들은 '불꽃'의 이미지와 같은 의미를 생성한다. 바로 투쟁과
대립의 세계관을 드러내는 이미지인 것이다.

4. 생명의 포용과 상생적(相生的) 세계관

한 시인에게 지속되는 세계관을 발견하기란 어려운 일이다. 현실적

상황의 변화와 경륜의 심화에 따른 인식과 그 방법론이 달라 질 수 있는 것이다. 그런 점에서 1991년도에 나온 조태일의『산 속에서 꽃 속에서』는 바로 이와 같은 변화의 조짐을 보여준다. 현실적 상황부터 먼저 보자 면 1987년 현실 사회주의가 무너지고 88년 노태우 정권이 들어섰으나 이미 민중의식의 승리로 군부독재는 많이 약화됨으로써 현실은 많이 개량되고 있었다. 이 시집은 그 점에서 80년대 후반을 특징지워 주는 강렬한 투쟁의식과 90년대로 넘어오면서 발생하는 투쟁 의식의 퇴조를 반영하고 있다. 그 다음 시인의 개인적 차원에서 살펴보자면 1989년 조태일은 광주대 문예창작학과 교수로 부임되면서 고향으로 돌아간다. 이는 광주라는 공간이 5 · 18이라는 현대사적 투쟁의 의미를 버릴 수 없으나 조태일에게는 유년 시절을 성장한 고향으로서 광주와 곡성이 새롭게 해석되어지는 계기를 맞는다. 그리고 그러한 고향에의 귀의는 나이와 맞물려 사회역사적 지평에서 자연과 생명의 원초적인 것에로 관심을 돌리게 한다. 그 점에서 이 시집 이후『풀꽃은 꺾이지 않는다』(1995),『혼자 타오르고 있었네』(1999)는 기존 시 세계와는 다른 면모를 보여주기 시작한다. 즉 자연적 생명의 관심과 상생적 세계관을 드러내 보여주기 시작하는 것이다.

그 변화의 계기를 보여주는 시가 다음 시다.

> 내가 밟는 이 들판은
> 비가 와도 눈이 와도
> 바람이 불어도 언제나 누워서
> 우리들을 걷게 할 뿐
> 탓하지 않는다.
>
> 총칼을 거두자

침묵 앞에 입을 다물자
우리 들판을 거닐며.

　　　　　　　　　—「들판을 거닐며 —國土 61」 부분

　이 시는 「국토」 연작시로 쓰여졌으나 1988년에 쓰여진 것이다. 그 점에서
시대적 변화와 시인의 정신적 심경을 암시하고 있다. 즉 변하지 않는 자연,
끝없는 허용과 자비를 베푸는 자연의 사랑 앞에서 "총칼을 거두자"라는
제안을 한다. 즉 투쟁의 중단을 선언하는 것이다. 이는 대립적 세계관에서
볼 때 놀라운 변화다. 이 변화된 자세는 시적 대상물에 대한 인식과 표현
방식에서도 변화를 가져온다. 좀더 낮고 자연스러운 것들에의 관심, 좀더
화해적이고 상생적인 모습의 탐구로 나아가는 것이다.

　이 때의 조태일의 시적 형상화를 두고 어떤 평자들이 그의 시가 힘이
없어졌다고 말했는지 이를 의식해 조태일은 『산 속에서 꽃 속에서』 시집
후기에서 "유년생활의 동리산 태안사에서 자연스럽고도 원없이 체험했
던 원초적인 생명력을 바탕으로 시를 쓰는 한 겉으로 행사하는 '힘'을
느끼지 못할지라도 시의 내부로 흐르는 '힘'은 현명한 독자라면 느낄
수 있으리라."고 말하고 있다. 이는 힘의 시와 이를 조금 비켜가는 포용의
시를 아우르고자 하는 시인의 욕망을 드러내고 있다. 실제 이후 조태일의
시는 매우 서정적이 되면서도 시 밑바닥에 깔려 있는 정신은 그 변치
않는 그 무엇을 풍긴다.

사람들은 풀꽃을 꺾는다 하지만
너무 여리어 결코 꺾이지 않는다.

피어날 때 아픈 흔들림으로
피어 있을 때 다소곳한 몸짓으로

다만 웃고만 있을 뿐
꺾으려는 손들을 마구 어루만진다.

땅속 깊이 여린 사랑을 내리며
사람들의 메마른 가슴에
노래되어 흔들릴 뿐.

꺾이는 것은
탐욕스런 손들일 뿐.

　　　　　　　　　　　　　　—「풀꽃은 꺾이지 않는다」 전문

　일곱 번째 시집『풀꽃은 꺾이지 않는다』의 표제시가 된 이시는 바로 여린 풀꽃이 갖는 생명의 강인함을 통해 그 바탕에 자유와 민주를 추구하는 투쟁 정신이 아직 살아 있음을 느끼게 한다. 그러나 이 시는 7, 80년대의 투쟁의식 이 노골적이던 시들과는 대비된다. 이 시속의 자아는 풀꽃을 꼭 이분법적 차원의 투쟁의 주체로 세우지 않는다. 오히려 그 여림과 연약함이 자연의 생명 그 자체임을 조용히 타이르는 형국이다. 즉 "땅속 깊이 여린 사랑을 내리며/사람들의 메마른 가슴에/노래되어 흔들릴 뿐"이라는 언명을 통해 풀꽃이 갖는 청신함과 애련함을 환기코자 한다. 이는 작은 것에 대한 애잔함 의 정서지 투쟁의식을 고취하고자 하는 이미지는 아닌 것이다.

　그 점에서 이 때의 조태일의 시 가운데 놀라운 시 하나를 보게 된다 하여도 이상한 일은 아니다.

　　　들꽃들과 바람들이 낯거리하는 들녘으로

　　　순아,
　　　돌아,

이슬처녀 저 혼자 햇님 껴안고
불그레 얼굴 붉히는 길섶을 지나
흰 구름 검은 구름 몸 섞으며 떠도는
하늘을 보며

순아,
돌아,

들꽃들과 바람들이 낮거리하는 들판을 지나
붉은 해 산과 신방 차리려
노을이불 펴며 내려오는
해거름 속으로

순아,
돌아,

우리 함께 가자.
들꽃의 몸으로
바람의 몸으로
낮거리하러.

—「황홀」 전문

　이 시가 보여주는 의미는 무엇일까? 그것은 바로 모든 것의 동참이자
화해, 상생의 정신이다. 그리고 그 바탕에는 자연적 생명체들이 갖는 신
명과 흥으로 우리들 삶의 신명을 추구하는 것이다. 이미 앞에서 우리는
'해'와 '산'이 조태일에게 대립적 세계관을 표출하는 이미지로 소환되는
것을 본 적이 있다. 그런데 이 시에 와서는 그것이 확연히 달라지고 있다.
"붉은 해 산과 신방 차리려/노을이불 펴며 내려오"고 있는 것이다. 화해

와 공생의 이미지를 생산해내고 있는 것이다. 자연의 모든 "들꽃들과 바람들은 낮거리"하며 살아가는 이 우주의 충일한 존재가 되는 것이다. 이는 바로 고향과 생명에 대한 그의 원초적 의식이 향토적 차원에서 되살아남을 의미한다. 자연과 고향은 언제나 변함없이 한바탕 '낮거리'와 같은 흥에 겨워있다. 그 점은 이 시에 보이는 '순아, 돌아'로 나타나는 동시적 목소리에서도 나타난다. 따라서 고향 태안사의 근원을 노래할 때 "대낮이다./동리산 태안사 대웅전/부처님 손바닥.//빛과 그림자/한숨결로 낮거리 한창이다.//문 틈새로 날아든/산바람은 고요와/뒤엉켜 낮거리 한창이다.//염불소리/목탁소리/한소리로 낮거리 한창이다.//이승과 저승이,/극락과 지옥이,/엎치락뒤치락 낮거리 한창이다."(「부처님 손바닥에서」)라는 동시적 시선은 비로소 생명의 본향에 도달한 그의 신명을 노래하고 있는 셈이다.

이러한 시적 변화를 조태일은 다음과 같이 말하고 있다.

> 내 직장 근처의 들판을 몇 번이고 거닐면서, 이 천지간에는 큰 것보다는 작은 것들이, 인위적인 것보다는 자연스런 것들이, 보이는 것보다는 안 보이는 것들이 더 많이 존재함을 다시 한 번 확인했다. (『풀꽃은 꺾이지 않는다』 후기)

이것은 생명의 소중함과 자연의 가치를 대립적 차원에서가 아니라 공생적 차원에서 발견하였음을 말하고 있는 것이다. 그래서 그 이후의 시들은 매우 서정적이고 생명적이다.

> 마을에서 멀리 떨어진 산 속
> 개복숭아꽃 저 혼자 타오르고 있었네.
> 연분홍꽃

점, 점, 점, 점점이 불 밝혀
화르르 화르르 몸 섞고 있었네.

사월 초파일날 켠 연등보다
더 환했네. 더 고왔네.

오래도록 내 숨결
내 스스로 가빴네
내 스스로 황홀했네.

—「연등」전문

『혼자 타오르고 있었네』의 표제시가 된 이 시는 버려진 작은 생명의
발견과 그에 따른 기쁨을 잘 표현해 보이고 있다. 군더더기 없이 자연의
생명체가 그 생명의 열기를 내뿜고 있는 모습과 그 생명이 갖는 지고한
가치를 어떠한 이념에 종속됨이 없이 살려내고 있다. 특히 혼자 타오르고
있는 개복숭아꽃 연분홍과 동일성을 이루어 숨가빠하고 황홀해 하는 것
은 세속적 물욕에서 벗어나 사심없이 자연과 만나는 경지를 보여주는
것이라 할 수 있다. 이는 흔히 말하는 물아일체의 전통적 동양정신을
그 내면에서부터 다시 구현한 모습이라 의미심장하다. 그 자연에의 관조
를 통한 동일성의 접점에서 비로소 조태일은 한 생애를 마감할 수 있었던
것이다.

이렇게 볼 때 조태일의 시적 세계관은 그렇게 큰 변화를 보였다고 할
없다. 왜냐하면 대립적 세계관에서나 상생적 세계관 모두 그 바탕엔 생명
에 대한 존중과 사랑이 열렬하게 담겨 있기 때문이다. 이 사랑의 방법이
젊은 혈기가 넘칠 때에는 빠른 실천 방법으로서 대립적 투쟁으로 나아가
게 했고 자연의 관조를 통한 내적 성숙의 시기에는 상생적 화해가 궁극에

는 이 세계를 생명의 율동으로 가득 차게 함을 알게 됨으로써 공생적 세계를 노래하는 데로 나아가게 했다고 보아진다. 그런 점에서 조태일의 시적 세계는 바로 원초적 생명의식의 발아와 성숙, 그리고 수렴의 과정을 거쳐 자아와 세계와 더 큰 우주적 질서에서 만나는 곳으로 나아갔다고 정리할 수 있겠다.

윤리의식과 미적 인식의 변증법적 길항
—이해웅 시의 의미

1. 윤리의식의 미적 형상화와 힘의 시학

이해웅 시의 출발은 두 가지 의식의 길항 속에서 아슬한 긴장을 취하는 데서부터 시작된다. 두 가지 의식이란 인간주의를 표방하는 윤리의식과 그것이 다시 구체적 형상화를 입어야만 예술이 된다는 미학적 인식을 가리킨다. 이 두 의식은 그의 시적 전 생애를 관통해 펼쳐지는데, 두 의식의 밀고당김이 어느 정도에서 균형잡느냐에 따라 시적 내용 및 그 성취가 결정된다. 그 점에서 이해웅 시의 특징적 자질은 바로 이 두 의식의 절묘한 배합에 있다.

그렇지만 우리는 여기서 말하는 이해웅의 두 가지 주제의식을 실제로 그의 작품에서 대립되는 요소로 파악해서는 안 될 것이다. 왜냐하면 인간주의를 표방하는 바탕으로서 윤리의식은 흔히 말하는 예술의 공리적 특성을 지향하는 것으로써 깨달음의 내용이 되는 것이지만, 동시에 그 공감대의 확보로 말미암아 미적 쾌감까지 동반하는 요소로도 작용하기 때문이다. 마찬가지로 예술의 미학적 인식 역시 예술적 완성도를 높임으로써 부족과 결핍, 즉 악을 피하고자 하는 윤리의식의 밑바탕에 관련된다. 따라서 엄밀히 말해 윤리의식과 미적 인식은 서로 동떨어진 것이거나 이질적인 것은 아니며, 그것들은 상호 내용과 형식적인 측면이 되면서 서로를 지향하며, 지향한 결과 그 두 의식은 새로운 차원으로 지양되는 것들이다.

우리가 문제삼을 수 있는 부분은 바로 이 두 의식이 만나 새로운 형태로 지양된 무늬, 즉 절묘한 상태에서 힘의 균형을 이루고 있는 부분이다. 그곳은 긴장의 탄력점이라 불러야 할 공간으로서 두 의식이 만나 새로운 화학적 결합을 이룬 부분이기도 하다. 이 탄력점은 이해웅의 시에서 고정화되어 있는 것이 아니라 끝없이 변화되어 가는데, 그 점에서 이해웅의 시는 어떻게 보면 변증법적 발전의 곡선을 그리고 있다고 말할 수 있다. 그런데 사실 이해웅이 이러한 사변적 사색을 거쳐 그의 시적 작업을 시작했다고 볼 수는 없다. 필자가 보기에 다만 그의 시는 이러한 의식을 본능적으로, 본능적인 만큼 피할 수 없는 운명으로 그의 시적 세계를 구축해 나갔다고 볼 수 있는 것이다. 그의 시는 고집스럽게 두 의식의 상호 대립의 묘한 자리를 찾아가고, 찾아가 그 접점을 만든 뒤 새로운 차원으로 그 탄력점을 끌어올리는 양상을 반복하고 있는 것이 틀림없기 때문이다.

과연 그러한가? 의문을 풀기 위해서 그의 첫시집에 실려있는 작품에서부터 출발해 보자.

> 훈훈한 바람 이는
> 숲 속에서
> 사랑의 꽃이 피며,
> 윤리로운 가슴마다에

共存의 의미가 터짐할 것이다.

하여 수렁을 달려온 밤은
정결한 손길 모두어
이제 풍만한
시월의 褓를 펼쳐도 좋으리니.

   ―「七○년대의 鄕愁 其一」 부분, 『壁』(아주 출판사, 1973)

이 시는 첫 시집 앞 머리에 실려 있는 작품이다. 이 시의 시적 의미는
"풍만한/시월의 褓를 펼치"는 것으로 집약된다. 그런데 여기에서 '풍만한
시월의 보'의 의미를 채우는 것은 "사랑의 꽃", "윤리로운 가슴", 그리고
"共存의 의미" 등으로 미리 제시되어 있다. 특히 '공존'의 의미망을 중심
으로 사랑과 아름다움이 결집되어 있다. 이는 바로 윤리의식과 미학적
인식의 만남을 가리킨다. 그리고 무엇보다 '공존'이라는 윤리적 의미를
'풍만한/시월의 褓'라는 구체적 이미지로 형상화하여 드러낸 것은 그의
시에 대한 인식을 엿볼 수 있는 대목이다. 즉 내용은 인간주의를 표방하
되 표현은 구체적 형상화를 추구한다. 그 점에서 그의 시는 내용과 표현
의 상호 융합, 즉 예술적 완성도의 추구로서 진선미의 일체화가 시적
목적인 것이다.

이러한 시적 의도는 그의 첫시집 다른 곳에서 여러 번 감지된다. 즉
"사색의 강변에/설 때/윤리같은/가르침."(「대나무 숲」)이라든지 "인간의
숭고한 의지는/화염 속에서 오히려/사색에 침잠하는 것이다."(「燒死以後
」), 그리고 "삶을 긍정하는/이 길이 좋다.//아름다움을 숭상하는 이 길이
좋다."(「꽃길三千里」)는 표현은 바로 이해웅의 이러한 시적 의도를 보여
주고 있다. 이들 시에서 그가 특히 강조하고 있는 내용은 바로 윤리적인
것으로서 '사람살이의 도리'는 무엇이며, 이 도리를 어떻게 하면 구체적

인 형상으로, 즉 예술적 완성도를 갖추어 그려낼 수가 있는가 하는 점이다. 이것은 그의 시적 출발을 붙잡는 관심사라 할 수 있는 것이다.

따라서 그의 첫시집에 실려 있는 다음의 이 시는 시적 출발기의 그의 성취를 단적으로 보여주는 작품으로서 주목할 만한 작품이다.

> 내 자람한
> 일상의 버릇을 떠나
> 명상에 잠겨 있는
> 시간.

> ─「裸木」전문, 『壁』(아주 출판사, 1973)

나목이 갖는 형상성과 내용성은 우리 독자에게 그 윤리적 내용과 미학적 느낌을 일정하게 환기시켜주고 있다. 이 시에서 윤리의식은 세속적 존재로서의 초월이며 이러한 초월 끝에 벌거벗은 존재가 갖는 미적 쾌감이 확보되어 있다. 때문에 이 시는 깨달음과 아름다움이 대등한 힘을 갖추어 결합됨으로써 일정한 예술적 완성도를 보이고 있다.

이러한 시적 지향은 두 번째 시집으로 갈수록 폭과 깊이를 더해 나타난다. 다만 여기서 지적해두고 넘어가야 할 것은 윤리의식이란 역사적 현실을 바탕으로 형성될 때 당대의 의식으로 치열성을 확보한다는 사실이다. 즉 역사적 치열성이 담보되지 않은 윤리의식은 관념적 내용에 머무를 가능성이 높음을 가리킨다. 첫 시집에서 보이는 이해웅의 윤리의식은 이 점에서 볼 때 70년대 당대의 구체적 현실이 소거된 상태로 제시되고 있어 관념적 수준에 머무르고 있음 또한 지적하지 않을 수 없다. 그 점에서 구체적 역사현실에 대응한 윤리의식의 정초와 그것의 미학적 형상화가 가장 바람직한 시적 추구라 한다면 이는 이해웅의 시적 방향을 미리 설명한 것에 해당한다. 실제 이해웅은 이러한 방향을 1977년에 발간된 두 번째 시집에 들어와서 일정 부분 선취해 보여주고 있다.

> I
> 여름밤 바닷가에서
> 무수히 亂舞하는 서슬이 퍼어런
> 칼날을 보았는가
>
> 돌자갈 많은 바닷가에서의 하룻밤
> 파도가 밀려갈 때마다
> 고막을 울려오는
> 바다의 칼 가는 소리를 들었는가
>
> <중략>
>
> IV
> 바다는 밤마다
> 叛亂을 모의한다
> 그것도 海底의 은밀한 곳에서
> ―가장 비굴한 자를 위하여
> ―가장 不義한 자를 위하여
>
> ―「반란하는 바다」 부분, 『반란하는 바다』(1977, 문성출판사)

바다를 '반란'의 실체로 인식하고 표현한 것은 앞서 말했던 그의 두 주제의식의 행복한 만남이다. 그런데 첫 시집의 시와 다른 점은 내용적 측면에서 윤리의식의 구체화다. 바다와 파도를 서슬이 퍼런 '칼날'이라는 이미지로 형상화한 것은 바로 70년대 당시 군부 독재라는 역사적 현실 속에 고통받는 민중의 저항을 드러낸 것에 해당한다. 그것도 "가장 不義한 자를 위하여"로 다소 설명적인 표현을 집어넣음을 두고 볼 때 이해웅은 시로써 무엇을 다루어야 할지 이때서야 비로소 감을 잡고 있다고 볼 수 있다. 즉 시인으로서 운명을 보게 된 것이다.

따라서 두 번째 시집에 실려 있는 "내 작은 새가 떨치고 간/자리를 整地하여/불씨 하나 묻어 두면/繁植性 강한 細菌보다/더 세찬 몸짓으로/자람할/내 詩語여/나의 叛亂이여!"(「나의 叛亂」)는 그가 그의 시의 자리를 확인하는 것으로 보인다. 그에게 시는 윤리의식의 구체화를 통해 당대의 부조리한 현실에 대한 '반란'의 모티프로 작용하지 않으면 안 될 그 무엇으로 보였던 것이다. 그런 점에서 이해웅의 시적 도정에서 그의 시적 세계는 차츰 '윤리적 도리'의 추구의 내용이 좀더 강화되는 쪽으로 변화된다.

이러한 변화는 그의 네 번째 시집에서 확연히 나타난다.

칼날 위에서 빛은 죽는다
칼날 위에 눈이 내리듯
소리없이 빛은 죽는다

거울은 깨지면서 수많은 빛이 되고
빛은 저마다 칼날을 만든다

안 쓰는 칼은 녹이 쓴다 하나
칼의 약점은 살생에 있다

캄캄한 밤 빛은 무덤에서 기어나와
뼈를 깎는다
하늘의 별만큼이나 많은 빛이
저마다 뼈를 깎는다
칼날 위에 눈이 내리듯

소리 없이 빛이 죽는 밤
빛이 저마다 뼈를 깎아
칼날을 만드는 밤

　　　—「빛의 죽음은」 전문, 『씨족마을』(시문학사, 1983)

이 시에 담겨있는 시적 정조는 분노다. 특히 억압적 힘으로 상징되는 '칼'에 맞서 깨어지는 '빛'들의 분노다. 이해웅은 유신과 5공화국으로 이어지는 군부 독재가 당시 민중들을 박해하는 양상을 빛과 칼들의 대립으로 형상화하면서 놀랍게도 칼에 억눌린 민중들이 다시 거기에 대항하기 위해 칼을 만들어 드는 역동적 이미지를 구축하고 있다. 따라서 이 시의 미적 완성도도 구체적 현실성을 한 차원 높은 이미지로 형상화하고 있는 윤리의식에 바탕하여 높은 성취를 보여주고 있다.

　이러한 시적 인식으로 말미암아 이해웅의 이 때의 시는 대립하는 세계의 예각화에 그 초점이 놓여있다.

너의 눈동자에서
죽어 있는 나를 본다

들 가운데 하나의
풀잎으로나 있을
마음 한조각 부둥켜 안고
오늘은 부두에 선다

갈매기는 끝없이 자멱질하며
아직은 싱싱한 내 심장의
파편들을 집어 올리지만
들 가운데의 풀잎은

모멸찬 발길에 뭉개어지지만

무더기로 죽어가는 부두의 칼날 앞에
나는 다시 살아 있을 것인가

—「들풀」 전문, 『씨족마을』(시문학사, 1983)

이 시에서 보이는 '칼날'과 '풀잎'의 대립되는 두 상징은 역시 현실적 윤리의식에 기반한 시적 형상화다. 문제는 들풀을 '나'로 치환하면서 현실 속에서 자신의 삶의 모습을 탐색하고 있다는 점이다. 이는 역사적 자아로서 자신의 위상을 찾는 큰 변화의 내용이다. 반성적 인식으로 볼 때 그 동안 나는 "죽어 있"었다. 이 죽은 '나'가 깨어나기 위해서는 역설적으로 "모멸찬 발길"이나 "부두의 칼날"이 필요하다. 여기서 이해웅은 억압해 오는 세력에 대해 죽지 않기 위해 '힘'의 필요성을 절감한다. 이 '힘'의 인식이 그의 중기의 시적 세계를 결정하는 요소가 됨은 틀림없다. 그 힘이 가장 탄력을 받아 절대의 아름다움으로 표현된 것이 「동백꽃」이다.

가을 지나고
조금씩 어두워 오는 계단을 지나
칠흑의 어둠 속으로 내려가면
칼날에 귀 떨어진 사람 많이 보이고
파도소리 은은한 절벽 위에
등불 들고 마중 나온 천사들

—「동백꽃」 전문, 『씨족마을』(시문학사, 1983)

비평가 김현이 극찬한 이 시는 불의의 힘으로 억눌려지는 현실적 압력과 그것을 극복해 나갈 민중의 처절한 전망을 동백꽃이라는 이미지로 생생하게 그려내고 있다. 불의한 권력자의 "칼날에 귀 떨어진 사람"으로서 민중은 언제나 '절벽'에 밀려 있기 마련이다. 그런데 그 절벽은 바로 생의 온 힘을 다해 그 불의에 저항하는 자리가 되기 때문에 재생의 힘이 가장 폭발적으로 뭉쳐지는 자리가 되기도 한다. 절벽에서 민중의 처절한 생존의 힘이 응축되었을 때 거기엔 놀라운 폭발이 당연히 있을 터인데 이해웅은 이것을 피같이 붉은 '동백꽃'으로 살려내고 있다. 더 나아가 그가 이 동백꽃들을 불의한 현실에 대항해 언제나 이겨낼 수 있는 "등불 들고 마중 나온 천사들"로 그려보인다는 점에서 민중적 전망과 신념에 대한 상상력의 깊이와 폭을 이제 제대로 확실히 가졌다고 말할 수 있는 것이다.

2. 벼랑의식으로 붙잡는 역사의 무늬

그 점에서 이해웅의 중기 시는 초기 시에 발현된 힘의 대립이 심화되어 나타날 수밖에 없다. 특히 역사적 현실의 질곡에 대항하기 위한 대립적 세계관의 형상화는 가장 중심축을 이룬다. 그는 이 시기에 역사의 선구자요 비판자이며 민중의 지지자로서 시인의 모습을 상정한다. 그는 우선 자신에게 사람으로서 그리고 시인으로서 이런 모습을 요구하고 있다.

> 금년 여든의 중부님
> 일흔 여섯의 樂山 스승님
> 마흔도 넘은 날 꿇어 앉히시고
> 만날 적마다
> 사람은 사람답게 살아야 한다
> 오늘은 억새꽃 하얗게 핀

산등성일 오르며
나 혼자서 되뇌이는 말
사람답게 살아야 한다
사람답게 살아야 한다

　　　　　—「미류나무」 부분, 『먹고 사는 일』(일중사, 1986)

　그에게 사람답게 사는 일은 그의 일생을 두고 가장 중요한 화두로 작용
한다. 그것은 그에게 압력으로 다가오는 당대의 역사적 현실이 사람답게
사는 일을 허락하지 않았기 때문이기도 하다. 따라서 '싸우는 것'으로
요약되는 현실적 저항의 삶은 그에게 바로 윤리적 지향점으로 추구되는
테마가 된 것이다. 위 시 「미류나무」도 그 점에서 약간의 강박적인 모습
이 보일 만큼 "사람답게 살아야 한다"는 주제의식이 되뇌여지고 있다.
그런데 이 시는 어떻게 살아야 사람답게 사는 일인가 하는 점은 제시되어
있지 않다. 그렇지만 큰부님과 스승 요산 김정한 선생의 삶을 암시함으로
써 그들이 역사에 굴복하지 않고 정의로운 삶을 살아왔듯 그 또한 그러한
삶을 살겠다는 의지의 표현으로 이 시는 읽힌다는 점만은 지적해두자.
　그런 점에서 이 시기의 그의 시는 자신의 삶의 방향을 찾는 과정으로서
사람답게 사는 일이 무엇인지 그것을 구체적으로 보여줄 수 있는 내용의
형상화로 집약된다. 이를 그는 바로 현실적 불의 세력에 대한 비판과
억울한 민중들의 삶에 대한 끝없는 애정을 보이는 것으로, 즉 사회역사적
상상력의 전면화로 풀어내고 있다.

　　겨울이 무서운 나머지
　　숨어 혼자 내뱉은 말들이
　　허공중을 빙빙 떠돌다가 얼어
　　지상에 내리는

눈
쌓인 눈은 눈짓으로 말한다
눈짓으로 들은 言語를 귀로 보며
새긴다
무시무시한 겨울 이야기
현실은 虛構를 쓴다

           —「겨울 默示錄 —(1) 눈 이야기」부분,
                    『먹고 사는 일』(일중사, 1986)

시대는 어두웠다
거름더미 위 流星은 떨어져
반딧불로 남아 함께 썩는다
        <중략>
안개 뒤덮힌 도시
코로 기관지로 돌진해 오는
체루가스의 수억 개의 미립자를 바라보며
시대를 우는 우린
다시 별처럼 아름다운
꿈을 가슴마다 새기며
江의 행렬이 된다

           —「6월이여」부분,『겨레의 恨』(빛남, 1989)

이 두 편의 시는 그의 다섯, 여섯 번째의 시집의 대표적인 것들로서 이해웅의 사회역사적 상상력의 심화를 단적으로 보여주는 작품이다. 5공화국이란 이름으로 들어선 80년대 당시 전두환 군부 독재의 폭력적인 정치 상황을 '겨울 묵시록'이란 제목 하에 "무시무시한 겨울 이야기/현실은 虛構를 쓴다"로 풍자할 때 이는 작가의 윤리의식이 날카롭게 곤두서 있음을 보여준다.

즉 당대의 불의한 세력이 판을 치고 현실이 얼마나 허구와 허위로 가득 차 있는지를 언로가 막힌 세태를 풍자해 보임으로써 여실히 보여주고 있는 것이다. 그 다음의 시 「6월이여」는 불의에 대해 직접 행동에 나선 시인의 모습을 보여준다. 군부독재의 불법연장을 획책하는 '호헌' 음모에 부산 마산 시민들이 목숨으로 결사 항쟁하던 '6월 항쟁'을 그리고 있는 이 시는 바로 이해웅의 시적 윤리심이 사회적 정의감과 일치하면서 그의 윤리의식의 치열성을 가장 심도있게 끌어올리고 있는 작품이다. "江의 행렬"로 그려지는 데모대의 꿈은 인간답게 살고자 하는 '꿈'을 가슴마다 '별'처럼 품고 나아가는 고귀한 사람들의 전망이다. 이들의 꿈을 이들 한 가운데에 위치하여 형상화해 냈을 때 이해웅의 시는 바로 민중문학이 추구하는 시적 진정성을 잘 살린 작품으로서 값지다 할 것이다.

그 점에서 이 시기에 그가 직접 시집의 자서에 피력한 시에 대한 자신의 견해는 경청할 만한 가치를 지닌다. 그는 "시가 언어를 통한 유희 행위의 결과이며 시인은 그것으로써 자기 만족이나 도취에 빠지는 것쯤이라고 한다면 나는 아예 시를 포기했을 것이다. <중략> 아직 나의 시는 나 자신을 둘러싸고 있는 통시적 관점에서의 역사 인식이나 공시적 관점에서의 세계 인식에 있어 크게 미흡하다고 보며, 내가 빚어낸 모든 시 작품은 곧 나의 인생 전체이므로 나 자신의 삶 역시 그런 정도의 수준에 머무르고 있다고 본다."(『겨레의 한』 자서)고 겸양의 말을 섞어 시관을 말하고 있는데 이 말을 통해 우리는 그의 시론의 특징과 수준을 알 수 있다. 그에게 시는 언어적 유희 행위가 아니라는 점, 역사인식이나 세계 인식이 주제의식의 바탕을 이루어야 한다는 점, 무엇보다 시가 그 사람의 삶 그 자체를 대변한다는 점 등이 표현되고 있는데 이는 시를 삶의 실천 행위의 등가물로 인식하고 있다는 말과 다르지 않다. 그 점에서 문학의 사회적 공리성을 중시하는 리얼리즘 시적 경향이 이해웅 시의 주된 특징이라 할 것이며, 그의 시적 내용으로 볼 때 그의 삶과 일치하는 시의 전개는 치열한 영혼의 자기 구현이라 할 것이다.

그 점에서 이러한 자기구현의 표지로서 힘의 시학은 높은 미학적 인식과 만나 더욱 사회적 공리성을 높일 수 있는 시창작으로 이어지게 되는 계기를 맞게 되는데, 이는 이 시기의 시들이 이해웅의 시적 생애 중 가장 압권이 될 만한 것들로 탄생하게 됨을 의미한다. 다음에 드는 시 역시 도저한 윤리의식으로서 역사의식과 이 역사의식을 구체적 형상화로 드러내야 한다는 미학적 인식의 행복한 만남으로서 그의 시중 백미라 불러 지나침이 없는 작품이다.

여기 불끈 저기 불끈
심줄만 퍼렇게 살아 있는
산동네
이른 새벽 맨 먼저
깜박이는 불빛
목숨은 저처럼
벼랑 끝에 매달린
등불 하나

　　　　　　　—「산동네」 전문, 『겨레의 恨』(빛남, 1989)

민중의 위태로우면서 강인한 삶의 의지를 저렇게 간명하고 힘차게 형상화해 낼 수 있음은 이해웅의 시적 인식이 그만큼 치열해졌음을 보여주는 것이다. 특히 "벼랑 끝에 매달린/등불 하나"는 앞서 보았던 「동백꽃」의 이미지가 민중적 이미지로의 전화된 것을 의미하며 이는 민중적 삶의 절박성을 '벼랑'이라는 이미지로 그 사실성과 진실성을 높이 육박해 들어간 것으로 평가된다. 따라서 가령 다른 시에서 "깎아지른 절벽/타오르는 촛불//삶과 죽음은/촛불 하나를 사이 하고/대치하고 있다"(「촛불」)고 벼랑의식의 변주를 말할 때 이는 그의 시적 주제를 일관성있게 드러내기 위한 의미망의 구축으로 보여진다.

　　그렇다고 이 시기에 그의 역사의식으로서 윤리의식이 과도하게 미학적 인식을 눌러버려 예술적 완성도가 떨어진 작품도 생산됨을 무시할 수는 없다. 가령 다음과 같은 시 "아 저 야만의 총검과/방패를 보라/일찌기 우린 조국 근대화란 미명하에/허리띠 졸라매고 피땀흘려 바친/세금으로 치안을 위해/우리의 아들들에게/총과 검을 쥐어 주었느니/오늘 그 총검으로 도리어/우리의 가슴을 겨누고 선/그들에게 야유와 비난이 쏟아져도/아 저 뒤에 앉은 독재의 우두머린/적을 향해 돌진하라는 명령/<중략>/독재 타도/유신 철폐/언론 탄압 중지하라"(「저 깃발의 몸짓을 결코 멈출 순 없다 <라>」)는 사회적 공리성을 너무 염두에 둔 탓인지 시적 승화를 이루지 못한 채 계몽적 관념시로 떨어진 감이 없지 않다. 이러한 것은 윤리의식이 미학적 인식과 적절한 선상에서 결합되지 못한 것으로서 그의 시가 갖는 한계로 지적될 사항이다. 그러나 이 시들이 생산된 80년대라는 시대 상황을 고려할 때 절대적 적에 대한 투쟁의식의 고취는 당시 민중문학의 절대적 요청 사항이었음을 상기해야 할 것이다. 그런 점에서 민중의 흐려진 의식을 각성시키고 예술에 앞서 인간적 삶의 추구를 위해서는 문학도 일정하게 민중의 삶에 복무해야 한다는 민중문학의 이념에서 볼 때 그 시 역시 일정한 역사적 가치를 지닌다고 봐야 할 것이다.

3. 상생과 평정의 시학

　　90년대에 들어와 그의 시는 다시 한 번 변화의 계기를 맞는다. 시는 당대의 현실에 대응해 생성된다는 그의 시관에 따르면 절대적 적이 사라진 90년대 현실은 그의 작품을 일정하게 변하게 하지 않을 수 없을 것이다. 즉 군부독재가 끝나고 현실 사회주의가 붕괴한 상황에서 그의 시는 존재의 실존 문제로 시적 주제가 바뀌게 된 것이다. 이는 이제 시를 사회적 계몽을 염두에 둔 매체로서가 아니라 자신의 정신과 삶을 단련시키는 매체로 받아들이게 되었다는 뜻이다.

> 계곡을 따라 산을 오르는
> 나의 의식 속
> 다시 차오르는
> 담록색의 언어들
>
> 겨울 산행을 하며
> 나의 시어들은 가지 끝
> 두꺼운 잎눈 속
> 타오르는 불길이 된다
>
> ─「겨울산행 1」 부분, 『잠들 수 없는 언어』(전망, 1993)

 이러한 실존적 자각 행위로서 시작 행위는 초중기 시에서 보였던 시적 방법론과 다른 것은 아니다. 이 시에서도 볼 수 있듯 그의 시어들은 언제나 "타오르는 불길"로서 부조리하고 무의미한 삶의 각질들을 깨뜨리는 데에 작용한다. 이는 남송우가 시집 『잠들 수 없는 언어』 해설에서 지적하고 있듯 시와 삶이 연속선상에 놓여있음으로서, 시로서 삶의 완성을 꾀할 수 있고 실제 그러함을 잘 보여주는 사례라 할 것이다.
 그 점에서 그가 "시도 허구의 산물이라고들 하나 그것은 준열한 시정신에 바탕하지 않으면 안 된다. 그와 같은 정신을 갖기 위해선 일상의 끊임없는 닦음이요 실천이다."(『습관성 연구』 서문)라고 말하고 있는 바는 참으로 이 경우 적절한 경구가 된다. 이로 볼 때 그는 시의 위의를 아는 시인이다. 그는 시의 힘과 시의 지향점을 제 나름으로 알아내고 찾아냈기에, 이제 시로서 대립의 한 시대를 건너뛰어 모든 것들이 상생하는 평정의 세계로 나아가는 것으로 그의 시적 세계를 안착시키고자 한다. 그것은 보다 더 높은 차원에서 세계와 자아의 관계를 균형잡고자 하는 것이다. 가장 최근 시 한 편은 이를 이렇게 표현하고 있다.

> 햇빛 여물고
> 마른 바람 부는 오후
> 누구 것도 아닌 허공을
> 느닷없는 매미소리
> 좌아 하고 부챗살 편다
>
> 남은 생이 일순간
> 한 쪽으로 쏠리며
> 기우뚱한다
>
> 매미소리 뚝 그치자
> 적막 속 아슴히 보이는
> 인생길 하나
>
> —「매미소리」 전문, 『노자일기』(전망, 2000)

이 시는 어쩌면 이제 노년에 접어든 그의 심경을 대변하는 시일 것이다. 그러나 이 시에서 우리는 삶을 바라보는 원숙한 시선을 보게 된다. 그것은 치열한 투쟁의 삶을 살아왔던 자가 아니면 볼 수 없는 그윽히 응시가 들어있는 것이다. 때문에 그것은 결코 흔한 관념적 초월이나 감상은 아니다. "햇빛(이) 여물고"라든지 "마른 바람"으로 이 세상을 그려낼 수 있다는 것 자체가 아직 세계에 대한 그의 응전력의 구체성을 느끼게 한다. 그 점에서 이 시는 윤리의식과 미학적 의식이 적절한 선에서 다시 조정되는 탄력감을 준다. 그 탄력의 질감으로 보아 아마 이후의 시들은 유한적 존재로서 생의 의미를 찾는 내용이 주제가 될 것이다. 그 점에서 미학적 인식이 우세해질 것 같다. 그것으로 이해웅의 시는 또다른 차원의 변증법적 곡선을 그을 것이다.

그렇지만 윤리적 의식의 미학적 완성, 이해웅 시 세계는 크게 이 틀을 벗어나지는 않는 것 같다. 그에게 이 주제의식은 평생의 화두인 모양이다. 요즈음 들어 윤리의식이 약화되고 세계의 아름다움을 경탄하는 경향으로 흐르는 감이 있지만 다행인 점은 그가 죽음에 들기까지 이러한 긴장의 탄력점이 그의 시적 삶을 지탱하는 원동력이 될 것이란 점이다. 그리고 그것이 그의 시적 세계의 특이성과 수준을 증명하는 주요한 표지가 될 것이란 점이다. 그래서 아직 이해웅의 시적 변천은 그 여지가 남아있고 우리로 하여금 호기심을 가지고 지켜보아도 좋을 게 아닌가 하는 기대도 갖게 한다. 시인의 건필을 기원한다.

자본의 광기에 내몰린 초라한 희망

—박영근 시의 의미

　자본주의 시대에 시는 패배의 기록일 수밖에 없는가? 시와 자본의 불화는 그 뿌리가 깊어 이제 웬만한 노력으로 그 심연을 건널 수 있을 것 같지 않다. 시적 진정성을 갖고 자본주의 시대를 살아가려면 저마다 황량한 사막을 통과해야만 할 각오가 필요하리라. 그 가운데 시는 고독, 비애, 낙오, 정신분열, 방향상실 등의 현실적 아픔을 노래할 수밖에 없는 것이다.

　박영근의 시도 그와 같은 참담함을 겪고 있는 것 같다. 근작시로 접어들수록 그의 시는 내면의 깊은 우울이 시의 전면을 휩싸고 있다. 그가 80년대부터 강고하게 품었던 신념, 노동자 이상사회를 건설하기 위한 빛나는 전망과 확고한 이성에 바탕한 투쟁의지는 자본의 거대한 파도에 휩쓸려 사라지고 그 자리를 대신한 쓸쓸한 자학과 허무한 비애만 남아있다. 자본주의가 전지구화된 90년대 민중문학의 한 특성이 80년대 민중운동의 열정을 회상하는 후일담 성격을 지닌 것이었다면 박영근의 지금 시는 그 후일담에 대한 후일담, 즉 더욱 참담해진 민중운동론자의 탄식을 내비치고 있다. 그 우수와 비애가 너무 깊어 보는 사람마저 가슴 암담함을 느끼게 한다. 어디서부터 일은 어그러졌는가? 어떻게 이 일을 바로잡을까? 원인에 대한 분석도 미래에 대한 전망도 한치의 틈을 주지 않는 아, 저 광포한 자본의 속도에 시인은 서서히 미쳐가고 있다. 온전한 정신을 가진 시인이라면 생명을 꿈을 영혼을 자본의 질서에 즉각즉각 편입해 달려가는 이 금세기의 행태에 경악하지 않을 수 없고, 우리 모두 그 속도에 실려 정처없이 굴러떨어져 가고 있다는 인식이 드는 순간 미치지 않을 수 없을 것이다. 그 점에서 박영근 시인은 자신의 감정을, 동시대인의 집단적 저류를 정직히 고백하고 있는 셈이다.

따라서 박영근 시인에게 현실적 세계는 언제나 겨울일 수밖에 없다. 꿈이 사라지고 몸과 마음이 상처입은 채로 살아갈 수 밖에 없는 삶이란 겨울 속의 혹독한 추위 속에 내몰린 '망가진 자아'의 모습일 뿐일 것이다. 아아, 그 비참한 정상을 이제 말로 다 어떻게 설명할 수 있을까.

> 그 겨울엔 유난히 눈이 없었고, 정신병동에서 나는 흰벽만 바라보
> 고 살았어요.
>   <중략>
> 단순하게 살게 해달라고 매일매일 나에게 애걸했어요
> 해동을 하는 나무처럼 목도 팔도 다리도 잘라버리고 싶었으니까요.
>
>   ―「겨울비」 부분

시적 화자는 겨울 내내 정신병동에 갇힌 미친 사람으로 나타나고 있다. 무슨 생각이 그리 깊은지 "단순하게 살고" 싶은 것이 지상 목표가 되고 있고, 더 나아가 "해동을 하는 나무처럼 목도 팔도 다리도 잘라버리고 싶"은 자학 충동에 사로잡혀 있다. '눈'마저 없는 삭막한 겨울을 시적 화자는 '혼자' 그렇게 견디고 있는 것이 이 시의 풍경이다. 무엇이 그(혹

은 그녀)로 하여금 이렇게 상념을 앓게 하고 미쳐버리게끔 만들었을까? 보는 이로 하여금 놀라움과 처연함을 동시에 불러일으키는 이 장면은 많은 상상을 요구한다.

　이 시는 연작시로 1장에 제시된 이 충격적인 내용은 2장에 들어와 그것의 까닭이 무엇인지 조금 암시된다.

> 　그래요, 뜨거운 물방울들이 내 몸 속으로 아주 힘겹게 떨어지는, 그런 때가 자주 찾아오곤 했어요.
> 　당신과 내가 십오 년 넘게 끌고 다닌 그 단칸방들이었어요. 시궁쥐들이 와서 조합신문을 쏠고, 쪽방 불빛을 가리고 학습을 하고, 짠지와 막걸리 잔으로 서로 건네주던 먼 지역의 소식들, 그리고 늦은 잔업에서 돌아오면 마당에서 눈을 맞고 있던 빨래들…… 그런데 그 단칸방이 십여 년이 흘렀는데 내가 다시 그 방에, 아파트를 돌며 아이들을 가르치는 내가 걸레쪽 같은 몸을 끌고 돌아와 흰 벽을 바라보고 있는 거야 분명 그 방들을 떠난 지 오랜데, 그 텅 빈방에 주저앉아 한 움큼씩 안정제를 먹고, 나가게 해달라고 쌍소리질을 하고 있는 거야 정말이지 그 방을 빠져나오지 못할 것 같았어
>
> 　　　　　　　　　　　　　　　　　　—「겨울비」 부분

　이 시의 시적 화자는 십오 년 넘게 민중운동을 한 사람이다. 그런데 세월은 흘러 지금 돌이켜보면 그때의 민중운동의 열정들은 대다수 사람들에게 망각되어 무의미해지고 있다. 이는 이 시 3장에서 "누군가는 시간강사 노릇을 마치고 전임이 되었고 누군가는/출판사에 들어가 주간이 되었고 또 누군가는 대기업에/들어가 무역세일을 하였고" 등을 통해볼 때 현재의 시점에서 바라본 동지들은(그렇다 그때 운동을 같이 주도한 사람들은 피와 신념을 같이한 '동지'들이었다) 그때의 운동과 열정, 신념

을 폐기처분하고 각개 생활의 욕구에 붙잡혀 흩어져버린 것으로 표현하고 있는 데서 분명히 나타나고 있다. 그렇지만 시적 화자는 그때의 공간과 분위기를 잊지못한다. 그는 비록 시 속에서 "그 방을 빠져나오지 못할 것 같았어"라고 표현하고 있지만 실은 그 '방'으로 표상된 그때의 삶이 가지는 강렬성에, 즉 그때의 타오른던 삶의 불꽃에 사로잡힌 자가 되고 만 것이다. 그가 정신분열증 환자가 될 수밖에 없는 것은 더욱 교묘하게 민중의 자유를 가로막고 있는 변화된 자본주의 현실과 자기 내부에 타오르는 불꽃, 즉 민중의 자유와 평등에 대한 이념, 그 확고한 이성, 그 밝은 전망에 피어나는 희망 등이 일치하지 않기 때문이다. 그는 이 시 3장에서 제시된 "누군가는//폐인이 되어 떠돌기도 하였고"의 주인공이 되고 만 셈이다.

그렇다면 여기서 의문이 하나 생긴다. 즉 그렇게 된 것은 무엇 때문일까? 왜 그는 변화된 현실에 적응하여 살지 못하는 것일까? 그 질문에 대한 대답은 고귀한 갈망 때문이라고 말해야 하리라. 인간의 인간에 의한 인간에 대한 가장 고귀한 삶에 대한 갈증을 이 시적 화자는 결코 포기할 수 없었기 때문이라고 우리는 말해야 할 것이다. 누가 몸과 마음이 이렇게 황폐해지도록 그의 가슴 속에 타오르는 이념을 붙들고 놓지 않으려 할까? 그런 사람이 있다면 그는 선지자와 같은 사람일 것이다. 자본주의 시대에 들어와, 그것도 더욱 인간의 자유와 평등을 교묘히 억압하는 후기 자본주의 시대에 들어와 자칫 감각적 욕망에 져 정신적 지향처를 놓치기 쉬운 이 시대에 황야를 헤매며 우리 인류의 갈 길을 예시하는 자가 있다면 그것은 선지자의 모습 바로 그것일 텐데, 이 시대에 그 사람은 바로 자본주의적 삶과 불화할 수밖에 없는 시인이 아니면 안 된다는 것을 박영근은 말하고 있는 것이다. 박영근은 바로 그 점을 인식하고 그 지점으로 밀려올라가 지금 아파하고 있다. 그가 자본주의적 삶과 투쟁하고 있는 의식있는 시인의 그 소모적 정황을 2장에서 "어디서 본 그림이었을까, 盲目鳥라는 그림, 조롱 속에서 어둑하게 허공을 보고 있는 눈먼 새, 몸은 자꾸 말라가고, 제 울음소리를 잊은 채로 머지않아 죽어갈……"(「겨울비」) 것이라고 표현하거나 4장에서 "길 위에서, 길을 잃으며//저를 찾고 있는/망가진 사내 하나를 보았다/온몸 환하게 얼어가는 겨울비 속에서"(「겨울비」)라고 표현할 할 때 이는 바로 자본주의적 삶에 깨질 수밖에 없고, 더 나아가 크게 깨져야 비로소 참된 인간의 뜻을 얻을 수 있는 선지자의 삶을 그려내고 것에 해당한다. 이것은 그가 지난 시집 『지금도 그 별은 뜨는가』(창작과 비평, 1997)에서도 즐겨 겨울의 이미지로 쓰던 침묵에 대해 "침묵이 침묵의 뜻을 얻을 때까지 너를 잊겠다"(「변명」)고 할 때 바로 그 '침묵이 침묵의 뜻을 얻'는 일에 해당할 것이다. 더 크게 깨어져서 참된 자유를 얻는 것.

따라서 박영근에게 자본주의가 전면화되고 이념이 실종된 현실은 계절로는 겨울, 산의 형세로는 "잎도 꽃도 남김없이 지워버린 뒤/눈도 그쳐 허름한/늙은 산"(「늙은 산」)이거나, 시적 화자의 모습으로는 자본주의적 삶의 광기에 엉망으로 취해 무력하게 '걷기만' 하는 망가진 존재, 즉 "비가 내린다/바람에 거세어지는 빗 속에서/늘 분명했던 말들이 지금은 비틀거리는 말들과/엉망으로 하나가 되어 취해간다"(「나는 걷고 또 걷는다」)로 표상된다. 더욱 처절하게 자신의 현실적 모습을 보이기도 하는데 그것은 '고개 숙인', 즉 패배한 자의 모습이다.

> 이제 고개를 숙인다 온통 쇼핑몰이 되어 흘러가는 길
> 인파와 소란 속
> 무스탕을 걸치고 웃고 있는 네거리 現代백화점
> 마네킹 앞에서

<중략>

이제 정직한 것은 거리에 저렇게
넘쳐나는 불빛과 소란과 광기
그 속에 비치는
살을 섞지 않는 나의, 詩의 속임수

그랜저가 전광판 속을 질주하는 밤하늘 아래
나는 고개를 숙인다

—「고개를 숙인다」 부분

　이 시를 바라볼 때 시인이 현재의 삶에 스며들지 못하고 얼마나 겉돌며
참담해 하는가를 잘 알 수 있다. "넘쳐나는 불빛과 소란과 광기"로 현재
의 삶을 장악해버린 자본주의적 삶에 방식에 '고개 숙인' 시인, 그가 정직
하게 바라볼 수 있는 것이 있다면 그것은 자본주의적 삶에 방식에 시인으
로서 '나'와 '시'는 그 자본에 살을 섞지 않는다는 사실 뿐이다. 그런데
왜 이것을 시인은 '속임수'라 표현하고 있을까? 그 표현은 정확히 해명되
지 않는 그 무엇을 남긴다. 자신이 부정하고 있는 이 자본주의적 삶에
어쩔 수 없이 편승해 살 수밖에 없는 현실을 속임수라고 말할 수도 있겠
고, 오히려 오늘날 문학과 예술도 자본주의적 방식에 휩쓸려 문화산업이
되어 가는 현실 속에서 시로 인간의 진정성을 지켜내겠다는 것이 하나의
역설적 속임수일 것이라는 생각을 드러낸 것 같기도 하다. 아니면 박영근
이라는 개별적 시인을 고려해 볼 때, 왜냐하면 이 부분은 '나의 속임수'이
기도 하니까, 앞의 시에서 보듯 이 시들의 시적 화자는 결코 민중적 전망
으로서 사회주의적 이상을 포기할 수 없다면 자본주의적 삶 속에서 그것
들의 맹점과 급소를 정확히 겨냥하기 위한 전략적 삶의 방식을 '속임수'

라 표현한 것은 아닐까? 이는 「겨울비」 3장에서 폐인이 된 시적 화자가 "다시 현장에 들어가 살아야겠다 이건 온통 사기다 북한에 한 번 갔다와 야겠다 세상 보는 눈이 넓어질 텐데 아니야 자본주의를 더 깊게 보고 파들어가야 해 아직 껍데기만 보고 있어"하고 독백하고 있는 데서 암시 돼 있다. 이 내용들을 연결해 해석해보면 시적 화자에게 이념이 실종된 채로 전면화되고 있는 자본주의적 현실은 '사기'와 다름없다. 그 사기와 같은 현실에 대응하기 위해선 역시 시적 화자도 사기와 같은 고등 전법을 구사할 수밖에 없는 것이다. 그것은 자본주의적 방식에 순응하는 척 하면서 자본주의에 급소를 찾아 일거에 물고 넘어뜨리는 것, 그것은 바로 혁명과 같은 것일 터인데, 그렇기 때문에 '시'라는 이름의 '속임수'란 표현을 붙였을 것이다.

　그러나 이러한 발상은 얼마나 애처러운 것인가. 패배한 자가 이루기 힘든 몽상을 꿈꾸는 것과 다름없기 때문이다. 그러나 그러한 몽상에 우리가 또 간절함과 마음 깊은 연대감을 느끼는 것은 자본주의적 삶의 방식이 어느새 우리들 삶을 도구화시키고 물화(物化)시켜, 갈수록 인간성의 자질이 증발되고 있는 절박한 현실을 목도하고 있기 때문인지 모른다. 그래서 그가 "나는 평양에 가겠다//<중략>//이 눈물이 아픔인지 비굴함인지 나는 모른다/그러나 바람 속에/저렇게 떨고 있는 눈송이들을 위해/시커멓게 밟혀버릴 눈송들을 위해//단 한 번만이라도/단 한 번만이라도"(「눈이 내린다」)라고 다소 의외로 보여지는 그의 희망과 아픔도 바로 이러한 우리들의 아픔 위에 선 목소리이기 때문에 더욱 절실한 목소리로 들려오는 것이다. 현재의 우리 민족, 민중은 분단과 자본주의적 삶의 방식에 '떨고 있는 눈송이들'과 같은 것을 우리는 인정할 수 있다. 때문에 그러한 우리 민중에 대한 시인의 가없는 연민은 바로 시인으로서 혹은 선지자로 우리 민중에 대한 끝없는 사랑을 의미한다.

결국 박영근은 바로 인간에 대한 사랑을 포기할 수 없는 것이다. 시를 쓰는 동안 보다 고귀한 인간적 삶을 위한 충동으로서 민중에 대한 사랑의 의식을 버릴 수 없는 것이다. 그래서 이번 근작시에 그의 시적 사명을 암시하기 위해 「서시」란 시를 썼는가.

> 그러나 집이 어디 있느냐고 성급하게 묻지 마라
> 길이 제가 가 닿을 길을 모르듯이
> 풀씨들이 제가 날아갈 바람 속을 모르듯이
> 아무도 그 집 있는 곳을 가르쳐 줄 수 없을 테니까
> 믿어야 할 것은 바람과
> 우리가 끝까지 지켜보아야 할 침묵
> 그리고 그 속에서 타오르고 있는 불
>
> ─「序詩」부분

'서시'는 보통 시를 쓰기 시작할 때 어떤 자세로 시를 쓰겠다는 시인의 의지를 표현하는 것이 대부분이다. 그런데 박영근은 이미 세 권의 시집을 발행한 바가 있어 '이거 웬 때늦은 행동'하고 이상하게 여길 수도 있다. 그러나 이번에 나온 박영근의 「서시」는 이제 비로소 무엇을 써야할지 그의 몸으로 정신으로 확연하게 깨달았다는 표시인 것으로 보인다. 여러 시적 주제 중 참으로 그의 일생을 걸고 이제 도전해보겠다는 의지가 나타난 이 「서시」는 그만큼 비장하다.

사람들은 안주의 공간으로 '집'을 찾는다. 그러나 살아보면 그 집은 진정한 안락과 평화를 보장해주는 장소가 아니다. 우리는 얼마나 이데올로기가 제시해주는 허상에 속아왔던가. 따라서 모든 사람은 자기가 진정으로 깃들 공간으로서 '집'을 찾기 위해서는 박영근의 표현대로 "아무도 그 집 있는 곳을 가르쳐 줄 수 없"음을 깨닫고 스스로 찾아나서지 않으면

안 된다. 그 길은 고통스러울 것은 틀림없다. 그러나 그 길에 올라섰을 때 비로소 사람으로 가치와 삶의 깊이를 맛볼 수 있을 것이다. 그 길에 올라선 사람의 한 사람으로서 박영근 시인은 그래서 다음과 같이 노래하고 있다. "믿어야 할 것은" "바람", 즉 고통과 산화로 대표되는 무형질의 삶이 흘러가고 흘러올 것과 "침묵", 즉 아무도 답을 가르쳐 주지 않는 차가운 현실이 우리의 앞길을 가로막고 있다는 사실, 그리고 그 모든 고통과 무의미를 극복할 수 있는 것 또한 우리들 가슴 속에 있는 "불", 즉 이념에 대한 희망이 복합적으로 공존해 있다는 사실을 잠언조로 말하고 있다. 고통이 깊고 길수록 그 고통 끝에 찾아지는 결실은 달 것이다.

그런 점에서 사실 박영근의 이번 근작시에 지배적 이미지로 제시된 겨울 이미지는 고통과 동시에 가능성이 잠재된 복합적이고 역설적인 이미지다. 비록 그가 미래에 대한 희망을 아직 두렵게, 불투명하게 예견하더라도 인간의 미래, 우리 민중의 미래는 옳고 바른 길로 흘러갈 것임을 굳건하게 믿는다. 그것이 더욱 보는 사람으로 하여금 마음 아프게 하는 요소가 된다.

> 이 무거운 몸 헐어버리자 했지
> 허름한 바람 하나쯤 데리고 살자 했지
> 화천 비수구미에 와서 듣는다
>
> 물소리
> 밤을 새워 계곡을 치며 쏟아지는 물소리
>
> 바위도 나무도 물길도 보이지 않는 곳에
> 바람소리도 풀벌레 울음도 들리지 않는 곳에
> 칼을 든 시간이 흘러가는 소리

그리고 신새벽 기진한 물소리가
해산 발뿌리로부터 천공 아득히 퍼올리는
물안개
물안개

희미하게 누군가 걸어오는 모습이 보인다

—「비수구미에서」 전문

이 시에서도 그의 현실적 처소는 "바위도 나무도 물길도 보이지 않는 곳", "바람소리도 풀벌레 울음도 들리지 않는 곳"인 열악한 곳이다. 그런데 그는 예민하게, 참으로 온 영혼이 깨어있는 사람답게 "칼을 든 시간이 흘러가는 소리"를 듣는다. 위기와 기회가 혼합되어 있는 그 절박한 시간과 공간을 '칼을 든 시간'으로 표현해 내고 있는 것이다. 그 가운데 그는 본다. 이 부분이 장관이자 절정이다. 신새벽 기진한 물소리가 퍼올린 물안개 속으로 "희미하게 누군가 걸어오는 모습이 보인다". 희망에 대한 보통의 상징적 표현으로 이 부분을 치부해버릴 수도 있으리라. 그러나 '기진한 물소리' 끝에 '희미하게' 걸어오는 누군가의 모습은 시적 정황으로 볼 때 정말 절실하게 기다리는 사람에게 꿈인듯 나타나는 사람이거나 소식이 아닐까? 고통이 다한 끝에 꿈인듯 생시인듯 어룽어룽 드러나는 그 실체를 두고 감히 우리가 희망하던 그 자체라고 할지는 무리인지 모르지만, 고통에 대한 인내로 더 이상의 고통도 두렵지 않을 만큼 내성이 강해진 사람에게 그 실체는 단순한 환상은 아닐 것이다. 고통에 대한 보상을 넘어 고통으로 쟁취한 희망 그 자체가 될 것은 틀림없다.

이 시를 읽으며 박영근 시인이 바로 "희미하게 누군가 걸어오는 모습" 그 자체가 될 수 있으리라 생각한다. 오래 신념을 품고 오늘의 현실에서 오래 아파하고 오늘의 불쌍한 민중들에 대한 가없는 연민을 지닌 존재라면 그것이 비록 종교적 차원의 구원 형식을 빌더라도 그만큼 현실적 삶의 질곡을 넘어서기 위한 바람이 강한 것으로 보아, 메시아적 존재로 시인은 서야 하고 우리 현실에 와야 할 것이다. 이것을 두고 구체적 현실성과 멀어진 것이라 평가할 수는 없다. 현실이 너무 자본의 속도와 감각에 미쳐있고 가련한 민중에겐 역사적 전망이 사라진 이 상황에서 어떻게 구원을 종교처럼 갈망하지 않을 수 있겠는가. 그렇다고 박영근은 역사의 주체로서 민중의 신념과 행동이 사라져 버릴 것이라고 믿지 않는 것 또한 분명하다. 그 점에서 박영근 시인은 여전히 현실적 삶에서 패배할 수밖에 없는 존재인데, 그나 나의 논리를 따라 크게 패배할수록 그 사물의 본질을 꿰뚫어볼 수 있다는 점에서 박영근 시인의 더욱 처절하고 안타까운 패배의 기록을 기대한다.

역사는 고통을 제대로 산 패자의 것
—서규정 시의 의미

　서규정의 시인의 시를 읽으면 우선 날선 분노를 보게 된다. 그 분노의 실체를 쫓아가노라면 어느새 분노는 회한의 그림자로 싸여 있고, 다시 이 회한은 어디에서 시작되었나 생각해 볼 때쯤엔 그 분노 밑에 나지막이 어떤 알 수 없는 흥이 감돌고 있음을 느끼게 된다. 그의 시는 분명 거칠고 단순한 것 같은데 찬찬히 들여다보면 저 천의 물결을 가지고 있는 바다처럼 매우 복잡한 표정을 지니고 있어 함부로 재단하지 못하게 하는 어떤 위엄이 있다. 그래서 거듭 읽게 되고 그 복잡한 내면을 알기 위해 애쓰게 된다. 무릇 누구의 시인들 이해하기 위해 애쓰지 않으랴마는 서규정의 시를 제대로 읽기 위해서는 독자 역시 삶의 여러 파랑을 맛본 상태가 아니면 안될 것 같은 예감이 든다. 삶에서의 분노와 회한, 그리고 신명의 그 복잡한 상관 관계를 얼마간 경험해 보지 못한 사람으로서는 서규정의 시를 이해하기에는 무리가 있다고 생각되는 것이다.

　그만큼 서규정의 시는 민중의 주름진 삶의 생살을 곧바로 보여주는 시다. 우리가 흔히 말하는 시의 의장(意匠), 곧 기교에 기대어 시적 의미를 발생하기보다 삶의 생생한 현장을 육성으로 증명함으로써 공감의 전율을 낳게 하는 시다. 그렇다고 그의 시가 미적 안배가 전혀 없다는 뜻은 아니다. 민중적 삶의 고단함을 곧바로 밀고 나감으로써 어떠한 삶의 가식이라도 배어들지 못하게 하는 치열한 정신적 태도 그 자체가 하나의 미적 장치가 되고 있다. 따라서 그의 시를 읽는 동안 얼마간 독자도 자신의 감정을 한 극단에까지 밀고 올라가는 모험이 필요하다. 자본주의적 삶의 방식에 안일하게 젖어 애써 외면해 온 내면의 소리, 그리고 그 내면의 소리에 정직하게 반응하는 육체의 소리를 들어보아야만 하는 것이다. 그럴 때 우리는 서규정이 보이는 이상한 행동, 즉 분노와 회한, 그리고 신명이 궁극에 가서는 다르지 않다는 것을 알게 될 것이다.

그런 점에서 이번의 근작시의 풍경에서도 신산한 삶의 모습이 바탕 색깔로 깔리는 것은 전혀 이상한 일은 아니다. 현실적 삶의 문제가 해결되지 못한 정리 해고된 자의 슬픔이 그 주조를 이루고 있는 것이다.

> 해가 뜨는 한
> 살만한 가치가 있다는 세상이
> 이만큼이라도 풍경스러울라치면
> 불온문서처럼 깔린 단풍잎을 밟으며 스산한 추위에
> 외투 깃을 세운 그 목의 깊이로 나는 잠겨서 가네
> 주머니 속에서 골백번도 더 뜯어고친 주먹이,
> 한 세상을 포효할 그 주먹이,
> <중략>
> 나는 이 땅 불꺼진 가로등 칸칸의 거리로
> 떠밀려 간다
>
> ―「가끔은 나를 만나서」 부분

지금 콧물이 흐르는 햇살 속
깃발 없이 내 몸이 쭈뼛이 게양된 채
펄럭이는 가슴
숨은 쉴수록 불어나고
걸음은 걸을수록 늘어나는 이 작은 기둥
오늘도 걷는다마는

　　　　　　　　　　　　　—「그래 그 빛나는 세계로」 부분

　이 두 편의 시는 삶의 중심을 잃고 표류하는 자아의 모습을 보여주고
있다. 그의 삶이 거처하는 곳은 "이 땅 불꺼진 가로등" 밑이다. 집에 안주
하지 못하고 삶의 뿌리가 뽑힌 존재로 거리로 내몰려 "오늘도 걷는다마
는" 노래나 흥얼거리는 한심한 처지다. 더 신랄하게 말하면 "이 땅에
밀착해 가지 못하고 어디로 튈지 모르는/(당신) 공 같은 남자"(「격포에
들다」)에 불과할 뿐이다. 그렇기에 그의 슬픔은 깊다. 그 깊음 때문에
어느덧 분노가 생긴다. "주머니 속에서 골백번도 더 뜯어고친 주먹이"
우는 것을 듣는다. 분노와 슬픔이 번갈아 그의 가슴을 치고 간다. 그의
몸은 분노의 깃발이고자 하지만 "깃발 없이 내 몸이 쭈뼛이 게양된 채"
걸어가는 모습을 볼 때 몸을 빌어 생활하고자 하는 몸짓은 쉬이 분노로
타오르지 못하고 슬픔의 물결 그 자체가 된다.
　슬픔과 분노 속에서도 시적 화자는 살기 위해 발버둥을 치는 것은 당연
하다. 그러나 삶의 방편을 마련하지 못한 삶은 자꾸 막다른 궁지로 내몰
린다. 서규정의 시적 세계의 표상들은 바로 궁지에 몰려 떠는 삶의 모습
이다. 그런데 이번 시에 그에 걸맞게 나타난 시적 표상으로 바로 '바다'라
는 점이 주목된다. 궁지에 내몰린 시적 화자의 터전이 바로 뭍의 끝, 삶의
끝이자 도보의 끝인 바다로 표출될 수밖에 없음은 비극이다. 서규정에게
바다로 표상된 삶의 공간은 어떤 극한 상황을 암시하기 때문이다.

영화 25시 라스트씬에 나오는 안소니 퀸의
울음 반 웃음 반 식의 스마일, 다시 한번 스마일,
찰칵 증명사진부터 한방에 찍어서 빼고 자기소개서엔
오래 전에 해고된 者라고 쓰지 않고
정리 정돈된 者임을 밝히고
                    <중략>
자갈치 선원모집소에 갔더니
                    <중략>
바다는 맨 마지막에 가는 수단이 아닌기라
일 잘할 선원은 다 뽑았소 해 떨어지기 전에 다른 데 가보소
언더 더 썬, 소개소장의 거룩한 훈화로 듣는 바다는
불과 일 미터 앞에 있었네
뒷유리가 깨진 봉고차처럼

                                        ─「언더 더 썬」 부분

구조조정에 걸린 그는 도로 섬
                    <중략>
가끔 공원 벤치에 소금을 잔뜩 털어놓은 섬들이
부스스 깨어나, 알 듯 모를 듯한 소리로 삶보다 죽음을
먼저 해설하겠다는 것인지
술병으로 여러 번 목을 꺾고 천천히 드러눕는
아주 가까운 수평

                                        ─「바다 학교」 부분

　이 두 편의 시에서 우리는 바다가 갖는 상징적 의미를 충분히 읽을
수 있다. 소개소장이 비록 "바다는 맨 마지막에 가는 수단이 아닌기라"라
고 말하고 있지만 시적 화자에게 바다는 25시의 라스트씬처럼 울음 반
웃음 반의 처절하고 안타까운 상태에서 취한 마지막 궁여지책이다. 그러

나 그 바다마저 시적 화자에겐 불과 일 미터 앞에 있지만 "뒷유리가 깨진 봉고차처럼" 파산된 대상으로 나타난다. 파산된 존재에게 남는 것은 이제 삶의 스산한 형벌을 감당할 길 없는 체념이다. 섬처럼 고립된 막다른 존재가 "술병으로 여러 번 목을 꺾고 천천히 드러눕는" 것은 삶에 기진한 사람의 처연하기 짝이 없는 모습이다. 이렇게 서규정은 바다를 통해 이르기 힘든 삶의 슬픔을 보여준다.

그런 점에서 본다면 서규정의 시는 극한을 달려온 셈이다. 그렇지만 삶의 비애를 이렇게 '바다'라는 이미지를 통해 표류하는 존재성으로 여실히 보여주고 있는 이번 근작시는 구체적 현장성을 획득한 것으로 보여진다. 뿌리뽑힌 민중의 처절한 삶은 이들 시에서 형상적 고통의 실제를 얻게 되는 것이다. 그런 절실함으로 인해 "뜨고 지고 외롭게 해야! 너를 보면 눈이 부셔/반절은 죽어도 좋을 나머지만 살고 싶었다"(「청산에 해가 뜨거든 어깨야」)는 간절한 삶의 기원은 허풍이 아니다. 도대체 '반절은 죽어도 좋을 나머지만 살고 싶다'는 토로를 하기까지 삶은 얼마만큼이나 어두웠을까! 이런 이들이 부르는 삶이란 대체 얼마나 애가 타고 목 매이는 끝에 부르는 삶일까!

그러나 서규정의 시가 바로 이러한 절규에 가까운 탄식에 그친다면 그의 시가 갖는 분노와 신명의 본질은 드러나지 않은 것이 될 것이다. 이번 신작시에도 슬픔과 분노, 그리고 신명이 어우러진 채 한 편의 득의만만한 시가 되는 것이 있다. 그것은 바로 「발전소에게 쓰다」는 작품이다.

> 사라진 중심
> 온갖 허위와 권위에 맞서
> 남들은 다 삼킨 밥도 뱉으며 싸울 때
> 가슴 속에 거푸집이 된 그물 하나 꺼내지 못하고

고리 핵발전소가 바로 코앞에 보이는 밤바다에 앉아
허푸 거푸 우네 웃네 저놈의 발전소가 터질 땐
터지더라도 나는 좀더 살아야 쓰겠네
내 천신만고 끝에 시를 쓰는 사람 되었다하니
고향 땅 우리 누님 대쪽같은 선비나 된 줄 알고
청죽 딛고 오는 소리에 귀를 밝히겠으나
우선 댓바람 소리라도 듣고 있으세요
시를 쓴다면서 기관원에게 미행 한 번 못 당해보고
똑바로 서! 죄없는 후배들이나 윽박지르고
(미안하다 날 믿고 따라 다니지 않는 내 그림자 때문이었다)

밤바다에 나와 허약한 달빛과 이죽거리며 혼자 놀고 있어도
권력에 적당히 저항하고 알맞게 살이 오른 시 기술자는
되지 않았어요 지금 내 눈에선 쌍불이 나가고
등대처럼 밤바다를 휘둘러보면
바다는, 파도를 제대로 산 폐선의 것이잖아요

─「발전소에게 쓰다」 전문

　　이 시는 바로 서규정 시인의 정신을 대변한다. 슬픔과 분노가 개인적
감정에만 머물지 않고 바로 동시대적 아픔과 분노로 확대되면서 신명이
라는 시적 건강성을 획득하는 이유가 이 시 안에 녹아있는 것이다. 그것
은 바로 슬픔과 분노의 마음, 즉 패배자의 마음이 바로 민중의 마음임을
역설하는 데에 있는 것이다. 그 민중의 마음은 한의 깊이를 달래기 위해
오히려 신명을 한 가락을 몸에 두르고 사는 것임을 알려 주는 것이다.
그 점을 제대로 알기 위해서는 우리는 얼마간 서규정의 시적 지리지를
더듬을 필요가 있다. 즉 그의 최근 세 번째 시집에 실려 있는 다음 시를
먼저 눈여겨 살펴서 그것을 확인할 필요가 있는 것이다.

외로워라
물풀에 기대 바위

우등상은 감히 엄두도 못내고
보리피리 꺾어 불면서 개근하던 녀석
밥 굶고 학교에 가서 청소당번이나 되던 녀석
여자 짝궁과 사진 한 장 못 찍어 본 녀석
국방부 홍보영화를 보러가서 죽어라 박수치던 녀석
정보병과로 군대에 가서 소총수로 끝낸 녀석
넥타이 메고 공장으로 가며 만면에 웃음을 띠던 녀석
연탄가스를 마시고 출근하다 쓰러진 녀석
파업에 동참도 못하고 덩달아 해고된 녀석
배 타러 가서 체격이 작다고 툇짜 맞은 녀석
친구의 여자 심부름이나 해주는 녀석
이렇다할 하이 라이트가 없는 신비한 녀석
밋밋한 생활의 연속에서도 왜 대체 혼절하지 않나
오히려 맑은 정신으로 너무 멀리까지 왔다
그리워라 우리나라에서 가장 강한 그 사내

—「쓸만한 녀석」 전문 『직녀에게』에서

이 시는 서규정 시인의 자화상이다. 찬찬히 읽어보면 웃음과 연민이
교차함을 느끼게 된다. 시인은 가난하고 힘없이 살아온 자신의 삶을 차게
비웃으면서도 애잔하게 반추한다. 이 표현 속엔 초라한 자신의 삶에 대한
분노와 다른 한편으로 그렇게 살아올 수밖에 없었던 삶 그 자체에 대한
깊은 슬픔이 배여 있다. 그리고 그 양면적 감정 밑바닥엔 어느새 얼마간
삶을 통달한 자의 해학적 목소리, 즉 체념에서 일어남직한 신명이 깔려
있는 것이다. 그런데 묘한 것은 저리 복잡한 감정적 표출이 전혀 이상하
지 않고 낯설지도 않다는 점이다. 그것은 무엇 때문일까? 그것은 아마도

바로 우리 민중들 삶의 모습과 감정을 옹골차게 육박해 보여준 데서 발생하는 공감 때문이 아닐까 싶다.

그런 점에서 본다면 외롭고 보잘것없지만 그러나 그 보잘것없음으로 인해 '맑은 정신'을 유지해 "너무 멀리까지 올" 수 있는 '강한 그 사내'란 익살은 시인의 단순한 익살만은 아닌 것이다. 외롭고 보잘것없어 오히려 걸리는 거 없이 저 먼 곳까지 갈 수 있다는 민중적 전망에서의 오기이자 자각 같은 것으로 읽히기 때문이다. 나는 이 부분의 해석을 두고 이 영혼의 소유자는 오늘의 현실로 볼 때는 자본과 물질의 힘에 구속받아 '패배당해' 살아가는 사람이지만 자본주의라는 역사의 물결을 제대로 타고 있는 자, 즉 역사의 한 가운데를 질러감으로써 가질 수 있는 '깨어있는 자'의 마음을 노래하고 있다고 말한 바 있다.(「참 그리운 패배자 —서규정론」『서정의 귀환』) 지금 와 읽어보아도 참으로 그렇다. 서규정의 시는 바로 역사의 중심부를 걸어가 본 사람만이 낼 수 있는 향과 냄새가 있는 것이다.

그 점에서 「발전소에게 쓰다」의 다음과 같은 구절은 비로소 이와 같은 해석의 연장 선상에서 의미심장하다.

> 밤바다에 나와 허약한 달빛과 이죽거리며 혼자 놀고 있어도
> 권력에 적당히 저항하고 알맞게 살이 오른 시 기술자는
> 되지 않았어요 지금 내 눈에선 쌍불이 나가고
> 등대처럼 밤바다를 휘둘러보면
> 바다는, 파도를 제대로 산 폐선의 것이잖아요
>
> —「발전소에게 쓰다」 부분

서규정의 시를 늘 보아 왔지만 이 부분만큼 단호하고 번득이는 표현이

있을까? 갈수록 몸을 웅크리고 목청을 높이는 것은 그만큼 삶이 그를 궁지로 밀어붙이고 있다는 말일 것이다. 그렇지만 아주 놀라운 역설적 진술을 보이는 이 시는 바로 역사의 패배자가 지르는 분노의 함성 같다. 그 점에서 도전적 목소리로 권력자의 목 밑을 푹 쑤시듯 "바다는, 파도를 제대로 산 폐선의 것이잖아요" 하고 말하는 시인은 생활의 곤궁에 지쳐 쓰러진 사람의 목소리가 아니다. 아직 그의 "눈에선 쌍불이 나가고" 있고 더욱 중요한 것은 그가 패배 당하는 삶 자체가 어떤 의미인지를 알게 되었고 그것에 의미를 부여하고 있다는 점이다. 그렇게 본다면 이 구절은 바로 권력에 적당히 저항하지 않고 온몸으로 부딪쳐 망가진 사람만이 가질 수 있는 늠연한 자기 확인이다. 역사는 싸움을 제대로 한 민중의 것이듯이 삶의 의미 또한 고통을 제대로 산 패자의 것이 될 확률이 높기 때문이다. 그럴 때 고통은 신명으로 전화될 것은 불문가지. 이 때 패배는 부끄러운 것이 아니다. '폐선'은 지금은 비록 누워있고 초라해 보이지만 그의 몸엔 바다의 생리와 지리가 아로새겨져 있는 법이다. 그 점에서 폐선은 바다를 증명해줄 역사의 증인이자 역사 그 자체다. 자신을 폐선에 빗댄 시적 화자도 그런 점에서 역사의 증표로서 가치 있는 삶을 살았다고 할 수 있는 것이다.

여기에서 우리는 서규정의 시적 의미망을 정리해 볼 수 있다. 이번 근작시에도 볼 수 있듯이 그의 현실적 삶은 대다수 실패로 나타난다. 즉 패배하고 소외된 채 삶의 끝에 내몰린 사람의 모습을 띤다. 그러나 그런 모습에서 오히려 아름다움과 힘참을 느끼게 되는 것은 서규정의 남다른 의식 때문일 것이다. 즉 크게 패배하는 것이 크게 역사의 의미를 완성하는 것임을 알게 되었다는 놀라운 깨달음 때문인 것이다. 그 패배의 내용으로 우리가 직시해야 할 것은 오늘의 우리 삶을 결박지우는 자본과 권력의 모순인 것은 말해 무엇하랴. 그렇게 볼 때 서규정의 슬픔과 분노,

그리고 신명은 오늘의 자본주의적 삶에 패배할 수밖에 없는 우리들 고통을 대변하는 정서로서 의미심장한 것이다.

안으로의 초월
—유병근 시의 의미

　시인이 짜내는 이미지의 결들을 다 느껴볼 수 있는 독자들은 얼마나 행복할까? 시인이 그려내는 한 세계의 환(幻)을 일시나마 자신의 생으로 살아볼 수 있음으로써 생의 그 무상함과 그 무상함으로 인해 더욱 아름다워지는 찰라들을 알게 되고 사랑할 수 있게 될 테니 말이다. 그런 점에서 모든 시 비평은 시인이 만들어내는 이미지의 동심원을 섬세히 포착하면서 그 파장들을 잘 타야 할 것이다.

　그러나 부끄럽게도 나는 유병근 시인의 이번 아홉 번째 시집『곰팡이를 뜯었다』시를 다 이해하지 못하고 글을 쓰게 된 것을 고백하면서 서평을 시작해야 할 것 같다. 유시인의 시를 다 이해하지 못한 것은 시간이 없어서라거나 내용이 많아서라는 핑계 같은 이유로 해명될 수 없다는 것을 독자들이 짐작한다면 그 까닭은 오직 시인이 직조해놓은 이미지의 중첩성이 보기보다 복잡하고 다채로워 내가 감지할 수 있는 차원을 벗어나 있었기 때문이라는 점도 눈치챘을 것이다. 그의 시는 오랜 세월의 연마 끝에 몇 구절의 이미지를 얻는 표현들이 많아 그 표현이 나오기까지

의 내적 닦음을 하지 못한 나로서는 그야말로 주마간산격의 외피만 핥고
지나친 것이다. 그의 시의 맛을 제 살의 깊이로 느껴보지 못한 것이 사실
이기 때문에 이 글을 쓰는 지금도 내 자신의 글줄에 불만을 품게 되는
것은 어쩔 수 없는 일이다.

그럼에도 불구하고 이 글을 쓰게 되는 것은 유시인의 글을 읽고 스쳐가
는 몇 가지 나의 단상이 비록 얕은 감촉에서 이루어지긴 했지만 그의
시가 갖는 파문의 남다름을 보여줄 수 있는 내용이라 여겼기 때문이다.
남과 공유해도 될 만한 아름다운 자질이 그 안에 있다면 그것은 오직
유시인의 시가 나에게 불어 넣어준 영감 때문임은 두 말할 필요가 없을
것이다. 그 점에서 이런 글도 서평이 될 수 있다면 다행이다.

이번 유시인의 시집에 나타난 가장 본질적 이미지의 하나는 '유폐'
이미지다. 그 점은 지난 여덟 번째 시집에 재미있게 표현된 '상자' 연작시
의 지속적 내용이 아닐까 한다. 그 시집에 상자는 다음과 같이 표현되고
있다.

> 뚜껑이 닫히고 하늘이 까마득하다 땅이 까마득하다 사람이 까마
> 득하다 닫힌 상자에 달리 하늘을 꿈꾸지 않는다 땅을 꿈꾸지 않는다
> 사람을 꿈꾸지 않는다
> 닫힌 상자는 닫힌 세상이다
> 추억 한 마당도 닫힌 싹수다
> 닫힌 차표, 닫힌 밥그릇, 그런 사슬에 묶인다
>
> —「상자詩 —프로메테우스」 부분

시적 화자는 "뚜껑이 닫히"는 상자 속에 놓여 있다. 이 시에서는 피동적
이다. 그렇기 때문에 닫힌 상자 속에서 달리 '꿈꾸지' 않고 그저 하늘을
비롯 땅, 사람 등이 "까마득하"게 된 것을 바라본다. 그런 상태에서 추억,

차표, 밥그릇 등등 세상의 모든 것들이 '닫힌다'. 지독한 '갇힘'이다. 이것은 그의 시에서 구체적 형상으로 유폐 이미지를 가장 잘 나타낸 것에 해당한다. 그런데 놀라운 것은 이 연작시의 첫 번째에서 "여자는 상자 속으로 들어간다"(「상자詩 —마술」)라고 말함으로써 유폐가 단순히 타의에 의해서만 일어나는 일이 아님을 밝히고 있다. 자의와 타의의 복합적 작용에 의해 유폐의 이미지가 이루어지고 있음을 우리는 볼 수 있는 것이다.

두 번째 시 구절에 대한 해석에 이의를 제기해 다음과 같이 말하는 사람이 있을지 모르겠다. 부제로 볼 때 여자가 상자 속으로 들어가는 것은 마술적 상황을 보여주기 위한, 어쩔 수 없는 생활의 한 장면이므로 타율로 봐야한다. 맞는 말이다. 나 또한 그 시 끝에 "여자가 상자를 깨고 나온다"라는 표현을 두고볼 때 실은 이 마술하는 여자는 상자에 깃드는 것이 목적이 아니라 상자에서 어떻게 놀라운 모습으로 빠져 나오느냐를 보여줌이 목적임을 알고 있다. 그 점에서 들어가는 행위는 일시적 필요에 의한 타율적 행동이다.

그러나 나는 그 여자가 상자 속에 들어감으로써 안온한 행복을 느끼지 않을까 하는 생각을 하는 것이다. 상자 속의 어둠 속에서는 굳이 밖으로 드러남으로 인해 "시퍼런 입술이 떨고 있"(「상자詩 —마술」)는 장면을 보일 필요가 없을 것이다. 상자 속의 그녀를 관객의 시선에서 생각할 것이 아니라 직접 상자 속의 공간으로 기어드는 그녀의 입장에서 한 번 생각해볼 일이다. 그녀가 상자 속으로 들어가 있는 동안은 그녀에게 그 시간과 공간은 휴식일까, 아닐까? 만약 그 시간과 공간이 휴식이라면 그녀는 즐겨 본능적으로 상자 속으로, 혹은 상자와 같은 밀폐된 공간 속으로 스며들고 싶어하지 않을까?

나는 이번 아홉 번째 시집을 보며 유병근 시에 나타난 유폐 이미지가 자발적 의식의 공간임을 느꼈다.

이메일을 닫고 한글97을 닫고 끝으로 전화선도 미련 없이 끊어버렸다 커튼도 앞과 뒤 주르륵 어둠을 가두었다 그러나 마지막 프린터 하나는 닫지 않았다 열려 있어야만 토악질이 된다고 세상 찌꺼기 깨끗이 게워낼 수 있다고 그런 구덕이라고 그냥 두었다 그게 그렇다 열린 것은 어차피 구덕이었다 그 열린 구덕에 창자까지 게워내는 등을 토닥거렸다 눈 닦고 입 닦았다 세상이 보인다고 바늘귀만큼 보인다고 닫힌 어둠 속에서 눈뜨고 온다고.

─「그믐치 쌓이다」 전문

이 시는 여러 묘한 느낌을 준다. 시적 화자가 거처하는 곳은 세상의 여러 것들로부터 단절된 곳이다. 스스로 '닫고', '끊어버리고', '가두어'버리는 밀폐의 삶. 그 안에서 닫혀 있지 않은 것은 '프린터'다. 왜 프린터는 끄지 않았으며, 왜 그것을 '구덕'이라 불렀을까? 가만히 이 시를 살펴보면 프린터는 바로 닫힌 세계의 살아있는 존재다. 바로 의식의 활동을 그대로 기술하고 기록해 내는 일, 바로 시쓰기를 상징한다. 이 프린터는 시인의 의식을 세상 밖으로 '게워낸다'. 닫힌 세계에서 밖으로 '토악질'해 나오는 구멍은 분명 '구덕'과 같은 의식의 울혈일 것이다. 그 점에서 '창자까지 게워낸다' 했을 때 그것은 아주 의식의 심층부에 있는 것들을 조금씩 흘려내는 것임을 알 수 있다. 그 구덕과 울혈을 꿰뚫는 것은 다시 '바늘귀만큼 세상 보기'다. 즉 아주 작은 공간으로만 외부 세계를 관찰할 뿐 많은 부분은 공간 내부의 어둠을 주시한다. 이때의 프린터, 즉 시인의 의식을 밖으로 표출하는 시쓰기는 바로 내부의 어둠을 주시한 결과를 세상 밖으로 보내는 일을 뜻한다. 그렇다면 그것은 바로 자발적 유폐의 삶을 즐기는 것이 아닌가? 그리고 내부의 공간을 주시한다면 그 내용은 대체로 무엇일 텐가?

이 두 물음은 동떨어진 내용이 아니다. 실제 유병근 시인의 시를 보면 시적 화자가 거처하는 시적 공간은 대부분 '방 안'으로 나타난다. 시집을 따라 살펴보면 "책장 밑바닥에 엎드린 어둠에 느닷없이 눈이 뜨인다"(「죽비」), "바람은 수시로 창문을 때렸다"(「杜甫를 읽으며」), "책 읽다가 꾸벅거린다"(「작은 노래」), "한물 간 신문 나부랭이들 거실바닥에 머리 처박고 물구나무서기를 한다 답답하냐고 나는 창문을 벌컥 연다"(「꼬랑지 끝에 줄을 선다」), "표지가 다 낡은 플레이보이를 집어 든 그는 책갈피 속의 누드를 눈에 댄다"(「얼굴을 파묻은 씨알」), "앞동의 베란다 창문이 조금만 열려 있다 고쟁이 같다"(「오래 된 일기장」) 등이 눈에 잡힌다. 모두 '안'이라는 공간 속에서 발견과 한가로움, 또는 지루함 내지 은밀함(나이든 사람은 방안에서만 누드집을 본다는 점을 인정하자) 등등의 여러 생활 감정을 피력하고 있다. 그러나 무엇보다 방안에서 보이는 감정은 다음과 같은 심미적 권태로움이 주된 감정이 아닐까 싶다.

1
눈에 갇혀 종일 눈사람을 그렸다 코를 붙이고 삐딱하지만 귀를
달았다 새까만 숯덩이로 눈알을 찍었다
　　　　　　　<중략>

2
나뭇가지를 때리는 바람 그저 그렇다
구름도 구름으로 떠 있을 뿐
개울창에 앉아 하릴없이 돌 던진다
돌멩이는 어떻게 겨울을 나는지
해뜨고 지는 기척에도 그저 그렇다
눈꽃이 피었다고 눈꽃이 진다고
잠 깨어 문 열어보고 또 잠들었다
(콩쥐하고 팥쥐하고 살았는데, 토끼하고 거북이하고 살았는데, 거

시기하고 머시기하고 살았는데)

잠 깨어 문 열어보고 또 잠들었다

—「잠 깨어 문 열어보고」부분

이 시를 읽고 우리는 이 시의 시적 화자가 관조적 시선으로 세상을 보고 있다고 말해서는 안 될 것이다. 비록 이 시에서 시적 화자는 무료한 일상에 절어 세상의 물건들에 초연한 모습을 보이기도 하지만 그것보다 갇혀 지내는 동안의 삶이 즐겁고 기쁘기 짝이 없다라는 시적 화자의 느낌을 알아채는 것이 중요하다. "잠깨어 문 열어보고 또 잠들었다"라고 지루한 반복을 말하는 것 같으나 실은 1에서 보듯 시적 화자는 갇혀 있는 동안, 혹은 스스로 문을 닫아 걸어놓고 있는 동안 눈사람을 만들면서 '놀고' 있는 것이다. 세상의 사람들로 간섭받지 않고 그가 가장 자유로운 상태에서 의식의 놀이를 할 수 있는 공간은 바로 이 보호처인 '방 안'인 것이다. 그 점에서 자발적 유폐라 볼 수 있다. 그것은 세속적 욕망에서 벗어나 가장 자유로운 상태의 삶을 표상하는데 이는 콩쥐와 팥쥐, 토끼와 거북이로 상징되는 동화적 삶을 뜻하기도 한다.

때문에 자폐로 설정된 '안'의 공간은 시인에게 정체되거나 불행한 곳을 뜻하지 않는다. 오히려 의식의 행복한 여행, 즉 무한한 꿈꾸기를 이뤄볼 수 있는 곳이다. 그의 시에 자주 나오는 유년 시절에 대한 회상이나 부모에 대한 추억이 바로 그런 질료들이다. 하나 예를 들어보면 다음과 같다.

1

밤이 깊도록 물푸레나무는 드레로 물 푸는 아버지였습니다 천 드
레를 퍼 올리고는 다시 처음으로 돌아와 하나에서 백까지 또 그

백까지 밤 깊은 줄 모르는 잎새 푸덕거리는 소리였습니다

<중략>

2

물푸레나무 지나 물레 잣는 어머니 보였습니다 고치를 잣을 때마
다 세상은 물레소리로 깊었습니다 물레로 길어 올리는 저문 밤, 덜
덜 등 웅크리는 수렁이었습니다

—「물푸레나무 韻」 부분

이 시는 시적 화자가 돌아가신 부모님을 추억하는 내용이다. 그런데
이 시가 아름다운 것은 제목이 시사하듯 '물푸레나무'라는 시어와 아버
지가 보였던 '물 푸는 드레' 이미지가 어감 상 일치하면서 묘한 정감을
자아낸다는 점이다. 이 점은 어머니의 '물레' 경우도 마찬가지다. 모두
물푸레나무의 이미지의 형성 아래 미묘한 운율적 정감을 형성하면서 부
모에 대한 추억의 깊이를 생생하게 만들어내고 있다. 그 점에서 이 추억
의 생성은 바로 방안에서 고요히 사색한 내용일 뿐 아니라 그 시선을
자신의 내부로 돌려 아름다움을 발견한 것이라 볼 수 있는 것이다. 이것
은 달리 생각해본다면 바로 '안'으로 무한한 공간의 확장을 꾀한 것으로
볼 수 있다.

이 안으로의 초월을 두고 우리는 그의 시적 경향에 대해 다음과 같은
세속적 평가는 내리지 말자. 가령 그가 "아무 것에도 어울리지 못하는
내가 잡목 그루가 되어 지는 해거름을 밟고 있었다"(「시를 위한 사물놀이
—2」)라고 읊었다 하여 구심적 경향을 사회적 부적응을 결과라고 내세우
지는 말자는 것이다. 그것은 분명 일리는 있으나 기계적이고 인과론적
재단이 될 가능성이 많다. 그것보다는 우리는 이렇게 말하는 것이 보다
옳을 것이다. 즉 바슐라르가 지적한 바 있듯이 어떤 존재에겐 내밀의

세계가 무한한 하나의 강렬성, 특히 존재의 무한한 전망을 주는 강렬성으로 작용한다고 말이다.

이 점을 인정할 수 있게 되었을 때 이번 시집에서 가장 중요한 이미지로 제시되고 있는 '틈(새)' 또는 '사이'의 이미지가 왜 그렇게 의미심장한 것이 되는지를 알 수 있을 것이다. 그것은 바로 안으로 들어가고 싶은 시인의 본능적이고 강렬한 욕망의 언어적 표현인 것이다.

> 이 나무와 저 나무 사이가 허전하다 그 틈새를 지우려고 바람이 수시로 등을 밀어 붙였다
> 이 가지와 저 가지 사이가 허전하다 그 틈새를 지우려고 새가 수시로 가지를 물고 드나들었다
> 나뭇잎과 나뭇잎 사이가 허전하다 그 틈새를 지우려고 햇빛이 수시로 바느질을 했다
> 바람과 새와 햇빛의 움직임을 다시 보았다
> 나무와 나무가 주고받는 그것은 나무끼리의 눈짓이란 걸, 나무의 허전함이란 걸 오래 기다린 끝에 처음 알았다
> 나에게는 없는 바람과 새와 햇빛의 움직임이 나를 느닷없이 허전하게 하는 걸 처음 알았다

> —「틈새의 詩」 전문

이 시에 나타난 '틈새'는 바로 사물들 사이에 관계가 결락된 장소를 뜻한다. 그런데 그 틈새에 '바람', '새', 햇빛'이 드나들자 허전함이 사라진다고 표현하고 있다. 그것은 바로 틈에 관계가 이어지는 일이자 생명이 깃든다는 것을 의미한다. 그 점에서 역설적으로 '틈새'는 생명을 기르는 장소가 된다. 그런데 시적 화자는 이런 생명적 요소가 되는 바람, 새, 햇빛이 없다고 한다. 그것은 바로 시적 화자가 생명이 갖는 평화와 안식

을 얻지 못했음을 가리킨다. 따라서 시인이 지금 간절히 원하는 것은 틈새에 깃드는 것이다. 자기도 하나의 바람, 새, 햇빛이 되어 틈새 '속'에 깃들고 보호받기를 원하는 것이다.

따라서 그의 이번 시에 자주 나오는 표현들, 예를 들어 "자정 지나고 활자들이 행간 틈새로 엎치락뒤치락 꿈틀거린다"(「흥부전을 읽다」), "철조망과 철조망 사이 보이지 않는 꽃이 떠오르곤 했다"(「임진각 소묘」), "깊고 아늑한 그대 몸의 좌청룡 우백호 사이, 현무 주작 사이 바람 나부끼네"(「開土祭」), "양탄자 바닥으로 흔들린 그는 흔들린 커피잔과 흔들린 탁자와 흔들린 의자 틈에 붙박이가 된다"(「흔들리는 도시」), "그의 꽃잎 하나 휴대폰 틈서리에 끼여 있었다"(「환절기」), "돌담과 돌담 사이 작은 비밀 한 소꿉 달빛으로 가만히 다독거렸다"(「박꽃 저녁에」), "세월이 오가는 길이 피는 꽃과 지는 꽃 사이에 있고, 기지개와 기지개 사이에 있다"(「시를 위한 사물놀이 ―1」) 등은 모두 틈새가 갖는 생명성의 여러 변주다. 그리고 이 틈새는 바로 '안'으로 지향성이 설정하는 변모된 메타포다. 그 점에서 유병근 시인은 고집스럽게 '안'으로 향한 그의 시적 지향을 선보이고 있다. 그것은 한 시인의 특권적 이미지이자 독특한 의미 구축이다.

이 지점에 왔을 때 나는 두 사람의 시인이 연상됐음을 밝히고 넘어가자. 한 사람은 "반쯤 들창 열고 본다.//드문드문 상고머리 솔밭/넘어가는 누런 해/반쯤만 본다./잉잉 우는 전신주/귀퉁이에 달린 연꼬리/아슬히 비낀 소년의 꿈도//반의 반쯤만 본다"(「물기 머금은 풍경 2」)고 노래했던 박용래 시인, 그리고 또 한 사람은 "장님처럼 나 이제 더듬거리며 문을 잠그네/가엾은 내 사랑 빈 집에 갇혔네"(「빈 집」)라고 탄식한 기형도. 유병근 시인의 시적 세계는 놀랍게도 이들과 닮아 있다. 아니 그것보다 '닿아있다'고 표현해야 정확할 것이다. 박용래 시인이 보여주는 내부로의 침잠 역시 유년과 고향의 풍경이고 부모님에 대한 추억이 그 대부분을 차지한다. 기형도의 경우는 사회적 삶에서 얻게 되는 상처에 대한 방어기제로 자신을 유폐한다. 그 속에서 기형도는 동그란 '해바라기 씨앗'으로 잠든다. 즉 심리적 퇴영을 통한 행복한 세계 구축이다. 그 점에서 안에서 행복을 찾는 시의 계보들이라 할 수 있다. 그러나 이들과 유병근은 약간씩 성격을 달리한다. 박용래의 시와 비교하자면 산문적 진술을 밀고 가 세계에 대한 관찰자적 의식을 강하게 펼쳐놓는다. 유병근의 시들은 시쓰기 의식, 즉 새겨넣는다는 측면에서의 발동하는 기술성과 기록성이 박용래의 정감적 표현과 그 층위를 다르게 한다. 그리고 기형도의 시는 가난과 사랑의 실연으로 인한 상처의 내적 도피다. 그 점에 비해 유병근은 세상에서 받은 상처도 있을 수 있겠지만 내적 세계의 열림을 통한 상상력의 유희를 즐긴다는 점에서 보다 순수하고 의식적인 차원에서 구심성을 가진다.

그렇게 보았을 때 유병근 시인의 이번 시집은 흔히 나이든 시인이 원만한 자연관조로 인해 치우치기 쉬운 시적 이완이 전혀 없다는 점을 놀라운 일로 주목할 수 있을 것이다. 그는 여전히 순수 의식에 집중하여 언어의 결을 시험하고 있다고 해도 과언이 아니다. 때문에 그것이야말로 70이 다 된 지금까지 아름다운 시를 써낼 수 있는 단 하나의 이유가 된다고 보고 찬사를 보내지 않을 수 없다 하겠다. 건필을 바란다.

각(角)의 현상학과 묵시록적 전망
—최휘웅의 시 세계

최휘웅에게 세계는 둥글지 않다. 그에게 세계는 적의를 품고 날을 곤두세우고 있다. 그의 시적 자아는 각진 이 세계의 모서리에 찔리고 베여 상처입고 있다. 자아는 핏물을 흘리며 이 거칠고 황량한 각질의 세계를 빠져나가려 발버둥치지만 그 발버둥은 한갓 헛된 몸짓에 그칠 뿐이다. 그래서 빠져나갈 길이 보이지 않는다는 두려움이, 빠져나갈 힘마저 없어져간다는 안타까움이 그의 시편을 가득 물들이고 있다. 이 도저한 무서움! 이 처절한 절망감!

어디에서 이런 참담한 시적 비전을 최휘웅은 갖게 되었을까? 현대에서 시 쓰기가 그리 행복한 일은 아님을 알고 있지만 그의 시는 이 세계와 고통스럽게 맞서 있다. 우리들이 그리 회피하고 그리 잊어버리기를 애써 원하던 그 고통스러운 현실을 더욱 날카롭고 생생하게 우리들 눈앞에 들이대 보여준다. 그의 심사는 무엇일까? 고통의 메저키스트? 아님 우릴 괴롭혀 그 자신 즐거움을 취하는 고통의 새디시트? 그런 것이 아님을 알면서도 나는 또 무엇 때문에 이런 병적인 내용을 최휘웅의 시에 붙이려

할까? 시인은 정신병자가 아님이 분명한데 나는 무엇을 말하려 저런 바탕색을 칠하고 있는 것일까?

최휘웅의 시를 읽고 나는 시에 대해, 시인에 대해 오랜만에 깊은 숙고에 잠긴다. 오늘날 시의 사명은 무엇인가? 시인의 역할은 무엇인가? 그 대답을 찾기란 어렵고 어려운 일이지만 그 대답의 하나를 최휘웅의 시에서 얻게 된 것은 다행한 일이다. 그의 시들을 읽고 나는 시인은 정신병자가 아님이 분명하지만 보통 사람과는 다르게 이 세계의 본질을 예민하게 느끼고 있는 사람임은 분명하다는 생각을 거듭 확인한다. 남다른 감수성의 촉수를 가지고 이 세상을 살아가는 사람들은 보통의 사람들로부터 그 예민함으로 인해 정신병자란 말을 들을 법도 하다는 생각인 것이다.

이번 시집의 시들은 나의 그런 생각을 뒷받침해주는 것들로 가득 차 있다. 섬뜩한 예언과 분명한 전망. 그의 시는 지난 세기의 삶을 통찰한 결과 다음 세기의 삶을 하나의 파노라마 형식으로 보여준다. 장엄한 묵시록의 세계가 그 안에 펼쳐있다. 그것은 하나의 놀라운 충격이다.

맨하탄의 즐비한 도시마다 주저앉고 싶은 목마름으로 가득했다. 도시의 짙은 땅거미 속으로 코끼리는 걷는다. 끝없는 작업장, 여기저기 흩어진 건물들의 뒷동네로 지친 그림자 끌고 헤맨다. 돌덩이는 걸음마다 매달리고 축일 물 한 모금 솟지 않는다. 선인장들이 우뚝 서서 박수를 치는 모래 언덕. 까칠까칠한 턱수염들이 언덕을 넘고 또 넘어서 일상의 막다른 길목으로 들어선다. 낮은 포복, 높은 포복 아무리 기어도 검은 태양의 도시는 막다른 길목에서 끝이 보이지 않는다. 드디어 코끼리는 무거운 눈망울을 깔고 누워서 오아시스가 신기루로 뜨는 사막의 타는 목구멍을 보았다. 티탄들이 그들의 신전을 향하여 달려가는 모습이 보였다. 검은 손들이 신전을 외워 싸고 검은 신호를 보낸다. 뱀들이 꼬리를 물고 일어서고 바람의 눈은 바람구멍으로 사라졌다. 그러자 도시에서는 창구마다 빛이 쏟아져 나

왔다. 황금 모래알이 쏟아지듯 빛들은 코끼리 입으로 들어갔다. 그
때 맨하탄의 머리 위로 아라비아의 양탄자가 지나간다. 누나의 속치
마가 하늘을 가렸다.

　　　　　　　　　　　　　　—「說話. 8 —방황하는 도시」 전문

　기이하지 않은가? 이 시는 현재의 어떤 상황을 예고한 것 같지 않은가!
미국의 맨하탄에 서 있는 세계무역센터 건물이 이슬람 근본주의자들로
부터 테러 당해 무너진 상황만을 가리키는 것은 아니다.(아니 그것만을
의미해도 좋다. 이 시집의 시들은 올 7월경에 넘겨 받았는데 9월 11일
미국 테러 상황을 맞게 되어 그 해석에 너무 공교로운 느낌을 들게 했다.
최휘웅 시인이 이런 상황을 예견했을 리는 없었을 터이라서 아전인수격
의 해석을 경계하더라도 자본주의의 심장에 내린 저 불벼락은 최휘웅이
예견한 시적 내용과 너무 흡사하다. 무서운 일이다.) 영화 같은 내용들이
현실에서 벌어지는 것을 말한다. 이때의 영화 같다는 말은 도저히 이성과
합리로서 생각할 수 없는 일들을 가리킨다. 때문에 미국의 맨하탄 건물들
이 무너지는 것은 테러에 의해서 무너지는 것은 아니다. 그것은 최휘웅이
이 시에서 예견하고 있듯이 '검은 태양'을 믿고 하늘 높은 줄 모르고
그들의 신전을 세우는 '티탄'들의 사악함이다. 보다 더 정확히 말한다면
그 사악함에 내리는 우주의 불벼락이다. 물론 그 사악함은 '검은 손'과
'신전'들로 상징된 내용들로 보아서 자본주의에 의해 만들어진 기술적
문명의 자기모순을 가리킨다. 기술적 문명은 가장 자본주의의 첨단인
맨하탄의 거리를 인간이 살 수 없는 사막의 도시로 만든다. 그 사막 위에
어리석은 '코끼리'로 걸어가는 인간은 이미 인성을 상실한 병든 존재다.
이러한 세계가 멸망당해야 할 것은 분명하다. 그것은 오늘날의 소돔의
도시가 분명하니까 말이다.

최휘웅의 시에서 이러한 병든 도시는 지금 멸망의 문턱을 넘어서고 있다고 보아도 무방하다. "돌덩이는 걸음마다 매달리고 축일 물 한 모금 솟지 않는다. 선인장들이 우뚝 서서 박수를 치는 모래 언덕"의 심상으로 볼 때 그곳은 이미 폐허의 이미지다. 폐허 위에 장엄하게 "신기루로 뜨는 사막의 타는 목구멍"은 무엇인가! 그것은 바로 모순의 구체화이자 자본주의의 결절 부분이 아닌가. 그 구멍으로 현실 세계에선 비록 종교적 민족적 갈등에 의해서이건 하지만 아랍권의 테러라는 인간의 충동적 행위가 불거져 나올 수밖에 없는 것이다. 그 점에서 TV에서 보이는 검은 재가 날리는 맨하탄의 장면은 바로 이 시가 갖는 묵시록적 분위기와 그대로 맞아떨어진다. 모더니즘이 원래 병든 자본주의 문명을 비판하며 출발하였다는 사실을 상기할 때 최휘웅의 이 시는 모더니즘 시정신을 가장 심층의 측면에서 잘 보여주고 있는 것이다.

이것을 보다 더 장엄한 한 편의 묵시록으로 보여주는 시가 있어 예사롭지 않다. 그 시는 위의 시처럼 현실적 장에서 최휘웅의 시가 갖는 정합성을 보여줄 수는 없다 할지라도 오늘날 우리들의 도시와 삶 그 자체에 대한 최휘웅의 예민한 통찰을 보여주고 있어 섬뜩한 느낌을 준다.

> 시간의 벽 사이에 끝없는 초원이 있었다. 꿈 속을 달리듯 달려가는 수레 위에 깡마른 겨울이 고드름으로 매달렸다. 사방에서 선들이 달려와 각을 만들고 각은 다시 유령의 도시를 만든다. 그 도시 위에는 달이 없다. 초원은 쉴 새 없이 지워지고 앙상한 시간들만 모여서 춤을 춘다. 사방으로 번지는 선의 둘레에 갇혀 우주는 가쁜 숨을 몰아 쉰다. 머리 위에서는 하늘이 찰랑거리고 발 밑에는 시간의 혓바닥이 불길처럼 솟는다. 여기저기 벽이 들어선다.
>
> —「說話. 15 —세기말」 부분

'세기말'로 명명된 이 시의 내용은 바로 기계화되고 익명화된 우리들 삶의 모습을 풍자하고 있다. 최휘웅 시인이 즐겨 쓰는 초현실주의 기법, 즉 의식의 자동기술법에 따라 사물화된 현대인의 내면 의식의 풍경을 그려내고 있는데 그것이 바로 우리 인간의 종말을 암시한다는 점에서 매우 충격적이다. 즉 시간의 노예, 시간의 '벽'으로 화한 현대인의 정체성을 그는 실감 있게 드러내고 있는 것이다.

그런데 이 시에서 문제적인 것은 '각'의 이미지다. 현대 도시의 특징을 선과 각으로 만들고 그 각이 만들어내는 공간의 특징을 '유령의 도시'로 명명하면서 최휘웅 특유의 직관이 발동한다. 즉 각(角)의 현상학이라 불러도 좋을 현대문명에 대한 구체적 형상물의 발견이다. 이 각은 분별, 구획, 엄밀 등의 문명적 의미를 갖는다. 원의 상징이 갖는 조화, 원만, 풍요의 이미지와 대립된다. 그의 시에서 이 각은 문명적 의미에서 출발하여 투쟁, 상처, 경직, 더 나아가 불행, 죽음 등의 반생명적이고도 비인간적인 의미로 확산된다. 그런 점에서 위 시에 생명을 관장하는 원형의 상징인 "달이 없다"는 진술은 합당한 것이다. 그가 진단하기에 이 세기의 삶은 바로 각의 세계에서 각의 모습으로 살아가는 그것이다. 그런데 각은 각자 그 각도와 길이가 달라 서로 결합되는 게 아니라 부딪쳐 깨어지거나 긁히는 상처투성이를 이룬다. 때문에 그에게 시적 삶의 공간은 잘게 부서져 파편화되기 마련인데 여기서 시인은 그에 적절하게 시간마저 분절함으로써 현대인의 분열된 자의식의 세계를 여실히 보여주고 있다. 이것은 높은 수준에서 이루어지는 현대인의 의식 분석이다.

이러한 각에 대한 본능적이고도 심원한 상징성은 그의 시에서 형태적 실험으로도 표출된다.

끝

없는
사막 위에서
검은 그림자를 끌고
까마귀들이 원을 그린다.
낙타는 힘겨운 걸음으로 걸어오고

　　　　　　　　　　　　　　—「설화. 3 —사막」부분

　이 시는 내용적 측면에서 불길한 삶의 징후를 말하고 있다. 사막을
횡단하는 낙타로 형상화되는 인간적 삶은 그야말로 '힘겨운 걸음'의 연
속인데 거기에 까마귀들의 '원', 즉 불길한 삶의 전조(前兆)가 더해진다.
그 점에서 이 시는 멸망의 상황을 예언하는 참요에 가깝다. 여기서 원은
보통의 원의 현상학에서 말하는 풍요와 원만의 상징물이 아님이 분명하
다. 오히려 그것보다는 앞의 시에서 보았던 불길한 '구멍', 즉 불벼락이
내리는 "사막의 타는 목구멍"의 표지 그것이다. 그런데 이 시의 문제적
국면은 바로 이 시가 쓰여 내려가는 형태적 측면에 있다. 그것은 삼각형
의 모습을 옆으로 세워놓은 듯한 ▷ 형태를 말하는데, 그것이 왜 중요하
냐 하면 그것은 각의 현상학에서 보았듯 최휘웅이 취하고 있는 문명에
대한 위기의식을 뜻하기 때문이다. 즉 옆으로 세워진 삼각형의 모습은
곧 쓰러지기 직전의 현실 세계를 이러한 형태적 발상으로 암시한 것이다.
그 점에서 이 시도 하나의 묵시록적 예언의 한 변이 형태다. 이러한 형태
적 실험은 「說話. 6 —탑」이란 시에서도 시도되고 있다. 이 시 또한 내용
적 측면을 감안해볼 때 탑의 꼭지점의 모습은 현실적 삶의 위기의식을,
그 바탕이 되고 있는 탑의 사각의 형식은 현실적 삶에 갇힌 자의 죽음의
식을 상징화해 내는 것으로 보인다. 그것들은 모두 현대문명에 가위눌린
자의 의식을 각이 만드는 모서리에 빗댐으로서 불안의식과 위기의식의

증폭을 효과적으로 드러낸 것이다. 이 각의 의미에 대한 심층적 탐색이 최휘웅이 근자에 그의 시를 열심히 쓴 증거물이 아닐까? 이 의미부여는 그의 시에 한 광채를 부여하는 부분이다.

이러한 의식 차원에서 세계는 악마적 이미지를 띨 수밖에 없다. 신화원형 비평에서 자주 강조되는 악마적 세계의 이미지는 신의 질서에 대해서 인간이 느끼는 소원감(疎遠感)과 무력감을 따로 분리시켜 생각하려 하는 것이라고 노드롭 프라이는 말하고 있다. 즉 이 소원감과 무력감은 인생에 대해 가지는 가장 비극적인 거의 모든 비전들 가운데 본질적인 요소라는 것인데 바로 신에게 버림받은 심정을 말하는 것이다. 최휘웅의 시에도 이것이 잘 나타나고 있다.

> 땅 속은 울음의 바다였다. 불길의 아우성이 천 갈래로 솟아오르고 박쥐들의 발톱은 천장에서 떨어질 줄 몰랐다. 소름이 번져서 사방엔 흰자위들만 떠다녔다. 하얀 모발이 곤두섰다. 뱀은 머리만 처들고 두리번거릴 뿐 꼼짝 못했다. 저 멀리 지하의 끝에서 미이라들의 목쉰 소리들이 꿈틀거리며 문을 연다. 깊은 어둠의 입 속에서 기어나온 유령의 팔뚝들이 문을 박차고 나간다. 경악의 숨소리, 거친 입김이 땅 속을 덮는 순간, 마구 파헤쳐지는 곡괭이, 삽질에 땅은 모든 것을 끌어안고 그만 몸을 길게 뻗었다.

> ──「설화. 17 ─유령」 부분

신에게 버림받은 무덤과 지옥의 광경으로 그려지는 이 시는 현실적 문명에 가위눌린 현대인의 의식을 상징한다. 땅 속, 불길, 박쥐, 흰자위, 하얀 모발, 뱀, 미이라, 유령 등의 이미지들은 인간의 공포와 불안의식의 구체적 형상물이다. 그러한 공간을 그는 단 한 마디로 "사방은 어둠의 신이 지배하고 있다."(「說話. 12 ─개벽」)고 단언하고 있다. 각의 현상학에서 내려지는 아주 음울한 세계 진단이다. 이 시에 보이는 "그만 몸을 길게 뻗어"버리는 현대인들의 실신, 그것은 바로 기술적 문명 속의 우리 삶의 모습이 아니던가.

이러한 세계 속에 인간은 놓여 있기 때문에 인간의 삶의 양식은 극도의 무의미한 삶의 몸짓일 것은 뻔하다. 다음 시는 그러한 인간의 삶의 모습을 아주 간결하게 부조해내는 데에 성공하고 있다.

> 월요일의 문을 열고 나온다.
> 힘겨운 걸음으로 낙타는
> 하루의 등 꼭대기로 기어오른다.
>   <중략>
> 컴퓨터 안 광활한 사막 끝에서
> 하나의 작은 섬으로 서 있는 낙타
>
>   —「說話. 1 —게임」 부분

기계 문명에 소외된 인간을 사물적 존재인 낙타와 컴퓨터로 잘 형상화하고 있다. 사막의 상징성과 낙타의 상징성은 이미 앞에서 보았듯 비인간화된 삶의 모습을 가리킨다. 문제는 여기서 그러한 인간의 삶이 무의미한 시간의 연속이라는 점이다. "월요일의 문을 열고 나오"지만 그 인간은 다시 토요일이 되면 "토요일은 일요일의 품안으로 들어간다"(「說話. 10 —휴일」)에서 보듯 삶의 톱니바퀴에 또다시 갇힌 존재로 변하고 만다. 그 존재가 기껏 힘내어 보았자 "서류 가방이 빌딩 입안으로 들어간다." (「설화. 9 —도시의 달」)에서 보듯 벽으로 단절된 어떠한 공간으로든 들어가 사무적이고 기계적인 존재, 즉 '서류 가방'으로 변하여 비생명적 삶을 살 뿐이다. 따라서 이 장엄한 연작시의 시작에서 그러한 삶에 대해 "신선한 풀 냄새는 들려오지 않는다"(「說話. 1 —게임」)라고 반생명적

삶의 모습을 예언하고 있는 것이다.

그 점에서 우리는 최휘웅이 왜 이 시를 쓰면서 '說話'라는 제목을 달게 됐으며 그렇게 끔찍하리 만큼 어둡고 삭막한 삶의 모습을 그토록 많이, 그래서 그만큼 세밀하게 기록될 수밖에 없는 연작시를 고집하게 된 까닭을 생각해볼 수 있게 된다. 그것은 오늘날 우리의 병들고 왜곡된 삶의 과정과 전체를 하나의 파노라마 형식으로 조명해보고 싶은 욕망에서 출발하였을 것이다. 삶의 과정과 전체는 하나의 순간적 정조를 중심으로 하는 서정보다는 서사적 형식에 합당하다. 때문에 삶의 과정에 대한 이야기를 그 필수적 요소로 갖는 서사적 형식인 '설화'라는 말을 과감히 서정 양식에 도입하면서 보다 더 자세하고 전체적인 삶의 모습을 조명하기 위해 그리 많은 연작을 구상했다고 볼 수 있는 것이다. 물론 그가 서사적 목적성을 이번 시집에서 노렸다고 하여도 그것은 소설과 같은 그런 것이 아님 또한 분명하다. 서사와 서정을 종합함으로써 병든 이 시대적 삶에 대응하는 새로운 문학 양식을 실험하고 그리고 이를 통해 세기적 삶을 집약해 보여줄 수 있는 영혼의 직관과 통찰을 분식(扮飾)해 보여준 것이라 할 수 있는 것이다. 그것은 분명 서정이되 현대문명과 그 문명 속을 살아가는 이 시대 사람들의 아픔과 비탄을 생생이, 그리고 여러 측면에서 조명함으로써 정조의 차원에서만 문제되는 서정을 뛰어넘어 이 우주와 생명의 문제를 장엄하게 다루고자하는 현대판 서사시인 것이다.

그 점에서 그 이후 2부, 3부의 시들도 다 그와 같은 차원에서 이해할 수 있다. 가령 「절망」의 연작시도 「說話」 연작시와 다를 것 없다. 그것은 절망에서 표현해내고 있는 것이나 설화 내용이 그 근본에서 같기 때문이다. 다음의 두 시가 이를 증명한다.

철커덕 자물쇠 채워지는 소리

둔중한 소리의 무게 때문에
나는 자꾸 소스라쳐 일어나곤 한다.
그리고 부들부들 떨리는 다리를 끌고
끝없이 낭떠러지로 떨어진다.
바닥이 없다.
밑도 끝도 없이 떨어지기만 한다.
머리카락이 휘어 감겼다.
그의 팔뚝이 내려와 나를 낚아챘다.
머리카락이 찍찍 끌려갔다.

—「說話. 34 —악몽」 부분

간헐적으로 들려오는 비명,
문을 걸어도
절망의 썩은 냄새는 바닥을 기어다닌다.
막다른 절벽. 기어오를 동아줄은 없다.
우리들은 절망의 입안에서
거미줄치며
음산한 도시의 통신망 타고
맹목의 미래,
가나안 땅 향하여 반딧불처럼 날아든다.
절망의 우산 속으로 달려간다.

—「절망·열」 부분

이 두 편의 시는 **빠져나갈 길 없는** 이 절망적 도시문명에 갇힌 자의 내면의식을 형상화한 것들이다. 두 편의 시는 모두 각의 현상학에서 볼 수 있는 죽음의 내적 형식인 것이다. 그러기 때문에 "앙상한 쟈코매티의 허상들"(「절망·일곱」)로 현대인들을 그려내고 있는 것은 매우 적절한 포착이다. 유령이나 허상이나, 그리고 낙타나 코끼리 등의 비인격화된 존재들을 이러한 각의 세계 속에 놓는다는 것 자체가 암울한 현실인식을 말해주는 것이다.

그 점에서 최휘웅의 시적 비전은 아주 비관적이다. 문명에 대한 이러한 비극적 전망은 올바른 삶을 추구하고 현재의 삶을 반성하는 사람들에게 당연히 따르는 현상일지 모른다. 그 점에서 최휘웅의 이번 예견들과 진단들이 아주 독창적인 것이라고 강변할 생각은 없다. 그러나 그가 이러한 세기말적 문명에 대한 진단을 아주 구체적인 '각'의 이미지를 통해 포착한 것은 그 나름의 특유한 직관이 발동한 것이라 하지 않을 수 없는 것이다. 그것은 병든 문명에 대해 상투적이고도 관념적 성찰이 아니라는 점에서 주목받아 마땅한 어떤 국면, 즉 공포와 불안의 '날(生) 이미지'를 갖고 있다고 생각되는 것이다. 우리는 그의 이러한 독특하고 그 독특한 이미지 아래 내포되어 있는 생생한 현대적 삶의 징후들을 온 몸으로 느껴봐야 비로소 시를 사랑한다고 말할 수 있지 않을까 하고 생각될 뿐이다. 그렇게 하는 것이 그가 절망과 악몽으로 점철된 영혼으로 이 끔찍한 현실을 직시하는 시 쓰기에 값할 것이기 때문이다. 시인의 건투를 빈다.

형(形)과 힘의 갈등, 그리고 조응
—김기택 시의 의미

　인간의 창조 행위는 무엇인가? 아니 인간뿐만 아니라 신을 포함해 이 우주 속에 일어났을 법한 창조는 무엇이겠는가? 그것은 바로 형상 아니겠는가. 무형(無形), 무의미로 흩어져버리려 하는 이 세계에 형태와 질서와 질료를 부여하는 일이 바로 창조의 일일 것인데, 그것은 세계를 구획짓고 공간화함으로써 발생하는 윤곽을, 다시 말해 윤곽으로 생성되는 '형(形)'을 가리키는 말일 것이다. 때문에 형은 바로 우주의 존재 그 자체이자 존재의 의미를 드러내는 기호이기도 하다.

　김기택의 시는 바로 이 점과 관련해 읽어봐야 하지 않을까. 그의 시는 처음부터 집요한 시적 지향을 보여주고 있는데 그것은 바로 형의 탐구를 통한 존재의 의미를 발견하고자 하는 것이다. 그렇지만 그의 시는 읽는 사람에 따라 다양하게 해석될 정도로 쉬이 진면목을 보여주지 않는다. 대체로 문체적 측면에서 관찰과 묘사라는 방법론과 관련해 많은 해석이 있는데, 대표적인 것으로 그의 시를 투시적 상상력이라는 재미난 해석에다 사물 주체의 등장에 따른 근대적 주체의 자명성에 대한 해체를 보여주

고 있다는 견해(이광호), 종전 서정시적 특성에 대한 부정과 불온의 정신
이 이런 묘사적 문체로 나타난 것이라는 견해(김춘식), 대상을 낯설게
함으로써 우리들의 자동적 인식을 깨뜨려주고자 하는 의도라는 견해(이
승원) 등을 들 수 있다. 이 외에 시적 내용과 관련하여 그의 시를 일상적
존재로서 인간이 존재의 진실을 찾아가는 구도의 여정으로 보는 견해(이
희중)도 있다. 이러한 다양한 해석들은 김기택의 시가 쉬이 그 깊이를
알 수 없게 하는 모호한 심연을 갖고 있음을 단적으로 보여주는 사례다.
그의 시는 해석의 일방향성이나 단순화를 거부하면서 스스로 자율적 생
명체 내지 구조체로 움직이고 있다. 그의 시는 살아있는 생명체로서 어떤
형상을 지니되 그 형상은 수시로 변해 알 수 없는 그 무엇이 되곤 한다.
그런 점에서 그의 시에 흔히 나타나는 육체성과 물질성 등은 그의 시를
이해하는 중요한 키워드이긴 하나 그의 시적 진실을 밝혀내는 단어로
충분하지 못하다.

　나는 이 점에서 그의 시적 도정에 기이한 느낌을 주며 쓰여진 시 하나
에서 그의 시를 해명할 수 있는 코드를 찾고자 한다. 그 시는 '형(形)'에
집착하는 김기택 시인의 의식을 잘 보여준다.

　　　눈이 피곤하고 침침하여 두 손으로 잠시 얼굴을 가렸다
　　　손으로 덮은 얼굴은 어두웠고 곧 어둠이 손에 배자
　　　손바닥 가득 해골이 만져졌다
　　　내 손은 신기한 것을 감지한 듯 그 뼈를 더듬었다
　　　한꺼번에 만져버리면 무엇인가 놓쳐버릴 것 같아
　　　아까워하며 조금씩 조금씩 더듬어나갔다
　　　차갑고 무뚝뚝하고 무엇에도 무관심한 그 물체를
　　　내 얼굴이 생기기 전부터 있었음직한 그 튼튼한 폐허를

해골의 껍데기에 붙어서
생글거리고 눈물 흘리고 찡그리며 표정을 만들던 얼굴이여
마음처럼 얇디얇은 얼굴이여
자는 일 없이 생각하는 일 없이 슬퍼하는 일 없이
내 해골은 늘 너를 보고 있네
잠시 동안만 피다 지는 얼굴을
얼굴 뒤로 뻗어있는 얼굴의 기억이 뒤에도 한참이나 뻗어있는 긴
시간을
선글라스만한 구멍 뚫린 크고 검은 눈으로 보고 있네

—「얼굴」부분

이 시는 그의 두 번째 시집 『바늘구멍 속의 폭풍』(1994) 속에 나오는 작품으로서 바로 얼굴이라는 가죽을 보는 것이 아니라 얼굴이라는 존재를 가능케 한 근본 조건으로서 '해골'을 탐색하고 있는 시다. 이 시에서 해골은 "내 얼굴이 생기기 전부터 있었음직한 그 튼튼한 폐허를" 안으로 갈무리하여 있고, 앞으로 "얼굴의 기억이 지워진 뒤에도 한참이나 뻗어있는 긴 시간을" 보고 있는 존재다. 그 점에서 해골은 '나'란 의식이 들기 이전과 '나'란 의식이 사라진 이후의 존재성을 담보하는 물질로 제시된다. 즉 이 시에서 해골은 '나'란 존재 이전, 혹은 이후의 무(無)와 대립되는 유(有)의 의미, 다시 말해 '나'가 의미 있는 하나의 존재로 창조됐음을 증명하는 중요한 표지가 된다.(여기서 의식의 여부는 중요한 것은 아니다) 이것은 존재의 표지로서 '형(形)'이 무형과 무의미로 떨어지는 우리의 인식에 존재의 의미를 붙잡는 계기를 마련했다는 뜻이다. 때문에 해골은 여기서 그 흔한 서정적 해석에서 자주 나오는 죽음을 뜻하거나 불길함을 상징하는 것이 아니고 이 무형의 우주 속에서 유형의 어떤 존재성, 곧 의미를 드러내는 기표로 작용하고 있다.

그런데 이 해골은 안과 밖이라는 대립적 공간을 설정하면서 경계(境界)의 의미를 띤다. 해골 너머의 안은 알 수 없는 미지의 세계다. 해골 밖은 "마음처럼 얇디얇은 얼굴"로서 기지(既知)의 세계다. 즉 앞의 설명에 따르면 형은 무와 유를 가르는 계기적 표상이다. 김기택에게 형상은 존재의 표지로서 본질적으로 무를 그 안에 내포하고 있다. 그 점에서 형은 이중적 의미를 지닌다. 공포의 대상으로서 무형, 무의미의 세계로부터 의식의 주체인 나를 지켜주는, 그리하여 나의 살아있음을 증명해주는 보호막이 그 첫째 의미다. 두 번째 의미는 그러나 이러한 형은 그 안에 형의 근본적 바탕으로서 무형이 자리잡고 있음을 인식함으로써, 특히 무형에 대해 명료하게 알 수 없는 상태로서 형의 유한성에 대한 필연적 인식으로써 발생하는 공포의 표출이다. 왜냐하면 형은 깨어지기 마련이고 거기서 소멸의 공포가 발생하기 때문이다. 형을 바라보는 김기택의 심리는 안도와 공포를 동시적으로 느낀다. 안도는 형상의 발견이나 창조에서 오는 존재의 확인감이며, 공포는 형상의 가변성에 의해 발생하는 존재의 멸절감이다.

그 점에서 그의 시는 본질적으로 안과 밖이라는 경계적 사유를 보인다. 안은 불안의 세계이며, 밖은 존재의 확인으로서 안도의 세계다.

구멍의 어둠 속에 정적의 숨죽임 뒤에
불안은 두근거리고 있다
사람이나 고양이의 잠을 깨울
가볍고 요란한 소리들은 깡통 속에
양동이 속에 대야 속에 항상 숨어 있다
어둠은 편안하고 안전하지만 굶주림이 있는 곳
<중략>
꾸역꾸역 굶주림 속으로 들어오는 비누 조각

비닐 한 봉지 향기로운 쥐약이 붙어있는 밥알들
거품을 물고 떨며 죽을 때까지 그칠 줄 모르는
아아 황홀하고 불안한 식욕

                                       —「쥐」부분

　이 시는 첫 시집 『태아의 잠』(1991)의 첫 장에 실려있는 작품이다. 이
시에서 쥐는 구멍 속에 존재하는 미지의 대상이다. 그러기에 그것은 시인
에게 '불안'으로서 두근거려지는 것이거나 모르기에 '황홀한' 것으로 나
타나고 있다. 김기택은 형상 너머의 것들에 대해 불안과 황홀의 묘한
감정을 갖고 상상하고 있다. 불안은 형상 너머의 이 무형이 형상을 파괴
하지나 않을까 하는 점에서 발생하고, 황홀은 무형이 바탕이 되고 있기
때문에 거기 유형의 형상이 아름답게 존재의 무늬를 그릴 수 있게 됨에
따라 발생한다. 그러나 김기택에게 형상을 깨는 것으로서 '속(/안)'의 상
징 동력은 불안이다. 이를 잘 보여주는 작품이 「틈」이다.

어떤 철벽이라도 비집고 들어가 사는 이 틈의 정체는
사실은 한 줄기 가냘픈 허공이다
하릴없이 구름이나 풀잎의 등을 밀어주던
나약한 힘이다
이 힘이 어디에든 스미듯 들어가면
튼튼한 것들은 모두 금이 간다 갈라진다 무너진다
튼튼한 것들은 결국 없어지고
가냘프고 나약한 허공만 끝끝내 남는다

                                       —「틈」부분

　이 시는 두 번째 시집에 실려 있는 작품인데, 바로 형상 내부에 무형이

본질적으로 내포돼 있음을 보여주는 동시에 그러한 무형이 끝내 형을 부수게 됨을 암시하고 있다. 즉 그 점에서 김기택은 형에 대한 집요한 탐구 못지 않게 형을 가능케하는 토대로서, 혹은 형이 돌아갈 장소로서 무형의 특성을 탐구한다. 그것은 이 시에서 '가냘픈 허공'으로 대변된 틈 그것이 튼튼한 형상들을 그 내부에서 붕괴시키고 있음을 직관하는 데서 나타난다.

그런데 이 시에서 중요한 사실은 정형을 깨뜨리는 무형의 실체가 바로 '힘'임을 인식하고 있다는 사실이다. 그것은 달리 말하면 우주를 떠도는 에너지이자 기(氣)를 형의 생성과 파괴의 중요 물질로 본다는 뜻이다. 그 점에서 이번 근작시의 의미를 파악할 수 있다.

> 물줄기는 빠르고 꼿꼿하게 솟아오르다가
> 둥글고 넓게 퍼지며 느린 곡선으로 떨어진다
>
> 물방울들은 유리화병처럼 보일 때까지
> 정확하고 고집스럽게 하나의 동작으로만 움직인다
>
> 이미 결정된 것은 어쩔 수 없다는 듯
> 정해진 힘과 포물선을 한사코 벗어나려 하지 않는다
>
> 대리석이나 나무처럼 깎고 다듬으면
> 물도 얼마든지 고정된 형태를 유지할 수 있다는 듯이
>
> 습관과 성질을 이용하여 빚으면
> 물도 딱딱한 유리화병과 조금도 다를 게 없다는 듯이
>
> ──「분수」전문

시인은 무형으로 흩어지기 쉬운 물줄기도 정해진 힘과 포물선이라는 질서를 타고 "정확하고 고집스럽게" 움직인다면 그것도 하나의 '유리화병'과 조금도 다를 게 없는 하나의 형이 됨을 발견한다. 이 경우 분수는 무형의 세계에서 꿈틀대는 힘을 잘 통제하여 질서화해내는 창조자의 손길이 된다. 일정한 포물선을 그리며 떨어지는 물줄기는 이때 아름다운 형상을 띤 존재로서 의미를 획득한다. 그러나 이 분수로 만들어지는 형상이란 얼마나 쉬이 그 형상을 잃어버리게 되는지를 시인도 잘 알고 있다. 그 형상을 덧없이 잃어버릴 수 있는 이러한 물줄기가 딱딱한 유리화병과 같은 정형을 띤다는 자체가 놀랍고 신기하고 아름다운 것이다. 존재의 의미는 영원하지 않다. 무형으로 채워진 영원 속에 잠시 유형의 형상을 가짐으로써 존재의 의미는 포착된다. 순간적 형의 완성이야말로 덧없는 무의미를 밀어내는 창조자의 구원인 것이다.

　이 점에서 형의 획득과 정형의 파괴는 존재론적 측면에서 의미를 발견했느냐 아니냐 하는 생사존망의 투쟁이다. 시인은 형의 완성을 탐구하나 무의 심연에서 우러나오는 무형이 강력한 힘으로 분출되어 기존의 형을 파괴한다. 그것은 형 너머에서 쏟아져 나오는 것이기에 공포스럽고 공포스럽기에 황홀하다.

　그런데 여기서 또 생각해보아야 할 것은 또 다른 의미에서 '정형(定型)'이 의미의 경직을 뜻할 수도 있다는 사실이다. 그것은 질서가 타성이 되고 습관이 되어버리면 무의미한 반복이 되기 십상이라는 점에서 의미 없다. 진정한 존재의 의미는 무형과 언제나 긴장된 관계를 맺고 싸우고 있는 과정에서 획득된다. 즉 소멸에 대한 치열한 의식 위에서만 형상은 그 의미를 찾을 수 있는 것이다. 그런 점에서 김기택은 형의 창조 못지않게 굳어진 형 깨기에 골몰한다. 그것은 상호 순환적이다.

가냘픈 몸에서 그렇게 우렁찬 소리가 나오리라고는
아무도 예상하지 못했다.
늘 시체처럼 조용하던 그가
소리내어 웃는 일조차 거의 없던 그가
발자국 소리가 없어 옆에 있어도 있는 것 같지 않던 그가
주변 사람들이 다 놀라도록 그렇게 박력 있게 포효할 줄은 몰랐다.
이 느닷없는 천둥소리와 함께
그의 입과 코에서는 세차게 침방울과 콧방울이 튀어 나왔으며
단전부터 뿜어져 나오는 폭풍의 힘에 밀려
눈물은 눈알을 밀어낼 듯 쏟아져 나왔으며
역류한 피는 일시에 얼굴과 눈을 벌겋게 덮었으며
허리는 쓰러질 듯 기역자로 꺾이었다.

　　　　　　　　　　　　　　　　　　　—「재채기 세 번」 부분

　'몸'으로 표상된 그는 하나의 존재의 표지다. 이 우주에 인간이라는
형을 부여받아 의미를 찾고 있다. 그것은 질서다. 그러나 이 존재의 의미
는 쉽게 위협받는다. "단전부터 뿜어져 나오는 폭풍의 힘"에 의해 그
형은 깨어지기 직전이다. 형 너머의 힘이 질서를 위협하는 혼돈으로 나타
나는 것이다. 이 시에서 '재채기'가 바로 그것이다. 그런데 이 시에서
재채기는 단순히 형을 파괴하고 의미를 파괴하는 혼돈의 힘만은 아니다.
질서와 안정에 젖어있던 사람들에게 "느닷없는 천둥소리"로 정형의 경
직성을 가르쳐주고 부수고 있다는 점에서 새로운 창조를 위한 혼돈의
예비적 성격이 짙다.
　이런 새로운 창조를 위한 혼돈의 힘은 김기택의 시에서 형을 둘러싼
외부와 내부의 긴장으로 자주 나타나는 이미지다.

　　　탱탱한 피부처럼 살에 착 달라붙는 흰 티셔츠를

힘차게 밀고 나온 브래지어 때문에
그녀는 가슴에 알 두 개를 달고 있는 것 같았다.
그녀가 간혹 팔짱을 끼고 있으면
흰 팔을 가진 암탉이 알을 품고 있는 것처럼 보였다.
베들레헴의 마구간처럼 은은한 빛이
그녀의 가슴 주위에서 끊임없이 흘러나오고 있었다.
        <중략>
타조알처럼 두껍고 단단한 껍질 속에서
겁 많고 부드러운 알들은 그녀의 숨소리를 엿들으며
마음껏 두근거리고 있었다.
가슴에서 떨어질 것 같은 알의 무게를 지탱하기에는
그녀의 허리가 너무 가늘어 보였지만
곧바로 넓은 엉덩이가 허리를 넉넉하게 떠받쳤다.

                —「티셔츠 입은 여자」부분

우물과 집 사이
돌이 많기도 많았던 비탈길.
씩씩거리고 헐떡거리고 한숨으로 휘파람 불면서도
물통 안에서 쉬지 않고 들썩거리는 물처럼
잠시도 뒤채지 않을 수 없었던
그때.

                —「물긷기」부분

이 두 편의 시는 바로 내부의 터져나오는 혼돈의 힘을 외부의 형식이
적절히 응전하고 있음을 보여주고 있다. 티셔츠 입은 여자의 가슴은 "타
조알처럼 두껍고 단단한 껍질 속에서/겁 많고 부드러운 알들은 그녀의
숨소리를 엿들으며/마음껏 두근거리고 있었다"에서 볼 수 있듯 형을 뚫
고 비어져 나오려는 힘의 각축장이다. 그것은 형과 무형의 길항이자 내부

에서 터져나오는 힘을 적절한 형식으로 가둠이다. 형과 힘의 균형이 이루어졌을 때 여자의 가슴은 "베들레헴의 마구간처럼 은은한 빛이/그녀의 가슴 주위에서 끊임없이 흘러나오고 있"음을 볼 수 있는 것이다. 그것은 형의 진정한 완성에는 무의 힘, 혹은 혼돈의 힘이 그 내부에 완전하게 들어차 있어야 함을 암시한다. 그 아래 시「물긷기」도 마찬가지다. "물통 안에서 쉬지 않고 들썩거리는 물"은 바로 물통이라는 형을 뚫고 터져나오려는 혼돈의 힘이다. 그러나 시인은 이 힘을 통제할 형식을 포기하지 않는다. 물통 속에서 잠시도 쉬지 않고 들썩거리던 물처럼 잠시도 뒤채지 않을 수 없는 그때의 내 삶의 열정에 대해서도 '물긷기'라는 형식으로 그 의미를 탐구한다. 물긷는 행위는 삶의 단련이기 때문에 젊은 날 무형으로 퍼져가기 쉬운 열정을 의미 있는 질서로 승화시키는 것에 해당한다. 그 점에서 이 시들은 형과 힘의 조응을 보여주는 시편들이다.

그러나 다시 생각해보면 물통이란 형식을 벗어나기 위해 물들은 출렁였을 것이다. 그것은 일상적 정형에 대해서만은 초월을 갈구하는 시인의 이중적 심리를 반영하고 있는 것일 게다. 아니다. 형을 통한 의미 발견이나 혼돈의 힘을 통한 형의 초월 모두 삶의 의미를 찾기 위한 절박한 기도이다. 그 노력은 시인에게 새로운 융합의 심상을 만들려는 쪽으로 나아가게 한다. 바로 형을 갖춘 초월의 이미지가 그것이다.

> 아직 김이나 수증기라는 말을 모르는 아이가
> 끓는 물을 보더니 물에서 연기 난다고 소리친다.
> 물에서 연기가 난다?
> 그렇지. 물이 끓는다는 건 물이 탄다는 말이지.
> 수면(水面)을 박차고 솟구쳐오르다 가라앉는
> 뿔같이 생긴, 혹같이 생긴 물의 불길들,
> 그 물이 탄 연기가 허공으로 올라가는 거지.

잔잔하던 수면의 저 격렬한 뒤틀림!
나는 저 뒤틀림을 닮은 성난 표정을 기억하고 있다.
심장에서 터져나오는 불길을 견디느라
끓는 수면처럼 꿈틀거리던 눈과 눈썹, 코와 입술을.
그때 입에서는 불길이 밀어올린 연기가
끓는 소리를 내며 이글이글 피어오르고 있었지.
그 말의 화력은 바로 나에게 옮겨붙을 듯 거세었지.
물이나 몸은 기름이나 나무처럼 가연성이었던 것.
언제든 흔적없이 타버릴 수 있는 인화물이었던 것.
지금 솥 밑에서 타오르는 불길은
솥 안에서 구슬처럼 동그란 불방울이 되어
무수히 많은 뿔처럼 힘차게 수면을 들이받는다.
악을 쓰며 터지고 일그러지고 뒤틀리던 물은
부드러운 물방울 연기가 되어 공기 속으로 스며든다.

—「물도 불처럼 타오른다」(≪창작과 비평≫, 2002년 봄호)

　형을 파괴하고자 하는 혼돈의 힘은 이 시에서는 오히려 '동그란 불방울'이 되어 지상의 중력에서 벗어난다. 또는 악을 쓰며 터지고 일그러지고 뒤틀리던 물은 부드러운 '물방울 연기'가 되어 역시 공기 속으로 스며든다. 모두 초월의 이미지다. 형을 갖추되 형을 넘어가는 것, 그것이 진정한 의미의 합일이다. 형은 이 우주의 힘을 구체화하고 힘은 구체화된 질서가 변화에 부응하지 못할 때 여지없이 그 경직된 껍질을 부숴 새로운 창조의 전주로서 혼돈으로 몰아가는 것. 그 점에서 혼돈을 단순한 무질서로만 볼 필요는 없다. 혼돈 속으로도 가느다란 질서가 있나니 김기택 시인에게 그것은 초월이다. 중력의 법칙을 거스르면서 하늘로 솟아오르는 '불방울'은 형과 힘이 절묘하게 결합된 생의 가장 타오르는 의미다.

갇힘과 해방의 변증법적 긴장
—김형술 시의 의미

1.

현대산업사회의 특징은 무엇일까? 그리고 이러한 사회에 대응한 시쓰기란 어떤 형태와 의미를 띠는 것일까? 이러한 물음은 문학의 역사사회적 문맥과 거기에 뿌리내려 작동하는 문학의 실존적이고도 존재론적 모습에 대한 탐구를 의미한다. 한 시인이 그의 세계를 올바르게 건설하기 위해서, 그리고 독자 역시 한 시인의 문학세계를 올바르게 이해하기 위해서도 이러한 물음에 대한 제 나름대로의 해답을 갖고 있어야 할 것이란 생각이 든다. 그것은 동시대를 살아가는 우리들 모두 삶의 의미를 확인하는 절차로서 '의미의 공유' 작업과 같으니 말이다.

김형술 시인의 이번 세 번째 시집은 바로 이러한 질문에 대한 하나의 답을 제시하고 있다. 그것은 포스트모더니즘이라는 후기산업자본주의 시기를 질러가는 우리에게 경청할 만한 내용이다. 세계의 폭력적 변화에 대응하는 인간의 지난한 몸짓을 보여주는 김형술의 시는 산업사회로 말미암아 정형화되어 가는 우리의 인식구조와 감성구조에 하나의 참조틀이 되면서 변화의 한 계기로 작용한다. 그럴 때 그의 시세계는 바로 우리의 현실 문제를 제 나름의 해법으로 진단해보고 처방을 내림으로써 삶의 의미를 찾고, 그렇게 찾은 의미를 공유하고자 하는 차원에서 무엇보다 우리에게 말 건네는 작업으로 정초된다.

말 건네는 작업으로 정초되는 시는 바로 이 시대의 시쓰기 의미를 함축하고 있다. 그것은 의사소통이 단절되고 소외와 불안이 하나의 삶의 형식으로 받아들여지고 있는 오늘날의 상황에 대한 응전의 자세일 수밖에 없기 때문이다. 즉 그것은 '공유'의 형식에 대한 하나의 제안을 의미한다. 현대산업사회가 모든 것을 분절화하고 파편화했을 때 '공유'는 이 시대의 지상명제가 됐으며, 모든 가치있는 작업들은 이러한 공유 형식에 대한 하나의 제안으로서 현대산업사회를 질러갈 수 있는 '변화의 계기'들을 부여하고 있는 것이다. 이제 시는 혼자만의 노래나 고백이 아니라 누군가와 삶의 의미를 공유하고 싶다는 간절한 '대화의 요청'이나 '합창'으로 변모한다. 김형술은 이 점을 인식하고 있는 것이다.

따라서 시도 이제 건네온 말에 대한 화답이 반드시 전제되어야 한다. 그것은 독자의 몫으로 돌아가는 것으로서 그러한 공유 형식으로서의 글 읽기는 독자 자신의 삶의 의미를 확인하는 일일 뿐 아니라 김형술의 시를 진정 시답게 만드는 일이기도 하기 때문이다. 의미의 공유는 일방적 전달이 아니라 조정과 통합을 거친 수용에 있는 만큼 김형술 시인이 건네는 대화의 날실에 독자도 화답의 씨실을 걸어줌으로써 시의 구체성은 물론 시쓰기의 행위를 완성시키는 것이다.

그 점에서 시는 부름이요 공유의 형식이라 할 수 있다. 우리 삶이 여러 사건을 통해 사회적 장을 만드는 것의 일련이라면 시도 순간적 감정에 치중하는 면이 강하지만, 생활의 현실에서 발생하는 일들에 대해 동시대인들에게 확인, 요청, 실천의 여러 계기들을 통해 사회적 자장을 형성하는 것을 목표로 한다. 그것은 시도 서사문학처럼 공동체적 특성을 이제 자체 안에 갖추고 있다는 것을 말한다. 따라서 자본주의가 전면화된 사회에서 이제 시는 의미의 공유를 통한 공동체적 삶의 지향이라는 지난한 목표를 위해 눈물겨운 행보를 시작하고 있는 것으로 보이며, 김형술의 시는 그러한 인간의 먼 출발의 도정 위에 하나의 고난에 찬 모험의 행적을 그려보여준다.

2.

이와 같은 인식을 바탕으로 김형술 시인의 이번 시집을 봤을 때 그의 시는 두 개의 축을 따라 움직인다. 하나의 축은 물신이 지배하는 세속 도시의 성벽에 '갇혀' 헤어나오지 못하는 절망감을 표현하는 것이며, 다른 하나는 이런 갇힘에서 타자들과의 연대성을 확인한 차원에서 자기 내부로부터 세상으로 '해방'되는 자유를 표현하고 있는 것이다. 그러나 이러한 분류는 확연하게 갈라지는 것은 아니다. 왜냐하면 후자의 경우는 전자의 경험에 의해 발생하는 감정이며 전자 역시 후자를 강하게 염두에 상정하고 있어 더욱 고통스러운 양상을 취하고 있기 때문이다. 따라서 이러한 두 개의 축은 상호관련돼 있다는 측면에서 전체적이며 동시적인 조망을 필요로 한다. 상호 조응의 틀을 통해 살펴보았을 때 보다 김형술 시의 심처에 다가갈 수 있는 확률이 크다.

그 점에서 사실 김형술 시인의 이번 시집은 갇힘과 해방의 변증법적 긴장을 표현하고 있다라고 말해야 보다 정확하겠다. 대부분의 시는 갇힘을 노래하고 있고 그 연장 선상에서 해방을 지향하거나 해방의 감격을 표현하고 있어 상호 팽팽한 당김과 밀어냄이 동시에 존재하기 때문이다. 따라서 갇힘에서 해방으로 지향해 나가고자 하는 그의 시적 세계는 이 시대적 의미 공유의 형식으로 어떤 의미심장한 바가 있는 것이다.

그러면 그가 말하고 있는 갇힘의 주된 내용은 무엇인가? 그 점은 현대 산업사회를 살고 있는 우리들도 짐작할 수 있는 것들로서, 그러기에 그의 시는 동시대적 질서 위에 서 있지만, 자본주의적 가치에 포획당한 인간성의 왜곡이나 상실이다. 이 점을 보다 분명히 알기 위해서는 아무래도 그의 첫 시집 『의자와 이야기하는 남자』(세계사)의 시편에서부터 출발해야 할 것 같다. 모든 시인의 두세 번째 시집들이 다 그러할 것이지만 김형술의 세 번째 시집의 시는 특히 첫 시집의 말미에서 바로 막 이어지는 자세를 취하고 있다. 첫 시집의 말미에 <누구도 거역할 수 없는 힘을 가진/神들에게 함락당한/식민도시의 시민들은 즐겁다>(「말 사육법·6 —神의 말」)는 말이 나온다. 이는 자본주의를 모체로 하여 태어난 물신 (物神)이 지배하는 세속도시의 상황을 표현한 것이다.

물신이 지배하는 세속 도시의 삶은 김형술 시인에게 시적 화두이며 이것으로부터의 해방이 시적 지향이 된다. 그는 첫 시집에서부터 세속도시는 언제나 욕망을 추구하고 그러한 욕망을 충족시켜주는 환상이 지배하고 있는 곳으로 보고 있다. 따라서 그의 시적 어조는 표면적으로는 즐거운 모습을 띠지만 내면적으로는 자기의 정체성을 상실한 자의 소외감을 표시하는, 즉 이중적 태도로서 반어적 양상을 취한다.

이러한 아이러니칼한 태도는 이번 시집에도 그대로 유지된다. 그렇지만 이번 시집에서 보여주는 변화는 바로 자본주의 사회가 전면화된 현실적 삶의 형식이 얼마나 우리를 허위의식으로 멍들게 하고 있는가를 보다 구체적이고도 심층적으로 탐색해 보여주고 있다는 점이다. 그것은 이번 시집의 「헤이, 미스터 리모컨 맨」에서 잘 나타난다.

그가 닿고 싶은 길들은 모두 그가 쥔 리모컨 속에 들어있다. 그는 세상 모든 일을 TV에서 배웠다. 별 하나가 툭, 그의 머리를 부딪고 지나가고 푸른 사각형의 저녁이 그를 가로막는다. 세상의 모든 어둠, 모든 지붕들이 그의 눈 아래에서 꿈틀거리고

그 속에서 비로소 그는 살아있다.

한 사람의 구경꾼을 위해서 세상은 존재하는 거라고 아무 의심없이 믿어버리며 그가 리모컨을 만지작거릴 때 "헤이 미스터 리모컨맨 날 위해 춤을 춰줘요" TV는 끊임없이 강요한다. 더 빠르게, 미친듯이. 하지만 춤추는 건 불면과 우울증과 권태 뿐, 서두르지 않고 그는 푸른 사각형 속의 세상으로 게으르게 손을 내민다.

모두가 다르게 읽는 똑같은 몇 개의 풍경으로 이루어진 세상

<중략>

그는 늘 혼자 울고 혼자 웃는다.

—「헤이, 미스터 리모컨 맨」 전문

이 시는 이번 시집뿐만 아니라 김형술의 모든 시를 이해하는 실마리를 갖고 있다. 김형술이 첫 시집부터 고집스럽게 다루는 도시적 소재들의 의미와 그것을 다루는 까닭이 드러나기 때문이다. 우선 이 시에서 보이는 <TV>는 바로 현대산업사회의 판단기준이자 가치기준인 물신이다. 그의 다른 시에도 이것은 나타난다. 가족들끼리의 의사소통이 단절되어 있음에도 <거실에 홀로 켜져 있는 검고 커다란 TV 한 대>(「거실」)는 그들의 삶을 지배하고 있다. 그래서 그가 <세상 모든 일을 TV에서 배웠다>라고 말했을 때 이것은 후기산업자본주의 삶의 형식을 제대로 꿰뚫

어봤다는 말이 된다. 그것은 스타와 광고로 대표되는 이미지의 세계, 즉 현실과는 많은 괴리가 존재하는 가상(假像)과 교환가치가 우리들의 온 현실에 전면화되어 영향을 미치는 자본주의 삶의 전도된 가치가 'TV'라는 매체를 통해 구동되고 있음을 알고 있다는 뜻이다. 그는 자본주의적 삶의 방식이 현실과 이미지의 세계, 즉 실제와 가상의 역전 위에 놓여있음을 분명히 알고 있는 것이다.

그런 점에서 현대인의 일상적 시간으로서 저녁은 <푸른 사각형의 저녁>이라 말했을 때 이는 텔레비젼으로 정형화된 현대인의 시간적 전망을 잘 표현한 것에 해당한다. 특히 <모두가 다르게 읽는 똑같은 몇 개의 풍경으로 이루어진 세상>의 언명은 후기자본주의 삶의 형식이 매우 '프로그램화'되어 있음을 드러내주는 것으로 당대 현실에 대한 그의 통찰력을 보여준다. 프로그램은 잘 짜여진 틀을 의미한다. 그러므로 프로그램화된 삶은 모든 인간이 고유성과 다양성을 잃고 몇 개의 정형화된 틀 속에 무리져 있음을 의미하는 것이다. 때문에 이러한 프로그램화된 삶은 바로 '갇힌' 삶이며 역설적으로 타자와의 소통의 통로를 상실하고 <그는 늘 혼자 울고 혼자 웃는다>는 식의 고립과 소외의 삶으로 퇴행한다. 그것은 기계적 삶이다.

그 점에서 <식민도시의 시민>으로서 즐거움보다는 <불면과 우울증과 권태 뿐>이라는 언명은 호소력을 가진다. 그것은 결국 김형술이 이 시를 통해 물신에 지배되는 현대산업사회 속의 비인간적 정황을 풍자하고자 하는 것이다. 그 점에서 그의 시는 현대인의 소외감을 표현한 전형적 형식이다. 소외의 시들이 이중적 어조를 띠지 않을 수 없는 것처럼 그의 시도 표면적 어조는 진지한 자세를 취하나 내면적 어조는 진정성이 사라진 현실에 대한 빈정과 비판을 내비친다. 이러한 시적 지향은 바로 바로 의미의 공유가 사라진 시대에 대한 반성적 자세에 해당한다.

물신적 세계 속에 갇혀 있다는 의식은 모든 대상에 확산된다. 실제 현실적 삶이 갇혀있는 것으로 느끼고 있다면 그러지 않는 것이 이상할 것이다.

　　　　세상 모든 타이프라이터 속엔 새 한 마리 살고 있다. 너무 무거워
　　　　날지 못하고 너무 가벼워 잠들지 못한 채 잊혀져 가는 새 한 마리,
　　　　세상 모든 가슴에서 죽어가고 있다.
　　　　　　　　　　　　　　　　　　　　　　—「타이프라이터 속의 새」부분

　　　　세상 모든 벽 속엔 누군가 숨어 있다.
　　　　　　　　　　　　　　　　　　　—「인터뷰 —지하철의 아이」부분

　　　　아득한 어둠 속에 누가 갇혀 있는 거지?
　　　　　　　　　　　　　　　　　　　　　—「어둠 속의 외침」부분

　　　　검은 거울과 검은 변기와
　　　　검은 욕조의 침묵을 감시하는 수많은
　　　　눈들의 감옥에 갇혀

　　　　　　　　　　　　　　　　　　　　　　　　　—「욕실」부분

　　이번 시집에서 잡히는 대로 뽑아본 것들이다. 대부분의 존재들은 자본주의라는 세계 속에 갇혀 있거나 그것의 내면화된 상태로서 자기 속, 즉 <나, 걸어다니는 감옥>(「눈 오는 날, 마신교도소」)에 갇혀있다. 갇혀 있는 그것들은 <두터운 껍질에 갇힌 가슴 힘겹게 열어도 죽어있는>(「타이프라이터 속의 새」) 상태이기 때문에 인간으로서 진정한 삶을 영위하

고 있다고 말할 수 없다. 갇힌 자들의 삶은 서로 이해할 수 없는 타자, 즉 물화(物化)된 대상으로서 <모두가 그를 알고 있지만 아무도 그를 알지 못하는 내 친구 초록뱀가죽 구두>(「초록뱀가죽 구두」)처럼 사회적 존재로서 공유의 영역을 놓치고 있는 것이다.

그의 이번 시집에 다수 보이는 <타이프라이터 속>, <어둠 속>, <서랍 속>, <백미러 속>, <하수구>, <침대 밑>, <벽>, <욕실>, <천정>의 심상들은 이러한 갇힘의 힘과 상태를 구현한다. 즉 물화와 소외의 형식이다. 그리고 그 속에 갇혀있는 것으로 표현되는 <새>, <꽃>, <달> 등은 바로 자본주의적 삶의 방식에 질식된 현대인의 자아를 상징한다. 특이한 것은 그러한 자연물들이 자본의 논리에 질식되는 모습을 보여줌으로써 은연중 인간도 자연적 존재임을 환기하고 있다는 사실이다.

공유의 영역을 놓친 소외자의 내면은 두 가지 풍경으로 채워진다. 하나는 욕망의 추구에서 생기는 환상, 다른 하나는 그 욕망이 충족 뒤에 생기는 새로운 결핍의 폐허다. 이러한 분류도 앞에서 말한 바처럼 별개로 나누어지는 것은 아니다. 그것은 동전의 앞뒤처럼 한 국면의 이중적 양상일 뿐이다. 그래서 가령 다음과 같은 두 시는 욕망의 관성 법칙에 사로잡힌 인간에게 환상과 결핍은 동일한 내면 풍경임을 잘 보여준다.

> 네 몸 속엔 내가 뱉어버린 한숨들로 가득해. 눈물과 땀, 오줌과
> 핏방울, 넌 내가 요리한 욕망들로 살찐 뚱뚱한 푸대자루야.
>
> ―「부엌」 부분

> 거대하게 자란 부리와 발톱으로
> 제 가슴 제가 파먹는 눈먼 짐승이에요
>
> ―「서랍 속의 새 ―K양의 편지」 부분

자본주의적 삶이 우리에게 베푼 것이 있다면 본능으로서 욕망의 무한한 팽창이다. 그러나 이러한 욕망은 죽음을 만나기 전까지는 멈출 줄 모르는 운명적 존재이기에 결국 자기 주변을 포식하다 못해 자신마저 먹이의 대상으로 삼아버린다. 욕망의 상징적 모습으로서 <거대하게 자란 부리와 발톱으로/제 가슴 제가 파먹는 눈먼 짐승>인 <서랍 속의 새>는 곧 <욕망들로 살찐 뚱뚱한 푸대자루>와 다름없다. 이는 '욕망이 곧 결핍'이자 '결핍이 곧 욕망'임을 보여주는 자본주의적 속성을 유감없이 보여주는 것이다. 그러한 사실을 꿰뚫어 알고 있다면 김형술의 시적 정신은 매우 높은 자리에 있다 하지 않을 수 없다.

욕망과 결핍에 사로잡힌 존재는, 더구나 자본주의적 삶이 부추키는 허위욕망에 포획된 존재는 올바른 존재성을 유지할 수 없다. 그의 시에 자주 나오는 여러 자의식 표출은 바로 이러한 욕망에 굴절된 현대인의 인격을 상징한다.

> 열두 개의 눈과
> 열두 개의 영혼과
> 열두 개의 가슴을 가진
> 고양이를 조심하라던
> 어머니 옷자락 속
> 부드러운 꼬리
>
> ─「붉은 고양이」 부분

이 시에서 보이는 <열두 개의> <눈>과 <영혼>과 <가슴>을 가진 <고양이>는 본능적 욕망에 굴복한 현대인의 자의식을 반영한다. 특히 산업자본주의 사회의 인간은 사회적으로 통합될 수 없어 파편적 존재들로 살고 있는 것처럼 개인도 의식의 통합을 이루지 못하고 파편화된 존재로 살고 있음을 보여주는 것이다. 이 점은 루시앙 골드만이 말한 '상동구조'처럼 역사현실과 작품 속 화자의 정신적 구조가 대응해 있음을 보여주는 좋은 사례다.

이처럼 욕망과 자본주의적 물신에게 조종되는 인간은 프로그램화된 '틀 속'에서, 그리고 그것의 내면화로서 자기의 '벽 속'에 갇힌 채 도로의 삶만 연명하고 있는 것이다. 소통은 단절되고 자기의 정체성을 확인할 길 없는 안타까움이 그의 시집 전체를 에워싼다.

3.

그렇지만 세상의 모든 틀과 벽은 구멍이 있다. 하늘이 무너져도 솟아날 구멍이 있다듯이. 김형술도 이를 알고 있다. 즉 <꽃피는 틈을 꿈꾸며/눈부시게 지워지는 세상의 모든 경계를 꿈꾸며/집을 버리고/길을 거슬러 오르며/숨은 어둠을 향해 일어서는/내 안의 날 선 비늘들>(「초록뱀가죽 구두」)을 노래할 때 그것은 이미 '틈새에 대한 상상력'을 말해준다. 그것은 다시 벽 허물기라는 주제로 요약된다. 자본주의적 삶이 가지는 완강한 질서에 그것은 흔적을 내고 <꽃>을 피울 수 있다는 것을 말하고 있다.

과연 가능한 일일까? 위의 「초록뱀가죽 구두」에서 그것은 조금 암시되어 있다. 즉 <날 선 비늘>을 가질 때 그것은 가능해진다. 그것은 욕망이라는 <집을 버리고> 자본주의가 예비한 <길을 거슬러 오르>는 것이다. 그러할 때 인간은 다시 '의미'의 영역으로 솟아오르고 거기에서 공동체적 전망 위에서 의미를 '공유'할 수 있게 되는 것이다. 김형술은 이러한 전망을 다음과 같은 시로 표현하고 있다.

창을 열고
팽팽하게 경직된 전선들 속
숨은 불꽃들을 헤아린다
잠들지 않는 날 것의 정신
아무 것에도 길들여지지 않은
날 선 바람의 눈으로

—「바람의 침대」 부분

이 시에 와서 김형술은 저와 같은 완고한 갇힘의 세계에서 해방의 세계로 나아갈 실마리를 발견한 셈이다. 그것은 <길들여지지 않은><날 것의 정신>을 지니는 것이다. 바로 프로그램화된 삶에서 야성과 자연적 존재로서 인간의 정체성, 즉 자유성을 되찾는 것이다. 그럴 때 놀라운 것은 김형술에게 이러한 <날 것의 정신>은 자기 욕망의 누추함에 대한 깨달음의 정신과 통하여 세계를 포용할 수 있는 단계로 나아가는 것이다.

세상의 모든 죄
내가 씌운 세상의 모든 누명
감출 수 없이 화안히
보이네

세상 변두리 후미진 그늘에 숨은
두텁고 드높은 담장 속의 집
불현듯 눈 앞에 들이미는 눈보라
하염없이 쏟아지는
겨울 아침
비로소

—「눈 오는 날, 마신교도소」 전문

세상의 정화는 욕망에 빠져 있는 자기자신부터 반성하지 않으면 안 된다. 때문에 <내가 씌운 세상의 모든 누명>을 발견하고 그것에 대한 반성으로서 참회는 절대적이다. 그의 시에 나오는 '역겨움'나 '구토', 또는 '현기증'은 이러한 반성적 인식의 구체적 표현이다. 가령 <아무도 아닌 검은 구두와/아무도 아닌 마음으로 익숙하게/날카로운 파편으로 흩어지는 길 위의/햇빛들을 건너가다//등줄기를 역류하는 한 줄기/참을 수 없는 역겨움을 가까스로/숨기다.>(「현기증」)라는 시나, <나는 비만한 육체의 학교 뒤엉켜 역류하는 피, 채워지지 않는 허기로 텅텅 비어가는 나는 깨어진 거울의 교실>(「구토」)에서의 시는 바로 욕망으로 물화된 자신에 대한 환멸적 깨달음을 보여주고 있다. 마치 샤르트르의 『구토』에서 로캉댕이 자기의 존재성을 발견했을 때 토하던 구역질처럼 말이다. 때문에 자기환멸, 즉 자기반성의 자세는 세계를 다시 보게 하고 구축하게 하는 단초가 되는 것이다.

이러한 자기 발견과 <날 것의 정신>은 결국 자본주의적 세계가 도구적 가치로 모든 생명체를 물화시켜 버린 데에서 생명을 '불러낸다'. <눈>이라는 자연물의 정화에 의해 생명의 자리와 인간의 자리를 확인한 시적 자아의 모습은 자본주의적 삶의 방식에서 비켜서 있다. 여기에 와서 그의 시가 바로 '부름의 형식'에 가장 잘 부합되고 있음을 볼 수 있다. 그 부름은 이 세계를 새로운 생명적 질서로 구축하고자 하는 그의 시적 열망을 대신해 보여준 것이다. 그 새로운 세계는 물론 자본주의가 전도시킨 세계를 다시 원상태로 돌리는 것이다.

> 그 이름 하나하나 불러 세울 때마다 나비의 날개는 화안한 금빛으로 물들어간다 나비의 몸 속을 밝히는 건 꽃들의 영혼일까 내 안에 잠든 바람일까 내가 바람, 이라고 말하기도 전에 나비는 어둠 속으

로 날아오르고

이 시는 바로 부름의 형식이 만들어내는 새로운 세계상이다. 즉 물화라는 세계의 구속에서 자유로운 생명적 존재로 해방되는 순간을 노래하고 있는 것이다. 그것도 이 시대적 독자라면 모두 같이 불러주기를 바라는 차원의 요청 형식으로 말이다.

그렇지만 그가 의미의 공유방식으로 제시하는 방식은 특이하다. 그것들은 자본주의적 가치가 침투할 수 없는 것들로서 의미를 갖는다. 즉 세계와의 소통에서 자본주의적 설정해 놓은 공식언어나 구심언어가 아닌, 즉 바흐찐의 용어대로 말하자면 현대산업사회에 저항담론이 될 수 있는 비공식 언술방식으로서 <눌언>, <방언>, <침묵>의 소통 방식이다.

가을이 오자 수건공장 굴뚝 위의 별들은 더 깊고 푸른 빛을 띠어갔다. 아무도 그를 기억하지 않았고 그를 다시 보지 못했지만 가만이 별들을 올려다 보면 낮은 노래소리가 들리는 듯하여 사람들은 이따금씩 귀를 기울여 보기도 했다. 어어어어 버, 버버버버 어, 떠듬거리는, 수줍게 떨리는 꽃잎같은 목소리 쪽을 향하여.

—「말더듬이의 별」 부분

물고기의 말, 구름의 향기, 꽃의 눈 그리고

오오 그리운 침묵

—「구토」 부분

침묵서약을 마친 혀들은 황망히 잎을 틔우고 숲은 푸른 꽃잎들로
가득찼다.

—「봄의 방언」부분

위 세 시는 바로 김형술이 발견한 새로운 의미공유 방식이다. 통찰하면
그것은 바로 세계와의 동질성을 회복하자는 시적 정신의 발로다. 이것은
자연과 정신적 교감을 강조하고 있다는 측면에서 생태주의적 자세를 취
하고 있고, 그것은 부정적 근대성이 가져온 물화와 소외에 대한 극복
형식임을 볼 수 있다. 결국 김형술 시가 가닿는 공간은 광포한 근대성을
뛰어넘어 자연과 인간이 생명적 차원에서 자유와 평등의 관계로 함께
공존하는 우주적 차원에서의 세계, 즉 생명주의적 세계에 있는 것이다.
그 점에서 그의 시가 자연과 동질성을 이룬 근대 이전의 마법적 세계를
시적 지향의 원형적 모델로 삼는 것은 전혀 이상한 일은 아니다. 다음과
같은 시는 인간이라는 존재가 자연 속에 생명을 가진 존재로 살아가는
한 영원한 지향점이 됨을 보여준다.

갈래 갈래 들꽃의 길 노오랗게 흔들며 앞서 걷는 봄햇살 따라
가닿은 산의 초입. 천진한 儀式처럼 경건한 경계처럼 개울 하나가
흐르고 있었습니다

<중략>

징검다리마다 반짝이던 건 눈부신 봄빛 아니라 햇살에 나래 쉬던
흰 나비떼였어요. 하늘 가득 팔랑이며 날아오르던 나비떼, 물결처럼
흔들리던 나비떼의 벽.

그 벽은 가볍게 제 몸을 끌어올렸지요. 난생 처음, 아아 난생 처음

나는 날아올랐습니다. 끝도 없이 몸을 빠져나가던 꽃들, 햇빛들, 빈 마음을 어루만지던 부드러운 바람결. 스무 살의 하늘 한가운데로 꿈결인 듯 떠오르다 문득, 겹겹 휘날리는 날개들 너머 보았지요. 눈부신 햇살 밖으로 날아가며 춤추던 투명히 푸른 영혼.

그게 마지막이었습니다. 수없이 많은 봄과 헤어지고 헤아릴 수 없이 많은 나비를 마음에 가두었지만 그 봄, 그 영혼은 오지 않았죠. 다시는 날 수 없었습니다.

―「나비」 부분

이 시는 <영혼>적 존재로 인간의 자리를 확인시켜준다. 세계와의 합일만이 진정한 행복임을 우리에게 환기시켜주고 있는 것이다. 결국 우리가 나누어야 할 의미의 공유내용은 바로 이러한 영혼의 문제인 것이다.

김형술에게 <나비>와 같은 인간 영혼의 원형적 존재로서 그의 시에 등장하는 것은 여러 개 있다. 「바다로 날아내리는 비행기가 있는 봄날」에서의 <어머니>로 대표되는 사랑과 <흰장미 꽃대궁 속 푸른 의자>(「하얀 꽃」)로 표현되는 <하얀 꽃>, <성큼성큼 잠의 한가운데로 걸어들어와 어둠 가득 흰나비떼를 바람처럼 풀어놓으며//내 영혼 속 꺼지지 않는 불나무 한 그루>(「산벚나무」)에서 볼 수 있는 생명의 나무 심상으로서 <불나무>, <지상에서 하늘 끝/저 산 너머 보이지 않는 바다까지/상처의 길이 곧 삶이었으나/어둠에도 흔들리지 않는/묵묵한 향기를 가졌음이니//천년을 지지 않는 한 떨기/순백의 꽃/홀로 신새벽 적요를/건너간다>(「가을 하현달」)에서 나오는 영원한 존재로서 <달>이 그것이다. 특히 달은 <상처의 길이 삶이었음>을 아는 차원에서 정화된 영혼의 상징이다. 이러한 원형적 심상은 결국 자본주의적 물화의 세계를 극복하는, 다시 말해 갇힘의 세계에서 해방될 수 있는 '이념소'가 됨을 말해주고 있다.

4.

그러나 김형술 시를 이와 같이 이분화해 봤을 때 그의 시는 주제적 통일성을 상실한 것에 해당한다. 이미 앞에서 말했듯 그의 시는 갇힘과 해방의 변증법적 긴장 위에 놓여 있다. 때문에 모든 시는 자본주의적 속성이 부과하는 갇힘의 힘과 그것에 저항하는 생명의 힘이 맞부딪치는 긴장 위에 존재한다. 그것을 단적으로 보여주는 표현을 찾자면 다음과 같은 것일 게다.

> 너무 쉽게 당신의 이름을 불렀습니다
> 이름만으로 존재를 갖고자 했습니다.
> 깊고 어두운 영혼 속
> 서늘한 정신을 알지 못한 채
>
> ―「봄의 방언」 부분

이 시는 김형술 시가 가닿고자 하는 곳과 그러한 곳에 닿기까지의 어려움이 곡진하게 잘 나타나고 있다. 여기에서 보이는 두 가지의 전언은 자본주의적 속성의 내면화와 거기에 대응하여 일어나는 반성적 정신의 싸움을 드러내 주는 것이다. 이 점에서 김형술의 시는 동시대를 살아가는 입장에서 지녀야할 문제인식과 거기에 대응해 가져야할 시적 진실성을 확보하고 있다고 말해도 좋을 것이다.

김형술은 이번 시집에서 시라는 제시방식이 갖는 특성을 잘 살려 물화된 세계에 생명의 빛을 뿌리고 거기서 생성된 의미로 공유의 형식을 제시하는 점에서 우리 삶의 진정성과 공동체성을 간직하고 있다. 그것은 아직 언제 퇴각할지 모르는 공룡과 같은 자본주의적 삶에 대항하기 위해서는 우리 자신부터 물화의 상태에서 내적 깨달음을 통한 생명의 상태로 오르기를 부르는 것이라 하겠다.

그러나 항상 경계할 것은 이러한 부름의 형식은 그 내용의 관념성이나 실천의 치열성이 담보되지 않을 때 얼마나 쉬이 기화돼 가는지를 알고 있어야 한다는 사실이다. 그렇지만 이번 김형술의 시집을 보며 안심할 수 있는 것은 욕망적 존재가 반성하지 않고 제동장치 없이 달리는 기관차 같다면 김형술의 시에 보이는 반성과 그로 인해 생기는 변화의 계기는 바로 생명의 자리와 법칙을 찾는 행위가 된다는 믿음의 재확인이다. 김형술의 이번 시집은 현대산업사회에 대응하여 생명에 대한 헌장을 하나 내세운 생명시라 불러도 무방하다. 그의 고통에 찬 시적 전진은 인간의 이상적 삶을 향한 가치있는 탐색으로 기록될 것이다.

제4부 ————————
서정과 노래의 형식

삶과 죽음의 둥근 조응
―조용미와 강경호의 시

1. 생명과 죽음을 아우르는 '물불'의 길 ―조용미의 시

　조용미의 시가 점점 소멸의 이미지를 짙게 드리우고 있다. 지난 6월에 발간한 『일만 마리 물고기가 山을 날아오르다』(창작과 비평사)란 시집만 해도 생명의 길을 찾아 헤매는 구도적 인식 위에 서 있던 것 같더니만 이번 시들은 그런 구도적 자세보다 심리적 긴장이 허물어진 상태의 마음, 곧 죽음의 길로 곧장 굴러떨어지는 허무한 마음이 앞서고 있다.

　그런데 특이한 점은 이러한 죽음에의 길이 그녀 시엔 물에서 불로 이전하는 모습으로 나타난다는 사실이다. 가령 "숲은 팽창하고, 달은 차오른다/푸른 달을 한 입 베어 물면/사람 아닌 무엇이 속에 들어서는 것 같아/저도 모르게 아아 비명을 지르게 된다"(「푸른 달을 한 입 베어 물면」)는 표현은 바로 물로 표상된 생명의 충일을 노래하고 있음을 알 수 있다. 숲의 팽창과 달의 차오름은 물의 작용에 의한 것이다. 여기서 달은 특히 물이 갖는 생명성을 공유하고 있는 이미지다. 그리고 이 시에서 "저도 모르게 아아 비명을 지르게 된다" 하는 것은 달과 결부된 여성들만의 경험, 즉 생명의 잉태 경험을 이야기한 것으로서 바로 생명이 갖는 죽음의 공포까지도 같이 경험함을 말하고 있다. 즉 생명을 잉태함으로서 곧바로 죽음마저 잉태하게 된다는 뜻이다.

따라서 시적 자아는 죽음에 결정지워진 생명적 존재에 대한 고뇌에 부딪친다. 그 고뇌의 시적 형상화는 물기의 메마름, 즉 죽음에의 공포로 전면화된다.

<blockquote>

내 몸, 바스라기 직전의 비스킷 같다

개미들이 숭숭 구멍을 뚫고 들어온다
햇빛은 바싹바싹 한 톨 물기 없이
몸 구석구석을 뒤적이며 내장까지 말리고 있다
바람은 부스스 머릿속을
전기처럼 훑고 지나간다
머리칼이 버쩍 곤두섰다가
싸늘하게
어깨에서 바닥으로 부서져내린다

<중략>

완강한 침묵 속에 있는 돌들도 자세히 보면
穿孔病을 앓고 있다

―「亥月」 부분
</blockquote>

이 시는 물기가 다 빠져나가 '부서져내리는' 삶, 즉 소멸의 삶을 노래하고 있다. 물기를 다 빼내가는 것은 '햇빛'과 '바람'이다. 소위 풍화(風化)

라 불리는 이 표지들은 죽음에 한 발 다가간 세계를 건설한다. 그러한 죽음의 세계에 이르는 공포를 시인은 '천공병(穿孔病)'이라 이름 붙이고 있다. 바람과 햇빛, 즉 세월의 무정함에 견뎌낼 수 있다고 믿어지는 돌들마저 죽음에의 공포로 마음에 구멍이 숭숭 뚫리는 천공병을 앓고 있다. 제목도 의미심장하다. 「亥月」은 십이간지로 볼 때 마지막 달로서 죽음의 의미를 가진다. 전체적으로 종말의식으로 표현된 이 시는 점점 삶의 활성을 잃고 죽음의 세계로 불려가는 존재의 불안을 표현하고 있다.

조용미 시에서 이 사막과 건조의 세계를 보다 확실하게 결정짓는 질료가 '불'이다. 천상의 햇빛이 지상에 보다 직접 작용하여 모든 것을 소멸시킨다.

> 타오르는 불 속에서
> 아주 먼 길을 보았다
> 불 길,
> 불길한 불의 길
>
> 綠雨 속 수수꽃다리가 뿜어내는 향기의
> 그 어질머리나는 길
> 바람이 대금소리를 내며 사람을 이끄는
> 폐사지 가는 길
> 사방으로 뻗어 거미줄을 만드는 혼란스러운
> 마음의 길
> 그리고 그 모든 흔적을 지우려는 불길
> 불의 길
>
> —「길에 대한 생각」 부분

시적 자아가 가고 싶어하는 길은 '綠雨'와 '수수꽃다리 향기'가 있는 어질머리나는 길일 것이다. 그 길은 생명의 길로서 대금소리와 사람을 이끄는 전설(폐사지)이 있는 길이다. 그러나 그 길은 분명한 실체가 없는 길(소리와 흔적)이기도 한 만큼 정말 그런 길이 있었기나 하는 마음의 혼란을 주는 길이기도 하다. 그래서 마음에서 곧잘 그 길은 지워진다. 그 지움은 그의 시에서 바람으로 시작되지만 그 지움의 본격적 달성은 '불'에 의해서이다. "모든 흔적을 지우려는 불길"은 바로 물(녹우)과 향기를 비롯해서 모든 것을 태워 없애버려 망각과 죽음을 환기하면서 '불길한 불의 길'이 된다. 그녀에게 불길이 왜 '불길한' 죽음이 되는 길이 되는가 하는 것은 "물컹거리는 길 위에서 내가 엎어진다"(「길에 대한 생각」)거나 "집으로 가는 길은 어둠 속에서 툭 툭 소리를 내며/자꾸 끊어지고"(「푸른 달을 한 입 베어 물면」)에서 보듯 생의 거꾸러짐이거나 길의 끊어짐을 확연히 보여주는 이미지이기 때문이다.

따라서 존재에 대한 죽음은 생명을 잉태한, 또는 생명적 존재 그 자체는 피할 수 없는 현실이 된다. 그 현실을 직시했을 때 조용미에게 이것은 역설적 현상으로 다가온다. 이것은 그녀에게 본능적이라 할 만큼 내재되어 있는 구도적 자세를 환기한다.

> 검은색은 냄새가 난다
> 달빛 흐르는 비릿한 어둠의 냄새
> 먹을 천천히 빨아들이는 화선지의 냄새
> 최후의 최후인 재의 냄새,
> 검은빛은 따스하다
> 삶과 죽음이 마주보고 있는
> 검은빛의 유전자에는 잠과 물이 들어있다
> 부드럽고 따스한
> 검은빛은

눈이 부시다

―「黑」 부분

시인은 '최후의 최후인 재'로 검은빛을 응시하고 있다. 그런데 그 '검은 빛'이 놀랍게도 '따스하다'는 느낌을 시인에게 주고 있다. 죽음의 영역이라 불러야 할 검은빛 안에 잠과 물, 즉 앞에서 보았던 생명의 표지인 '물'이 들어 있다. 여기에 와서 조용미는 생명을 잉태함으로서 죽음을 잉태하게 된다는 것을 깨달았을 때와 마찬가지로 죽음을 잉태하였을 때 거기에 다시 생명의 요소가 깃들게 된다는 사실을 발견한다. 그것은 역설적 발견이다.

따라서 죽음 그 자체를 형상화하고 있는 다음 같은 시는 바로 죽음 그 자체가 생명이라는 놀라운 역설을 보여준다. "가느다란 철삿줄을 목에 걸친 다음/양손에 힘을 주었다/천천히/피가 배어나왔다/가늘고도 차가운 흰 실이 점점/깊이 목을 파고들어갔다//실이 들어간 자리에/둥글고도 큰/붉은 꽃들이 마구 피어났다/향기가 지독했다/문득, 실의 끝과 끝이 닿았던가"(「그 저녁무렵부터 새벽이 오기까지」) 이 시의 내용을 쫓아 이해하면 붉은 꽃이 피어나는 자리에 먼저 죽음이 자리하고 있었다. 거꾸로 본다면 죽음의 세계는 새로운 생명의 세계를 기약한다. 그렇게 볼 때 죽음의 끝과 삶의 끝은 "실의 끝과 끝으로 닿아" 있는 셈이다. 시인은 이것을 '문득' 깨닫는다.

그렇기 때문에 조용미 시에서 다음과 같은 시는 이와 같은 역설적 변증법을 거친 후에 탄력점을 잡은 시로 읽혀진다.

달이 그믐 쪽으로 기운다
얇은 살얼음이 벌써

못의 상처를 꿰매고 있다
마을이 고요하다

—「달에 비추다」부분

이 시는 결국 달(곧 생명)이 그믐(곧 죽음)으로 기우는 것을 표현하면서 그것이 사실은 생으로 귀환하는 것임을 암시하고 있다. 얇은 살얼음이 못의 상처를 꿰매고 있다라는 표현이 그것을 암시한다. 따라서 고요는 삶과 죽음이 순환되면서 균형을 이룬 긴장 상태의 물리적 심리적 표현이다. 사람이 살고 있는 마을은 이 경우 삶 그 자체를 상징한다.

삶 그 자체가 이러한 생사의 순환과 균형의 긴장이라는 조용미의 시적 세계는 그런 점에서 우리에게 보다 높은 차원의 삶의 이해를 요구한다. 특히 물과 불의 이미지로 그려보여주는 투쟁의 드라마는 '물불'이라는 놀라운 이미지의 결합을 암시하고 있다. 이번 시에서는 불에 녹아 흘러내리는 '물컹거리는 길'(「길에 대한 생각」)이 이 경우 합당한 이미지가 될 것인데 길로 표상된 우리들 삶 자체가 사실은 생명과 죽음의 순환과 연속 위에 놓여 있음을 뫼비우스띠처럼 증명해보여준 것이라 하겠다. 그것은 조용미가 발견한 진실로서 삶과 죽음의 둥근 조응이라 불러 무방할 것이다.

2. 동일성 세계에의 염원 -강경호의 시

강경호의 시적 세계를 결정짓는 것은 동일성이다. 동일성은 시론가 김준오 교수가 특히 강조한 바 있듯이 세계와 자아의 일체감을 추구하는 것을 말한다. 강경호에게 이러한 자아와 세계의 동일성은 그의 시적 지향점이 되면서 그의 시적 방법론이 되기도 한다.

　　　　한 겨울에도 따스한 석류나무 가지가
　　　　봄마다 붉은 꽃을 피어주었습니다

　　　　　　　　<중략>

　　　　새삼 이번 가을에 석류나무가 된
　　　　그를 바라보니
　　　　벌어진 채 씩 웃어주었습니다

　　　　결국 제 살을 떼어주고
　　　　약술이 된 그는
　　　　병약한 나의 겨울을 걱정하고 있었습니다.

　　　　　　　　　　　　　　　—「문득, 아우 생각」 부분

　　이 시가 보여주는 것은 석류꽃과 시적 자아의 사이에 단절이 없다는
사실이다. 그것은 석류꽃을 죽은 아우의 화신으로 여기면서 석류꽃과
인간적 교감을 나누어 갖기 때문이다. 그런 점에서 이 시 안에서는 소외
나 고독은 없다. 석류꽃은 의인화되어 시적 자아와 일체감을 이루고 있으
며 죽은 아우도 석류꽃으로 환생하여 형과 마주하고 있다. 죽음마저 넘어
선 동일성을 이룬 상태다.
　　동일성의 획득은 우리 인간적 삶으로 볼 때 매우 행복한 것이다. 그것
은 마음에 평정과 따스함을 가득 차게 하는 것과 같다. 그 점에서 강경호
의 시는 따뜻한 인간적 애정이 충일한 세계를 지향한다. 이러한 시적
세계를 구현하기 위해 동원되는 그의 시적 방법은 서정주의다. 즉 전통
서정시의 방법적 특성을 계승하면서 그만의 독특한 동일성의 세계를 그

려내고 있다.

　그의 다른 시, 특히 시간적 변화에도 불구하고 변치 않는 자아의 동일성을 획득하고자 하는 다음의 시도 강경호의 이와 같은 시적 세계를 잘 보여준다.

　　　지금도 눈보라치는
　　　유년의 고향 두루봉을 떠올리지만
　　　눈밭을 피해 따뜻한 곳만 골라 살아온 나는,
　　　쓸만한 장검 하나 구하지 못하고
　　　살진 몸 마르지 못하고 있는 나는

　　　세상에서 가장 높은
　　　마음 속에 우뚝 솟아 나를 누르고 있는
　　　눈보라 속 유년의 고향 두루봉을
　　　언젠가는 오를 것이라고 생각하고 있습니다.

　　　　　　　　　　　　　　　　　　　—「가장 높은 산」 부분

　이 시의 주제는 유년적 삶이 가졌던 순결함의 회복일 것이다. 고향 두루봉으로 상징되는 순결함은 시적 자아의 마음 속에 '가장 높은 산'으로 인각되어 있다. 현실적 삶에서 자기는 비록 타락한 자아로서 "따뜻한 곳만 골라 살아"왔거나 정의로운 "장검 하나 구하지 못하고" 지내고 있지만 "언젠가는 고향 두루봉을 오를 것이라고 생각하고 있"다. 그 유년의 산은 물론 '눈보라'로 덮여 있어 쉽게 오를 수 없다. 그 점에서 유년에 가졌던 순결한 삶은 다시 현실적 삶에서 지난한 목표가 될 수 있고 동일성 회복의 대상이 되는 것이다. 즉 변함없는 개인적 자기 동일성의 간절한 대상이 될 수 있는 것이다.

이 시에서 시적 화자는 물론 동일성을 달성한 상태는 아니다. 그러나 그러한 동일성을 이루고 싶어하는 상태를 마음 속에 상정해 놓고 있다는 것이 벌써 마음의 '지향'을 보임으로써 동일성 획득의 상태와 같은 효과를 발휘한다. 즉 지향은 수용과 같이 대상과의 단절이나 소외가 없는 상태를 갈구하는 것이기 때문에 그 절실함이 똑같은 정도로 환기된다는 것이다. 그리고 이 시에서 특히 유년의 산을 눈보라로 설정한 점은 강경호의 시적 세계의 특이성을 보여주는 부분이다. 그것은 '눈보라'에서 유추될 수 있듯 삶의 태도에서 그가 엄격성과 염결성을 지향하고자 하는 것을 보여주는 대목이기 때문이다. 쉬이 얻어지는 것은 삶의 목표가 아니다. 유년의 삶은 누구에게나 그리움의 대상이 되기 쉽다. 그러나 눈보라의 산으로 대변되며 그와 같은 엄정함과 순백으로 둘러싼 세계를 지향한다는 것은 자신의 삶에 대한 가혹한 반성 없이는 이룰 수 없다. 그 점에서 동일성을 지향하는 서정시로서 강경호의 시적 세계는 믿어 좋은 것이다.

강경호에게 이러한 동일성은 현실의 여러 상황에 대한 판단의 준거로 작용케 한다.

> 서울에서 비행기로 두 시간
> 말 달리던 선구자를 만날 수 없었다
> 가파른 비암산 중턱에 낙과처럼 앉아
> 아기주먹만한 배·사과를 파는
> 겉늙은 조선족 아낙을 만나고
> 연길 서시장에서 큰아버지라고 부르며 손 내밀던
> 열 아홉살 조선 소년 박명철을 만나…….
>
> 나는 이제 선구자를 부르지 못한다.
>
> ─「나는 이제 선구자를 부르지 못한다」 부분

조선족의 현실적 삶의 비애를 알고 나서부터 그의 감상적 환상이었던 '선구자' 노래를 더 이상 부르지 못한다는 이 시의 고백은 동일성 획득이 사실은 얼마나 지난한지를 보여주는 좋은 사례다. 우리는 가슴에 환상으로 품어왔던 미망(迷妄)의 깨어짐을 얼마간 아쉬워할 수도 있을 것이다. 그러나 보다 더 큰 진실을 알았을 때 자신의 고정관념을 과감히 깨뜨릴 수 있는 사람이 보다 진정한 삶의 용기가 있는 사람이다. 강경호는 "한때 신화였던 선구자"가 조선족들이 살고 있는 연변에 막상 도착해보니 떠오르지 않는다라고 고백하고 있다. 더 나아가 선구자를 '이제 부르지 못한다'고 선언하고 있다. 그러한 것이 이루어지게 되는 것은 우리가 값싼 감정으로 선구자를 부를 때 용정을 비롯한 연변에는 실제적 현실로 고단한 삶을 개척하는 그런 사람들이 있었고 현재 있음을 발견했기 때문이다. 이는 바로 현실과 관념 사이의 괴리에 처하여 어떤 자세를 취해야 할지를 가장 진실한 태도로 고민하는 사람의 모습, 즉 겸허한 마음으로 사태의 진실을 받아들이는 사람의 모습을 보여주는 것이다. 순수는 감상적 환상과 자족으로 구성돼 있지 않음을 실로 강경호는 그의 현실적 체험을 통해 체득했던 것이다.

그 점에서 동일성은 일정 부분 깨달음을 그 본질로 한다. 부정적 자신의 모습을 과감하게 깨뜨려 버림도 동일성 획득의 한 방편이 될 수 있다. 강경호에게 그런 정신이 있기에 다음과 같은 시도 전혀 어색하지 않다. 즉 "단 한번 사랑을 위해/혹은/단 한번 적에게 창을 찌르고/제 목숨 내놓는/저 지독한 진화(進化)"(「수렵」)의 시는 철저한 자기 반성의 정신이 투영된 결정체로 읽혀진다는 것이다. 이는 자기동일성의 한 완성과 다르지 않다. 단 한 번의 사랑을 위해 온 전신을 던지는 행위는 철저한 자기 반성과 준비가 없이는 이루어질 수 없는 일이다. 그것을 시인은 '저 지독한 진화'라 불렀다. 여기서 진화는 자기가 원하는 삶과의 합일로 읽혀진다는 면에서 자기 완성일 것이다. 그것은 결국 동일성을 이루기 위해서 세계를 자아화하기 이전에 자아의 염결성이 얼마나 보장돼 있는가를 가장 치열하고 치밀하게 반성하는 것으로 여겨진다.

　그런 점에서 강경호의 시는 이러한 동일성의 시학을 꽤 상당한 높이까지 밀고 간 시라 보인다. 「문득, 아우 생각」이나 「나무에게 인사하다」의 시에서는 원형적 삶의 모습을 추구하는 가운데 삶과 죽음도 그렇게 맞물려 있다는 발견의 원리로 동일성을 실현하고 있고, 기타 나머지 시들에서는 부정적 자기 반성과 대상의 진실을 발견하기 위한 엄정한 마음의 창으로 동일성의 원리를 실천하고 있다. 이런 점으로 볼 때 강경호의 시에서 동일성의 문제는 만만한 주제가 아니다. 어떻게 보면 그가 시의 주제와 구성원리로서 동일성에 대한 인식이 아직 생각만큼 철저하지 못해 시 구성상 몇 개의 시에서 성근 이미지가 보임이 문제일 것이다. 그렇지만 그가 앞으로 이러한 동일성의 내용을 좀더 시의 근본적 문제로 탐색하여 이 시대적 주제를 추구한다면 소외와 단절이 초점이 되고 있는 후기산업사회의 진실을 보다 더 잘 반영할 수 있을 것이다.

그늘의 시학
—박윤규 시의 의미

　박윤규 시에는 그늘이 있다. 어룽어룽 드리워지는 그 그늘은 그의 시적 공간을 가득 채우면서 그의 시적 문맥을 지배하고 있다. 환한 밝음을 지나, 그렇다고 캄캄한 어둠의 모습은 아닌, 어쩌면 어둠의 질료에 밝음의 물감을 살짝 풀어 넣은 상태, 그래서 '맑은 어둠'쯤으로 불러야 좋을 그늘이 그의 시를 에워싸고 한 세계의 틀을 올올히 갖추고 있다.

　가만히 들여다보면 그 그늘은 수면처럼 일렁이면서 그 안에 심연을 열어 보인다. 한없이 가녀린 밀도 속으로 한없이 펼쳐지는 깊이는 가끔씩 무섬증을 불러일으킨다. 그러나 그것보다 더 황홀하게 우리를 잡아끄는 그늘의 결들! 아스파라가스 잎들이 바람에 날려 우리 눈을 멀게 하듯 그늘의 무늬들이 그의 시를 보는 사람의 눈을 먹통이 되게 한다. 어떻게 이런 그늘이 드리워지게 되었을까? 왜 그는 그늘에 사로잡혀 있을까? 의문과 경탄은 박윤규 시를 보면서 우리가 동시에 내지르는 탄성이 되지만 춤추는 그늘 앞에 우리 또한 걸려들어 좀처럼 그 영역을 떠나지 못한다. 그래, 그의 시적 세계를 통과하기 위해선 얼마간 그 그늘 아래에서 서성여야 하리. 아니 그 그늘을 자신의 그늘로 살아내지 못하면 우리는 그 그늘의 주술에 벗어나지 못하리.

그의 그늘을 알기 위해서는 우리는 그의 시적 출발지로 돌아가 봐야 한다. 박윤규가 첫 시집부터 본능적으로 고백했던 것은 무엇인가? 바로 그늘을 만드는, 아니 그늘 자체가 되고자 하는 다음과 같은 비밀주(秘密 呪)와 같은 고백 아니던가?

> 교묘하게 등껍질에 붙어 다니며
> 조금씩 자라
> 이제는 잘 떨어지지 않는
> 이것
> 낮이면 숨어 다니다가도
> 안으로 가누지 못할
> 내 우울한 그림자 두려운 적막의
> 한 치 끝조차 낮추어 무너뜨리지 않고
> 살아나
> 눈도 없이 꿈틀거리는 이것
> 퀴퀴한 곰치 속에서 살던
> 그다지 强者도 아닌 것이
> 나의 예감을 가두어 놓고 노래 부르며
> 꿈꾸는
> 그러나 옷을 갈아 입을 때
> 남이 볼까 얼른 감추어 두어야 할
> 오! 이것
>
> ―「교묘하게 등껍질에 붙어 다니며」 전문

첫 시집 『몽블레르의 작은 술집』(1994)에 실려 있는 작품이다. 이 시에서 말해지는 '이것'은 등껍질에 붙어 있거나 숨어 있는, 즉 '안으로' '감추어 두'는 어떤 것이다. 그것은 딱히 무어라 꼬집어 말할 수 없는 것이지만 "내 우울한 그림자"란 언명을 통해 볼 때 내면에 드리워진 어떤 슬픈 마음이다. 이렇게 생각할 수밖에 없는 것은 밖/안, 앞/등, 낮/그림자(밝음/어둠), 드러냄/감춤 등의 대립구조 하에서 발생하는 후자의 정서와 의미 때문이다. 그것들은 바로 안에 어둡게 드리워진 마음의 실체를 뜻한다. 즉 그의 첫 시집에서부터 이번 세 번째 시집 『빗살무늬토기에 대한』 (2001)에 이르기까지 줄기차게 읊고 있는 비애의 감정이 바로 그늘을 만들고 있다는 것이다.

그는 비애를 말하고 노래하고 뇌까리고 있다. 그의 비애는 어디에서 오는가? 이 시대의 어느 시인인들 비애를 말하지 않는 사람이 없겠지만 박윤규의 비애는 조금 그 색채를 달리하는 데 주목할 필요가 있다. 그의 비애는 내면적 어떤 병증을 보이며 나타난다. 그것은 바로 소심증이다. 이것은 두 번째 시집의 다음과 같은 시를 보면 확연히 알 수 있다.

> 오금이 저린다 나무와 나무 사이에서
> 바람이 일어나고
> 많은 눈들이 따라 일어나 나를 지켜보고 있다
> 그러고도 죽어 있는 한 마리의 새—
> 그밖에 내가 그 밤의 일을 기억하지 않으려는 까닭은
> 이 소심증 때문이다
>
> 그러나 각별하게도 달은 청천에 뜨나니
>
> —「달의 행로」전문

제2시집 『우둔한 답장』(1997)에 실려 있는 시다. 이 시의 해석 지표는

나를 지켜보는 눈들에 의해 내가 소심증을 앓고 있다는 사실이다. 소심증의 구체적 표지로서 "오금이 저린다"는 표현은 그의 실존을 가장 진실되게 육박한 것이라 할 수 있다. 이러한 소심증이 어디서 오는지는 알 수 없다. 그것은 시인의 가장 내밀한 부분에서 발생하는 것일 게다. 그런 존재에게 각별한 대상은 '달'이다. 이 시에서 달은 환한 대낮을 피해 자신의 존재성을 증명하고 있다는 측면에서 소심증의 자아와 내적 동질성 및 지향성을 띠고 있는 대상이다. 그렇기에 '각별하게도'란 부사어가 깊은 울림을 갖게 된다.(이번 세 번째 시집에서도 달은 여전히 '각별한' 존재로 표현되고 있다. "어둠의 깊은 밤하늘 달이/이렇게 각별하게 졎고 있다"「기우는 달에 대한 ─1」) 소심증 자아의 기투(企投) 행위로서 달은 남들의 시선에 못내 괴로워하여 죽어있는 자아, 즉 "죽어 있는 한 마리의 새"가 다시 살아나고 있음을 상징한다. 그런 점에서 이 시는 그의 시에서 조금 별스런, 그렇지만 그늘이 갖는 정서와 구조를 그대로 온존하고 있으면서 그나마 그의 시적 지향을 밝게 펼쳐 보이는 긍정적 시다. 즉 어둠 속에서 마음의 비애를 곱씹으면서 희망을 노래하고 있다는 것이다.

이런 소심증과 달의 상관성은 이번 시집에서도 여전하다.

> 세상 서러운 기운을 흡수하듯 저렇게 떠서
> 지금 찬란한 별들 사이를 흐르고 있는
> 달의 행로는 나의 행로와 다르지 않으니
>
> ─「달의 행로에 바쳐」 부분

서러운 기운으로 달과 나는 동질이다. 어둠 속에서 밝은 기운을 유지할 수 있는 달은 그리운 삶의 전형이다. 그렇지만 서러운 기운을 '흡수'한 상태는 분명 밝은 상태는 아니다. 바로 그늘로서 어둔 밤이다. 그러나 별과 달이 뜬 밤은 '밝은 어둠'이다. 그 점에서 박윤규 그늘의 농도가 나온다. 사실 박윤규에게 햇빛과 대낮의 삶이란 얼마나 덧없는가. 그는 이미 "햇빛을 피해 자리를 옮겨가며/먼지처럼/행복하게 잠을 잤는데"(「먼지처럼」)라고 그늘에 포박된 자신의 삶을 노래하고 있다.

그런 점에서 서러움과 소심증으로 표현된 그의 실존적 자아는 본능적으로 그의 생을 그늘에 둔다. 이들 시에서 우리는 그가 바로 내면의 슬픔과 우울에 사로잡혀 자신을 한없는 연민으로 바라보고 있음을 알 수 있는 것이다. 이를 우리는 '소심증의 실존'이라 부를 수도 있다. 그러나 그것보다 '그늘의 삶'이라 칭하는 것이 보다 구체적이고 본질적이다. 그렇게 보는 까닭은 그의 삶에 대한 인식과 표출은 세 시집 모두 달라지지 않았지만 세 번째 시집에 와서 첫 번째 시집에서 봤던 모호한 감정, 두 번째 시집에서 확인했던 자기 규정적 관념을 극복하고 비애의 구체적 형상으로서 그늘에 대한 시적 사고의 진전을 보여주고 있기 때문이다. 즉 소심증과 비애의 구체적 형상으로서 그늘을 포착해냄으로서 비애와 소심증은 현실적 가치를 획득하게 되었다 볼 수 있는 것이다.

그렇다면 그늘은 무엇인가? 이번 시집에서 그것은 빗금으로 가로질러진 무늬로 나타난다. 비애와 소심증은 이번 시에서 분명한 형체를 취하고 있다. 그것을 그는 다음과 같이 이번 시집에서 읊조리고 있다.

> 나는 살면서 많은 빗금을 그었는데
> 그 빗금의 어둠에 내가 지워져 가는 것 같아서
> 이것들을 뿌리쳐야 한다고
> 그러다가 내가 지나치게 소심한 것은
> 아닌가 하는 의혹이 일기도 하는데
> 그 의혹도 내 가는 길에 핀 들꽃과 같은 것이라
> 생각을 다시 감싸 잡는다
>
> ─「빗살무늬토기에 대한」 부분

'빗금의 어둠'으로 드리워진 그의 그늘은 깊다. 아니 두텁다. "많은 빗금" 때문에 "내가 지워져 갈" 정도로 촘촘하고 우울하다. 그는 이것들을 뿌리쳐야 한다고 생각하나 그에게 드리워진 그늘은 그의 몸에서 몽클몽클 피어오르는 운명 같아 결코 이 그늘로부터 벗어나거나 그늘 자체를 걷어낼 수 없다. 그늘에 얼룩지면서 "깊은 상처 한 금 한 금 새겨두고" (「사막은 출렁거린다」) 갈 수밖에 없는 생애, 그래서 또 다른 그늘을 생산해내는 빗금의 삶. 빗금이 얼마나 그를 춥고 가난하게 만들었으면 자아를 이렇게 다음과 같이 고백할 수밖에 없었던가.

> 내 살과 피와 그리움이 모두
> 어두운 것들로 가득 채워져 가네
> 어두운 것들 다 불러모아도
> 그 가장 어두운 것이 나였네
>
> ―「나는 매일 메일을 쓰네」 부분

가장 어두운 것으로 채워진 자아의 거처는 어디일까. 바로 그늘 밑, 아니 그늘 그 자체 아닐는지. 궁지에 사는 슬픔을 보여주는 이 시는 그렇기에 참혹하다. 참혹하다 못해 황홀하다. 무엇이 그의 삶을 이렇게 역설적이고도 복합적이게끔 만들어 가는 것일까?

시적 상상력을 따라가면 빗금이 보인다. 빗금이 촘촘히 얽힌 빗살무늬가 보인다. 빗살무늬가 그의 생애를 가리고 있다. 빗살무늬 안에서 그는 울고 있다.(아니 웃고 있나?) 그런데 놀라운 것은 자꾸 그가 빗금을 긋고 있다는 사실이다. 그런 점에서 빗금은 그에게 분명 의식의 빗장이다. 시적 자아가 세계에 대해 능동적으로 건설하는 보호막이다. 이 보호막은 세계와의 직접적 대면이나 접촉을 피하고 세계로부터 자아의 은신처를 제공한다. 그렇다면 빗금은 자기 방어적 표출행위다. 빗장이 내부를 지킨다는 점에서 그러한 해석은 자연스럽다. 그가 빗금의 어둠 속에서 일차적으로 안온함을 느끼는 듯하는 표정도 이와 무관하지 않을 것이다. 그러나 그는 이러한 빗장과 빗금이 그를 묻어버리게 하지나 않을까 두려워한다. 그는 자주 "이렇게 묻히는 것도 괜찮지 않겠느냐"(「대추나무인지 무화과나무인지에게로」)고 자위적 확인을 하지만 사실은 "세상이 나를 알아줄 리가 없으니 세상을 나는 포기한다"(「그것처럼」)에서 보는 것처럼 자신의 존재성을 알아주지 못하는 세상에 대한 원망과 함께 이대로 빗금의 어둠 속에 지워질 수 없다는 열망 속에 싸여 있다. 그런 점에서 볼 때는 빗금은 갇힘의 공간이다. 세상에로 나아가고자 하지만 첩첩이 어둠이 쌓여 궁지가 되는 비애의 공간이다.

때문에 이번 시집에서 보이는 그늘은 양면적이다. 어두워 한없이 깊은 적막이지만 또한 맑아져 한없이 여린 평화인 것이다. 그것은 비애로 자신의 존재성의 가치와 실존의 의미를 찾을 때 발생하는 놀라운 현상이다. 다음과 같은 시가 그런 경우에 해당하지 않을까?

> 자유로이 날리는 눈꽃을 보며
> 나 홀로 눈 내리는 마을에 살고 싶었네
> 밤에서 아침까지의 그 긴 간격을
> 꼭꼭 찬 바람 닫으며 살고 싶었네
> 사람들의 긴 행렬 숨어 더 이상 보이지 않을
> 내리는 눈에 슬픔도 반짝이는 그곳에 가서
>
> ─「눈 내리는 마을」 부분

'눈 내리는 마을'은 이미 사람들의 긴 행렬로부터 숨어 더 이상 보이지 않는 곳이다. 세속과의 격리를 통해 생성되는 그곳은 이미 안이며 뒤요

닫힘의 세계, 즉 그늘의 세계다. 그 그늘의 세계에 시적 자아는 깃들며 홀로 지내고 싶어한다. 그렇게 할 수 있는 것은 그 안의 삶에서 비로소 "내리는 눈에 슬픔도 반짝이는" 놀라운 평화와 순수를 획득할 수 있기 때문이다. 따라서 "나도 살기 위해 길 속으로 숨는다/길은 낮은 곳으로 다른 길을 열어두느니/휘파람으로 휘파람으로/나는 어두어진 골목길을 걷는다"(「길을 가다가 길을 만난다」)도 마찬가지 의미를 갖는다. 길 속으로 숨을 때 놀랍게도 길은 "낮은 곳으로 다른 길을 열어두"어 비애와 초월을 함께 갖게 되는 역설적 터가 되는 것이다..

　때문에 그늘은 숨음과 드러남의 길항으로 발생하는 긴장 속에 묘하게 구축된 실존의 거처가 된다. 그 그늘은 자신의 거처이기도 하고 세계와 자아의 사이에 걸려 있는 보호처로서 '발'(주렴)과 같은 것이다. 박윤규에게 빗살무늬토기의 문양이 바로 이러한 그늘의 근원이자 그늘 자체가 아니었을까. 그런데 더욱 놀라운 것은 그늘의 운명에 붙잡힌 자는 스스로 그늘의 무늬를 만든다는 점이다. 이미 그 자신 소심증과 비애의 생리로 언제나 "사는 것이 울음이다/멋진 바이올린 음악을 들으며 나는 밤새 앉아 있다/울고 있는 현처럼 나는 팽팽히 당겨진다"(「나는 개다」)고 고백하고 있는 시적 자아는 '팽팽히 당겨진' 줄의 운명, 그늘의 운명에 동참하여 참으로 아름다운 집을 짓는다.

　　　　거미는 그 자신의 자유로움에도 불구하고
　　　　부당한 자의 슬픔을 모른다
　　　　내가 거미와 그 부류의 생물들이 가지는 아름다운
　　　　계략을 알지 못하듯이
　　　　어느 밤 나의 발들이 하나하나 길게 자라나
　　　　내 몸의 중량을 모두 이기고
　　　　나도 세상의 허공에 보란 듯이 떠서 당당하게

아플 수만 있다면
마침내 오만과 위선의 색(色)이 사라지고
풀잎 한 알의 이슬로
내게 남겨진 목숨의 가벼움을 말할지라도
세상의 가장 풍요로운 뜰에 줄을 내리는
저 거미!

—「거미」 전문

　허공 속에 건설된 거미줄은 가장 아름다운 빗금의 그늘이다. 빗살무늬 토기 문양이 여러 번 겹침으로서 비애는 팽팽히 당겨져 긴장돼 "어느 밤 나의 발들이 하나하나 길게 자라나/내 몸의 중량을 모두 이기"게 되고, 그리하여 "세상의 가장 풍요로운 뜰에 줄을 내리는" 집이 된다. 그에게 그늘이 존재의 거처였듯이 거미에게 거미줄은 존재가 터다. 거미로 화한 비애의 시적 자아는 비록 그늘 속에서 안식을 얻었듯 빗금 속에서의 자유, 즉 거미줄로 자신의 생을 가리고 허공에 아름다운 실존의 터를 구축한다. 그것은 그가 첫 시집에서 끝내 밝히지 않은 "남이 볼까 얼른 감추어 두어야 할/오! 이것"(「교묘하게 등껍질에 붙어 다니며」) 쯤에 해당하는 것은 아닐까? 그것을 앞에서 우리는 비애감으로 풀이했지만 사실은 그의 생을 유지해주는 삶의 원동력으로서 아름다움에의 이끌림이라면 그것은 그가 비애를 통해 완성하고자 하는 대상, 즉 '시'가 아닐까? 그는 거미줄과 유사하게 시를 허공에 걸쳐지는 그늘의 무늬로 표현한다.

시는 우리들 바깥에 있다
모지라진 담 구석에 그 아래 숨탄 벌레들의 재작거림에
아득한 우주의 옆구리에 중심에
몸 부비면서

그렇게 떠 있는 것이다

—「시론(詩論)」 부분

가벼운, 그리하여 금방 사라질 것 같은 그늘의 무늬. 있는 듯 없는 듯 허공 속에 떠 자신의 존재성을 주장하는 거미줄. 역시 "아득한 우주의 옆구리에 중심에/몸 부비면서/그렇게 떠 있는" 존재로서 시. 그것들은 모두 아스파라가스 잎처럼 가냘프고 촘촘하며 한없이 가벼워 슬픈 것들 이다. 밀도는 높으나 불면 금방 사라질 것 같은 연약한 존재들의 충만! 아니 아름다워 한없이 여린 존재들의 결정체! 박윤규는 그것을 붙잡고자 하는 것이다. 그것은 아름답지만 한없이 여리고 가변적인 것이라서 필연 적으로 허무를 불러온다. 탐미적 허무주의라 부를 수 있는 삶의 태도가 전면화되면서 이제 비애는 아름다운 천형이 된다. 그가 "갈증이여 희미 한 달은 떠오르고 이 절망만 자꾸 부풀고"(「견딜 수 없는」)라고 탄식하게 되는 것도 탐미적 존재구현의 운명에 사로잡힌 자의 목소리를 대변하는 것이다. 거기까지 나아가는 것 자체가 참으로 놀랍고 기이하다. 비애와 소심증이 실이 되어 허공에 한 세계를 저렇게 구축하는 것, 시는 바로 그러한 슬픔의 심연에서 뿜어 올려진 무지개와 같은 것이 아니겠는가.

그늘은 세계로부터 드리워지기 시작했지만 어떤 이는 스스로 그 그늘 을 제 살에 이어 붙여 그늘이 되는 사람이 있다. 그늘로 제 실존의 터를 둘러친 사람에게 우리는 무어라 말붙일 터인가. 그곳이 어둡다고 굳이 한낮의 햇빛을 쏘아 보낼 터인가. 그러기엔 너무 잔인할 것이란 생각이 든다. 자칫 꿈꾸는 거미알들을 다 마르게 할지 모르니 말이다. 그런 점에 서 그늘에 깃들여 척박한 세상의 겨울을 날려고 옹송거리는 박윤규 시인 의 시에 차양을 쳐주는 것도 하나의 사랑이 될 수 있을 것이다. 사랑은 다차원적이고 중층적이다.

팽팽히 당겨진 슬픔의 힘

—손택수의 시 세계

　손택수의 최근 시를 지배하는 것은 슬픔이다. 아버지의 병으로 겪게 된 삶의 덧없음과 아버지에게서 내게로 이어지는 핏줄의 엄정한 흐름 앞에서 젊은 시인은 슬픔의 핵을 맛보고 있다. 그전까지 그의 시는 막연한 그리움에서 유년의 삶을 추억한다든지 대상의 아름다움 내지 젊은 날의 쓸쓸함을 노래했다. 그러나 이번 아버지의 쓰러짐으로 생의 가혹한 운명을 직접 눈으로 보게 되면서, 그것을 시 속에 삶의 정연한 법도의 한 자락으로, 또는 현실적 슬픔의 구체성으로 나타내고 있다. 어떻게 보면 아버지의 득병(得病)으로 손택수는 비로소 생의 구체성과 깊이를 지니는 시인이 되었다 할 것이다.

　그런 점에서 얼마 전 그가 아버지와 자신을 아울러 인식하면서 삶의 엄정한 흐름을 통찰한 한 편의 시는 매우 놀라운 느낌을 준다. 그것은 고향의 느티나무를 매개로 아버지와 자신에게로 운명의 물살이 흐르고 있다는 뼈아픈 직관을 보여주고 있기 때문이다. 거기서 시인은 아버지에서 자기로 이어지는 운명을 '보아버린' 자의 슬픔을 내비치고 있다.

아버지의 스무 살은 흑백사진, 구겨진 흑백사진 속의 구겨진 느티
나무, 둥치에 기대어 있다 무슨 노랜가를 부르고 있는지 기타를 품
고, 사진 밖의 어느 먼 곳을 바라보고 있는지 젖은 눈으로, 어느
누군가가 언제라도 말없이 기대어 올 것처럼

　　　　　　　　　　<중략>

　처음 나무는 낯선 나를 의아해하겠지만, 한줌의 뼈를 품고 지쳐
서 돌아온 나를 알아보지 못해 어리둥절해 하겠지만, 구겨진 생의
실핏줄마다 새순 같은 초록물이 번지고, 몸의 박동음과 물관을 타고
오르는 은지느러미 미끄러운 물소리가 다시 눈부시게 만나는 한때

　나무는 이내 알게 될 것이다, 약간 굽은 내 등의 굴곡을 통해,
무너져가는 가계를 떠맡은 채 일찌감치 그의 곁을 떠나간 청년 하나
를, 그가 꾸다만 꿈과 슬픔까지를

　어쩌면 흑백의 저 푸른 느티나무 아래서 부를 노래 하나를 장만
하기 위하여 나의 남은 생은 온전히 바쳐져도 좋을는지 모른다 사진
안에 미처 들어오지 못한 어느 먼 곳을 향하여 아버지의 스무 살처
럼 속절없이 나는 또 그 어느 먼 곳을 글썽하게 바라보아야 하겠지
만

　　　　　　　　　―「아버지와 느티나무」부분(≪현대시≫2001.10)

　한 인간의 성숙을 나타내는 표지는 여러 가지 있겠지만 타인의 슬픔이
나 곤궁을 자신의 것으로 깊이 동감할 때 우리는 참으로 성숙한 삶의
자세를 가졌다고 본다. 이 시는 어떻게 보면 아버지와 아들 사이의 문제
라 그런 성숙의 문제와 관련 없는 것으로 볼지 몰라도 무엇보다 아들이
아버지 생애에 깃들인 슬픔과 곤궁을 이해하고 그것을 연민의 시선으로

바라보기 시작했다는 사실에서 성숙의 문제와 관련된다. 이 시에서 시적 화자는 아버지가 왜 삭막한 도회지에 나와 그렇게 거친 삶을 살아야 했는지를, 그리고 그러한 삶 끝에 중병(다른 시적 정보를 통해 볼 때 '간경변'이다)을 얻을 수밖에 없었는지를 비로소 알게 되었다는 슬픔을 이야기하고 있다. 시는 전체적으로 돌이킬 수 없는 운명의 아픔으로 애잔한 색채를 띠면서 삶의 덧없음을 느끼게끔 하는데 이는 성숙, 즉 생의 슬픔을 알아가는 모습을 그려내고 있다.

그런데 이 시에서 우리를 놀라게 하는 것은 그러한 아버지 운명에 대한 시적 화자의 이해에 있지 않다. 놀라운 사실은 아버지 운명의 물살이 어느새 내 핏줄 속에, 내 영혼 속에 깊이 각인되어 흐르고 있다는 사실을 시적 화자가 본능적으로 직관해내고 있다는 데에 있는 것이다. 풍경을 따라가 보자. 흐릿해진 사진 속에서 시인은 느티나무에 기댄 아버지의 젊은 날을 들여다본다. 그렇게 보일 리 없건만 아버지의 시선을 '어느 먼 곳을 바라보고 있는지 젖은 눈'을 가진 것으로 생각한다. 그것은 젊은 날의 아버지의 꿈, 다시 말해 기타로 대변된 아버지의 그리움과 희망을 생각했기 때문일 것이다. 사진으로 볼 때 푸른 느티나무 아래 기타를 품고 있는 정도라면 아버지는 예술적 재능과 감성을 가진 여린 사람이었을 것이다. 그러나 "무너져가는 가계를 떠맡은 채 일찌감치 떠나"야 했던 까닭으로 아버지의 삶은 그가 꿈꾸던 삶을 살지 못했음을 알 수 있다. 그런 삶의 과정을 알고 있기에 시인은 아버지의 그 눈빛을 '젖은 눈'이라고 말할 수밖에 없음도 알 수 있다. 이미 시인은 바래진 흑백 사진 속에서 "구겨진 흑백사진"과 "구겨진 느티나무"를 통해 '구겨진' 아버지의 생애를 읽고 있는 것이다. 그런데 시인은 여기서 그치지 않고 이런 아버지의 운명이 내게로 이어짐을 말하고 있는 데서 슬픔의 전율을 피운다. "약간 굽은 내 등의 굴곡을 통해" "나무는 이내 알게 될 것이다" 가계를 떠맡기 위해 어쩔 수 없이 "그의 곁을 떠나간 청년 하나를". 시인은 자신의 삶도 아버지와 별 다름없이 '등의 굴곡'으로 표상된 구겨진 삶을 살게 될 것이란 전망을 하고 있는 것이다. 묘하게도 흑백 사진을 중심으로 '구겨진 사진, 구겨진 느티나무, 구겨진 생, 굽은 내 등' 등 구겨진 형상이 이 시 전체를 일관된 정조로 묶고 있다. 그것은 어찌할 수 없는 삶의 슬픔이다. 즉 휘어진 삶, 곤궁의 삶이 그들 부자의 운명인 것이다. 그래서 아들인 시적 화자 역시 "아버지의 스무 살처럼 나는 또 그 어느 먼 곳을 글썽이게 바라보아야 하"는 자신의 운명을 담담하게 노래하게 되는 것이다.

그렇지 않겠는가. 아무리 도회지로 나와 성공한 사람들이 있다하더라도 무너진 가계를 세우기 위해 알몸으로 나온 사람들의 삶은 말로 표현할 수 없으리만큼 비참했을 것이다. 그래서 아버지의 삶은 "대학병원 내시경 화면에 나타난 / 당신의 몸 속처럼 망가질 대로 망가진 집 / 이런 곳에 굼벵이가 산다니, / 간경변에 좋다고 누군가 귀띔해 준 / 굼벵이가 살고 있다니, 나는 차라리 / 토끼의 간이라도 찾아가고 싶은 심정이었다"(「아버지의 廢家」, ≪당대비평≫2001. 가을)는 시인의 말처럼 '망가진 집'과 다름없거나, 더 나아가 "한평생 술이 익어가던 배는 그를 끌어안고 산 / 사내들의 위장처럼 속이 헐고 구멍이 났다 / 복수라도 찬 듯 발효되지 못한 시간의 쉰 냄새만을 풍기고 있다"(「술통」, 같은 책)처럼 '발효되지 못한 시간의 쉰 냄새'로 대변될 삶이었을 것이다. 그것은 아들인 시인의 책임은 아니지만 아버지로부터 내게로 흘러오는 운명의 흐름이라는 점에서 벗어날 수 없는 슬픔이었을 것이다. 이 운명적 슬픔에 그마저 현실적 곤궁을 벗어날 방책을 세우지 않고 시인으로서 고달픈 삶을 준비하고 있다는 자책이, 아니 운명에의 붙잡힘이 시인을 더욱 아프게 하고 있는 것이다. 그것은 슬픔의 한없는 심연에 끌려가는 기분을 말하는지 모른다.

이러한 슬픔의 한없는 깊이는 이번 시들에서도 그 흔적을 보이고 있다.

내게서 꽃이 지니 네게는 꽃이 피었구나 어여 가라, 어여 가라,
　등을 떠밀어보낸 꽃이 네게로 서둘러 북상했구나 징검돌처럼 박힌
　너와 나, 사이의 아득함을 생각는 하루 발목을 시큰하게 휘감고 도
　는 그 아득함을 건너간 꽃들의 여린 뒤꿈치가 다 보이는 하루

─「3월」 부분

　「3월」에 나타난 것은 '너'와 '나' 사이를 "시큰하게 휘감고 도는 그
아득함", 곧 슬픔의 면면한 흐름이다. 그 슬픔이 얼마나 아름답고 처연했
으면 "꽃들의 여린 뒤꿈치"로 자신의 슬픔을 표현했을까. 생략된 밑 부분
에 '北邙'(북망)이란 단어도 심상치 않다. 죽음을 떠올리게 하는 이 단어
는 그의 슬픔의 종국점이 무엇인지를 알려준다. 인연의 이별로 오는 삶의
덧없음이 바로 그것이다. 그 덧없을 이어주는 꽃들의 흐름, 그것은 앞의
시에서 아버지와 나를 이어주는 느티나무 물관의 흐름과 일치하는 것으
로 바로 핏줄의 끈끈한 정일 것이다. 그것의 상실과 그에 따른 안타까움
이 바로 근자에 손택수가 주목하는 슬픔의 내용인 것이다.
　그런데 이번 시들에 와서 이런 슬픔이 조금 양상을 달리하여 나타나는
점이 또 다른 주목거리다. 즉 슬픔이 탄력을 지닌 채 표출된다는 점이다.
이번 그의 시에서 슬픔은 팽팽히 당겨진 모습으로 그려져 삶의 무력감이
나 애상으로 떨어지지 않고 삶의 악착으로 분출되는 느낌을 준다. 그것은
이제 시인이 슬픔을 제 살로 삼아 슬픔의 힘을 분출하는, 다시 말해 슬픔
의 진정한 의미를 알게 되었다는 것을 뜻함이 아닐까.

　　무릇 이 세상 만나지 못한 것들은 모두 상사화가 아니겠는가
　　꽃무릇 상사화로 한 세상 아리게 살다가는 것 아니겠는가
　　그런 마음 씀씀이가 계류 따라 시퍼렇게 자라고 있다
　　꽃을 보지 못한 시인이나, 시인을 보지 못한 꽃이나

애처롭긴 매 한가지로구나
상사화로 부디 한 몸이 되라고,
한 몸이 되어서도 내내 그리워하며 살라고
눈을 뒤집어 쓰고도 더욱 시퍼렇게 자라고 있다

                                    ─「선운사 상사화」 부분

　이 시에서 상사화는 서로 만날 수 없는 운명을 부여받고 태어났다.
그것은 큰 슬픔이다. 그런데 시인은 이렇게 지독한 슬픈 존재를 달래기는
커녕 "아리게 살다가는 것"이라든지 "한 몸이 되어서도 내내 그리워하며
살라"든지 하여 삶의 그 한없는 슬픔을 오히려 밀어 올리고 있다. 그것은
어설픈 차원에서 슬픔을 달래는 따위는 삶의 진정성에 아무런 도움이
안 된다는 것을 말해주는 것이다. 때문에 그가 "시퍼렇게"로 슬픔에 독기
를 강조하고 있는 것은 슬픔을 통해 삶의 진정한 의미에, 즉 제 운명의
실체에 육박해보고자 하는 열망을 보여주는 것이다. 여기서 우리는 손택
수의 야심에 찬 시적 비전을 보게 된다. 그것은 우리 전통시에서 많이
보아왔던 한의 승화와 같은 것이 아니겠는가.
　다음과 같은 시도 바로 그 점에서 눈여겨보아야 할 작품이다.

모래밭 위에 무수한 화살표들
앞으로 걸어간 것 같은데
끝없이 뒤쪽을 향하여 있다

저물어가는 해와 함께 앞으로, 앞으로,
드센 바람 속을
뒷걸음질치며 나아가는 힘, 저 힘으로

새들은 날개를 펴는가

제 몸의 시윗줄을 끌어당겨
　　가뜬히 지상으로 떠오르는가

　　　　　　　　　　　　—「새발자국 따라가다 」부분

　　이 시에 와서 시인은 슬픔이 삶을 보다 치열하게 살아가게 하는 힘이
된다는 것을 깨닫고 있다. 그것은 놀라운 발견이다. 새들의 발자국을 통
해 이러한 사실을 유추하지만 사실은 그가 요즈음에 슬픔에 젖어 그 슬픔
을 양식으로 삼아 생활하면서 슬픔이 갖는 본질적인 속성을 궁구한 끝에
발견한 것일 터이다. "뒷걸음치며 나아가는 힘"은 바로 곤궁의 상황 속에
서 슬픔의 질료가 타며 내는 힘이 아니겠는가. '새'는 바로 그런 슬픔이
가득 충만한 존재로서 자신의 고통과 곤궁을 팽팽히 당겨 스스로 슬픔을
초월해버린다. 고통이나 슬픔을 얼마쯤이나 단련했을 때 "제 몸(이) 시윗
줄"임을 알 수 있을까. 슬픔이 삶의 여러 국면을 초월할 수 있는 상태로
몰아가기까지 고통이나 슬픔을 직시한다는 것은 아무나 할 수 있는 일은
아니다. 그것은 슬픔을 본질로 사는 사람, 운명적으로 슬픔에 붙잡힌 사
람만이 할 수 있는 일인 것이다. 앞의 여러 정황으로 보아 손택수는 그런
사람 중의 하나임에 분명하다. 그러기에 시인 아닌가.
　　이와 같은 시정신을 이해했을 때 슬픔도 힘이 되고 그 안에 면면히
흐르는 법도가 있음을 알게 된다. 다음과 같은 아름다운 한 편의 시는
슬픔의 여린 감성 속에서 발아하여 슬픔의 자양으로 성장하는 삶의 필연
적인 법칙을 형상적으로 잘 펼쳐보인 작품이다.

　　　　오동나무 잎그늘이 어리자 담벼락이 일렁거린다
　　　　담벼락 아래 계단이 딱딱히 굳은
　　　　관절을 꺾었다 펴며 술렁거린다

저 그늘 속엔 얼마전까지 노파가 앉아 있었다
지팡이를 짚고 나와 해종일 우멍하게 깊은 눈구멍으로
오가는 이들을 무연히 쳐다보고 있었다
아무런 거동도 없이 스쳐지나가는 풍경들을
그늘 깊숙이 빨아들이고 있었다
아마도 가끔씩 들려오는 마른 기침 소리만 아니었다면
아무도 인기척을 느끼지 못했을 것이다
노파의 소매 스적이는 소리와 잎그늘
뒤척이는 소리가 한몸이 되어 들려오던 골목길
언젠가 나뭇잎 그늘이 가만히 어깨에 손을 얹어 왔을 때
이봐 젊은이, 손을 얹고 알아들을 수 없는 手話를 건네왔을 때
나는 어깨쭉지가 욱신거리는 통증을 느꼈는지 모른다
빛이 감춰둔 늪 속에라도 빠져들 듯 더럭 겁을 집어먹었는지 모른다
녹물을 끼얹은 나뭇잎 하나가 남은 햇살을 그러쥐고
작심한 듯이 뚝 떨어져 내릴 무렵
떨어져내린 나뭇잎이 제 그늘과 바싹 붙어서
바쁘게 오가는 발길들에 바삭바삭 부서져 내리고 있을 무렵
자리를 뜬 노파는 더 이상 나타나지 않았고
몸속의 어혈이 다 풀린 듯 기지개를 켜며 일어서던 이듬해
밑둥에서 어린 가지 하나가 쑥 올라왔다,
허리 구부정한 나무가 짚은 지팡이였다

—「오동나무 지팡이 」전문

　　오동나무 그늘로 표상된 공간은 삶의 애잔함이 깃들여 있는 곳이다.
'노파'로 상징된 생명이 그곳에서 "우멍하게 깊은 눈구멍으로 / 오가는
이들을 무연히 쳐다보고 있었다"에서 볼 수 있는 것처럼 생의 한없는
연민과 슬픔을 담고 있기 때문이다. 그 슬픔은 아주 조용히 '그늘' 속에서
만 존재하며 보통 사람으로서는 '인기척'을 알 수 없다. 오직 예민한 사람

만이 그 슬픔의 "소매 스적이는 소리와 잎그늘 / 뒤척이는 소리"를 들을 뿐이다. 시인은 예민한 사람 중의 사람일 것이다. 그래서 그늘에서 그늘로 이어지는. 다시 말해 슬픔에서 슬픔으로 이어지는 면면한 흐름을 느끼고 있다. "나는 어깨쭉지가 욱신거리는 통증을 느꼈는지 모른다"란 고백은 이 경우 얼마나 세심하고 적합한가. 그런데 슬픔은 고여있지 않다. 흐르고 흘러 사라진다. 그러나 그 흐름은 면면하기 때문에 새로운 운명을 만들며 온다. "이듬해 밑둥에서 어린 가지 하나가 쑥 올라왔다, / 허리 구부정한 나무가 짚은 지팡이였다"는 바로 슬픔의 면면한 흐름을 말해주는 것이다. 나무가 사람의 생애를 상징한다면 우리들 삶은 '구부정하'게 굽었다는 게 손택수의 진단이다. 그것은 슬픔에 침식당한 운명이란 뜻이다. 그렇지만 그 슬픔이 새로운 생명을 만들어 내나니, 슬픔이 삶을 살아내게 하는 힘인 것이다. 손택수는 바로 이점을 최근 그의 시에서 그윽하거나 아득한 풍경으로 그려내고 있다.

이후 그가 이러한 슬픔의 힘으로 무엇을 더 꽃피울지는 두고볼 일이다. 그렇지만 당분간 삶의 덧없음에서 발생하는 슬픔에 붙잡혀 있을 것으로 예견된다. 그렇다면 보다 더 슬픔의 생살을 찢어 이 삭막한 세계의 대지를 물들여주기 바란다. 그것이 잔인한 요구가 될지 몰라도 사각의 벽에 갇혀 지내는 우리들의 굳어진 감각을 깨워주는 길이 될 터이니 말이다. 시인의 건투를 빈다.

우주를 울리는 넋의 언어
—김호길 시조의 의미

시는 고(告)하는 것이다. 천지신명에게 인간 존재로서 자신의 유한함을 알리는 것이다. 그렇게 알릴 때 천지는 이 우주의 한 점 불빛으로 켜진 인간을 돌아보고 그 생명의 온기를 자신의 몸체에 실어 쉬이 꺼뜨리지 않게끔 한다. 그래서 천지가 풀무질해주는 생기로 나날의 삶을 이어가고 있음을 아는 인간은 자신이 이 천지에 다시 무엇을 돌려주어야 할 것인지도 알게 된다. 때문에 시는 반향해온 우주의 메세지에 대해 다시 응답하는 것이기도 하다. 나의 갈 길과 머물 자리가 별빛처럼 새겨져 있는 이 우주를 쳐다보며 마음의 행로를 들려주는 것이다.

천지의 신명을 부르고 그 부름에 울려오는 천지의 감응에 대해 다시 간절한 목소리로 그 비밀스런 뜻을 노래하는 자, 그를 일컬어 우리는 시인이라 한다. 속세의 탁기에 눈과 귀가 먼 사람들은 우주의 빛과 소리를 이들 시인처럼 잘 보고 듣지 못한다. 때문에 시인들이 써놓은 인간의 언어, 즉 시로 그것을 짐작하려 하는 경우가 많다. 그러나 어떤 경우는 시인들이 우주의 울림을 깊이 포착하여 제시하지 못함으로써 우리로 하여금 피상적 의미만 보게 한다. 따라서 한 시인에게 우리는 그의 생 전체를 흔들었던 우주의 목소리를 보기를 원하게 된다. 제대로 된 시인이라면 그로 하여금 시인이 될 수밖에 없었던 우주와의 미묘한 감전의 속내를 충분히 보여줄 수 있어야 할 것이다. 그 점에서 시는 앵무새의 흉내내는 목소리가 아니라, 그의 전존재를 뒤흔들었던 '넋의 울림'이 되어야 한다.

김호길의 시를 읽으며 바로 그러한 넋의 울림을 생각한다. 그의 시를 보면 그의 생애가 이 우주의 진동에 붙잡힐 수밖에 없었던 어떤 사연을 담고 있다. 그 사연으로 그는 시를 쓰지 않을 수 없었고, 그로 인해 그의 생은 내내 전율했음이 드러난다. 그리고 그 진동이 아로새겨진 그의 시는 읽는 독자들로 하여금 문득문득 섬광처럼 그 전율에 동참케 한다. 우주적 질서에서 보자면 그것은 하나의 작은 빛의 일렁임에 불과할 테지만 우리들 일상적 삶에서 보자면 참으로 놀랍고 장엄한 일이다. 그것은 일상적 자아에서 우주적 자아로의 확대를 경험하는 황홀경의 시간이기 때문이다. 그렇다면 그것은 무엇일까? 확실히 그것을 아는 것은 김호길 시의 중심부에 이르는 길일 것이다. 그것은 다음의 시를 보면 알 수 있다.

　　　태평양 파도 이랑에 그림자 벗어두고
　　　야생마 길 못들인 기류를 헤쳐나면
　　　햇볕과 바람만 그득한 하늘 속의 하늘 나라

　　　고층운 상상봉에 눈도 맘도 헹구어 낸
　　　순백의 부신 평원 한나절을 널어놓고
　　　구만리 장천(長天)을 쪼아 봉황으로 나른다

　　　　　　　　　　　　　　　—「해발 삼만 구천 피트」부분

그것은 바로 '하늘을 가르는' 체험이다. 이 시는 김호길 시인의 첫 시집에 실려 있는 작품으로서 그의 다른 시편들과 함께 하늘 체험을 잘 살려내고 있는 시다. 독자의 입장에서 감상해보자면, 일상적 삶을 수직 상승했을 때 거기 "순백의 부신 평원"이 있다는 사실은 우리가 관념으로만 생각해봤지 구체적 감각으로 떠올려 보기는 어렵다. 그런데 시인 김호길은 그가 운명적으로 시를 쓰지 않으면 안 될 이 현상을 그의 현실적 삶속에서 맞고 있음을 노래하고 있다. 즉 그는 비행기 조종사로 "순백의 부신 평원"을 그의 눈으로 직접 보고 있을 뿐 아니라 인간으로서 도저히 넘볼 수 없는 "햇볕과 바람만 그득한 하늘 속의 하늘 나라"를 훔쳐보게 된다. 그가 본 것은 우주의 비밀이었다. 거기서 그는 강한 영혼의 파동을 느끼는데, 이 때문에 그는 인간으로 감히 다가설 수 없어 상상의 새 '봉황'으로 그의 존재를 전환시켜 우주의 한 비의(秘意)를 전하게 되는 것이다.

이 체험으로 인해 김호길의 시는 한 줄기 극점을 향해 달려 가는데 그것은 바로 '천상으로의 비상'이다. 그는 한 마디로 하늘을 '나르는' 존재가 되고 싶은 것이다. 그에게 날아오름은 현실적 삶을 단순히 벗어난다는 문맥에서 쓰여지는 것이 아니라, 날아올라 진정한 존재가 된다는 의미에서 구체화된다. 때문에 그에게 비상은 존재의 의미를 탐구하는 깨우침과 같은 것이다. 가령 그가 다음과 같은 시, 즉 천상적 세계로서 별밭에 앉아 "찬이슬 빚은 명상의/해맑은 깨달음을…"(「별밭에 앉아」) 추구한다고 노래할 때 이는 천상적 비상의 의미를 잘 보여주는 사례라 할 수 있다. 이로 인해 그는 "꽃구름 구름 누비는/갈매빛 새"(「하늘 습작·새」), 또는 "내 푸른 하늘을 가르고/나르는 갈매의 새"(「하늘 산책」)로 존재의 변환을 하면서 이 우주적 존재로서 갖는 여러 표지들을 자신의 삶의 의미에 새기게 된다. 이러한 의미 부여는 결코 현실을 벗어난 것으로서 관념이 아니다. 그가 하늘을 나는 조종사로서 구체적 체험을 바탕으로 한 것인 만큼 현실적이자 사실적이다.

여기서 우리는 그의 시적 세계를 두고 얼마나 사실적이냐 또는 현실적이냐 하는 사실의 확인에 초점이 있는 것은 아니란 점을 분명히 하자. 문학은 형상화로서 변용이지 사실의 지시적 기록이 아니기 때문이다. 따라서 우리는 그의 시를 읽으면서 그가 그의 사실적 체험을 얼마만큼 우주의 소리에 깊이 반응하게 풀어내리는지, 즉 사실의 의미를 얼마나 삶의 진실로 변용시키고 있는지를 살펴봐야한다. 이미 그는 "이 하늘 바다가 엮어 온 이야기를/실실이 풀어내리"(「하늘 환상곡 Ⅰ」)어야만 하는 운명을 깨친 자이기 때문이다. 그럴 때 그가 비상의 의미로 가장 주목하는 것이 바로 '자유로운 삶의 추구'임을 알게 된다.

> 에워싼 어둠의 벽을
> 스스로 뚫기 위해
> 몸으로 불을 달구어
> 인력권을 벗어나던
>
> 별이여, 어느 밤하늘
> 빛을 긋고 가는가
>
> ─「별의 안부」 부분

형식적 정형성을 가지고 있는 시조로서 이러한 구체적 이미지와 힘의 강렬성을 느끼게 해줄 수 있는 시가 언제 있었던가 싶을 정도로 이 시는 강렬하면서 구체적이다. 특히 김호길이 현대 자유시에서도 찾아보기 힘든 천상적 삶을 소재로 한 시의 지평을 시조의 형식으로 과감히 열어보인 의의는 그 어떠한 말로 추켜올려도 지나치지 않을 것이다. 문학이 삶의 영역을 반영하므로서 이 영역에 대한 인식의 쇄신으로 우리들 삶의 지평도 넓어진다고 할 수 있다. 하늘을 삶의 터전으로 사는 사람들의 이야기를 통해 땅의 시선에 고착된 우리들의 시선을 교정시켜주는 것은 참으로 놀라운 작업이다. 이를 단순히 직업상의 특성으로 치부해 가는 것은 곤란하다. 그렇게 하고 넘어가기에는 너무 많은 사연과 열정이 그의 시 속에 들어 있다.

그렇다. 김호길은 직업적 특성에서 그의 시적 세계를 구축한 것은 아니다. 좀더 분명히 말하자면 현실적 삶의 속박으로부터 벗어나기 위해 "몸으로 불을 달구어/인력권을 벗어"나고자 하는 사람은 그 내부에 '비상에의 욕망'을 강하게 간직하고 있다고 봐야한다. 따라서 하늘을 나는 체험에 의해 비상의 욕망을 갖게 되는 것이 아니라 비상에의 욕망에 의해 하늘을 날게 되었다고 보는 것이 옳다. 그렇게 본다면 그가 조종사로서의 직업을 선택하게 된 배경에 이러한 욕망의 강렬성이 먼저 자리잡고 있었으며, 그리고 그 욕망의 구체적 달성으로서 비상의 경험을 시에 다양하게 변주해 보이는 것은 그의 본능적 상상력의 방향을 충실히 따라간 것이라 보아야 한다. 그 점에서 천상적 상상력이라 불러야 할 이러한 비상의 이미지는 바로 욕망과 현실이 행복하게 일치된 김호길만이 가질 수 있는 특권적 이미지라 할 수 있다. 그 이미지의 동력은 물론 자유로움의 추구다. 그렇기에 그것은 우리가 쉽게 생각할 수 없는 상상력의 한 자락을 보여준다. 그의 비상은 현실적 삶에 구속당하지 않으려는 열정적 존재에게만 열리는 길이기 때문이다. 즉 자유로운 세계를 갈망하는 의지적 존재에게만 천지가 동화되어 함께 뻗어가는 길이다. 따라서 그 비상의 행로는 스스로의 욕망에 의해 날개를 편 존재들의 좌표다.

김호길은 이것을 집요하게 노래하고 있는데, 나는 이 점을 김호길 시의 중심적 내용으로 주목하고 싶다. 이 자유와 관련된 우주의 소리는 성긴 인간의 주파수에 는 포착되지 않는다. 그러나 예민한 인간이 이 우주와

한 몸이 되어 자유로운 존재가 되고 싶다는 욕망을 강하게 품으면 이 우주는 인간의 심리에 동화되어 일체가 된다. 그 점에서 시는, 서정시는 이 우주와의 일체화다. 동화와 투사를 통해 세계를 자아화하는 서정시의 본령은 바로 이 점에서 자아의 세계로의 비상이 근본적으로 내포되어 있다. 따라서 김호길이 제 욕망의 투사로 이 우주 한 가운데를 질러가는 날개를 가진 존재로 다시 태어난다 했을 때 그것은 가장 서정시의 원형을 따라간 것이며, 인간의 제약성과 구속성을 벗어나고자 하는 고귀한 충동의 충실한 표현이자 우주의 파장을 포착하는 섬세한 표현인 것이다.

그런 점에서 이제 김호길은 상상적 세계에서 영원히 사라지지 않는 황금의 날개를 펴고 우주를 떠돈다. 그것은 무엇을 말하는가? 그것은 결국 김호길이 추구하는 비상의 궁극적 의미가 바로 자유로운 존재를 획득하면서 인간 존재로서 가지는 실존적 한계, 즉 삶의 유한성을 초극하고자 하는 것임을 말해준다. 다음 시는 바로 그와 같은 지순한 욕망을 가리킬 것이다.

> 비취 하늘 떼구름밭 평화로운 태양의 나라
> 더러는 집채같은 솜구름 몰려 산다
> 영원한 안식의 고향이사 하늘 밖에나 있는가
>
> ―「풍경초」 부분

시는 간절히 원하는 것을 부르는 것이다. 그것을 앞에서 하늘에 고한다고 표현하기도 했다. 그렇게 본다면 이 시에서 말해지고 있는 "평화로운 태양의 나라"는 무엇을 뜻하겠는가? 그것은 바로 인간적 한계나 제약을 벗어난 이상향을 시인이 간절히 부른다는 것이 아닌가? 그곳엔 당연히 생명적 끊김도 존재하지 않을 것이다. "영원한 안식의 고향"이 잇달아 표현되는 것을 볼 때 김호길은 상상으로 이 우주에 인간적 욕망의 지고지순한 성채를 구축하고자 한 것이라 볼 수 있다. 그것이 그의 비상이 갖는 의미의 핵심이라 할 수 있을 것이다.

그 점에서 그의 시에 직접 비상을 다루면서 "하늘의 성스런 피가 굽이치고 있을"(「비상(飛翔)」) 곳을 노래하고 나올 때 그것은 인간의 성화(聖化)를 의미하는 것이기에 진정한 삶의 추구로 다가온다. 시인이 "찬란한 저 은빛 나래"(「비상」)를 달고 영원한 안식의 고향으로서 "태양의 나라"에 살고 싶다 했을 때 그것은 한 순간의 감상적 소원이 아니라 인간 존재의 지고한 가치를 추구하고 싶은 깊은 사색의 결실로 받아들여지는 것이다. 그 점에서 그의 시는 이 지상에 세우고 싶어하는 영혼의 성채다.

어떤 이는 이러한 영혼의 성채를 공허한 세계라 폄하할지 모르겠다. 어떻게 보면 일상적 현실 속에서 이 세계가 구체적 작용을 드러내 보이지 않는다는 점에서 그렇다고 할 수도 있을 것이다. 그러나 이는 한 면만 보고 양면을 보지 못한 처사다. 왜냐하면 상상으로 이상세계를, 달리 말해 의식으로 유토피아 세계를 그려보이는 것은 바로 현실적 삶의 결핍을 환기하기 때문이다. 즉 유토피아 세계가 생생하고 고귀할수록 현실적 삶의 부정성이 깊이 반영되어 있다. 따라서 유토피아 세계의 형상화에 치밀할수록 현실적 삶의 피폐성을 보다 높은 차원으로 변환시키고자 하는 힘의 강렬성을 갖고 있다고 볼 수 있다. 그 점에서 우리는 김호길의 천상적 세계로의 비상이 그리 녹록치 않은 이미지임을 알아야 하는 것이다.

실제 김호길은 첫시집 이후 그의 시적 세계를 이러한 현실적 부정성과 그것을 매개하여 보다 높은 차원의 세계로 변환될 수 있는 것과의 길항, 즉 밀고당김으로 부조하고 있다. 이 점에서 현실적 삶의 궁핍과 역사적 현실의 상처는 바로 영혼의 성채를 더욱 간절히 부르게 되는 근원적 계기다.

분계선   어디쯤서
지뢰로 터지고 말까

아무리 휘돌아 봐도
여긴 분명 이방인데

원 모아 애저린 마음
혈맥 치는 조국아

                                        —「금화에서」 부분

바람은 무슨 악연으로
억겁 세월을 갈퀴질하고

돌산은 또 그만한 세월
곧은 뼈로 버티어 왔나

끝없는 대치의 하늘
피빛 휘장을 둘렀다

                                        —「바람 산」 부분

한 몸 붙일 곳 없던 메뚜기 사막으로 흘러왔네

    추위 추위 모진 추위 밤새 새파랗게 얼린 추위 더위 더위 목타는
더위 덤불 부리 태우는 더위 모질디 모진 선인장도 내 못살아 철갑
입고 바싹 마른 까투리는 땅 속으로 기어들고 흉흉하네 독수리는
허공 중에 비잉빙 돌고 배고픈 코요테는 달보고 우지짖고 용케 용케
살았다만 긴긴 낮밤 또 어이 살꼬

    황토빛 위장망 쓰고

땅에 배 깔고 사노라네

　　　　　　　　　　　—「사막 송장메뚜기」 전문

　이 세 편의 시는 바로 천상적 세계로의 비상이 그렇게 강렬할 수밖에 없음을 반증해 보여주는 사례라 할 것이다. 이 시들은 첫시집 이후의 것들로 최근의 것까지 골고루 포함된 것들인데, 모두 다 비상의 이면을 그가 차츰 관심 영역으로 부조시켜 보여주고 있는 것에 해당한다. 그 점에서 작품 제작 연대의 선후가 상상력의 방향을 결정하는 중요한 지표라 할 수 없다. 개인적 상상력은 그의 본능적 특질에 의해 결정된다. 김호길에게 생은 언제나 고단한 것이었다. 그렇기에 비상을 노래했고, 비상을 노래해 현실적 고달픔을 잊고자 했지만, 아무리 꿈꾼다 하여도 삶이 실제로 쓸쓸하고 고단한 것이란 사실이 사라지지 않음도 알았던 것이다. 그래서 그 쓸쓸함과 궁핍의 이미지들을 일상적 현실 속에서 "분계선"과 "돌산", "바람산", 그리고 사막으로 표상된 삭막한 현실 속의 "송장메뚜기"로 나타내고 있는 것이다.

　이 시들의 미덕은 현실의 고통을 구체적 이미지로 생생하게 드러냈다는 점이다. 그런 점에서 이후 여러 시집에서 보이는 현실적 곤고함을 노래하는 시들, 특히 미국으로 이민간 뒤 쓴 "고향 고샅 바람골의/그 혼령이 날 따라와//꿈에도 생시에도/노랑 꽃대궁 나부낀다//눈물빛/그 보다 진한/캘리포니아 뜰의 민들레"(「캘리포니아 민들레」) 등의 시들은 삶의 신산한 여러 국면을 실감나게 형상화함으써 삶의 무상성과 궁핍성을 곡진하게 그려내, 천상적 세계에 대한 간절한 서원의 필요성을 환기시키고 있다. 따라서 김호길은 그의 전 생애를 걸쳐 다음과 같은 천상과 지상의 삶의 대비, 또는 그 극단에서 발생하는 삶의 긴장을 염두에 두고 살았다고 볼 수 있다.

천상엔 금가루 은가루
지상엔 매운 모래풍

　　　　　—「홑 시조 연습 —다섯・스켓치」 부분

　그의 시에 보이는 천상의 "금가루 은가루"는 비상의 날개이자 하늘의
궁륭을 밝히는 별이다. 그것들은 앞에서 보았듯 신성한 존재다. 때문에
그에게 별은 후기 시에 와서도 "저물녘/창가에 걸린/오 별이여, 구원이
여"(「별(Ⅰ)」)처럼 구원의 이미지가 된다. 그러나 이 시에서 또 우리가
볼 수 있는 점은 현실적 삶의 객관적 인식이다. 지상의 "매운 모래풍"을
잊지 않고 있다. 현실적 삶의 삭막함과 준열함을 받아들이고 있다. 이는
지상에서 천상으로 머리를 세우고 있는 인간 존재의 필연적 국면을 김호
길이 상징적으로 형상화한 것이라 볼 수 있다. 고통 속에서 진정한 삶으
로의 초월, 그러나 언제나 지상의 매운 모래풍에 발목이 잡히는 인간.
이것을 짧은 홑시조로 포착해 낼 수 있다는 것은 그가 삶의 진실에 얼마
나 육박해 들어가 있는지를 알 수 있게 해주는 대목이라 할 것이다.
　그 점에서 가장 최근의 시라 할 수 있는 시 한 편이 그의 시적 세계를
완성시키며 우리들 가슴을 친다. 그것은 인간이기에 인간으로서 한계를
자각하면서 이 세계의 무의미성으로부터 벗어나고자 하는 가장 본능적
이고도 고귀한 인간의 몸부림을 보여주기 때문이다.

　　　누가 산중중(山重重)하며
　　　날 붙들어 두려는가

　　　숲마다 잎새마다
　　　새떼마냥 날으는 시늉

깊은 밤 별빛 푸른 신호로
은한강을 넘나든다

원죄인가 무슨 힘이
날 묶어 두었지만

구만리 장천까지
내 죽지는 뻗어 있고

바람 탄 대붕이 되어
시공(時空) 밖을 넘나든다

—「산의 비상」 전문

　현실적 공간에서 산은 무겁기 짝이 없는 둔중한 존재다. 그것도 특히 여러 현실적 질곡에 "붙들려" 있을 때 더할 것이다. 그러나 그 산도 현실을 초월하고자 하는 욕망에 의해 날개를 펼 때, 즉 자유와 영원을 꿈꾸는 생명의지로 가득 찰 때 그 무거운 실체도 중력을 거슬러 "은한강을 넘나들"고 "바람 탄 대붕이 되어/시공 밖을 넘나들" 수 있게 되는 놀라운 사건이 된다. 이것은 단순한 환상이 아니다. 마음의 강렬한 표출인 만큼 현실적 존재의 변화를 가져온다. 현실은 고통스럽지만 거기에 좌절하고 안주해 있을 수만은 없다는 강인한 생명적 존재로 다시 서는 것이다. 그러므로서 우리는 이 시를 보고 그의 현실적 고뇌와 그것을 초월하고자 하는 그의 욕망이 얼마나 강렬하고 절실한지를 알게 되는 것이다.

　그 점에서 그가 다음과 같이 "이 간절한 수정 목마름 애태우는 넋의 언어 늘 깨어 있어라/온 세상 잠 속에서도, 그 말씀 천지에 가득 메아리로 남았다"(「수정 목마름」)고 시의 의미를 말했을 때 그것은 그의 상상력이 가닿은 세계의 가치를 그 스스로 명확히 해주는 것이라 할 수 있다. 그가 시를 "넋의 언어"로 "천지에 가득 (퍼져있는) 메아리"로 구체화할 때, 그리고 그 언어는 잠들어 있는 것이 아니라 "늘 깨어 있어"야 함을 강조할 때, 이는 바로 세계의 무상함이나 무의미를 "간절한 수정 목마름"으로 살려내는 것에 해당한다. 그것은 달리 말해 그가 늘 꿈꾸던 '하늘나라', 다시 말해 '평화로운 태양의 나라'로 비상함으로써 우리 인간이 본질적으로 가지고 있는 삶의 불모성을 극복하는 것이다. 영원한 세계에의 지향은 삶의 무의미와 나태함을 그의 시 「딱따구리」 속의 '딱따구리'처럼 "불침을 놓"음으로써 살아있음과 살아갈 방향을 끝없이 찾는 것이다. 그래서 그에게 삶은 멈추지 않는다. 그 움직임의 화살 표시가 바로 비상의 이미지이며, 거기에 김호길 시의 심처가 있다. 그 동력은 인간의 고귀한 본능이자 갈망인 만큼 강한 자장을 내며 세속의 때에 굳어진 우리들의 눈과 귀를 씻어준다. 시가 위의를 갖추는 지점은 바로 이 자리인 것이다.

물의 활성에서 벽의 경직으로

—강영환 시조의 의미

1. 타오르는 물과 승화

시조는 그 발생학적 측면에서 볼 때 성리학적 질서와 이념을 전파하는 사회 공리적 양식이다. 4음보 리듬이 갖는 안정과 균형이 일차적으로 이러한 주자학적 계몽의 공리적 목적에 기여하고 그 리듬에 연유하여 내용도 이차적으로 구체적 현실성(특수성)을 뛰어넘은 보편적 도(道)로서 성(誠)과 경(敬) 등의 유교적 이념, 즉 충의 사상을 담아냄으로써 주자학적 계몽을 완성한다. 조선시대 사대부들에게 유장하게 나타나는 강호한정(江湖閑情)도 자연을 통한 도의 탐색으로서 주자학적 이념으로부터 벗어나 있지 않다. 다만 기생과 조선 후기 사설시조를 쓴 평민들에 의해 애정과 일상 생활의 여러 생활 감정을 노래하는 내용이 보태지면서 시조의 외연이 확대되기는 하였으나 시조의 본령(현재까지 계승되는 평시조로서의 의미)은 도의 추구로서 세계에 대한 관조의 자세, 즉 시인의 들끓는 감정을 절제하고 확산되는 상상력에 긴장을 주어 균형과 안정의 질서를 찾는 내용에 있다 할 수 있다.

그렇기 때문에 현대에 들어와서도 시조 형식으로 시작 행위를 한다는 것은 삶과 그 삶의 반영 형식인 문학에 절제와 긴장의 미학을 놓치지 않겠다는 의지의 표현으로 보인다. 강영환 시인이 자유시로 먼저 시쓰기를 행하면서 시조라는 형식을 그의 또 다른 시작 행위로 고집하는 것도 그런 의지의 일단으로 추측된다. 그 스스로 "형식의 틀에 갇힘으로서 더욱 자유로워질 의미 꿈꾸기"란 말을 행하는 것도 절제 속의 자유, 자유 속의 절제가 진정한 삶의 내용이자 형식이 아니겠는가 하는 이런 생각을 드러낸 것에 해당할 것이다.(강영환 시조에 나타나는 이러한 자유와 절제의 관계에서 발생하는 긴장과 그 긴장의 구체적 의미에 대해서는 시집 해설을 볼 것. 시집 해설자인 구모룡은 이 긴장이야말로 중용의 미덕과 사랑이라는 관계에서 발생하는 긴장임을 잘 해명해 놓고 있다.) 따라서 그의 시조를 감상함에 이러한 전제는 필수적 요청이다.

그런데 여기서 우리가 하나 알아야 할 사항은 강영환이 그리고 있는 시조 세계는 긴장의 구축이되 '다면적 긴장', 혹은 '중층적 긴장'이라 말해 좋을 어떤 특색을 지니고 있다는 점이다. 그것은 바로 평시조 형식으로 시조를 쓰기보다 연시조 형태로 시를 씀으로 해서 긴장과 자유를 동시에 잡고자 한다는 점을 말한다. 이 점 때문에 그의 시조는 종전의 시조와는 다른 색채를 띠게 될 것이 분명하다. 이것이 뚜렷이 나타난 것이 「남해」를 비롯한 바다 계열의 시조 작품들이다. 바다는 시조의 원형적 세계에서 볼 때 금기의 대상이다. 시조가 갖는 안정성과 균형성을 바다의 이미지는 배반하기 때문이다. 바다는 역동적이고 신화적 상상력에서 성의 상징물이기 때문에 금욕주의적 주자학에서는 배척의 대상이다.(오세영, 「한국문학과 바다」) 그런데 강영환이 시조의 출발을 바로 그런 바다 이미지로 시작했다는 것은 전통을 계승하면서도 전통을 극복하여 자기화하겠다는, 곧 현재화하겠다는 그 나름의 창조성을 확보하는 접점으로 여겨진다. 거기서 강영환의 시조는 펼쳐진다고 보아 무방한 것이다.

그렇게 볼 때 그의 시조는 무엇보다 물의 질료성이 갖는 특이성에 주목한다. 그의 시조의 출발은 성(性)과 성의 연장 선상에 볼 수 있는 생명의 역동성, 즉 사랑이다. 이는 종전 시조의 공리적 틀을 완전히 해체한다.

> 뒤척이며 누운 바다
> 누가 위무하느뇨
> 속살 깊이 사랑을 심고
> 수평으로 멀리 나가
> 햇살로 꺾어져 들며
> 무명(無明)으로 보챈다
>
> ―「남해」 부분

> 윗목에 아직 남아 출렁이는 거친 숨결
> 새벽은 가까이서 기침하여 서 있고
> 안 잊힌 사내 품속에 곤히 잠든 개포댁
>
> ―「개포댁」 부분

이 시들에서 바다는 생의 고뇌를 앓는 의식적 존재가 된다. 사랑의 아픔으로 뒤척이며 삶의 진리를 찾지 못해 캄캄한 번뇌로 들끓어 보채거나 사랑의 열정에 못 이겨 거친 숨결을 토해낸다. 사랑과 고뇌로 생동하는 바다의 모습을 포착하여 인간 존재의 탐구로 나아가고 있다. 이는 완성된 질서와 이념을 전파하고자 하는 권위적 목소리가 아니다. 현실적 삶 속에서 방황하는 실존적 인간의 자기 응시이자 응결인 것이다. 이러한 자기 고백적 대상화는 그의 초기 시조의 대체적 풍경이다.

> 어제는 바다가 밖으로 흐르더니
> 오늘은 내 안으로
> 큰물져 돌아 와
> 앙가슴 맺힌 못으로
> 돌섬 하나 심는다
>
> —「무인도는 새들을 키운다」 부분

> 끝 모를 물 구비 위에서
> 벅수 넘는 강영환
>
> —「바다를 낳고」 부분

> 안경 너머 끓는 바다
> 찰랑이던 위험 수위
> 얼어 붙은 강줄기에
> 푸른 섬 목 마르고
> 등 굽어 퍼올린 뱃길
> 마른 살 내 감춘다
>
> —「다도해」 부분

이 시들은 바다를 통해 자아를 확인하는 것들이다. 문제는 바다를 앞에 둔 시적 화자들이 다 실존적 위기, 즉 삶의 고뇌로 아파하고 있다는 것이다. 때문에 바다를 소재로 한 시들은 생명의 고통을 노래하되 역동적 움직임 속에서 삶의 의미를 찾기 위한 능동적 투사가 전개된다. 그 점에서 바다는 생명의 꿈틀거림이 존재하는 활성적 세계다. 그의 시조 또한 이러한 생명의 역동성과 지향성을 간추리고 구축하는 양식이다.

그런데 강영환의 상상력은 이러한 생명의 역동성을 보다 본질적인 이미지로 밀어올리고자 물의 특별한 이미지를 만든다. 그것은 타오르는 물의 세계, 즉 열정을 통한 승화의 세계를 꿈꾸는 것이다.

집어등 밝혀들고
자궁 속에 기어들면
질펀한 알몸위로 청어 떼가 솟구쳤다
불타는 오르가슴에
마비되는 하반신

—「북평항」 부분

심지에 불을 붙이면
비로소 살이 타는 바다

—「살이 타는 바다」 부분

누리에 가득한 빛
섬이 되어 떠있고
섬과 섬 사이마다
몸살 앓는 빛살들
떠나도 가지 못하고
맴만 도는 항로여

—「다도해」 부분

이 시들 속에 표현된 물의 이미지는 '불'의 질료성이 뒤섞여 타오르는 물이 된다. 그리하여 조용히 제 존재성을 산화하여 초월해 가는 승화의 미학을 보여준다. 바슐라르는 『초의 불꽃』에서 이러한 타오르는 불꽃이 갖는 의미를, 현실성과 육체성을 초월하고자 하는 노력으로 해석한다. 즉 평범한 수평적 생활로 인해 억눌린 본능의 해방을 의미한다는 것이다.

그 점에서 강영환의 이런 이미지에서 그가 생명적 열정에 취하여 수직적 초월의 열망을, 즉 다시 말해서 현실적 고뇌와 억압으로부터 정신적 해방을 그려내고자 함을 알 수 있다. 때문에 가령 다음과 같은 성적인 시도 바로 그와 같은 순수와 초월의 염원이 배인 이미지로 해석할 수 있다. "파도는 / 혼기 찬 새 각시의 뒷물 같다"(「염병 앓는 바다」)는 표현은 성적 뜨거움이 물에 배여들어 곧 저 혼자 들끓는 사랑의 생명이 되고(이는 제목이 '염병 앓는' 데서도 유추된다) 더 나아가 열에 의한 빠른 증발로 순수의 표상이 된다. 이 또한 누추한 현실에서 볼 때 순수 세계로의 초월이다.

그런 점에서 완전한 생명은 완전한 연소를 목표로 한다. 물로 인간의 생명적 충동을 나타내고자 한 강영환은 불의 질료성을 물에 뒤섞음으로써 완전한 승화의 미학을 그의 절제와 긴장의 세계에 그려넣고자 했다고 볼 수 있다.

2. 경직과 고립의 벽의 세계

그러나 그의 시 세계는 점차 바다에서 뭍으로, 뭍에서도 딱딱한 돌이나 흙(벽)의 비생명적 이미지로 상상력이 이동해 간다. 그 변화의 내용은 생명의 역동성을 잃어간다는 점에서 매우 암울하고 비정한 것이지만 그것이 곧 생명적 진실을 억압하고 있는 역사적 현실의 구체성을 보여준다는 측면에서 또 다른 의미의 가치를 획득하는 궤적을 보여준다. 시조 형식으로 당대의 역사적 현실에 대한 리얼리즘적 인식을 펼쳐보이고 있는 것이다.

돌이 되어 살고 싶다
이끼 낀 모난 돌

눈 없고 입 없이
못난 돌로 살고 싶다

정(釘) 맞아 귀떨어져도
주춧돌로 남고 싶다

—「모난 돌」전문

이 시는 물의 상상력에서 돌의 상상력으로 전환하는 강영환의 의식을
보여준다. 이제 낭만적이리 만치 생동적인 물의 삶의 방식에서 열악한
현실 인식으로 말미암아 버려진 존재이되 강인하게 버티고 섰는 돌의
방식으로 그의 삶이 선회됨을 보여주고 있는 것이다. 다만 '주춧돌'이란
단어로 볼 때 역사의 중심 세력이 되고 싶은 그의 또 다른 열망이 문제적
의미를 가진다. 그렇지만 돌의 이미지는 "산길을 오르다가 / 모 깎인 돌을
본다"(「돌멩이」)에서처럼 버려진 실체로서 민중적 관점을 유지한다. 이
런 민중적 관점은 시조 형식을 역사에 대한 구체적 인식으로 활용한다는
점에서 특이하다.

길이 없다
남과 북이 마주 앉은 책상 위에
몇 십 년을 갈라서서
등만 서로 들이 민다
이럴 땐
등 없는 사람 뒤를 밀어
이룬다

—「등」부분

남과 북의 분단에 대한 역사적 인식을 시조로 형상화하고 있다. 이 외에 「통일은」, 「칼을 갈면」, 「나의 소원」 등이 이러한 민족적 분단에 대한 시인의 의식을 보여주고, 「노을 속으로」 등에서 "파업에 잠긴 공단 / 무르팍 시려 올 때 / 퇴근길 포장마차에는 / 소주병만 몸을 푼다"의 표현을 통해 반민주적 역사 현실을 폭로하고 있다. 이러한 시들은 시조 형식으로 좀처럼 볼 수 없는 역사적 현실을 다루고 있는 내용들이다. 종전의 시조가 역사 밖의 관념적 이념을 전파하는 공리적 양식이었다면 강영환에게 시조는 이제 역사 안의 민중적 이념을 전파하는 공리적 양식 이 되고 있다. 그 점에서 또 다른 의미의 계승과 극복이 이루어지고 있는 것이다.

그러나 강영환의 시조 작품집에서 이러한 작품들은 그 주제가 너무 분명하기 때문에 긴장의 미를 갖지 못한다. 구모룡 해설에 따른다면 중용 의 미덕을 잃은 상태다. 이념적 전파를 목적으로 경직된 언어를 자수와 음보에 맞춰 배열한 상태가 되고 있다. 때문에 독자의 상상력의 확대를 가져오지 않는다. 리얼리즘적 차원에서 볼 때도 세계 인식의 총체성보다 는 시인의 이념만 일방적으로 전달된다. 그 점에서 노동 운동과 분단을 다룬 작품들은 돌의 상상력에서 추출될 수 있는 본질적 속성을 드러냈다 고 볼 수 없다.

이에 비해 산업사회 속의 소외와 불안을 다룬 일련의 시편들은 오늘날 의 산업자본주의가 갖는 비생명성과 억압성을 심리적 전형을 갖춰 드러 냄으로써 총체성을 획득하여 수준높은 리얼리즘적 성취를 얻고 있다.

절망해도 소용없다 나는 벽과 마주 한다 등뒤에 선 돌인형 피가
도는 모습인데 차가운 눈썹 끝에는 어둠마저 숨는다

<중략>

절망해도 소용없다 막다른 골목은 빈 머리로 돌아서면 남이 되는
까닭일까 자판기 돌아서 나올 때 목에 끈이 조인다

—「자동판매기 앞에서」 부분

담이 있다 무너져야 할 삐뚜름한 자세로 행인의 머리 위를 아침저
녁 넘보면서 담쟁이 푸른빛으로 얽혀 있는 균열들

—「담」 부분

출근길이 가고 있다 얼어붙은 하늘로 바쁜 걸음이 간다 쭈구러진
몸을 펴고 좌초된 회색의 도시를 막힘 없이 떠난다

—「정류장에서」 부분

이 세 편의 시는 생활 세계의 현실을 본질적 측면만 포착하여 점묘(點
描)하고 있다. 그 점에서 다 언급하지 않았어도 현대 도회지 삶 속에
처해있는 시적 자아의 고립과 불안의 심리를 짐작할 수 있다. 그 점은
바로 오늘의 자본주의 사회 아래에서 살고 있는 현대인들의 전형적 심리
를 이 시들이 매개해 준다는 점에서, 그리고 관념의 전달이 아니라 상황
의 보여주기로서 의미를 획득한다는 점에서 리얼리즘적 성취를 얻고 있
는 것이다. 특히 시조의 형식이되 산문 형태로 풀어 쓴 것도 이와 무관하
지 않다. 따라서 시조라는 형식 속에 역사의 구체성을 담는 일은 불가능
하지만 '벽'의 상상력을 통해 절제의 형식 속에서도 시대성을 담아내는
것은 가능함을 알 수 있고, 그 점에서 이를 시현해 보여준 강영환 시인은
수준 높은 안목을 가진 작가임을 짐작할 수 있을 것이다.

한 가여운 순례자의 영혼 연단

—이정강 시조의 의미

    한 시인의 작품을 이해하기 위해서 우리는 어찌해야 할까? 그것은 무엇보다 그 시인의 생애가 빼곡하게 들어찬 작품을 찾아 읽어나가는 일일 것이다. 즉 독자는 작품으로 시인의 삶을 되살고, 또 그렇게 함으로써 비로소 작품의 의미도 완성시키게 된다. 시인과 독자의 영혼이 만나 공동으로 의미의 성채를 구축하는 것, 그것이야말로 우리 모두가 꿈꾸는 글읽기와 글쓰기의 꿈이 아니겠는가!

    이정강의 시를 읽으며 나도 그것을 꿈꾼다. 이정강이라는 시인이 정신적으로 밟아 나아갔을 법한 궤적을 따라 나도 여행을 떠나 보는 것이다. 그런데 다행스러운 것은 이정강의 시에는 이러한 정신적 여행에 대한 자의식이 깔려 있다는 점이다. 그녀 자신이 삶 자체를 하나의 여행으로 생각하기라도 하듯 그녀 시는 여행에 대한 분위기를 환기하고, 더 나아가 그녀 시 안으로 들어가는 친절한 이정표를 세워두고 있음을 보게 된다. 그것은 무엇일까? 그것은 아마 본능적으로 이정강은 시를 자신이 밟아간 삶의 정신적 여행의 기록물로 보고 있다는 말일 것이다. 그녀에게 시는 그녀 표현에 따르자면 "뚜렷한 못질"(「성회 수요일 1」)로서 삶에 대한 완연한 자국이 되기 때문이다. 따라서 우리는 그녀 시가 만드는 풍경 속으로 걸어가며 한 시인의 생애가 어떤 결들로 새겨져 있는지를 보게 될 것이다. 그 결들이 만드는 전체적인 무늬가 결국 한 시인의 생애가 빚은 의미의 성채가 되는 것은 말해 무엇하랴.

이정강의 시를 따라가고자 할 때 다음 한 편의 시는 매우 의미심장한 메시지를 던져준다.

> 비록 광대놀이로
> 한 수저 가득한 목숨
> 물구나무 서고
> 파도 이랑 헤쳐 가지만
> 순례의 한 가닥 붙잡고
> 풍경 가운데 간다.
>
> ─「집시의 여정」부분

이 시는 이정강의 시세계를 이해하는 첫 출발점으로 중요하다. 그녀가 바라보는 세계인식과 자아인식이 분명히 나타나고 있기 때문이다. 이 시에서 그녀는 이 세계를 '파도 이랑'이라는 관점에서 바라보고 있다. 즉 시적 화자로 하여금 "물구나무 서"게 하고 어지러운 "파도 이랑 헤쳐" 나가게 한다는 것으로 볼 때 그녀에게 세계는 고통의 대상이다. 이 점은 다른 여타 시에도 마찬가지다. 예를 들어 "물구나무 선 세월의 중력들" (「월슨 산」)이나 "마천루 등에 밧줄 걸고/매달린 채 새김질"(「파발마」) 등의 표현은 삭막하기 짝이 없는 삶의 고통을 드러내고 있다. 또 다른 측면에서 이 세상은 "다시 흙으로 돌아가는 天刑"(「누구를 부르는 하늘 인가 1」)을 본원적으로 지고 살아야만 한다는 점에서 고통의 심해라 할 수 있다. 그 점에서 그녀에게 세계는 비극적이다.

세계가 비극적으로 그려진다 해서 시가 좋아지는 것도 아니고 개성적인 시가 되는 것은 더욱 아니다. 이미 시사적으로 많은 시인들이 자기를 둘러싸고 있는 현실과 불화(不和)함으로써 발생한 비극적 정조를 노래했다. 그런 점에서 비극적 세계 인식은 이정강만의 독특한 특징은 될 수 없는 것이다. 그러나 이 시에서 우리는 그녀의 세계인식이 자아인식과 어우러지면서 독특한 세계상을 구축하고 있음을 발견하게 된다. 앞에서 설명했던 비극적 세계는 그녀에게 단순한 고통의 대상 그 자체에서 그치는 것이 아니라 그 고통을 매개로 삶의 의미를 한 단계 밀어 올려주는 '고행'의 대상이 된다는 점에서 색다른 의미를 얻고 있는 것이다. 이러한 해석이 가능한 것은 이 시에 나오는 '순례'라는 용어의 의미 때문이다. 시 속에 나오는 '광대'나 '집시', 그리고 '순례(자)'는 다 똑같이 세계에 정착하지 못하고 떠도는 존재들이다. 즉 영혼의 안식을 얻지 못하고 방황하는 존재들인 것이다. 이러한 존재들이 생겨날 수밖에 없는 것은 비극적 상황 때문이라는 점은 두 말할 필요가 없다. 따라서 그녀가 그리고 있는 광대의 삶이나 '집시의 여정'은 비극적 세계와 잘 어울려 보인다.

그런데 이정강은 여기서 그러한 삶을 이야기하면서 결정적으로 중요한 다음 말을 한다. 즉 "순례의 한 가닥 붙잡고/풍경 가운데 간다."는 표현이 그것이다. 순례는 광대나 집시처럼 떠돌지만 방황은 아니다. 오히려 순례는 방황을 통해서 성(聖)의 의미를 깨닫는 일이다. "순례의 한 가닥 붙잡고"란 표현 측면에서 보자면 이정강은 이 비극적 세계에서 자신을 삶의 진정한 의미를 찾아 떠도는 순례자로 규정짓고 있다. 이 규정에 의해 그녀의 세계는 완성을 위한 수행, 즉 순례자에게 마땅히 고행을 통해 깨달음을 얻게 하는 역설적 수행의 대상이 된다. 이 점에 와서야 이정강 시세계의 특징이 조금 드러나는 것이다. 더 나아가 이 표현에서 우리는 또 다음과 같은 면을 주목하지 않으면 안 된다. "풍경 가운데 간다"는 말은 무슨 뜻인가? 풍경은 이미 앞서 말했던 비극적 상황으로 짐작할 수 있다. 문제는 '가운데'란 단어가 갖는 의미다. 가운데란 곧 중심, 실질, 핵심 등의 의미를 가리킨다. 그렇다면 이 표현은 삶의 이 비극적 현실을 똑바로, 중심(핵심)에 서서, 어떤 문제를 회피하지 않고, 곧장 부딪쳐 가겠다는 자신의 의지를 드러낸 것으로 볼 수 있지 않을까. 그렇게 해석한다면 이 시는 순례자로서 자신의 삶을 예견하는 운명적인 시가 된다. 즉 그녀의 정신적 삶의 바탕이 되는 종교적 세계관을 시적으로 형상화한 아주 중요한 작품이 되는 것이다.

그런 해석의 선상에 서게 될 때 이정강의 시는 종교적 구도의 시로 읽히지 않을 수 없다. 실제로 그녀 시는 타락한 세속적 영혼이 진실한 삶의 의미를 찾아 나서는 종교적 탐색의 일지(日誌)다. 구원받지 못하는 고통과 구원의 가능성에 대한 안도, 보다 확실한 구원의 소식에 목말라하는 존재의 고뇌를 시 작품에 아로새기고 있는 것이다.

> 칠흙밤 갈퀴 세운 날검에
> 물구나무 서는 영혼들…
>
> —「바다」 부분

> 끝내 어려웠던
> 속편지를 들어서
> 아무도 열 수 없던
> 마음 안팎에
>
> 빗장을 푸는 수치를
> 당한 뒤에 오는 안식.
>
> —「고백 1」 전문

찢기고 도린 자국마다
새 살 돋는 슬픔이
은총임을 왜 몰랐을까.
가리고 감추던 부질없음.

바람은
자유를 품고서
풋풋한 초혼(招魂)의 너울짐.

—「연 2」 부분

이 세 편의 시는 타락한 세계 속에 살 수밖에 없는 영혼의 고통과 구원의 가능성이 열려 있음으로 인해 안도하는 영혼의 평정을 보여주고 있다. 우선 고통부터 보자면 「바다」에서 잘 나타난다. "물구나무 서는 영혼들"로 표상된 고통의 내용은 생의 구원을 보장받지 못하는 절망감의 표현일 것이다. 그것이 더구나 "칠흑밤 갈퀴 세운 날검"들이 들이대고 있는 상황이라면 그 상황은 보통 절망적 상황은 아닐 것이다. 바로 악마적 타락과 고통의 심연이 인간의 영혼을 붙잡고 있는 형국이다. 이 상황은 맛볼 수는 있으되 지속될 수는 없는 국면이다. 왜냐하면 이런 고통이 우리 삶의 나날이 되고 전부가 된다면 그것은 바로 우리 모두가 악마 아니면 짐승의 차원에서 머무르고 있어야 할 것이기 때문이다.

그러나 우리는 악마도 아니며 짐승도 아니다. 구원은 우리의 결단이나 참회에 의해 열리는 것이다. 이정강 시에 구원은 참회에서부터 온다. 「고백 1」에서 보듯 "빗장을 푸는 수치를/당한 뒤에 오는 안식"이 바로 그것이다. 이 표현으로 볼 때 이정강은 마음의 빗장을 푸는 것을 대단한 '수치'로 생각하고 있음이 틀림없다. 그것을 역으로 해석하면 일상적 삶에서 영혼이 수치로 생각할 만큼 타락한 짓을 견디어내지 못했음을 증명하는 것이기도 할 것이다. 그러나 인간은 불완전한 존재이기 때문에 뜻하지 아니하게 죄를 짓게 되고 이를 씻기 위해서는 참회가 본질적으로 따를 수밖에 없다. 그럴 때 이정강은 참회의 결단을 어설프게 하는 것이 아니라 '수치'라 여길 만큼 진지하고 간절하게 함으로써 진정한 '안식'에 이르는 것이다. 그 점에서 그녀에게 마음의 빗장을 푸는 것은 저 내부에서부터 자신의 존재가 이 신과 우주의 세계 속에서 얼마나 하찮고 나약한 존재인가를 진정으로 깨닫는 것을 말한다. 이 깨달음으로 인해 「연 2」에서 볼 수 있듯 "찢기고 도린 자국마다/새 살 돋는 슬픔이/은총임을 왜 몰랐을까."하는 역설적 평화를 획득한다. 즉 고통이 보다 성스러운 삶의 뜻을 알게 하는 고행의 의미였음을 체득하게 되었다는 것이다. 그렇게 고통의 의미를 깨달았을 때 존재는 삶의 여러 굴레에 자유로워질 것은 분명하다. 그녀가 "바람은/자유를 품고서/풋풋한 초혼(招魂)의 너울짐"이라고 그릴 수 있게 되는 것은 바로 이러한 현실적 고통의 의미를 깨닫고 그것을 제 나름대로 승화시킨 끝에 발견해낸 이미지인 것이다.

따라서 그녀가 중요 테마로 채택하고 있는 '나무'의 심상은 바로 이런 종교적 깨달음과 구원의 형식을 보여주는 중심 이미지다.

> 나무들은
> 하루 종일 머리를 맞대고
> 담소하고, 노래해도
> 울면서 기도한 후도
> 개운한 구름 걷힌 얼굴
> 그 자리에 다시 선다.
>
> 평화로운 바람의 손길
> 먼 바다의 파도 갈퀴도

새들의 깃들임도
햇빛의 길쌈도 엮어서
하늘을 부르는 장막
아늑한 방 쉼터로…

떨어지는 영혼 조각도
한낮의 가리개에 숨겨
투명한 만남의
처음과 끝을 지켜본 후
별들이
축제의 술잔 돌릴 때
신들린 듯 맨발의 춤.

잊었던 순간들을
토해내고 악수하고
달 뜨는 밤마다
뜨거운 포옹을 삭이며
정수리
수액(樹液)을 모아
뿜어내는 영가(靈歌)들…

　　　　　　　　　　　　　—「나무들은 기대에 차서」 전문

한 컵의
따뜻한 우유가
릴케의 시 위에 놓인 밤
등걸에 괴는 나이테가 낯익어

나무는
먹빛 수심을 묵상하며

폭포처럼 타오른다

　　　　　　　　　　　　　　　　─「연 · 4」 부분

　　이 두 편의 시는 이정강의 시 속에서 '나무'라는 식물 이미지가 차지하
는 비중과 가치를 잘 알게 해준다. 상상력의 체계에서 나무는 대지에
뿌리를 박고 하늘에 머리를 둔 수직적 존재로서 사람을 가장 잘 상징하는
존재로 표현된다. 그런데 사람과 닮았다는 유비적 측면에서 나무가 문제
되는 것이 아니라 나무는 그 내면적 삶의 태도에서 바로 욕망을 절제하고
현실적 삶을 초월하여 천상으로 지향해 가고자 하는 측면에서 문제되는
것이다. 이정광이 나무를 보는 점도 바로 여기에 서 있다. 그녀 시에 나오
는 나무는 바로 '기도'와 '묵상'의 표상인 것이다. 더구나 "나무는/먹빛
수심을 묵상하며/폭포처럼 타오른다"고 놀라운 하강과 상승적 이미지를
동시에 창출함은 이정강만이 발견한 이미지라 할 수 있을 것이다. 즉
'폭포'라는 이미지가 갖는 하강과 순결함의 의미가, '타오른다'는 의미에
서 나타나는 불의 상승과 열정의 이미지에 결합함으로써 아주 놀라운
이미지를 만들어내고 있는 것이다. 이러한 역설적 결합이 자연스럽게
될 수 있는 것은 '나무'라는 매체가 상승과 하강의 국면을 다 지니고
있고 나무의 그러한 속성이 자연스럽게 사람의 속성으로 이전돼 오면서
종교적 사색의 의미를 뚜렷이 형상화해내고 있기 때문이다. 그 점에서
이정강이 종교적 의미로 그리고 있는 나무 이미지는 주목받아 마땅하다.
세속적 영혼의 천상지향적 세계를 초월해 가고자 할 때 나무는 우리 인간
이 성스러움의 세계에 가닿을 수 있는 가장 구체적 형상이라 할 수 있다.
　　그렇게 볼 때 시인은 바로 신의 섭리에 따라 마음의 평화를 추구할
수 있는 천상의 세계를 지향한다. 그 천상의 세계는 이 지상의 고통을
초월시켜줄 수 있을 것이다. 그러한 마음의 열망이 그녀 시의 가장 중심

부에서 울려나오는 것과 같은 다음 시를 만들게 하지 않았을까?

> 햇빛에
> 노곤히 조는 철새처럼
> 어머니
> 자궁에 밀착한 양수에서
> 작렬한 영혼이
> 고고의 태아 울음
> 뱉어낸다
>
> 사구(砂丘)의 침묵이
> 부싯돌 같은 노래로
>
> 스스로
> 계시는 그분을
> 가르치는 북극성

―「영가(靈歌)」 전문

　이것은 우리 인간이 먼저 동물적 차원에서 탄생한 것에서 그치지 않고 더 나아가 다시 영혼의 차원에서 탄생할 것을, 그리고 탄생함을 알리는 노래다. 언뜻 보면 우리 인간의 평범한 탄생을 읊고 있는 듯이 보이지만 이 탄생은 "작렬한 영혼"이 있어야만 가능한 탄생이다. 그것은 신의 섭리를 온 몸으로 겪어 체득할 때 얻어지는 깨달음과 그 깨달음의 끝에서 비로소 구원의 한 가닥을 쥔 사람들의 심중에서만 울려나올 수 있는 유장한 노래인 것이다. 그 점에서 이 노래는 제목 그 자체가 말하는 바대로 '영혼의 노래'가 된다. 이 영혼의 노래가 보여주고자 하는 것은 앞의 나무의 시들에서 보여진 것처럼 천상적 세계로의 초월과 맞물려 '북극성'과 같은 영원하고 광휘로운 존재로의 다시 태어남, 카톨릭적 표현대로 한다면 절대자의 품 속으로의 합일이다. 이정강은 그녀의 일생을 통해 바로 이점을 추구하고 실천해 가고 있는 것이다. 그 점에서 그녀에게 시 쓰는 행위는 단순한 감정적 여기(餘技)가 아님을 알 수 있다. 시를 통해 바로 이러한 세계로 고양될 수 있는 영혼을 이끌어내고자 한 것이다.

그 점에서 나는 그녀 시를 두고 처음에는 '한 가여운 순례자가 부르는 영혼의 노래'라는 제목으로 이 글을 정리하고자 했다. 그러나 거듭 읽을수록 몇 편의 주제가 뚜렷하고 이미지가 선명한 시가 그렇게 제목을 짓는 것을 망설이게 했다. 즉 천상적 지향의 기쁨을 노래하기보다 천상에 이르지 못한, 다시 말해 천상에 이르도록 자기 욕망과 고통을 정련(精鍊)하는 고뇌에 찬 모습이 나의 발걸음을 붙잡아 매었다. 그것이 더 그녀 시에서 아름다웠기 때문에 나는 좀더 깊은 곳으로 들어갈 필요성을 느꼈다. 마음을 더 가라앉혀 바라봤을 때 그녀 시의 핵심은 영혼의 노래임은 틀림없는데 그것이 바로 자신을 단련하는 것임을 알게 되었다. 즉 영혼의 노래가 곧 '영혼의 단련(鍛鍊)'임을 알게 됨으로써 비로소 나는 '한 가여운 순례자의 영혼 연단(鍊鍛)'이란 제목을 얻게 되었던 것이다.

그렇게 그녀와 동일할 정도로 우리 온 몸과 마음을 비웠을 때 비로소 우리는 그녀 시의 핵심에 이르게 된다. 바로 천상적 세계에 이르지 못한 인간이 어떻게 천상적 세계에 이르기 위해 그의 삶과 영혼을 단련시키고 있는지를 보여주는 그 처절하고 치열한 인식의 싸움을.

　　　하얀 깃털 같은 먼지로
　　　이마에 십자가 긋고
　　　아니지 진흙 이긴
　　　검뎅이 뚝뚝 흐르는

뜨끔한
뚜렷한 못질
기억하는 공모자.

—「성회수요일 1」전문

뉴욕의 성회 십자가는
한나절 수퍼마켓에도
지하철 어귀에서도
작은 깃발로 부딪힌다.

어두워 사라지기까지
문신 같은 나의 표적.

—「성회 십자가 2」부분

삶이란 얼마나 쉬이 지나가는 무상함이랴. 자기 존재성을 알기도 전에 죽음은 우리 목전에 다가온다. 그런 삶에서 자신의 삶과 죽음, 그리고 영혼의 구원 문제를 예민하게 감지하고 있는 사람은 드물다. 때문에 이런 것들을 예민한 더듬이로 감지하고 있는 사람은 비록 그 일로 남모른 고통을 겪고 있다 하더라도 행복한 것이다. 왜냐하면 그는 죽기 전에 그가 이 지상에 살았음을, 그리고 살아가는 도중 내내 그의 존재성을 영원의 차원으로 끌어올리기 위해 노심초사(勞心焦思) 노력했음을 보여주기 때문이다. 이정광의 위 두 편의 시가 바로 그런 내용이다. '성회 수요일'에 그녀는 "하얀 깃털 같은 먼지"에 불과한 자신의 이마에 삶의 진정한 의미로 상징되는 '십자가(를) 긋'는 체험을 한다. 그 '긋'는 행위는 시적 화자에게 더 예민한 행위로서 "뜨끔한/뚜렷한 못질"로 발전한다. 즉 종교적 행위를 통해 삶의 무상함에 의미의 내용을 '새기는' 것이다. 이 '새긴다'는 이미지의 발견은 그녀 시에서 놀라운 이미지다. 두 번째의 시 「성회 십자가 2」에서도 "어두워 사라지기까지/문신 같은 나의 표적"의 이미지 창출은 그녀 시의 일관성과 깊이를 증명하고 있다. 죽기 전에 '문신 같은 나의 표적'을 남기려는 지난한 노력은 새김이 갖는 그 의미의 중대성을 본능적으로 알아채고 있음을 말해준다. 그런 노력과 의미의 발견은 일반 사람들에게는 쉽지 않은 것이다.

　그런 점에서 의미 있는 삶이란 이 무상한 일상적 나날들에 의미 있고 가치 있는 것들을 섬세하게 새겨 넣는 것이라고 정리해볼 수 있지 않을까. 무상함은 쉬이 잊혀진다. 잊혀지지 않는 것들이 우리에게 필요한 데 그것은 바로 '각인(刻印)', 즉 마음에 충격을 주어 새기는 것이다. 그렇게 할 수 있는 것은 무엇일까? 이정광에게 그것은 바로 종교적 기도와 묵상일 것이다. 그러나 그녀 시가 만드는 풍경을 따라온 우리로서는 또 다른 대답 하나를 준비하지 않으면 안 된다. 그것은 시다. 시쓰기다. 기억의 화첩에 화인(火印)을 찍어 결코 잊지 않도록 자신을 단련하는 시쓰기인 것이다. 그것은 하나의 연금술과 같은 것이다. 그것을 나는 '영혼의 연단'이라 부르겠다. 그 영혼의 연단으로 볼 때 이정광은 삶의 진정성 하나쯤은 획득한 것 같다. 그녀가 새긴 풍경의 틀과 결을 볼 때 일상적 삶에 안주하지 아니하고 보다 지고하고 성스러운 존재로 전화되기 위해 애쓰는 그 마음이 그녀의 시 속에 빼곡하게 들어차 있어 우리를 울린다. 그 울림이 어느 새 우리들 삶과 만나 또 하나의 결을 이룬다. 아, 시의 광휘와 위엄은 이렇게 빛나는가. 울림은 극도로 자신을 압축시켰을 때 그 파장은 더 크게 일어나는 법이다. 그 점에서 자신의 영혼을 이렇게 극도로 연단시켜가는 이정광의 시적 진전이 놀라울 뿐이며 그의 시로써 우리의 영혼마저 연단시켜 지는 이 사실이 행운이라 생각될 뿐이다. 건필을 바란다.

수직의 상상력과 절정의 가치

삶이 한없이 지루하고 덤덤할 때 그것을 깨뜨려주는 것은 무엇일까? 영양과잉의 둔한 몸에다 끝없는 소비의 욕망에 지쳐버린 우리들 생은 지리멸렬한 곡선을 그리고 있다. 자본주의제적 삶의 방식 속에서 생애는 한갓 가득 지방질을 부풀려 '수평적' 삶으로 완만히 기울어 가는 것, 그것을 우리는 안정과 원만이라 부른다. 돼지의 죽음으로 처단된 생애건만 홈칫 치떨어 깨는 일 없이 현란한 이미지 속으로 빨려드는 것을 낙으로 아는 삶, 퀴퀴한 냄새 천지에 진동하건만 아무도 제 자신이 좀을 부르고 좀 먹이는 부패한 살덩어리인 줄 모르는 삶. 그렇다면 누가 이 가위눌린 현실을 깨워 줄 것인가? 무엇이 이 허위 욕망의 거품에 구멍을 내 줄 것인가?

생각건대 '주름'이 필요하다. 수평적 삶의 흐름에 의식적 각성으로서 '결절'이 필요한 것이다. 사는 것은 매듭이고 정리이고 다시 출발이지 않던가! 뒤돌아 우리 삶을 묶는 의식과 시선이 없다면 우리는 상한 물건 위에 잠시 슬었다 가는 좀과 무엇이 다를 것인가. 그 점에서 잠든 의식을 일깨우는 것, 그것이 바로 나의 구원이자 세계의 구원이다. 수평적 완만함에 수직의 경사를 잠시 세워보는 것, 수직의 높이에서 발생하는 긴장을 온 몸에 새겨보는 것, 긴장에서 비로소 삶의 완만한 흐름에 생의 파동을 불어넣어 보는 것, 그리하여 마침내 자유로워지는 것.

　삶은 벼랑의 정신을 가졌을 때 자유로워지고 제 존재성을 인식한다. 지난 계절, 자아를 찾기 위해 지난한 정신적 고투(苦鬪)를 보여주는 몇 편의 시는 생의 의미를 백척간두의 절정에서 찾는다는 점에서 아름다운 것이다. 고광헌의 시가 우선 바로 그런 전형을 보여주는 작품이 아닐까.

　　　도배를 한다
　　　스르륵,
　　　둥근 전신을 풀어 벽지는
　　　온몸에 물을 받아들이고 나서야
　　　겨우 직립의 꿈을 이룬다

　　　마지막은 날카로운 칼로
　　　방의 키보다 웃자란 벽지를 자르는 것
　　　물의 꿈에 취한 벽지
　　　미세한 근섬유 일으켜 세워 맞서다
　　　묵직한 쇠잣대에 가위 눌려
　　　쓰윽,
　　　전두엽 떨어뜨리고 방의 키에 몸을 맞춘다

　　　창 밖은 온통 봄바람,
　　　방은 어느새 내 집처럼 다숩다
　　　꺼칠한 목소리들 다스려
　　　마침내 방을 만드는 물의 힘

　　　　—고광헌, 「물의 꿈」(≪내일을 여는 작가≫, 2002년 봄호)

이 시의 아름다움은 중력의 법칙을 거스르는 수직에의 꿈이 들어있다는 점일 것이다. 시인의 표현으로 하자면 '직립의 꿈'을 이루고자 한다는 점에 나타난다. 이 직립을 꿈꾸는 존재는 '벽지'다. 벽지는 '둥근 전신'을 가지고 있는데 바로 생활 속의 수평적 완만함, 즉 중력의 관성에 길들여 있는 존재다. 문제는 이 벽지가 "물을 받아들이고 나서야" 직립의 꿈을 이룬다는 사실에 있다. 그렇다면 '물'은 무엇인가? 바로 직립을 가능케 한 힘으로 그려지고 있지 않은가. 그러나 생각해보면 물만큼 중력의 법칙을 잘 따르는 것이 없다. 어떻게 이것이 가능한 것일까? 여기서 해석은 복잡해진다. 일차적으로 이 시에서 물은 벽지를 벽에 붙게 하는 '풀'의 기능을 맡고 있다. 그때 풀은 물로 구성되어 있되 물의 순응성이나 낙하성을 스스로 초월하고 벽에 악착같이 달라붙어 있고자 하는 '장력(張力)'으로 나아간다. 장력은 중력의 힘에 저항할 수 있다. 다시 말해 벼랑의 정신을 상징하는 가혹한 의지 그 자체인 것이다. 그 점에서 벽지가 장력의 악착성을 받아들여 직립의 꿈을 이룬다는 것, 그것도 하나의 긴장을 제공한다는 점에서 아름다움이다.

그러나 해석은 여기서 그치지 않는다는 데에 이 시의 묘미가 있다. 2연과 3연의 내용을 볼 때 벽지는 "물의 꿈에 취"해 있다 "묵직한 쇠잣대에 가위 눌려" "방의 키에 몸을 맞추"고, 물은 또 여러 "꺼칠한 목소리들 다스려/ 마침내 방을 만드는 힘" 그 자체로 표현된다. 이것은 벽지가 단순히 물의 힘만을 받아들였다 해서 끝나는 문제가 아니고, 물도 벽지의 꿈을 실현시켜주는 단순한 질료에만 머물지 않는다는 점을 암시하고 있다. 우선 벽지 입장에서 볼 때 '직립의 꿈'이란 목표보다 '방의 완성'이라는 보다 더 궁극적 삶의 목표가 있다는 사실을 깨달을 때 비로소 벽지는 벽지로 완성된다는 것을 시인은 말하고 싶은 것이다. 그것은 '방'이라는 공간을 하나의 전체로 두고 볼 때 벽지의 직립이란 것도 이런 전체를 이루기 위한 하나의 요소나 부분이라는 점, 그래서 전체와 조화되기 위해 "웃자란" 것들은 잘려져 "방의 키에 몸을 맞출" 때 비로소 의미 있는 존재가 된다는 사실을 강조하는 데에서 알 수 있다. 즉 전체와 의미 있는 하나가 되기 위해서 개인적 욕망은 언제나 조정되어야 한다는 것. 그 점에 이르게 됐을 때 물이 단순히 벽지의 입장을 완성시켜주는 대상적 존재가 아니라 이 세계를 하나의 전체로 묶어주는 주체적 존재라는 것도 알 수 있다. 그 점에서 시인은 제목을 「물의 꿈」이라 달고 있지 않을까. 이 시에서 물은 '방을 만드는' 화합의 힘으로 나타난다. 문제는 물의 어떤 점이 "꺼칠한 목소리들"인 여러 존재성을 '다스려' 방을 만드는 힘이 될 수 있을까 하는 점이다. 이 점을 해석하기 위해선 다시 '풀'의 기능으로 돌아가지 않을 수 없다. 풀은 물로 되어 있어 물이라 할 수 있다. 그러나 이 풀은 벽지를 벽에 붙게 하면서 '물'의 속성을 다 증발시켜버린다. 즉 중력의 법칙에 따를 만한 요소들은 다 허공 속으로 산화시켜버리는 것이다. 여기서 바로 물은 자신의 힘을 발견한다. 자신의 욕망과 자신의 존재성을 휘발시켜 대상을 묶어주는, 다시 말해 대상과 하나되어 대상으로 존재하는 지난한 자기 멸각(自己滅却)의 힘. 고광헌의 시에서 나오는 물은 낙하의 법칙에 따르는 물이 아니라 초월의 법칙에 따르는 기화(氣化)의 물이다. 그 초월의 힘을 물이 여러 물질들에 부여했을 때 벽지는 벽에 붙고 바람은 집 밖에서만 불어 우주는 '다숩은' 방을 구성한다. 내적 소멸의 무한한 외적 열림이다. 이 점이 이 시의 아름다움이다.

　이러한 직립과 초월의 상상력은 곧바로 절정의 이미지와 통한다. 도종환의 다음 시는 바로 지루한 삶에 '절정'이 어떻게 삶을 아름답게 하는지를 잘 보여주는 작품이다.

　　버려야 할 것이

무엇인지를 아는 순간부터
나무는 가장 아름답게 불탄다

제 삶의 이유였던 것
제 몸의 전부였던 것
아낌없이 버리기로 결심하면서
나무는 생의 절정에 선다

방하착(放下着)
제가 키워온,
그러나 이제는 무거워진
제 몸 하나씩 내려놓으면서

가장 황홀한 빛깔로
우리도 물드는 날

　　　　—도종환, 「단풍드는 날」(≪문예중앙≫, 2002년 봄호)

　절정은 '순간'이다. 순간은 시간의 흐름에 생긴 주름이다. 그런데 우리는 삶의 결절을 맺지 못하고 완만한 흐름으로 죽음에 휩쓸려 들어간다. 죽음을 의식하지 못하는 우리들에게 도종환은 주름을 만들라고 권하고 있다. 그것은 자신을 되돌아보는 것, 즉 자신의 삶에서 "버려야 할 것이/무엇인지를 아는" 것임을 말해주고 있다. 그렇지만 안다는 것은 얼마나 어려운 싸움인가. 항상 의식적으로 깨어있지 않으면 그런 순간은 오지 않는다. 어렵고 어두워 더욱 간절한 순간. 그렇다면 의식은 무엇으로 깨어나는가. 그것은 욕망이다. 욕망 없이 의식은 있을 수 없다. 그런 점에서 "제 삶의 이유였던 것/제 몸의 전부였던 것"은 바로 일상적 삶을 이끌어가던 욕망의 실체다. 이것으로 우리는 의식을 찾는 단서로 삼아야 한다.

그러나 그것은 쉽사리 생의 비밀을 보여주지 않으며 초월을 보장해주지도 못한다. 그것은 생의 안락과 원만을 가져다 줄지언정 죽음으로 뚫린 우리들 삶의 의미를 획득하게 해주지는 못하는 것이다. 이럴 때 우리는 이 욕망을 제 몸에서 떼어 놓아보아야 한다. 의식은 이 욕망에 대한 거리두기가 이루어질 때 깨어난다. 때문에 이 욕망의 대상들을 "버리기로 결심하"는 순간 의식은 깨어난다. 그 점에서 의식은 자기 갱신의 치열한 의지다. 도종환이 볼 때 나무의 "불타는" 모습, 즉 단풍드는 모습은 바로 나무가 욕망으로부터 홀연히 깨어나 삶의 의미를 밀어올리는 의식적 행위다. 그것을 도종환은 수직적 가치로서 "생의 절정에 선다"고 말하고 있다. 욕망이 갖는 불가해성, 무목적성, 무의미성 등으로부터 초연히 빠져나오는 것, 그것은 바로 수직적 심상의 발견으로 완성되는 것이다. 그 점에서 이 시의 아름다움이 생겨난다. 그것은 의식의 치열성을 갖지 않는 자는 맛볼 수 없는 풍경이기 때문이다.

그런데 이 수직적 심상에서 가장 중요한 사항은 바로 중력의 작용에 이끌리는 대상들을 떨쳐버리는 것, 즉 세속적 욕망을 덜어 비상의 동력을 갖추는 것에 있다. 이를 도종환은 '방하착(放下着)'이라는 새로운 조어를 통해 암시하고 있다. 단풍은 버려야 할 것이 무엇인지를 아는 순간부터 '물드는', 즉 의식의 각성 과정을 보인다. 초월의 가치는 사실 여기서부터 조금 그 동력을 얻고 있다. 그러나 방하착, 즉 "제 몸 하나씩 내려놓으면서" 나무는 수평적 존재에서 수직적 존재로 비상하는 구체적 힘을 얻는다. 그것은 현실구속적 존재에서 벗어나 생의 의미를 발견하는 적극적 행위이자 순간이기 때문에 삶의 주름인 것이다. 무의미에서 의미로운 존재로 전화돼 가는 아름다움이 단풍으로 비롯되는 삶의 수직적 초월에 있다. 이를 도종환은 단풍과 절정, 방하착이라는 의미로 잘 구성해내고 있다.

이러한 욕망의 놓음과는 또 다른 형태의 수직적 긴장이 있다. 아니 이 경우 놓음이 아니라 들이닥침이라 불러야 좋을 아슬한 수직적 긴장이다. 정진규의 「가을」 시편이 그런 작품이다.

임박하도다 서러움이 임박하고 이별이 임박하고 들려보낼 과일 보따리들이 사과나무 가지마다 가득가득 임박하고 비인 자리들이 探果의 빛나는 시간들이 임박하고 直前의 차가운 얼음들이 임박하도다 쟁쟁 조여드는 공기의 살갗들이 소름들이 임박하도다 몸이 몸 바꾸도다 몸이 지워지고 몸이 태어나도다 靈性의 부피를 얻도다 마른 풀잎들이 그만 누워버린 서릿발 반짝이는 들판, 혼자서 떠나는 獨身女의 한평생이 아득히 임박하도다 讀經 끝난 빈 절간 차가운 法堂 마루가 임박하고 임박하도다 아아, 거기 와 계셨는가 동구 밖 새벽 강물로 梳洗를 마악 끝내신 당신, 얼굴 화안하시도다

—정진규, 「가을」(≪문학동네≫, 2002년 봄호)

앞서 본 시들은 수직적 초월의 아름다움을 간직한 시편들이라면 이 시는 수직적 하강의 아름다움을 보여주는 작품이다. 그것은 좀더 수직의 이미지에서 발생하는 중력의 두려움과 이 중력의 끝에서 발생하는 죽음의 공포, 그리고 거기에 잇달아 전개되는 또 다른 의미의 초월을 보여준다. 앞의 시들이 높이로의 초월이라면 이것은 '깊이로의 초월'이라 부를 수 있을까. 높이와 깊이는 모두 수직적 심상으로 수렴된다는 점에서 일치하지만 그 초월의 내용은 각기 다르게 나타난다는 점에서 주목된다. 깊이는 대지를 전제로 하는 만큼 수평적 이미지로의 확산이 필연적이기 때문이다. 우선 이 시 전체를 묶고 있는 '임박하도다'란 시어에서부터 출발해보자. '임박'은 곧 그 무엇인가가 주체의 의지와는 상관없이 주체에게 감당할 수 없는 힘의 세기로 들이닥침이 있을 것이라는 것을 말해준다.

그런데 특이한 것은 '——하도다'란 어미 사용으로 이러한 운명적 들이닥침에 대하여 시적 화자가 그것의 절대성과 불가피성을 알고 있는 채 기다리고 있다는 사실이다. 곧 임박할 대상에 대한 부정이나 거부도 아니고, 그렇다고 그것이 빨리 오기를 바라는 것은 더욱 아닌 자세로 임박할 어떤 내용을 기다리고 있는 것이다. 이 경우 보다 적절히 말한다면 '예비'하고 있다는 말이 어울릴까. 그런데 이 임박은 이미지 상 수직적 높이에서 수평적 존재로 살고 있는 지상의 존재에게 내려오는 그 어떤 '순간'이다. 그 점에서 이 임박의 시간도 삶의 흐름 속에 생기는 하나의 결절일 것임은 틀림없다.

시의 내용을 통해 볼 때 임박함으로써 생기는 주름은 물질성의 소멸이다. 과일과 몸, 그리고 독신녀의 한평생으로 대변되는 삶 등이 임박으로 사라진다. 이것은 주체적 놓음이 아니라 탈취 당함이다. 탈취 당함은 피동적 상태에서 당해야만 하는 것을 의미하는 것으로서 바로 '죽음'의 내습에서 발생하는 공포의 정서다. 그런 차원에서 이 시는 죽음의 공포를 중력이 수직적으로 낙하하는 데서 발생하는 현기증의 이미지를 통해 형상화내고 있다. 그것은 매우 직관적이면서 징후적이다. 수평적 존재가 사실은 언제나 수직적 가치에 의해 삶의 의미를 결정짓게 되리라는 통찰은 매우 고통스런 확인이기 때문이다. 여기서 문제는 정진규의 상상력이 수직적 상상력을 수평적 이미지로 조금 비트는 데서 발생한다. 수직적 낙하의 힘이 지상에 내려와 "몸이 몸 바꾸도다"에서 보는 것처럼 "몸이 지워지"는 것으로 처음 나타나되 다시 "몸이 태어나"는 것으로 옮아간다는 사실이다. 이것은 그의 의지가 하강에서 다시 상승으로 힘을 되돌리고자 하는 것인데, 정진규에게 이것은 곧바로 반작용으로 나타나는 것이 아니라 수평적 형태의 이미지, 곧 "새벽 강물로 梳洗를 마악 끝내신 당신, 얼굴"로 전이돼 나타난다는 것이다. 이 대지적 확산의 이미지는 바로 생명의 순환성을 말하는 것으로 바로 죽음과 재생의 신화를 드러냄이다. 그것은 수평과 수직의 절묘한 결합이라 할까. 원로 시인의 시로서 탄식에 떨어지지 않은 채 이만한 시적 긴장도를 갖추고 생의 의미를 탐색하는 것은 예사롭지 않은 일이다.

시는 순간의 통찰을 전제로 하는 장르다. 그만큼 삶의 순간적 초월을 그 목표로 삼을 수 있는 형식임을 말한다. 생 전부를 절정으로 산다면 그것만큼 기쁜 일이 없겠으나 그것은 절대자에게나 가능한 일이고, 어떤 삶은 자신의 절정 하나 의식하지 못한 채 사라질 수 있다. 그럴 때 생의 순간적 파악으로서 시의 통찰이 이런 삶의 무의미한 연속에 틈을 내고 주름을 만들며 그래서 한 순간을 결절지음으로써 삶의 전체를 되돌아보게 한다면, 그럼으로써 그것이 생의 의미를 찾는 일이라면 얼마나 우리는 그것을 간절히 바라야 할 일인가. 그것은 긴요하고도 절박한 일인 것이다. 그런 점에서 벼랑의 정신, 절정의 감각, 수직의 가치를 노래하는 시는 특히 사물화의 진척이 빠르게 진행되고 있는 이 후기자본주의제적 삶의 방식에서 끊임없이, 강렬하게 제기되어야 한다.

현대시에 대한 세 유형의 주제적 접근

1. 눈부신 회한

회한을 아는 사람은 시인이다. 가슴에 맺혀 있던 그리움은 현재의 자신의 삶이 얼마나 덧없고 누추한가를 깨닫게 해줄 뿐 아니라, 결핍된 현재의 삶을 과거의 한 아름다웠던 기억으로 채우며 삶의 의미를 풍성하게 해준다. 따라서 회한에 잠기는 것은 삶의 의미를 '되새기는' 일이다. 삶의 무상함과 도로(徒勞)에 대해 진정으로 살아있음을 확인하는 인간적인 행위가 된다.

산업사회를 살아가는 현대인에게 주어진 형벌은 시간의 속도에 빨려들어가는 것이다. 시간에 나포된 사람은 의식을 가질 수 없다. 그저 삶의 관성에 매몰된 채 방황할 뿐이다. 자기 정체성을 상실하고 허깨비같은 존재로 도로의 삶을 살아가고 있는 사람에게 회한은 자신의 삶에 최초로 의문을 가지는 시간이기도 하다. 미친 듯한 삶의 속도를 줄이고 어디서부터 자신의 삶이 어그러졌나를 통찰한다. 때문에 그것은 아픔을 수반한다. 그러나 그 아픔은 삶의 각질을 부수고 다시 그 여린 생살을 돋게 하는 것과 같아서 마음 속에 깊은 충족감을 준다. 그러므로 이 때의 아픔이란 사실 황홀감이다.

이런 삶의 황홀감은 우리 일상에서 자주 일어나지 않는다. 그것은 깊은 번민을 동반해야 하기 때문이다. 삶에 대한 깊은 고뇌는 보통 사람이 하기 힘들다. 삶의 의미를 부단히 탐색하고 천착하는 일 역시 의식이 깨어있지 않은 사람으로선 감당하기 힘든 일이다. 따라서 우리들 의식의 한 자락을 조금 현실의 삶으로부터 일탈시켜 깨어나게 할 필요가 절실한데, 그것이 필자가 보건대 바로 회한이다. 그리고 이러한 회한이 보다 깊고 절실하게 나타나는 것이 바로 '시'이자 시인의 마음이다.

독일의 문예학자 E. 슈타이거가 말했듯 시는 과거와 현재, 그리고 미래가 하나의 상(像)으로 회감되어 융화되는 성격을 가졌다. 회한은 자신의 지나간 삶 속에서 잊혀지지 않은 하나의 상으로서 항상 현재의 삶에 영향을 미치고 미래적 삶의 모습에 투영된다. 그런 점에서 회한은 결핍되고 무의미한 현재의 삶을 보다 의미있는 세계로 올라가기 위한 마음의 애씀이다. 즉 삶의 도약이다. 불모성의 세계로부터 가슴 미어지는 아픔을 동반함으로써 살아있고 또 그렇게 누추하게 '살고있음'을 확인시켜주는 의식의 솟아오름을 느끼게 해주는 행위인 것이다.

이번 달에 발표된 도종환의 시는 이러한 회한의 의미를 잘 보여주는 작품이다.

갓 스물을 넘기고 난 그 몇 해 여름 무거운 선풍기 바람 밑에서 글을 읽다 말고 앞으로 나아가지도 뒤로 물러나지도 못하게 하는 말들을 만나면 책을 들고 나와 자귀나무 그늘에 누워 하늘을 올려다 보곤 하던 날들이 있었지요 허공으로 부채깃으로 쓰다듬듯 부드럽게 출렁이는 자귀나무꽃을 지켜보면서 이 세상에 참 아름다운 꽃도 있구나 생각하였지요 자귀나무꽃은 앞뒤로 포박 당한 내 생각의

실타래를 조금씩 헐겁게 열어주는 틈이었지요

    깜깜한 밤 들판에 서 있는 것처럼 건너가야 할 길이 보이지 않을
때도 있고 목에 줄이 묶인 짐승처럼 답답하기만 하던 날들이 많았지
만 어두운 날들이 지나고 나면 제 안에서부터 밝아지는 새벽하늘처
럼 빛나는 시간은 반드시 오리라 믿었지요 방황이 끝나지 않는 동안
은 벗겨진 무릎이 쉬이 낫지 않으리란 걸 짐작했지만 생애의 대부분
고난이 예비되어 있을 줄 그땐 생각하지 못했지요

           —도종환, 「자귀나무꽃을 찾아서」 부분(현대시학, 8월호)

  한 아름다웠던 젊은 날에 대한 추억이다. 스물 몇 살 때를 추억하며
이 시는 현재의 삶이 가지는 무상함을 덜어내고 있다. 그때가 아름다운
것은 자귀나무꽃을 사심없이 바라볼 수 있었다는 것, 그리고 그렇게 사심
없이 세계를 바라볼 수 있음으로 인해 "생각의 실타래를 조금씩 헐겁게
열어주는 틈"이 존재했다는 것이다.

  생각해보면 오늘의 우리들 삶이란 빡빡하다못해 숨가쁜 나날의 연속
이다. 거의 질식되기 직전의 반 혼수상태로 살아가는 우리들의 모습을
시인은 "깜깜한 들판에 서 있는 것", 혹은 더 처절하게 "목에 줄이 묶인
짐승"의 삶으로 포착하고 있다. 이러한 실신한 사람에게 저 자귀나무꽃
이 부드럽게 출렁여 숨줄을 터주는 '틈'이 있는 젊은 날의 한때는 돌아가
다시 꽃피우고 싶은 삶의 한 목표가 된다. 세계와 자아가 분리됨 없이
충족과 평화가 존재했던 시기의 꿈. 이때 과거는 미래의 삶에서 다시
살아보고 싶은 한 전형이 된다. 때문에 회한은 결코 과거로의 도피만을
뜻하지 않는다. 현재의 각박한 삶에 촉발한 회한은 지금 자신의 삶에
무엇이 부족한가를 끊임없이 환기하며 어떤 세계로 나아가야 할지를 온
몸에, 온 정신에 새기는 작업인 것이다. 이를 시인도 알고 있는지 '자귀나

무를 찾아서'라는 제목을 통해 그 지향점을 명백히 밝혀놓고 있다.

　그런 점에서 시는 어떤 그리운 것을 '찾아가는' 일이다. 그 찾는 일의 가장 강력한 방법 중의 하나는 과거의 행복했던 기억의 중의 하나를 뒤적여 보는 일이다. 기억의 반추는 현재의 삶에 깃들인 불모성을 단숨에 건너뛰어 우리를 행복한 시간, 행복한 공간에 녹아들게 한다. 그것은 달리 삶을 꿈꾸고 산다는 말과 같은 것이다. 그 꿈은 다시 '의미의 발견'이란 말과 통한다. 이러한 해석을 두고 그것이 현실적이지 못하다고 비판할지 모르겠다. 그러나 그러한 비판의 내용에 대해서 우리는 현재의 우리들 삶에 나타나는 비인간화의 증상, 즉 시간에 매몰되고 기계의 톱니바퀴에 끼여 사물화되어 가는 이 각박한 현실에 생명으로서 인간으로서 특성을 되찾는 일이 더 중요하고 본질적인 일이 되었다고 말해야 할 것이다. 따라서 추억하는 일, 그것도 현재적 삶에 꽃피우지 못해 항상 마음 한 구석 생의 아픈 가시로 박혀있는 추억은 언제나 삶의 물화에 대응하여 자신이 인간임을 주장하고 무의미로 타락하지 않게끔 하는 안전판과 같은 것으로 절실히 추구해야 할 대상이다. 따라서 시는 언제나 자기 확인의 의미를 갖고 있다. 허연의 시는 이 경우 참담한 현실 속의 자신의 삶을 반추함으로서 진정한 삶의 길을 내다보고 있다.

　　어느날 떠나 왔던 길에서 너무 멀리 왔다는 걸 깨달을 때. 모든 게 아득해 보일 때가 있다. 이럴 때 삶은 참혹하게 물이 빠져버린 댐 가장자리 붉은 지층이다.

　　도저히 기억되지 않으리라 믿었던 것들이 한눈에 드러나는 그 아득함. 한때는 뿌리였다가, 한때는 뼈였다가, 또 한때는 흙이었다가 이제는 지층이 되어버린 것들. 그것들이 아득하다.

<중략>

그리고 어느 마른 날. 떠나 온 길들이 아득했던 날 만난 붉은 지층.
왜 나는 떠나 버린 것들이 모두 지층이 된다는 걸 몰랐을까.

—허연, 「지층의 황혼」 부분(현대문학, 8월호)

삶에 '아득함'을 느끼는 순간, 그는 물건의 삶에서 인간의 삶으로 솟아
오르는 느낌을 맛보게 된다. 이를 시인은 "깨달을 때"라고 말하고 있지만
그 깨달음은 기억의 환한 불켜짐으로부터 시작됨을 잘 보여주고 있다.
"도저히 기억되지 않으리라 믿었던 것들이 한눈에 드러나는 그 아득함"
은 얼마나 자신의 삶이 무의미로 굴러떨어지는 것에 초조했음을 보여주
는 표현이랴. 회한은 자신의 삶 깊숙이 잠복해 있다 자신의 삶이 그것이
아니구나 하는 자각을 할 때 어김없이 삶의 쓰라린 무늬를 드러내 준다.
여러 '지층'으로 구성되는 아픈 날들은 모두 '붉은' 색채를 띠게 되는데
이는 그의 삶이 회한이라는 시선을 통해 볼 때 모두 '병든 것들'과 같았음
을 고백하는 것이다.

그 점에서 허연의 시는 더욱 회한의 의미를 잘 새겨준다. 그것은 그의
시의 출발이 바로 어떤 본질적인 것으로부터 "너무 멀리 왔다는 걸 깨달
을 때"부터 시작되기 때문이다. 분리와 돌이킬 수 없음이 회한을 만들고
그 회한을 통해 시인은 자신의 삶이 참으로 누추하고 무상함을 깨닫는다.
"삶은 참혹하게 물이 빠져버린 댐 가장자리 붉은 지층"은 바로 이러한
회한의 반추를 통해 얻어지게 되는 현실적 인식인데 이로 인해 자신의
삶의 방향을 알게 되고 그 점에서 누추한 현실이 아름다운 모습으로 바뀌
게 되는 놀라운 현상을 우리로 하여금 보게 한다. 다시 말해 그에게 회한
은 현실적 삶이 쓸쓸할 수밖에 없음을 보여주는 것이기도 하지만 그 쓸쓸
함의 체득으로 인해 '황혼'이 애잔하면서도 성숙한 아름다움을 가지듯

쓸쓸한 생 자체가 놀라운 풍경으로 전화되어가는 힘을 부여하기도 하는 것이다.

이러한 깨달음과 놀라움의 부여는 한영옥의 시에도 잘 나타난다.

> 나를 이루어낸 어떤 힘이
> 몹시 떨리는 걸 느끼고 있다
>
> <중략>
>
> 나를 이루어낸 힘의 이 떨림은
> 나를 닮지 않았다
>
> 나는 너무 오래 나를 피하여
> 숨어 살아온 것이다
>
> 나를 만들었을 힘이여
> 내 것일 떨림이여
>
> 어떤 떨림이
> 어떤 힘이
> 어떤 개인 날, 조금 보이는
> 아 어떤 개인 날의 은혜.
>
> ─한영옥, 「어떤 개인 날」 부분(현대시, 8월호)

어느날 문득 찾아온 '나'에 대한 성찰은 나머지 생을 떨어울리게 한다. "나는 너무 오래 나를 피하여/숨어 살아온 것이다"는 표현은 지나간 삶의 무의미함을 깊이 반성하고 있음을 보여주고 있다. 그 반성의 태도는 참되게 살지 못한 자신의 삶에 대한 회한이다. 여기서 회한의 실체는 '어떤 떨림'으로 나타난다. 어떤 떨림은 "어떤 개인 날", 즉 무의미한 일상에서 벗어난 순간에 일어나는 현상이다. 이 말은 거꾸로 해석해도 마찬가지다. 즉 어떤 떨림이 일어났기 때문에 그 시간대는 흐린 상태에서 '개인 날'이 되었다고 보아도 아무 이상이 없다. 문제는 회한을 바탕에 깔고 자신의 삶을 통찰했을 때 자신의 존재됨이 "조금 보이는" '은혜'가 나타난다는 사실이다.

시인에게 '어떤 떨림'은 사물의 존재성을 구성하는 본질적 속성을 가리킨다. 생략된 부분에서 수국꽃을 이루고 상수리 이파리를 만든 힘의 실체를 이 떨림에 비유하고 있다. 그렇다면 인간으로서 나를 이루는 힘의 실체는 무엇이겠는가. 그것은 일관된 자기 정체성을 가진 존재로서 자아의 발견일 것이다. 그에게 이것은 원형적 자아를 다시 찾는 일일 터인데, 이는 바로 세계와 자아가 분리됨 없이 살았던 과거적 삶의 한 모습을 되새기는 것이리라. 그런 점에서 "오래 나를 피하여 숨어 살아온" 현실적 자아는 본래적 자아를 되찾음으로써 '떤다'. 이는 현실적 삶의 모습으로 볼 때 '참회'의 한 모습이다. 즉 시의 본질적 속성이기도 한 삶의 회한이 바로 우리들 사람됨의 속성이기도 함을 시인은 말하고 있는 것이다. 따라서 회한은 우리들 삶의 타락을 정화한다. 정화된 한 끝에서 시인이 노래하는 '은혜'는 그래서 결코 값싼 감상이 아니라 세계를 새로운 차원에서 수용하고자 하는 성숙한 의미의 발견이다.

자신의 삶을 되돌아본다는 것은 그 점에서 어떤 슬픔을 본질적으로 함축할 수밖에 없다. 김상미의 시는 삶 자체가 회한임을, 그 회한을 통해 그나마 우리가 살고 있음을 보여주고 있는 특이한 작품이다.

　　　마흔두 해 마흔두 걸음과
　　　완전히 한몸이 되어

걸어간다

<중략>

되새김질하듯 마흔두 걸음
예고된 미래처럼 마흔두 걸음
원피스 자락을 휘날리면서 마흔두 걸음

지상에 구두점 찍을 수 있는 방법이
그뿐이거나 하듯
모든 묵중한 것에 비해 너무나도 가벼운 모습으로
걸어가고 있다

　　　　—김상미, 「마흔두 살의 풍경화」 부분(문학사상, 8월호)

　생을 자신의 나이로 치환해 표현하는 것은 흔한 일이다. 그러나 이
시가 가지는 울림은 나이로 표현된 거기에 있지 않다. 자신이 살아왔던
삶 자체를 하나의 '풍경화'로 바라보는 시선에 들어있다. 그 시선은 어떤
모습인가. 바로 회한에 찬 응시다. 자신의 삶 자체를 처연한 마음으로
바라보고 있는 시적 화자는 여러 수사를 통해 자신의 슬픔을 되새기고
있다. 그의 표현에 나타나듯 "되새김질하듯", 또는 "지상에 구두점 찍을
수 있는" 식의 표현은 안타깝고 막막한 현실에 응전하는 일상적 삶의
곤고함을 여지없이 드러내고 있다. 그것으로 삶의 무상함에 대한 의미를
일정하게 잡아냈다 할 수 있다.

　그러나 이 시가 더욱 회한이 갖는 비약적인 슬픔의 힘을 터뜨려보여
주는 것은 여성으로서 자신의 삶을 "원피스 자락(을) 휘날리"는 것으로
표현해 낼 때 얻어진다. 그녀의 표현대로 따르자면 삶 자체가 "모든 묵중
한 것에 비해 너무나도 가벼운 모습"으로 인식된다는 것인데, 그것은

삶에 대한 여러 세속적 욕망으로부터 초연해졌을 때 발생하는 마음이다. 때문에 이것을 '원피스 자락'이 휘날리는 모습으로 형상화했을 때 거기엔 삶의 무상함과 도로에 대한 시적 화자의 담담한 모습이 사실 얼마나 괴롭고 치열한 삶의 응전을 거쳐 생겨난 것일까를 익히 짐작케 한다. 우리에게 시인은 가벼운 삶의 자세가 사실은 얼마나 무거운 삶의 자세 끝에 오게 되는가를 놀랍게 깨우쳐 주고 있는 셈이다. 따라서 이 시가 보여주는 회한이야말로 맑게 응결된 모습이다. 승화된 슬픔은 강력한 폭발력을 함축하면서 오히려 투명성을 띠어보인다. 시가 아름다워지는 핵심적인 부분은 바로 이런 장면일 것이다.

2. 감각의 향연

시의 본령은 우리들의 굳어진 감수성을 깨뜨리는 데 있다. 굳어진 감각과 감수성은 세계에 대한 이해와 소통의 폭을 줄여버린다. 단면적 식견으로만 살아가는 일차원적 인간은 바로 감수성이 경직된 사람들을 가리키는데 이들이 세계에 취하는 모습은 편견과 아집으로 생명이 갖는 다양성과 독자성을 무시하기 십상이다. 때문에 세계의 폭넓은 수용을 위해서 우리는 끝없이 감수성을 혁신하고 그 감수성을 바탕으로 한 인식의 변화를 꾀할 필요가 있다.

이러한 혁신의 원동력에 물론 예술적 감수성이 놓여있는 것은 분명한 사실이다. 그 중에서 시는 언어의 혁명적 운용을 통해 우리의 감수성과 인식의 지평을 가장 깊고 넓게 자리잡게 해준다. 과학과 기술주의가 최고라는 이데올로기에 사로잡힌 현대인들, 특히 도구적 이성에 의해 스스로 사물화의 세계로 끌려가는 현대인들의 굳어져가는 감수성과 신경계를 생생하게 회복시키는 데에 시가 큰 힘을 발휘하는 것은 두 말할 필요가 없다. 우리의 의식이 언어에 의해 결정된다는 사실을 전제할 때 언어의 관습적 사용이야말로 우리 스스로를 상투적 존재로 전락시키는 것임을 주지해야한다. 따라서 의식의 각성을 위해서 언어에 충격을 가하는 것은 절대적 요청 사항이다. 그리고 시가 바로 그러한 임무를 달성하고 있다는 사실 또한 분명한 사실로 받아들여야 한다. 그 점에서 삶의 한 진실을 드러내기 위해 시가 언어의 변용을 꾀함으로써 타성화된 삶 자체를 반성하고 새로운 층위에서 삶의 기획을 꿈꾼다고 한다면, 이는 삶의 활력소이자 정체나 정형화에 대한 항체가 되는 셈이다. 이는 언어를 통한 감수성의 혁명인 것으로서 세계에의 실존적 기투 행위인 것이다.

그러나 시에서 우리의 감각과 인식을 깨우는 것은 언어의 이러한 용법에만 있는 것은 아니다. 시가 우리들의 인식을 넓혀주는 것은 무엇보다 시적 상상력이라 불러야 할 '감각의 전이'에 보다 무게가 가 있다. 감각의 동시적, 혹은 교차적 표현은 세계를 이해함에 있어서 양면적 혹은 다면적 수용을 의미한다. 그것은 삶의 폭넓은 이해이자 공감으로서 한층 성숙한 자세로 세계와의 교통을 시도하는 것에 해당한다. 따라서 이 때의 시적 내용은 평면적, 일차원적 차원의 인간의 모습에서 입체적, 고차원적 차원의 인간 모습으로 지양되는 것이며 진정한 인간의 모습을 탐색하기 위한 의지적인 행위가 된다. 그 점에서 시는 살아있음을 확인하는 감각의 축제인 것이다.

≪현대시학≫7월호에 실린 신대철의 시가 바로 이런 경우에 가장 잘 들어맞는다고 한다면 지나친 말일까. 신대철의 시는 언어와 감각의 전이로 우리들 마음을 흔들고 붙잡아 맨다.

<전략>

바람에 가늘게 울리는 연둣빛 향기, 아른거리는
구겨진 잡풀 하나 돌 틈에 속잎 트고

바스라진 몸 속에 휘도는 흙내,
나는 풀 밑에 아득히 엎드려 잎에 잎맞춘다,

잎, 잎, 향긋,
―신대철, 「나는 풀 밑에 아득히 엎드려 잎에 잎맞춘다」 부분

이 시의 장점은 앞에서 설명했던 언어와 감각의 비틀림을 모두 성공적으로 형상화해 보여주었다는 점일 것이다. 우리들 '입'을 풀잎에 입맞출 때 "잎맞춘다" 표현함으로써 우리들 입술이 '잎'이라는 놀라운 인식을 가져다 준다. 사람의 입도 사물의 세계에서 볼 때는 하나의 '잎'이라는 사실은 새로운 발견이자 세계를 이해하는 새로운 인식 방법인 셈이다. 따라서 이 시는 사물의 평등한 세계에서 우월적 존재로서 인간이 풀잎에 입맞추는 것이 아니라, 사람도 한갓 나무처럼 잎을 가진 존재로 다시 살아나 잎과 잎을 부대끼는 모양으로 "잎맞춘다" 함으로써 동질적 수평적 세계 수용의 자세를 보여준다. 그 점에서 이 시야말로 서정시의 원형으로서 세계와의 동질성을 추구하는 가장 전형적인 시 창작 방법임을 나타내는 것이다.

그러나 문제는 이 시가 그 점에서 그치는 것이 아니라 '연둣빛 향기'는 바람에 '가늘게 울리는' 식의 감각의 전이 현상을 보여준다는 점에 있다. 즉 이 시에서는 후각의 청각화 현상이 일어나고 있다는 것이다. 연둣빛 향기는 우리들 코에 어린 날의 추억으로 풍겨와야 옳다. 그런데 시인은 '울리는' 향기로 표현했다. 이것은 무엇을 말함인가. 그에게 "향긋"이라는 말로 집약된 풀잎의 향기는 하나의 후각적 매체로 그치지 않고 시인의

전 생애를 흔드는 복합적 매체로 그의 유년을 점령했음을 보여주는 표현인 것이다. 따라서 후각과 청각을 비롯한 모든 감각에 이 유년의 풀잎은 인각되어 있으며, 이는 다시 그의 전생애를 교차하는 방법적 표현을 얻게 됨으로써 시적 진실을 획득하게 되었다는 점이다.

이러한 복합 감각의 상상력은 근대적 인식을 뛰어넘는다는 데 의의가 있다. 근대적 인식은 주로 시각에 의존하여 일면적 물질의 검증성을 위주로 하고 있다. 즉 근대적 삶이 오직 시각으로 우리의 감각을 한정함으로써 우리들 감수성을 평면적인 것으로 만듦으로써 불구화시켜 왔다고 할 수 있다. 그런데 인간의 중요한 진실은 단면적 물리적 사실로 검증되지 않는다는 데에 문제가 있다. 감각에 바탕을 둔 여러 감수성과 의식은 현실적 매개 가능성 여부에 따라 그 질감과 색채를 다양하게 지님으로써 다양한 가치로 실현된다고 볼 수 있다. 이는 세계의 복잡성을 승인하고 그 복잡한 진실을 획득하기 위해 취하는 다양한 인식 방법인 것이다. 때문에 복잡한 감각 내지 다른 감각의 기능을 깨우는 것은 근대적 삶이 주도하는 기계적 인간의 모습에 제동을 걸고 생명적 존재로 되살아나는 것을 의미한다.

따라서 이를 위해 전근대적 감각, 즉 시각 이외의 다른 감각의 현실적 효용성을 복원할 필요성이 제기되는 데 오탁번의 다음 시는 바로 그러한 근대 비판의 이미지로서 가치있는 모습을 보여준다는 데 의미가 있다.

> 지하철을 타면 나도 장님이 된다
> 눈 감고 서서 자는 시늉을 하면
> 물살 가르며 내닫는 배를 탄 것 같다
> 등 푸른 물고기 지느러미 같은
> 땀냄새 나는 승객들 사이에서
> 배멀미하던

울릉도 가던 밤배 생각난다

　　지하철을 타면 눈을 감고
　　하모니카 부는 장님이
　　저승의 기슭에 배를 대듯
　　지하철을 밀면서 걸어가는 소리 듣는다
　　장님의 생애를 실은 배는
　　돛도 닻도 다 망가져서
　　바닷물 따라 뒤뚱거리고 있다

　　　　　　　—오탁번, 「밤배」 부분 《문학사상》 7월호

　　이 시의 상상력의 전개는 눈을 감음으로써 일어나고 있다. 즉 지하철 안에서 촉각과 청각으로 지하철의 움직임을 하나의 '밤배'로 인식한다. 그 밤배는 물론 시적 화자의 상상력을 따라 "저승의 배"로 치환돼 가는데 거기서 삶의 유한성과 무상함을 탐구하고 있다. 문제는 시적 화자가 '소리'를 통해 세계를 의식화해 보인다는 점이다. 이 시에 나타난 청각적 이미지는 시각적 이미지에 비해 논리적 사고 구조에 수렴되지 않는 모습을 보여준다. 즉 철저히 개인적이고도 감각적인 연상을 통해 하나의 특수한 진실을 드러낼 뿐이다. 그것은 추상화를 통한 수렴의 폭력, 즉 기계적 문명에 의해 평준화와 획일화로 얼룩진 우리들 일상적 삶에 구체적이고도 현실적 특이성을 제시함으로써 인식의 다양성을 불러오고 있는 것이다.

　　배멀미하던 울릉도 밤배는 시적 화자에게 삶이 하나의 고통이라는 점을 인각시켜주는 강렬한 힘을 갖고 있다. 그의 몸에 잠들어 있던 그 기억은 지하철의 흔들림과 소리에 의해 현재적 삶의 신산함을 반추케 한다. 소리와 촉각으로 그의 과거와 현재가 비록 고통스러운 체험이지만 행복하게 만나 이렇게 고단하게 살고 있음을 확인시켜 주고 있다. 그것은 삶의 무의미 속에서 잠시 의미로운 시간과 공간 속으로의 부상이다. '밤배'로 치환된 그의 존재 의식이 고통 속에서 우리들 삶의 의미를 찾을 수밖에 없는 운명을 청각적 감각의 전개로 잘 보여주고 있다.

상상력의 세계에서 시각보다 청각이 더 깊은 상상의 올을 짠다고 할 수 있다. 그것은 자신의 가장 깊은 기억과 관련돼 상상력이 발동하기 때문이다.

숲의 동물이 집 가까이에서 울어 나를 깨웠다 개가 짖으며 숲으로 갔으나 그 짐승의 울음은 내가 몸을 일으킬 때까지 그치지 않았다

나무들이 겨우 눈에 잡히는 새벽, 마당으로 내려서니 나와 숲 사이의 어둠을 비집고 들어오는 희미한 빛을 흔들며, 살아남은 닭이 운다 온 세상 가득한 적막 속으로 울음소리가 번져 나간다

숲의 동물을 따라갔던 개가 돌아와 내게 발을 내민다 신발을 신지 않은 개의 발에 묻은 울음소리가 젖은 채 떨고 있다

—유승도, 「여명」 전문 ≪문학사상≫ 7월호

유승도의 이 시는 짐승의 울음 소리로 전개된 상상력의 한 특이한 양상을 보여준다. 놀라운 것은 울음 소리가 그를 깨우고 세계를 깨운다는 이미지다. 제목으로 표현된 '여명'의 상징적 의미는 바로 울음 소리에 담겨 있다. 즉 세계의 미망으로부터 밝아짐, 다시말해 여명은 그와 이 세계를 흔드는 울음소리로부터 이루어진다는 것이다. 그 점에서 이 시인에게 울음은 존재의 각성을 의미하는 것으로서 생의 실존적 기투 행위다.

생각해보면 우리들 일상적 삶에 울음은 얼마나 박탈당해 있는가. 아무

도 울지 않음으로써 동물로서 인간이 인간의 정체성을 찾지 못한다. 그런 마비된 의식에 짐승의 울음 소리가 들려온다. 그것은 가장 깊은 생명의 진실을 흔드는 것이다. 닭과 개로 대변된 이 짐승의 울음 소리가 그에게 와서 "젖은 채 떨고 있"는 것을 보게 된다면 그것은 자신의 불구화된 삶 자체가 얼마나 깊은지를 발견하는 동시 울음이 갖는 파장이 자신을 얼마나 싱싱한 존재로 되살려내는지를 발견케 될 것이다. 감각이 그의 굳어버린 생 자체를 깨우고 있다고 해도 과언이 아니다.

> 그대와 내가 살아 있음의 비린내를 풍기듯
> 저녁 이내가 등푸른 비늘로 퍼지기 시작했을 때
> 그대와 나는 강 한가운데서
> 흐느끼는 어둠으로 얼싸안았습니다
>
> 돌출되어 있는 돌무더기 하나
> 소용돌이 만들고 있었습니다
>
> ─조윤희, 「소리없는 물, 수선스러운 돌」 부분
> ≪현대문학≫7월호

그 점에서 조윤희의 시는 바로 감각의 향연이다. '비린내'로 대변된 이 시의 후각적 이미지는 이 시가 말하고자 하는 "살아있음"의 진정한 의미를 산문적 언어로 표현할 수 없을 정도로 완벽하게 드러내고 있다. 특히 시적 내용에서도 볼 때 우리들 일상의 상징으로 흐르고 있는 물 속에서 생의 의미를 획득하는 순간은 바로 '소용돌이'로 표현되는 감각의 구체화에 의해 발생하고 있음을 주목하자. 이것은 시각적 이미지가 아니다. 온 전신에 부딪쳐 오는 물살에 돌은 어질머리를 앓으면서 살아있음을 '수선스럽게'나마 말하고 있는 것이다. 그것은 감각이 바로 삶의 구체적 행위이자 지표임을 잘 보여주는 예라 하겠다.

3. 경계를 마음에 새기는 시들

어느 날 자신의 삶이 실패했다는 느낌이 들 때가 있다. 원하는 삶은
갈수록 멀어지고 거기에 반해 이제 남은 시간은 얼마 되지 않았구나 하는
느낌에 가슴 둔중할 때가 있다. 그럴 때 자신의 일상이 낯설어 보이리라.
어쩌면 낯설다 못해 미워 보일지도 모른다. 자신이 서 있는 삶의 자리가
조금씩 흔들리고, 흔들려 어느새 틈이 벌어지거나 흘러내리는 것 같은
느낌에 어찌할 바를 모르고 서 있는 모습. 이제 더 이상 세상의 것들을
내 의지대로 추스를 수 없을 것 같고, 설령 마지막 힘을 짜내 그것들을
주워모아 다시 시작한들 무슨 의미가 있을 것인가 하는 무기력감이 전신
을 감쌀 때 낭패감은 한순간의 감상을 지나쳐 본격적으로 우리의 가슴에
깊은 그늘을 드리운다.

이러한 절망감은 우리의 삶 자체가 가지고 있는 유한성에서 비롯될
수도 있다. 그러나 자신의 생명이 세계와 조화로울 때 삶의 의미는 결코
비탄으로 끝나지는 않을 것이다. 삶에 대해 불현듯 이렇게 깊이 아파하는
것은 자신의 삶의 열정을 소진시키는 세상의 그 완강함에 대한 증오와
거기에 능동적으로 밀고 나가지 못하는 자신의 한없는 나약함에서 비롯
되는 것이 많다. 그 점에서 삶은 우리에게 어떻게든 살아봐야겠다는 조갑
증을 불러일으키게 했다 어느덧 마음도 몸도 싸울 의지를 잃고 구석으로
기어드는 지친 자아를 보여줄 뿐이다. 처연한 심정으로 자신이 그렇게
열망했던 무대의 중앙을 하염없이 바라보는 자의 시선을 보게 된다면
무슨 생각이 들까? 낙심은 삶의 쓰라림을 생생하게 하면서 그것을 지켜

보는 사람에겐 아뜩한 황홀감을 전해준다. 삶은 정말 그 어떤 무엇으로도 끄집어낼 수 없는 복잡한 무늬를 보이며 저 멀리 지평선에 머뭇거리고만 있는 것이다.

이번 계절의 시들을 찾아 읽으며 나는 이런 '낙심'의 무늬를 보았다. 시인들은 내밀하게 자신의 삶이 가지는 허망함을 '앓고' 있다. 이제 종착지에 다 와가는 느낌으로서 앓는 것도 있지만 고달픈 현실에 벗어날 수 없는 자신의 한계에 대해 아파하고 있는 시도 있다. 그 시들을 읽으며 나는 묘하게 '경계'의 생각을 가진다. 경계는 우리의 존재성을 구체화시켜주는 것이기도 하면서 동시에 우리를 구획지음으로 인해 슬픔을 발생케하는 요소가 아닌가. 경계를 의식한다는 것은 곧 제 존재의 생각에 집중한다는 것을 의미한다. 이럴 수도 없고 저럴 수도 없는 망연함의 부조. 그럴 때 경계 이미지가 주는 감정은 망각과 관성으로 살아가는 우리에게 삶의 생살을 대하게 하는 충격을 주게 됨은 분명하다.

≪현대문학≫ 6월호에 실려 있는 박주택의 시가 바로 그런 경우다.

입을 열지 않아 어금니가 아픈 하루
다시는 가지 말자던 술집에 앉아 기우는 저녁해를 바라본다
저 해의 상형문자, 저 곳에는 어떤 망령의 책들이 있길래
기다림의 문장들이 실명한 채 바람에 나부낄까
얼룩진 의자 위로 먼지가 귀순을 꿈꾸며 부유하고 있다
먼지에는 울음소리가 박혀있다

다시 태어나리라는 그 모든 것들은
이제, 남은 생애를 저 저녁의 남은 빛에 맡기리라
바람을 읽으며 누군가는 잘못 씌어진 기록에
세상과 맞서 싸운 길 위에서 어이없는 웃음을 지을 것이며
또 누군가는 잠이 들다 깨어

스스로 독이 되는 긴 편지를 쓰리라

해가 진다, 진다 저녁해야, 바람이 부나
너 지는 곳, 붉은 핏물로 하늘을 곱게 물들이며
운명을 하나씩 네 속에 가두고 이별을 피워 올리는 곳
네가 길이라고 타이른 수많은 기다림이 좀이 슨 채 울음을 떠뜨린다
창에 수의가 어른거린다

그것이 우리가 만나는 사랑의 모습이다
　　　　—박주택, 「판에 박힌 그림」 전문(≪현대문학≫ 6월호)

　사람의 사는 모습은 다 달라도 그 끝과 시작인 생명의 태어남과 죽음에
대한 감정은 비슷할 것이다. 「판에 박힌 그림」은 바로 생명의 본질적
속성인 죽음에 대한 의식을 환기하고 있다. 그것은 존재로서 가질 수밖에
없는 필연적 사실인 만큼 누구에게나 '판에 박힌' 것이 된다. 그렇지만
이 시적 화자에겐 그것이 지금의 그를 휩싸는 절대적 감정이 되기 때문에
'판에 박힌' 것이 될 수 없다. 그에게 생은 어느덧 모든 것에 지루해할
만큼 흘러 "입을 열지 않아 어금니가 아플" 정도로 무덤덤하다. 그렇지만
"기우는 저녁해를 바라보"게 될 때 문득 저 가슴 밑바닥으로 '울음소리'
가 들려온다. 그 울음은 삶에 대한 제 꿈이 어느새 바스라진 채 놓여있구
나 하는 자각이자 회한이다. 그래서 그는 시간의 다 와감을 '이제'라는
부사로 강조하면서 "남은 생애를 저 저녁의 빛에 맡기리라" 탄식한다.
영락없이 낙심한 사람의 중얼거림이다.
　그런데 삶의 경계에까지 밀려온 사람들 중 어떤 이는 그것을 승복하지
못할 수도 있다. 그때 그런 이는 세상의 무대로 다시 나가보려 "잠이
들다 깨어/스스로 독이 되는 긴 편지를 쓰"기도 할 것이다. 시인은 바로

이 점에서 경계의 마음을 보여주고 있다. 그러나 그렇게 한들 무슨 의미가 있을까? 시인은 알고 있다. "세상과 맞서 싸운 길 위에서"는 누구나 패배자가 될 수밖에 없음을. 그는 결국 모든 것을 버리고, 버림으로써 다시 모든 것을 다 받아들일 수 있는 진실을 마음에 새기며 중얼거린다, "해가 진다, 진다 저녁해야, 바람이 부냐". 그 탄식은 가슴 저 밑바닥에 맺힌다. 그것은 자신의 전 존재를 흔드는 '울음'으로 터져나오지만 결국 그것이 "우리가 만나는 사랑의 모습"이란 것을 시인은 깨닫는다. 거기서 영혼은 잠시 휴식을 취하는 것이다.

박주택은 바로 그 점에서 오늘날 산업자본주의 현실에서 패배할 수밖에 없는 소외된 자아들의 심리를 곡진하게 잡아내고 있다. 일상적 현실에서 지친 현대인은 어느새 자신이 늙어버렸음을 쉬이 느낀다. 분명 현실을, 현실의 구도를 벗어나거나 다시 짜고 싶지만 그러기엔 자신의 힘과 시간이 부족함을 느낀다. 거기서 오는 절대적인 탄식, 그것은 깊은 마음의 병이 된다. 이러한 점들은 누구에게나 있는 것이지만, 또 그렇기에 '판에 박힌 그림'이랄 수 있지만 그것을 의식화하고 예각화하여 펼치기엔 그 힘마저도 부족한 것이다. 박주택은 우리의 수렁에 빨려가는 마음의 한 참담한 광경을 붙잡아 보여줌으로써, 잠시 죽음에 가는 길목에서 자신의 자리가 언제나 경계가 될 수 있음을 생각케해준다. 그것은 삶의 무상함을 그나마 자신의 자아에게 의미로 채우는 것이기에 값진 성찰이다.

경계의 감정을 보여주며 삶의 이미 어찌할 수 없음을 보여주는 강연호의 「길의 감옥」이란 시도 애잔한 마음을 불러일으킨다.

> 곧 부를 수 없는 날이 올텐데, 돌이킬 수 없는 날이 올텐데
> 소리 내어 그 여자 불러세우고 싶었지만
> 나 흠씬 두들겨 맞은 북어대가리처럼 입만 벌렸다

물러가라 각성하라 할 말 많은 현수막은 부들부들 나부꼈다
언젠가 화살표를 따라간 상가집에서 잃어버린 신발
아마 망자가 신고 갔으리라, 나 가볍게 포기했지만
두들겨 맞은 북어는 언제 바다로 갈까 갈 수는 있는 걸까
나 맨발로 서성이며 돌아갈 날짜를 세어보았다
나로부터 멀어진 발자국이 미궁에서 놓친 실끝 같았지만
어찌보면 그 여자는 세상 밖에 있었고 나는 세상 안에 있었다
평생을 걸어봐야 제 몸의 창자 길이만큼도 안 되는 길
나 없혀 지낸 시절의 속쓰림에 그만 빚 갚고 싶었다
하지만 닫힌 길, 문은 밖에서 잠기고 철창은 완강했다

— 강연호, 「길의 감옥」 부분(≪현대시학≫6월호)

　운명이란 이름으로 가두어진 삶은 강연호의 표현처럼 "흠씬 두들겨
맞은 북어대가리" 같을 것이다. 입만 뻥긋뻥긋 벌리며 사는 삶이란 이미
형벌이다. 그렇지만 "돌이킬 수 없는 날이 오"는 것을 아는 사람으로서
어떻게 그리운 사람과 일들을 "소리내어 불러세우고 싶"지 아니하랴.
그의 희망은 절실하고 절실한 만큼 "맨발로 서성이며" 괴롭다. 그러나
"그 여자는 세상 밖에 있었고 나는 세상 안에 있었"던 고로 희망은 "닫힌
길", "완강한 철창" 앞에서 맥없이 자빠질 뿐이다. 삶은 자신이 원하는
곳으로 열려지길 완강하게 저항하며 시인을 '감옥' 속에 밀어넣는다. 거
기서 할 수 있는 것이란 결국 "갈 수는 있는 걸까" 하고 의심하거나 확실
한 것은 하나도 없는 "돌아갈 날짜를 세어보"는 일일 뿐이다.
　강연호가 말하고자 하는 것은 운명의 가혹함일 것이다. 그러나 그보다
더 말하고자 하는 바는 그러한 가혹한 운명의 발생은 너(세계)와 나와의
경계에서 발생한다는 사실이다. 가고자 하나 갈 수 없는 선은 우리의
삶을 구획지우고 일생을 고통에 빠뜨린다. 경계를 지우는 것은 내가 바로

너의 마음을 얻는 것인데 아직 우리들 마음은 자신의 틀에 안주해 있어 쉽사리 교통하지 못한다. 무엇보다 내가 내 자신을 초월할 수 없음에 그 까닭이 있다. 그러나 너와 나의 이 떨어짐으로 인해 나의 삶이 고통에 차 있다는 의식은 아직 우리가 무의미인 죽음에 항복하지 않았음을 보여 주는 단 하나의 표지가 된다. 그 고통스러운 길 위에서 돌아갈 날짜를 헤아리고 있는 모습이 박주택의 표현대로 고치면 "우리가 만나는 사랑의 모습"인 것이다. 그 점에서 진한 공감을 받는다.

죽음과 삶의 경계에서 사색을 하는 박주택의 시나 인간적 관계의 단절로 고통받는 강연호의 시에 비해 천양희의 「마음의 경계」는 경계의 초월을 노래한다. 그것은 고통을 모르는 바는 아니되 그 경계를 타고 노는 것이 특이하다. 아마 그것은 연륜의 깊이에서 오는 마음의 성숙 때문이 아닐까 싶다.

>   새들이 또 날아오른다 더 멀리 더 높이
>   날개 몇장 더 얹어 하늘로 간다 구름만큼
>   가벼운 것이 여기 또 있다
>   바람이 먼저 하늘을 스쳐간다
>   하늘이 땅을 한번 내려다본다
>   땅에는 수많은 길들이 있다 땅은
>   같은데 길은 여러 갈래 길을
>   찾지 않고는 어떤 생도 없다
>   길 끝에 산이 있고 산 끝에 하늘이 있다
>   내 눈이 하늘을 올려다본다 저 하늘자리가
>   텅 비었다 하늘이 비었다고 공터일까
>   아니다 허공에는 경계가 없다 날마다
>   경계하며 경계짓는 사람들 사람들 사이에
>   경계가 있다 경계 없는 하늘이 나는 좋다

허공에 새들을 풀어놓는 하늘 새들이
길을 바꾸다 돌아나온다 하늘이 한 울이라는 걸
이제야 알겠다 나는 몇번 구름을 잡았다
놓는다 가벼운 것들이 나를 깨운다
허공이 몸속에 들어와 앉는다
맘속 경계선이 지워진다

　　　　　—천양희, 「마음의 경계」 전문(≪한국문학≫ 여름호)

　천양희에게 자연은 언제나 자신의 마음을 닦는 도량이다. 문득 정신을
차리고 돌아보면 자연은 언제나 자신의 굳어지는 마음을 풀어놓는다.
"새들(은) 또 날아"올라 "가벼운 것이 여기 또 있"음을 깨우치게 한다.
땅에는 수많은 길들이 있고 하늘은 텅 빈 듯 하지만 "허공에 가득 새들을
풀어놓는"다. 무엇하나 움직이지 않는 것이 없고 움직인다 하여 변하는
것 또한 없다. 천양희가 결국 자연의 이러한 속성을 "하늘은 한 울이라는
걸/이제야 알겠다" 하고 토로했을 때 그것은 스스로 마음 속에서 다른
사람들처럼 "경계하며 경계짓는" 어리석음을 지우는 것에 해당한다. "허
공이 몸 속에 들어와 앉"고 "맘 속 경계선이 지워"진 상태의 시적 세계는
바로 모든 서정시의 궁극인 동일성의 획득의 순간일 것이다.
　그 점에서 천양희 시를 보면 서정시의 한 전형을 보는 것 같다. 산업자
본주의 사회에서 이러한 서정시를 쓰기는 수월치 않다. 그것은 많은 정신
적 연마를 거쳐 자신의 세속적 욕망을 덜어낸 자의 모습에 기초해 있기
때문이다. 어떤 이는 이러한 자세를 두고 오늘의 현실에 정합성이 없는
비현실, 또는 초현실적 모습이라 폄하할 수 있을지 모르겠다. 그러나 그
러한 자세가 현재의 삶을 살아봄으로써 발생한 깨달음이라면 오늘의 비
정한 문명적 현실을 초극할 수 있는 대안적 자세가 된다는 점에서 미래지
향적이다. 미래는 인간의 욕망을 끝없이 만족시켜주는 일방적 생산 중심

의 사회가 아니라 나눔과 교통이 진정한 기쁨이란 걸 아는 사회가 될 것이므로, 자연과 동화되어 정신의 평화를 추구하는 천양희의 세계는 우리가 밀고 나아가야 할 좌표다.

생태시와 넋의 언어

인쇄일 초판 1쇄 2003년 05월 20일
　　　　 2쇄 2015년 03월 15일
발행일 초판 1쇄 2003년 05월 30일
　　　　 2쇄 2015년 03월 25일

지은이 김 경 복
발행인 정 진 이
발행처 새미
등록일 1987.12.21, 제17-270호

서울시 강동구 성내동 447-11 현영빌딩 2층
Tel : 442-4623~4 Fax : 442-4625
www. kookhak.co.kr
E- mail : kookhak2001@hanmail.net
가 격 26,000원

★ 새미는 국학자료원 의 자매회사입니다.
★저자와의 협의 하에 인지는 생략합니다.